黑暗塔系列IV THE DARK TOWER

WIZARD AND GLASS

巫师与玻璃球

STEPHEN KING

〔美〕斯蒂芬·金 著

夏威 叶如兰 任战 译

人民文学出版社

PEOPLE'S LITERATURE PUBLISHING HOUSE

著作权合同登记号　图字 01-2016-6299

WIZARD AND GLASS
by Stephen King

图书在版编目(CIP)数据

巫师与玻璃球/(美)斯蒂芬·金著;夏威,叶如兰,任战译.—北京:人民文学出版社,2016
(黑暗塔系列)
ISBN 978-7-02-012066-6

Ⅰ.①巫…　Ⅱ.①斯…　②夏…　③叶…　④任…　Ⅲ.①长篇小说-美国-现代　Ⅳ.①I712.45

中国版本图书馆 CIP 数据核字(2016)第 235880 号

出 品 人　**黄育海**
责任编辑　**叶显林**
特约策划　**张玉贞**
封面设计　**陈　晔**
封面插图　**郝　钰**

出版发行　**人民文学出版社**
社　　址　**北京市朝内大街 166 号**
邮政编码　**100705**
网　　址　**http://www.rw-cn.com**

印　　刷　**上海利丰雅高印刷有限公司**
经　　销　**全国新华书店等**

字　　数　**656 千字**
开　　本　**670 毫米×960 毫米　1/16**
印　　张　**41.5**
版　　次　**2007 年 4 月北京第 1 版**
印　　次　**2016 年 12 月第 1 次印刷**

书　　号　**978-7-02-012066-6**
定　　价　**68.00 元**

如有印装质量问题,请与本社图书销售中心调换。电话:01065233595

THE DARK TOWER

目录

序言：关于十九岁

（及一些零散杂忆）

1

在我十九岁时，霍比特人正在成为街谈巷议（在你即将要翻阅的故事里就有他们的身影）。

那年，在马克思·雅斯格牧场上举办的伍德斯托克音乐节上，就有半打的“梅利”和“皮平”在泥泞里跋涉，另外还有至少十几个“佛罗多”，以及数不清的嬉皮“甘道夫”。在那个时代，约翰·罗奈尔得·瑞尔·托尔金的《魔戒》让人痴迷狂热，尽管我没能去成伍德斯托克音乐节（这里说声抱歉），我想我至少还够得上半个嬉皮。话说回来，他的那些作品我全都读了，并且深为喜爱，从这点看就算得上一个完整的嬉皮了。和大多数我这一代男女作家笔下的长篇奇幻故事一样（史蒂芬·唐纳森的《汤玛斯·考文南特的编年史》以及特里·布鲁克斯的《沙娜拉之剑》就是众多小说中的两部），《黑暗塔》系列也是在托尔金的影响下产生的故事。

尽管我是在一九六六和一九六七年间读的《魔戒》系列，我却迟迟未动笔写作。我对托尔金的想象力的广度深为折服（是相当动情的全身心的折服），对他的故事所具有的那种抱负心领神会。但是，我想写具有自己特色的故事，如果那时我便开始动笔，我只会写出他那样的东西。那样的话，正如已故的“善辩的”迪克·尼克松喜欢说的，就会一错到底了。感谢托尔金先生，二十世纪享有了它所需要的所有的精灵和魔法师。

一九六七年时，我根本不知道自己想写什么样的故事，不过那倒也并不碍事；因为我坚信在大街上它从身边闪过时，我不会放过去的。我正值十九岁，一副牛哄哄的样子，感觉还等得起我的缪斯女神和我的杰作（仿佛我能肯定自己的作品将来能够成为杰作似的）。十九岁时，我好像认为一个人有本钱趾高气扬；通常岁月尚未开始不动声色地催人衰老的侵蚀。正像一首乡村歌曲唱的那样，岁月会拔去你的头发，夺走你跳步的活力，但事实上，时间带走的远不止这些。在一九六六和一九六七年间，我还不懂岁月无情，而且即使我懂了，也不会在乎。我想象不到——简直难以想象——活到四十岁会怎样？退一步说五十岁会怎样？再退一步。六十岁？永远不会！六十岁想都没想过。十九岁，正是什么都不想的时候。十九岁这个年龄只会让你说：当心，世界，我正抽着 TNT①，喝着黄色炸药，你若是识相的话，别挡我的道儿——斯蒂芬在此！

十九岁是个自私的年纪，关心的事物少得可怜。我有许多追求的目标，这些是我关心的。我的众多抱负，也是我所在乎的。我带着我的打字机，从一个破旧狭小的公寓搬到另一个，兜里总是装着一盒烟，脸上始终挂着笑容。中年人的妥协离我尚远，而年老的耻辱更是远在天边。正像鲍勃·西格歌中唱到的主人公那样——那首歌现在被用做了售卖卡车的广告歌——我觉得自己力量无边，而且自信满满；我的口袋空空如也，但脑中满是想法，心中都是故事，急于想要表述。现在听起来似乎干巴无味的东西，在当时却让自己飘上过九重天呢。那时的我感到自己很“酷”。我对别的事情毫无兴趣，一心只想突破读者的防线，用我的故事冲击他们，让他们沉迷、陶醉，彻底改变他们。那时的我认为自己完全可以做到，因为我相信自己生来就是干这个的。

这听上去是不是狂傲自大？过于自大还是有那么一点？不管怎样，我不会道歉。那时的我正值十九岁，胡须尚无一丝灰白。我有三条牛仔裤，一双靴子，心中认为这个世界就是我稳握在手的牡蛎，而且接下去的二十年证明自己的想法没有错误。然而，当我到了三十九岁上下，麻烦接踵而至：酗酒，吸毒，一场车祸改变了我走路的样子（当然还造成了其他变化）。我曾详细地叙述过那些事，因此不必在此旧事重提。况且，你也有过类似经历，不是吗？最终，世上会出现一个难缠的巡警，来放慢你前进的脚步，并让你看看谁才是真正的主宰。毫无疑问，正在读这些文字的你已经碰上了你的“巡警”（或者没准哪一天就会碰到他）；我已经和我的巡警打过交道，而且我知道他肯定还会回来，因为他有我的地址。他是个卑鄙的家伙，是个“坏警察”，他和愚蠢、荒淫、自满、野心、吵闹的音乐势不两立，和所有十九岁的特征都是死对头。

但我仍然认为那是一个美好的年龄，也许是一个人能拥有的最好的岁

① 一种烈性炸药。

月。你可以整晚放摇滚乐，但当音乐声渐止、啤酒瓶见底后，你还能思考，勾画你心中的宏伟蓝图。而最终，难缠的巡警让你认识到自己的斤两；可如果你一开始便胸无大志，那当他处理完你后，你也许除了自己的裤脚之外就什么都不剩了。“又抓住一个！”他高声叫道，手里拿着记录本大步流星地走过来。所以，有一点傲气（甚至是傲气冲天）并不是件坏事——尽管你的母亲肯定教你要谦虚谨慎。我的母亲就一直这么教导我。她总说，**斯蒂芬，骄者必败**……结果，我发现当人到了三十八岁左右时，无论如何，最终总是会摔跟头，或者被人推到水沟里。十九岁时，人们能在酒吧里故意逼你掏出身份证，叫喊着让你滚出去，让你可怜巴巴地回到大街上，但是当你坐下画画、写诗或是讲故事时，他们可没法排挤你。哦，上帝，如果正在读这些文字的你正值年少，可别让那些年长者或自以为是的有识之士告诉你该怎么做。当然，你可能从来没去过巴黎；你也从来没在潘普洛纳奔牛节上和公牛一起狂奔。不错，你只是个毛头小伙，三年前腋下才开始长毛——但这又怎样？如果你不一开始就准备拼命长来撑坏你的裤子，难道是想留着等你长大后再怎么设法填满裤子吗？我的态度一贯是，不管别人怎么说你，年轻时就要有大动作，别怕撑破了裤子；坐下，抽根烟。

2

我认为小说家可以分成两种，其中就包括像一九七〇年初出茅庐的我那样的新手。那些天生就更在乎维护写作的文学性或是“严肃性”的作家总会仔细地掂量每一个可能的写作题材，而且总免不了问这个问题：**写这一类的故事对我有什么意义？**而那些命运与通俗小说紧密相连的作家更倾向于提出另一个迥异的问题：**写这一类的故事会对其他人有什么意义？**“严肃”小说家在为自我寻找答案和钥匙；然而，“通俗”小说家寻找的却是读者。这些作家分属两种类型，但却同样自私。我见识过太多的作家，因此可以摘下自己的手表为我的断言做担保。

总之，我相信即使是在十九岁时，我就已经意识到佛罗多和他奋力摆脱那个伟大的指环的故事属于第二类。这个故事基本上能算是以古代斯堪的纳维亚的神话为背景的一群本质上具有英国特征的朝圣者的冒险故事。我喜欢探险这个主题——事实上，我深爱这一主题——但我对托尔金笔下这些壮实的农民式的人物不感兴趣(这并不是说我不喜欢他们，相反我确实喜欢这些人物)，对那种树木成荫的斯堪的纳维亚场景也没有兴趣。如果我试图朝这个方向创作的话，肯定会把一切都搞砸。

所以我一直在等待。一九七〇年时我二十二岁，胡子中出现了第一缕灰白(我猜这可能与我一天抽两包半香烟有关)，但即便人到了二十二岁，还是有资本再等一等的。二十二岁的时候，时间还在自己的手里，尽管那时难缠的巡警已经开始向街坊四处打探了。

有一天，在一个几乎空无一人的电影院里(如果你真好奇的话，我可以告诉你是在缅因州班戈市的百玫电影院里)，我看了场瑟吉欧·莱昂内执导的《独行侠勇破地狱门》。在电影尚未过半时，我就意识到我想写部小说，要包含托尔金小说中探险和奇幻的色彩，但却要以莱昂内创造的气势恢弘得几乎荒唐的西部为背景。如果你只在电视屏幕上看过这部怪诞的西部片，你不会明白我的感受——也许这对你有些得罪，但的确是事实。经过潘纳维申①镜头的精确投射，宽银幕上的《独行侠勇破地狱门》简直就是一部能和《宾虚》相媲美的史诗巨作。克林特·伊斯特伍德看上去足有十八英尺高，双颊上挺着的每根硬如钢丝的胡楂都有如小红杉一般。李·范·克里夫嘴角两边的纹路足有峡谷那么深，在每条纹路的底部可能都有一个无阻隔界(见《巫师与玻璃球》)。而望不到边的沙漠看上去至少延伸到海王星的轨道边了。片中人物用的枪的枪管直径都如同荷兰隧道般大小。

除了这种场景设置之外，我所想要获得的是这种**尺寸**所带来的史诗般的世界末日的感觉。莱昂内对美国地理一窍不通(正如片中的一个角色所说，芝加哥位于亚利桑那州的凤凰城边上)，但正由于这一点，影片得以形成这种恢弘的错位感。我的热情——一种只有年轻人才能迸发出的激情——驱使我想写一部长篇，不仅仅是**长篇**，而且是**历史上最长的通俗小说**。我并未如愿以偿，但觉得写出的故事也足够体面;《黑暗塔》，从第一卷到第七卷讲述的是一个故事，而前四卷的平装本就已经超过了两千页。后三卷的手

① 一种制作宽银幕电影的工艺，商标名。——译者注。如无特别说明，后文中的注解一律为译者注。

稿也逾两千五百页。我列举这些数字并不是为了说明长度和质量有任何关联;我只是为了表明我想创作一部史诗,而从某些方面来看,我实现了早年的愿望。如果你想知道我为何有这么一种目标,我也说不出原因。也许这是不断成长的美国的一部分:建最高的楼,挖最深的洞,写最长的文章。我的动力来自哪里?也许你会抓着头皮大喊琢磨不透。在我看来,也许这也是作为一个美国人的一部分。最终,我们都只能说:**那时这听上去像个好主意**。

3

另一个关于十九岁的事实——不知道你还爱不爱看——就是处于这个年龄时,许多人都觉得身处困境(如果不是生理上,至少也是精神和感情上)。光阴荏苒,突然有一天你站在镜子跟前,充满迷惑。**为什么那些皱纹长在我脸上?**你百思不得其解,**这个丑陋的啤酒肚是从哪来的?天哪,我才十九岁呢!**这几乎算不上是个有创意的想法,但这也并不会减轻你的惊讶程度。

岁月让你的胡须变得灰白,让你无法再轻松地起跳投篮,然而一直以来你却始终认为——无知的你啊——时间还掌握在你的手里。也许理智的那个你十分清醒,只是你的内心拒绝接受这一事实。如果你走运的话,那个因为你步伐太快,一路上享乐太多而给你开罚单的巡警还会顺手给你一剂嗅盐①。我在二十世纪末的遭遇差不多就是如此。这一剂嗅盐就是我在家乡被一辆普利茅斯捷龙厢式旅行车撞到了路边的水沟里。

在那场车祸三年后,我到密歇根州蒂尔博市的柏德书店参加新书《缘起别克8》的签售会。当一位男士排到我面前时,他说他真的非常非常高兴我还活着。(我听了非常感动,这比"你怎么还没死?"这种话要令人振奋得多。)

"当我听说你被车撞了时,我正和一个好朋友在一起。"他说,"当时,我

---

① 嗅盐,是一种芳香碳酸铵合剂,用作苏醒剂。

们只能遗憾地摇头,还一边说‘这下塔完了,已经倾斜了,马上要塌,啊,天哪,他现在再也写不完了。’”

相仿的念头也曾出现在我的脑袋里——这让我很焦急,我已经在百万读者集体的想象中建造起了这一座“黑暗塔”,只要有人仍有兴趣继续读下去,我就有责任保证它的安全——即使只是为了下五年的读者;但据我了解,这也可能是能流传五百年的故事。奇幻故事,不论优劣(即使是现在,可能仍有人在读《吸血鬼瓦涅爵士》或者《僧侣》),似乎都能在书架上摆放很长时间。罗兰保护塔的方法是消灭那些威胁到梁柱的势力,这样塔才能站得住。我在车祸后意识到,只有完成枪侠的故事,才能保护我的塔。

在“黑暗塔”系列前四卷的写作和出版之间长长的间歇中,我收到过几百封信,说“理好行囊,我们将踏上负疚之旅”之类的话。一九九八年(那时我还当自己只有十九岁似的,狂热劲头十足),我收到一位八十二岁老太太的来信,她“并无意要来打搅你,但是这些天病情加重”,这位老太太告诉我,她也许只有一年的时间了(“最多十四个月,癌细胞已经遍布全身”),而她清楚我不可能因为她就能在这段时间里完成罗兰的故事,她只是想知道我能否(“求你了”)告诉她结局会怎样。她发誓“绝不会告诉另一个灵魂”,这句话很是让我揪心(尽管还没到能让我继续创作的程度)。一年之后——好像就是在车祸后我住院的那段时间里——我的一位助手,马莎·德菲力朴,送来一封信,作者是得克萨斯州或是佛罗里达州的一位临危病人,他提了完全一样的要求:想知道故事以怎样的结局收场?(他发誓会将这一秘密带到坟墓里去,这让我起了一身鸡皮疙瘩。)

我会满足这两位的愿望——帮他们总结一下罗兰将来的冒险历程——如果我能做到的话,但是,唉,我也不能。那时,我自己并不知道枪侠和他的伙伴们会怎么样。要想知道,我必须开始写作。我曾经有过一个大纲,但一路写下来,大纲也丢了。(反正,它可能本来也是一文不值。)剩下的就只是几张便条(当我写这篇文章时,还有一张“阒茨,栖茨,荚茨,某某—某某—篮子”①贴在我桌上)。最终,在二〇〇一年七月,我又开始写作了。那时我已经接受了自己不再是十九岁的事实,知道我也免不了肉体之躯必定

① 这是在“黑暗塔”中出现过多次的一段童谣。

要经受的病灾。我清楚自己会活到六十岁，也许还能到七十。我想在坏巡警最后一次找我麻烦之前完成我的故事。而我也并不急于奢望自己的故事能和《坎特伯雷故事集》或是《艾德温·德鲁德之谜》归档在一起。

我忠实的读者，不论你看到这些话时是在翻开第一卷还是正准备开始第五卷的征程，我写作的结果——孰优孰劣——就摆在你的面前。不管你是爱它还是恨它，罗兰的故事已经结束了。我希望你能喜欢。

至于我自己，我也拥有过了意气风发的岁月。

斯蒂芬·金

二〇〇三年一月二十五日

前情概要

《巫师与玻璃球》是一个长篇故事的第四卷，而作者写作该故事的灵感来源于罗伯特·布朗宁的长篇叙事诗《去黑暗塔的罗兰少爷归来》。

第一卷《枪侠》讲述了蓟犁的罗兰是如何追赶并抓获黑衣人沃特的。沃特与罗兰的父亲保持着虚假的友谊，暗中却为大巫师马藤效命。抓获半人半巫的沃特并不是罗兰的最终目的，那只是一种手段而已。罗兰的目的在于接近黑暗塔，以期中世界的飞速衰亡可以来得慢一点，或者来个根本性的扭转。

罗兰可以算个绝代骑士，而黑暗塔是他魂牵梦绕的东西。我们第一次见到他时，他就把黑暗塔当成自己存在的唯一理由。我们了解到一开始马藤用激将法让他提前参加成年考验，而那个马藤正是勾引了罗兰母亲的家伙。马藤巴不得罗兰无法通过考验，然后被"放逐西部"，这样他就无法继承父亲的枪支了。但罗兰却轻松过关……那主要是因为他明智地选择了有利于自己的武器。

我们发现枪侠所在的世界和我们的世界有类似之处，这种相似性是非常根本而又恐怖的。我们最早发现这种类似是在罗兰遇到杰克的时候。杰克是个一九七七年出生在纽约的孩子，他们在一个沙漠中的驿站相遇。罗兰的世界和我们的世界之间有一道道门，其中一道就叫做死亡。杰克第一次接触到中世界就是通过这扇门。他进入第四十三大街，被一辆小汽车碾过……藏在莫特脑子里并在这个特定环境下操纵他那阴谋之手的人就是罗兰的老对头——沃特。

罗兰和杰克与沃特相遇之前，杰克就已经死过一回了……因为当枪侠面对这个象征性的儿子和黑暗塔的时候，他选择了后者。杰克最后堕入深渊之前说的话就是："去吧。在这个世界之外还有其他的世界。"

罗兰和沃特之间的最后对决发生在西海附近。在长达一夜的谈话中，黑衣人用了一副怪异的塔罗牌给罗兰算命——囚徒、影子女士和死神（"但不是找你的，枪侠"）——这副牌引起了罗兰的注意。

就在罗兰与沃特最终对决后不久，枪侠苏醒过来，发现沃特早就死了。第二卷《三张牌》的故事在西海边展开。这里尸骨遍野。疲惫不堪的枪侠遭到一群食肉大螯虾的攻击，在逃离之前他被咬得遍体鳞伤，右手的大拇指和食指都被咬掉了，还因为大螯虾的咬啮而中毒。当枪侠沿着西海继续他的行程时，他的病情不断加重……性命堪忧。

他一路走着，突然在海滩上看见三扇宽大的门。这三扇门朝向我们的纽约市打开着，在三个不同的时刻。罗兰从一九八七年那儿拉来了埃蒂·迪恩，一个海洛因瘾君子，他就是囚徒。从一九六四年他拉来了奥黛塔·苏珊娜·霍姆斯，这个女人在一次地铁事故中失去了自己的小腿。她就是影子女士。这个年轻的黑人女子热衷于社会活动，但在她为朋友们所熟知的性格背后还有一重恶毒的第二人格——隐藏起来的暴力而狡诈的黛塔·沃克决心要在枪侠把她拉进中世界时杀死罗兰和埃蒂。

在这两个时间点之间，还是在一九七七年，罗兰进入了杰克·莫特地狱般的心灵，他曾经不止一次而是两次伤害了奥黛塔/黛塔。"死神，"黑衣人告诉罗兰，"但不是找你的，枪侠。"莫特也不是沃特预言的第三个人；罗兰阻止了莫特暗害杰克·钱伯斯的行动。之后没多久，莫特命丧同一辆火车的车轮，而正是这辆火车在一九五九年夺去了奥黛塔的双腿。这样罗兰就没法把这个精神错乱者引到中世界里去了……不过他想，谁会要这么个家伙呢？

违背一个关于未来的预言还是要付出代价的；难道不是一直都这样么？卡，可鄙的家伙，罗兰的老师柯特曾说过，**卡是巨大的轮子，转动不息。要是轮子还在转的话就不要停下来，否则你就会被碾个粉身碎骨，你那臭皮囊的寿命也就此戛然而止。**

尽管只有埃蒂和奥黛塔两人，罗兰仍然觉得自己已经把三个人拉入了中世界，因为奥黛塔有双重人格。不过当黛塔和奥黛塔合而为一成为苏珊娜的时候（这主要归功于埃蒂·迪恩的爱和勇气），枪侠就知道不是这么回事了。除此之外，他还在想别的事情：他满脑子都是杰克，那个坠入深渊的男孩说了一些话。枪侠一半的意识深信这男孩从来就没有存在过。在阻止杰克·莫特把杰克推到那辆致命的小汽车前的过程中，罗兰脑子里产生了矛盾的想法，这想法把他折磨得头痛欲裂。在我们的世界里，杰克也因这个矛盾而极其苦恼。

本系列的第三卷《荒原》的开头就在这样一个矛盾状况下展开。他们遇到一头要么叫做米尔（害怕它的老人都这么叫），要么叫做沙迪克（制造出它来的中土先人这么叫……因为熊是造出来的机器人）的巨熊，罗兰、埃蒂和苏珊娜回溯这只野兽的踪迹,结果发现了光束的路径。共有六条光束的路径连接了十二扇门,而正是这十二扇门标记出了中世界的边界。就在各条光束汇集的地方——罗兰的世界的中心,或许是所有世界的中心——枪侠认定他和他的朋友们最终能找到黑暗塔。

这时的埃蒂和苏珊娜已经不再是罗兰世界的囚徒了。那沐浴在爱河中的两个人正在成为枪侠,他们已经全身心投入到探险之路上,心甘情愿地跟随罗兰,沿着光束的路径一起前行。

在距离熊之门不远的通话石圈中,时间被修补过,悖论终止了。真正的第三人被拉了出来。一个可怕的仪式完结后,杰克重新进入了中世界:所有四个人——杰克、埃蒂、苏珊娜和罗兰——都记得他们父亲的脸,并且体面地洗清了过去的罪责。没过多久,四人变成了五个,因为杰克和一只貉獭交了朋友。貉獭看上去有点四不像,结合了獾、浣熊和狗的特征,说话能力也有限。杰克管这个新朋友叫奥伊。

他们沿着朝觐者之路走到了刺德,那是一片城市中的荒原。在这块土地上,两个古老的帮派(陴猷布人和戈嫘人)的幸存者们继续着旷日持久的冲突。进城之前,他们先到了一个叫做河岔口的小镇,镇上住了一些古老的居民。

镇上的居民认出罗兰是世界转换之前那段往日时光的幸存者,满怀敬意地接待了他和他的同伴们。后来,老人们和他们提起一辆单轨火车,那辆火车仍在沿着光束的路径从刺德一直开进荒原,奔向黑暗塔的方向。

杰克听到这个消息后感到非常恐惧,却并没有觉得吃惊;在被拉离纽约之前,他在一家书店里弄到两本书。这个书店的主人名叫凯文·塔,一个值得深思的名字。一本书里有谜语,谜底被撕掉了。另一本书叫《小火车查理》,是一本关于火车的儿童读物。很多人会认为这是很有趣的一个小故事……但对于杰克来说,查理有的方面一点都不好玩,甚至还有些让人害怕。罗兰知道的还不止这些:在他世界的高等语中"查"这个字代表着死亡。

泰力莎姑母,这位河岔口的女族长给罗兰戴上了一个银色的十字架,然后他们继续上路。到达刺德之前,他们发现了一架被击落的飞机,这架飞机来自于我们的世界——十九世纪三十年代的德国战斗机。几乎可以断定,驾驶舱里那具木乃伊般的尸体就是神秘的不法分子大卫·奎克。

在走过摇摇欲坠的寄河索桥时,杰克和奥伊差点掉下河去。就在罗兰、埃蒂和苏珊娜为此分神之时,一个垂死(而且非常危险)的不法分子盖舍悄悄来到他们身边。他绑架了杰克，还把他带到地下的滴答老人面前。滴答老人就是戈嫘人的最后一个首领。他的真名叫安德鲁·奎克；他的曾祖父在那架来自异世界的飞机里送了命。

当罗兰(旁边有奥伊帮忙)在杰克后面追赶时，埃蒂和苏珊娜找到了刺德摇篮，那里就是单轨火车布莱因苏醒的地方。布莱因是刺德城下面庞大计算机系统的最后一个地上工具，它只有一个兴趣：猜谜。它答应，如果旅行者们能够猜出它的谜语，它就会把他们带到单轨铁路的最后一站。如若不然，它就会送他们上西天……换句话说就是他们都要死。而且他们将有许多同伴，因为布莱因计划着要释放足以杀死滞留在刺德城所有人的毒气：陴猷布人、戈嫘人以及枪侠。

罗兰营救了杰克，把死亡留给了滴答老人……但是安德鲁·奎克没有死。他处于半盲状态，脸上的伤口很是可怕。他被一个自称是理查德·范宁的人给救了下来。范宁还自称是永生的陌生人，是沃特曾经警告过罗兰要警惕的一个魔鬼。

在刺德摇篮，罗兰、杰克、埃蒂和苏珊娜群策群力，而且苏珊娜——同时还得到了来自"那个臭婊子"黛塔·沃克的一点帮助——回答出了布莱因的谜语。他们进入到单轨火车里面，显然忽略了布莱因那虽然健全但极其软弱的内心世界发出的警告声(埃蒂称之为小布莱因)，结果发现它已打算好要和他们在车上一起同归于尽。控制单轨火车运行的真正中枢存在于离他们越来越远的电脑网络中，该网络在一个变得越来越像屠宰场的城市下运行。粉色的列车以超过八百英里的时速沿轨道一路飞驰，绝不可能中途下车。

只有一个生存的机会：布莱因对谜语的热爱。蓟犁的罗兰提出了一个疯狂的交易计划。《荒原》就是以这个交易结束的；《巫师和玻璃球》则以这个交易开始。

罗密欧：姑娘，凭着这一轮皎洁的月亮，它的银光染涂着这些果树的梢端，我发誓——

朱丽叶：啊！不要指着月亮发誓，它是变化无常的，每个月都有盈亏圆缺；你要是指着它起誓，也许你的爱情也会像它一样无常。

罗密欧：那么我指着什么起誓呢？

朱丽叶：不用起誓吧；或者要是你愿意的话，就凭着你优美的自身起誓，那是我所崇拜的偶像，我一定会相信你的。

——威廉·莎士比亚《罗密欧与朱丽叶》

第四天，奥兹召唤了她，这使她大大地快乐。当她走进宫殿中去时，奥兹喜悦地说：

"我亲爱的孩子，请坐，我想我有使你走出这个国度的办法了。"

"还能回到堪萨斯州去？"她急切地问。

"呜，我不能说是堪萨斯州，"奥兹说，"因为我一点也不知道那条路在哪里……"

——莱曼·弗兰克·鲍姆《绿野仙踪》

我要昔日欢景，酿一剂甘醴，
从容饮罢，好显露身手不凡。
再思而战，原本是侠士风范：
浅斟流光，须臾间精神抖起。

——罗伯特·布朗宁
《去黑暗塔的罗兰少爷归来》
（顾墟　译）

19

致意
REGARD

序幕

布莱因

“给我猜个谜语吧。”布莱因邀请道。

“滚蛋。”罗兰回答。他并没有提高音量。

“你说什么?”大布莱因的声音里明显透出不相信，再次变得与他孪生兄弟的声音非常相似，尽管他从未意识到孪生兄弟的存在。

“我说，滚蛋，”罗兰平静地重复，“但是如果你不明白这句话，布莱因，我可以解释得更清楚些。不。回答是不。”

很长很长一段时间布莱因都没有说话。而当他真的做出回答时，他使用的并不是语言。墙壁、地板、天花板又开始变透明，十秒钟之内，贵族车厢再次消失。现在单轨火车止穿梭在他们刚刚看见的地平线交界处的山脉里:铁灰色的山峰以自杀般的速度向他们冲过来，紧接着山峰消失，眼前又出现贫瘠的山谷，里面爬着许多陆龟模样的巨型甲虫。罗兰看见从洞口突然探出一条巨蟒，一口叼住一只甲虫，又迅速蜷回洞中。罗兰从来没有见过这样的动物或荒野，眼前的景象几乎让他感觉自己的皮肤都要脱落。他觉得布莱因也许已经把他们送到另外一个世界去了。

“也许我应该现在就行驶出轨。”布莱茵听起来正在沉思，但是枪侠从他的话音里听出了处于爆发边缘的愤怒。

“也许你的确应该。”枪侠漠不关心地说。

埃蒂一脸慌乱，冲着罗兰做出你到底在干什么的口形，但是罗兰没理会他;他正忙着应付布莱因，而且他非常清楚他正在干什么。

“你非常粗鲁、自大，”布莱因说，**“也许你会觉得这种性格很有趣，可我却不这么认为。”**

“噢，这还远不是我最粗鲁的表现。”

蓟犁的罗兰摊开双手站起身。仿佛踩在空气上，他叉开双腿，右手放在臀上，左手握住左轮枪的檀木枪把，那姿势与他以前无数次的站姿没有不同，在数百个被遗忘的小镇的土街上，在险峻山崖的岩石上，在散发着苦啤酒和馊饭菜气味的幽暗沙龙里。此时不过是在无人大街上又一次最后的对决，仅此而已。但这已经足够，这就是楷覆功、卡和卡-泰特。对决这个结局对他而言一直是生命中最重要的事，也是他自己的卡围绕旋转的轴心。虽然这次对决的武器是言语而不是子弹，但是并没有分别，这仍旧是赌上性命的最后一战。空气中蔓延着杀戮的气息，就如同沼泽散发出的腐肉气息一样清晰、无法否认。随后决战的愤怒如平时一样降了下去……此时此刻他也并非他自己了。

“我可以把你叫做不可理喻、没有头脑、愚蠢自大的机器。我可以说你不过是个笨蛋，理智已经变得如同冬风吹进空树洞。”

“闭嘴。”

罗兰毫不理会布莱因，用同样平静的声调继续道：“很不幸，我的粗鲁还是有所限制，毕竟你只是一台机器……埃蒂会把你称作‘小玩意儿’。”

“我绝对不只是——”

“比方说，我不能把你称作无耻之徒，因为你根本不是个人。我也不能说你比那些跪在水沟里乞讨的乞丐更加低贱，即使那些家伙都比你好；你连能跪的膝盖都没有，而且即使你有，你也不会下跪，因为你根本无法理解什么叫仁慈。我甚至不能骂操你妈，因为你根本没妈。”

罗兰停下来喘口气，他的另外三个同伴统统屏住呼吸。四周弥漫着单轨火车布莱因的震惊与沉默，几乎令人窒息。

“我可以把你叫做无良心的叛徒，因为你听任自己唯一的同伴自杀；可以把你叫做没胆量的懦夫，只会以折磨蠢人、滥杀无辜为乐；可以把你叫做迷惘、哀怨的机器幽灵，只会——”

“我命令你闭嘴否则我立刻就杀了你！”

罗兰眼里闪出狂野的蓝色火光，几乎让埃蒂恐惧，他也隐约听见杰克和苏珊娜同时倒抽一口凉气。

“要杀要剐随便你，但是别想命令我干任何事情！”枪侠怒吼道，“你已经忘记了你的创造者的脸！现在你要么立刻杀死我，要么就安安静静地给我——蓟犁的罗兰，斯蒂文之子——听仔细了！我花了这么多年、赶几千里路过来不是为听你幼稚的唠叨！你明白了吗？现在你给我**听**好了！”

紧接着又是一阵惊心的沉寂，甚至没有人呼吸。罗兰高仰着头严厉地凝视前方，手仍旧握在枪把上。

苏珊娜·迪恩抬手捂住自己的嘴，嘴角泛出一朵笑容，就好像女人发现自己中意的一件服饰——一顶帽子，也许——还在打折。她的确害怕她的生命即将终止，但是此刻充斥胸中的不是恐惧而是骄傲。她朝左边瞥了一眼，看见埃蒂的脸上同样挂着钦佩的微笑，而杰克的表情更加简单：纯粹、不加掩饰的崇拜。

“告诉他！”杰克脱口而出，“直接对他说！对！”

“你最好听仔细，”埃蒂附和道，“他从来就是天不怕地不怕，布莱因。他们叫他蓟犁的疯狗可不是没道理的。”

过了许久，布莱因问道：**“他们真的这样叫你吗，斯蒂文之子罗兰？”**

“也许吧。”罗兰道，仍旧平静地踩在半空中，脚下就是荒芜的山峦。

“你不让我猜谜语对你又有什么好处？”此刻布莱因听上去就像个生闷气的孩子，获准熬夜可熬得太晚，早过了正常的睡觉时间。

“我并没有说我们不会给你猜谜语。”罗兰说。

“没有吗？”布莱因听上去很困惑，**“我不明白了，但是声音对照分析显示语篇合理。请解释。”**

“你说你现在就要猜谜，”枪侠回答，“我拒绝的是这点。你太急躁了，这让你很不得体。”

“我还是不明白。”

“你太粗鲁了。现在明不明白？”

布莱因半天没吭气，仿佛陷入了沉思中。除了无知、忽视与盲目崇拜，这台电脑已经很久没有经历人类的反应了。即使它曾经见识过纯粹的人类勇气，那肯定也是多年以前了。最后，它终于开口说：**“如果刚才我的言辞让你觉得粗鲁，我道歉。”**

“接受道歉，布莱因。但是还有一个更大的问题。”

“请解释。”

“恢复墙壁，我就告诉你。”罗兰坐了下来，仿佛进一步的争执——或者迫在眉睫的死亡——都没有任何可能。

布莱因满足了他的要求，墙壁重新恢复颜色，再次遮住了脚下噩梦般的景色。路线图上的行驶位置此时已经接近标为坎得尔顿的地方。

“好吧，”罗兰说，“粗鲁可以原谅，布莱因；大人从小就这样教我，从未改变，但是愚蠢并不能原谅。”

“我怎么愚蠢了，蓟犁的罗兰？”布莱因轻柔的话音里透出不祥，让苏珊娜突然想到趴在老鼠洞口的猫，绿眼闪闪发光，尾巴前后摇摆。

“我们有你想要的东西，”罗兰说，“但是如果我们给了你，所能得到的回报就只有死亡。这可非常愚蠢。”

布莱因又想了好长一阵，然后说：**“你说得对，蓟犁的罗兰，但是并不能保证你们谜语的质量。我可不会拿你们的性命报答你们糟糕的谜语。”**

罗兰点点头：“我了解，布莱因。现在你仔细听好了，我曾经也对我的朋友提起过，我小时候在蓟犁领地的时候，每年都有七个节日——冬日、翻土、春耕、仲夏、满土、收割和年终。每个节日猜谜都是重要的活动，但是翻土节和满土节上猜谜是最重要的活动，因为大家相信谜语会预示收成的好坏。”

“这绝对是迷信，没有任何事实基础，”布莱因说，**“这可让我有些生气。”**

“当然是迷信，”罗兰表示同意，“但是如果我告诉你谜语的预示总是很准，你肯定会惊讶的。比如说，听听这个谜语，布莱因：祖母与谷仓有什么不一样？”

“这条谜语很老了，而且也没什么意思，”布莱因回答，但他听上去很开心，终于又有谜题可以解了，**“一个是血亲，另一个是粮仓，语音巧合而已①。另一则相似的谜语，在纽约领地的人里相当流行：猫和复杂句之间有什么不一样？”**

杰克脱口而出：“我们的英语老师这学期刚刚跟我们说过：猫的爪尖是指甲，复杂句的末尾是句号②。”

“没错，”布莱因回答，**“又旧又蠢的谜语。”**

“这次我站在你这边了，老兄弟布莱因。”埃蒂说。

“我不是你的兄弟，纽约的埃蒂。”

“好吧好吧。那么吻我的屁股，然后上天堂吧。”

“根本没有天堂。”

埃蒂一时想不出什么话来回击它。

“再多说一些你们蓟犁的猜谜节，斯蒂文之子罗兰。”

“翻土节与满土节的中午，约莫十六个到三十个猜谜选手会聚集在祖先之堂。祖先之堂为猜谜竞赛专门开放，这也是一年中唯一允许平民阶层——商人、农民、牧民等等——进入祖先之堂的时间，所以那天他们全都蜂拥而来。”

枪侠的眼神变得氤氲遥远，杰克模模糊糊记得曾经看过这副表情，当时罗兰对他讲起他和他的朋友，库斯伯特和杰米，如何偷偷潜进祖先之堂偷看某种祭祀舞蹈。杰克和罗兰当时正在追踪沃特，罗兰告诉他这一切时他们正在山中跋涉。

马藤坐在我的母亲和父亲一旁，罗兰当时说，在那么高的地方，我一眼就能认出他们——母亲和马藤跳了一支舞，他们慢慢地旋转着，其他人都退

---

① 这则谜语利用的是语音的巧合，血亲（born kin）与粮仓（corn-bin）正好是辅音互调。

② 原文是“A cat has claws at the end of its paws, and a complex sentence has a pause at the end of its clause”。利用的仍然是关键单词的辅音互调。

到一边，当舞曲结束时，那些人都鼓掌叫好。枪侠们都没有鼓掌……

杰克好奇地注视着罗兰，心中暗自惊讶这个陌生、疏离的人到底来自哪里……以及为什么来。

“地板中央放着一个大桶，”罗兰继续说道，“每个猜谜选手都会把一卷写有谜语的树皮扔进桶里。有些谜语很老，都是他们听长者说的——有些甚至是从书上看来的——但是大多都是为了竞赛专门创作的。会有三个裁判，其中总有一个枪侠。这些谜语先会被一个一个大声朗读出来，只有裁判一致觉得公平才会被接受。”

“对，谜语必须公平。”布莱因附和。

“然后他们就开始猜谜，”枪侠说。他的思绪又飘回到自己与坐在对面、满身伤痕的男孩同样年纪的岁月，嘴角泛起一朵笑浪。“他们连猜几小时，不知疲倦。所有人都在祖先之堂中央排成一队，队伍的位置由各人抽签决定。而且因为排在队尾比排在前面要有利许多，每个人都希望抽到后面，尽管赢家必须至少正确回答一则谜语。”

“当然。”

“每个男人、女人——蓟犁有些最好的猜谜选手是女人——走近木桶，从里面抽出一则谜语，然后递给主裁判。主裁判来问，如果谜语在三分钟的沙漏漏光以后还没被解开，选手就必须离开队伍。”

“那么问下一个选手的是不是同一则谜语呢？”

“是的。”

“那么那个人就有额外思考的时间了。”

“是的。”

“我明白了。听起来很炫嘛。”

罗兰眉头一皱：“炫？”

“他意思是说很有趣。”苏珊娜平静地回答。

罗兰耸耸肩：“我猜旁观者一定觉得有趣，但是那些选手可是相当认真。有时候比赛结束、颁发完奖品之后还会发生口角，甚至大打出手的都有。”

“什么奖品，斯蒂文之子罗兰？”

“领地里最大的白鹅。而且每年我的老师柯特总是能把白鹅抱回家。”

“他一定是个猜谜能手，”布莱因的话音里充满敬意，**“我希望他在这里。”**

“他的确是高手，”罗兰说，“现在，你能听听我的提议吗？”

“洗耳恭听，蓟犁的罗兰。”

“就让下面几个小时变成我们的猜谜节。不是由你出谜，因为你想听到的是新谜语，而不是重复成千上万你早知道的谜语——”

“没错。”

“反正大多数我们也解不开，”罗兰继续说，“我肯定你那些谜语如果从木桶里被抽出来，连柯特都会被蒙住。”这点他并没有把握，但是用拳头的时候已经过去了，现在该伸出羽毛了。

“当然。”布莱因表示同意。

“我建议这次的奖品不再是只大白鹅，而换成我们四个的性命，”罗兰说，“一路上由我们出谜语，布莱因。如果当我们到达托皮卡时，你能解开我们出的所有谜语，你就执行原来的计划，把我们全杀了。这就是你的大白鹅。但是如果我们难倒了你——就是说如果你不能解开任何一则杰克的谜语书上或者我们四个脑袋里出来的谜语——你就必须带我们去托皮卡然后把我们放了。那将会是我们的大白鹅。”

沉默。

“你明白了吗？”

“明白。”

“你同意吗？”

单轨火车布莱因还是沉默。埃蒂紧张地搂住苏珊娜，盯着贵族车厢的天花板。苏珊娜的左手滑到自己小腹，想起也许正在这里面生长的秘密。杰克轻轻地抚摸着奥伊光滑的皮毛，尽量避免碰到貉獭身侧被匕首刺伤的地方。他们全在等待布莱因——真正的布莱因，他们身后的布莱因，藏在他亲手杀死了所有居民的鬼城地下的布莱因——考虑罗兰的建议。

“好的，”布莱因最终开口，**“我同意。如果我解开你们问我的所有谜语，我就要让你们陪我一起上西天。如果你们中间有一个能说出一则我无法解答的谜语，我就饶了你们的性命，并且载你们去托皮卡，你们从那里继续寻找黑暗塔的旅程。我对你提议的约束条件是否理解正确，蓟犁的罗兰，斯蒂文之子？”**

“是的。”

“非常好，蓟犁的罗兰。

“非常好，纽约的埃蒂。

“非常好，纽约的苏珊娜。

“非常好，纽约的杰克。

“非常好，中世界的奥伊。”

奥伊听见自己的名字，微微抬起头。

“你们同属于一个卡-泰特，众多联盟中的一个。我也是。谁的卡-泰特更加强大，我们马上就会找到答案。”

随后车厢再次陷入沉默，只有慢转涡轮匀速地轰隆作响。发动机载着他们穿过荒原、朝着托皮卡飞速行驶，那里就是中世界结束、末世界开始的地方。

“好吧，”布莱因最后叫道，**“撒出你们的网，流浪者！用你们的问题考验我。竞赛现在开始。”**

第一卷

猜谜

第一章

魔月之下（Ⅰ）

1

坎得尔顿镇一片废墟，乌烟瘴气，但并非是死城一座；多少个世纪以来，这里充斥着各种阴森黑暗的生物——四处爬动、足有海龟般大小的甲虫，像小型变异龙一样的飞鸟，还有一些跌跌撞撞的机器人从破落的建筑中进进出出，眼睛闪着光，活像一群不锈钢僵尸。

"出示证件，哥们！"传来了一个机器人的声音，它被困在坎得尔顿旅者饭店大堂的角落里足有二百三十四年了。这个机器人的菱形脑袋已经锈迹斑斑，上面有一个凸起的六角星。被困的这些年里，它在挡在面前的钢板墙壁上挖出了一个浅浅的凹槽，但成果也就仅限于此了。

"出示证件，哥们！镇子的东部和南部可能有高强度辐射！出示证件，哥们！镇子的东部和南部可能有高强度辐射！"

一只浑身肿胀的瞎眼老鼠挣扎着从看门机器人的脚面爬过去，身后拖着个像腐烂的胎盘似的囊，里面是它的肠子。看门机器人毫无知觉，只是一个劲儿地把它的钢头往墙壁上撞。"出示证件，哥们！镇子的东部和南部可能有高强度辐射，看在上天的分上！"它身后的饭店酒吧里，大灾难之前来此饮最后一杯酒的人们已死去多时，头骨咧嘴笑着，就好像他们临死之前也是这副表情。也许其中有些人是的。

当布莱因像出膛的子弹般划破夜幕，疾驰而过的时候，镇里的窗户纷纷被震碎，灰尘扬起又落下，几个头骨像古旧的陶器般裂开了。室外，充满放射性粉尘的飓风呼啸着穿过街道，美极肉食餐厅门前的招牌烟一般被上升气流卷走。在镇广场上，坎得尔顿喷泉被一劈为二，但里面喷出的不是水，而是尘土、蛇、蝎子和几只四处乱窜、像海龟一样巨大的甲虫。

随后，从镇子上方掠过的光影消失了，了无来时的痕迹。坎得尔顿又回到了死气沉沉的状态，两个半世纪以来这里都被剥夺了生机……这时轰鸣的雷声拖着长长的尾音在镇上辗转而过，这还是七年来的头一遭。惊雷引发的振动震塌了距喷泉很远的商号。看门机器人试图发出最后的警告："高强度辐——”然后就再也不吱声了，它面对墙壁耷拉着脑袋，就像个做了错事而受罚的孩子。

沿着光束的路径的方向，距坎得尔顿两三百轮距的地方，辐射的强度和土壤中放射性物质的浓度大幅度下降。此处，单轨列车的运行轨道俯冲到离地面不到十英尺的地方。一只看上去尚属正常的母鹿轻巧地从松树林中钻出，来到一条小溪前喝水，里面四分之三的水都变清了。

母鹿并非完全正常——从它的下腹中间垂下来粗短的第五条腿，看上去就跟乳头差不多，母鹿走动的时候这玩意儿就轻飘飘地来回晃动，鼻子旁边多出的那只瞎眼睛则茫茫然地转悠着。但是它仍然是有生育能力的，它的基因好得没话说，生养十二代孙辈都没有问题。在它六年的生命历程中，它产下了三只幼崽。有两只不仅存活了，而且是正常的——河岔口镇的泰力莎姑母肯定会把它们称作有花纹的小种兽。第三只小鹿生下来就没有皮，面目可怖，而且只会鬼哭狼嚎，所以马上就被雄鹿杀死了。

世界——至少是这一部分——已经开始自我痊愈。

母鹿把嘴凑到水面开始喝水，然后它抬起头，睁大了眼睛张望着，嘴边还滴着水。它听到远处传来低沉的轰鸣声。随后，一道亮光射了过来。母鹿马上警觉起来，然而虽然它的反应够快，而且亮光第一次射来的时候仍有许多轮距，中间隔着广袤的荒原，它仍然在劫难逃。尚未来得及发力奔跑，遥远的亮光就变成了巨大而灼热的狼眼，照亮了整条小溪和林中空地。伴随强光而来的是布莱因全速行驶时、慢速涡轮令人发疯的轰隆声。支撑铁轨的混凝土隆脊的上方，一个粉红色的身影一闪而过。在它身后，扬起了一片尘土、石块、肢解了的动物尸体和打着旋的树叶。布莱因经过时的强烈震动使母鹿瞬间毙命。由于母鹿体积较大，所以并没有被扬起，但它仍然被强大的冲力往前拽了足有七十码，口鼻和蹄子还在滴着水。大部分的皮都被拽得离开了它的身体(包括那没有骨头的第五条腿)。它吸在布莱因身后时，看起来就像被丢弃的一件破衣服。

出现了短暂的沉寂，单薄得就像新生婴儿的肌肤或岁末池塘上新结的一层冰。然而轰鸣声随即呼啸而至，就像一个吵吵嚷嚷赶赴婚礼的家伙。轰鸣声撕破了静寂，把一只变异的鸟——正常情况下或许是只乌鸦——从空中撞了下来。那鸟像石块一样跌落下来，砸进了溪水里。

远处，一只红色的眼睛渐行渐远：那是布莱因的尾灯。

头顶上方，一轮满月从薄云中钻出来，使空地和小溪都晕染了仿佛当铺里珠宝般俗丽的颜色。月亮上有张面孔，这可不是恋人们愿意看到的浪漫情景。那面孔看上去像骷髅一样，和坎得尔顿旅者饭店里的有些相似；它冷冷地看着地面上苟延残喘的生命，带着疯癫的得意。世界转换之前，蓟犁的人们把岁末的满月叫做魔月，直视魔月会带来厄运。

然而现在，这些都不重要。现在，到处都是魔鬼。

2

苏珊娜抬头看了一下路线图，发现标明他们当前位置的绿点差不多位于坎得尔顿和莱利亚的中间，莱利亚就是布莱因的下一站。不过，谁会在那儿下车呢？她想。

她把目光从路线图上移开，转向埃蒂，后者正直愣愣地看着贵族车厢的天花板。她跟随埃蒂的眼光，发现厢顶有一个方形，那只可能是天窗（但你现在可是在跟一个会说话的火车打交道，说不定应该把那称为舱口，或什么更酷的玩意儿）。天窗上简单的红色图案显示着一个正穿过开口的人。苏珊娜试图想象如果她照着那个暗示去做——在时速八百英里的火车上把头探出舱口——将会发生什么事情。她仿佛清楚地看到自己的脑袋被生生地从脖颈上拧下来，就像人们把花从茎上掐下来一样。她还看到那颗脑袋沿着贵族车厢朝行进的反方向飞去，说不定还会在车顶磕一下，然后就消失在黑暗中，双目圆睁，长发飞舞。

她尽力把这个画面从脑海中赶出去。几乎可以肯定，上方的舱口是紧锁的。单轨布莱因可不打算放他们走。也许他们能赢布莱因，但即使那样，苏珊娜也不确定布莱因会信守诺言。

不好意思，我确实觉得你像个无耻的混蛋，宝贝儿，她心里说，这个声音并不完全像黛塔·沃克的。我根本不相信你这个该死的机器。也许你失败后比赢了猜谜比赛更危险。

杰克正把那本破烂的谜语书递给枪侠，表情就像他巴不得摆脱那东西。苏珊娜知道那孩子现在的感受；他们大家的性命就悬在那本书破破烂烂的纸页上了。她也不确定自己是否愿意拿着谜语书，那责任太沉重了。

“罗兰！”杰克小声说，“你现在要这个吗？”

“个？”奥伊应和着，一边怯生生地瞅了枪侠一眼。“个吗？”貉獭用牙叼住书，把它从杰克手中拽过来，然后伸着长脖子想把书交给罗兰。正是那本《谜语大全：每个人的脑筋急转弯与智力游戏》！

罗兰盯着书看了一会儿，一脸若有所思的样子，而后摇了摇头。“现在不要。”他看着前方的路线图。因为布莱因没有面孔，所以那张图只好权且成为目光的聚集处了。现在绿点已经靠近莱利亚了。苏珊娜一时间有点好奇他们现在经过的平原是什么样子，但马上就意识到其实自己并不是真的想看到。看过刺德城之后，他们已经不想再受刺激了。

“布莱因！”罗兰叫道。

“在这儿。”

“你能离开一会儿吗？我们有事要商量。”

如果你认为它会那么做，那只能说明你疯了，苏珊娜想，但是布莱因回答得干脆利落。

“好的，枪侠。我会把贵族车厢的感应器全部关闭。等你们商量完并做好猜谜的准备之后，我再回来。”

“遵命，麦克阿瑟将军。”埃蒂咕哝了一句。

“你说什么，纽约的埃蒂？”

“没什么，只是自言自语。”

“叫我时，碰一下路线图即可，”布莱因说，“地图变成红色时，就表示我的感应器关闭了。再见回见待会儿见，勤写信来切切念。”它短暂地停顿了一会儿，接下来说，“要橄榄油，不要蓖麻油。”

车厢前方的路线图突然成耀眼的红色，苏珊娜甚至都没办法直视它。

“要橄榄油，不要蓖麻油？”杰克不解地问，“见鬼，那是什么意思？”

“无所谓，”罗兰说，“我们的时间不多。不管布莱因在不在这，单轨列车仍然高速驶向终点。”

“你不相信它真的走了，对不对？”埃蒂问，“它是个滑头的家伙。得了吧，还是现实点。我敢打赌它在偷看。”

“我觉得并非如此，”罗兰说，苏珊娜和他的看法相同。起码此时是这样。“你也听到了，这么多年以来，它听到又有谜语猜了有多兴奋。而且——”

“而且它很自信，”苏珊娜接着说，“它根本不觉得对付我们需要大费周章。”

“对付？”杰克问枪侠，“他会对付我们吗？”

“我也不清楚，”罗兰回答，“我袖子里可没藏着‘看我的’①，如果这就是你们问的东西的话。这将是公平竞争……但至少我以前玩过这个游戏。我们以前都玩过，起码从某种意义上说是如此。我们还有这个。”他朝那本书点点头，杰克刚刚把它从奥伊那里拿过来，“有些力量在起作用，强大的力量，并不是所有的力量都在阻止我们接近塔。”

苏珊娜在听罗兰讲话，不过她心里想的是布莱因——把他们单独留在这里，自己走开的布莱因，就像捉迷藏时被选中的孩子，在同伴们躲起来的时候顺从地闭着眼睛。难道他们不就是那样吗？难道他们不就是布莱因的玩伴？这个想法比她一直试图摆脱的关于舱口和脑袋被拧掉的念头还要糟糕。

“那我们该怎么办呢？”埃蒂问道，“你肯定是有主意的，否则你不会让他离开的。”

“它的高智能——再加上长时间的孤独和被迫的静止——这些会让它更具人性，而它自己恐怕都没意识到。不管怎样，我希望如此。首先，我们必须分析布莱因。如果可能，找出它的弱点和优势，竞赛中它什么地方有把握，什么地方没把握。在谜语竞赛中取胜，并不仅仅取决于出谜者的聪明才智，千万别这么想。抓住解谜者的盲点同样重要。”

“它有盲点吗？”埃蒂问。

“如果他没有，”罗兰冷静地说，“我们就会死在这趟车上。”

“我喜欢你宽慰我们的方式，”埃蒂咧嘴笑了笑，“这是你的诸多魅力之一。”

“刚开始，我们会考它四次，”罗兰说，“容易，不太容易，比较困难，非常困难。我相信它能把四个谜都解出来，但我们要注意它是怎样回答问题的。”

埃蒂点着头，苏珊娜感觉到一丝隐约的希望。好吧，这听上去是个行得通的办法。

“然后我们再让它走开，单独商量一下，”枪侠说，“也许我们能发现出路。第一批谜语可以来自任何地方，但是，”——他表情凝重地朝那本书点了点头——“基于杰克关于书店的故事，我们真正需要的答案在那儿，而不存在于我的任何关于节日猜谜的记忆里。一定是在那儿。”

---

① 原文是 watch me，本来是中世界人们玩的一种纸牌游戏，赢了的人喊一声 watch me，“看我的”。此处罗兰应该是指一张制胜的牌。

“问题。”苏珊娜说。

罗兰看了看她，扬了扬眉毛，他有一双淡蓝色、危险的眼睛。

“我们要找的是问题，而不是答案，”她说，“这次我们可能是要死在答案的手里了。”

枪侠点点头。他看上去有些迷惘——甚至是沮丧——苏珊娜可不愿在他脸上见到这个表情。不过这次杰克递出书的时候，罗兰接了过去。他拿了一会儿（在他那双被晒伤的大手中，虽然褪色但仍鲜亮的红色封皮看上去十分诡异……在那只缺了两根手指的右手中尤其如此），接着就递给了埃蒂。

“你出简单的。”①罗兰回过头对苏珊娜说。

“也许行，”她回答道，脸上掠过一丝微笑，“不过你对女士说这样的话还是有些不太礼貌。”

罗兰转向杰克说：“你出第二个，稍微难一点。我出第三个。你来最后一个，埃蒂。从书里挑一个看上去难——”

“难的在后面。”杰克补充了一句。

“……不过注意了，别犯傻。这可是生死攸关的事情。现在不是犯傻的时候。”

埃蒂看着他——老迈，高大，丑陋，天知道他打着找塔的旗号做了多少丑事——埃蒂怀疑罗兰是不是知道他那么做伤害了多少人。现在他们命悬一线，他竟然轻描淡写地提醒自己别像个不懂事的孩子，不要咧着嘴乱开玩笑。

他张开嘴想说些什么——埃蒂·迪恩的招牌产品，既有趣又伤人，这些话老是把他的兄弟亨利气个半死——但他什么都没说。也许长得又高又大又难看没有什么大不了；也许该抛开那些俏皮话和幼稚的笑话。也许该长大了，成熟了。

3

在接下来的三分钟里，他们小声交换意见，并快速翻阅了《谜语大全》，为埃蒂和苏珊娜挑好了谜语（杰克说，他已经知道第一次考布莱因时要出什

---

① 原文是 you're easy，此处意为罗兰让苏珊娜出第一个谜语。但英语中，对女士说“You're easy”，有说对方不矜持之意，故苏珊娜说他不太礼貌。

么题了)，罗兰走到贵族车厢的前部，把手摊放在熠熠发光的长方形上。路线图立即又出现了。尽管现在车厢关闭，感觉不到列车在行使，他们还是看到绿点离莱利亚更接近了。

“现在，斯蒂文之子罗兰！”布莱因说。在埃蒂听来，它不止是显得开心，简直就是兴高采烈。**“你的卡-泰特准备好了吗？”**

“好了。纽约的苏珊娜将开始第一轮。”他转向她，稍稍压低了些嗓子(苏珊娜觉得如果布莱因想偷听，可就不妙了)，说道，“你不必像我们中的其他人那样往前走一步，因为你双腿不方便。不过你必须声音洪亮清晰，而且每次和他讲话的时候都要称呼他的名字。假如——当——他正确答出你的谜语，你要说‘谢谢你，布莱因，你回答正确。’接着杰克会迈到过道上，继续猜谜。明白了吗？”

“万一他没猜对，或者根本没有猜呢？”

罗兰阴沉地笑了一声。“我想我们现在根本不必担心这个。”随后他再次提高了音量，“布莱因？”

“是，枪侠。”

罗兰深吸了一口气：“现在开始。”

“好极了！”

罗兰朝苏珊娜点点头。埃蒂攥住苏珊娜的一只手；杰克则拍了拍她的另一只手。奥伊抬着带金边的眼睛全神贯注地望着她。

苏珊娜紧张地朝他们笑了笑，又抬头看了看路线图。“你好，布莱因。”

“你好，纽约的苏珊娜。”

她的心“怦怦”跳个不停，胳肢窝潮潮的，这时苏珊娜才发现此刻和自己读一年级时的情形极其相似：万事开头难。在全班面前起立开始唱首歌，讲个笑话，做一个如何消夏的报告……或出个谜语。她决定出的谜来自杰克·钱伯斯那篇疯疯癫癫的英语作文。离开河岔口的老人后，他们进行了一次长谈，当时杰克几乎一字不差地把那篇文章背了出来。那篇题为《我对事实的理解》的作文包含了两个谜语，埃蒂已经把其中一个出给布莱因了。

“苏珊娜？准备好了吗，女牛仔？”

这又是一番逗弄，不过这回倒是轻松愉快、也很善意的那种。如果得到想要的东西，布莱因是可以变得讨人喜欢的。就像苏珊娜所认识的被惯坏了的孩子。

“是，布莱因。听好了。我的谜面是：什么东西有四个轮子还能飞？”

这时传来一个怪异的滴答声，就好像布莱因在模仿别人弹舌头。接着是短暂的停顿。布莱因回答时，声音里已经没有那种兴高采烈的情绪了。**“当然是镇上的垃圾车了。不过是儿童谜语。要是你们接下来的谜语没有改善，我就不客气了，我会后悔让你们多活了这一小会儿。”**

路线图闪了一下，但这次不是红色，而是淡粉色。“别激怒它。”小布莱因以央求的语气说。每次它发话时，苏珊娜脑子里就浮现出一个满身大汗的秃顶小老头的形象，老头的一举一动都是抖抖索索的样子。

大布莱因的声音来自四面八方（苏珊娜认为这就像塞西尔·B.戴米尔[①]的电影里上帝的声音），但是小布莱因的声音只是来自一个地方：他们头顶正上方的扬声器里。“拜托了各位，不要惹他生气了；它已经高速运行，替代轨道不可能跟上这样的高速。而整个轨道自上次我们出来后就严重老化了。”

苏珊娜生活的时代已经有了无轨电车和地铁，她现在并没有感觉到任何异常状况——自火车离开刺德城的摇篮至今，一直开得很稳——但她还是相信小布莱因。她想，要是他们真的感到一点点颠簸，那肯定就是他们最后的感觉了。

罗兰拿胳膊肘顶了顶苏珊娜，她才回过神来。

“谢谢你。”她说。然后她想起了什么，便飞快地用右手手指轻触喉咙三次。罗兰第一次和泰力莎姑母说话的时候做的就是这么一个动作。

“多谢你的好意，”布莱因说。它听上去挺开心的，苏珊娜想想这也不错，哪怕这是在取笑她。**“可我不是女人。如果说我有性别，那也是男性。”**

苏珊娜困惑地看着罗兰。

“男左女右，”他说，“在胸骨上。”他轻拍了胸骨一下以作演示。

“哦。”

罗兰转向杰克。这孩子站了起来，把奥伊放到自己的座位上（不过这是徒劳的；杰克站在过道上面向路线图的时候，奥伊立刻跳下来，跟在杰克身边），注视着布莱因。

“你好，布莱因，我是杰克。你知道，艾尔默的儿子。”

“说吧，你的谜语是什么。”

---

① 塞西尔·B.戴米尔（Cecil B.DeMille），美国导演，活跃于二十世纪头十年至五十年代，代表作品有《参孙和大利拉》、《日落大道》等。

"什么东西会跳却从不走，有嘴却从不开口，有床不睡觉，有头却从不泪流？"

"不错！杰克，我希望苏珊娜能从你这里学点东西，艾尔默之子杰克。答案对有点头脑的人都是不言自明的，不过这仍然是个好谜语。一条河。"

"多谢你，布莱因，回答正确。"他左手握拳，轻碰了三次自己的胸骨，随后坐了下来。苏珊娜把手臂围绕在他身上，轻轻抱了他一下。杰克心存感激地望了她一眼。

这时罗兰站了起来。"嗨乐①，布莱因。"他说。

"嗨乐，枪侠。"布莱因听上去好像又被逗乐了……也许是因为这种苏珊娜从没听过的问候语吧。嗨什么？她不明白。关于希特勒的念头一闪而过，而这又让她想起了在刺德城外发现的飞机残骸。杰克曾说过那是一架福克-沃尔夫。她不了解飞机，但她知道里面有一具死尸，年代久远得连臭气都散发不出来了。**"说出你的谜语，罗兰，出个漂亮的谜语。"**

"举止漂亮才是真的漂亮，布莱因。言归正传，我的谜语是：什么东西早上有四条腿，下午两条腿，晚上有三条腿？"

"是个漂亮的谜语，"布莱因表示肯定，**"简单而漂亮，就这么回事。答案是人。一个人在孩童时代用手和膝盖着地爬行，等到成年后就用双脚走路，老年时代就要用拐杖走路了。"**

布莱因颇为得意，苏珊娜突然间发现了一个还算有趣的事实：她厌恶这个自鸣得意而又冷酷无情的东西。不管布莱因是不是机器，是它还是他，她都讨厌它。她觉得，就算布莱因没有逼迫他们用生命作赌注来进行一个愚蠢的猜谜竞赛，她照样厌恶它。

罗兰不动声色。"谢谢你，布莱因，回答正确。"他没有碰自己的胸骨就坐下了，然后看了看埃蒂。埃蒂起身站在过道上。

"怎么啦，布莱因，我的好兄弟？"他问。罗兰皱了一下眉，摇摇头，用残废的右手摸了摸额头。

布莱因一言不发。

"布莱因？你在吗？"

"在，但没心情开玩笑，纽约的埃蒂。说出你的谜语。尽管你一副傻样，但我认为谜语还是会有难度的。我很期待这个谜语。"

---

① 原文为hile，高等语中的问候语。

埃蒂瞥了罗兰一眼，后者朝他挥了挥手——继续啊，看在你父亲的分上，接着说！——接着又回头看了看路线图，绿点刚刚越过标志着莱利亚的那个点。苏珊娜明白埃蒂在怀疑什么，而她对这一点已深信不疑：布莱因明白他们在用一连串的谜语来测试它的能力。布莱因知道……并欣然接受了。

在发现没有任何希望找到一条容易的出路之后，苏珊娜的心情沉重起来。

4

“好吧，”埃蒂说，“我不知道这对你来说有多难，但我觉得很难。”《谜语大全》的答案部分已经被撕掉了，所以他也不知道答案，不过他认为没关系；游戏规则并没有规定出谜的人必须知道答案。

“我想听到谜语并且回答。”

“什么东西一经说出就被打破了？”

“安静，纽约的埃蒂，你对安静可是知之甚少。”布莱因一口气说完了这句话。埃蒂觉得自己的心一沉。没有必要去咨询别人了；答案显而易见。那么快就回答出问题可不是件好事情。虽然埃蒂没有说出口，但他一直心存希望——甚至可以说他隐隐感到有把握——就是用一个谜语把布莱因给弄死，让他四分五裂，即使动用国王所有的马和所有的臣民也无法将他复原。每次他在某个机灵鬼卧室里玩掷骰子游戏捡起一对骰子的时候，或是玩二十一点他想要超过十七的时候，他都会有这种隐约的确定感。就是你觉得不可能出问题，因为你就是你，出类拔萃、独一无二的你。

“是啊，”他叹了口气说，“我对‘安静’这个东西了解不多。谢谢你，布莱因，回答正确。”

“我希望你们已经发现了对你们有利的因素，”布莱因说。埃蒂心想：你这个该死的机器大骗子。布莱因的声音里又带上了洋洋得意的口气，埃蒂不禁好奇一台机器怎么能表现出这样的情绪。到底是建造它的中古先人赋予了它感情，还是不知何时，布莱因自己发展出了一系列人的情绪，来打发漫长的空寂岁月？**“需要我再次走开，你们好商量一下吗？”**

“是的。”罗兰说。

路线图闪烁着耀眼的鲜红色。埃蒂转身面对枪侠。罗兰的脸很快就恢复了镇定,但在那之前,埃蒂分明在他脸上看到一种恐怖的东西:虽然转瞬即逝,却是完完全全的绝望。埃蒂以前从来没有见过这种表情。罗兰中了大螯虾的毒、奄奄一息的时候,被埃蒂拿着自己的枪对准的时候,甚至可怕的盖舍俘虏了杰克、带着他消失在刺德城的时候,罗兰的脸上都没出现过那种表情。

"下一步该怎么办?"杰克问道,"我们四个人是不是再来一轮?"

"我想那就没什么意义了,"罗兰说,"布莱因知道的谜语多得是——也许成千上万——这可不是好事情。比这还糟糕得多的是他还知道谜语的来龙去脉……制谜和解谜时的心理活动。"他转身面向埃蒂和苏珊娜,他们两人已经坐了下来,胳膊搂着对方的腰。"我说得对吗?"他问他们,"你们同意吗?"

"那么,"杰克问,"我们该怎么办,罗兰?我是说,肯定有办法的……对不对?"

*对他说谎,你这个混蛋,*埃蒂拼命向罗兰传递这个想法。

罗兰或许真的听到了,他正尽力而为。他用残缺的右手轻轻地摸了摸杰克的头发说:"我认为事情总有解决的办法,杰克。问题的关键在于我们有没有足够的时间来想出一个合适的谜语。它说过,跑完全程不到九个小时。"

"八小时四十五分钟。"杰克插了一句。

"……时间不算长。我们走了都快一个小时了——"

"如果路线图没有问题的话,我们到托皮卡的路程都走了将近一半了,"苏珊娜喉咙有些发紧,"没准我们的机器朋友在旅程长度的问题上对我们撒了谎。好让它的打赌更有把握。"

"说不定。"罗兰表示赞同。

"那我们该怎么办?"杰克重复了相同的问题。

罗兰深深吸了一口气,屏住,又吐了出来,说道:"现在,让我单独用谜语来考他。我要搜罗小时候节日猜谜会上那些最难的谜语来问他。杰克,我们若是已经接近了某地……若是还在以相同的速度接近托皮卡,布莱因还没被难倒,我想你应该拿书中最后的几个谜语来问他。挑最难的。"他心烦意乱地摸摸自己的半边脸,看着眼前的冰雕。这个与他惊人相似的冰雕已经渐渐融开,成了面目难辨的一团东西。"我仍然认为答案就在书里头。否则你回到这个世界之前为什么会被吸引到它那里去呢?”

“那我们呢?”苏珊娜问,“埃蒂和我该怎么做?”

“思考,”罗兰说,“思考,看在你们父亲的分上。”

“‘我不用手来射击,’”埃蒂说。他突然觉得自己远离了此地,这是种陌生的感觉。当他从木头里看出弹弓和钥匙等着他释放的时候,就是这种感觉。但同时又好像完全不同。

罗兰用怪怪的眼神望着他:“是的,埃蒂,你说得没错。枪侠是用心来射击的。你想到什么了?”

“没什么。”本来他还打算再说点什么的,但是突然有一个古怪的意象——一段古怪的记忆——阻止了他:在前往刺德城的途中,记不得是哪次停下露宿,罗兰蹲在杰克的旁边,两人面前是一堆没有点燃的篝火。罗兰又在进行他那永无休止的授课了。这次轮到杰克了。杰克手中拿着燧石和火镰,正试图点燃篝火。燧石上冒出了一个个火星,但马上就熄灭在黑暗中了。罗兰说他正在做蠢事。他正在做……嗯……蠢事。

“不,”埃蒂说,“他根本没这么说。起码他没跟杰克那么说。”

“埃蒂?”苏珊娜说,听上去很担心,甚至是害怕。

*那么你为什么不问问他说了些什么呢,兄弟?*那是亨利的声音,那个像哲人一样夸夸其谈的瘾君子。他很久没听到过亨利对他说话了。*问他,他就坐在你身边,问他到底说了什么。不要像个裹着尿布的孩子一样毫无主见。*

但这是个坏主意,在罗兰的世界里,这不是正确的处理方式。在罗兰的世界里,所有的一切都是谜语。你不是用你的手而是用你的脑子射击,用你那该死的脑子!你会对点不着火的人说什么呢?当然是说,把你的燧石靠近一点。那就是罗兰当时说的话:*把你的燧石靠近点,拿稳。*

但这些都与眼前的情形风马牛不相及。是的,接近了,但接近只在马蹄铁这种东西上才管用①,亨利·迪恩在成为像哲人般的瘾君子之前会这么说的。埃蒂的记忆有点模糊不清,因为罗兰让他感到尴尬……让他难为情……拿他开涮……

也许不是故意的,不过,*有些东西*……有些东西使以前亨利常常给他的

① 原文是:close only couts in horseshoes,意思是在绝大多数事情上都是差之毫厘,谬以千里,只是接近是没有用的。

感觉又回来了。那是当然了，要不然消失了这么久后，亨利怎么会突然又回来了呢？

现在所有人都看着他。甚至包括奥伊。

“继续啊，”他告诉罗兰，语气有些烦躁，“你要我们思考，我们正在思考呢。”他正在拼命地思考。

（我用大脑来射击）

以至于脑子都快冒火了，但他可不打算告诉那个又高又丑且上了年纪的家伙。“继续问布莱因一些谜语啊。做你该做的。”

“随便你，埃蒂。”罗兰从座位上站起身来，走向前去，再次把手放在猩红色的长方形上。路线图立刻又显现出来。上面的绿点已经离莱利亚更远了，但是埃蒂很清楚火车已经明显减速了，要么是因为执行了某一个内置程序，要么是布莱因玩得很开心，不想这么快结束旅程。

“斯蒂文之子罗兰，你的卡-泰特准备好继续我们的节日猜谜了吗？”

“是，布莱因。”罗兰说。埃蒂觉得他的语气有些沉重。“如果你不反对的话，我现在会单独给你猜谜。”

“作为首领和你卡-泰特的父亲，这是你的权利。这些是节日猜谜中的谜语吗？”

“是的。”

“好。”他口气中透出几分让人生厌的满足，**“我想多听到些谜语。”**

“好啊。”罗兰深呼了一口气后开始出谜，“给我吃的我就活下来。给我喝的我就会死掉。我是什么？”

“火。”回答毫不犹豫。仍旧带着令人难以忍受的自满，那口气仿佛在说当你祖母还是孩子的时候我就老早知道这个谜语了，再来一个啊！几个世纪以来我都没有这么开心了，再试试啊！

“布莱因，我在阳光前面走过，但没有影子。我是什么呢？”

“风。”回答还是那么斩钉截铁。

“先生，你说对了。下一个。这东西轻如鸿毛，但是没人能够长时间握着这样东西①。”

“人的气息。”回答毫不拖泥带水。

---

① 原文是 This is as light as a feather, yet no man can hold it for long。这个谜语利用了 hold 的两个意思，这个词既是握着、举着某样东西的意思，又可以表示屏住呼吸。

但他这次的确犹豫了，埃蒂突然想到。杰克和苏珊娜焦急地凝视着罗兰，双拳紧攥，巴望着他能给布莱因出个像样的谜语，可以把它难倒，就像打牌时突然甩出的一招制敌的王牌。埃蒂无法看着他们——尤其是苏珊娜——否则他无法集中注意力。他低头看着自己双拳紧握的手，强迫它们张开，平放在大腿上。要做到这一点非常艰难。他听到走廊上罗兰还在翻弄着他年轻时听过的那些谜语。

"布莱因，猜这个谜语吧：如果你打碎我，我不会停止工作。如果你能触碰到我，我的工作就完成了。如果你失去我，你必须马上用一个戒指把我找到。我是什么？"

一瞬间，苏珊娜的呼吸停止了，虽然埃蒂在低头往下看，他仍然明白他的所思亦是她的所想：这是个好谜语，很好的谜语，有可能——

"人的心，"布莱因说，还是毫不犹豫的样子，**"这个谜语很大程度上基于人类诗意的幻想；比方说约翰·艾弗里、塞罗尼亚·亨茨、昂多拉、威廉·布莱克、詹姆斯·塔特、维罗尼卡·梅斯，以及其他人。人类的思考总是围绕着爱情。从塔的一层到另一层，这个事实始终不变，即使在这个堕落的年代也是如此。继续，蓟犁的罗兰。"**

苏珊娜恢复了呼吸。埃蒂双手又想攥紧，但他没让它们这样做。*把你的燧石挪近一点*，他用罗兰的声音思考着。*把你的燧石挪近一点，看在你父亲的分上！*

单轨火车布莱因继续前行，在魔月的照耀下向东南方进发。

第二章

猎犬瀑布

1

杰克不知道对于布莱因来说，《谜语大全》上的最后十个谜语是容易还是困难，但在他看来是相当难的。当然，他提醒自己，他可不是布莱因那样的思考机器，背后还有遍布全城的计算机给它出谋划策。他除了迎难而上外别无选择；老天爷不会眷顾胆小鬼，埃蒂经常这么说。如果最后十个谜语没有难倒布莱因，他会试试亚伦·深组的参孙谜语（吃的从吃者出来之类的谜语）。要是还不行，他也许就……该死，他不知道该怎么办，甚至不知道自己到时会作何感想。杰克想，事实上，我的脑子已经失灵了。

为什么不呢？在最近的八小时左右的时间里，他经历了一场异乎寻常的情感风暴。首先，恐惧：确认他和奥伊将从索桥跌落，然后淹死在河里；被盖舍驱赶到那个着了魔的迷宫刺德城；还得盯住滴答老人可怕的绿眼睛，绞尽脑汁地回答他提出的关于时间、纳粹和传递电路的问题，而这些问题根本就是没法回答的。被滴答老人追问的感觉简直就像在地狱里参加期末考试。

接下来就是一阵被罗兰（还有奥伊；要是没有奥伊帮忙，他保准已经没命了）营救的喜悦，他们在这座城市的地下看到的奇观，他对苏珊娜解出布莱因的启动之谜的惊讶，还有就是赶在布莱因释放存储在刺德城下面的大量毒气前，疯狂地冲上列车。

在那么多次幸免于难后，他感到吃了一颗大大的定心丸——罗兰当然会难住布莱因，然后布莱因会愿赌服输，把他们平安送达最后一站（管它托皮卡到底是什么地方呢）。接下来他们会找到黑暗塔，在那里完成使命，打抱他们该打抱的不平，搞定他们该搞定的东西。接下来呢？当然了，从此他们**快快乐乐地生活着**。就像童话故事里的人儿。

就是有一点……

罗兰说过，他们分享彼此的想法；卡-泰特的部分含义就是他们分享彼此的楷覆功。自罗兰踏进走廊，给布莱因猜儿时谜语的那一刻起，钻进杰克脑子里的就是一种大难临头的不祥预感。这种感觉不仅来自于枪侠;苏珊娜也传递了同样忧郁的情绪。只有埃蒂例外,他的心思根本不在这里,而是思考着别的问题。这也许是好事,但谁也不能担保,而且——

——杰克又开始害怕了。更糟糕的是,他感到绝望,就好像被某个无情的敌人一步步逼进了死角。他的手指不安分地在奥伊的毛里拨弄,当低头看手指的时候,他发现了一个奇妙的现象:奥伊那时为了使自己不掉下桥去而咬住的他的那只手不疼了。貉獭的牙留下的洞眼还在,血凝结在他的手上和腕上,但手本身不疼了。他小心翼翼地活动活动手。有一点疼,但程度很轻,基本上没什么感觉。

"布莱因,什么东西可以倒着沿烟囱上去,但不能正着沿烟囱下来?"

"女士用的阳伞。"布莱因快意自得地回答道,这种语气连杰克也开始讨厌了。

"谢谢,布莱因,你又回答对了。下一个——"

"罗兰?"

枪侠转过头看着杰克,他那专注的神情有所放松。那不是微笑,但至少看上去有点像微笑,这让杰克很高兴。

"怎么了,杰克?"

"我的手。曾经疼得要命,现在好了!"

"呸,"布莱因用约翰·韦恩式的腔调慢条斯理地说,**"我不能忍受一个猎犬的前爪被糟蹋成那样,更不用说像你这样漂亮的小手了。所以我把它弄好了。"**

"是怎么弄的呢?"杰克问道。

"看看你座位的扶手吧。"

杰克看了看,发现一个不显眼的线网格子架。看上去有点像他七八岁时用过的晶体管收音机的喇叭。

"这是在贵族车厢旅行的另一个好处。"布莱因继续自鸣得意地说。杰克突然想到布莱因非常适合去派珀学校。世界上第一辆单轨列车,同时还是个人格分裂的怪物。**"这个手扫描式光谱放大器是个诊断工具,它可以提供一般的紧急救助,就像我给你实施的救助一样。这还是一个营养补给系统,一个脑相记录仪,一个压力分析仪,还是一个提神装置,可以自然地刺激体内多肽的分泌。这个放大器还能够制造非常真实可信的错觉和幻觉。纽约的杰克,你想和一个与你来自塔的同一层的知名性感女神分享你的初次性经验**

吗？也许是玛莉莲·梦露、拉奎尔·威尔奇[1]，抑或是伊迪丝·邦可[2]？”

杰克笑了。他猜想，取笑布莱因可能有点冒险，但这次他再也忍不住了。“并没有伊迪丝·邦可这个人，”他说，“她只是电视节目里的一个人物而已。女演员的名字，嗯，是吉恩·斯塔博顿。她看上去像肖太太，她是我们的保姆，很好的人，但是她——你知道——不年轻了。”

布莱因沉默许久。当计算机的声音回来的时候，语调中的欢快被一种莫名的冷淡所取代。

“我请求你的原谅，纽约的杰克。我收回性经验的提议。”

杰克想，我倒能长长见识，同时他抬起一只手掩盖住自己的笑容。然后他大声地（希望是一个谦卑得恰到好处的语调）说：“没关系，布莱因。我想我还太年轻，做那事太早了一点。”

苏珊娜和罗兰四目对望。苏珊娜不知道伊迪丝·邦可是何许人也——当时还没有《四海一家》这档节目。但她仍然抓住了当前形势的关键；杰克看着她的嘴形正在发出一个无声的词，并且把那个信息像吹肥皂泡一样传到枪侠那儿：

错误。

是的。布莱因的确犯了一个错误。更重要的是，杰克·钱伯斯，一个十一岁的男孩，发现了这一点。而且，如果布莱因犯了一个错误，他就有可能再犯。他们也许还有希望。杰克决定像那时在河岔口镇对待格拉夫[3]那样对待这种可能性，只允许自己尝一点。

2

罗兰不动声色地朝苏珊娜点了点头，接着回到了车厢的前部，看上去是要重新开始猜谜。罗兰还没开口，杰克感到自己的身体被向前推了一把。这真滑稽；当单轨列车全速前进的时候，人是根本感觉不到什么的，但一旦

① 拉奎尔·威尔奇（1940— ），美国女演员，主演电影《蛮荒世界》《百支快枪》和《三剑客》等。

② 伊迪丝·邦可，美国女演员，出演电视剧《四海一家》。

③ 格拉夫：罗兰世界的一种烈性苹果酒，杰克在河岔口时喝过。参见《黑暗塔》第三部《荒原》。

车子开始减速，人就有感觉了。

“有样东西你们的确应该看一看，”布莱因说。他的语气听上去又开心起来，不过杰克不相信那个腔调；有时候他听他爸爸就是这样开始电话交谈的（通常是和某个矮胖的下属），在接近尾声的时候艾尔默·钱伯斯会站起身来，像一个饱受胃痉挛之苦的男人把腰弯过桌子，拼命大叫大嚷，他的脸颊红得好似萝卜，眼睛下部的肌肉紫得好似茄子。**“不管怎样，我必须现在就停下来，因为现在我必须转向电池电量，那其实就是预充电。”**

火车停下来时的冲力小得难以察觉。他们周围的墙又失去了颜色，接着就变透明了。苏珊娜满心恐惧和诧异，倒吸了一口凉气。罗兰移到左边，摸索着车厢的边缘，免得把头撞着。接下来他把双手放在膝盖上，俯身向前，双眼眯缝了起来。奥伊又开始大叫。只有埃蒂看上去对贵族车厢的视觉模式带给他们的惊人一幕无动于衷。他只朝四周看了一眼，脸色迷茫，若有所思，然后又低下头盯着他的双手。杰克朝他瞄了一眼，有点好奇，又把头转了回来，往外盯着什么看。

他们在跨越一个巨大的深渊，路刚走到一半，车就像是悬在了半空中，车外月色朦胧。在他们上方，杰克看到一条宽阔沸腾的河流。不是寄河，除非罗兰的世界里的河流可以沿着不同河道向不同方向流去（虽然以杰克目前对中世界的了解程度，他还不能排除有这种可能性）；这条河并不平静，它咆哮着，卷着一股洪流奔涌而出，翻滚着冲出群山，场面震撼人心。

杰克看了看河边陡坡边生长的树木，感到一丝欣慰，因为它们看上去完全正常——就像那种在科罗拉多或怀俄明州山地常见的冷杉——随后他的眼光退回到深渊的边缘。那股洪流被打散开去，分流而下，变成深不可测而又宽阔无比的瀑布；这瀑布如此壮观，以至于跟它比起来，尼亚加拉大瀑布简直就像三流主题公园里的小玩意。他曾经跟着父母去过尼亚加拉（这是他仅记得的三次全家旅行中的一次；另两次旅行由于他爸爸接到的紧急电话而被迫缩短行程）。腾起的水汽使包围瀑布弧形水流的空气变得厚重，看上去就像空中的小溪似的。其中六轮月虹泛着光芒，好像艳丽而重叠在一起的梦幻珠宝。在杰克看来，它们就像扣在一起的奥运五环。

从瀑布中央突出来的是两块巨大的石头突出物，大约位于瀑布落点之下两百英尺的地方。尽管杰克不清楚一个雕塑家（或许是一群雕塑家）怎么样才能到达那个位置，他还是觉得那不可能是简单的侵蚀造成的。它们看上去像硕大的咆哮着的狗的头颅。

猎犬瀑布，他想。此外还有一个停靠站点——戴什韦尔——接下去就是托皮卡了。最后一站。所有人都出局。

“稍等，”布莱因说，**“我必须调整一下音量，这样你们就可以享受整体的效果了。”**

这时出现了短暂的嘘声——一种机械的清嗓子的声音——接着他们听见一声巨大的咆哮。那是水发出的声音——据杰克的判断，一秒钟奔涌出十亿加仑所发出的声音——水奔腾到深渊的边缘，垂流直下两千英尺，落在底部的石潭里。层层的雾霭飘过那两张模糊的狗面，就像从地狱的入口冒出来似的①。音量不断加大。现在杰克的整个脑袋都在轰响着。他拿手去拍耳朵，看见罗兰、埃蒂和苏珊娜在做同一件事情。奥伊还在狂吠，但杰克听不见它的声音。苏珊娜的嘴唇又开始动了起来，这次他也能明白她在说什么——停下来，布莱因，停下来！——但正如他听不见奥伊的叫声一样，布莱因也听不见他们的声音，尽管他确信苏珊娜是用尽力气在叫了。

布莱因让瀑布的声音越来越响，直到杰克感到眼睛在眼窝里颤动，他可以肯定他的耳朵会炸开的，就像经受强音震动的扬声器喇叭一样。

但一切都结束了。他们还在月亮的氤氲光芒中悬在那里，一圈圈的月虹照旧在慢条斯理地幻化出梦幻般的圈圈，前面是一帘绵绵不绝的水瀑。湿漉漉而显得有点野蛮的看门狗的石头脸继续从洪流中突出出来，不过那种灭绝世界的雷声已不见了踪影。

杰克一度认为他所担心的事情终于发生了，也就是说他已经彻底变聋了。但他马上意识到他能听见奥伊的声音，那貉獭仍然在狂吠，苏珊娜也在叫喊着什么。起初这些声音听起来遥远而模糊，就像耳朵被饼干屑堵住了一样，接着声音变得清晰起来。

埃蒂将手臂围绕着苏珊娜的双肩，看着地图。“好伙计，布莱因。”

“我只是想你们可能喜欢听瀑布发出的巨大声响。”布莱因说。他的声音听上去既愉快又有些受伤。**“我以为它能帮你们忘记我犯的那个让人遗憾的错误，和伊迪丝·邦可有关。”**

是我的错，杰克想。布莱因也许仅仅是台机器，是一个自杀型的机器，但他照样不喜欢别人取笑他。

他挨着苏珊娜坐下，把手臂搭在她身上。他仍旧能听见猎犬瀑布的声

---

① 希腊神话中，镇守冥界入口的就是名叫刻尔帕洛斯的妖犬，生有三个头。

音，但现在声音已经变得遥远了。

"这里发生了什么?"罗兰问，"你是怎么给电池充电的?"

"你很快就会知道的，枪侠。同时，给我猜个谜语吧。"

"好吧。我给你猜个柯特自己出的谜语吧。他当时出过很多谜语给人猜。"

"我非常期待。"

罗兰稍稍停顿了一下整理思绪，抬头望望曾经是车顶的那个地方，现在那儿只有满天的星星洒在漆黑的夜空里(杰克能看到阿波恩和丽迪亚——古恒星和古母星——这两颗星仍在熟悉的位置上互相凝望，看到它们，杰克莫名地感到安心)。接着枪侠回头看了看那个亮晃晃的长方形，权当那是布莱因的脸。

"我们是很小的生物；我们都有不同的特征。我们其中一个在玻璃杯里很稳定；还有一个能在喷气机里找到。另一个是在锡盒里，第四个装在盒子里。如果你要找第五个，它永远不会离开你。请问我们是什么呢?"

"A、E、I、O和U，"布莱因回答，**"高等语中的元音**[①]**。"**这次还是毫不犹豫。只是声音有点嘲讽的味道，差点就成了大笑；听上去就像是个残忍的小男孩看着小虫在一个热烤炉上跑来跑去。**"不过这个特别的谜语并不是你的老师出的，蓟犁的罗兰；我是从伦敦的乔纳森·斯威夫特那儿知道的——你朋友们也来自那个世界。"**

"谢谢你，先生。[②]"罗兰说道，他发出的"先生"一词听起来就像叹气，"你回答正确，布莱因，无疑你对谜语来源的想法也是正确的。我老早就怀疑柯特了解其他的世界。我想他可能与住在城外的一个曼尼人[③]有过交谈。"

"蓟犁的罗兰，我不在乎你的什么曼尼。他们向来就是一个愚蠢的部族。再让我猜一个谜。"

"好吧，什么东西有——"

---

① 谜面原文为：We are very little creatures; all of us have different features. One of us in glass is set; one of us you'll find in jet. Another you may see in tin, and a forth is boxed within. If the fifth you should pursue, it can never fly from you. 五个元音可以从 glass, jet, tin, box 和 you 这五个单词里找到。

② 原文 thankee-sai, sai 在高等语中是尊称，可指先生也可称女士；它的发音和英文中 sigh (叹气)的发音是一样的。

③ 曼尼人，《黑暗塔》第一部中多次提及，是住在沙漠北部的古老一族。

“打住，打住。光束的力量汇聚在一起。不要直接看着猎犬，我有趣的新朋友们！遮住你们的眼睛！”

杰克的目光离开了从瀑布中突出来的巨大岩石雕像，但是没有及时把手抬起来。他用余光一扫，看见那些毫无特征的头颅突然长出了眼睛，闪烁着刺眼的蓝色。锯齿状尖利的闪电从眼睛里冒出来，射向火车。杰克躺倒在铺着地毯的贵族车厢的地板上，手腕前端紧紧贴在紧闭的双眼上，奥伊的哀嚎声回响在他一只有点轻微耳鸣的耳边。另外，他还听到电的劈啪声在火车的周遭肆虐。

当杰克再次睁开眼睛的时候，猎犬瀑布消失了；布莱因再次恢复了不透明的车厢。不过他还能听见声音——电子瀑布，就是从石头头颅的眼睛中射出的来自光束的能量。布莱因好像在吸收这种能量。*我们继续前进的时候*，杰克想，*他会消耗电池的能量来进行活动。这样刺德就真的被甩在身后了。永远。*

“布莱因，”罗兰说，“光束的能量怎么会存储在那样的地方？那些能量又怎么会从圣狗的眼睛里跑出来？你是怎么利用那些能量的？”

布莱因不说话。

“还有，是谁把它们雕刻出来的呢？”埃蒂问，“是中古先人吗？应该不是吧，你说呢？在他们之前应该还有人吧。或者……他们是人类吗？”

布莱因依然沉默。也许这很好。杰克不清楚他到底有多想了解猎犬瀑布或是它背后的秘密。之前他也曾在罗兰世界里的黑暗中待过，他已经见得足够多，多得让他相信那边的东西既不美好也不安全。

“*最好还是不要去问他*，”小布莱因的声音在他们的头顶上响了起来，“*更安全*。”

“别问他一些傻问题了，他也不玩笨游戏。”埃蒂说。那种迷离而遥远的神情再次出现在他的脸上，当苏珊娜叫他时，他好像根本没听见。

3

罗兰挨着杰克坐下，沿着右脸颊上的胡楂往上摩挲着自己的右半边脸。在他疲倦和困惑的时候会不自觉地做这个动作。“我已经弹尽粮绝，没什么谜语好讲了。”

杰克扭头望着罗兰，颇感吃惊。枪侠已经对着那计算机摆了五十多次姿势了，杰克想，若是毫无准备就伸出头去，次数可不算少了。不过要是转念一想：谜语在罗兰老家算是一桩了不得的大事的话……

罗兰仿佛从杰克的脸上读懂了什么，因为他的嘴角浮现出一抹酸涩的微笑；他点了点头，仿佛这个孩子已经大声说出了自己的想法。“我也不明白。你要是昨天或前天问我，我肯定会告诉你我的记忆深处储存了至少一千条谜语。也许是两千条。可是……”

他耸了耸一边肩膀，摇摇头，又开始摩挲起他的脸颊了。

“这跟遗忘还不一样。这就好像它们一开始就不在那里。世界其他地方发生的事情开始发生在我身上了，我想。”

“你在转换，”苏珊娜说，她用有些怜悯的神情看着罗兰，罗兰不敢直视这样的眼神；他被这样的眼神看得很不自在，“像这里其他东西一样？”

“是，恐怕是这样。”他双唇紧闭，目光犀利地看着杰克，“我要是叫到你，你准备好出书里的那些谜语了么？”

“是的。”

“好。当心点。我们还没有结束呢。”

外面，微弱的电火花发出的劈啪声停止了。

布莱因宣布：**“我已经给电池充过电了，万事俱备。”**

“太棒了。”苏珊娜无谓地说了一句。

“太棒了！”奥伊附和了一句，很得苏珊娜讽刺语气的真传。

“我还要做一些转换操作。大概要用上四十分钟，大多数操作是自动的。在转换操作和功能检查同时进行的时候，我们会继续比赛。我很享受这个过程。”

“就好像你在为去波士顿的火车换挡，从电动挡切换到柴油挡，”埃蒂说。他听上去仍然神游物外。“在哈特福得或是纽黑文或是一个别的什么地方，在那里任何神志清醒的人都不想活。”

“埃蒂？”苏珊娜问道，“你——”

罗兰碰了碰她的肩膀，摇了摇头。

“不用担心纽约的埃蒂。”布莱因语带调侃，似乎在说“天哪，这可真有趣”。

“没错，”埃蒂说，“不用担心纽约的埃蒂。”

“他脑子里没有一条好谜语。但是蓟犁的罗兰，你知道很多。再给我猜

一个吧。”

罗兰正在动脑筋的时候，杰克想起了他那篇期末作文——*布莱因是灾难*，他曾经这样写道。*没错，布莱因是个麻烦，这就是事实。这是事实。*

千真万确的事实。

不到一小时后，单轨火车布莱因又开始前进了。

4

苏珊娜心怀恐惧地看着闪耀的小点接近、穿越戴什韦尔，然后向终点驶去。小点的运动表明转换到电池之后，布莱因的速度有些放慢了，而且她还感觉到贵族车厢的灯光也变暗了一些；但她认为，不管时速多少，最终还是没什么区别。布莱因可能以六百英里而不是八百英里的时速到达终点托皮卡，但它的最后这批乘客照样还是会变成牙膏。

罗兰的速度也慢了下来，在他记忆的垃圾箱里越挖越深地搜寻谜语。他终究还是找到了，他还是老样子，从不放弃。自从罗兰开始教她如何射击开始，苏珊娜就对蓟犁的罗兰有一种难以启齿的好感，这是一种五味杂陈的感觉，有崇敬，有害怕，还有怜悯。她想自己是不会真正喜欢他的（作为她自身一部分的黛塔·沃克会因为他硬把她拽进这个世界——完全不顾她挣扎——而永远记恨他），但她的爱还是很强烈。不管怎么说，他拯救了埃蒂·迪恩的生命和灵魂；拯救了她所爱的人。仅就这一点来看，她也必须爱他。但她怀疑自己的爱更大程度上源于他的坚持。*退缩*这个词不是他字典里的词条，即便是在他受挫的时候……很明显，现在正是这样的时刻。

“布莱因，哪里有路不见车、有林不见树、有城不见屋？”

“地图上。”

“答对了，先生。下一个。我有一百条腿，但不能站立；我有一个很长的脖子，但没有脑袋；我消耗着女仆的生命。我是谁呢？”

“扫帚，枪侠。另一个版本的结尾是，‘我方便了女仆的生活’。我更喜欢你的版本。”

罗兰没有搭理。“看不见，摸不着，听不见，闻不到。它躲在星星后面、山川的下方。它终结生命，扼杀欢笑。布莱因，请问这又是什么呢？”

“黑暗。”

“谢谢你，你又说对了。”

残缺的右手沿着右脸颊划了上去——这个动作显出他的烦躁——他长满老茧的手指发出难以察觉的摩擦皮肤的声音，这让苏珊娜不寒而栗。杰克盘腿坐在地板上，忧心忡忡地盯着枪侠。

“有样东西能跑不能走，有时唱歌但从不说话。没有胳膊却有手；没有脑袋却有脸。布莱因，请问这又是什么呢？”

“钟。”

“该死。”杰克小声说道，双唇抿了起来。

苏珊娜看着埃蒂，心中感到一阵恼怒。埃蒂似乎已经对这一切失去了兴趣——按照他那二十世纪八十年代的古怪俚语，已经开始“跑神”了。她本想拿胳膊肘捅他一下，但突然想起罗兰对着她摇头，就作罢了。从他漠然的眼神中，你无法确定他是否在思考，但可能他的确在想。

*如果是这样，你最好抓紧点了，心肝儿，*她想。比起托皮卡来，地图上的那一小点离戴什韦尔更近一点，但这个点会在大约一刻钟内到达两地的中间位置。

比赛仍在进行当中，罗兰不停地提问，布莱因则不断做出精准的回答。

什么东西可以用来筑成城堡、来掀翻高山，使一些人看不见，而让另一些人看见？**沙子。**

谢谢你。

什么东西冬天有、夏天没有，还会根部朝上地生长？**冰柱子。**

布莱因，你说对了。

人在上面走，人在下面走；打仗时变得四分五裂？**桥。**

谢谢你。

看来猜谜是了无止境了，一个接着一个，直到苏珊娜觉得这一点意思都没有。罗兰年轻的时候也是这样吗，她想，在翻土节和满土节的猜谜比赛中，他和一帮朋友（尽管她知道他们不都是他的朋友，不，绝对不是）竞争就是为了得到一只猜谜节白鹅？她猜想答案也许是肯定的。冠军很可能就是那个保持头脑清醒最久、让自己可怜的脑袋不缺氧的那个。

可怕的是布莱因的回答快且准。无论这个谜语对她来说难度多大，布莱因每次都能够果断地把答案扔回到他们这边。

“布莱因，什么东西有眼睛，但是看不见？”

“有四个回答，”布莱因答道，**“针，风暴，马铃薯，还有真心爱人。”**

"谢谢你,布莱因,你回答——"

"听着,蓟犁的罗兰。听着,卡-泰特。"

罗兰马上沉默了,眼睛也眯缝了起来,头稍稍前倾。

"你们马上就会听到我的引擎开始加速运转,"布莱因说,**"我们现在离托皮卡还有整整六十分钟的车程。现在——"**

"如果我们已经赶了七个小时或更多的路,我就是和布莱迪一家[①]一起长大的。"杰克说。

苏珊娜担心地看了看四周,以为杰克的讽刺又会激起新的恐怖或残忍的举动。但布莱因只是咯咯笑。当他再次说话的时候,汉佛莱·鲍嘉[②]的声音再次出现。

"亲爱的,这里的时间是不一样的。你现在就要明白这一点。但不要担心;就算时光流转,最根本的东西还是不会变的。难道我会对你说谎吗?"

"是的。"杰克嘟哝了一句。

看来布莱因被触到了痒处,因为他又开始笑了起来——那种疯狂而机械的笑声让苏珊娜回想起邋遢的游乐园和路边嘉年华里的开心小屋。当灯光开始随着笑声有节奏地闪动时,她闭上双眼,用手捂住耳朵。

"好了,布莱因!打住!"

"请原谅,女士,"这次是吉米·斯图尔特[③]拖长了的谦卑语调,**"如果我的笑声毁坏了您的耳朵,我向您道歉。"**

"那就把这个毁掉吧。"杰克说着用中指点了点路线图。

苏珊娜期待着埃蒂能笑——她会说,你可以指望他在一天的任何时候都能够被粗俗的话题逗得乐不可支——但是埃蒂只是继续低头看着大腿,眉头紧锁,嘴巴微张,眼神空洞。苏珊娜觉得他看上去简直像个发呆的乡下傻瓜,她不得不克制自己用胳膊肘戳他的冲动,好让他不要摆出这副白痴表情。她克制不了多久了;要是他们将在布莱因行程的终点死去,她希望到时候埃蒂的手臂能搂住她,埃蒂的眼睛注视着她,埃蒂的心也和她在一起。

但是现在,最好是随他去。

"现在,"布莱因又开始用他特有的嗓音开腔了,**"我想开始我所谓的自**

---

① 《布莱迪一家》(The Brady Bunch),又译作《欢乐家庭》,七十年代美国情景喜剧。

② 汉佛莱·鲍嘉(Humphrey Bogart),美国电影演员。参见《荒原》第430页注①。

③ 吉米·斯图尔特(Jimmy Stewart),美国电影演员。

杀性行动了。这会很快消耗光我的电池电量，但我想现在已经不需要再保存电量了，不是吗？当我到达轨道尽头的铁柱子时，我的时速应该会超过九百英里——也就是三十轮距。再见回见待会儿见，勤写信来切切念。为了公平起见，我把这些告诉你们，我有趣的朋友们。如果你们打算把最好的谜语留到最后的话，我劝你们还是现在就说吧。"

布莱因的话里明显地透着贪婪——也就是那种赤裸裸的欲望，在杀掉他们之前听到并解答出他们最好的谜语——这一贯的贪婪既让苏珊娜感到老套，又使她厌烦。

"我可能没有时间把所有最好的谜语都给你猜，"罗兰漫不经心地说，"那可真遗憾，不是么？"

接着就是一阵寂静——虽然短暂，但与布莱因猜谜语的反应时间相比，这寂静显示出了更多的迟疑——接着布莱因扑哧一笑。苏珊娜很讨厌这种肆无忌惮的笑声，但是那笑声中透露一种愤世嫉俗的厌倦，这让苏珊娜更感不安。也许是因为布莱因差不多具有人的心智吧。

"好的，枪侠。一个勇敢的行为。但是你不是舍赫拉查德，我们也没有'一千零一夜'[1]来进行长谈。"

"我还是不懂你的意思。我不知道什么舍赫拉查德。"

"没关系。要是你真的很想知道，苏珊娜会告诉你的。或许是埃蒂来告诉你。罗兰，问题的关键是我不想被还有更多谜语的承诺所蒙蔽。我们为了猜谜节白鹅而竞争。来托皮卡镇吧，总会有回报的，不管是以何种方式。你明白吗？"

残缺的那只手又沿着罗兰的脸颊爬了上来；苏珊娜再次听见他的手指和铁丝般的胡楂摩擦时发出的细微声音。

"我们为了生存而战。没有人打退堂鼓。"

"一点没错。没有人打退堂鼓。"

"是的，布莱因，我们为生存而战。没有人打退堂鼓的。下一个。"

"我一如既往地等待着它，满怀欣喜。"

罗兰低头看了看杰克："杰克，准备好你的问题。我的谜语快说完了。"

杰克点了点头。

---

① 此处的"一千零一夜"是双关语，既指那本故事书，也指时间。舍赫拉查德是《一千零一夜》中每晚给国王讲故事的女子。

在他们的下方，单轨列车的引擎不断加速——与其说苏珊娜听到了引擎的声音，倒不如说她感觉自己的下巴在颤动，太阳穴和手腕处的动脉也跳得厉害。

她想，除非杰克的书里有一道难题，否则我们是不会成功的。罗兰无法难倒布莱因，我想他是知道这一点的。我想他一小时之前就知道了。

"布莱因，我一分钟内出现一次，一个瞬间出现两次，但是在十万年里一次也不出现。猜猜我是什么？"

比赛就这样继续着，苏珊娜意识到，罗兰和布莱因一问一答，后者还回答得越来越干脆利落，就好像全知全能的上帝。苏珊娜坐着，冰冷的双手紧紧贴住大腿，眼看着那个闪光小点离托皮卡越来越近，那里是铁路的尽头，也许还是他们卡-泰特的尽头。她想起了猎犬瀑布，想起了布满星辰的黑暗天空下，巨犬的头颅从白色的巨浪中咆哮而出；她想到了它们的眼睛。

蓝色的，放着电光的眼睛。

第三章

猜谜节白鹅

1

埃蒂·迪恩——他并不知道罗兰有时候认为他是个卡-麦，卡的傻瓜——似乎听见了一切，又似乎什么都没有听见；似乎看见了一切，又似乎什么都没有看见。猜谜开始之后，唯一使他印象深刻的只有一样东西，那就是从猎犬的石头眼睛里闪出的火焰；当他用手遮住眼睛躲避强光的时候，他想到了巨熊所在的那片空地上的光束之门，还有他是怎样把耳朵紧贴上去，听见梦幻般悠远的机器轰鸣声的。

埃蒂看见猎犬的眼睛愈加闪亮，听见布莱因把电流吸入到自己的电池里，为最后一次穿越中世界储备动力，那时他想：*在逝者的殿堂里，在充满废墟的房间里，并非一切都是寂静的。直到现在，中古先人们所留下的一些东西还在继续运转。那才是真正可怕的，难道不是吗？是的，这是最恐怖的。*

那之后很短的一段时间里，埃蒂是和他的朋友们在一起的，不只是身体上，精神上也是如此。但马上他又陷入了自己的思维世界。亨利肯定会说，*那是埃蒂的小世界。由他去吧。*

不停地浮现在埃蒂脑中的是杰克拿着燧石和火镰的样子；他让思绪在这个形象上短暂地停留了一会儿，就好像蜜蜂降落在甜蜜的花朵上一样，马上就再次起飞。因为他要的不是这个记忆；这只是通往他想要的东西的一条途径罢了，这是另一扇门，类似于西海海滩上的那三扇门，或是在通话石圈里，他在地上匆忙画出的那扇门……现在他满脑子都是这扇门。他要的东西在门后；他现在正在做的有点像……摆弄门锁。

小世界，用亨利的话说。

他的兄弟把大部分时间都用来打击他——因为亨利怕他，也嫉妒他，最终埃蒂意识到了这一点——但他还记得有一天亨利对他说了些好话，他颇感震惊。其实比*好话还要中听*；简直令人难以置信。

他们一大帮子人一直坐在熟食店后面的小巷里，其中一些人吃着棒冰和蛋筒冰淇淋，还有一些人抽着吉米·波利诺从他妈妈梳妆台的抽屉里拿来的健牌香烟——他们都叫他吉米·波利奥①，因为他那该死的脚就是这么残疾的。亨利，可以想见，也是吸烟大军中的一分子。

在亨利那一帮里，很多东西有专门的说法（埃蒂作为他的弟弟也是帮中一员）；那个落魄的小卡-泰特所使用的黑话。在亨利帮中，你从来不说打败某人；你嗖的一声送他们回老家。你不说和一个女孩调情；你和她做爱，直到她疼得叫唤。你不会不知所措；你头脑嗡嗡作响。你也不会和别的帮派发生争执；你只是踩到了狗屎。

那天讨论的话题就是如果你踩到狗屎的话，你会想和谁在一起。吉米·波利奥（他得第一个说，因为他提供了香烟——亨利的同伙称之为该死的致癌小白棍）选择斯基普·布拉尼根，因为他说斯基普天不怕地不怕。吉米说，有一次斯基普被一个老师惹毛了——那是在周五晚上的舞会——结果他把老师打了个浑身开花。把这个该死的娘娘腔踢回老家去，如果你可以把他从地上拖起来的话。这就是他哥们斯基普·布拉尼根的风格。

每个人都神色严肃地听着，一边吃着蛋筒冰淇淋或是吮着棒冰，也有人叼着健牌烟。每个人都知道斯基普·布拉尼根是个软蛋，吉米也没什么脑子，但没有人说出来。天，可不能说。如果他们不假装相信了吉米·波利奥的无耻谎言，就没有人会假装相信他们的谎言。

汤米·弗雷德里克斯选择了约翰·帕雷利。乔治·普拉特挑了萨巴·得拉布尼克，这一带人们也称之为疯狂匈牙利人。弗兰克·杜加内利提名拉里·麦凯恩，尽管拉里仍在少管所里待着；拉里是头儿，弗兰克说。

接下来轮到亨利·迪恩了。他对这个问题进行了深思熟虑，接着就用一只手臂搂住了他兄弟的肩膀，而后者显然有些受宠若惊。埃蒂，他说。我的小兄弟。他是我挑的人。

他们都瞪着他，瞠目结舌——但最吃惊的还是埃蒂。他的下巴都快碰到腰带搭扣了。接着吉米·波利奥说，得了吧，亨利，别胡闹了。这是个严肃的问题。狗屎掉下来的时候你指望谁在背后掩护你啊？

我不是开玩笑，亨利回答道。

为什么是埃蒂？乔治·普拉特问道，埃蒂脑子里也萦绕着这个问题。他难以从一个纸袋找到出路。一个湿纸袋。妈的，为什么呢？

亨利又思量了一下——埃蒂确信，那不是因为亨利不知道为什么，而是

---

① 原文为 Jimmie Polio，polio 是小儿麻痹症之意。

因为他不知道怎么才能说清楚。然后亨利说：因为当埃蒂在他那该死的小世界的时候，他能说动魔鬼去自焚。

杰克的形象又出现了，记忆重叠在一起。杰克拿燧石和火镰来互相摩擦，希望闪耀的火星能点燃篝火，但在那之前火星就熄灭了。

他能说动魔鬼去自焚。

把你的燧石拿近一点，罗兰说，现在又出现了第三个记忆片断，在海滩的尽头，他们走向那个门，那时罗兰烧得厉害，奄奄一息，像砂槌①一样颤抖着，不停咳嗽，枪侠的蓝色的眼睛目不转睛地盯住埃蒂，罗兰说，埃蒂，靠近一点——看在你父亲的分上靠近一点！

因为他想抓住我，埃蒂想。这时他依稀听到布莱因说比赛已经到了最后关头，这声音如此遥远和微弱，就像是透过某扇神奇的门从另外一个世界传来似的。如果他们一直保留着最好的谜语，那么现在也该拿出来了。他们有一小时的时间。

一小时！只有一小时！

埃蒂的思维纠缠在那个念头上，但他还是让自己暂时不要想时间。在他的体内发生了些什么（至少他祈祷要发生些什么），某些疯狂而绝望的联想，他不能让什么最后期限或结局弄乱自己的脑子；否则他就真的没有任何机会了。从某种意义上来说，这有点像从一块木头里看出些什么，一些你可以刻出来的东西——一把弓、一副弹弓，抑或是一把可以打开神奇之门的钥匙。你不能看得太久，至少最初的时候不能。否则你会失去它。就好像是雕刻的时候要转过身不去看它一样。

他能感觉到布莱因的引擎在下方不断发力。他的内心看见燧石撞击火镰发出的火花，听见罗兰让杰克把燧石靠得更近一些。杰克，不要用火镰来撞击它；要刮一下。

我为什么在这儿？如果这不是我想要的，为什么我脑子里老想着这个情景？

因为我已经靠得足够近了，但还是处于创伤区域之外。只是一般程度的创伤，但还是让我想起了亨利。被亨利打击。

亨利说你可以说动魔鬼去自焚。

是的。我喜欢他那么说。很棒。

---

① 砂槌：拉丁美洲的一种打击乐器。

现在埃蒂看见杰克一手握着燧石，一手拿着火镰，罗兰移动杰克的双手，让它们更靠近木柴。男孩很紧张。埃蒂可以看得出来；罗兰也已经看出来了。为了缓解那孩子的紧张情绪，让他别觉得点火是个多大的责任，罗兰——

罗兰让那孩子猜了个谜语。

埃蒂·迪恩往他记忆的钥匙孔中吹了一口气。这一次，锁栓转动了。

2

那个绿点离托皮卡越来越近了，杰克第一次感到了震动……就好像下面的铁轨已经被腐蚀掉了，甚至布莱因的替代铁轨都再也不能完全应付了。伴随着震动感而来的是速度感。贵族车厢的墙和天花板并不是透明的，但杰克仍然觉得他能够想象得到外面一闪而过的景色。布莱因全速前进，带着超音速行驶的隆隆声穿越了荒原，驶向中世界终结的地方，杰克还发现自己可以轻易想见单轨尽头的铁柱子。它们上面涂着黄色和黑色的对角线条纹。他不知道自己是怎么知道这一切的，但他确实知道。

“二十五分钟，”布莱因得意地说，**“枪侠，你愿意再试试我么?”**

“我想不用了，布莱因。”罗兰听上去疲劳至极，“我和你的游戏结束了；我输给了你。杰克?”

杰克站了起来，面对路线图。他感到胸腔内的心跳很慢，但非常有力，每一次的搏动就好像鼓膜上被打了重重一拳。奥伊蜷缩在他两脚之间，不安地望着他的脸。

“你好，布莱因。”杰克说着舔了舔自己的嘴唇。

“你好，纽约的杰克。”声音显得很友好——听上去也许像是一个看上去很和蔼，却一心想着把孩子骗到树林里去的老头，**“你愿意用你书里的谜语来考考我么?我们在一起的时间越来越少了。”**

“好，”杰克说，“我会用这些谜语来考你。告诉我你对每条谜语中真相的理解，布莱因。”

“说得很在理，纽约的杰克。我会照你的意思办的。”

杰克翻开书，找到他用手指标记的地方。十条谜语。要是算上参孙的谜语就是十一条了，他打算把这条留到最后。要是布莱因全回答对了(杰克现在相信他很可能做得到），他就会挨着罗兰坐下，把奥伊抱到腿上，等待最后一刻的来临。毕竟除此以外还有别的世界。

“听好了，布莱因：漆黑的隧道里有一只铁兽。只有被往回拽的时候它才会攻击别人。这是什么呢？”

“**子弹**。”回答很干脆。

“它们活着时走上去，它们甚至不会嘟哝一句。死了后走上去，则会牢骚满腹。它们是什么？”

“**落叶**。”回答很干脆，要是杰克真的相信比赛已经输了，为什么他还会感到如此绝望、痛苦和愤怒呢？

因为他本身就是痛苦和麻烦的象征，这就是原因。布莱因是个不折不扣的**大**麻烦，我想让他也尝尝痛苦的滋味，哪怕一次也好。与此相比，甚至想让他停下来的愿望也只能位居第二了。

杰克翻了一页。他翻到的那一页已经很接近《谜语大全》被撕掉的答案部分了；通过自己的手指他就能感觉到那一部分，那里有些凹凸不平。很接近书的最后部分了。他想到曼哈顿心灵餐厅里的亚伦·深纽，亚伦·深纽说他可以随时过来，玩玩象棋，对了，顺便提一下，老胖子的咖啡冲得很不错。一阵浓浓的思乡之情袭来，就像死亡的气息一样弥漫了他的整个身体。他觉得自己愿意把灵魂出卖给魔鬼，只要能让他再看一眼纽约；该死，他甚至愿意出卖灵魂，只为能再呼吸一口交通高峰时刻四十二街的空气。

他尽力把这个念头甩到脑后，开始出下一个谜语。

“我是祖母绿和钻石，丢失在月光下。太阳发现了我，把我捡起来。我是什么呢？”

“**露水**。”

毫不留情。毫不犹豫。

绿点离托皮卡越来越近了，路线图上最后一段距离即将走完。一个接着一个，杰克出谜；一个接着一个，布莱因回答。当杰克翻到最后一页时，他看见一段加框的文字，要么是作者加的，要么是编者加的，总之是那个拼凑成这本书的人：我们希望您喜欢**猜谜**这种集想象力和逻辑性于一体的独特组合形式！

我可不喜欢，杰克想。见鬼去吧，我一点都不喜欢。然而当他看到那段话前面的问题时，他感到出现了一丝希望。他觉得至少这一次，他们是真的把最好的留在最后了。

在路线图上，绿点离托皮卡已经只有咫尺之遥了。

“快点，杰克。”苏珊娜低声说。

“布莱因？”

“是，纽约的杰克。”

“没有翅膀，我能飞翔，没有眼睛，我能看见。没有手臂，我能攀援。我比所有野兽都可怕，比所有敌人都强壮。我狡猾、无情、高大；最后，我统治一切。我是什么呢？”

枪侠已经抬起了头，蓝色的眼睛闪着光亮。苏珊娜把那张充满期待的脸从杰克身上转向路线图。但布莱因的回答还是像以前一样迅速：**“人类的想象力。”**

有一瞬间，杰克考虑要不要跟他争论一下这个问题，接着又想，为什么要浪费时间呢？当回答正确的时候，答案总是不言自明的。

“谢谢你，布莱因，你答对了。”

“我想，猜谜节白鹅基本上已经是我的了。离终点还有十九分钟五十秒。纽约的杰克，你还有什么谜语要说吗？视觉感应器上显示你已经到达这本书的结尾了，恕我直言，书上的谜语没有我希望的那么好。”

“每个人都像个该死的评论家。”苏珊娜小声嘀咕了一句。她抬手抹去了眼角的一滴泪；枪侠没有扭头看她就抓住了她的另一只手。她紧紧抓住他的手。

“是的，布莱因，我还有谜语。”杰克说。

“好极了。”

“吃的从吃者出来，甜的从甜者出来。”

“这条谜语来自一本叫做《詹姆斯国王钦定圣经旧约》的书。”听上去布莱因被逗乐了，而杰克则觉得他的最后一线希望也溜走了。他想他可能会哭——倒不是因为害怕，而是因为沮丧。**“是强者参孙出的谜。吃者是狮子；甜的来自蜂蜜，是聚居在狮子脑袋里的蜜蜂做的。下一个？你还有十八分钟多的时间，杰克。”**

杰克摇摇头。他松开手，《谜语大全》掉了下去。当奥伊很轻巧地用嘴接住，然后伸长脖子把它递到杰克面前时，杰克笑了。“我已经把所有的谜语都说完了。没我的事了。”

“啧，那可真遗憾啊，简直是耻辱嘛，”布莱因说。杰克发现，在当前的情形下，约翰·韦恩般拖长的音调简直让人难以忍受。**“看上去我已经赢了那**

只鹅了，除非还有人有话说。你呢，中世界的奥伊？有什么谜语么，我的貉獭小兄弟？”

“奥伊！”貉獭应道，因为嘴里有书，它的声音含混不清。杰克仍然微笑着，拿起书，紧挨着罗兰坐了下来，罗兰用手搂住他。

“纽约的苏珊娜？”

她摇摇头，头都没有抬。她牵着罗兰的手，温柔地抚摸着那两段残指。

“史蒂文的儿子罗兰？你还记得蓟犁猜谜节的其他谜语么？”

罗兰也摇摇头……这时杰克看见埃蒂·迪恩抬起了头。埃蒂的脸上浮现出诡异的微笑，眼中也闪烁着不寻常的光芒，于是杰克开始觉得也许并非完全没有希望。突然之间，希望之花在他心中绽放，火红而又炽热。就像……嗯，像一朵玫瑰。夏日里盛开的玫瑰。

“布莱因？”埃蒂低声问道。杰克觉得他的声音有点哽住了，感觉怪怪的。

“是，纽约的埃蒂。”语调中明显带着轻蔑。

“我有十几条谜语，”埃蒂说，“就是为了在从这儿到托皮卡的路上打发时间，你知道的。”不，杰克意识到埃蒂听上去并不像哽住了；好像他在强忍住笑一样。

“说吧，纽约的埃蒂。”

3

埃蒂坐在那里，听杰克说完他最后那些谜语，他想到了罗兰关于猜谜节白鹅的故事。接着他的思绪又回到了亨利那里，发散思维的魔力带着他从这一点跑到那一点。要是你想说得有点禅意，就说乘坐跨鸟航空公司的飞机：从白鹅到火鸡。他和亨利曾经讨论过要戒掉海洛因。亨利声称变成冷火鸡①并不是唯一的方法；他说还有别的方式，比如变成凉火鸡。埃蒂问亨利，那些刚刚给自己来了一针的瘾君子又该怎么称呼，亨利毫不迟疑地回答，叫他们烤火鸡。当时他们笑得多开心啊……但现在，经过这段又长又古

① 冷火鸡：原文为 cold turkey，美国俚语，意为立刻并永久性戒毒。下文出现的凉火鸡，原文为 cool turkey，也是美国俚语，意为慢慢地非永久性戒毒。参见《三张牌》。

怪的时光后，这个玩笑简直就像是在说他埃蒂·迪恩自己，更别提他那些新朋友了。看上去他们过不了多久都要变成烤火鸡了。

除非你能够从你的小世界中找到出路。

是的。

那么埃蒂，行动吧。又是亨利的声音，他脑袋里的老住户，但是现在亨利听上去头脑很清醒。亨利听上去好像是他的朋友，而不是他的敌人，好像过去所有的恩怨都已了结，所有的干戈都化为玉帛。行动吧——让魔鬼自焚吧。可能会对你有点伤害，但你已经受过更大的伤害了。哦，天哪，我自己就曾让你受过更大的伤害，但你也撑过来了。毫发无伤。你知道该看哪里。

当然了。篝火旁的那次露营中，杰克最终还是点燃了火。罗兰曾让这孩子猜谜语来放松一下，杰克在木柴上方擦着了火星，接下来他们都坐在篝火前聊天。聊天，猜谜。

埃蒂还知道一些别的。在他们沿着光束的路径往东南方向行驶的时候，布莱因回答了上百个谜语，其他人都相信他回答每一个谜语的时候都毫不犹豫。埃蒂原先也是这么认为的……但现在，当他重新思考这个比赛的时候，他发现一件有趣的事情：布莱因曾经犹豫过。

一次。

他有点不耐烦了。罗兰也有点。

尽管枪侠时常被埃蒂惹恼，但有一次他真的动了怒，就是在刻钥匙的当口，埃蒂差点失败的时候。罗兰想掩盖他的怒气——想表现出他不过是有些气恼而已——但埃蒂明白是怎么回事。他和亨利·迪恩在一起住了那么久，直到现在，他对于一切负面情绪仍很敏感。那让他觉得受到了伤害——并不是因为罗兰的愤怒本身，而是因为那愤怒背后的轻蔑。轻蔑是亨利最常用的武器。

为什么死婴要穿过马路？埃蒂问。因为它是被钉在鸡身上的，嗨咻—嗨咻—嗨咻！

后来，每当埃蒂试着为自己的谜语辩护，争辩说他的谜语虽然没什么品位，却不是没有意义时，罗兰的回答和布莱因的回答惊人地相似：我不在意口味。你的谜语没有意义、而且是无法解答的，这让它们显得愚蠢。一个好的谜语是不会出这样的问题的。

但是当杰克给布莱因出完谜之后，埃蒂意识到一件很奇妙而且让他放开思路的事情：好这个词是待价而沽的。以前总是这样的，今后也一直会这样。即使用这个词的人有一千岁了，而且还能像野牛比尔①一样射击，这个词也是有比较才能用的。罗兰自己也承认他在猜谜这项活动中从来没有表现得很好过。他的老师说罗兰想得太复杂了；而他的父亲则认为这是因为他缺乏想象力。不管是什么原因，蓟犁的罗兰从没有赢得过节日猜谜比赛。他比所有与他同时代的人都要活得长，那当然是件很了不起的事，但他从来没有把作为奖品的鹅带回家。*要是论举枪射击，我可以比所有同伴都要快，但是我对于拐弯抹角的思考从来就不在行。*

埃蒂还记得自己曾试图向罗兰说明：所谓玩笑，其实就是特别设计的谜语，帮助你积累一些容易被忽略的才智，但罗兰不理睬他。埃蒂认为那就好像是一个色盲会忽略别人对彩虹的描述一样。

埃蒂认为布莱因也不太能够拐弯抹角地思考问题。

他意识到他能听见布莱因问别人是否还有别的谜语——甚至问到了奥伊。他能听出布莱因声音中的嘲讽，听得非常清楚。当然他能听得出来。因为他回来了，从他自己的小世界中回来，回来看看他是否可能说服魔鬼自焚。这一次，枪是没有用了，但也许这并没有什么关系。也许这没有关系，因为——

因为我是用心灵来射击的。我的心灵。上帝帮助我用心灵对着这台自大的计算机射击。帮助我拐着弯射击。

“布莱因？”他说，当计算机表示听见他说话之后，他接着说，“*我有不少谜语。*”当他说话时，他发现一件很奇妙的事情：他费很大的劲儿才能让自己别笑。

4

“说吧，纽约的埃蒂。”

没有时间让其他人保持警觉，什么事情都有可能发生，但从他们的表情来看，也没有提醒的必要。埃蒂暂时不去想他们，把所有的注意力都集中在布莱因身上。

---

① 野牛比尔(Buffalo Bill)，美国西部片《西塞英雄谱》中的主人公，由保罗·纽曼主演。

"什么东西有四个轮子，还能飞？"

"镇上的垃圾车，我已经说过了。"不满意——不高兴？是的，很可能——这些情绪都透过那个声音传出来了。**"你不记得了，是因为你愚蠢还是注意力没有集中？这是你们问我的第一个谜语。"**

是的，埃蒂想。我们都忽略的东西——因为我们都一门心思想着从罗兰的过去或者杰克的书里找些难题把你难倒——就是竞赛差不多就在那里结束了。

"你不喜欢那个谜语，对不对？布莱因？"

"我发现这个谜语傻得要命，"布莱因同意道，**"也许那就是你为什么又问了一次的原因。就是这样的，不是么，纽约的埃蒂？"**

埃蒂的脸上绽放出一丝笑容；他对着路线图摇了摇手指。"棍子和石头会弄断我的骨头，但是别人说话可不会伤害到我。当我们在街上混的时候常说，'你可以把我当成狗，但我照样有本事给你老爹戴绿帽子。'"

"快点！"杰克对他小声说了一句，"如果你能够做些什么，现在就做！"

"它不喜欢傻问题，"埃蒂说，"它也不玩笨游戏。我们都知道。我们从《小火车查理》那里知道的。你能变得有多傻？见鬼，答案在那本书上，而不是《谜语大全》，但我们从没看过那本书。"

埃蒂在杰克的期末作文中搜寻另一个谜语，找到了，并说了出来。

"布莱因：门什么时候不是门呢？"

当时苏珊娜问布莱因什么东西有四条腿并且能飞之后，有一个奇特的滴答声，就好像一个人在弹舌头，现在又出现了这个声音。这次的停顿比苏珊娜的第一个谜语后的停顿要短，但还是有间隔的——埃蒂听出来了。**"当它是一个罐子的时候，当然喽。"**布莱因说，听上去他有点闷闷不乐，**"离结束还剩下十三分零五秒，纽约的埃蒂——你愿意说着这么愚蠢的谜语死去么？"**

埃蒂坐得笔直，两眼盯着路线图，尽管他能感到有热乎乎的汗水顺着脊背流下来，却笑得更灿烂了。

"别怨声载道了，朋友。你要是想把我们彻底打垮的话，你就必须忍受几个不符合你逻辑的谜语。"

"你不能这样对我说话。"

"那又怎么了？你要杀了我？不要惹我笑了。开始吧。你同意比赛的；那么现在开始吧。"

路线图里闪现出微弱的粉红色光芒。“你惹他生气了，”小布莱因叹了一口气道，“哦，你让他很生气。”

“你滚吧，小子，”埃蒂说，语气并非不友好，当粉红的光芒退去时，几乎就在托皮卡的顶上又出现了那个绿色的闪光点，埃蒂说，“布莱因，回答：大白痴和小白痴站在横跨寄河的桥上。大白痴掉了下来。为什么小白痴没有掉下来？”

“这个谜语不够格。我拒绝回答。”话音将落未落的一瞬间，布莱因的音调突然降了下来，这让他听上去像一个正在变声的十四岁少年。

罗兰的眼睛现在不仅是在闪着光，简直就像着了火一样。“布莱因，你怎么说？我很了解你。你是不是打退堂鼓了？”

“不！当然不是了！但是——”

“那就回答啊，有本事你就把谜底说出来啊。”

“这不是个谜语！”布莱因几乎很哀怨地说，**“这只能算是个笑话，给那些笨小孩说着玩的！”**

“要么现在回答，要么宣布比赛结束，我们的卡-泰特获胜，”罗兰说。他的口气自信而又权威，埃蒂第一次领教这种口气是在河岔口。“你必须回答，你抱怨是因为这个谜语愚蠢，但它并没有违反我们共同商定的游戏规则。”

又听见一阵滴答声，但这次响了很久——埃蒂都吓得一哆嗦。奥伊则让耳朵耷拉下来。紧接着出现了一个到目前为止最长的暂停，持续了至少有三秒钟。接着：**“小白痴没有掉下去是因为他站在稍微高一点的地方①。”**布莱因有点不太开心，**“其实不就是发音恰巧一样么。回答这种没有价值的问题真让我受不了。”**

埃蒂举起右手。他拿大拇指和食指不断摩擦。

“那是什么意思，你这个蠢人？”

“这是世界上最袖珍的小提琴，正在演奏‘我的心为你压出紫尿’，”埃蒂说。杰克忍不住大笑不止。“不过不要太在意廉价的纽约幽默；让我们回到正题。为什么警察中尉都要系皮带呢？”

---

① 这个谜语的原文：the big moron and the little moron were standing on the bridge over the River Send. The big moron fell off. How come the little moron didn't fall off.这个谜语利用的是谐音，即 the little moron is a little more on。

贵族车厢里的灯光开始闪烁。同时墙壁上也发生了奇怪的事情;墙面轮流淡入和淡出视线,似真亦幻,渐渐变得透明,然后又变得不透明。埃蒂即便是用余光扫了一眼,也觉得有点眩晕。

"布莱因?回答。"

"回答,"罗兰也附和道,"回答,否则我就宣布比赛结束,然后你要兑现承诺。"

有什么东西碰了碰埃蒂的胳膊肘。他低头一看,发现是苏珊娜漂亮匀称的小手。他抓住她的手,捏了捏,对她一笑。他希望这个微笑能比他自己的内心显得更自信。他们马上就要赢得比赛了——他几乎可以肯定——但他不清楚要是他们真的赢了的话,布莱因会怎么做。

"……扎住他们的裤子?"然后布莱因的声音又坚决起来,就好像做出声明似的重复了他的回答,"扎住他们的裤子。这是个基于对某样东西的过分简单化,这就是——"

"好。不错,布莱因,但是别想浪费时间——那是没有用的!下一个——"

"我坚持你停止问这些傻——"

"那就让火车停下来,"埃蒂说,"要是你那么不开心,现在就停下,我也停下。"

"不。"

"好吧,那我们继续。什么东西是有爱尔兰特色的,然后待在房子后面的室外,即使是在下雨天?"

又是一阵滴答声,响得就好像有一枚钝钉子刺穿了他的耳膜。接着就是五秒钟的停顿。现在闪光的绿点已经非常接近托皮卡,简直就像霓虹灯一样照亮了每一个字。接着:"派迪家具公司①。"

这是正确答案,这个玩笑般的谜语是埃蒂在熟食店后面的小巷中听来的,也可能是在别的某个聚会地点;但布莱因已经为正确答案付出了代价,很明显,他已经强迫自己进入了理解这个谜语的逼仄思路:贵族车厢里的灯光比以前闪得更厉害了,埃蒂还能听到一阵阵从墙里传来的嗡嗡声——就好像扩音喇叭开始叽里呱啦之前发出的声音。

---

① 派迪(paddy)一词在英文中有爱尔兰人的意思。派迪家具公司(Paddy O' Furniture)是一家专门生产户外家具的公司。

粉色的光在路线图上闪个不停。"停下!"小布莱因叫道,他的声音有点颤抖,好像华纳兄弟出产的老动画片中的人物腔调,"停下来,你要害死他啊!"

小子,你以为他要对我们做的是什么? 埃蒂想。

他想让布莱因猜一个谜语,是那天晚上他们坐在篝火边时杰克告诉他的——有样东西是绿的,有一百顿重,住在海底。这是什么东西? 莫比·斯诺特①! ——然后他决定还是算了。他希望有所突破,把逻辑的底线往前推进一步……他做得到这一点。他不觉得自己非要比一个收集了很多"垃圾桶小子"卡片的三年级小学生更加搞怪,才能把布莱因彻底打倒……永久性的。因为无论他那神奇的两极电路让他能够模仿多少情感,他仍然只是个它而已——一台计算机。只是跟随着埃蒂一步步深入谜语世界的灰色区域,布莱因就已经有点心神不定了。

"为什么人们上床睡觉呢,布莱因?"

"因为……因为……妈的,因为……"

一阵低沉刺耳的声音从他们下面发出来,突然间贵族车厢开始剧烈地左右晃动起来。苏珊娜高声尖叫。杰克被颠到她的大腿上。枪侠把他们俩都抱住了。

"因为床不会自动跑到人那里去啊,该死! 还剩下九分五十秒!"

"放弃吧,布莱因,"埃蒂说,"停下来吧,免得我让你精神失常。要是你不退出,这样的情况就会发生。我们都知道。"

"不!"

"我有无数这样的谜语。我一生都在听这样的谜语。他们就像苍蝇死叮着粘蝇纸一样死盯着我。嗨,有些人是了解其中的窍门的。你说怎么办吧? 要放弃吗?"

"不,还有九分三十秒!"

"好吧,布莱因。是你自找的。现在是决战时刻了。为什么死婴会跨过公路呢?"

火车突然猛烈地向旁边一歪;埃蒂不明白为什么都这样了火车还能留在铁轨上,不过他就是做到了。他们下方发出的尖叫声越来越响;车子的墙

---

① 美国作家麦尔维尔曾写过一本《白鲸》(又译作《莫比·迪克》),莫比·迪克是一头巨鲸的名字。埃蒂把它变成莫比·斯诺特,斯诺特(snot)在英语中是鼻涕的意思,这是埃蒂开的玩笑。

壁、地板和天花板开始发了疯似的在透明和不透明之间变来变去。突然间他们身处封闭的空间，突然间他们又暴露在灰暗的天光之下，四周景色一片荒凉，一直延伸到前方跨越整个世界的地平线。

喇叭里传出的声音好像是来自一个惊恐的小孩：**“我知道的，等一会儿，我知道的，正在搜索答案，所有的逻辑电路都在使用——”**

“回答。”罗兰说。

“我需要更多的时间！你必须给我时间！”

断断续续的声音里透着一种濒临崩溃的歇斯底里，**“并没有规定回答问题的时限，蓟犁的罗兰，来自尘封的过去的可恶的枪侠！”**

“对，”罗兰同意道，“没有设定什么时限，你说得很对。但只要有一个谜语没答上来，你就不能杀死我们，布莱因，离托皮卡很近了。回答！”

贵族车厢又变得透明了，埃蒂望见一个好像锈迹斑斑的谷仓似的庞然大物一闪而过；车速太快了，快得他难以确认。现在他完全体会到他们那近乎疯狂的前进速度了；也许每小时比那些以正常速度飞行的喷气式飞机还要快上三百英里。

“别逼他！”小布莱因呻吟着，“你们这是在杀他，我说，*是在杀死他！*”

“难道那不是他想要的吗？”苏珊娜用黛塔·沃克的口吻问道，“去死？他就是这么说的。我们不在乎。小布莱因，你还不错，但是就算是这么一个糟糕的世界，没了你大哥也会好很多。我们反对的是他自己想死还要拖我们垫背。”

“最后一次机会了，”罗兰说，“要么回答问题，要么放弃那只鹅，布莱因。”

“我……我……你……十六取三十三的对数……所有余弦下标……反……反……这些年来……光束……洪水……毕达哥拉斯……笛卡儿逻辑……我能不能……我敢不敢……一个桃子……吃个桃子……四海皆兄弟……帕特丽夏……鳄鱼和假笑……钟面……嘀哒，十一点，那个人在月亮上，他准备好要跳摇滚了……不间断地，我亲爱的……哦，我的脑袋……布莱因……布莱因敢……布莱因会回答的……我……”

布莱因像个婴儿一样尖叫，突然又换了另外一种语言开始唱歌了。埃蒂想这应该是法语。他一个字都听不懂，但是当听到鼓声的时候，他确信自己知道这是哪首歌：Z.Z.托普的《维克牢搭扣》。

路线图上方的玻璃爆裂了。过了一会儿，路线图也从内部炸开了，露出后面不停闪烁的灯光和一块复杂的线路板。灯光的闪烁和鼓点的节奏一致。突然蓝色的火焰喷了出来，把原路线路所在处周围的墙壁烧得嗞嗞作响，然后变得焦黑。在墙体的深处，从布莱因线条圆润、子弹型的车头处传来一阵低沉的碾压声。

“它穿过马路，因为它被钉在鸡身上，你这个笨蛋！”埃蒂吼道。他站起来，开始往那个冒烟的洞口走去，那里原先是路线图的所在。苏珊娜伸手去拽埃蒂衬衫的后面，但是他几乎没有察觉。事实上，他甚至不清楚自己现在身处何处。战斗的火焰已经笼罩了他，让他浑身都燃烧了起来，使他目光如炬，也炙烤着他的心。他眼里盯着的是布莱因，尽管声音背后的那台机器已经受了致命伤，他也不能手下留情，仍然要扣动扳机：*我用我的思想射击。*

“一卡车的保龄球和一卡车的死美洲旱獭之间有什么区别？”埃蒂咆哮道，“你是无法用一把干草叉把一车的保龄球卸下来的！”

从路线图原来所在的那个洞口发出了一声可怕的、夹杂着愤怒和痛苦的尖叫。紧接着又是一股蓝色的火焰，就好像贵族车厢的前方藏了一头呼呼喘气的电龙。杰克喊了声小心，但埃蒂并不需要提醒；他的反应已经变得像剃须刀的刀片一样锐利。他低头一躲，电流越过他的右肩，脖子右侧的汗毛都竖了起来。他拔出手枪——很有分量的点四五手枪，有一个磨损了的檀香木手柄，这把枪就是罗兰从中世界的废墟里带来的两把手枪中的一把。他没有停步，一直往车厢的前部走去……当然也没停嘴。罗兰说过，就算埃蒂只剩一口气了，他也会说个不停的。他的老朋友库斯伯特也是这样的人。埃蒂能想出许多更蹩脚的方法，但是只有一个更好的。

“喂，布莱因，你这个丑八怪！虐待狂！既然我们在讨论谜语，那么东方最伟大的谜语是什么？很多人都抽烟，除了满族人！明白了吗？不？怎么那么笨啊，宝贝儿！那么这个怎么样？为什么那个人把她的儿子取名叫七个半呢？因为她是从帽子里抽到这个名字的！”

他已经走到嗞嗞作响的路线图洞口面前。现在他举起了罗兰的手枪，贵族车厢里顿时响起了雷鸣般的枪声。他把六发子弹一口气都射进了洞里，照罗兰演示过的方法用手掌扇动击铁，他心里只知道这样做是正确的，这是恰当的……这就是卡，那该死的卡，如果你是枪侠，这就是你了结问题的方式。他是罗兰一帮的，没错，他的灵魂也许已经堕入了地狱十八层，但就算把全亚洲的海洛因都给他，他也不会改变自己枪侠的身份。

“我恨你！”布莱因孩子气地叫道。碎片纷纷裂开；洞口变成柔软的糊状。**“我永远恨你!”**

“让你困扰的并不是死亡,对不对?”埃蒂问。原来路线图所在处的那个洞发出的灯光变暗了。更多的蓝色火焰在闪烁,但是他几乎用不着把头往后仰来避开火焰;火焰很小,很微弱。很快布莱因就会像刺德城里所有的戈嫘人和阵猷布一样死去。“使你困扰的是*失败*。”

“恨……永永永远……”

声音变成了嗡嗡声。嗡嗡声变成时断时续的敲击声。后来就消失了。

埃蒂四下看了看。他看见罗兰,一只手臂围绕着苏珊娜的臀部一圈,就像抱着个小孩子一样。她的大腿紧紧夹住他的腰。杰克站在枪侠的另一边,奥伊趴在他的脚边。

有一股特别的煳味从原先路线图所在的那个洞里飘散出来,味道并不算难闻。埃蒂觉得有点像十月份烧树叶的味道。除此之外,这个洞就好像死尸的眼睛一样黑暗和没有生气。那里所有的灯光都熄灭了。

*你的鹅已经煮熟了,布莱因。*埃蒂想,*还有你的火鸡也烤熟了。他妈的感恩节快乐。*

5

从火车下面发出的尖叫声停止了。从前上方发出了最后一声挤轧声,然后这些声音也停止了。罗兰感到他的腿和臀部往前冲了一下,就腾出一只手让自己保持平衡。他的身体先于他的头脑意识到发生了什么:布莱因的引擎停止运动了。他们现在只是沿着铁道向前滑行。但是——

“过来,”他说,“都到这边来。现在我们正沿着海岸前进。如果我们离布莱因的终点够近的话,还是可能会车毁人亡。”

他带着他们从布莱因的欢迎冰雕走过,那东西现在已经快化完了,一直走到车厢的尾部。“离那东西远一点,”他指着一台看上去像钢琴和拨弦古钢琴的乐器说。它立在一个小平台上。“它可能会动,老天,我真希望我们能知道现在所处的方位!躺下。用手抱住头。”

他们照办了。罗兰也同样那样做了。他躺在那儿,下巴贴在蓝色地毯上,双眼微闭,寻思着刚刚发生过的一切。

“我请求你原谅,埃蒂,”他说,“卡的轮子转动得多么出人意料啊!我曾经向我的朋友库斯伯特提出了同样的要求……也是出于同样的原因。我有眼无珠。由于自大导致的有眼无珠。”

“我完全不明白有什么请求原谅的必要。”埃蒂说。他的声音听上去有点不自在。

“有必要。我曾经蔑视你的笑话。现在却是它们救了我们的命。请求你原谅。我忘记了我父亲的脸。”

“你不需请求原谅，你也没有忘记任何人的脸，”埃蒂说，“这是你的天性，罗兰。”

枪侠认真想了想，又发现了一件既好玩又可怕的事情：他从来就没有想过天性这个东西。一次都没有。他是卡的俘虏——在很小的时候他就知道这一点了。但是他的天性……他的天性……

“埃蒂，谢谢你。我认为——”

罗兰还没来得及说完，单轨列车布莱因猛地刹住了。四个人被狠狠地沿着贵族车厢的走廊甩了出去，奥伊在杰克的怀中大叫个不停。车厢前方的墙壁被撞歪了，罗兰一肩膀撞了上去。即便墙上垫了东西（不仅有毯子，而且从撞击时的感觉判断，毯子里面还衬着某种弹性物质），冲击力还是大得让他的肩膀都麻木了。车厢上方的大吊灯也剧烈晃动着，而且开始松动了，玻璃吊饰不断掉下来，击打在他们身上。杰克滚到边上，刚好及时避开了掉下来的吊灯。那台古怪的乐器也从台子上滚落下来，撞到一个沙发，翻倒了，发出梆……的一声响，然后就不动了。火车向右边一倾，枪侠撑起了身子，准备好一旦翻车就用自己的身体保护杰克和苏珊娜。接着火车又恢复到原位，地板还有一点斜，但一切都安静下来了。

旅程结束了。

枪侠爬起身来。他的肩膀还是没有什么知觉，但是肩膀以下的手臂还能支撑他的身体，这可是个好兆头。在他的左边，杰克坐了起来，有些神思恍惚地拾着腿上的玻璃珠子。在他的右边，苏珊娜在擦拭埃蒂左眼下方的一个伤口。“好的，”罗兰说，“谁受——”

他们头顶响起一阵爆炸声，这空洞的砰的一声让罗兰想起了库斯伯特和阿兰，他们曾点着了大炮仗扔进下水道，或是干脆来个恶作剧，扔进碗碟储藏室后面的厕所里。库斯伯特有一回用自己的弹弓来弹射炮仗。那不算恶作剧，也不算孩子气的荒唐事，那是——

苏珊娜发出一声很短促的叫喊——枪侠认为那是因为吃惊，而不是害怕——朦胧的日光照射到罗兰的脸上。这样的感觉很不错。透过被炸开的紧急出口传进来的空气的味道,让人感觉更好——甜甜的,带着雨水和湿润土壤的味道。

上方传来一阵哗哗啦啦的声音,紧接着,一架梯子——梯子的横档似乎是用缠绕在一起的钢丝做成的——从那里的裂缝中掉了下来。

"他们先把大吊灯砸在你身上,接着又给你指明出路,"埃蒂说。他挣扎着站起来,又搀了一把苏珊娜。"好,我知道什么时候该我退场。我们抓紧吧,赶紧离开这儿。"

"我同意。"说着,她又伸手去摸埃蒂脸上的伤口。埃蒂握住她的手指,吻了吻,告诉她不用为这点小伤担心。

"杰克?"枪侠问,"你没事吧?"

"没事,"杰克说,"你呢,奥伊?"

"奥伊!"

"我想它没事。"杰克说。他举起受伤的那只手,沮丧地看了一眼。

"是不是又开始疼了?"枪侠问道。

"是啊。布莱因的止痛治疗开始失去效果了。不过我不在乎——只要还活着,我就已经很开心了。"

"是啊,活着真好。阿斯丁也是。还剩下一些。"

"你是指阿司匹林么?"

罗兰点点头。这药片有神奇的名字,但他怎么也没办法把杰克世界的这个名词说对。

"医生十有八九会推荐阿纳新,亲爱的,"苏珊娜说,"杰克,我猜到了你的时代,医生们已经不用这种药了,是吧?没关系。亲爱的,我们在一起,大家都平平安安的,这是最最重要的。"她一把抱住杰克,在他的眉间、鼻子上,最后在嘴上吻了一下。杰克笑着,脸霎时变得通红。"这是最重要的,现在这是世界上唯一重要的事情。"

6

"伤病治疗可以随后再说。"埃蒂说。他用一只手臂搂住杰克的肩膀,把他领到梯子前。"你那只手能抓住梯子吗?"

“可以。但是我没法带上奥伊。罗兰，你能带上它么？”

“没问题。”罗兰抱上奥伊，照例把它塞进衬衫里，就像上次为了追踪杰克和盖舍而爬下通往地下的通道一样。奥伊探出头来，用它那双明亮的金黄色眼睛看着杰克。“开始吧。”

杰克开始爬。罗兰紧跟在后面，奥伊伸长脖子都能舔到那孩子的脚后跟。

“苏？”埃蒂问道，“要推一把么？”

“让你龌龊的手在我曼妙的臀上乱摸么？不行，白男孩！”接着她朝他眨了一下眼就开始爬了。她发达的手臂足以让她轻松向上，同时用她的残腿来保持平衡。她动作很快，但对埃蒂来说还是不够快；他紧紧跟上，轻轻捏了一把苏珊娜，捏得很舒服。“哦，我的天啊！”苏珊娜叫了一声，笑着，眼睛转动着。之后她也不见了。只有埃蒂还留在车厢里，就站在梯子边上，环顾着贵族车厢，他一度认为这里可能是他们卡-泰特的葬身之地。

伙计，你成功了，亨利说。你让他自焚了。我就知道你能的，真他妈棒。还记得我在熟食店后面对那些瘾君子们说过这个么？吉米·波利奥，还有那些家伙？还记得他们笑成什么样子吗？但是你做到了。嗖的一声送他回老家了。

嗯，不管怎么样，成功了，埃蒂想，他碰了碰罗兰的枪托，自己甚至都没意识到。我们又一次死里逃生了。

他往上爬了两级，回头望了望。贵族车厢真的是死气沉沉了。事实上，这趟列车早已死去了，它不过是一个久已消逝的世界留在世上的工业制品。

“再见了，布莱因，”埃蒂说，“再见，伙计。”

他随着朋友们从车厢顶部的紧急出口离开了。

第四章

托皮卡

1

杰克站在微微倾斜的单轨列车布莱因的顶上，沿着光束路径的方向朝东南方望去。微风吹拂着他的头发（现在他头发很长，已经完全没有派珀学校的风格了），拂过太阳穴和前额。他的眼睛张得大大的，一脸惊讶。

他也不知道他原先预见的景色是什么——也许是剌德的缩小版吧——但是他没有料到会在附近公园的树上看到一个若隐若现的东西。那是一个绿色的路标（映衬在秋日一片暗灰色的天空之下，那绿色鲜亮得仿佛要叫出声来），上方则是一个蓝色的盾形：

罗兰加入了他的行列，把奥伊从衬衫里轻轻提了起来放在地上。貉獭嗅了嗅布莱因粉红色的车顶，接着就朝火车的前部看去。布莱因那流畅的子弹型车头已经被撞烂了，扭曲的铁皮向后翻转着。两道平行的黑色裂痕从车头一直延伸到距罗兰和杰克大约十码的地方。每条裂痕的尽头都有一个很粗的金属柱，外面涂成了黑色和黄色的条纹状。这两根柱子就像是突然从车里戳出来一样，恰巧就在罗兰他们乘坐的贵族车厢的前面。杰克觉得那两根柱子看上去像是橄榄球的门柱。

“那是他说到过要碰撞的柱子。”苏珊娜嘀咕着。

罗兰点点头。

“我们真幸运，大男孩，你知道么？要是车滑动得再快一点……”

“卡。”埃蒂站在他们身后说。听上去他好像在笑。

罗兰点了点头：“就是这么回事。卡。”

杰克把视线从铁球门柱上移开，又看着那个路标。他总觉得那个路标会消失，或者上面的字会起变化（比如变成**中世界收费公路**，或者**小心魔鬼**什么的），但路标还是原样待在那里。

"埃蒂？苏珊娜？你们看见了吗？"

他们沿着他手指的方向望去。有一阵——这段时间够长，长到杰克担心自己刚才产生了幻觉——他们谁也没说话。接着，埃蒂轻声说："天哪。我们回到家了么？如果是的话，人们都跑到哪儿去了呢？要是布莱因这样的东西在托皮卡作过短暂停留的话——*我们的*托皮卡，托皮卡，堪萨斯——我怎么可能没在《六十分钟》里看到过相关报道呢？"

"《六十分钟》是什么东西？"苏珊娜问道。她手搭凉篷，朝东南方向那个标志看过去。

"一档电视节目，"埃蒂说，"你的时代之后五到十年才有这个节目。里面有西装革履的老白人。别管那节目了。那个标志——"

"没错，这是堪萨斯，"苏珊娜说，"我猜这是*我们的*堪萨斯。"她发现了另一个标志，越过树林可以看得见。她一直用手指着这个方向，直到杰克、埃蒂和罗兰都看见：

KANSAS
KTA
TURNPIKE

"罗兰，你的世界里有一个堪萨斯吗？"

"不，"罗兰边看着这个标志边回答道，"我们已经远远地超过了我所熟知的那个世界的边界。早在我认识你们三个人之前我就已经越过我所知道的大半个世界。这个地方……"

他停了下来，把脑袋侧向一边，仿佛想努力去听远处发出的声音。他面部的表情……杰克不是太喜欢。

"嗨，孩子们！"埃蒂语调轻快地说，"今天我们要来学习中世界的古怪地理。孩子们你们看，在中世界里，你们从纽约出发，朝东南方向进发一直到堪萨斯，接着马不停蹄沿着光束的路径直达黑暗塔……那东西碰巧是万物的中心。首先，和超大的龙虾作战！接下来就是乘坐精神错乱的火车！往后呢，在小吃店吃些南瓜饼之后——"

"你们听见什么了么？"罗兰打断了埃蒂的话，"有没有人听到什么？"

杰克仔细听着。他听见风吹拂着附近公园的树木——树叶子刚刚开始晃动——还听见奥伊在沿着贵族车厢的顶部溜达回他们所站的地方时脚趾甲发出的咔哒咔哒的声音。接着奥伊就停了下来，所以那个声音——

有只手抓住了他的手臂，让他猛地跳了起来。不是别人，正是苏珊娜。她歪着脑袋，眼睛睁得大大的。埃蒂也在聆听。奥伊也是；它的耳朵竖起，从喉咙深处发出低沉的叫声。

杰克觉得自己的胳膊起满了鸡皮疙瘩。同时他发觉自己紧闭双唇，像在做鬼脸。尽管那声音十分微弱，但听上去仍然像咬了一口柠檬似的。以前他似乎也听到过这种声音。当时他好像只有五六岁，中央公园有个疯狂的家伙认为自己是个音乐人……嗯，中央公园里有很多疯狂的家伙自认为是个音乐人，不过那个家伙是杰克见过的唯一一个拿木匠家什来演奏的人。那家伙把帽子顶朝下放着，上面写着**天下第一锯子演奏家！夏威夷风情，对不对！请大家捧个场！**

他第一次遇见这个锯子演奏家的时候格丽塔·肖也在场，杰克还记得她是怎样加快脚步从那人身边走过的。那人就好像交响乐队里的大提琴手一样坐着，只是腿上放着一个锈迹斑斑的手锯；杰克还记得肖女士的脸上带着那种既想笑又害怕的表情，还有她紧闭的颤抖的双唇，就好像——是的，就好像她刚咬过一口柠檬。

但这个声音并不完全像那个

（夏威夷风情，对不对）

公园里的那家伙是通过振动锯子边缘发出的声音，但已经非常接近了：一个波动的、带有颤音和有金属质感的声音，听了以后你会觉得你的鼻窦被什么东西塞满了，你的眼睛很快就会涌出泪来。声音是来自他们前面么？杰克说不出来。听上去既来自四面八方，又不来自任何地方；同时，声音非常轻，他几乎要以为这不过是他的幻想罢了，如果不是其他人——

"当心！"埃蒂叫道，"快帮帮我的忙！我想他快晕过去了！"

杰克马上转过身来朝枪侠走去，只见在他那件沾满灰尘、已经看不出原先颜色的衬衫映衬下，那张脸白得就好像软干酪一样。他的双眼睁得大大的，没有神采。他一边的嘴角像抽了筋似的扭曲，就仿佛那里埋着一个看不见的鱼钩。

"乔纳斯和雷诺兹，还有德佩普，"他说，"灵柩猎手。还有她。库斯。就是他们。他们是——"

罗兰脚蹬满是灰尘的破靴子，站在火车顶部，浑身颤抖。杰克在他脸上看到了有生以来见过的最痛苦的表情。

“哦，苏珊，”他说，“哦，我亲爱的。”

2

他们扶住了罗兰，在他身边绕成了一个保护圈，枪侠因为内疚和自责而惭愧。他何德何能值得这些人来忠心地保护他？他做了什么好事呢？除了把他们粗暴地从各自熟悉而正常的生活中拽出来，像拔花园里的杂草那样？

他努力想要告诉他们他没事，他们可以退后，他好好的，但他说不出一句话；那可怕的波动的声音又把他的思绪带回到多年之前，罕布雷以西的箱式峡谷中。德佩普和雷诺兹，外加一瘸一拐的乔纳斯。但他最厌恶的是那个住在山上的女人，他当年以一个血气方刚的男人之心痛恨着那女人。哦，他除了痛恨他们，还能有别的选择吗？当年他的心曾破碎过。而现在，这么多年过去了，他觉得人类生活中最可怕的事情莫过于修补过的破碎的心。

我第一反应是，他句句谎言/那白发的跛子，目露凶光……

这是谁说的话？谁写的诗？

他不知道，但他明白那些女人也会撒谎；女人走着跳着，咧嘴笑着，从她们黏乎乎的眼角看到了许多她们本不该看的东西。谁写的这些诗歌并不重要；说的话都是实话，这是最重要的。若论邪恶——乔纳斯和山上的干瘪老太婆都还达不到马藤的水准——甚至连沃特都比不上。但是他们都已经够邪恶了。

接着，在那之后……在市镇以西的峡谷里……那个声音……受伤的人和马的叫喊声……那是唯一的一次，连总是滔滔不绝的库斯伯特都一言不发。

但这是很久以前的事情了，在另一个时间。在此时此刻，那声音要么是消失了要么就是太轻微而听不见了。不过他们还会再次听见的。他很明白这一点，其程度不亚于他对另一个事实的了解，那就是他正走在一条通往毁灭的道路上。

他抬头望了望别人，勉强一笑。他嘴角的颤抖停止了，那是好兆头。

“我很好，”他说，“但仔细听我说：这里离中世界结束的地方已经很近了，同时也离末世界开始的地方很近。我们探险的第一个伟大的阶段已经结束了。我们做得不错;我们都记住了我们父亲的脸;我们并肩战斗,彼此忠诚;但现在我们遇到了无阻隔界。我们必须非常小心。”

“无阻隔界是什么?”杰克问道,紧张地四下张望了一下。

“就是所有的生命迹象都差不多消失殆尽的地方。这种地方在黑暗塔的力量开始衰退后越来越多。你还记得离开刺德城的时候,我们看到了什么情景吗?”

他们表情凝重地点点头,记起了和黑色的玻璃熔合在一起的地面,和青绿色的魔光一起闪耀的旧管道,还有长着巨大的、像皮革制风帆般翅膀的怪鸟。罗兰突然觉得无法忍受他们这样围着他,并且像看一个卷入酒吧斗殴的捣蛋鬼般低头看着他。

他向朋友们伸出手去——他的新朋友。埃蒂搀了他一把,扶他站了起来。枪侠竭力让自己不要来回晃动,稳稳地站在那里。

“苏珊是谁?”苏珊娜问道。她皱着眉头,看上去有些不安,也许不仅仅是因为这个名字碰巧跟她自己的很像。

罗兰看着她,接着看着埃蒂,然后是杰克,杰克单膝跪地,以便能够给奥伊挠挠耳后。

“我会告诉你们的,”他说,“但还不是时候,地方也不对。”

“你老是这么说,”苏珊娜说,“你不能总是这样拖延,对不对?”

罗兰摇摇头:“你们会听到我的故事——至少是这一部分——但这个金属残骸的顶上实在不是个说话的地方啊。”

“对啊,”杰克说,“在这里就像待在一头死恐龙身上玩耍一样。我总觉得布莱因说不定还会活过来,又想着要送我们上西天。”

“那个声音不见了,”埃蒂说,“就好像踩脚踏板发出的哇哇声。”

“这让我想起过去在中央公园里看到过的那个老家伙。”杰克说。

“就是那个手拿锯子的人么?”苏珊娜问道。杰克抬头望了她一眼,眼睛瞪圆了,一脸的诧异,苏珊娜点点头。“不过我看到他的时候他还不老呢。诡异的不仅仅是地理,这里的时间也蛮有趣的。”

埃蒂单臂搂住了她的肩膀,轻轻地抱了一下。“老天保佑。”

苏珊娜转向罗兰。她眼神里没有兴师问罪的意思,但她那种镇定和坦诚的目光还是让枪侠暗暗敬佩。“我记住你的承诺了,罗兰。我想了解这个和我同名的女孩子。”

“你会知道的,”罗兰重复道,“现在,让我们离开这个怪物的后背吧。”

3

说起来容易做起来难。布莱因在一个类似刺德摇篮的地方停了下来，身子七歪八扭(轨道的一边撒满了粉色金属碎片，显示出这是布莱因最后一次旅程的终点)，从贵族车厢的车顶到地面足有二十五英尺。如果有梯子的话，就像从紧急出口掉下了的那架一样，可就方便了；但就算原来有梯子，也肯定被撞坏了。

罗兰取下背包，在里面翻着，把鹿皮马鞍拿了出来，那是在不方便使用轮椅的时候用来背苏珊娜的。至少他们现在不用操心那轮椅了，枪侠寻思着，他们在疯狂冲上布莱因的时候就把轮椅丢下了。

“你要那个干什么?”苏珊娜凶巴巴地问道。每当马鞍出现在面前的时候，她总是那副样子。*虽然比起马鞍来，我更加讨厌那些密西西比河边的白人奴隶主*，她曾经用黛塔·沃克的语气告诉过埃蒂，*但有时候我对这两种东西的厌恶是差不多的。*

“别着急，苏珊娜·迪恩，别着急，”枪侠面带微笑地说。马鞍本来就是用皮绳编成的，现在罗兰把绳结解开，把座位拆散，然后又把那些皮绳像编辫子一样编起来。接着就像扎辫子一样把带子重新绑在一起。他用老式的打结法把编好的皮绳和他最后一根好绳子绑在一起。在做这些的时候，他还在留神听那个颤动的声音……就像他们四个人当时留神聆听上帝之鼓一样；就像他和埃蒂听着大鳌虾每晚从海浪中爬上岸，重复问着他们那些问题(戴德—啊—查查? 是—呃—小鸡? 爹爹—嗯—可汗?)。

卡是个轮子，他想。或者，按照埃蒂的说法，走了的还会再回来。

绳子弄好以后，他在皮绳的末端结了一个圈。杰克信心满满地把脚放进圈里，用手抓住绳子，弯起另一只手臂抱着奥伊。奥伊紧张兮兮地四下张望，哀鸣了几声，伸了伸脖子，又舔了一下杰克的脸。

“你不害怕，是吧?”杰克问貉獭。

“害怕。”奥伊说，但当罗兰和埃蒂把杰克从贵族车厢的一边放下去的时候，它还是很安静的。绳子太短，杰克没法完全够到地面，离地还有四英尺，但是杰克还是毫不费力地把脚从绳结里抽出来，跳了下去。他把奥伊放了下来。貉獭马上跑开了，呼哧呼哧喘气，在车站建筑物的墙角抬起了一只腿。这个车站远比不上剌德摇篮壮观，但有一种罗兰喜欢的古典风格——比起剌德摇篮的大气，它几乎什么也不是，不过它还是有一种古老的外观——白色的木板，飞檐，高而窄的窗户，有点像灰石板的墙面。这是一种西方的风格。终点站一排大门上方有个标志牌，上方用镀金的字写着：

阿钦森，托皮卡和圣菲

都是镇名，罗兰想，最后一个名字听上去很耳熟；这些镇当中最后一个听来最熟悉了；眉脊泗不就有一个圣菲吗？但随后他又想起了苏珊，站在窗边的美丽姑娘，头发披散着，一直垂到后背，她身上散发着茉莉花、玫瑰、金银花和甜甜的干草味道；上次，群山中的神谕仅仅拙劣地复制了这些味道。苏珊仰面躺着，表情庄重地看着他，然后笑着把手垫到头后面，乳房高高耸起，仿佛在等待着他的抚摸。

要是你爱我，罗兰，就爱我吧……鸟儿、熊、兔子还有鱼儿……

“……下一个？”

他看了看埃蒂，集中所有的意念来让自己从苏珊·德尔伽朵的时间中抽出身来。托皮卡有很多无阻隔界，并且种类繁多。“我刚刚走神了，埃蒂。对不起。”

“苏珊娜下一个？这是我刚刚的问题。”

罗兰摇摇头：“你下一个，然后是苏珊娜。我最后一个。”

“你能行吗？你的手和身体没问题？”

“我没事的。”

埃蒂点点头，说着就把脚伸到圈里面。当埃蒂最初进入中世界的时候，罗兰自己就能毫不费力地把他给放下去，不管是不是缺了两根手指头，但是埃蒂好几个月都没有吸毒了，所以长了十到十五磅的肌肉。于是罗兰欣然接受了苏珊娜的帮助，他们一起把埃蒂放了下去。

“现在轮到你了，女士。”罗兰说着对她笑了笑。他感觉最近这些天对别人微笑是很自然的一件事。

“好。”但她只是站在那里，咬着自己的下嘴唇。

“怎么了？”

她用手摸着自己的肚子，揉了揉，仿佛那里有点痛。他认为她会说出来，但是她摇了摇头说，“没什么。”

“我不信。你为什么要揉肚子呢？你疼么？是不是停下来的时候你受伤了？”

她把手从外衣上挪开，好像她肚脐下方突然变烫了一样。“不，我没事。”

“真的？”

苏珊娜看上去好好考虑了一下这个问题。“以后再谈这个，”她最后说道，“我们也可以商谈的，如果你更喜欢这个说法。但是罗兰，刚刚你是对的——这里不是谈话的地方。”

“我们四个，或者就你、我和埃蒂三个？”

“就你和我、罗兰，”她说着，把残腿伸到圈里面去，“就一只母鸡和一只公鸡，至少开始的时候是这样。现在请把我放下去吧。”

他照办了，对她皱着眉头，满心希望他的那个想法——他一看见那只不停摩擦的手就有的那个想法——是错的。因为在通话石圈里，就在杰克努力地想要来到这个世界的时候，石圈里的魔鬼强暴了她。有时候——大多数情况下——与魔鬼的接触会改变一些东西。

而且绝对不会往好的方向变化，这是罗兰的经验。

在埃蒂一把抓住苏珊娜的腰并帮她平安到达地面之后，罗兰把绳子收了回来。枪侠朝把火车劈开的两根铁柱中的一根走去，一边把绳子打了个活结。他把活结套在柱子末端，拽了拽（很小心地不让绳子往左边歪），然后沿着绳子往下爬，在布莱因粉红的车身上留下了自己的靴子印。

“真是倒霉透顶了，竟然丢了绳子和马鞍。”罗兰下到站台上后埃蒂说。

“马鞍没了我倒不难过，”苏珊娜说，“我宁愿沿着人行道爬，直到我手臂和胳膊肘上都粘满了口香糖。”

“我们什么也没有失去，”罗兰说。他把手伸进生皮脚环里，用力朝左边一拽。绳子沿着墩子滑了下来，罗兰以同样迅速的动作把绳子接住。

“干得好！”杰克说。

“好！”奥伊附和着。

“柯特？”埃蒂问。

“柯特。”罗兰笑着点了点头。

“已经下了地狱的老师，”埃蒂说，“罗兰，你比我强，比我强。”

4

当他们走向通往车站的那些门时，那颤动而低沉的声音又响了起来。罗兰看到他的三个伙伴都皱着鼻子，拉长嘴角，觉得很好笑；他们这样子看上去不仅像同一个卡-泰特，简直像是一家人。苏珊娜指了指公园的方向。树梢上忽隐忽现的记号在轻轻摇摆，就像在发烧抽搐一样。

"声音是来自无阻隔界吗？"杰克问。

罗兰点点头。

"那我们能绕过去吗？"

"是的。这些无阻隔界的危险性不亚于布满流沙和塞利格的沼泽地。你知道我说的是什么吗？"

"我们知道流沙，"杰克说，"要是塞利格是有着大牙齿的长长的绿色东西，我们也知道这是什么。"

"对，正是。"

苏珊娜最后回头望了布莱因一眼。"不要问我傻问题，我也不玩笨游戏。那本书说的是对的。"她的目光从布莱因转向了罗兰，"《小火车查理》的作者贝里·埃文斯又是怎么回事？你认为她跟这整件事有关吗？我们有没有可能碰见她呢？我倒是想谢谢她。是埃蒂想出来的，但是——"

"我觉得有可能，"罗兰说，"但我不确定。我的世界就好比一艘巨大的船，在离海岸很近的地方沉没，因此大多数的残骸得以冲上海滩。我们发现的多数东西都很奇妙，如果卡愿意，其中的有些东西还能派上用场的，但不管怎么说，所有的一切不过是一堆残骸。毫无意义的残骸。"他四下看了看，"就像这个地方一样。"

"我不会称之为废墟，"埃蒂说，"看看车站外围的涂料吧——从排水沟到屋檐那部分有点生锈了，但是我能看到的地方没有一处是剥落的。"他站在门的前面，手指顺着门上的玻璃摸下来，留下了四条清晰的痕迹，"灰尘，有很多灰尘，但没有任何破裂。我要说这栋建筑物最多从夏天开始才无人打理。"

他看着罗兰，罗兰耸耸肩，点了点头。他在开小差，有点心不在焉。他另一半的注意力主要集中在两方面：无阻隔界发出的声音，还有就是防止记忆的洪流把他吞没。

"但是刺德步向毁灭已经好几个世纪了，"苏珊娜说，"这个地方……可能是托皮卡，也可能不是，但是我真的觉得这是出现在'曙光地带'里的众多令人毛骨悚然的小镇之一。你们大概不记得这个了，但是——"

"不，我记得。"埃蒂和杰克异口同声道，接着两人就彼此看了看，笑出了声。埃蒂伸出手来，杰克用力击打了一下。

“他们还是会重播的。”杰克说。

“是啊，一直是这样，”埃蒂说，“经常是由看起来像短毛小猎犬的破产的律师提供赞助。你说得对。这个地方不像刺德。为什么要像呢？它和刺德不处于同一个世界。我不知道我们是在哪里跨越两个世界的界线的，但是——”他又用手指了指七十号州际公路的蓝色盾牌状标牌，好像这个就能一扫疑云，证明他说话的正确性。

“如果这就是托皮卡，那么人都到哪里去了呢？”苏珊娜问道。

埃蒂耸耸肩，抬了抬手——谁会知道呢？

杰克把前额贴在中间那扇门的玻璃上，把手捂成杯状，然后往里面看。几秒钟以后，他发现了什么东西，赶忙抽回身来。“哦——哦，”他说，“难怪这个小镇那么安静呢。”

罗兰向前走了几步，站在杰克身后，越过那孩子的头朝屋里看去，同时也把手捂成杯状防止光线反射。枪侠甚至还没看到杰克看到的东西就得出了两个结论。第一个就是尽管这儿几乎可以肯定是个火车站，但不是布莱因的火车站……不是个摇篮。另一个结论就是这个车站确确实实属于埃蒂、杰克和苏珊娜的世界……但是也许并不在他们的空间里。

这就是那个无阻隔界。我们要小心为妙。

房间里有很多长椅，几乎占满了整个房间，只见两具尸体紧靠在一起躺在其中的一张椅子上；但从他们低垂的、满是皱纹的脸和发黑的手来看，他们很可能是在参加过一个疯狂宴会以后在车站睡着了，错过了回家的最后一班火车。他们身后的墙上有一块写有**出发**的板，上面标有城市、城镇和经过各站的名称。其中一站是丹佛。还有一站是威奇托市。第三站是奥马哈。罗兰以前认识一个独眼赌徒，名字就叫奥马哈；他死在玩“看我的”游戏的时候，喉咙口插着一把小刀。他往后退，一直退到小道尽头的空地，脑袋被掀到后面，临死之前身体的血液都喷到天花板上去了。一台漂亮的四面钟从这个房间的天花板上垂了下来（罗兰脑筋真够顽固的，他总觉得这里只是个中途休息的地方，只不过是通往特岙的陌生道路上的某个站点）。这个钟的指针指向了四点十四分，罗兰认为指针肯定不会再移动了。这是个令人伤感的想法……但这世界本身就是个忧伤的所在。他看不到另外的死尸，但经验告诉他，如果面前有两个死尸，那么别的看不见的地方说不定会有另外四具。或者是四打。

“我们要进去么？”埃蒂问。

“为什么？”枪侠反驳道，“我们在这里没什么事情要做；这里不通向光束的路径。”

“你肯定可以成为一个很棒的导游，”埃蒂尖酸地说，“各位听好了，跟上队伍，不要不小心走进这个——”

杰克提出一个问题打断了他的话，枪侠不明白他为什么要问这个。“你们中谁有一个两角五分的硬币么？”杰克看着埃蒂和苏珊娜。他身边有个方形的金属盒子。上面写着几个蓝色的字：

托皮卡首府期刊提供独一无二的关于堪萨斯的报道！
来自你家乡的报纸！请每天阅读吧！

埃蒂摇摇头，一副乐呵呵的样子。“我不知道在哪里把所有的零钱都弄丢了。也许是你加入我们之前我爬树的时候，当时我为了避免成为机器熊的盘中餐，用尽了吃奶的力气要爬上去。不好意思啊。”

“等等……等等……”苏珊娜打开她的背包，翻了个底朝天，那副样子让罗兰在一旁看了不禁咧嘴呵呵直笑，尽管他脑子里还忧虑重重。这动作真是太有女人味了。她翻过了皱巴巴的面巾纸，摇了摇，确保没有东西卡在里面，摸出一个小粉盒，看了看，又放了回去。然后又拿起一把梳子，又把它丢了回去——

她太专心了，没有注意到罗兰从她身边走过，一边从苏珊娜的码头工钳子里掏出手枪，这是他专门为她做的枪套。他开了一枪。苏珊娜小声尖叫了一声，把背包甩到地上去摸挂在自己左胸的枪套，现在那里已经空空如也。

“老白人，你把我的魂都给吓出来了。”

“看好你的枪，苏珊娜，否则下一次再有人把它从你身边拿走的话，枪眼也许就会在你的双眼之间，而不是在……杰克，这是什么？某种能播报新闻的装置么？要么它里面放着报纸？”

“两者皆有。”杰克吃惊地看了他一眼。奥伊往站台方向退了几步，用有点怀疑的眼神看着罗兰。杰克用手指戳了戳报箱锁定装置中央的那个弹孔。一缕青烟慢慢飘起。

“继续，”罗兰说，“把它打开。”

杰克拽了拽把手。开始还拉不动，接着里面的某块金属发出咔哒声，门开了。盒子本身是空的；背面写着**当所有报纸都售完时，请取阅样本报纸**。杰克把它从装线盒里拿出，然后他们都围拢过来。

“看在上帝的分上，这是……”苏珊娜嘀咕，听起来既害怕又像是在埋怨。

"这是什么意思？看在上帝的分上，究竟发生了什么？"

在报纸的名称下面，占满头版上部大部分篇幅的是些很醒目的黑色大字：

"船长之旅"超级流感肆虐

政府官员逃离国家

托皮卡医院里挤满重病人

成百上千的人企盼获得治疗

"大声读出来，"罗兰说，"这是用你们的语言写的，我并不完全认得。我要清楚地知道这件事的来龙去脉。"

杰克看了看埃蒂，埃蒂不太耐烦地点了点头。

杰克打开报纸，报上有一幅图画（罗兰以前看过这个类型的画；它们叫做"招片"①），他们看了以后都大吃一惊：上面画的是一个湖滨城市，它的天际线火焰冲天。**克利夫兰一片火海，火势难以控制**，下面的说明就是这样写的。

"把这篇报道读出来，孩子！"埃蒂对他说。苏珊娜没吭声；她已经在看这则报道了——头版的唯一一则报道——越过杰克的肩膀。杰克清了清嗓子，就好像嗓子突然变得很干燥一样，接着就开始读了起来。

5

"标题下署名写着由约翰·柯柯兰，其同事以及美联社联合报道。那意味着有许多人都参与了撰写这篇报道，罗兰。好。开始吧。'美国有史以来最大的危机——也许也是全世界有史以来最大的——一夜之间变得越来越严重，即所谓的超级流感还在继续蔓延。该病在美国中西部被称为试管脖，在加州则被称为船长之旅。

"'尽管现在仅仅只能预测死亡人数，医学专家们断定现在死亡人口的数字已经超过了人们的想象：据来自托皮卡的圣弗朗西斯医院医学中心的莫里斯·哈克福特医生估计，光美国本土的死亡人数就已达到两千万到三千万。从加利福尼亚的洛杉矶到马萨诸塞州的波士顿，在各大火葬场、工厂的熔炉和垃圾填

① 这是罗兰对"照片"的误读。

埋场里，到处可以看见正在被焚烧的尸体。

"'在托皮卡镇，身体健康、体力较好的幸存者还要边忍受失去亲人的悲痛，边把亲人的遗体送往以下三个地方之一：奥克兰台球公园以北的废弃物处理厂；哈特兰公园跑道的大坑区域；福布斯田野以东东南六十一街的垃圾填埋场。要去填埋场的人们必须借道贝利顿大道才能进入；报道还说加利福尼亚通往周边的道路已经被出事的车辆以及至少一架坠落的空军运输机堵死了。'"

杰克恐惧地抬头看了看他的朋友们，又回头望了望身后安静的火车站，再把注意力集中到报纸上。

"'来自斯托蒙特-维尔地方医学中心的艾普尔·蒙托亚医生说，尽管这一切很可怕，但最可怕的不仅仅是这些死亡数字，她还说："因为这次流感每死一个人，就代表了还有六个人卧病在床，或许会是十二个人。就目前我们所掌握的情况来看，痊愈的概率为零。"她咳嗽了一下，接着对记者说："就我个人而言，我这个周末还没有任何的计划。"

"'其他地区动态：

"'所有从福布斯和菲利普台球城出港的商业航班都被取消。

"'美国全国铁路客运公司的铁路交通运输全部暂停运营，涉及范围不仅仅是托皮卡，而是整个堪萨斯州。美铁盖奇大道车站也已关闭，重新开始运营需等另行通知。

"'托皮卡镇所有的学校也都停课了，开课日期另行通知。涉及的学校有街区 437、345、450(肖尼高速公路)、372 和 501(托皮卡地铁)。托皮卡路德教会学校和托皮卡技术学院也已经关闭。劳伦斯的堪萨斯学院也关闭了。

"'在未来的数天甚至数周内，托皮卡居民将不得不面临灯火管制，或者是停电。堪萨斯灯光电力系统已经宣布将在位于沃米格的柯沃河核电站实施"逐步关闭"政策。尽管柯沃河核电站的公共关系办公室里没人接听本报记者的电话，但是一份录音声明声称核电厂不会有紧急情况发生，这仅仅是条安全措施而已。声明还说，柯沃核电站将在"当前危机过去之后"恢复正常。这个录音声明的结尾不是通常的"再见"或是"谢谢您致电"，而是"上帝会助我们一臂之力，渡过难关的"，人们从声明中得到的一丝安心感基本上被这个结语给抵消了大半。'"

杰克停了一下，接着翻开下一页，只见上面有更多的图画：一辆被烧得面目全非的全封闭式小型邮递卡车被晾在堪萨斯自然博物馆入口的台阶上；旧金山金门大桥上的车子排成长龙，动弹不得；时代广场上的尸体堆积如山。苏珊娜还看见路灯柱上悬着一具尸体，把她带入了一段噩梦般的回忆，她还记得那次她和埃蒂告别枪侠之后赶往刺德摇篮的经历；还有关于拉斯特、文思顿、吉夫斯和莫德的回忆。莫德曾经说过，当这次上帝之鼓响起时，斯班克的石头从帽子里掉出来，我们就派他去跳舞了。当然她的言外之意是他们让他去自缢。在看到他们绞死几个人之后，好像确实回到了纽约。当事情变得诡异的时候，似乎总有人会想到抓几个替罪羊处以私刑。

回声。现在每样东西都在发出回声。各种声音在两个世界之间来来去去，但不像正常的回音一样音量逐渐变小，反而是变得越来越响，越来越可怕。就好像上帝之鼓一样，苏珊娜寻思着，耸耸肩。

"'就全国范围来说，'"杰克读道，"'人们越发认为国家领导人先是在爆发初期否认这场超级流感的存在，而到了后期，任何预防措施都没有用了，他们就逃到地下防御工事去了，这个工事是为了在核战争爆发时给国家智囊团提供保护而建造的。在过去整整两天两夜的时间里，副总统布什和里根内阁的重量级成员都不见踪影。自从星期天早上在圣西蒙的格林谷卫理公会教堂举行的祷告仪式结束后，里根总统本人就消失了。

"'他们就像是第二次世界大战快要结束时的希特勒和他一帮子纳粹走狗，纷纷逃到结实的掩体中去了。'来自共和党的斯蒂芬·斯隆说。一名来自堪萨斯州的众议院议员，也是共和党人，在被问及他是否反对透露自己的真实姓名时，笑了笑说：'为什么要反对呢？我给自己准备了上好的骨灰盒。很可能下周这个时候我就已经化为灰烬了。

"'火势继续在克利夫兰、印第安纳波利斯和特雷霍特全境蔓延，而且极有可能是有人故意纵火。

"'在辛辛那提河前体育场附近发生了一次剧烈的爆炸，大家之前担心这是场核爆炸，其实不是。爆炸是因为没有人监管而造成的天然气聚集……'"

杰克拿着报纸的手松开了。一阵强劲的风吹来，报纸随风飘散，落到了站台远处，为数不多的还没有被打开的几张报纸也被吹散了。奥伊伸出脖子，叼住了一张报纸，踱着步子走向杰克，像条嘴里衔着棍子的忠诚的狗。

"不，奥伊，我不要。"杰克说。他声音听上去有点病恹恹的，而且像个低龄儿童。

"至少我们知道人们都在哪里，"苏珊娜说着，弯腰从奥伊那里拿过了报纸。这是最后的两页。只见版面上到处都是密密麻麻的讣告，字体小得苏珊娜以前都没有见识过。没有照片，没有死因，也没有葬礼通告。仅仅是这个人死了，他是某某的挚爱，那个人也死了，是吉尔和乔的挚爱，还有某人死了，是他们和她们的挚爱。所有的讣告用的都是那种小小的字体，分布也显得不是很均匀。那些字体小而参差不齐，但正因为此苏珊娜确信一切都是真实的。

*但是痛失亲人的人们该是怎样竭尽全力去追忆那些亡者啊。*想着想着，她不禁哽咽了。*他们是竭尽全力的。*

她把四开本大小的报纸叠好，看了看背面——**首府期刊**的最后一页。上面有一幅耶稣的画像，伸出双手，满目忧伤，头上戴着荆棘头冠。下面用很大的字体写着：

请为我们祈祷

她抬头看了看埃蒂，有点责备他的意思。接着她把报纸递给他，用棕色手指指了指顶端的日期。一九八六年六月二十四日。一年以后埃蒂被拉进了枪侠的世界。

他拿着报纸端详了许久，同时手指在日期上面来回摩挲，好像这样就能改变这个日期似的。他又抬头看看他们，摇了摇头。“不，我没有办法解释这个小镇、这份报纸，还有车站里的尸体，不过我可以很确定地告诉你们一件事情——在我离开的时候，纽约什么事情都没有。罗兰，你说是不是啊？”

枪侠看上去有点不悦。“在我眼里，你们的城市哪里都不对劲，但是那里的居民看上去不像经历过这场劫难，不像。”

“有一种病叫做军团病，”埃蒂说，“当然还有艾滋病——”

“那是通过性接触传染的，是吗？”苏珊娜问，“会通过男同性恋和吸食毒品的人传染么？”

“是的，不过我可没有把男同性恋者叫做水果什么的。”埃蒂说。他想尝试给个微笑，但是感觉有点僵硬和不自然，只好作罢。

“所有这……这一切从来没有发生过。”杰克说，不经意地触摸到了报纸最后一页上耶稣的脸。

“但是的确发生过，”罗兰说，“在一九八六年六月份的播种季节发生过。我们现在看到的就是那次劫难的余波。要是埃蒂所判断的时间没错的话，那么超级流感的发生时间就是*去年*的六月份。我们现在身处堪萨斯的托皮卡，一九八六年的收获季节。那就是时间。地点么，我们都知道不是埃蒂的世界。可能是你的世界，苏珊娜，或是你，杰克的世界，因为你在这个瘟疫来到之前就离开了。”他指了指报纸上的日期，看着杰克，“你曾经跟我说过一些事情。不知道你还记不记得，但我是记得的；这是别人告诉我的最重大的事情之一：‘去吧，在这个世界之外还有其他的世界。’”

“更多的谜语。”埃蒂说，一脸愁云惨雾。

“难道杰克·钱伯斯不是死过一次，然后现在又好好地站在我们面前吗？难道你们怀疑我说过杰克那次死在山中吗？我知道你们有时候会怀疑我的诚实。我也知道你们那么做是有理由的。”

埃蒂仔细想了想，摇摇头：“只要能达到你的目的，你会撒谎的，但是我认为当你和我们谈论杰克的时候，你已经够痛苦了，不可能再说谎了。”

罗兰很吃惊地发现自己被埃蒂的一席话伤害了——只要能达到你的目的，你会撒谎的——但是他还是继续说下去。毕竟他说的话没错。

“我们回到时间之池，”枪侠说，“赶在他淹死之前把他拽起来。”

“你把他拽起来。”埃蒂纠正道。

“你还是伸出援手了，”罗兰说，“哪怕只让我还活着，你就已经帮大忙了，但是现在还是不要纠缠于这个问题吧。有点跑题了。问题的关键在于，还有许多可能存在的世界，还有无数扇大门通向这些世界。这是其中的一个世界；这个我们可以听见的无阻隔界就是其中的一扇门……这比我们在海滩上发现的那些门要大得多。”

“有多大呢？”埃蒂问，“和仓库大门一样大，还是像仓库那么大？”

罗兰摇摇头，把手掌伸向了天空——谁知道呢？

“这个无阻隔界，”苏珊娜说，“我们不仅仅是靠近它，对不对？我们还从它中间穿过去了。所以我们来到了这里，来到这个样子的托皮卡镇。”

“很有可能，”罗兰同意苏珊娜的说法，“大家有没有谁觉得有什么异样呢？一种晕头转向的感觉，或是短暂的恶心？”

他们摇摇头。奥伊一直在仔细地观察着杰克，这次它也摇了摇头。

“都没有感觉到，”罗兰说，那语气就好像是他之前已经料到大家的反应似的，“但是我们那时可是一直专注于谜语啊——”

“专注得很，因为害怕被杀掉啊。”埃蒂咕哝了一句。

“是啊。也许我们不知不觉中就穿过来了。无论如何，这些无阻隔界是不大正常的——它们就像皮肤上的肿痛，之所以存在是因为什么东西乱了套。我是说所有世界里的事情。”

“因为黑暗塔里的一切都乱了套。”埃蒂说。

罗兰点点头："即便现在这个地方——*这个时刻，这个地点*——不是你们世界里的卡了，它也有可能成为那个卡。这场瘟疫——或是别的更严重的灾难——可能会到处传播。就好像无阻隔界也会不断扩散一样，体积变得越来越大，数量变得越来越多。在寻找塔的这些年中，我已经看见过六七个无阻隔界了，还听说过二十来个。第一次……第一次看见无阻隔界的时候我还很年轻。那是在很靠近一个叫做汉伯雷的小城。"他又用手搓了搓脸颊，发现胡子里出了汗，但他对此并不感到奇怪。*爱我吧，罗兰。要是你爱我的话，就好好爱我吧。*

"罗兰，无论发生了什么，我们从你的世界中被踢出来了，"杰克说，"我们偏离了光束的路径。看啊。"他指着天空。他们头顶上的朵朵云彩在缓缓移动，但是不是朝向布莱因被撞扁了的车头所对准的方向。东南方仍然是东南方，但是那些他们所熟悉并追随的光柱的痕迹再也看不见了。

"这没关系吧？"埃蒂问，"我是说……*光束*可能一去不返了，但是塔存在于所有的世界中，不是么？"

"对，"罗兰说，"但并不是在所有的世界里都可以*接近*塔。"

在埃蒂开始他那光辉而充实的瘾君子生涯的前一年，他曾做过很短时间的自行车邮递员，那个事业并不成功。现在他还记得当年送邮件的时候曾经乘坐过的某些办公大楼的电梯，大多数楼里都有银行或投资公司等机构。总有一些楼层是你没办法停下电梯的，除非你有一张特别的卡，而且要把它插入数字键下面的插槽中才行。当电梯到达那些特殊楼层时，显示板中的数字就变成了一个X。

"我认为，"罗兰说，"我们必须再次找到光束的路径。"

"我同意，"埃蒂说，"各位，我们前进吧。"他向前走了好几步，然后转回身去看着罗兰，一边的眉毛向上挑着，"不过去哪里呢？"

"去我们将去的地方。"罗兰说，好像那个问题的答案是不言自明的，他那双脏兮兮的破靴子走过埃蒂身边，径直朝那边的公园走去。

第五章

轧公路

1

罗兰向站台的尽头走去，边走边把脚边的粉红色金属碎片踢到一边。他在台阶处停了下来，回头看了看他们，一脸阴沉。“有更多的尸体。做好准备。”

“他们没有……嗯……流吧，是不？”杰克问。

罗兰皱了皱眉眉头，弄明白了杰克的意思之后，他一脸轻松。“对，没有。还是干的。”

“那就好。”杰克说，但是他把手伸向苏珊娜，这时埃蒂正背着苏珊娜。苏珊娜朝他笑了笑，握住了他的小手。

台阶一直通往车站边上的通勤停车场，就在台阶下面，六具尸体躺在一起，就好像一个倒塌的玉米堆。其中有两个是女人，三个是男人，第六个是在童车里的孩子。整个夏天的风吹日晒（更别提那些在它身边来来去去的流浪猫，浣熊和美洲旱獭了）让这个小孩子看上去有种古老的智慧和神秘，就像一具在印加金字塔里发现的儿童木乃伊。杰克看了看小孩有点褪色的蓝外衣，觉得这是个男孩，但是不可能由此完全确定。它没有眼睛，没有嘴唇，皮肤也褪了色，变成淡淡的灰白色，这好像在开性别的玩笑——为什么死婴会穿过马路？因为它被钉在超级流感身上了。

即便是这样，在托皮卡瘟疫肆虐的几个月中，这孩子的尸体保存得也比大人们的好得多。那些人基本上已经只剩下骷髅和头发了。有一堆裹着皮的骨头，原来应该是手指，有一只男人的手里还提着手提箱，看上去就像杰克的父母用的那种。那个婴儿的眼睛（其实是所有人的眼睛）不见了；只有两个深陷的黑色眼窝盯着杰克。眼睛下面，一排变了色的牙齿伸了出来，一副挑衅的咧嘴在笑的样子。*孩子，你怎么来得那么晚？*那个手里抓着箱子的男人似乎在问。*一直在等你呢，整整一个炎热而又漫长的夏天！*

*你们这些人希望去哪里呢？*杰克寻思着。*你们在这片废墟里面觉得哪里才是最安全的呢？得梅因？苏城？法戈？月球？*

他们走下台阶，罗兰走在最前面，其他人紧随其后，杰克还是牵着苏珊娜的手，奥伊跟在他后面。身体长长的貉獭似乎在下每一级台阶时要分两步走，就好像拖车在楼梯上磕磕绊绊一样。

“慢一点，罗兰，”埃蒂说，“我想看看前面的跛子空间然后再继续走。我们也许会有好运的。”

“跛子空间?”苏珊娜说，“那是什么玩意?”

杰克耸耸肩。他不知道。罗兰也不知道。

苏珊娜把注意力转向埃蒂。“我想知道，因为这个词听上去可不那么让人愉快，你知道，这就好比你把黑人叫做‘黑鬼’或者把男同性恋者叫做‘水果’一样。我很清楚我只是一个来自一九六四年那个懵懂时代的一个无知的黑人小鬼，但是——”

“那里。”埃蒂说着就把手指向了一排标志，这排标志是最靠近车站的停车线的记号。每一个车位有两个标志，上面的那个是蓝色和白色的，下面的那个红白相间。他们靠近了一点后，杰克发现顶部的那个是轮椅的标志。底部是一行警告：**对残疾人停车空间使用不当，罚款两百元。托皮卡警方将严格实施该规定**。

“看那里!”苏珊娜得意地说，“他们早该这么做了！回到我那个时候，你们要是能让轮椅从小于便利店大门的门里面穿过去，你们就很幸运了。你们要能把车弄上人行道就更幸运了！特别停车区？那就更别提了!”

停车场几乎是挤得满满当当，但即使是这样的世界末日快要来临的时候，在那么多停在埃蒂所说的“跛子空间”里的车当中只有两辆车上面没有轮椅的小标志。

杰克想大概遵守“跛子空间”的规定就好像写信要写邮政编码、起床要梳头刷牙一样，很奇怪的是人们一辈子都在这么做。

“就是这个!”埃蒂叫道，“嗨，各位，注意喽，我看是有什么新发现了!”

埃蒂还背着苏珊娜——这个动作他即便是在一个月之前也是坚持不了很久的——向一辆林肯车跑去。捆在车顶上的是一辆看上去很复杂的比赛用自行车；半开着的行李箱里有一辆轮椅。这还不是唯一的轮椅；杰克扫视了一下那排“跛子空间”，看见那里至少还有四辆轮椅，大多数都被捆在车顶的架子上，有些就干脆塞进货车或者旅行车的后部，还有一辆(看上去很旧了，而且特别大，让人看了有点害怕)被扔进了运货卡车的车斗里。

埃蒂把苏珊娜放下来，仔细检查了行李箱里固定轮椅的装置。有许多根互相交错的弹力绳，还有一根锁闭杆一样的东西。埃蒂拔出鲁格手枪，这把枪是杰克从他爸爸的桌子抽屉里拿出来的。“对着这个洞打。”他开心地说，旁人还没来得及把耳朵捂住，他就砰的一声扣动了扳机，把锁从锁闭杆上打了下来。声音开始很响，然后慢慢消散，最后又传来了回音。伴随着回音而来的是无阻隔界发出的啁啾声，就好像这一枪突然把它给打醒了。*感觉有点夏威夷风情，不是么？*杰克边想着，边做出厌恶的鬼脸。半小时之前，他不会相信会有声音这么让人难受，就好像……嗯，腐肉的味道，但是他现在相信了。他抬头看看收费公路的标志。从这个角度只能看到顶部，但是足以肯定地说它们又在闪动了。*它会在周围产生一种场*，杰克想。*就像搅拌器或是吸尘器运转时产生的静电对广播或电视造成的影响，或是那次金格利老师把回旋加速器带到课堂上，让学生主动上前站在它边上，那玩意让我胳膊上的汗毛都竖起来了。*

埃蒂把锁闭杆拧到一边，用罗兰的刀把弹力绳切断。接着把轮椅从行李箱里拿出来，检查了一下，把它打开，然后把座椅后背上的支撑杆撑起来。“棒极了！”他说。

苏珊娜单手支撑着自己——杰克认为她看上去有点像他喜欢的美国画家安德鲁·韦思画中的女性形象，那幅画叫做《克里斯蒂纳的世界》——他有点好奇地看着这把轮椅。

“我的老天啊，它看上去这么轻巧！”

“亲爱的，这可是现代技术的最高境界啊，”埃蒂说，“我们和越南打仗就是为了这个。跳进来。”他弯腰帮了她一把。她没有拒绝，但当他把她放到轮椅上去的时候，她一脸不自然，还皱着眉头。就好像是她想到只要一坐上去椅子就可能塌掉。苏珊娜摸了摸新坐骑的扶手，脸色渐渐放松起来。

杰克四处走了走，经过另一排轿车，顺便摸摸它们的引擎罩，双手所到之处在厚厚的灰尘上留下了印记。奥伊在后面啪哒啪哒地跟着，还停下来，抬起腿，在某个轮胎旁撒了一泡尿，就好像它这辈子都在这么干似的。

“亲爱的，想家了吧？”苏珊娜在杰克身后问道，“也许你认为自己再也不会见到正宗的美国产汽车了吧，我说得对不对？”

杰克回味了一下苏珊娜的话，觉得她说得不对。他从没想过他会永远待在罗兰的世界里；也从没想过他再也没有机会见到汽车了。他认为这不会让他烦恼，不过他也不认为真的会这样。至少现在还不是。他来到这里的时候，曾在纽约看过一块空地。那空地位于第二大道和第四十六街的交界处。

那里曾有个熟食店——**汤姆与格里的风味熟食店，晚会大盘是我们的特色！**——但是现在那里到处是石头、杂草和碎玻璃，还有……

……还有玫瑰。只有一朵孤零零的野生玫瑰长在空地上，按开发商的计划这里将会建造联排别墅，但是杰克认为，地球上再也没有什么别的地方能找到这样的玫瑰了。也许不会出现在任何一个罗兰提起过的世界里。埃蒂说，靠近塔的时候他也看到了玫瑰；成千上万朵的玫瑰，血色的花儿开满了大片的土地。他曾经梦到过那些玫瑰。杰克曾经怀疑过他看到的那朵玫瑰和那些玫瑰是不是一样的……无论如何，不到决定玫瑰命运的那一天，他就不会真正和那个世界说再见。在那个世界里，有很多的汽车，还有电视机和警察，警察会问你是否携带身份证，是否知道父母的名字。

*说到父母，我可能也不会和他们分开，杰克想。*想到这里，他心跳加速，心中有些许希望，也有些许警觉。

他们在那排车子中间停了下来，杰克边考虑这些问题，边心不在焉地看着那条宽阔大街的对面（他想大概是盖奇大街吧）。这时罗兰和埃蒂追上了他们。

“推了几个月沉得要死的铁娘子之后，你会发现这个宝贝儿棒极了。”埃蒂咧嘴一笑，“我打赌你一口气就能把它吹走。”他就在轮椅后面演示一下，吹了大大的一口气。杰克想到要告诉埃蒂在那个“跛子空间”里可能还有别的带发动机的轮椅，但马上就意识到埃蒂已经掌握了的情况：它们的电池没电了。

苏珊娜并没注意他；她对杰克很感兴趣。“嘿，蜜糖，你还没有回答我的问题呢。这些车让你想家了吧？”

“嗯。但我很想知道它们是不是我熟悉的车子。我想也许……如果这个一九八六年不是从我自己的一九七七年发展而来，而是来自别的世界，我倒可以判断了。可现在我*无法*断定。因为时代发展得太快了。甚至在九年中……”他耸耸肩，看着埃蒂，“但你应该可以办得到。我是说，毕竟你是从一九八六年来的。”

埃蒂咕哝着说：“我的确来自那个时代，但我并没有仔细观察过那个时代。多数时候我都是昏昏沉沉的。但是……我猜想。”

埃蒂推起苏珊娜的轮椅，沿着停车场平整的碎石地面往前走去。他边走边指着身边的汽车。“这是福特探险家……这是雪佛兰随想曲……那是个老式的庞蒂亚克，你看到这个分开的格子就知道品牌了——”

“这是庞蒂亚克伯纳威尔。”杰克说。看到苏珊娜好奇的眼光，他就觉得好笑又有点感动——对她来说，这里大多数的汽车都是非常时尚的，就好像是电影《巴克·罗杰斯》里的侦察舰一样。这不禁使他好奇罗兰是怎样看待它们的，于是他四下看了看。

枪侠对这些车子根本没一点兴趣。他望着马路对面,望着公园,望着那条收费公路……但杰克并不觉得他在看那些东西。杰克想罗兰可能只是在一个人想问题。若是如此,罗兰脸上的表情显示出他并没在脑子里看到什么好东西。

“那是克莱斯勒 K 系列车的一辆,”埃蒂说着指了指那辆车,“那是一辆斯巴鲁车。奔驰 SEL 450 车,非常棒,车中之王……还有福特野马……克莱斯勒皇冠,外形很不错,就是旧了点——”

“你快看啊,”苏珊娜说着碰了碰杰克,杰克觉得她的嗓音有点夸张,“我认识那辆车。看上去还是蛮新的。”

“不好意思,苏珊娜。真的不好意思。这辆车是美洲豹……那辆是雪佛兰……还有一辆也是……托皮卡人喜欢通用车,真是一个意外啊……日产思域……大众兔牌……道奇……福特……还有——”

埃蒂不说了,看了看在一排车尽头的那辆小型车,颜色是白中带红的。“这是辆浊浪。”他几乎是在自言自语。他兜了一圈去看后备厢。“准确地说,这是一辆浊浪精灵。纽约的杰克,你以前听说过这个样式和型号的车么?”

杰克摇摇头。

“我也没有听说过,”他说,“该死,我也没有。”

埃蒂开始推着苏珊娜往盖奇大道走去(罗兰虽和他们在一起,但还是沉浸在自己的思考中,他们走他就走,他们停下来他就停下来)。前方是停车场的自动门(停车开票),埃蒂停下脚步。

“要是以这样的速度,我们还没到那边的公园之前就老了,没到收费公路就死了。”苏珊娜说。

这次埃蒂没有说道歉,甚至看上去没有听见她在说话。他看着一台锈迹斑斑的测速器前面的保险杆贴纸。贴纸是蓝白相间的,和“跛子空间”中的轮椅标志是一样的。杰克蹲下来想看个仔细,奥伊把头放在他的膝盖上,杰克漫不经心地抚摸着它。他伸出另一只手碰了一下贴纸,仿佛是为了检验它的真实性。它上面写着**堪萨斯城市君主**。英文“君主”这个词里的字母 O 做成了棒球形状,后面画着几道速度线,好像球正飞离球场似的。

埃蒂说:“你们看看我说得对不对,因为我对体育,尤其是纽约以西地区的棒球队知之甚少,但是你们不觉得这应该是**堪萨斯城市**皇家么?就是乔治·布赖特所在的那支球队。”

杰克点点头。尽管那人在杰克的时代还是个年轻球手,而在埃蒂时代已经是个大龄球手，但他还是知道什么是皇家队，谁是布赖特。

“你是指堪萨斯城市竞技吧。”苏珊娜说，语气中透出一丝困惑。罗兰完全没有留神听他们的谈话；他还在自己的私人臭氧层里尽情遨游。

“亲爱的，那是一九八六年之前的事情了，”埃蒂和颜悦色地说，“到了一九八六年竞技就移师奥克兰了。”他通过保险杠贴纸的缝隙瞥了一眼杰克，“也许是个小职业球队联盟的队伍？”他问道，“三垒安打？”

“**三垒安打皇家队**仍然是皇家队，”杰克说，“他们主场在奥马哈。好了，我们走吧。”

尽管他了解别人的情况，杰克自己的心态已经很放松了。尽管这可能显得很愚蠢，但是他确实不再担心了。他不相信这场可怕的瘟疫将来还会在他的世界里发生，因为在他的世界里并没有堪萨斯城市君主队。也许由此就得出结论有点站不住脚，但是感觉上应该就是这样的。他一想到父母不会死于一种所谓的“船长之旅”的病毒，也不会在……垃圾填埋场里被焚烧，或者……他就觉得这是一种莫大的欣慰。

只是这还不能非常确定，即便这个一九八六不是从他的一九七七年延续而来的。因为尽管这场骇人的瘟疫是在这个世界里爆发，这个世界里有什么浊浪精灵的汽车而且乔治·布赖特为堪萨斯城市君主棒球队效力比赛，但罗兰认为麻烦在不断地蔓延……诸如超级流感的各种东西正在蚕食一切的存在，就好比是电池里面的酸性物质能在一块布上腐蚀出一个洞。

枪侠提及过时间之池，当初杰克第一次听到这个词的时候还觉得这个词很浪漫，也很有吸引力。但要是这个池子正在不断变得一潭死水、沼泽丛生呢？要是那些与百慕大三角类似、被罗兰称为无阻隔界的东西开始变得普遍而不再是特例呢？要是——哦，这是一个可怕的想法，准保能让你夜里三点都睡不着觉——随着黑暗塔不断衰弱，所有的现实也渐渐式微，那该怎么办呢？如果塔中发生坍塌，一个塔层倒在了另一个上面……不停地……向下倒去……直到——

当埃蒂抓住他的肩膀并捏了捏的时候，杰克紧咬住了嘴唇才让自己没有尖叫起来。

“你是在自己折磨自己。”埃蒂说。

“你懂什么？”杰克问。这样说有点失礼，但是他真的快疯了。是因为被吓坏了还是被看穿了呢？他也不知道。他也不太在乎。

“说到自讨苦吃，我可是老手啊，”埃蒂说，“我不清楚你在想些什么，但是不管怎样，现在是忘掉这一切最好的时机。”

杰克认为那也许是个不错的建议。他们一起穿过大街。走向盖奇公园和这辈子最让杰克震惊的东西。

2

他们穿过用老式花体字写着**盖奇公园**四个大字的铁制拱门，发现自己站在一条砖头铺成的路上，这条路一直通向一个半英国风格半厄瓜多尔丛林风格的花园。整个炎热的中西部夏天没人照看这个公园，里面已经乱七八糟了；加上整个秋天没人料理，那里长满了杂草。拱门里面的一个标志上写着**莱茵玫瑰花园**，里面的确是有玫瑰的；到处都是玫瑰。很多玫瑰已经凋谢了，但是一些野玫瑰还盛开着，这不禁让杰克回忆起第四十六街和第二大道交汇处那片空地上的玫瑰，他渴望再次见到那朵玫瑰，想得心都疼了。

进了公园之后，他们看到一旁有老式的旋转木马，欢腾的马匹仍然好好地固定在柱子上。看到旋转木马那么安静，想到它的灯光永不再亮起，汽笛风琴也永远不会响起，杰克有点不寒而栗。其中有一匹马脖子上挂着一根生牛皮制成的绳子，绳子上吊着某个孩子的棒球手套。杰克简直不太敢看了。

从旋转木马一眼望去，地上的落叶更加厚了，叶子简直要让这条小路窒息；小路等待着游客沿着这条单行道走过来，就好像是在童话世界的森林里迷路的孩子。蔷薇疯长的刺儿扎到了杰克的衣服上。不知为何他走到队伍的最前面去了（也许因为罗兰还在出神地想着他自己的事情），所以他第一个看到了小火车查理。

他在接近那条穿越小路的窄铁轨时想起了些什么——它们不比玩具火车的轨道大多少——他想起枪侠说卡就像一个轮子，总是滚来滚去，最后又回到相同的地方。*玫瑰和火车在我们的心中挥之不去*，他想。*为什么？我不知道。我猜可能是另外一个谜语——*

接着他朝左边看了看，喃喃说道“哦我的天”。他突然感到双腿无力，一屁股坐到了地上。他的声音听上去无力而遥远。他没有晕倒，但是这个世界的颜色突然消失了，直到他看到公园西面疯长的树叶看上去几乎和秋天头顶上的天空一样苍白。

“杰克！杰克，怎么了！”这是埃蒂的声音，杰克能听出他声音里透出的那种真实的关怀，但好像声音是来自一个遥远的地方，通信信号也不好。声音也许是来自贝鲁特，或者是天王星。他能感到罗兰抚慰的手放在他肩膀上，但这就和埃蒂的声音一样遥远。

“杰克！”苏珊娜问，“你怎么了，亲爱的？怎么——”

她接着就看见了，不出声了。埃蒂也看见了，也不再问他。罗兰的手拿开了。他们都站在那里看着……除了杰克，他是坐在地上看着。他想他的腿最终会恢复力量和感觉，他就可以站起来了，但是他现在感觉两腿像通心面一样绵软无力。

火车停在北边的五十英尺处，就停在和街对面的车站极其相似的玩具车站上。车站的屋檐下面垂着一个标志牌，上面写着**托皮卡**。那辆车是小火车查理，排障装置和其他东西都表明了它的身份；一个402老大哥型的蒸汽火车头。杰克心里明白，要是他有足够的力气站起来并且走过去的话，他肯定会找到一窝老鼠，它们就在工程师曾经待的位子上做窝（工程师无疑就叫鲍伯，姓什么倒是记不得了）。此外还会有燕子一家，它们在烟囱里安居。

还有黑色的机油泪水，杰克想，一边还看看在小火车站前等待的小火车。他禁不住浑身起了鸡皮疙瘩，睾丸变硬，胃部有点痉挛。*到了晚上，他就会流出那黑色的机油泪水，把他那该死的精美的车头灯都弄锈了。但那时，查理小子，你也载了很多孩子了，对不对？你带着那些孩子在盖奇公园里绕了一圈又一圈，孩子们开心地笑着，但其中有些孩子并不是真的在笑；有些孩子，那些看透了你的孩子，正在放声尖叫。如果我现在有力气的话，我也会那样叫的。*

但是杰克的力气慢慢回来了，埃蒂一只手搭在他腋下，罗兰的手搭在另一边，杰克就站起来了。他晃了一下，但马上站稳了。

“顺便说一下，我可不会嘲笑你，”埃蒂说。他的声音有点阴沉；脸也有点阴沉。“我自己都差点站不住了。这就是你书里写的；那本书和现实一样。”

“我们现在知道贝里·埃文思小姐是从哪儿得到小火车查理的灵感了，”苏珊娜说，“她要么住在这儿，要么就是一九四二年，这本该死的书就是那一年出版的，她造访了托皮卡镇——”

“——她还看见了穿越莱茵玫瑰花园和环绕盖奇公园的这辆玩具火车，”杰克说。他现在已经不害怕了，而且他——不仅仅是个独生子，而且在很长一段时间内是一个孤独的孩子——突然强烈地感觉到对朋友们的爱和感激。他们看见了他看到的东西，他们也明白他为什么会害怕。当然了——他们是卡-泰特。

“它不会回答傻问题，也不会玩笨游戏，”罗兰若有所思地说，“你能继续走么？”

“可以。”

“你确定？”埃蒂问道。等杰克点头后，埃蒂把苏珊娜推到铁轨的另一边。罗兰紧跟着过去。杰克停了一下，想起他以前做过的一个梦——他和奥伊站在铁道交叉口，貉獭突然跃上铁道，对着火车的前灯像疯子一样地乱叫。

现在杰克弯下腰去，把奥伊抱了起来。他看了看静静停靠在站台的锈迹斑斑的火车，黑黑的前灯就像死人眼睛。“我不怕的，”他低声地说，“我不怕你。”

前灯突然复活了，对着他闪了一下，短暂却耀眼，仿佛在说：*我可不这么认为；我知道不是这样的，亲爱的孩子。*

接着灯就灭了。

别的人都没看到这一幕，杰克又朝火车瞥了一眼，期望前灯再次闪耀——也许是盼着这个被诅咒的东西再次启动冲向他——但是什么都没有发生。

杰克的心咚咚地跳得厉害，赶紧跟上他的同伴继续向前走去。

3

托皮卡动物园（牌子上写着：**驰名世界的托皮卡动物园**）有很多空笼子和动物尸体。一些被放归自然的动物已经不见了，但是另外的都死了。猩猩们还待在一块标着**大猩猩居住地**的地方，看上去它们是手拉着手死去的。埃蒂看到这一幕，莫名地有点想哭。自从身体内最后一点海洛因被排出体外后，埃蒂的情感似乎总处于爆发的边缘。若是老伙计们看到他这副模样，肯定要笑死了。

大猩猩居住地再过去一点，小路上趴着一头灰狼的尸体。奥伊小心翼翼地靠近它，闻了闻，接着就伸出长长的脖子开始嚎叫起来。

“杰克，让它停下来，你听见了么？”埃蒂生硬地说。他突然意识到他闻得到正在腐烂的动物的气味。这个气味很淡，大部分都在刚刚过去的那个酷夏散发殆尽，但是剩下来的那点味道还是让他觉得想吐。倒并不是因为他能很清楚地记得上次他吃的食物。

“奥伊！快到我这来！”

奥伊最后大吼了一声，回到杰克身边。它站在男孩的脚上，抬头用它那双奇特的带金边的眼睛看着他。杰克把它抱起来，带着它围绕那匹狼走了一圈，又把它放回到砖头路上。

他们沿着小路一直走下去，前方是很陡峭的台阶（杂草已经开始在这个石砌台阶上蔓延），罗兰在顶上回头看了看花园和动物园。在这个角度他们很容易就能看到整个玩具火车的运行线路，坐上小火车查理的人们可以沿着盖奇公园绕行一圈。再往远处看去，只见一阵冷风过后，散落在盖奇大街上的落叶哗哗作响。

“珀斯老爷就这样跌下。”罗兰自言自语道。

“大地轰隆，随之颤动。”杰克接着说道。

罗兰很惊讶地看看他，就像一个刚从熟睡状态中惊醒的人一样，接着他笑了笑，搂住杰克的肩膀。“我已经和珀斯老爷过过招了。”他说。

“真的？”

“是啊。你很快就会听到这个故事的。”

4

下了台阶就是一个鸟舍，里面满是死去的珍奇鸟类；从鸟舍再看下去就是一个小吃店的广告（开在这个地方实在是有点欠考虑），上面写着**托皮卡最好的野牛汉堡**；小吃店再往那边又是一个铁拱门，上面写着**欢迎再次回到盖奇公园！**再远处还有一个弯弯曲曲的上坡，那是一个限制通行的高速路入口。上面就是他们首次从马路对面发现的绿色标志。

“又是轧公路，”埃蒂声音轻得简直听不清楚，“真该死。”他说着就叹了口气。

“埃蒂，什么是轧公路？”

杰克认为埃蒂不会回答这个问题；埃蒂站在一边，手摸新轮椅的扶手，当苏珊娜伸长脖子扭过头来看他的时候，他把眼光移到了别处。然后他又扭过头，先看了看苏珊娜，接着看着杰克。“不是什么好东西。在盖里·库珀把我拉过大分水岭之前，我的生活也不好。”

“你其实不必——”

“这没什么大不了的。我们很多人会聚在一起——通常是我，我的兄弟亨利，巴姆·奥哈拉，因为他有车，桑德拉·考比特，也许还有亨利的另一个朋友，我们叫他吉米·波利奥——我们会把所有人的名字都放到一顶帽子里。抽出来的那个人就是……导游，亨利就这么叫他。他——或者是她，如果抽中珊迪的话——必须保持清醒。当然这是相对而言的。除了导游外，每个人都狠狠吸上一把。我们都坐到巴姆的克莱斯勒汽车里，开上 I-95 号公路，方向是康涅狄格州，或是沿着塔康大道直奔纽约北部……只有我们叫它为塔康大道。一路上听着录音机里播放的克力登斯，马文盖或是猫王精选歌曲。

“晚上最好了，尤其是在满月的时候。我们会一连几个小时把头伸出窗外东张西望，就像狗在兜风一样，时而抬头看看月亮，时而搜寻天际划过的流星。我们称之为轧公路。”埃蒂笑了。但看上去笑得有些勉强，“很有意思的生活，伙计们。”

“听上去蛮有意思的，”杰克说，“我不是指什么毒品，而是说在夜间和伙伴们一起在外面兜风看月亮，听音乐……感觉真棒。”

“是啊，”埃蒂说，“有时候玩得忘乎所以，还往自己的鞋子上尿尿，就像在灌木丛里一样自由自在，真好。”他停了一下，“这也是可怕的地方，你们明白吗？”

“轧公路，”枪侠说，“我们也来试试吧。”

他们离开了盖奇公园，穿过马路来到了入口的斜坡上。

5

有人在指明斜坡上升曲线的标志牌上喷了一些字，在那块写着**圣路易斯** 215 的标志牌上，有这么一行黑色的字：

留神不速之客

在另一块标着**距下一个休息区还有十英里**的牌子上，有这么一行粗粗的红字

血王万岁！

即使过了整整一个夏天，那猩红色还鲜艳欲滴。每一个标志牌上面都配有下面这个记号——

“你知道那些东西是什么意思么，罗兰？”苏珊娜问道。

罗兰摇摇头，但是他看上去心事重重，他眼中一直有种若有所思的神情。

他们继续前进。

6

就在斜坡和收费公路交汇的地方，两个男人、一个男孩、一个貉獭围住坐在新轮椅中的苏珊娜。所有人都面向东方。

埃蒂不知道他们离开托皮卡后，这里交通状况会变得怎么样，但是这里所有向西面和东面的车道都塞满了小汽车和卡车。很多车子上面都堆着高高的东西，经过一个雨季之后都生锈或发霉了。

事实上，当他们站在那里，默不作声地看着东方时，他们最不操心的就是交通问题了。两旁大约半英里处，这个城市一直延伸着——他们能看到教堂的尖顶，还有一些快餐店——（阿碧、温迪、麦当劳、必胜客，还有埃蒂从没听说过的一家叫波音波音汉堡的店）、车行、一家叫做**哈特兰保龄球道的**保龄球馆的房顶。他们看到前面还有一个收费高速公路的出口，斜坡边上的标志牌上写着**托皮卡州立医院，西南方向第六号**。斜坡更远的地方赫然出现一幢古老而庞大的红砖大厦，上面一个个小小的窗户在蔓延的常春藤的掩映下就好

像一双双绝望的眼睛。埃蒂想这座古典式的建筑准是家医院，很可能是那种避难所，里面的穷人一连几个小时坐在破旧的塑料椅子上，然后会有医生来象征性地慰问一下他们。

医院再往远处，城市就突然中止了，无阻隔界开始了。

对埃蒂来说，无阻隔界就好像沼泽地里的一汪浅水。它一直漫到I-70公路两边，发出银色的光芒，使标志和护栏以及动弹不得的车子看上去都像海市蜃楼一样不停摇晃；还发出一种流动的、液体般的嗡嗡声，听起来让人觉得恶心。

苏珊娜用手捂住耳朵，脸拉得老长："我真不知道我怎么能受得了这个。真的。我不是想要脾气，但是我真的恶心得想吐，虽然我整天都没有吃东西。"

埃蒂也有相同的感觉。但是尽管他觉得恶心，却很难将目光从无阻隔界那里移开。那看上去就像非现实被赋予了……什么呢？一张脸？不。他们前面那个闪着银光并发出嗡嗡声的东西并没有脸，事实上根本就是面目模糊，但是它却有个身躯……一个外观……一种存在。

是的；最后的描述是最好的。它有一种存在，就像他们把杰克拽到这个世界时，通话石圈里的魔鬼也有个存在。

罗兰翻腾着自己的背包。看起来他要把包翻个底朝天才能找到想要的东西——一颗子弹。他把苏珊娜的右手从椅子扶手上拨开，在她的手心放了两颗子弹。然后他又拿了两颗子弹，弹头朝里放进耳朵里。苏珊娜开始有点惊奇，接着就觉得很好玩，然后又有点怀疑。最后她也照着罗兰的样子做了。几乎与此同时一种欣慰的表情浮现在她的脸上。

埃蒂把背包放下来，拿出半盒点44的子弹，这些子弹用于杰克的鲁格枪。枪侠摇摇头，伸出了手。里面还有四颗子弹，其中埃蒂两颗，杰克两颗。

"这些子弹不行吗？"埃蒂从盒子里抖落出一些弹壳，这个盒子是在艾默·钱伯斯书桌抽屉里堆积的文件下面找到的。

"它们来自你的世界，所以无法阻断声音。不要问我是怎么知道这个的；我就是知道。你可以试试你拿的子弹，但是它们没有用。"

埃蒂指着罗兰手上的子弹。"他们也是来自我们的世界的。那个枪械店在第七街和第四十九街的交汇处，名字是叫克莱门茨吧？"

"子弹不是来自那里。埃蒂，它们是我的，我重新装过好几次弹药，但它们最初是来自绿地。来自蓟犁。"

“你是说那些湿子弹？”埃蒂半信半疑地问道，“最后几颗海滩上的湿子弹？那几颗完全湿透的？”

罗兰点点头。

“可是你说过它们再也不能用了！就算水分都被晒干也不能用了！里面的火药已经……你的说法是什么？‘扁了。’”

罗兰又点点头。

“那你为什么要留着它们？为什么还费老大劲把这些个没用的子弹带来？”

“每次战斗之后我教你说些什么，埃蒂？为了让你集中注意力而说的话。”

“‘父亲，请引导我的手和我的心，不要出现任何漏网的猎物。’”

罗兰第三次点点头。杰克拿了两颗子弹塞到耳朵里。埃蒂拿了最后的两颗，但他还是先试了试从盒子里拿出的那些子弹。它们使无阻隔界的声音变得沉闷，但声音并没有消失，就在他前额的中心振动，他感觉鼻梁像要爆炸一样。他把子弹取出来，把更大的子弹——罗兰那古老的手枪所用的子弹——塞进去。他想，*把子弹放到耳朵里。老妈要是知道肯定会发疯的。*但是没关系。无阻隔界的声音消失了——或者至少是变成了遥远的嗡嗡声——这就是子弹的作用。当他回头和罗兰说话时，他本以为自己的声音也会听上去闷闷的，就好像带上耳塞听声音的感觉，但是他发现能听得很清楚。

“有什么事情是你不知道的吗？”他问罗兰。

“有啊，”罗兰说，“很多。”

“奥伊怎么办？”他问。

“奥伊会没事的，我觉得，”罗兰说，“各位，我们要在天黑前再走上几里路。”

7

奥伊似乎不在乎无阻隔界发出的颤音，但是那天整个下午它紧紧地跟着杰克·钱伯斯，一直在不安地看着I-70号公路朝东方向的车道上那些动弹不得的车子。然而苏珊娜看见那些车子并没有完全把公路堵死。离开了市中心后塞车现象就有所缓解，但是即使是在交通流量很大的地方，一些不能开的车子也已经被拉到了两边；有些车子干脆就被拉下了公路，上了安全岛，这个安全岛把城市区域和郊外分离开来。

*我猜一定有人在操纵拖车。*苏珊娜这样想。这让她觉得很开心。没有人会在瘟疫肆虐的时候清理高速路上的一条道路，要是后来有人这样做了——*要是有人来到这里，*这样做了——那就意味着瘟疫还没有影响到每个人；那些密密麻麻的讣告并不是事情的全貌。

在某些车子里还有尸体存在，但是这些尸体就像车站台阶下面的那些尸体一样干燥，没有腐烂——简直像系着安全带的木乃伊。大多数汽车里面是空的。她想，很多被堵塞的车辆困住的驾驶员和乘客可能已经尝试着步行穿过疫区，但她猜想那不是他们下车的唯一原因。

苏珊娜知道，一旦她感觉到致命的瘟疫正在蔓延，除非把她捆在轮椅上，否则她肯定会逃出车外的；就算要死，她也宁愿把地点选在户外。最好就是一座山，有点高低起伏的地方，不过就算麦田也行。只要别闻着车内空气清新剂的味道，别咳嗽致死就行。

苏珊娜一度猜想他们本来是会看到很多逃跑的人的尸体的，但她现在不那么想了。因为有无阻隔界。他们慢慢靠近它，她很清楚他们是什么时候进入无阻隔界的。她浑身一激灵，残腿随着抬了起来，轮椅一时间也停下来了。当她转身四下看的时候，她看见罗兰、埃蒂和杰克都捂着肚子，表情痛苦。他们看上去好像齐刷刷开始胃疼。接着埃蒂和罗兰直起身来。杰克弯腰摸了摸奥伊，奥伊一直很焦急地望着他。

"你们都没事吧?"苏珊娜问道。问题问得有点挑衅，有点幽默，完全就是黛塔·沃克的风格。她并不是有意要这样说话的；有时候就是很自然地脱口而出。

"没事，"杰克说，"但我觉得好像嗓子眼里有个气泡似的。"他不安地盯着无阻隔界。它那银色的空旷感包围着他们，好像整个世界变成了黎明时分平坦的诺福克沼泽。不远处，树木穿破了它那银色的表面，折射出的光线不停晃动，十分模糊。在稍远的地方，苏珊娜看见了一个粮食储藏塔，有点要漂浮起来的感觉。塔的边上用粉红色的字写着**盖迪许粮食**这几个字，要是在通常情况下，这些字本该是红色的。

"我觉得我脑子里有个气泡，"埃蒂说，"看看这该死的闪光吧。"

"你还能听见声音么?"苏珊娜问。

“是啊。但是很微弱。我没问题。你呢？”

“嗯。我们走吧。”

苏珊娜觉得这种感觉就像是在片片碎云里开着架飞机，驾驶舱还是打开的。他们一行将在这种嗡嗡响的亮光里走好几里路，这里既不太像雾，也不太像水，有时候会看见一些隐隐约约的形状（谷仓、拖拉机和斯塔奇的广告牌），接着就一切都看不见了，只剩下马路，一直在无阻隔界明亮但又模糊的表面上通向远方。

接着就会有那么一瞬间，他们脱离了无阻隔界。嗡嗡的声音变成了很细微的声音；就算是去掉耳塞也不会觉得这声音很吵，至少在再次接近无阻隔界之前不会很吵。接着城市的远景又出现在眼前。

那倒不是什么壮观的景色，堪萨斯其实是没什么所谓远景的，但那里视野开阔，偶尔会有秋色浓郁的小灌木林为路人指明某眼清泉或是某个池塘的所在。在这里，你看不见大峡谷，或是海浪拍打着波特兰的灯塔，但是你至少可以看见远方的地平线，看到这一切，心情就不会那么灰暗。接着你又回到那黏黏糊糊的东西里了。苏珊娜认为杰克的描述最为精确。杰克说身处无阻隔界里的感觉就好像终于到达了氤氲闪耀的海市蜃楼，大热天里人们通常在高速公路上很远的前方能看到这种海市蜃楼。

不论它是什么样子，也不管你怎样描述它，身处其中就会觉得自己得了幽闭恐惧症，有下十八层地狱之感，整个世界都消失了，除了收费公路两边的路沿和拥挤在一起的汽车。它们在那里就好像冰封的洋面上的废弃船只一样。

苏珊娜对上帝祈祷着，*请帮帮我们摆脱现在的一切吧*。其实她自己对这个上帝也是不太相信了。她对*某种事物*仍然有信仰，不过自从在西海海滩上，她在罗兰的世界醒来之后，她对未知世界的看法就大大改观，对看不见的那些世界的看法也完全改变了。*请帮助我们再次找到光束吧。请帮助我们逃离这个死寂的世界吧。*

他们进入了迄今为止最大的一块空隙，这是在一块路牌的边上，上面写着**距大温泉还有二英里**。他们的身后，也就是西面，黄昏时分的缕缕阳光透过云层照了出来，点点的猩红色照耀在无阻隔界的顶部，被困汽车的尾灯和车窗也仿佛被这片光焰一一点染。*满土来了又走了*，苏珊娜想。*收割也是来了又走了。那就是罗兰所说的年关*。她一想到这，不禁身子一颤。

他们刚穿过大温泉的斜坡出口罗兰就说：“今晚我们就宿营在这了。”他们看见了前方的无阻隔界又开始慢慢吞噬着道路，但那是好几公里以外了——苏珊娜发现，在东堪萨斯，你可以看得很远。“我们不用很靠近无阻隔界就可以弄到烧火的木材，声音就不会那么难以忍受了。我们甚至不必用子弹塞住耳朵就能睡觉。”

埃蒂和杰克爬过护栏，一直下到河岸，沿着一条干涸的小溪寻找柴火，按照罗兰的吩咐，他们一直待在一起。当他们回来的时候，云层又把太阳挡了个严严实实，一层晦涩无趣的微光开始笼罩着整个世界。

枪侠把小树枝折下来准备点火，接着就像往常一样把燃料堆在周围，支起了一个类似木头烟囱的东西。这时，埃蒂走到安全岛那边，站住了，双手插在裤袋里，目光投向东方。没多久，杰克和奥伊也加入了他。

罗兰拿出燧石和火镰，摩擦出的火星子落进了他的木头烟囱，很快小小的篝火就开始烧了起来。

“罗兰！”埃蒂叫道，“苏！快来这儿啊！快看！”

苏珊娜开始摇着轮椅朝埃蒂的方向过去，接着罗兰——最后检查了一下他的篝火——抓住了把手把她推了过去。

“看什么啊？”苏珊娜问。

埃蒂指了指。一开始苏珊娜什么都没有看见，尽管收费公路上视野清晰，即使是在无阻隔界又开始的地方也是如此，那儿大概距此三英里。接着……是的，她好像看见什么了。也许吧。在视线最远的地方，有一个模糊的形状出现了。要是日光没有渐渐变暗就……

“是个什么建筑物吧？”杰克问，“天哪，看上去就建在高速路对面！”

“你怎么看，罗兰？”埃蒂问，“你是全世界视力最好的人。”

枪侠一度没有说话，只是抬头看着安全岛，拇指勾在枪带上。最后他说，“我们要是再靠近点就能看得更清楚了。”

“哦，算了吧！”埃蒂说，“我是说，天哪！你到底是知道还是不知道？”

“我们要是再靠近点就能看得更清楚了。”枪侠重复了一遍……当然这不能算是回答。他跨过往东方向的车道，踱回自己的篝火检查了一遍，靴子的后跟在人行道上发出咔哒咔哒的声音。苏珊娜看着杰克和埃蒂。她耸耸肩。他们见状，也耸耸肩……接着杰克发出了一阵银铃般的笑声。苏珊娜想，这个孩子的举止与其说像个十一岁的孩子，还不如说像个十八岁的孩子，但是这个笑声听上去却只有九至十岁，而她对此一点也不介意。

她低头看看奥伊，后者正一本正经地盯着他们看，还晃动着肩膀，好像也想要耸肩的样子。

8

他们吃了树叶包裹起来的美味，埃蒂称之为煎饼。随着夜色越来越深，他们越来越靠近篝火，还往里面不停加着木头。南边的某个地方有只鸟叫了一声——埃蒂认为这是他有生以来听到过的最孤独的声音。没有人多说话，他觉得当时是几乎没有人说话的。如同某个奇特的昼夜交替的时刻，他们之间被罗兰称为卡-泰特的密切的伙伴关系就要在那一刻破裂似的。

杰克从他最后一个玉米煎饼里找出一些鹿肉碎块给奥伊吃；苏珊娜坐在铺盖卷上，在皮质衣服下面盘起双腿，眼神迷离地看着那堆篝火；罗兰双手枕头躺着，仰望天空，只见云彩渐渐散去，星星开始变得清晰可辨。埃蒂也抬头望着天，看见古恒星和古母星都不见了，它们的位置都分别被北极星和北斗星所取代。这可能不是他的世界——浊浪汽车，堪萨斯君主队，还有一个叫做波音波音汉堡的专营企业都显示这不是他的世界——但是埃蒂认为这两个世界太相像了，让人不太舒服。他想，*或许这是隔壁的世界*。

当远处的鸟儿再次开始鸣叫的时候，他站了起来，看着罗兰：“你有些事情要告诉我们吧，”他说，“我猜肯定是你年轻时的惊人故事。苏珊——她就叫这个名字，对不对？”

好一阵子枪侠继续抬头看着天空——埃蒂觉得，这次罗兰是迷失在满天的星座里了——接着他转而注视着他的朋友们。他看上去抱有歉意，还有些不安，这种感觉怪怪的。“你会不会认为我在敷衍你们呢，”他说，“要是我希望能再多给我一天来考虑一下这些事情呢？或者只需要一个晚上来梦见它们。也许都是很遥远的事了，早已过去的事情，但我……”他有些心不在焉地抬起手，“有些东西就是死去了也不会安息的。他们的骨头会从地下发出声音。”

“鬼是存在的。”杰克说，埃蒂在他的眼中觉察出一丝恐惧，杰克肯定在荷兰山的鬼屋就体会过这种恐惧了。当看门人从墙里钻出来抓他时杰克感到的恐惧。“有时候鬼是存在的，有时候他们还会回来。”

“是啊，”罗兰说，“有时候有鬼，有时候他们就回来了。”

“也许最好别这样胡思乱想，”苏珊娜说，“有时候——尤其是当你知道一件事情将会变得很棘手时——你最好骑上马离开。”

罗兰仔细地想了想，然后抬起头看着她。“明天晚上篝火点着后我会把苏珊的故事告诉你们，”他说，“我以我父亲的名义保证。”

“我们是不是需要听呢？”埃蒂冷不丁地问了一句。他自己都被这个问题吓了一大跳；以前没人比他埃蒂对枪侠的过去更感兴趣了。“我是说，如果让你痛苦的话，罗兰……往事让你痛苦的话……也许……”

“我不知道你们需不需要听这个故事，但是我想我还是有必要说的。我们的未来就是这座塔，要全力以赴靠近塔，我就要尽可能地忘记过去。我没办法把所有的经过都一五一十告诉你们——在我的世界里，即使过去的经历也是不断变化的，历史在活跃地进行重新组合——但是这个故事本身就很有代表性了。一个足矣。”

“是不是个西部故事？”杰克突然问道。

罗兰看看他，有点疑惑不解。“我不明白你的意思，杰克。蓟犁是西部世界的一个领地，是的，眉脊泗也是，但——”

“那会是个西部故事，”埃蒂说，“要是能真正明白罗兰的故事，你会发现它们都是西部故事。”他躺了下来，拉了一条毯子盖在身上。他隐约能听见从东西两个方向传来的无阻隔界的声音。他摸了摸口袋里罗兰给他的两颗子弹，发现它们还在，便满意地点点头。他想，今晚睡觉的时候用不着它们，但明天肯定会需要的。他们还没走完那条收费公路呢。

苏珊娜往他身上靠靠，吻了吻他的鼻尖。“亲爱的，我想我们今天算是过去了？”

“嗯，”埃蒂说着将双手垫在脑后，“我不是每天都搭乘世界上最快的火车，破坏世界上运行速度最快的电脑，然后发现每个人都死于流感，而且都是在晚餐之前死去的。那种破事让人感到很累。”埃蒂笑笑，闭上了眼睛。就是在睡梦中他还保持着微笑。

9

在梦中，他们都站在第二大道和四十六大街的拐角处，透过短木板做成的篱笆看着里面那片杂草丛生的空地。他们都穿着中世界的衣服——有鹿皮装，还有旧衬衣，基本上都是用鞋带凑合着穿在一起——但是第二大道上匆忙的行人却都没有注意。没人注意到杰克怀里的貉獭，也没人注意到他们身上所佩的武器。

因为我们是鬼，埃蒂想。我们是鬼所以我们不会安息的。

篱笆上有一些传单——其中一张是关于性手枪乐队的——（按照海报上的说法，这是一个乐队的复合巡回表演。埃蒂认为这很滑稽——因为解散了的性手枪乐队再也没有复合过）另一张海报是关于一个名为亚当·山得勒的喜剧演员的，埃蒂从没有听说过这个名字，还有一张是宣传电影《魔女游戏》的海报，讲的是十几岁女巫的故事。除此之外，还用夏日玫瑰那种朦胧的粉色写着：

看这头巨大的熊！
整个世界在它眼中。
时间日渐衰微，过去是一道谜；
塔在当中等着你们。

"那里，"杰克说着指了指，"玫瑰。看，它在等着我们，就开在空地中央。"

"是啊，很漂亮，"苏珊娜说。接着她把手指向了玫瑰边上的那个面朝第二大街的牌子。她的声音和眼睛透露着担忧。"但那是什么呢？"

牌子上写着，两家公司——米勒建筑公司和桑布拉不动产——将联合推出海龟湾豪华联排别墅，就是说要在这个地方建造分户出售的公寓。什么时候？标志上写着的唯一相关信息只有**即将上市**。

"我才不会因此担心呢，"杰克说，"这个牌子以前就在这里了。很可能很久以前它——"

就在这时发动机旋转的声音刺破了宁静。从篱笆上看过去，在空地靠近第四十六大街的那边，肮脏的棕色废气升腾而起，就仿佛是负面消息的烟雾提示。突然那边的木板都爆裂开来，一辆巨型的红色推土机冲了进来。甚至连推土机铲子的刀锋都是红色的，尽管上面的字——**血王万岁**——是用一种让人恐慌的黄色写的。坐在驾驶座上面、透过操纵杆不怀好意地看着他们的那张流脓的脸就是在寄河索桥上绑架杰克的家伙——他们的老相识盖舍。在他后仰的安全帽上，一行黑色的字十分醒目：**拉莫克铸造厂**。这些字上面画着一只全神贯注的眼睛。

盖舍把推土机的铲子降下来。刀锋在地面上划了一条对角线，敲碎了地面的砖，把啤酒瓶和饮料瓶碾得粉碎，在石头上撞出了火星。就在推土机前面，玫瑰低下了美丽的头颅。

“现在就提出你们那些蠢问题吧!”那不受欢迎的幽灵喊道，“有什么想问的尽管问，我的小傻瓜们，为什么不呢？你们的老伙计盖舍可是非常喜欢猜谜的！你们要明白，不管你们问什么，我都能应付，能把你们的问题碾个粉碎！干脆点，亲爱的小傻瓜们！干脆点!”

就在推土机的猩红色刀锋碾到玫瑰的一刹那，苏珊娜尖叫了起来，埃蒂赶紧抓住了篱笆。他要跳过去，跳到玫瑰身边，保护玫瑰……

……可是太晚了。他也知道得太晚了。

他回头看了看推土机顶座上发出咯咯声的玩意儿，发现盖舍已经不见了。现在控制推土机的人变成了工程师鲍伯，《小火车查理》里的鲍伯。

“停下!”埃蒂叫道，“看在上帝的分上，停下!”

“我做不到，埃蒂。世界在转换，我无法停下来。我必须跟着它一起转换。”

当推土机的影子照在玫瑰上面，当刀锋切断其中牌子的一个柱子时(埃蒂看见**即将上市**这几个字变成了**现在上市**)，他意识到那个在控制推土机的人也不是工程师鲍伯。

那个人是罗兰。

10

埃蒂在收费公路的停车区域一屁股坐起来，喘着粗气，他能看见空气中他呼出的气凝结起来，热皮肤上面流的汗已经变得冰冷。他肯定他已经尖叫过了，一定是叫过了，但是苏珊娜还安静地睡在他身边，只有头顶从他们共用的铺盖里露出来，杰克在他们的左边发出轻微的鼾声，他的一只手还伸出毯子围住了奥伊。貉獭也在睡觉。

罗兰没有入睡。他安静地坐在已经熄灭的篝火的另一边，借着星光擦拭枪支，看着埃蒂。

“噩梦。”这不是个问题。

“是。”

“是你哥哥来看你了?”

埃蒂摇摇头。

"那是不是塔呢？玫瑰空地和塔？"罗兰的脸还是那么冷漠，但是埃蒂能感到他声音里有一丝企盼，每当话题是关于塔时，罗兰总是这样。埃蒂曾经把枪侠叫做塔迷，罗兰并没有反对。

"这次不是。"

"那是什么？"

埃蒂身子在发抖。"真冷啊。"

"是啊。谢天谢地现在至少没有下雨。秋雨是大家避之不及的东西。你的梦是什么样的呢？"

埃蒂还是犹豫着。"罗兰，你不会背叛我们，对吧？"

"埃蒂，这可说不定，我已经不止一次扮演过背叛者的角色了。很惭愧。但是……我想那样的日子一去不复返了。我们是一体，卡-泰特。要是我背叛了你们中的任何一个——也许甚至包括杰克毛茸茸的朋友——我就等于背叛了自己。你为什么这么问？"

"而且你绝不会放弃你的追寻。"

"放弃塔？不，埃蒂。不会，永远不。告诉我你的梦。"

埃蒂就一五一十地说了，没有任何遗漏。埃蒂说完后，罗兰低下头看着枪，皱着眉头。看上去像是在埃蒂说话的时候，那些枪就自己组装好了。

"那这是什么意思呢，最后我看见是你开着推土机？就是说我还是不信任你吗？下意识里——"

"你说的是心理的学问吗？我曾听你和苏珊娜提到过的神秘学问？"

"是啊，我想是的。"

"那算什么玩意啊，"罗兰轻蔑地说，"关于心灵的荒谬理论。我们做的梦要么毫无意义，要么含义丰富——当梦含义丰富的时候，它们几乎都像是信息，来自塔的不同层面。"他很机智地看了埃蒂一眼，"并不是所有信息都来自朋友啊。"

"那就是有人或什么东西把我的脑子弄成一团浆糊了？你是这个意思么？"

"我认为这有可能。但是你必须自始至终都留神看着我。我可以忍受这点，你也是知道的。"

"我相信你。"埃蒂说，他说话时的不自然让他显得更加真诚。罗兰看上去有点被感动了，甚至有些震撼，埃蒂不明白自己原来怎么能把这个人想成是不动感情的木头人呢。罗兰可能在想象力方面有点欠缺,但是他还是有感情的,没错。

“埃蒂,你梦里的一样东西使我很感兴趣。”

“推土机?”

“是啊,那台机器。玫瑰受到了威胁。”

“杰克看见了玫瑰,罗兰。玫瑰平安无事。”

罗兰点点头。“在他的时空里,就在那天,玫瑰还在盛开。但是这不意味着它还能继续盛开。要是那块牌子提到的建筑建起来了……要是推土机来了……”

“在这个世界之外还有其他的世界,”埃蒂说,“你还记得么?”

“有些东西可能只在一个地方存在。在某个地方,在某个时候。”罗兰躺了下来,抬头看着星星,“我们必须保护玫瑰,不惜一切代价保护它。”

“你认为它是另一扇门,对吧?塔的一扇门。”

枪侠用闪亮的眼睛看看他。“我想这可能就是那座塔,”他说,“要是它遭到毁坏的话——”

他闭上眼。再也不说什么了。

埃蒂直到很晚才睡着。

11

新的一天开始了,天空清朗,阳光灿烂,气温很低。在早上强烈的阳光下,埃蒂在前一天晚上发现的东西看得更加清楚了……但是他还是不知道这到底是什么东西。又是一个谜语,他已经烦透猜谜了。

他站在那里斜着眼睛看着那个东西,手搭凉棚,两边分别站着苏珊娜和杰克。罗兰站在他们后面,篝火边上,收拾着他的所谓“家当”,这个词是指他们所有的行李。他似乎对前面的那个东西毫无兴趣,不然就是他已经知道那是什么了。

究竟有多远呢?三十英里?五十?答案似乎取决于你能在这片平坦的土地上看得多远,埃蒂也不知道答案是什么。他唯一能确定的就是杰克说的至少有两点是正确的——那是某种建筑物,还有就是它跨越了高速路上的四条车道。肯定是这样;要不然他们怎么能看见呢?要不然它肯定已经消失在无阻隔界里了……不是吗？

也许它就在无阻隔界的某个断裂处——苏珊娜把它叫做“云中洞”。或者无阻隔界并没有到达那么远的地方。或者这仅仅是个该死的幻觉。无论怎样，你可以暂时不去想这个事情。现在还有些公路要轧呢。

不过这个建筑还是让他牵挂。它看上去有点像《天方夜谭》里的工艺品，蓝金相杂……只是埃蒂认为蓝色是从天空偷来的，金色是从初升的太阳那里偷来的。

“罗兰，过来一下！”

最初他认为枪侠不会过去的，但罗兰把苏珊娜背包上的生牛皮带扎牢，起身，手放在腰间，伸展了一下身体，然后向他们走去。

“天哪，别人肯定会认为这里除了我之外没人会整理东西。”罗兰说。

“我们会努力学习的，”埃蒂说，“我们一直是这样的，对吧？但我们还是先看看那东西吧。”

罗兰看了看，但只是飞快地扫了一眼，好像他根本不愿看见它似的。

“那是玻璃，对吧？”埃蒂问。

罗兰又很快看了一眼。“我明了。”他说，这个词的意思好像是就这么认为吧，伙计。

“在我的世界里有很多玻璃造的建筑物，但是大多数都是办公大楼。而那边的建筑更像是来自迪斯尼世界。你知道那是什么楼吗？”

“不知道。”

“那你为什么不想看看呢？”苏珊娜问道。

罗兰的确又看了看远处玻璃上反射的光，但马上又移开了目光——仅仅瞥了一眼。

“因为那是个麻烦，”罗兰说，“它挡住了我们的去路。我们会到达那里的。没有必要提前去找麻烦。”

“我们今天能到吗？”杰克问道。

罗兰耸耸肩，还是一脸阴沉：“要是上帝愿意，就会有水的。”

“上帝啊，你光靠写幸运小饼干①里的字条就能发财了。”埃蒂说。他本指望大家听到这句俏皮话会笑，可没人笑。罗兰径直穿过马路走了回去，单

① 幸运小饼干(fortune cookies)，海外中餐馆有时在客人用完餐后会赠送幸运小饼干，里面夹有字条，上面写着祝福的话。

膝跪地，把背包扛到肩上，等着其他人。等所有人都准备好了，朝圣者们又开始了他们沿着 70 号州际公路的旅程，方向是东面。枪侠走在最前面带路，走路时低着头，双眼盯着靴子的前部。

12

罗兰一整天话都不多，当他们靠近那栋建筑物的时候（他说，麻烦，还挡着我们的路），苏珊娜意识到他们看见的不是罗兰的坏脾气，也不是他对前方那座建筑物的担心，让罗兰发愁的是今晚。罗兰满脑子想的都是今晚要告诉他们的故事，他许诺要讲的那个故事。

等他们停下来准备吃午饭的时候，前方的建筑物已清晰可见——那是一座有很多塔楼的宫殿，似乎完全是由反光玻璃做的。宫殿四周都是无阻隔界，但宫殿却若无其事地高高在上，塔楼几乎耸入云端。堪萨斯东部的乡下会出现这样的宫殿实在是匪夷所思，但苏珊娜仍然认为这是她这辈子看到过的最美的建筑；甚至比克莱斯勒大厦还要美。

等他们离城堡更近的时候，她发现要看别的地方越来越难了。看着朵朵云彩的倒影在玻璃城堡的蓝色墙面上飘动就好像是在观看某种奇妙的幻象……然而那幻象也有某种真实的存在性。毋庸置疑的存在性。比方说，城堡有影子——据苏珊娜所知，海市蜃楼可不会有影子——但这还不是全部。它就是在那里。她不明白这样一座令人难以置信的建筑怎么会出现在哈迪斯食品公司①的世界里（更不用说波音波音汉堡了），但事情就这样发生了。她想，随着时间的推移谜底总会揭开的。

13

他们一言不发地搭着帐篷，一言不发地看着罗兰支起木头烟囱准备生火，然后一言不发地坐在火堆前，看着夕阳把眼前的玻璃城堡变成了火焰城堡。塔和城垛先是变成了火红，接着变成橙色，然后是金色，当古恒星在头

① 哈迪斯食品公司，美国国内快餐行业最大的私营特许经营商。

顶升起的时候，城堡已经冷却为赭石色。

不，黛塔的声音在她脑中说。*不是那一个，姑娘。根本不是。那是北极星。跟你在家坐在爸爸大腿上看到的是同一颗星。*

但苏珊娜发现自己想看到的是古恒星；古恒星和古母星。她惊奇地发现自己很怀念罗兰的世界，接着又觉得自己没必要感到惊奇。毕竟在这个世界里，没有人管她叫黑母狗（至少到现在为止没有），而且她还找到了一个值得自己去爱的人……还交了很多朋友。想到朋友她突然有点想哭，她一把抱住杰克，揽入自己的怀中。杰克很顺从，微笑着，眼睛半开半闭。无阻隔界在某处发出了难听的类似呻吟的声音，不过即便没了耳塞也还可以忍受。

当最后一抹黄色开始从宫殿散去的时候，罗兰独自走开，在收费公路的行车道上坐了一会，接着又回到了篝火旁边。他又烧了一些叶子包裹起来的鹿肉，递给大家吃。他们一声不吭地吃着（苏珊娜发现罗兰其实几乎什么都没吃）。吃完以后，他们发现在前方的玻璃城堡的墙面上能看到银河，闪亮的反射点看上去就像在平静的水中熊熊燃烧的火焰。

埃蒂终于忍不住首先打破了沉默。“你不必强迫自己，”他说，“你可以得到谅解，或是免除责任。怎么说都行，只要你别再摆出那样一副表情了。”

罗兰没有理睬他。他把皮制水袋高高地举到肘部，仰脖，脸朝天空的星星，喝水。那样子就像是乡巴佬在喝罐子里面的私酿烈酒。他把最后一口吐到路边。

“给你的庄稼浇浇水。”埃蒂说。他并没有笑。

罗兰一言不发，但他的脸颊变得苍白，就好像看见了鬼似的。或者是听见了鬼的声音。

14

枪侠转向杰克，杰克表情严肃地看着他：“我在十四岁的时候就经历了成人考验，在我的卡-泰尔里是最年轻的——也就是你所谓的班级里——也许是有史以来最年轻的。我曾经告诉过你一部分。你还记得么？”

你对我们所有人都说过一点啊，苏珊娜心想，但是没有吱声，她也用眼神来警告埃蒂不要说话。那次罗兰讲述这些的时候他似乎并不是他自己；在他脑子里杰克既是死的，又是活的，他简直是在发疯的边缘了。

“你是说我们追赶沃特的时候么，”杰克说道，“通过车站之后，但是在我……跌落之前。”

“没错。”

“我能记起来一点，但仅此而已。就像人们对梦的记忆一样。”

罗兰点点头。“听着，杰克，这次我多告诉你一点，因为你已经长大了。我想我们都长大了。”

虽然苏珊娜是第二次听到这个故事，可是仍然听得很入迷：当罗兰还是个孩子的时候，他无意间发现马藤，他父亲的谋士（他父亲的*男巫*），在他母亲的房间里。当然这一切实际上都不是巧合；要是马藤没有开门并且邀请他进去的话，罗兰会就那么走过去，或许都不会瞥一眼。马藤告诉罗兰他妈妈想看看他，但是只要看一眼母亲忧郁的微笑和低垂的眼睛他就明白了：当时佳碧艾拉·德鄯最不想见的人就是他了。

她脸上的绯红还有脖子上的吻印让他明白了一切。

马藤刺激他提前参加了成人测试，他使用了老师都没有料到的武器——他的鹰，名叫大卫——打败了柯特，把他的棍子夺了过来……并和马藤·布罗德克洛克结下了不共戴天之仇。

柯特被打了个半死，那张脸肿得就像是孩子们戴的鬼怪面具，他摔倒在地，几乎昏迷。过了好久他才有力气给年轻的枪侠提出建议：暂时和马藤保持距离。

“他告诉我要把我们之间的战斗变成一个传奇，”枪侠告诉埃蒂、苏珊娜和杰克，“要等到我影子的脸上长出胡须，等到我的影子变成马藤的噩梦。”

“你接受了他的建议么?”苏珊娜问。

“我根本没有那样的机会。”罗兰说。他的笑容有些忧郁和痛苦。“我是想认真考虑一下，但是还没等我开始考虑，事情就……变化了。”

“他们做事是有一套的，对吧?”埃蒂说，“天哪，对的。”

“我掩埋了我的猎鹰，这可是我最先使用的武器，也许是我最精良的武器。接着——我肯定没有向你透露过，杰克——我去了下城区。夏日的酷暑化作了暴风雨，电闪雷鸣，还夹杂着冰雹。在柯特常去喝酒的那家妓院的一个房间里，我第一次和女人睡在一起。”

他若有所思地用棍子拨了拨火，然后好像意识到了那个动作的某种象征意味，就别扭地笑了笑，把棍子扔到一边去了。棍子燃烧着，滚到废弃道奇阿斯彭车的轮胎边上，停下来，然后就熄灭了。

“很不错。做爱感觉很好。当然了，并不像我和朋友们以前想象的或是小声讨论的那么棒——”

“我认为年轻人很容易对花钱买来的性寄予过高的期望，亲爱的。”苏珊娜说。

“我听见楼底下的酒鬼在和着钢琴的节拍唱歌，还听见窗外冰雹啪啦啪啦的声音，听着听着就睡着了。第二天早上醒来时我感觉……嗯……我没想到在那种地方醒来会是那种感觉。”

杰克又往火里添了些燃料。火越烧越旺，火光把罗兰的脸照得通红，在他的眉毛和下嘴唇下方都留下了月牙状的影子。在他说话的当儿，苏珊娜发现她几乎能看见很久之前的那天早上所发生的一切，那个清晨空气里一定是弥漫着湿漉漉的鹅卵石路和雨后夏日散发出的甜蜜味道；她还看见了蓟犁下城区一家酒店楼上的妓女卧房里发生的一切，蓟犁是新伽兰领地的首府，坐落在中世界西部地区的小城。

房间里有个男孩，虽然还在忍受着前一天战斗带来的疼痛，但也已揭开性的神秘面纱。这个十四岁男孩看上去不过十二岁，浓密的睫毛在脸颊上投下阴影，眼皮遮住了一双不寻常的蓝眼睛。这个男孩用手握住妓女的乳房，被猎鹰啄伤的手腕放在床单上。这是男孩一生中最后一次安眠，他马上就会奔波不停，就像一块从路上松落的卵石滚下斜坡；这一块卵石又撞到了另一块，又一块，再一块，这些卵石又接着撞击其他卵石，直到整个斜坡都开始晃动，整个地面都被滑坡的声音震撼了。

这个男孩，松动斜坡上的一块鹅卵石，随时可能滑下来。

有一个树结在火里面爆炸了。在这个堪萨斯的梦境里面，某只动物叫了一声。苏珊娜看到火星在罗兰那张无比沧桑的脸前舞动，她在那张脸上看到了多年前的夏日清晨，男孩躺在一个妓女的床上，睡得很香。然后她看到门突然开了，结束了蓟犁最后一个不安的梦。

15

这个人大步走了进来，还没等罗兰睁开眼睛（还没等他边上的女人听见声音）就穿过了房间径直来到床前，只见他高高瘦瘦的，身穿一条褪了色的牛仔裤和一件蓝色格子衬衫。头上戴着一顶深灰色的帽子，帽檐有一圈蛇皮带子。臀部下方挂着两个手枪皮套。从皮套里面伸出来的是手枪的檀木枪把，后来这孩子就是带着这两把枪到了眼前这个板着脸、长着一双愤怒的蓝眼睛的男人做梦都没有去过的地方。

还未睁开眼睛，罗兰的身体就先动起来了，他一骨碌翻到左面，朝床下摸去。他动作很快，快得让人觉得恐怖，但是——苏珊娜也看见了，看得很清楚——这个身穿褪色牛仔裤的人动作更快。他抓起男孩的肩膀就是一甩，把他一丝不挂地从床上抓下来，扔到地板上。男孩在地上爬着，再次伸手去抓床下的东西，动作快如闪电。穿牛仔裤的男人在他抓住那东西之前就踩住了罗兰的手指。

"畜生！"男孩大口喘着气，"哦，你这个畜——"

但是现在他的眼睛睁开了，他抬头看了看，发现这个侵入者是他的父亲。

那个妓女坐起身来，眼睛肿肿的，脸部松弛，一脸不高兴的样子。"嗨！"她叫道，"嗨，嗨！你不能这样闯进来，不能这样！为什么这样，还要我再大点嗓门——"

这个男人没有理会她，直接把手伸到床下，摸出了两根枪带。每根枪带的底部都有一把装在皮套子里的手枪。这两把枪在这个基本无枪的世界里算是很大了，但它们比罗兰父亲佩戴的枪要小，枪把是已经腐蚀了的金属，而不是镶花的木头。当妓女看见这个入侵的男人腰间别的和手上拿的手枪后——他手上拿的枪就是前一天晚上她年轻的主顾身上佩的枪，当时她把他带到楼上，拿掉了他身上所有的武器，除了她最熟悉的那种——她那睡意惺忪的表情消失了，取而代之的是一种见风使舵的狡黠。她跳起身来，爬下床，一路小跑窜出门外，清晨的阳光在她裸露的屁股上一闪。

站在床边的父亲和裸身躺在地板上的儿子都没看她。穿着牛仔裤的男人拿出枪带，这还是罗兰前一天下午从学徒营房下面的铸造间里拿的。他用柯特的钥匙打开了弹药房的房门。这个男人在罗兰眼前晃了晃枪带，就好像一个人拿着件破衣服在咬破这件衣服的小狗面前晃荡。他晃得很厉害，其中一把枪滑落下来。尽管罗兰还没怎么缓过神来，但还是在半空中就把枪接住了。

“我还以为你在西方呢，”罗兰说，“在克莱西亚。在法僧和他的——”

罗兰的父亲狠狠地扇了他一巴掌，他一下子滚到了房间另一边的角落里，血从一边的嘴角流了下来。罗兰第一个可怕的想法就是把还在手里握着的枪举起来。

斯蒂文·德鄯看看他，双手倒叉放在身后，在儿子的想法还未完全成形时就看透了他的心思。他抿起了嘴唇，做出了一个古怪的笑容，但毫无开心的感觉。这个笑容让他所有的牙齿和大部分牙龈都露了出来。

“要是你愿意的话，就开枪吧。为什么不呢？让这次的堕落更完整吧。哦，天哪，我没意见。”

罗兰把枪放到了地板上，用一只手的手背把它推开。突然他不希望自己的手指碰到枪。手指不再完全听他的使唤。这一点他昨天就发觉了，就在他打破柯特的鼻子之后。

“父亲，昨天我通过了考验。我把柯特的棍子夺了过来。我赢了。我成人了。”

“你是个傻瓜，”他父亲说。他的笑容消失了；他看上去面色憔悴，老态毕露。他重重地坐在了那妓女的床上，看着还在他手中的枪带，手一松就把它们扔在了两腿之间的地板上。“你是个十四岁的傻瓜，而且是最不争气的最让人失望的那种。”他抬起了头，满脸怒气，但是罗兰毫不介意；愤怒总比一脸疲倦要好，比一脸老态要好，“你还在蹒跚学步的时候我就知道你不是个天才，但是直到昨天晚上我才彻底相信你是个白痴。你被他使唤得像头地里的母牛！天哪！你已经忘了你父亲的脸！说！”

那句话激起了男孩内心的愤怒。他认为，前一天他做任何事情时都是把父亲的脸牢牢印在脑海里的。

“那不是真的！”他背靠着墙，光着屁股坐在那妓女的床沿上。太阳已经射进了窗户，温柔地抚摸着他光洁的面颊上的绒毛。

“是真的，你这个小兔崽子！愚蠢至极的小兔崽子！赶快赎罪，否则我就扒了你的皮——”

“他们在一起！”他脱口而出，“你老婆和你的谋士——你的巫师！我在她的脖子上看见了他的吻痕！在我母亲的脖子上！”他摸到地上的枪，捡了起来，但即使是在这个羞愤交加的时候，他也很小心不让自己的手指靠近扳机；他拿着那把学徒的枪，把手放在没有任何装饰的枪管上。“今天我就要了他这个罪恶的诱奸者的小命，要是你不像个男人似的站出来帮我，至少你可以站到一边去——”

还没等罗兰看清楚怎么回事，斯蒂文就已经从臀部挂着的枪套里掏出了枪。一发子弹响了，在这个小房间里简直震耳欲聋；足足过了一分钟罗兰才听见楼下传来的询问声和阵阵骚动。学徒手枪早就不在手里了，他手上空空如也，只剩下阵阵刺痛发麻的感觉。手枪飞出窗户，跌下去，枪柄变成了一堆废铁，这把枪在枪侠漫长的一生中仅仅作了如此短暂的停留。

罗兰看看他父亲，既震惊又崇拜。斯蒂文回头看着他，很长时间都没说话。但是他脸上的表情是罗兰打小就很熟悉的那种：沉着和坚定。原先脸上的那种疲倦和愤怒已经和前晚的暴风雨一样一去不复返了。

最后他父亲说话了。“我说的话不对，我道歉。你没有忘记我的脸，罗兰。但你还是很愚蠢——你任凭自己受到一个狡诈的人的摆布，而不去走自己生活中应该走的路。要不是上帝仁慈和卡的作用，你早就被送到西部去了，这样一来，又一个真正的枪侠就从马藤的路上消失了……从约翰·法僧的路上消失了……也不再成为他俩主子的绊脚石了。”他站着，伸出双臂，“罗兰，要是失去了你，我会死的。”

罗兰站起来，浑身赤条条地走向他的父亲。父亲紧紧地抱住了他。当斯蒂文·德鄯先是在他一边脸颊、然后在另一边吻了一下时，罗兰哭了。接着，凑着罗兰的耳朵，斯蒂文·德鄯小声说了八个字。

16

“什么？”苏珊娜问，“哪八个字？”

“‘我两年前就知道了。’”罗兰说，“那就是他悄悄说的八个字。”

“哦，上帝啊。”埃蒂说。

“他告诉我说不能回到宫殿去。要是我去了，天黑之前就会送掉性命。他说，‘不管马藤做些什么，你的命运也已经注定好了；不过他发誓要在你长大对他构成威胁之前就把你干掉。现在看起来，不管你在测试中是赢还是输，你都必须离开蓟犁。但只是暂时的，而且你要去东方，而不是西部。我不会让你独自前往，也不会让你毫无目的地前往。'然后，好像是突然想到了什么，他又补充道，'还有，我不会让你拿着学徒的两把破枪走的。'"

"目的地是哪儿？"杰克问道。显然他被故事深深吸引了；他的眼睛跟奥伊的差不多闪亮。"和谁一起去的呢？"

"那是你们现在就要好好听的故事了，"罗兰说，"由你们来对我的行为做出评价。"

他发出一声叹息——一个男人在思索棘手的工作时发出的深深叹息——接着他把新的木头扔进火堆里。火焰往上直冒，把影子往后稍稍拽了一点，他开始讲了。那整个怪异的晚上，他一直在讲，直到太阳从东方升起，给前方的玻璃城堡染上新一天的明亮色彩而城堡也显露出本身的诡异绿色时，罗兰才讲完苏珊·德尔伽朵的故事。

第二卷

苏珊

第一章

吻月之下

1

一个完美的银盘——吻月，满土的时候人们是这样称呼它的——悬挂在起伏的山峦上，山峦在罕布雷以东五英里，爱波特大峡谷以南十英里。夏天即将过去，但太阳落山两小时以后山脚下还是闷热无比；然而在库斯山的顶上，阵阵微风裹挟着寒气，人们觉得好像收割季节已经来临了。住在山顶的女人除了一条蛇和一只畸形的老猫以外就没什么人作伴了，所以这个夜晚显得尤其漫长。

这没关系；亲爱的，没有关系。只要很忙，就会开心。的确如此。

她坐在茅屋大房间的窗边（此外只有一间房，一间只比壁橱大一点点的卧室），一直等到来访者的马蹄声渐渐远去。姆斯提，一只六脚猫，趴在她肩膀上。月光泻满她的大腿。

三匹马，带着三个人离开了。他们自称是灵柩猎手。

她从鼻子里哼了一声。男人很滑稽，是的，但最有趣的是他们根本不知道自己滑稽。男人，用华而不实的名字称呼自己。男人，总是夸耀自己的肌肉、酒量和饭量；而且永远都对自己的性能力无比自豪。是的，即使他们的精子孕育出的孩子呆傻畸形，只配扔到离家最近的井里，他们仍然死性不改。哦，但那不是他们的错，对不对，亲爱的？不，总是女人的错——她的子宫，她的毛病。男人都是懦夫。那个上了年纪的跛子倒还像有点勇气的样子——他瞪着明亮的，过分好奇的眼睛看着她——但他眼神里没有任何能让她害怕的东西。

男人！她不明白为什么会有那么多女人怕他们。难道上帝缔造男人的时候不是把他们最脆弱的部位放在体外了么，就像一段放错位置的肠子？在那个部位给他们一脚，他们就会像蜗牛一样蜷缩起来。在那个部位爱抚他们，他们的大脑就会化成一摊水。要是有谁怀疑第二条，就看看她今晚剩下的那点事情好了，那点还没做的事情。托林！罕布雷的市长！领地的守卫者！没什么比一个老傻瓜更傻的了！

但是那些想法对她一点作用都没有，也对男人们没有一点损害，至少现在没有；这三个自称是灵柩猎手的男人给她带来了一个大大的惊喜，她要好好看看；嗨，她可要看个仔细。

跛子乔纳斯坚持要她把这样东西放到别处——有人告诉他，她有个地方专门放这些东西，并不是他想去这个地方看看，上帝作证，他可不想看这个女人的任何秘密处所（听到这个俏皮话，德佩普和雷诺兹放声大笑）——所以她也这样做了，但现在他们的马蹄声已经被风声吞噬了，她想怎么做就怎么做。哈特·托林已经为那个女孩的双乳魂不守舍了，而那丫头要至少一个小时才会过来（那老女人坚持要让女孩从市里走着过来，理由是月光有洁净身心的作用，其实她不过是为了在两个约会中间留出安全的时间间隔罢了），在那个小时里她可以做任何自己想做的事情。

"哦，真漂亮啊，我可以肯定地这么说。"她嘀咕着，她有没有觉得她的两条O型腿之间有些发热呢？那条隐藏的久已干涸的小溪终于有了些湿气？天哪！

"哎，即使透过装它的盒子，我都能感受到它的魅力。姆斯提，它真是漂亮，就像你一样。"她把肩膀上的猫拿了下来，举到眼前。那只公猫发出咕噜咕噜的声音，把一张大脸凑到她面前。她亲了亲它的鼻子。姆斯提很享受地闭上了那双浑浊的灰绿色眼睛。"真是太漂亮了，就像你一样——你真漂亮！你真漂亮！哦！"

她把猫放下。那只猫慢腾腾地朝着壁炉走去，刚刚点燃的火不温不火地烧着，漫不经心地吞噬着一块孤零零的木头。姆斯提的尾巴顶端分了岔，看上去就像是一副古老图画里魔鬼的叉子形尾巴。它就在这个房间昏黄的光线里前后摇晃着尾巴。多出来的两条腿从身子两侧垂下来，漫不经心地抽动着。猫影子在地板上移动，在墙上越变越大，真是很可怕的一幕：就好像是猫和蜘蛛生出来的杂种。

老女人站起身来，走进自己的卧室，乔纳斯给她的东西就放在那里。

"要是你把这个弄丢了，你脑袋也就保不住了。"他这样说。

"别担心我，我的好朋友。"她回答道，脸上的笑容恭顺而又谦卑，但她心里却一直在想：男人！趾高气扬的笨男人！

她走向床边，跪了下来，用一只手摸向泥土地面。肮脏的地面随之出现了一条条细线。它们形成了一个正方形。她把手指伸到其中一条线上；在她的手碰到之前，这条线就后退了。她提起隐藏的嵌板（藏在很隐秘的地方，如果不是用手去摸的话是根本无法发现的），这时出现了一个约摸一平方英尺大，深有两英尺的小隔间。里面是一个硬木箱。箱子上面蜷缩着一条细长的绿色小蛇。当她碰到蛇的背部时，蛇头就抬了起来。蛇无声地打起了哈欠，发出几乎让人难以察觉的嗞嗞声，同时露出了四对毒牙——两对在上面，两对在下面。

她拿起蛇，对着它轻轻哼唱。等她把蛇的脸靠近自己的脸时，蛇的嘴巴张得更大了，嗞嗞的声音也可以听见了。她也张开了嘴；从满是皱纹的灰白嘴唇中她伸出了发黄的、散发着臭气的舌头。两滴毒汁——要是混在酒里的话足以把所有来参加宴会的人都毒死——滴到了上面。她咽了下去，感觉自己的口腔、喉咙和胸腔仿佛在燃烧，就像喝下了很烈的烧酒。一时间她面前天旋地转，她能听见浑浊的空气里窃窃私语的声音——是她所谓的"看不见的朋友"的声音。她的眼睛里流出了黏糊糊的液体，一直流到时间在她脸上刻下的痕迹里。然后她呼出一口气，整个房间又恢复了稳定。说话的声音消失了。

她在爱莫特没有眼皮的双眼之间吻了一下（*她想，对啊，现在正是吻月呢*），然后就把它放在了一旁。蛇钻到床底下，蜷成一个圆圈，看着她用双手抚摸着硬木盒子的顶部。她能感觉到自己的上臂肌肉在颤抖，还有就是身体下部的热量加强了。她有好几年没有感受到身体的欲望了，但是她此时感受到了，明明白白地感受到了，而这跟吻月无关，或者说关系不大。

盒子锁上了，乔纳斯没有给她钥匙，但是那对她来说没什么大不了的，她活了很多年了，做了很多研究，还和各种动物们交流。而很多自诩厉害的男人们见到那些动物都像屁股着了火一样溜之大吉。她把手伸向那把锁，上面刻有一个眼睛状的东西和用高等语写的一句话（**我看见谁打开了我**），然后又把手缩回来。突然她闻到了平时闻不到的气味：霉味和灰尘，脏垫子以及在床上吃饭后留下的食物碎屑；灰烬和古老的香混合起来的味道；一个老女人那湿润的眼睛和（这是很普遍的）干燥的阴道散发出的味道。她不会打开盒子来看个究竟；她想走出去呼吸一下新鲜空气，那里只有豆科灌木和鼠尾草的味道。

她要借着吻月的光芒来看。

库斯的蒺嘟哝着把这个盒子从洞里拉出来，站起身来，又嘟哝了一声（这次的声音是从下面发出的），把盒子掖在胳膊下面离开了房间。

2

小屋距山顶还有相当长的一段距离，因此可以避免冬天最凛冽的寒风的侵袭，在高地区域，从收割到翻土季节，冷风会持续地刮个不停。有一条道路通向山的最高点，满月把这条小道染上了银色。那老女人费力地爬着，喘着气，白发脏兮兮地在头上打着绺，干瘪的奶头在黑衣服里面晃来晃去。猫躲在她的影子里跟在后面，仍然发出呜呜的声音。

在山顶上，风吹乱了她的头发，露出一张苍老丑陋的脸，此外风还带来了远处无阻隔界的低吟浅唱，无阻隔界已经蔓延到爱波特大峡谷的远端。很少有人喜欢这个声音，这她知道，但是她自己却爱它；对库斯的蕤来说，那就像一首摇篮曲。月亮在头顶上游走，上面的阴影显露出正在接吻的情人们的脸庞……要是你相信地面上寻常笨蛋的说法，那就是了。寻常的笨蛋在每一个满月上都能看见不一样的脸，但是这个老太婆知道只有一个——那就是魔鬼的脸。死亡之脸。

但她自己从没有觉得像现在这样真切地活着。

“哦，我的美人儿。”她低声说着，用那枯枝般的双手摸着这把锁。她的手指关节间突然发出一缕红色的微光，然后咔哒一声。她像刚刚参加完跑步比赛一样喘着粗气，放下盒子，打开来。

玫瑰色的光泻了出来，虽然这光比月光暗淡，却好看得多。这束光照在盒子上方的那张老脸上，竟一度把它变成了少女俊俏的脸庞。

姆斯提呼哧呼哧地吸着气，头往前探着，耳朵向后张开，衰老的眼睛里反射着玫瑰色光芒。蕤马上就眼红了。

“滚开，笨蛋，这可不是属于你这种畜生的！”

她狠狠打了这只猫一下。姆斯提往后一窜，嘴里像个水壶一样发出嗞嗞的声音，很愤怒地踱到库斯山顶上的那个小丘上去了。它坐在那里，装出很轻蔑的样子，舔着自己的爪子，任凭山风吹过自己的毛发。

盒子里面，从开口扎绳的天鹅绒小袋中探出头来的是一个玻璃球。里面满是玫瑰色的光线；光线温柔地保持脉动，就好像一颗健康的心脏在跳动。

“哦，我亲爱的。”她小声说着，把球拿了出来。她把球举在面前；让跳动的光线像雨露一样流淌到她那张满是皱纹的脸上。“哦，你是活的，你是活的！”

突然球里面的颜色变成了更暗的猩红色。她感到球在手中跳动，就像个动力强劲的马达，之后她惊讶地发现自己的双腿之间又湿漉漉一片了，这种事情已经很久没有发生过了。

随后球的跳动停止了，里面的光线像花瓣一样收拢起来。现在只见一片淡粉色的微光……三个骑马的人从里面出来了。起初她觉得他们就是把这个球带给她的人——乔纳斯和另外两人。但其实不是，这些人更年轻，甚至要比二十五岁左右的德佩普还要年轻。三人当中最左边的那人似乎在他的马前鞍装了一个鸟的头骨——很诡异，但也很真切。

随后最左边和最右边的两个人都不见了，可能是因为玻璃的魔力而渐渐淡出了视线，只剩下中间那个人。她注意到他穿的牛仔裤和靴子，那顶把他上半边脸都遮住的宽檐帽，还有他骑在马上那个潇洒劲，她第一反应就是这个人准是枪侠！来自东边的内领地，噢，也许就是来自蓟犁！但她根本不用看他上半边脸就能断定他还只是个半大的孩子，身后也没有别着枪。不过她觉得这个年轻人不会手无寸铁就来到这里。要是她能看得更清楚就好了……

她把玻璃凑到鼻尖，轻声说："亲爱的，再靠近点！再靠近点！"

她不知道会发生什么——最有可能的是什么都不会发生——但在玻璃球暗淡的光圈里，那个身影确实离她更近了。简直可以说是游动着接近她，就好像是骑马人和马都在水下，她还看见他的背后有一筒箭。放在他的前鞍上的不是头骨，而是短弓。马鞍的右边，也就是枪侠通常放枪的地方，现在放的是顶端装饰羽毛的长矛。他不属于那个古老的种族，从他的脸上一点也看不出来……但她认为他也不属于外弧。

“你是谁啊，伙计？”她低声说道，“我怎么才能知道呢？你的帽子拉得那么低，我看不见你的眼睛。真的看不见！从你的马……或是你……滚开，姆斯提！你为什么要给我添乱啊？啊！”

猫刚刚从那个小丘踱回来，在她肿胀的脚踝之间搓来搓去，冲着她发出比咕咕声更刺耳的叫声。老女人上来就给它一脚，姆斯提很灵巧地躲开了……然后很快又回来，用着了魔般的眼睛看着她，轻轻地叫着。

蕤又给了它一脚，这次和上次一样没什么用，然后就又盯着玻璃球看。马和那有趣的骑手都消失了。粉色的微光也消失了。她手上拿的仅仅是个毫无生机的玻璃球，唯一的反射光也是来自于月亮发出的光芒。

风在劲吹，使得衣服紧贴在她老朽的身体上。姆斯提一点也没有被主人绵软无力的几脚吓倒，反而向前冲去，又开始在她的脚踝之间搓来搓去，还不停地朝她叫着。

"嗨，你看看你都做了什么，你这个满是跳蚤和病菌的家伙？光消失了，就在我要——"

接着她听到从一条通往她茅屋的路上传来声音，马上就明白姆斯提为什么这样古怪了。她听见有人在唱歌。是那个女孩的声音。女孩来得很早。

她做了个可怖的鬼脸——她讨厌意外事件，那个小姑娘会为此而付出代价——她弯腰把玻璃球放进盒子。盒子内部是丝绸，球刚好嵌进去，合适得就像上帝早餐杯里的鸡蛋一样。从山下传来女孩子的歌声，现在显得更近了（这该死的风吹错了方向，否则她就能早些听见了）：

> 爱情，哦 爱情，哦无心的爱情，
> 你难道看不到无心的爱情都做了些什么？

"我会给你无心的爱情的，你这个处女小烂货。"老女人说道。她能闻到自己腋下发出的阵阵汗酸臭味，但身体下部的潮湿已经干了。"我会为你那么早到老莽这里来而报答你的，我会的！"

她顺手抚摸了一下盒子前面的锁，但是锁不上。她想她可能太急于要把它弄开了，所以就在用这个触碰键的时候把里面的什么东西给弄断了。上面眼睛形状的东西和那句话似乎在嘲笑她：**我看见谁打开了我**。她能把盒子收好，只要一小会儿，可关键是她现在没有那一小会儿的时间。

"操他妈的！"她恶狠狠地嘟囔了一句，抬起头面对歌声飘来的方向（这声音几乎就在跟前，天哪，居然提前了四十五分钟！）。她只好关上了盒盖。这让她感到非常痛苦，因为此时玻璃球又恢复了生机，充满了玫瑰色的光芒，但是现在已经没有时间多看或是再做白日梦了。没准今后可以，等托林发泄欲望的对象走了之后。

你必须克制自己不要对那女孩做出太可怕的事情来，她提醒自己。记住她是因为他才会来这里的。她不是那些傻乎乎的女孩，只会烤面包，还有个怎么都不愿意结婚的男朋友。那是托林，在他那年老干瘪的老婆入睡之后，那女孩就成了他的惦念；那是托林，古老的法律站在他那边，他有权有势。而且，盒子里的东西是他的，如果乔纳斯发现你打开看了……你用了……

是这样的，但不用怕。法律的百分之九十都是关于财产占有的，对不对？

她拿起盒子夹在一只胳膊下面，另一只手提起裙子下摆，沿着小路又跑回茅屋里。当她不得不跑的时候还是可以跑跑的，尽管很少有人相信她还能行。

姆斯提跟在她脚边，一路小跑，那条裂开的尾巴甩得老高，多出来的两条腿在月光下上下翻飞。

第二章

清白证明

1

蕤冲向茅屋，从壁炉摇曳的火焰边跑过，站在通往小卧室的门口，漫不经心地抬起手撸了一下头发。那小贱人肯定是没看到自己在屋外的——要是看到了，就肯定会停止她那猫叫春般的歌声的，或者至少也会停顿一下——那就好，但那该死的藏东西的洞已经自动关上了，那可不妙。没时间再把它打开了。蕤飞快地跑到床边，跪下来，把盒子推到床下最深处。

那就行了；在穿绿裙子的苏珊走之前还是可行的。蕤右半边脸笑了笑（左半边几乎凝固了），站了起来，理理衣服，然后就赶赴当晚的第二个约会了。

2

在她身后，没有上锁的盒盖咔哒一下弹开了。虽然缝隙只有不到一英寸，但是足够让跳动着的玫瑰色光线透出来了。

3

苏珊·德尔伽朵在离巫婆的茅屋大约四十码的地方就停了下来，手臂和背部冷汗直流。难道她不是刚刚看见一个老女人（肯定是她要来见的那个女人）沿着山顶延伸下来的小路一直冲下来了吗？她想是的。

不要停止唱歌——那女人这么急急匆匆的样子肯定是不愿意被别人看见的。要是你不唱了，她可能就知道了。

有一阵子苏珊觉得不管怎么样自己都会停下来——她的记忆突然中断了，就像一只受惊的手突然合拢一样，然后就记不起这首老歌的下一段歌词了，这可是她从很小的时候就一直在唱的歌。但她终于想起来了，她继续着（声音和脚步都没停）：

曾经我远离忧虑，
啊，曾经我远离忧虑，
现在我的爱情也已远去，
我的心充满悲伤。

也许这首歌不太适合在这样的晚上吟唱，但其实她对自己脑子里想什么和要什么并不太在意；一贯如此。她很害怕身处月光下，因为据说狼人会在有月亮的夜晚出没，她很害怕去赴这个约会，特别是想到这个约会意味着什么时。当她走出罕布雷，上了伟大之路时，她的内心要求她必须跑步前进，于是她跑了起来——在吻月之下奔跑着，裙子掀到了膝盖以上，像小马一样呼呼喘着，影子也在身旁同她一起奔跑。她跑了大约有一英里多，直到浑身肌肉酸痛，吸到嗓子里的空气感觉就像是热乎乎的甜饮料。当她来到一条通往巫婆小屋的上坡路时，她开始唱歌了，因为她的内心要求她这么做。而且，她认为这也不是什么坏主意；至少在唱歌的时候自己心中的郁闷会一扫而空。唱歌在这方面很有好处。

现在她来到了小路的尽头，一边唱着《无忧之爱》的华彩部分。微弱的光线从敞开的房门透了出来，洒在门廊上，一个渡鸦般沙哑的声音从阴影中传了出来："小姐，请不要再嚎叫了——我脑子里现在就像有个鱼钩一样难受！"

以前所有人都告诉苏珊，她有一副甜美的歌喉，这是遗传自她的祖母，所以现在她马上不做声了，有些沮丧。她站在门廊上，双手交叉放在围裙上。围裙下面她穿的是她第二漂亮的衣服（她只有两件）。衣服里面，她的心怦怦跳得厉害。

一只猫——这只可怕动物的多余的两只脚挂在身体两侧，像烤肉叉一样——先出现在门边。它抬头看了看她，仿佛在打量，随后扬起头，那一瞬间的表情像极了人类：轻蔑。它朝她发出嗞嗞的声音，接着一窜就消失在夜幕中了。

嗯，那就祝你晚安吧，苏珊想。

她来拜访的老女人走进门来。她眯缝着眼睛上下打量了一下苏珊，一脸不屑，然后就又站回屋里去了。“进来。麻烦你把门关紧点。你也知道，风总是容易把门刮开的！”

苏珊踏进屋来。她可不想在这个封闭难闻的小屋里和那老女人独处，可又别无选择，犹豫永远都是错误。她爸爸以前就这么说，无论是面对简单的加减法，还是跳谷仓舞面对男孩们不老实的手时。她把门紧紧关上，只听见门啪一下拴上了。

“你来了。”老女人说，脸上露出了怪异的微笑表示欢迎。甚至胆大的女孩见了这种微笑都会想到小时候听过的故事——关于冬天的故事，里面有牙齿七零八落的老女人和冒出气泡的大锅，盛满了蟾蜍绿的液体。房间里火上并没架着一口大锅（苏珊觉得那火焰也没什么特别的），但她觉得以前说不定是有锅的，而且最好不要去猜想锅里面的内容。从苏珊看见蕤冲回小屋，身后还跟着一只畸形猫的那一刻起，她就确信这女人是个真正的女巫，而不是个虚张声势的寻常老妇。就好像是用鼻子闻都能闻出这种事情，就像她能闻到那个老太婆浑身发出的难闻气味一样。

“是啊。”她笑着说。她尽量想让自己的笑容自然开朗，毫无怯意。“我来了。”

“你来得蛮早嘛，我的小可爱。呵呵，可是真早啊！”

“有一半路我是跑着来的。我猜我是着了月亮的魔了。我爸爸就会这么说。”

老太婆的嘴咧得更开了，这可怕的笑容让苏珊想起了刚死掉还没来得及下锅的鳗鱼，看上去就好像在咧嘴笑一样。“唉，但是他已经去世了，去世五年了，长着红头发和红胡子的帕特·德尔伽朵，被自己的马夺去了性命，他跌倒在了路尽头的空地，耳朵听到的是自己骨头断裂的声音，他就这样死了！”

苏珊脸上紧张的微笑消失了，就好像是被一巴掌打掉似的。她只要一听到爸爸的名字就想掉眼泪，这次也不例外。但是她忍住了，没有让眼泪流下来。她不愿在这个冷血的老女人面前哭。

“我们快点言归正传吧。”她用很不寻常的干干的嗓音说道。平时她说话都是透着快活，好像随时都会笑出来似的。但她是帕特·德尔伽朵的女儿，她爸爸是本地区最好的牲畜养殖者，她还能很清楚地记得他的脸；要是有必要的话她会变得更加坚强，就像现在一样。那老女人本就不想让她好受，想刺激她，伤害她，要是她看到自己得逞了，就肯定会变本加厉的。

与此同时，女巫正警觉地看着苏珊，青筋暴露的双手背在身后，那只猫也缠在她的脚踝上。她的眼睛很浑浊，但苏珊一看就明白她那双灰绿色的眼睛就和猫的眼睛一样，里面也可能有某种魔法。她感到一种冲动——非常强烈的冲动——要低下头不去看那双眼睛，但她没有那么做。感到害怕没关系，但是有时候让别人看出自己害怕就很糟糕了。

“你在很不礼貌地盯着我看，小姐。”蕤终于说话了。她的微笑也慢慢变成了皱眉，脾气坏坏的。

“没有，老妈妈，”苏珊很镇定地回答说，“我只想办完事情然后离开。是眉脊泗的市长和我的姑姑科蒂利亚吩咐我来的。至于我亲爱的父亲，我不希望有任何人说他坏话。”

“我说到做到。”老女人说道。措辞很干脆，但语气却有些低三下四的讨好意味。苏珊对此并不在意；对于蕤来说，这种腔调简直就是与生俱来的，好像呼吸一样自然。“我独居已经很长时间了，没有女主人，只有我一个人，我一打开了话匣子就收不住，说到哪儿是哪儿。”

“那么有时候最好还是根本别打开话匣子为好。”

老女人的眼睛忽闪了一下，样子极其丑陋。“还是你自己说话注意一点吧，黄毛丫头，别让舌头烂在嘴巴里，到时市长想吻你都要三思，免得闻你嘴巴里的臭气，哎，即便是在这么浪漫的月光下面！”

苏珊的心中满是痛苦和疑惑。她来这里的目的只有一个：尽快把事情办完，这件事令人羞于启齿又痛苦。现在这老女人带着毫不隐藏的敌意看着她。事情怎么突然变得这么糟呢？还是说只要是跟巫婆打交道就会这样？

“我们这个头开得可不好，夫人——我们能重新开始么？”苏珊冷不防地问了一句，伸出了手。

巫婆大吃一惊，但她还是伸出手稍微握了握，满是皱纹的手指碰到了站在面前的花季少女那修剪整齐的手指。那女孩光洁的脸庞光彩照人，一头长发编成发辫垂在身后。尽管只是短短一握，苏珊也要费很大劲才能让自己不要做鬼脸。老女人的手指像死尸的手指一样冰凉，但苏珊以前也领教过这样的手指（“手冷心肠热。”科蒂利亚姑妈常这么说）。真正让她不舒服的是皮肤的质地，那种冷冰冰的肉松松垮垮挂在骨头上的感觉，就好像骨头和肉的主人溺了水，在池塘里泡了很久似的。

“不，不，事情是不能重新开始的，”老女人说，“但没准我们会比开始做得更好。你的朋友市长先生很有势力，我可不想把他得罪了。”

至少她很诚实，苏珊想，但马上又嘲笑自己的天真。这个女人只有在没有出路的时候才会变得诚实；让她随心所欲的话，那女人什么样的谎话都会说——天气、庄稼和收割季节的飞鸟。

“你来得比我预想的时间要早，我因为这个才生气的。小姐，你有没有带什么东西给我啊？我敢肯定你带了！”她的眼睛又开始闪光，但这次不是怒气冲冲的。

苏珊把手伸向围裙下面（真是愚蠢啊，到这个奇怪的地方来跑腿竟然还系着围裙，但习俗就是这么规定的），向衣袋摸去。那里有一个布袋，拴在一根绳子上，这样就不容易弄丢了（比如说，被月光下突然奔跑的女孩弄丢）。苏珊解开绳子把布袋取出来。她把它放在蕤摊开的手掌上，那手掌苍老得纹理都看不出来了。她很小心，免得再次碰到蕤……尽管这个老女人将会再碰到她，马上就会碰到她。

“是风声让你颤抖吗？”蕤问道，但苏珊知道她所有的注意力现在都集中在那个小袋子上面；她的手指正忙着把束绳解开。

“是啊，是风。”

“风声是会让人害怕。这是亡灵在风中发出的声音，他们那样叫喊是因为他们悔恨——啊！”

绳结打开了。她解开绳子，把两个金币抖落在手上。它们外形很不匀称，有点粗糙——已经有好几代人没有做过这种硬币了——但还是很沉，上面刻的老鹰还是有某种力量的。蕤拿起一个凑到嘴边，张开嘴露出了几只可怕的牙齿，然后咬下去。巫婆看了看金币上留下的浅浅的牙印。她盯着看了好几秒，很入神的样子，然后就用手紧紧把它们盖住了。

当蕤的注意力被硬币吸引过去的时候，苏珊无意间透过左边敞开的门缝看进去，发现那其实是女巫的卧室。她看见一样很奇怪的东西，令人有些不安：床底下发出的光。粉红色的、跳动着的光。这光看上去好像是来自某个盒子，尽管她难以……

女巫抬起头来，苏珊急忙把目光转向了房间的一角，那里有一根钩子，钩子上挂着一张装有三四个古怪的白色水果的网。老女人挪了挪身体，身后巨大的影子也笨重地在墙上移动了一下，苏珊突然发现那些东西根本不是什么水果，而是骷髅。她觉得胃中一阵恶心。

“小姐，这火还得烧得更旺些。去，到房间那头去，抱一捧木头过来。要那些大个的木头，你要是拿不动它们就尽情发牢骚吧。你的个头可不小啊！”

自从苏珊不再尿床之后，她就停止因为琐事而抱怨了，所以她此时一言不发……尽管她想过要问问蕤是不是每一个给她黄金的人都被邀请去搬木头。实际上，她才不在乎呢；闻过房间里的臭气之后，外面空气的味道就像是葡萄酒一样。

她都快要到门口了，突然她的脚踩到了一个热热的东西，那东西还往后缩了一下。只听见猫大叫了一声。苏珊踉跄了一下，几乎跌倒。老女人在她的后面不停地大口喘着粗气，几乎要窒息，最后苏珊意识到那其实是笑声。

“可爱的小姑娘，你可要当心姆斯提！它很狡猾！有时候还很淘气！哈！”她接着就走开了，又发出一阵狂笑。

猫抬头看了看苏珊，耳朵朝后耷拉着，灰绿色的眼睛瞪得大大的。它对着苏珊发出咝咝的声音。苏珊都没意识到自己不由得也向猫发出了咝咝的声音。就像它轻蔑的眼神一样，姆斯提惊讶的表情也很诡异——这个表情也有点滑稽——诡异得酷似人的表情。它调转头去，逃到蕤的卧室去了，那条分叉的尾巴扬了起来。苏珊打开门，走出去拿木头。她觉得在这里已经待了一千年了，而且还要再等一千年才能回家。

4

空气如她所愿，甜丝丝的，没准比她预想的还要甜，一时间她就站在门廊上，呼吸新鲜空气，洁净着自己的肺部……还有心灵。

呼吸五次过后，她开始行动了。她沿着房子的一边走……但好像是走错了方向，因为那里没有木堆。只有一扇很蹩脚的窗户，有一半被埋在坚硬而毫不可爱的爬行植物里面了。窗户开在小屋的后部，要是往里看肯定能看到那老女人的卧室。

不要朝里面看，她床下有什么东西和你无关，要是你被她发现……

她不顾这些警告，还是走向了窗户，朝里看了看。

即使蕤朝这个方向看，也不大可能透过厚实的常春藤发现苏珊的脸。而且她并没有往苏珊的方向看。她跪着，嘴里咬着那个袋子，往床底下探去。

她拿出一个盒子，打开盖子，盒盖其实本来就是半开的。柔和的粉红色光洒满了她的脸庞，苏珊简直透不过气来。一时间她眼前似乎是一张年轻女孩的脸庞——但除了朝气以外还有一种残忍，那简直就是一个任性的孩子的脸，脸上写满了要不择手段尝试世上万恶的决心。也许以前老太婆的脸就像是这个女孩的脸。光芒似乎是来自某种玻璃球。

老女人盯着它看了一会，眼睛睁得大大的，一副着迷的样子。她嗫嚅着，好像在对它讲话似的，或许是对着它唱歌；苏珊从市镇上带来的小布袋，袋上的绳子还叼在老太婆的嘴里，随着她说话而上下摆动。她仿佛下了很大决心似的，关上了盒子，把粉色的光线封在了里面。苏珊发现自己已经很释然——那里有些东西是她不喜欢的。

老女人用一只手放在盖子的中央，罩住了银锁，她的指间又出现一道短暂的猩红色光线。这时那个包还吊在她的嘴巴下面。接着她把盒子放到床上，跪下来，开始用双手抚摸床边地下的灰尘。尽管她只是用手掌接触，但地上出现了一道道线，就好像她使用了某种绘图工具。线条的颜色变深了，好像变成了一条条车辙。

木柴，苏珊！在她意识到你已经花了多少时间之前把木柴拿好！看在你父亲的分上！

苏珊一直把裙子拉到腰间——她不想在进屋的时候让老女人看见自己衣服上的灰尘或是树叶，也不想回答任何那些污迹可能引起的问题——她匍匐着爬过窗下，只见她那白色的棉内裤在月光下一闪。等到一经过窗户，她就直起身来，不动声色地赶到小屋的另一边。那里有一块旧得发霉的兽皮，底下有一堆木头。她拿了六块大木块夹在胳肢窝下面，走回到房子前面。

她进门时侧着身子，为的是不要弄掉任何一块，那老女人已经回到主室，心绪不宁地看着壁炉，现在里面只剩下一些灰烬了。束绳袋已经不见踪影。

“你花了很长时间嘛，小姐。”蕤说。她仍然盯着壁炉，似乎视苏珊为无物……但她的一只脚在裙子肮脏的裙边下轻轻敲着，眉毛拧成了一团。

苏珊穿过房间，尽量越过抱着的木柴来看路。看见那只猫正悄悄地靠近，好像是要绊倒她，她并不惊讶。“我看见一只蜘蛛，”她说，“我用围裙拍打它赶它走。我讨厌蜘蛛的样子。”

"你会看见你更讨厌的东西的，很快，"蕤说着咧着嘴，又露出了怪异的半边笑脸，"它会从托林的睡衣里钻出来，和棍子一样僵硬，和大黄一样红！哈！姑娘，等着瞧吧；天哪，你抱来的木头都够点集市日篝火了。"

蕤从苏珊的怀抱里拿了两根粗木块，漫不经心地扔进了火堆里。灰烬从黑暗而微微作响的烟囱管道里跳了出来。你这个愚蠢的老家伙，你把剩下的火星都弄没了，现在不得不再生一次火了，苏珊想。接着蕤张开一只手伸进壁炉，喉咙里挤出一个字，木头就像在油里面浸过一样烧了起来。

"把剩下的放到那里去，"她说着把手指向木盒子，"小姐，别扔得乱七八糟的。"

什么，你都那么脏了还在乎整洁？苏珊想。她咬了咬内颊的肉，硬是把一个微笑给逼回去了。

但蕤可能已经有所察觉了；当苏珊直起身之后，那老女人脸色阴沉而又心知肚明地看着她。

"好吧，小姐，我们现在言归正传。你知道你为什么要来到这里么？"

"我是应托林的要求来这儿的，"苏珊重复说了一遍，她知道这不是真正的答案。她现在害怕了——比她透过窗玻璃看见老太婆对着玻璃球低声吟唱的时候更害怕。"他的老婆已经不能生孩子了。他想要个儿子——"

"哼，别说那些废话和漂亮话了。他要的是在他手里捏不烂的奶子和屁股蛋。当然，如果他那把年龄还能有什么作为的话，要是能有个儿子，好，那他就会把孩子给你，让你带在身边一直抚养到上学为止，之后你就再也见不到这个孩子了。要是个女儿，他会把孩子从你身边带走，把她交给他那个瘸腿的新手下，就近找个牛打滚的水坑把孩子淹死。"

苏珊目不转睛地看着她，惊讶至极。

老女人看见了她的表情，笑了："你不喜欢听事实吧？没几个人喜欢，姑娘。你姑妈又聪明又漂亮，她会顺利地跟托林打交道，弄到他的钱。你看到的金子不是我的……要是你不睁大眼睛，也不会是你的！哎！把衣服脱下来吧！"

我不会脱的，她差点脱口而出，但接下来又该怎么办呢？被赶出小屋（她能做的最好预想就是照原样被赶出去，而不是被变成蜥蜴或者是上蹿下跳的癞蛤蟆）然后放逐到西面去，甚至连来时身上带的两块金币都丢了？那还不算什么。重要的是她已经做出承诺了。最初她是反对的，但当科蒂利亚姑妈提到自己父亲的名字时，她只好屈从了。她一贯都是这样。确实，别无选择。而当别无选择的时候，犹豫就是犯错误。

她掸了一下围裙的前面，上面还沾着一些小树皮屑子，然后就解开围裙脱了下来。

她把围裙叠好，放在壁炉边的一块脏兮兮的踏脚凳旁边，然后开始解扣子，一直解到腰部。她把裙子从肩膀处摇落，跨了出来。她把裙子叠好放在围裙的上面，尽量不要让自己太在乎库斯的蕤在火光中贪婪地看着她的样子。猫大摇大摆地走过地板，两条怪异多余的腿上下晃动着，然后坐在了蕤的脚上。外面，风呼呼地刮着。尽管壁炉边上很暖和，但是苏珊还是感到很冷，就好像风已经进入了她的体内。

"快点，姑娘，看在你父亲的分上！"

苏珊把内衣脱下来，折好放在衣服上面，然后就站在那里，身上只穿着短裤，双手护住胸部。火光渲染出温暖的橘色光线洒在她大腿上；双膝后面的柔软褶皱也处在阴影造成的黑圈之下。

"她还没脱光呢！"老女人笑着说，"把你的内裤也脱掉，姑娘，就像你刚从娘胎里赤条条出来时一样！没看出你有什么资本来吸引哈特·托林这样的人，嗯？哈！"

苏珊感觉这一切都是场噩梦，但还是照着吩咐做了。这下自己的下身都暴露无遗，那试图遮住什么的双臂就显得有点愚蠢了。她把手垂下来，放在身体两侧。

"难怪他要你呢！"老女人说，"你长得还挺俊的，真的哎！姆斯提，你说是吧？"

猫嗷嗷叫了起来。

"你膝盖上有灰尘，"蕤突然说，"这是怎么回事？"

苏珊又惊又怕。她掀起裙摆爬过老太婆的窗下……没想到这反而引起了怀疑。

突然间有一个回答跳到她嘴边，她就很镇定地说了出来："当看到你的小屋时，我有点害怕。于是我跪下来祈祷，为了不把裙子弄脏就掀起了裙摆。"

"我真是感动万分——为了穿着干净的衣服来见我这样的人！你真是太好了！姆斯提，你不反对我的意见吧？"

猫嗷嗷叫着，开始舔自己的前爪。

"开始吧，"苏珊说，"你已经拿到报酬了，我会照你说的做的，别再取笑我了，干正事吧。”

“你知道我要做些什么吧？”

“不知道。”苏珊说。说着她又想落泪了，眼眶也有点发热，但她不会让眼泪掉下来。不会的。“我只有个猜测，但当我问科蒂姑妈我说的对不对时，她却说你会‘在那个方面负责把我教育好’。”

“她不愿说那些字眼脏了自己的嘴，对不对？没关系。但你的蕤姑妈不会也那么仁慈，不去说那些科蒂利亚姑妈不肯说的话。我要做的是保证你身心都健全，姑娘。老人们称之为清白测验，这个说法很不错。走到我跟前来。”

苏珊不太情愿地向前走了两步，她的光脚丫几乎碰到了老女人的拖鞋，而她赤裸的乳房几乎碰到了她的衣服。

“要是一个魔鬼或恶人玷污了你的灵魂，你以后生养的孩子也会被玷污，邪恶会留下印记的。多数情况下是吻痕或咬痕，但是还有别的……把嘴张开！”

苏珊张开嘴巴，老太婆弯腰靠近的时候，身上散发的浓烈臭味使苏珊的胃都开始阵阵痉挛了。她屏住呼吸，暗暗祈祷老太婆的动作能快一点。

“把舌头伸出来。”

苏珊伸出舌头。

“往我脸上轻轻吹几口气。”

苏珊呼出一口憋了很久的气。蕤把这口气吸了进去，上天庇佑，她总算是把头偏过去一点了。但她离苏珊还是很近，苏珊能看见她头上活蹦乱跳的虱子。

“气味很甜，”老女人说道，“嗯，美味啊。现在转过身去。”

苏珊转了过去，感到老女人的手顺着她的背部一直摸到臀部。她的手指像泥巴一样冰冷。

“弯下腰去，翘起屁股来，姑娘，不要害羞，蕤这辈子已经看过不止一个屁股了！”

她的脸腾地一下就红了——她能在前额中央和太阳穴感到自己的心在扑腾乱跳——苏珊照着吩咐做了。接着她感到一根死尸般的手指戳进了她的肛门。苏珊紧咬着嘴唇，避免自己叫出声来。

幸亏时间不长……但苏珊担心还会再来一次。

“再转过来。”

她又转过身来。老女人把手放到她的双乳上，用拇指轻轻拨弄着乳头，然后仔细检查了苏珊的下腹部。蕤把手指伸进了女孩的肚脐眼，然后撩起自己的裙子，很吃力地跪了下来。她摸了摸苏珊的腿，先摸了前面，然后是后面。她似乎对小腿肚以下的部位特别在意，那里是脚腱。

"抬起你的右脚。"

苏珊抬起右脚，蕤从足背摸到足跟，苏珊忍不住发出一声尖利而紧张的笑声。老女人把苏珊的脚趾分开，仔细查看。

在对另外一只脚进行了相同的检查之后，老女人——仍然跪在地上说："你知道我下一步该干什么了。"

"嗯。"她的声音有点颤抖。

"姑娘，不要动。你身体其他地方都很好，干净得就像是剥了皮的柳条一样，但是我们现在要检查一下你的温润的下体，这是托林唯一在乎的地方；这是真正检查你是否清白的地方。所以你不要动！"

苏珊闭上眼睛，脑海里浮现出沿着鲛坡奔跑的马儿——它们实际上都是属于领地的马，并且是由托林的大臣，也就是领地的自然资源部长莱默照看的，但马儿可不知道那么多；它们觉得自己很自由，如果你已经获得了心灵的自由，别的又有什么重要的呢？

请让我的心灵获得自由吧，和那些沿着鲛坡奔跑的马儿一样自由无羁，不要让她伤害到我。保佑我，请不要让她伤害到我。万一她要是伤害了我，请让我用高贵的沉默来忍耐。

老女人冷冷的手指把苏珊柔软的阴毛分开；停了一下，然后把两根冰凉的手指插到了她的身体里。有一阵短暂的疼痛，还好并不是很强烈；以前半夜起身上厕所不小心撞到脚趾或小腿比现在要痛。令人难以忍受的不是身体的疼痛，而是耻辱感和对蕤触碰自己的反感。

"下身还是蛮紧的！"蕤叫道，"比谁都好！但托林会再次检查的！他会的！至于你，我的姑娘，我告诉你一个秘密，那是你那长着长鼻子和小乳房的古板姑妈到现在都不知道的：即使是黄花闺女也可以偶尔享受一下床笫之欢的，只要她知道怎么做。"

老太婆缩回手，手指轻轻围住了苏珊的阴蒂。苏珊有种可怕的预感，觉得那手指会紧紧夹住自己的敏感地带，就像有时候她骑在马上，那儿跟马鞍偶尔发生摩擦的话都会让她痛得倒吸一口凉气，但是手指在爱抚……接着就是按下去的动作……女孩这时感到浑身一股躁动不安，但又远远不同于腹部那种抽动感。

“就像一个含苞待放的花蕾。”老女人低声说，她的双手动得更快了。苏珊感觉自己的屁股往前扬，就好像它们本身有了自由行动的意愿，接着她就想到了老女人那张贪婪而刚愎自用的脸，那张脸在打开的盒子上面，红得就像煤气灯光下妓女的脸；她又想到装有金币的布袋从那个皱纹遍布的嘴上垂下来的样子，就好像是一块在嘴里嚼过又吐出来的肉，她刚刚有的那种躁动的感觉不见了。她往后退了一步，浑身发抖，她手臂、肚子和乳房都是鸡皮疙瘩。

“你已经完成了你分内的事情，也得到了报酬。”苏珊说。她的声音听上去冰冷而严厉。

蕤的脸拧成了一团。“你永远不会告诉我的，是或不是，要么是也许，鲁莽的小姑娘！完成之后我自己会知道的，我，蕤，也就是库斯的怪人，也就是——”

“在那儿别动，在我把你一脚踢到火里面去之前站好，你这个怪物。”

老女人露出一副狗眼看人低的表情，她的两片嘴唇嚅动着，露出了剩下的那几颗可怜的牙齿。苏珊意识到她和这个女巫又回到了起点：准备把对方的眼珠子给挖出来。

“抬起你的手或是脚，你这个厚颜无耻的小婊子，离开我房子的人将会变得没有手，没有脚，只有瞎眼睛。”

“我不怀疑你能做到这一点，但是托林会发怒的。”苏珊说。这是她有生以来第一次提到男人的名字来保护自己。意识到这一点让她觉得羞耻……也让她觉得自己低贱。她不清楚为什么会这样想，尤其是自从她答应和他睡觉并怀上他的孩子以后，但事情就是这样。

老女人瞪着她，直到皱纹遍布的脸变成了僵硬的笑容，比她咆哮的样子还难看。蕤大口喘着气，拽着椅子扶手站了起来。趁着这个当儿，苏珊很快穿上了衣服。

“哎，他会生气的。也许你是最了解情况的人了，姑娘；今晚我有些古怪，最好还是让我身体里苏醒的那一部分保持睡眠状态吧。要是有什么别的事情发生，你就把它当作对你青春和纯洁的赞美吧……当然还有你的美貌。是啊。你真是个漂亮的姑娘，毫无疑问。你的头发，现在……你要是让头发垂下来，就像你将为托林做的那样，我知道，当你和他同床共枕的时候……头发会像阳光那样熠熠生辉，对吧？”

苏珊不想揭穿这个老太婆的故作姿态，但也不想纵容她说那些奉承话。至少不是在她还能从蕤那黏糊糊的眼睛里看到仇恨的时候，也不是在她还能在皮肤上感觉到老女人的触摸还像虫子一样在皮肤上爬的时候。她什么也没说，只是穿上了衣服，开始扣扣子。

也许蕤看透了她的想法，她脸上的笑容消失了，一举一动也开始变得一本正经起来。苏珊松了口气。

“嗯，不要在意这些。你已经证明了自己的清白；你可以穿上衣服走了。但是绝对不要把我们之间的事情告诉托林，注意这点！男人没有必要了解女人之间的话，尤其是像他那样伟大的男人。”说到这儿，蕤仍然难以掩饰自己语气中的嘲讽。苏珊不知道那老女人有没有意识到那一点。“我们达成共识了吗？”

没问题，没问题，只要你能让我离开这里。

“你说我的清白已被证明？”

“是啊，苏珊，帕特里克的女儿。但是我说的话并不重要。现在……等等……还有件事……”

她在壁炉架上摸索着，把粘在破碟子上的蜡烛头推来推去，先是拿起一盏煤油灯，接着又是一个手电筒，然后目不转睛地盯着一幅小男孩的画像看了一会，又把画放在一边。

“哪里……哪里……啊啊啊啊啊……这里！”

她抓起一沓纸和一个铅笔头，纸的封面被熏得乌黑（上面盖有用古体金字写的三个字**西特果**）。她几乎是从头快翻到最后一页才发现一张空白的纸。她在上面潦草地划了几笔，然后把这页纸从顶端的螺旋金属扣上撕了下来。她把这页纸递给苏珊，苏珊接过来看了看。上面歪歪扭扭地写了两个难以辨认的字：

清白

下面还有这样一个符号：

“这是什么呀？”她指着这个符号问。

“蕤的标志。附近六个领地都知道这个，而且还是无法复制的。把这张纸给你姑妈看。然后给托林看看。如果你姑妈愿意亲自把它拿给托林的话——我了解她，还有她那一贯颐指气使的样子——告诉她不要这样做，蕤说过不要的，她不应该保留这张纸。”

“那要是托林想要呢？”

蕤轻蔑地耸耸肩。“那就让他留着好了，或是烧掉，或是拿它来擦屁股，我都不在乎。你也不在乎，因为你知道自己一直以来都很清白，你也的确很清白。对么？”

苏珊点点头。曾经有一次，在她跳完舞回家的路上，她听任一个男孩把手伸进自己的衬衫摸了一会儿，但是那又怎么样呢？她还是很清白的，而且远远比这个恶心的老家伙所认为的要清白。

“但是不要把纸弄丢了。除非你想再见我一次，也就是把这套程序再经历一遍。”

天哪，这件事我想都不愿想，苏珊寻思着，努力让自己不要因厌恶而发抖。她把纸放回口袋，装金币的小布袋原先就放在那里。

“姑娘，到门那边去吧。”她那个架势就好像要一把抓住苏珊的胳膊，然后又改变了主意。她俩并排地走到门前，很小心地避免碰到对方，以至于两人的姿势都显得有些尴尬。但突然间，她却抓住了苏珊的胳膊，然后用另外一根手指着库斯山上的闪亮的银盘。

“吻月，”蕤说，“现在已经是仲夏了。”

“是啊。”

“告诉托林，他不能在他的床上和你睡在一起——或是干草堆里，或是贮藏室的地板上，还是什么别的地方——直到魔月满月的那一天才可以和你共枕而眠。”

“那就是要等到收割喽？”还有三个月呢——在苏珊看来那简直像一生那么长。苏珊为这个“缓刑”暗自窃喜。她本来还以为托林会在第二天晚上月亮升起的时候终结她的少女时代。她并非不理解托林看着自己的那副样子。

蕤也看着月亮，好像在盘算什么。她把手伸向苏珊长长的辫子，抚摸着。苏珊决定对此能忍就忍，等她再也忍不下去的时候，蕤的手缩了回去，点点头。“对啊，不仅仅是要等到收割，其实要到年底——告诉他要等到集市日的夜晚。就说他可以在篝火以后占有你。明白么？”

“其实是年底，对。”她已经难以抑止心中的喜悦了。

“当翡翠之心的火快要熄灭，当最后一个红手人变成了灰，”蕤说，“等到那时，不能提前。你务必要这样告诉他。”

“我一定告诉他。”

蕤再次伸手摸了她的头发。苏珊忍受着。听到这样的好消息后，她觉得要是自己再翻脸就显得气量很小了。“现在开始到收割这段时间，你要用来好好思考，你要聚集你的力量来给市长一个他想要的男孩……或是干脆沿着鲛坡骑马，来享受你处女之花最后的娇艳。你明白么？”

“明白。”她行了一个屈膝礼，“谢谢您。”

蕤摆摆手，好像这是个奉承。“注意，不要把我们之间发生的事情说出去。这只是你自己的事情，与其他任何人无关。”

“我不会说的。我们之间的事已经了结了吧？”

“嗯……也许还有一件小事情……”蕤笑吟吟的，表明这真是一件小事情，然后在苏珊眼前举起左手，三指并拢，一指与其他手指分开。交叉的地方出现了一面闪闪发亮的银牌，没有人知道那是从哪儿来的。女孩的眼睛马上就集中到这个东西上面了。直到蕤喉咙口挤出一个词来。

苏珊闭上了眼。

5

蕤看着那女孩站在门廊上，已经在月光下睡着了。她把小圆牌放回袖子里（她的手指老态毕现，青筋暴露，不过在必要的时候还是很灵活的），那副一本正经的表情从她脸上消失了，取而代之的是斜着眼怒目而视的样子。*把我踢到火堆里去，啊，你这个贱货？向托林打小报告？*不过这样的威胁和无礼还不是最糟糕的。最糟糕的是她被蕤碰到时，连忙往回躲，还一脸厌恶的表情。

认为蕤不配和她打交道！无疑是认为她对于托林来说也太好了，的确，她那养了十六年的如瀑金发，托林肯定很想把头埋在那头秀发里，就像他想把头埋在她下身一样。

她不能伤害这个女孩，尽管她很希望这样做，尽管那女孩的确活该；就算没有这个女孩的事，想到托林将会把玻璃球从她身边拿走，蕤也够受不了了。至少现在还不行。所以她不能伤害这个女孩,但是她可以使个坏,让托林在苏珊身上得到的乐趣打个折扣,至少是暂时的。

蕤把身子靠近女孩,一把抓住苏珊齐腰的发辫,让它在手上滑动,享受着那种丝质顺滑的感觉。

"苏珊,"她小声说道,"你听见我的声音了么,帕特里克的女儿?"

"听见了。"苏珊的眼睛还是闭着的。

"听着。"吻月的光芒照在蕤的脸上,使她的整张脸看上去像个银色的骷髅,"听好了,好好记着。记住那个幽深的洞穴,你醒着时从没想到过的那个。"

她让辫子反复在手中滑过。丝般光滑。滑得就好像她双腿间的那两瓣花骨朵。

"记好了。"女孩站在门口说道。

"是。等他夺去了你的童贞之后你要做些事情。你必须事后马上就做,甚至脑子里都不要去想。苏珊,帕特里克的女儿,你给我听好了,一定要听仔细了。"

在月光下,蕤一边抚摸着苏珊的长发,一边把干皱的嘴唇凑到她的耳边开始耳语起来。

第三章

路遇

1

苏珊打小到现在还从没经历过这么奇怪的夜晚，因此直到那个骑马人差不多超过她时，她才注意到马蹄声。

在回市里的途中，她满脑子想的都是自己的那个承诺，现在她似乎对那个承诺有了新的理解。能有个“缓刑”真的很不错——离兑现自己的承诺还有好几个月的时间呢——但“缓刑”没有改变一个基本的事实：当魔月满月时，她会被市长托林夺去童贞，一个半秃顶的白发干瘦男人。这个连自己老婆看着都会心生厌倦和伤感的男人，一眼看上去就让人讨厌。哈特·托林是这样一个人，要是他看到一帮演员在撞头、假装打架或是扔烂水果就会狂笑不止，但如果看到一个悲伤或悲剧性故事的时候，则只会大惑不解。哈特·托林还会打响指，冷不防地在别人背上拍一下，还会在餐桌上放肆地打嗝。他还会摆出一副焦急的样子看着他的大臣，就好像他要确定他没有得罪莱默似的。

苏珊平常这些事情都看得多了；她爸爸常年负责管理领地的马匹，还常常去滨海区办事。好多次他都是带着心爱的女儿一起去。这些年她看到哈特·托林好多次了，当然他也看到苏珊好多次了。也许次数太多了！也许现在看来，关于托林最重要的情况就是他比那个将要怀上他孩子的女孩大将近五十岁。

她的承诺太轻率了——

不，不是轻率，这样说对她太不公平了……但她几乎没怎么为此夜不能寐，却是事实。在听过科蒂姑妈的意见以后，她想：如果这样做就能得到那片土地的地契，那么付出的可以算很少了；能够最终在鲛坡拥有自己的一小块土地，把常年居住的土地真正变成自己的……能够在我们家和莱默的文件夹里有一份文件宣称这块土地的归属。是啊，可以重新拥有马匹。只有三匹，没错，可那也比现在一无所有要好啊。要拿什么来交换呢？只要和他睡上个一两次，生个孩子，在我之前成千上万的妇女都做过这种事，也没受到什么伤害。毕竟和我在一起的那个男人既不是个变异种，也不是麻风病人，不过是个指关节会响的老男人。又不会永远这样，而且，就像科蒂姑妈说的，只要时间和卡允许，我还可以结婚；我肯定不是第一个做了母亲才嫁人的女人。这样做会让我像个妓女吗？法律上没说，不过不要在意这些；最重要的只是我心中的道德律令，我的心告诉我，只要能得到原本属于父亲的土地和三匹马，那么妓女就妓女，没关系。

但事情并不是那么简单：科蒂利亚姑妈利用了——无耻地利用了，苏珊现在意识到了——一个孩子的天真。她喋喋不休地提及那个婴儿，那个她将得到的小婴儿。苏珊，才刚刚过了玩洋娃娃的年龄，科蒂利亚姑妈知道她会愿意要一个自己的小婴儿，可以喂他东西吃，给他穿衣服，夏日午后一起午睡，一个活的玩偶。

科蒂利亚忽略的（也许是她自己太幼稚了，根本没有考虑过这些，苏珊想，但又不是很确定）恰恰就是那老太婆很粗俗地说明白的——托林要的不仅仅是一个孩子。

他要的是在他手里捏不烂的奶子和屁股蛋。

在昏暗的月光下，她走在回市里的路上，单单是想到这些字眼她的脸就涨得通红（这次她没有兴高采烈地跑步；也没有唱歌）。她以前只是对牲畜的交配方式有个模糊的认识——它们可以一直交欢，“直到精子着床为止”，然后就分开。但现在她明白了，托林很可能想反复和她亲热，也许将会和她一次次亲热，两百代之前的铁一般的法律规定，他可以一直和她亲热下去，直到她除了能证明作为配偶是清白的之外，还能证明她的孩子也是清白的……而且是正常的，不是什么变异体。苏珊已经很仔细地打听过了，第二个证明通常要在怀孕后的第四个月开出……那时候即使是穿着衣服，肚子也能显得出来了。做检查的还是蕤……而蕤并不喜欢她。

现在一切都太迟了——她已经接受了大臣拿来的正式契约，而且已经被那个古怪的巫婆证明了自己的清白——她开始后悔那个承诺了。她想得最多的是托林扒掉裤子之后会是什么样子，他那白白瘦瘦的双腿就像是鹳的脚一样，还有他们躺在一起时，她说不定会听到他瘦长的骨头咯吱作响：膝盖、背部、肘部和脖子。

还有指关节。不要忘了他的指关节。

是的。那老男人多毛的指关节。苏珊想到这个不由笑了一下，但同时一滴热泪不动声色地从眼角流了下来，在脸颊留下了一道泪痕。她下意识地擦去了泪痕，她也没怎么注意到公路上越来越近的马蹄声。她的思绪仍然在很远的地方，又回到了她通过老太婆卧室窗户看到的那个古怪东西——从粉红色球体中发出的柔和但让人不太舒服的光线，还有老太婆低头看着它时缱绻迷离的眼神……

等苏珊终于听到了迫近的马蹄声时，她第一个警觉的反应就是必须赶紧钻到路边的小树林里躲起来。她觉得天那么晚了，不会有什么好人在路上出没，尤其是现在中世界正经历着那么糟糕的时刻——但是已经太晚了。

那么到沟里去，然后平躺。月亮已经很低了，说不定可以——

但是还没等她掉转方向，甚至还没完全缓过神来，骑马人就神不知鬼不觉地在她身后出现了，向她打招呼。"晚上好，女士，愿你长寿。"

她回转身，想：如果这是总待在市长家或是旅者之家的人怎么办？不是那个最年长的，这人的声音没有那么颤抖，但很可能是那些人中的一个……说不定是那个叫德佩普的。

"晚上好，"她听见自己对着马背上那个人影说，"也祝你长命百岁。"

她的声音没有颤抖，至少她自己没听出来。她觉得那既不是德佩普，也不是那个叫雷诺兹的人。关于马背上的人，她唯一确定的就是他戴着扁檐帽，从前东西部之间的往来要比现在频繁得多，通常内领地来的人都是戴这种帽子的。在约翰·法僧到来之前——所谓"好人"法僧——之后杀戮就开始了。

陌生人来到她身边，她稍稍为自己没能听见他靠近而找了下借口——她没看到那人的装备有搭扣或是铃铛，上面的东西都系得紧紧的，这样就不会啪啦作响了。他这身行头简直像是一个不法分子或者是劫匪（她觉得声音颤抖的乔纳斯和他的两个朋友以前肯定是这种身份）甚至有可能是枪侠。但这个人没有佩枪，除非他把枪藏起来了；只有两样东西：马前鞍的一张弓，还有插在鞘里的一根很像长矛的东西。她寻思自己还从没见过那么年轻的枪侠呢。

他拉了一下马的衔口，就像她父亲以前一样（当然也和她自己的动作一样），马一下子就停了下来。他高高抬起腿跨过马鞍，动作中流露出不经意的优雅，苏珊忙说："不，不，不用多礼，陌生人，请赶自己的路吧！"

就算他听出了苏珊语气中暗含的警告之意，看来他也毫不在乎。他跳下马来，丝毫没有受到系住的马镫的影响，很轻巧地落地，站在她面前，方头靴周围扬起了一片尘土。趁着星光，她看到他真的很年轻，就和她差不多大。他的衣服尽管很新，但还是像个工作的牛仔穿的衣服。

“威尔·迪尔伯恩，愿意为您效劳。”他说着摘下帽子，向前伸出一只脚，脚后跟着地，按照内领地的方式鞠了一躬。

这一套从天而降的怪异礼节，加上小城边缘散发出的稍有些刺鼻的油毡味道把她心中的恐惧一扫而空，她反倒笑了出来。她觉得这对他来说可能不太礼貌，但他跟着也笑了。一个甜美的微笑，真诚而不做作，苏珊看到了他露出的一排整齐的牙齿。

她拉起裙子的一角，也回了礼：“苏珊·德尔伽朵，愿意为您效劳。”

他用右手三次碰了碰自己的喉咙：“谢谢你，苏珊·德尔伽朵。希望我们相逢愉快。我本来不想让你受到惊吓——”

“你的确吓到我了，不过只有一点点。”

“是的，我也觉得是。真不好意思。”

是的。他不说*对啊*，而是说*是的*。听说话就能判断这个年轻人来自内领地。她更加好奇地看着他。

“不，你不用向我道歉，因为我当时在想心事，”她说，“我刚去看过一个……朋友……根本没意识到时间到底过了多久，直到我看到月亮落下为止。要是你是因为关心我才停下来的，那就谢谢你，陌生人，不过我们现在可以各走各的路了。我只要走到村头就可以了——罕布雷。现在距离那里很近了。”

“说得真好，想法真可爱，”他咧嘴笑着回答，“但现在天很晚了，而且你还是一个人在赶路，我觉得我们还是一起走吧。你会骑马么，女士？”

“会的，但是真的——”

“过来吧，看看我的朋友拉什尔。他会载着你完成这最后的两公里。它是一匹阉割过的马，性子很温顺。”

她看着威尔·迪尔伯恩，感到既开心，又有点气恼。她想，*要是他再叫我女士（好像我就是个老师或是他那步履蹒跚的姑奶奶），我就脱下这个碍事的围裙来打他*。“只要一匹马佩着鞍具，我就会认为那是一匹温顺的马了。要知道，我爸爸直到去世之前一直在照看着市长的马匹……在这个地方，市长同时也是领地的守卫者。我这辈子都在骑马。”

她本以为他会道歉，哪怕只是支支吾吾地道歉，可是他只是若有所思地轻轻点点头，她挺喜欢这样。“那就上马吧，小姐。我在马旁边走，如果你不愿意，我是不会跟你说话的。天很晚了，有人说月落时谈话的兴致也跟着落了。”

她摇摇头，笑了笑，这样一来她的拒绝就显得不是那么生硬了。“不了，我感谢你的好意，但要是有人看见我深夜十一点的时候骑在一个陌生男人的马上，那就不太好了。你要知道，如果一个女孩子的声誉有了污点，可不像洗衬衫一样用柠檬汁就轻轻松松洗掉了。”

“这里没人会看见你，”年轻人振振有词，“我看出你已经很累了。来吧，女士——”

“拜托不要这么称呼我了。它让我觉得自己已经老得像个……”她稍稍迟疑了一会，仔细掂量了一下她脑子里第一个想到的词——

（女巫）

“像个老女人。”

“那就叫你德尔伽朵小姐吧。你肯定不上马喽？”

“肯定不会的。我穿裙子的时候无论如何也不会这样叉开腿坐的，迪尔伯恩先生——就算你是我的亲哥哥我也不会的。这样不太合适。”

于是他自己踩上了马镫，伸手去够马鞍的另一端（拉什尔在此期间乖乖地站在那里，只是甩甩耳朵，苏珊觉得要是自己是拉什尔的话，肯定也会很欢快地甩耳朵的——它的耳朵的确长得很漂亮），然后抓着一件卷起来的衣服回到原处。那件衣服用生牛皮绳系着。苏珊觉得那是件披风。

“你可以像穿防尘衣一样把它盖在膝盖和腿上，”他说，“那样就符合礼仪了——这原来是我父亲的，他个子比我高。”他抬头看着西边的群山，她刹那间发现他长得很帅，那种坚定硬朗的帅气，与他的年龄有些不相符。她的内心一阵悸动，打心眼里希望那肮脏的老女人除了必要的程序以外，没有做过那些多余的动作。苏珊不愿意看着这个陌生帅哥的同时还回想起蕤的触摸。

“不，”她很温柔地说，“再次感谢你，你的情我领了，但是我必须对你说不。”

“那我就走在你身边吧，和拉什尔一起走，”他乐呵呵地说，“至少走到城边上吧，没有人会看见我们，也没有人对一个正派的年轻女子和一个还算正派的年轻男子说三道四。一到那儿，我就会倾斜一下我的帽檐，祝你晚安。”

“我希望你不要这样做。”她手摸了摸额头，“你说这里没人看见，说得轻巧，但是有时候人就会在本该没有人的地方出现。我现在的处境是……有点棘手的。”

“我会和你一起走的，”他重复道，现在他一脸庄重，“德尔伽朵小姐，现在到处都很乱。在眉脊泗这一亩三分地你还算远离最危险的地方，不过有时候危险会不请自来的。”

她张开了嘴——想再次表示反对，也许该告诉他帕特·德尔伽朵的女儿可以自己照顾自己——但她接着想到了市长的新手下们，还有当托林看别处的时候，他们盯着自己时冷冷的表情。在今晚准备出发赶往女巫住处的时候，她还看见过这三个人。她听见他们的马蹄声，当时还有足够的时间让她离开大路站到最近的一棵矮松树后面（确切地说，她并不愿意把这看作是躲避）。他们是在回城里的路上，她想他们此时可能正在旅者之家喝酒作乐呢——直到斯坦利·鲁伊兹关门为止——但她不能确定。说不定他们还可能回来。

“要是我说服不了你，那就听你的吧，”她说着叹了口气，装出一副无可奈何的气恼口气，“但只是到第一个邮箱——比奇女士的家那儿。那里是入城口。”

他又碰碰喉咙，再次鞠躬，还是那么荒诞和迷人——那只伸出的腿感觉就好像他有意要绊倒别人似的，脚后跟埋在路上的尘土里。“谢谢你，德尔伽朵小姐！”

她想，至少这次他没有再叫她女士。这是个不错的开始。

2

她本以为，尽管他已经做出不随便说话的承诺，但他肯定还会像喜鹊一样喳喳地说个不停，因为身边的男孩子总会这样——她并没有对自己的容貌感到自负，她只是觉得自己应该长得还算不错，因为男孩子们见到她就会关不上话匣子或是迈不开步子。而且这个男孩还会问很多城里的男孩们没有必要问的问题——她年纪多大了，她是不是一直住在罕布雷，她父母还健在么，诸如此类无聊的问题——但其实那些男孩的问题总是绕着核心问题打转：她有没有一个固定的男朋友？

但是来自内领地的威尔·迪尔伯恩没有问她关于学校、家庭或是交友（她发现这才是设法了解潜在情敌的最惯用手法）的任何问题。他只是走在她身边，一只手搭在缰绳上，朝东方的清海看过去。他们俩离清海已经很近了，尽管海风是从南面吹来的，还是能够闻到腥咸的海风夹杂着焦油的味道。

他们正经过西特果，她很高兴威尔·迪尔伯恩在身边，虽然她对于他一言不发有些气恼。她总是觉得油田有些阴森森的，那些竖立的桶架晚上看来就像骷髅似的，让人觉得怪可怕的。大多数钢制塔井已经很久没有喷油了，也没有相应的零件、需求或是技术来修复它们。那些还在工作着的塔井——大概每两百个里面有十九个吧——却已经停不下来了。它们就一直这样喷油，似乎地底下的石油是取之不尽、用之不竭的。有一小部分石油还是能派上用场的，不过仅仅是很小的一部分——大部分石油又流回到出油站底下的井里去了。世界已经转换了，她总觉得这个地方像一个古怪的机械墓地，有些尸体尚未——

她突然感到背上有一个凉凉滑滑的东西，不禁轻轻尖叫出声。威尔·迪尔伯恩赶到她身边，双手向腰间摸去。随后他释然地笑了起来。

"拉什尔好像在说它被忽视了。真不好意思，德尔伽朵小姐。"

她看着这匹马。拉什尔也温顺地看着她，然后就垂下了头，好像是为自己吓着了苏珊而感到惭愧。

愚蠢，女儿，她想着，仿佛听见了父亲干脆而又关怀的声音。*他只是想知道你为什么这么冷淡，仅此而已。我也想知道。这不像你。*

"迪尔伯恩先生，我已经改变主意了，"她说，"我想骑马。"

3

他转过身去，手插在口袋里看着西特果，此时苏珊先把披风铺到马鞍的尾部（这是个牛仔常用的黑色马鞍，上面没有任何领地的徽章，甚至也没有农场的标志），然后踩上了马镫。她撩起裙子，然后警觉地转身看了看，心想那男孩肯定会趁机偷看一眼，但他的背一动不动。他好像对那些生锈的钻架很感兴趣。

*是什么让他对那些钻架那么感兴趣呢？*她寻思着，有点不高兴——她觉得也许是天色已晚的缘故，要不就是她刚刚激动的心情还没有完全平复。*早在六个多世纪之前，那些龌龊的钻架就在那里了，我这一辈子都在闻着这种味道。*

"乖一点,马儿。"脚在马镫上放稳之后,她说。一只手按着马前鞍的顶部,另一只手握着缰绳。拉什尔忽闪着耳朵,就好像在说它整夜都会很乖,只要苏珊要求这样。

她翻身上马,长长的大腿在星光中闪了一下,和往常骑马一样,坐上马背时她心中一阵狂喜……只是在今晚这种感觉更强烈,更甜蜜,更刺激。也许是因为这匹马长得很俊,也许是因为这匹马是陌生的……

也许是因为这匹马的主人是陌生人,她想,而且是个英俊的陌生人。

那真是胡扯……甚至会带来潜在的危险。但那是真的。他的确英俊。

她打开披风盖到自己的腿上,这时迪尔伯恩吹起了口哨。她一听就明白他吹的是哪首曲子:《无忧之爱》,这时她心中既惊讶,又有点疑神疑鬼的恐惧。这首曲子恰恰就是她去蕤小屋的路上唱的。

她听见父亲对她轻声说,孩子,也许这就是卡。

没有这种事情的,她在心里反驳,我不会像夏天夜晚聚在翡翠之心的老妇人那样,捕风捉影地认为卡无处不在。这是首老歌,人人皆知。

如果你是对的,也许更好,帕特·德尔伽朵的声音回答说,因为如果这是卡的话,它就会像风一样吹来,你的原有计划在卡的面前是站不住脚的,就好像飓风来临时我爸的谷仓一样。

不是卡;她不会因为黑暗、影子或是那些井架可怕的形状而相信这个。不是因为卡,不过是偶然在回城里的孤零零的马路上碰到一个正派的年轻男子罢了。

"我已经好了,"她干巴巴的声音不同于平时,"迪尔伯恩先生,如果愿意的话,你可以回头了。"

他回转身来,看着她。有一段时间他没有说话,但她从他看自己的眼神看得出来,他同样觉得她很好看。尽管为此她有点不安——也许是因为他刚刚吹的那首小调——她还是很开心。接着他说,"你看上去很不错啊。坐姿很好。"

"过不久我就会有自己的马了。"她说。现在你该问问题了吧,她想。

可他只是点点头,好像他早已知道这件事一样,然后又开始向城里的方向走去。她感到有点莫名的失落,拽了一下马头,用膝盖夹了一下马身。马开始走了,赶上了主人,主人温柔地摸了一下它的口套。

"那边那个地方叫什么?"他问着,指向了那些井架。

"油田?西特果。"

“是不是还有些个井架仍在产油?”

“是啊,停不下来。没有人知道怎么停。”

“哦。”那就是他的回答了——哦。但当他们来到通向西特果的那条杂草丛生的道路时,他离开了拉什尔身边,沿着那条路走到了废弃许久的守卫间。在她小时候,茅屋上面还写着**不经批准,不得出入**的字样,但已经在某次暴风时被刮走了。威尔·迪尔伯恩看完之后,就慢慢走回拉什尔身边,靴子扬起了夏天的灰尘,很容易就沾上了他的新衣服。

他们继续往城里的方向走去,一个戴宽檐帽的年轻男子步行,身边一个年轻女子骑着马,腿上还盖着披风。星光照在他们身上,就好像是创世纪之初就照在男人们和女人们身上那样,她偶尔一抬头,看见一颗流星划过夜空——一道短暂而明亮的橙色光芒刺破苍穹。苏珊想到要许个愿,但又心惶惶的,觉得自己没什么愿好许的。一点没有。

4

她一直没有说话,直到离城里大约只有一里路时,她才开口问了心里一直在想的那个问题。她本来打算等到他先问她问题之后,再把自己的问题说出来的,她觉得由自己来打破僵局不太好,但最后还是忍不住先打开了话匣子。

“迪尔伯恩先生,你是哪里人啊?你怎么会来到我们这个中世界的小地方呢……要是你不介意回答我问题的话。”

“我一点都不介意,”他说着笑着抬头看了看她,“我刚刚还在想怎么开这个话头呢,我是很愿意和你说说话的。说话不是我最在行的。”那么什么是你最在行的呢。威尔先生?她很想知道。是的,她对此非常有兴趣,刚刚她调整自己在马鞍上的位置时,把手放到了身后卷起来的毯子上……摸到了藏在毯子里的某样东西。很像一把枪。当然也不一定就是枪,可她还记得她惊叫出声的时候,他的双手本能地滑向了皮带的位置。

“我来自内世界。我觉得你已经猜到。我们有自己独特的一套说话方式。”

“是啊。你家在哪个领地?我能问问吗?”

“新伽兰。”

她心里一阵激动。新伽兰！这可是联盟的中心！虽然这名字已经失去了部分意义，但还是——

"不会是蓟犁吧？"她问道，话一出口就为语气中暗含的那种孩子气的好奇心感到不好意思。

"不是，"他笑着说，"不是像蓟犁那样宏伟的地方。就在汉非村，蓟犁西边，大约四十轮。我想它应该比罕布雷要小。"

轮，她惊讶于这个古老的说法。他说轮。

"那你怎么会来到罕布雷的呢？能告诉我么？"

"怎么不能呢？我和两个朋友一起来的，一个是来自新伽兰潘尼尔顿的理查德·斯托克沃斯先生，还有一个是来自蓟犁的快乐的年轻人，名叫阿瑟·希斯。我们是奉联盟之命来到这里的，是作为计数者过来的。"

"什么的计数者？"

"我们计算一切事物，只要它在未来的几年有可能对联盟有帮助，"他说，这时她从他的话里听不到任何轻松的口气了，"与'好人'法僧之间的事情变得严峻了。"

"是么？我们至今从总部以南和以西都没怎么听到真实的消息。"

他点点头。"这个领地和总部之间的距离是我们来此的主要原因。眉脊泗对联盟一直很忠诚，要是物资必须从外世界的眉脊泗抽调的话，联盟会考虑的。但问题是有多少是联盟可以依赖的。"

"有多少什么？"

"问得好，"他说得好像苏珊在发布一项声明，而不是在问一个问题，"有多少什么。"

"听你说得好像'好人'法僧是个真正的威胁一样。他只不过是个强盗而已，用'民主'或'平等'之类的字眼来粉饰他的偷窃和谋杀行为，难道不是吗？"

迪尔伯恩耸耸肩，她觉得这也许就是他对这件事情的唯一评价了，然而他接着又有点不大情愿地说道："也许曾经如此。但是现在情况有变。这个强盗变成了一个将军，又从将军变成了一个打着人民旗号的统治者。"他停了一会儿，然后又神色严峻地补充道，"小姐，现在西部和北部领地已经是战火纷飞了。"

"但是那里离这儿有好几千里路呢！"说话人有点不安，但是却有点莫名其妙的兴奋。整日过着一成不变的罕布雷生活，连一口干涸的井都能被人拿来当作热烈的谈资，这个消息听上去有点异国情调。

“是啊。”他说。不是对而是是啊——这个说法既陌生，又让她感觉很舒服。“但风是朝着这个方向吹来的。”他转身朝她笑着。笑容再次让他英俊冷酷的外貌显得柔和，他看上去不过是个很晚还没有上床睡觉的孩子。“但是我觉得今晚见不到约翰·法僧了，你说呢？”

她也朝他笑了笑：“迪尔伯恩先生，如果我们碰到他，你会保护我么？”

“当然，”他笑吟吟地说，“不过我觉得要是我能直接叫你爸给你取的名字的话，保护你时我会更有热情的。”

“那好吧，为了我自己的安全，你可以这么叫我。我想为了相同的原因我可以叫你威尔。”

“这样很明智，说得也在理，”他说，微笑变成了咧嘴一笑，很迷人，“我——”因为他正扭头看着她，苏珊的新朋友绊在了从地面上突出来的一块石头上，差点跌倒。马嘶叫了一声，往后跳了一步。苏珊见状开心地笑了。披风被掀起来了一点，露出她的一条光腿，她花了些时间才把披风恢复到原来的位置。她喜欢他，是的。但这又有什么关系呢？他毕竟还只是个小男孩。他笑的样子，在她看来不过比那些在干草堆上玩的小毛孩大上一两岁而已。（她突然想到，其实她自己也才刚刚脱离那个在干草堆上玩的年龄。）

“通常我不会这么笨拙的，”他说，“我希望没有吓着你。”

哪里啊，威尔；自打我胸部开始隆起之后，身边的男孩子们就总是磕着脚趾了。

“一点没吓着我。”苏珊说着就回到上一个话题。她对此非常感兴趣。“那么你和你的朋友们是遵从联盟的命令来清点我们的货物的喽？”

“没错。我之所以特别注意到那边的油井，就是因为我们中的一个人必须回来清点有多少个还在工作的井架——”

“这我可以帮你，威尔。我知道这个数字，一共有十九个。”

他点点头：“那我欠你一份人情了。但是条件允许的话，我们还必须弄清楚这十九个井架里还能出产多少石油。”

“是不是在新伽兰还有很多使用石油的机器，所以这种消息才很重要呢？你们应该有冶炼的方法把石油变成机器能用的燃料吧？”

“在这种情况下一般叫做炼油，而不叫做冶炼——至少我是这么认为的——我相信还有一个炼油厂仍在运转中。不过，我们并没有那么多的机器，尽管在蓟犁的大厅还有一些使用灯丝的灯。”

“太棒了！”她高兴地说道。她在图画里看见过使用灯丝的灯泡和电烛台，但从没有亲眼见过。罕布雷的最后一批已经早在两个世纪之前就熄灭了（在中世界里，它们被称做“火花灯”，不过她觉得它们指的是同一样东西）。

“你说你父亲去世之前一直在管理着市长的马匹，”威尔说，“他是不是名叫帕特里克·德尔伽朵？应该是的，对吧？”

她低头看了看他，简直吓坏了，眨眼间回到了现实当中。“你怎么会知道？”

“他的名字在我们的工作名单上。我们得数牛、羊、猪、阉牛……还有马的数量。在所有的牲畜当中，马是最最重要的。这样的话我们就必须见到帕特里克·德尔伽朵。得知他去世了，我真是很难过，苏珊。你接受我对他的哀悼之情么？”

“好的，多谢。”

“他是不是因为一场意外去世的？”

“对啊。”苏珊希望自己的语气表达出了想说的话，其实她想说*请不要谈这个话题，不要再问了*。

“实话告诉你吧。”他说，她第一次觉得在他的话中听出了不真诚。当然，她在做人的经验方面还不是那么老道（科蒂利亚姑妈几乎天天都向她指出这一点），但是她总是觉得每当有人一开始就说*实话告诉你吧*这句话的时候，往往他们会一本正经地告诉你雨点会往天上飞，树上会长出钱来，大费雷克斯可以为你带来孩子。

“对啊，威尔·迪尔伯恩，”她的口吻有那么一点兴趣索然似的，“他们说诚实是最管用的策略，所以他们就很诚实。”

他有点疑惑地看着她，随后又绽放出笑容。她觉得他的笑很危险——像流沙一样的笑容。很容易进去，但要出来就很难了。

“其实现在所谓联盟里并没有真正的联盟关系。这是法僧能够为所欲为的部分原因；也使他的野心越来越大。他原本只是在伽兰和德索伊一带活跃的窃贼，如果联盟不能发挥作用，他会走得更远。说不定会到眉脊泗来。”

她很难想象“好人”法僧到底看上这个死气沉沉的小城哪一点了，这可是离清海最近的小镇了，不过她还是没有说话。

“无论如何，我们其实并不是联盟派来的。”他说，“大老远来这里也并不是为了点清楚母牛、石油井架和适耕土地公顷的数量。”

他停顿了一下，低头看了看马路（好像在寻找更多可以用脚来踢的石头），漫不经心地摸了一下拉什尔的鼻子。她觉得他正深陷一个尴尬境地，甚至有点感到惭愧。“我们是遵从父亲的命令来这里的。”

“你们的——”她马上就明白了。他们是不良少年，只是被送到这里做些弥补的活儿，倒也说不上是被流放。她猜想他们在罕布雷真正的目的就是恢复自己的名誉。她想，哦，那么说来，他脸上流沙般的笑容就不难解释了，不是么？苏珊，这次要小心了；烧毁桥梁，让邮车倾覆，他可是都做得出来的，之后他还会连头都不回乐呵呵地继续赶路。做了坏事还高兴并不是由于内心邪恶，不过是男孩子的没心没肺罢了。

这让她又想起了那首老歌，那首她唱过的，他也吹过的老歌。

“是，我们的父亲。”

苏珊·德尔伽朵自己也弄过一两个恶作剧（或许有一两打也说不定），因此她对威尔既有点同情，又有点警惕。还有兴趣。坏男孩没准很有意思呢……从某种意义上来说。问题是，他和他的那帮朋友到底有多坏？

“因为胡闹惹祸？”她问。

“是啊，”他认同了她的猜测，虽然听上去仍有点闷闷不乐，但是从眼睛和嘴巴的线条看上去心情还是好了一点，“我们被警告了；是的，比较严重的警告。那是……我们喝了不少。”

还能腾出没拿酒瓶的手来抓住身边一些女孩子么？没有一个好女孩能够直言不讳地问这种问题，但她却忍不住去想。

这时他嘴边的笑容消失了。“我们玩得过头了，事情过了头也就没有乐趣可言了。笨蛋总会做蠢事。一天晚上，我们赛马。没有月光的晚上。午夜以后。我们所有人都喝醉了。一匹马的蹄子陷到囊地鼠挖的洞里去了，折断了前腿。我们只能结束它的痛苦。”

苏珊皱了皱眉。这不算她能想到的最糟糕的事情，但是已经够坏了。他再次开口说话的时候，问题愈发严重。

“这是一匹纯种马，是我朋友理查德的父亲养的三匹马之一，他父亲的经济状况也不是很宽裕。我可不想回忆家里对此事的反应，更别提谈论了。我长话短说。在长时间的争论和提出许多处罚意见之后，我们就被派到这里来了。是阿瑟的父亲出的主意。我觉得阿瑟他爸一直有点儿怕自己的儿子。可以肯定阿瑟那惹祸的天性不是继承自乔治·希斯的。”

苏珊自顾自笑着，想到科蒂利亚姑妈说过：“她肯定不是从我们家这边遗传了这个的。”接着姑妈思考了一阵，又说，“她妈妈那边有个姨奶奶已经疯掉了……你不知道么？真的！往自己身上点火然后就纵身跳下了鲛坡。那年是彗星年。”

“不管怎样，”威尔接着说，“希斯先生用他父亲的一句话来教训我们——‘人必须在炼狱之所思考问题。’我们这不就在炼狱了嘛。”

“罕布雷离炼狱的标准还很远呢。”

他又是轻轻一鞠躬。“如果罕布雷是炼狱的话，那么大家肯定都想做坏事，这样就能来这里遇见它可爱的居民了。”

“还是再好好考虑一下吧，”她的声音从来没有这么无力过，“这里的生活有时候也是艰难的。也许——”

她突然有点沮丧地想到一件事，于是就陷入了沉默：她希望能与这个男孩子分享一部分秘密。否则她很可能会遭遇尴尬境地。

“苏珊？”

“我还在想呢。威尔，你已经在这里么？我是说，正式地来到这儿？”

“不。”他明白了她的意思，于是答道。他很敏锐，仿佛已经预见到接下来谈话会朝什么方向发展。“我们这个下午刚到领地，你是与我们说话的第一个人……除非理查德和阿瑟遇到了别人。我睡不着，于是就骑马出来，顺便考虑一下问题。我们在那边扎营。”他向右指了指，“就在那个通向大海的长斜坡上面。”

“嗯，那就叫做鲛坡。”她意识到，也许用不了多久，就可以说威尔和他的伙伴是在法律上属于她的土地上安营扎寨了。这个想法有点可笑，有点让人激动，还有点让人觉得吃惊。

“明天我们就骑马进城拜见市长先生，哈特·托林。从我们离开新伽兰之前得到的消息来看，他有点傻。”

“你们真是这么听说的？”她边问边扬起了眉毛。

“是啊——喋喋不休，喜欢烈酒，更喜欢年轻姑娘，”威尔说，“是不是这么回事，你说呢？”

“我想这你要自己去判断。”她忍着笑说。

“不管怎样，我们还会见到尊敬的莱默，他是托林的大臣，我知道他是个心里有数的人，而且识时务。”

“托林会在市长府邸和你们共进晚餐，”苏珊说，“如果不是明晚，那么肯定是后天晚上。”

“罕布雷的国宴，”威尔笑着说，还一边摸摸拉什尔的鼻子，“老天，我怎么能有耐心等到那一天啊？”

“不要操心你那恼人的嘴巴了，”她说，“但听好，如果你愿意做我的朋友。这非常重要。”

他脸上的笑容消失了，她再次看见了——以前也有一两次这样的情况——多年以后他将成为的那个男子的样子。坚毅的脸庞，专注的眼神，还有那无情的嘴唇。从某种程度上来说这是张令人害怕的脸——能够让人害怕的脸——被那个老女人碰到的地方感觉热热的，她觉得很难把自己的目光从他身上挪开。她想知道，在那个傻帽子下面，他的头发是什么样子的。

“告诉我，苏珊。”

“当你和你的朋友们在托林的餐桌上吃饭的时候，你可能会看见我。如果你看见了我，威尔，你就当是第一次见到我。称我德尔伽朵小姐，就像我称你迪尔伯恩先生一样。你明白我的意思么？”

“一字一句都很清楚。”他满怀心事地看着她，“你是负责上菜的么？当然要是你爸爸是领地的首席牲畜主管，你就不会——”

“不要在乎我做什么或是不做什么。你只要保证我们在滨海区是第一次见面。”

“我保证。不过——”

“不要再问问题了。我们快要到该分手的地方了，我对你有一句忠告——这是对你让我骑马的报答。当你们和托林及莱默一起吃饭时，你们不会是饭局上仅有的新人。很可能还有其他三个人，他们都是托林雇来保卫寓所的。”

“不是作为治安官的副手么？”

“不是的，他们直接听命于托林……或是，也许是听命于莱默。他们分别叫乔纳斯，德佩普和雷诺兹。我觉得他们看上去很凶狠……尽管乔纳斯年龄已经不小了，我觉得他可能已经不记得自己曾经年轻过了。”

“乔纳斯是其中的头头喽？”

“对啊。他是个跛子，有一头女孩子般的披肩长发。他讲话的声音颤颤巍巍的，就像一个扫烟囱的老头子……但我觉得他是三个人里最危险的。我猜大概他们三个人已经不知道什么叫寻欢作乐了，你和你的朋友们想也想不到。”

为什么要在这个时候把这些都告诉他呢？她自己也不是很清楚。也许是出于感激吧。他已经答应会保守这个深夜相会的秘密，他看上去也挺像个能保密的人，不管他是不是正被父亲惩罚。

“我会当心他们的。谢谢你的提醒。”他们走上了一个长长的缓坡。头顶上，古母星无情地闪着光。“保镖，”他想，“在死气沉沉的罕布雷市当保镖。苏珊，这真是古怪的时代。真古怪。”

“是啊。”她也不明白乔纳斯、德佩普和雷诺兹这几个人，觉得他们现在在城里简直没什么道理。他们是不是因为莱默才来这里的呢？可能是的——她觉得托林这个人根本想不到请什么保镖；对他来说，高级治安官已经很尽职尽责了——可是……这是为什么呢？

他们爬上了山。山脚下是一群房屋——罕布雷村。只有几盏灯还亮着。最亮的灯就是旅者之家的所在地。从这里的阵阵暖风中，她能听见钢琴演奏的《嗨，裘德》这首歌，还有二十来个醉鬼的声音破坏着歌声的美妙。但这声音里没有她告诫威尔·迪尔伯恩要当心的那三个人；他们会站在酒吧里，眼睛睁得大大地看着房间。他们并不喜欢唱歌。他们每个人的右手上都有一个小小的蓝色灵柩状的文身，纹在大拇指和食指之间的虎口上。她本想把这个告诉威尔，但转念一想他马上就能自己看见了。于是她把手向斜坡下方指去，指着马路上方悬挂在一根链条上的黑乎乎的东西。“你看见了么？”

“嗯。”他长长地叹了口气，有些滑稽，“这是不是我最害怕的东西？是不是比奇太太那个可怕的邮箱？”

“对啊。我们在这里就必须分开了。”

“既然你说必须分开，我们就分开吧。我希望——”这时突然风向变了，就好像是夏天一样，从西面刮来了一阵强劲的风。腥咸的海风味道瞬间就闻不到了，那些醉醺醺的人唱歌说话的声音也都统统听不见了。取而代之的是一个骇人的声音，苏珊背后马上起了鸡皮疙瘩：一个低沉的没有调子的声音，就好像是个不久于人世的人颤抖的声音。

威尔退后了一步，睁大了眼睛，苏珊再一次发现他的双手伸向了腰带，就好像要去抓那里并不存在的东西。

“天啊，那是什么？”

“那就是无阻隔界，”她平静地说，“在爱波特大峡谷。你从来没有听说过么?”

“听说过,但是真正听见今天还是头一次。老天啊,你怎么受得了啊?这听上去简直就是*活物*!”

她之前并没有想到用这个词来形容无阻隔界,但听他这么一说,也觉得有点道理。就仿佛某个病态的晚上突然能够发声,然后开始唱歌了。

她不禁全身颤抖。拉什尔感觉到来自她膝盖的压力,轻轻嘶叫了一声,转过头看了看她。

“通常在这个季节,我们是不会听得这么清楚的,”她说,“在秋天,人们都烧火来让它安静下来。”

“我不明白。”

谁又知道呢?谁能够解释任何一件事情吗?天啊,尽管半数仍在工作的西特果油井像屠宰场的猪一样尖叫,人们也无法关闭它们。这种时候还能找到某些仍在运转的东西,就已经应该谢天谢地了。

“到了夏天,要是有时间的话,牲畜主管和牛仔们拉着一车车的树枝来到爱波特的出口,”她说,“枯枝固然好,但是嫩枝更好,因为要的就是烧出来的那种烟,而且烟味越重越好。爱波特是个箱型峡谷,很短,内壁也很陡峭。就好像边上立着一个烟囱,你看明白了么?”

“明白。”

“传统上点柴烧火的时间是收割节的早晨——在集市、宴会和篝火之后。”

“冬天的第一天。”

“对啊,尽管在这个地方,冬天总是姗姗来迟。不管怎么说,烧无阻隔界的时间并不固定;有时候如果风向捉摸不定或者声音特别响的话,会提前烧树枝。因为,你也知道,这声音会惊扰牲畜——当无阻隔界的声音很响的时候,母牛的产奶量就少得可怜——而且会被吵得睡不着觉。”

“我想也是的。”威尔仍然看着北方,一阵更厉害的风把他的帽子从头上刮落。帽子向后落去,生牛皮做的拖绳勒着他的脖子。他的头发显得有点长了,黑得就好像是乌鸦的翅膀。苏珊突然很想摸摸他的头发,用手来感觉头发的质地——粗硬的,柔顺的,还是像丝绸一样?他的头发闻起来又是什么味道呢?她这时感到浑身上下一阵青春的躁热。他仿佛看透了她的心思似的转向她,她的脸腾地一下红了,暗自庆幸在黑夜的掩盖下,他看不见自己脸红。

“无阻隔界是从什么时候开始有的?”

“我出生以前就有了,”她说,“但我爸出生的时候还没有呢。他说,无阻隔界来到之前大地就像地震一样在颤抖。有人说无阻隔界就是地震引起的,还有人说这纯粹是疑神疑鬼的无稽之谈。我只知道它一直在那里。点柴冒出的烟火能暂时驱除这个声音,就像能让一窝蜜蜂或是黄蜂安静下来一样,但声音总是会卷土重来。在峡谷口堆着的那些木柴也可以防止牲畜随便出来——有时候它们会被吸引到无阻隔界里去,天知道是怎么一回事。不过要是一头母牛或绵羊真的碰巧进去了——或许是在点火之后,而来年的那堆柴火还没有堆上去时——它就再也出不来了。不管那东西是什么,它就像个贪婪的饿鬼。”

她把披风拉到一边,抬起右腿,都没碰到马鞍的前桥,就利索地跳下马来——整套动作一气呵成。这个动作应该是穿裤子的人来做的,而不是穿裙子的。她从他睁大的眼睛能看得出他已经把自己看个够了……但并没有什么无法给人看的地方,所以说看见又如何呢?每当她想要秀一把的时候,快速下马从来就是她的首选。

“漂亮!”他叫道。

“我是跟爸爸学的。”她说着,装作没听懂他赞美中的另一层含义。她笑着把缰绳递给了他,这个笑容表示她愿意接受这个赞美,不管它蕴含了几层含义。

“苏珊?你见过无阻隔界吗?”

“见过,一两次。从上面俯瞰的。”

“它是什么样子的啊?”

“很丑。”她立马回答说。今晚之前,在苏珊近距离看到了蕤的微笑,忍受过她胡乱摸到身上的手之前,可以说迄今为止她看到过的最丑的东西莫过于无阻隔界了。“它看上去就好像是内部慢慢燃烧的泥潭,也像是一片漂满浮渣的绿色沼泽。上面升腾起一片薄雾。有时候看上去又像长长瘦瘦的手臂。末端还长着手。”

“它是不是还一直生长着?”

“对啊,人们是这么说的,而且每一个无阻隔界都在变大,但速度很慢。它们不会在你我活着的时候就脱离爱波特大峡谷的。”

她抬头看了看天空,星星一直陪伴着他们走过这条路。她觉得可以整晚上和他这样聊天——关于无阻隔界,或是西特果,或是她那个惹人心烦的姑妈，或者根本不限制话题——想到这里她有点沮丧。上帝啊，为什么这种事会发生在自己身上呢？想想自己整整三年都没有理睬罕布雷的男孩子，为什么现在倒会遇见这个让她感兴趣的男孩呢？为什么生活是那么不公平呢？

她先前的那个想法又在脑中回荡，这是从父亲的声音里听到的：因为如果这是卡的话，它就会像风一样吹来，你的原有计划在卡的面前是站不住脚的，就好像飓风来临时的谷仓一样。

但不行。不行。还是不行。她决心已下，决定反对这个念头。那里没什么谷仓；而是她的生活。

苏珊伸出手去，摸了摸比奇女士邮箱上的镀锡，就像是要在这个世界上稳住自己一样。也许她那小小的希望和梦想并没有那么重要，但爸爸告诉过她，决定了做什么事情就要尽力而为，她不会轻易就抛弃爸爸的教诲，只因为在情感和身体波动较大的时候遇到了一个帅气的男孩。

"我就在这里离开你，你要么和你的朋友们会合，要么继续骑马。"她说。沉重的语气让她自己都有点伤感，因为那种沉重是完全成人化的。"但不要忘了你的承诺，威尔——要是你在滨海区看见了我——市长府邸——要是你是我的朋友，要装作是第一次看见我。我也会是第一次看见你。"

他点点头，她看见自己的严肃现在反射在他的脸上。也许还有伤感。"我从来没有邀请一个女孩子和我一起出来骑马，也没有问过女孩她会不会让我去看她。我想邀请你，苏珊，帕特里克的女儿——甚至我会给你带花，让我更有机会成功——但我觉得这样做不会有什么用的。"

她摇摇头："嗯，不会的。"

"你是不是已经订婚了？我这样问可能有点唐突，但是我并无恶意。"

"我肯定你没有恶意，但我现在不会回答你。我现在的处境很微妙，我曾经告诉过你的。还有，现在天色很晚了。我们该在这里分手了，威尔。哦……再等等……"

她伸手掏了掏围裙上的口袋，拿出半块包在绿叶里的蛋糕。她在去库斯的路上吃剩下的半块……现在感觉这蛋糕就是她的半条命。她把这顿吃剩的晚餐递给拉什尔，马闻了闻就吃了下去，还用鼻子亲昵地拱了拱她的手。她笑了笑，感觉马的嘴像天鹅绒一样让人觉得痒痒的。"你真是一匹好马。"

她看着威尔·迪尔伯恩，他站在路上，边蹭着满是灰尘的靴子，边有点赌气似的看着她。这时他脸上那坚毅的表情没有了;他看上去又和她的年龄相仿了,甚至还要年轻。“我们相逢愉快,是不是?”他问。

她走向前一步,还没反应过来自己到底做了什么,就把手搭在他的肩膀上,踮起脚,吻了他一下。这个吻很短暂,但并不像个客套的吻。

“对啊,相逢愉快,威尔。”但是当他向前一步还想重温这个曼妙时刻的时候(这时的他那个动作自然得就好像是一朵花要追随着阳光的样子),她轻轻地把他往后推一步,态度很坚决。

“不,这只代表我对你的感激之情,我认为对一个绅士来说感谢一次就足够了。威尔,安心走你的路吧。”

他像睡梦中的人似的拿起了缰绳,盯着它们,仿佛根本不认识那是什么,然后又扭头望着她。她看得出他此时正在努力消除这个甜吻给他的身心带来的冲击。她喜欢看到他这样。她非常高兴自己那样做了。

“你也安心上路吧,”他说着就上了马,“我期待着能在那里第一次见到你。”

他对她笑了笑,她从笑容里看到了一种企盼和希冀。他抽了马一鞭,拉什尔就掉头朝他们来的方向走去——也许是为了再看一眼油田。她还站在原地,站在比奇女士的邮箱边,心里盼望着他能转回头对她挥挥手,这样她就能再看一眼他的脸了。她肯定他会的……但他没有。就在她要转身下山往城里走去的时候,他真的回头了,举起手挥动着,就像在黑暗中乱舞的飞蛾。

苏珊也举起了手,然后就往前走了,心中不禁悲喜交加。不过——也许这是最重要的——她不再觉得自己是被玷污的了。当她吻着那男孩的嘴唇时,蕤在她身上的触摸似乎已经离开了她的皮肤。像个小魔术,但她喜欢这个魔术。

她继续往前走着,频频抬头看着天上的星星,微微地笑着。

第四章

月落已久

1

他马不停蹄地沿着她称为鲛坡的地方来来回回走了两个多小时的路，没有让拉什尔快跑，尽管他实际上是想让这匹马在星空下狂奔，直到他自己内心那澎湃的波涛稍稍平静一些。

他想，如果你把注意力集中在自己身上的话，就根本不用费力去想平静不平静了。在这个世界上，只有傻子才能那么执著，坚决要得到任何想要的东西。这句老话让他想起了那个满脸疤痕外加罗圈腿的人，此人正是他这辈子最伟大的老师，他想着不禁笑了。

最后他骑着马下了山坡，来到一条潺潺的小溪边，沿着小溪逆流而上走了一英里半路（一路经过了很多马群；它们用恍惚的眼神看着拉什尔，一脸迷惑），来到一片小柳树林边。从里面的空地里传来一匹马轻轻的嘶叫声。拉什尔听见了也嘶叫起来，一只蹄子蹬地，上下晃动着脑袋。

在穿越柳树林的时候他低着头，突然间有一张窄窄的白脸出现在面前，看上去不像是人的脸，上半部全被黑色的、没有瞳孔的眼睛占据了。

他又伸手去掏枪——今晚已经是第三次了，同时也是第三次发现自己根本没有带枪。没什么大不了的；他已经发现面前出现的东西是挂在一根绳子上的：是秃鼻乌鸦的脑袋。

是那个总是自称为阿瑟·希斯的年轻人把头骨从马鞍上拿下来（他把那个被挂起来的头骨称为哨兵，“像乡下老太婆一样丑陋，但喂起来也特别便宜”，一想到这个他就觉得很逗），挂在那里的，就当是个恶作剧式的迎宾礼。他和他的笑话！拉什尔的主人粗暴地把这个鸟头扒拉到一边，把绳子都弄断了，鸟头被甩到了黑暗中。

“咄，罗兰！”从阴影出传来了这个声音。有点责备的感觉，但还有些忍俊不禁……一直都是这样。库斯伯特是与他交情最久的朋友了——他们的第一口牙印都留在了同样的玩具上——但是罗兰在很多事情上还是觉得他难以理解。并不仅仅是他的笑声；很早以前，有一个叫哈可斯的宫廷厨子由于叛变罪而即将被绞死在盖乐泗山上,库斯伯特陷入了一种紧张和悔恨交织起来的痛苦中。他告诉罗兰他再也待不下去了,再也不能看下去了……但最终他既留了下来,也看了整个过程。因为弱智的玩笑和简单肤浅的感情都不属于真正的库斯伯特·奥古德。

罗兰走进了小树林中央那片空地,一个黑乎乎的身影从躲着的一棵树后走了出来。等走到空地一半的时候,这团影子就变成了一个高高的、臀部窄窄的男生,他穿着牛仔裤,光着双脚,上身也没穿衣服。他的一只手里举着一把超大的老式手枪——这种枪有时候也被人称做啤酒桶,就是因为它那巨大的枪膛。

"咄,"库斯伯特又说了一句,好像他很喜欢听这个词的发音,这个词也只有和眉脊泗那样死水一潭的地方相比时才不显得过时,"那是对付哨兵的好办法,直接把那可怜的瘦家伙打到最近的山沟里去!"

"要是我带着枪,我倒宁肯把它打个粉碎,把城里一半的居民都吵醒。"

"我知道你是不会上当的,"库斯伯特不紧不慢地回答说,"你脸色难看极了,罗兰,斯蒂文的儿子,但你不会被任何人愚弄,即使你已经快十五岁高龄了。"

"我想我们已经商量好旅途中应该用的名字了。即使只有自己人,也该如此。"

库斯伯特伸出了腿,光着的脚后跟踩在草皮上,他伸出双臂,手在手腕处夸张地弯着,鞠了一躬——这是在模仿那些以鞠躬行礼为业的人。他看上去就像一只站在沼泽上的鹭,罗兰忍不住对此嗤之以鼻,笑了起来。接着他用左手手腕的内侧碰了一下自己的前额,看看自己到底有没有发烧。天知道,他觉得身体里已经有点发热了,但是额上的皮肤还是凉的。

"枪侠,我请求你的原谅。"库斯伯特说着,眼睛和双手都很卑微地低垂着。

罗兰收敛起脸上的笑容。"请不要再这么叫我了,库斯伯特。不要在这里,无论哪里都不要这么叫我。要是你还看得起我的话就不要这么叫。"

库斯伯特马上直起身来,走到罗兰停马的地方。他看上去是真的有些不好意思了。

"罗兰——威尔——对不起。"

罗兰拍了拍他的肩膀。"没事的。只要从现在开始这么做就可以了。眉脊泗可能就在世界的尽头……但是它仍然存在于这个世界上。阿兰在哪?”

“迪克,你是说?你觉得他在哪?”库斯伯特把手指向了空地,那里有一团黑影在喘粗气,听上去也像是被噎住了。

“那个家伙,”库斯伯特说,“就算地震了都不会醒的。”

“但你听到我来了,还是醒了。”

“是啊。”库斯伯特说。他看着罗兰的脸,那种盯着看的感觉让罗兰感到有点不安了。“你是不是出什么事了?你表情看上去有点怪怪的。”

“是么?”

“是的。激动。还有点洋洋自得。”

要是他想和库斯伯特讨论苏珊,现在正当其时。但他几乎不假思索地决定保密(他大多数的决定,大多数最英明的决定,都是这么做出的)。要是他在市长府邸里见到了她,那在库斯伯特和阿兰眼里他们就是第一次见面。那有什么不好呢?

“好吧,我有理由洋洋自得,”他说着就跳下了马,松开了马鞍上的肚带,“我看见了一些有趣的东西。”

“啊?说说看,我的好朋友。”

“我想还是等到明天吧。到时那边那头冬眠的熊就会醒过来了。这样我只要说一遍就可以了。再说我也很累了。不过我还是要告诉你一件事:这里的马真是太多了,即便是对于这个以产马而著称的领地来说,也不算少了。迄今为止简直是太多了。”

还没等库斯伯特再问什么问题,罗兰就把马鞍从拉什尔的背上拉了下来,放在三个用牛皮绑住的小柳条筐边上,这样捆住的三个小筐是用来做放在马背上的行李架的。小筐中各有一只颈套白圈的鸽子睡眼惺忪地咕咕叫着。其中一只鸽子从翅膀下面探出头来,偷偷望了一眼罗兰,接着就又把头缩了回去。

“这几只鸽子没什么事吧?”罗兰问道。

“都很好。在稻草堆里面它们想啄就啄,想拉就拉,开心得很啊。它们正在度假呢。你的意思是指——”

“明天。”罗兰说。库斯伯特见再也没什么好说的了,只好点点头,去找他那瘦骨嶙峋的哨兵了。

二十分钟以后,罗兰卸下拉什尔身上的装备,擦了擦它的身体,然后就让它和**巴克斯金**及**浆糊小子**一起去吃草了(库斯伯特甚至不像一般人那样给自己的马起个像样的名字)，然后仰面躺在铺盖卷上，看着夜半的星星。库斯伯特很快就睡着了，就像他一听到拉什尔的蹄声很快醒来一样，但是罗兰从来没有像现在这样感觉毫无睡意。

他想到了一个月之前，在妓女的房间，想到了他父亲坐在妓女床上，看着他穿衣服。他爸爸说过的话——我两年之前就知道了——在罗兰脑子里就好像是个被敲击过的铜锣一样发出阵阵回响。他怀疑它们会一直这样响下去。

但父亲还有很多话要说。关于马藤。关于罗兰的妈妈，也许她更像一个受害者，而不是犯罪者。还有那些自称爱国者的掠夺者。还有约翰·法僧，他确实曾在克雷西亚待过，后来就不在了——消失了，他常这么干的，就好像是大风中的一缕青烟。离开之前，他和他的一帮人把印奇，也就是领地首府几乎烧成了灰烬。成百上千人惨遭杀戮，这也就不难理解为什么克雷西亚此后脱离联盟而听命于“好人”法僧了。某个初夏的一天，领地总督，印奇市长和高级治安官三人的首级被挂在了印奇的城门处，给法僧的来访画上了句号。斯蒂文·德鄯称其为“很有说服力的政治”。

罗兰的父亲说，这就像玩城堡棋一样，双方的军队已从各自的阵营中出来，最后的决战开始了。和一般的民众革命一样，这个游戏很可能在很多中世界领地真正意识到约翰·法僧是个严重的威胁之前就结束了……或者，要是你相信他关于民主的慷慨陈词，坚信他将终结所谓的“阶级奴隶制度和古老的童话”，你会认为他将带来巨大的变革。

罗兰很惊奇地得知，他父亲和父亲那个枪侠卡-泰特根本不把法僧当回事；他们认为他是个小角色。事实上，在他们眼里，联盟也是个小角色。

我会把你送走，斯蒂文说话了，只见他坐在床上，忧郁地看着自己的独子，此后也只有这个儿子活了下来。在中世界里，其实已经没有真正意义上安全的地方了，但清海边上的眉脊泗可以说是相对最安全的地方……所以你要去的地方就是那儿，至少要和两个朋友一起去。我想阿兰应该是其中之一。我提醒你，另外一个最好别是那个只会说笑的男孩子。那样你还不如带上一条会叫的狗呢。

要放在别的日子，听到要去见识大千世界肯定要喜出望外了，但这次他强烈反对。如果与“好人”法僧的最后决战迫在眉睫，他希望能与父亲并肩作战。毕竟现在他也是个枪侠了，哪怕只是个学徒，而且——

他父亲慢慢摇了摇头，很用力。不，罗兰。你还不懂。不过你总会明白的;你会很明白的。

后来,他们俩来到中世界最后一个有生气的城市——清晨阳光照耀下的那个绿色的奇妙城市蓟犁——高高的城墙上,三角旗在飘扬,老城区街道上布满小商贩,马匹奔驰在马道上,马道从位于城中心的宫殿开始,呈放射状蔓延全城。他的父亲把更多的情况告诉了他(不是全部),他也对情况有了更好的理解(远远不是全部——他父亲也无法对所有事情一一做出解释)。他们俩都没有提及黑暗塔,但它已经矗立在罗兰的心里了,就像是遥远地平线上的一团乌云。

是不是所有这一切都是围绕着塔的呢?并不是一个刚刚得势的满怀统治中世界野心的掠夺者,也不是那个把他母亲的魂勾去的男巫,也不是斯蒂文和他那帮人希望在克雷西亚找到的玻璃球……只是那个黑暗塔?

他没有问。

他不敢问。

他在铺盖上翻了个身,闭上了眼睛。他马上看见了那个女孩的脸;他觉得女孩的双唇和他的双唇紧紧地贴在一起,闻到了她皮肤的香气。他的身体从头部到脊椎立刻变得火热,而脊椎以下到脚趾却是冰冷的。他又想到了她从拉什尔的背上下来时露出的腿(还有瞬间掀起的裙子里面一闪而过的内裤),身上滚烫的火焰和冰冷的海水马上换了位置。

当时那妓女夺去了他的童贞,却没有亲吻他;他想亲她,但她把脸转开了。除了接吻,她可以允许他做出任何动作。当时他真是失望万分。而此刻他很开心。

他年轻心灵中的那双眼睛,不安而清澈,还在惦念着她那根一直垂到腰间的长辫子,她嘴角边一笑就出现的甜美酒窝,她那悦耳的嗓音,还有她用老派的方式说出“对啊”、“不对”、“你”、“你的”和“爸”的方式。他回味着当时她将手搭在他的肩膀上,踮起脚要亲吻他的样子,想着他会不惜一切代价来换取她的手再次放在他的双肩,如此轻柔,却又如此有力。还有她的双唇亲吻自己。他猜,那张嘴应该没什么接吻的经验,但比他懂的还是要多一点。

罗兰,当心——不要让你对这个女孩的好感误了大事。不管怎样,她不是自由身——她暗示了这些。虽然没结婚,但有别的约定。

罗兰离他日后成长为的那个无情的人还很远,但他身体里有无情的种子——小而坚硬的种子,但是迟早会长成根深蒂固的参天大树……还会结出苦涩的果实。现在其中的一颗种子已经爆裂开来，长出了第一个叶片。

约定过的事可以否定，做过的事也可以推翻重来。没什么是百分之百肯定的，但是……我想要她。

是的。他清楚地知道这一点，就像知道自己父亲的脸一样：他想要她。这种感觉和他看到那个躺在他面前叉开双腿、眼睛半睁半合地看着他的妓女时不一样，他想要她，就像饥饿的人想要食物，干渴的人想要甘泉一样。这种感觉就像他想用马拖着马藤的尸体在蓟犁的大街上奔跑一样强烈，以此来报复那个男巫对自己母亲的所作所为。

他想要她，他想要这个叫苏珊的女孩子。

罗兰翻个身，闭上了双眼，睡着了。他的睡眠很浅，里面充斥着只有十几岁的男孩们才会有的粗野而诗意的梦境。他的梦是肉体吸引和浪漫爱情的结合，两者强烈地交织在一起，以后他再也没有做过这样的梦。在充满渴望的梦境里，苏珊·德尔伽朵一次次地把手放在罗兰的肩膀上，一次次地吻他，一次次地让他第一次到她那边去，第一次和她在一起，第一次看她，好好地看看她。

2

距离罗兰睡觉做梦大约五英里的地方，苏珊·德尔伽朵躺在床上，透过窗户看到天上的古恒星随着黎明的临近开始变淡。同刚躺下时一样，她现在仍然毫无睡意，两腿之间老太婆碰过的地方一阵抽动。这让她心烦意乱，但不再像以前那么令人不快，因为她现在想到的是半路上遇见的那个男孩，还有星光下她按捺不住给他的吻。每次她变换双腿的姿势，那种抽动的感觉就会变成一阵短暂而甜蜜的疼痛。

苏珊到家后，科蒂利亚姑妈正坐在火炉边的摇椅上（通常情况下，一个小时之前她就已经上床睡觉了）——在一年的这个时候，冰冷的壁炉里根本没有火，燃过的灰烬也被清扫干净了——她腿上堆满了饰带，在邋遢的黑衣服的衬托下看上去就好像是海浪的白色泡沫。她在飞快地给饰带镶边，速度快得惊人。当侄女一阵风似的推门进来时，她连头都没有抬一下。

“我一小时之前就盼你回来了，”科蒂利亚姑妈说，“我很担心你。”但口气里并没有任何担心的意思。

“是么?”苏珊说完就一声不吭了。她想,要是放在平时,她肯定会找个连她自己听上去都像是谎话的拙劣借口——在这一点上,恐怕她一辈子都会受姑妈的影响——但是今晚太不一样了。她以前从没经历过这么特殊的一晚。她发现威尔·迪尔伯恩的形象已经在自己的脑子里挥之不去了。

姑妈抬起了头,她窄窄的鼻翼,珠子般的眼睛距离很近,探询地盯着她。自从苏珊动身前往库斯以后,还有东西没怎么变化;她还能感觉到姑妈的眼睛扫过自己的脸和身体,就好像一把边锋锐利的鬃毛扫帚一样。

“你怎么那么久才回来啊?”科蒂利亚姑妈问道,“是不是碰见什么麻烦了?”

“没有。”苏珊回答,但是她想到在小屋门口时,那女巫是怎样站在她身边,怎样用枯枝般的双手拉着她的辫子的。她想起自己当时很想离开,她还记得问过蕤是不是事情已经办完了。

也许还有一件小事没有办完,老太婆说过这句话……或者苏珊自己是这么想的。但是那件事到底是什么呢?她记不起来了。但那又有什么关系呢?在自己的腹部因为怀上了托林的孩子而隆起之前,她不用跟蕤打交道……要是收割节之前都不用跟托林生孩子的话,那么直到冬天她都不用去库斯。真是一段漫长的时间啊!要是她迟迟不怀孕的话,可能会更长……

“姑妈,我回家时走路很慢。就这么简单。”

“那你怎么看上去这样啊?”科蒂利亚姑妈问,稀疏的眉毛拧成了一团。

“怎么样?”苏珊取下围裙,把裙绳打了个结挂在了厨房门背后。

“脸红红的,冒着汗。就好像是刚挤出的鲜牛奶一样。”

她差点没笑出声来。虽然姑妈对男人了解之少就好比苏珊对恒星和行星知之甚少一样,但她说到点子上了。脸通红,冒着汗,她自己也是这么感觉的。“我想是因为晚上的空气吧,”她说,“姑妈,我看见一颗流星。还听见了无阻隔界的声音。今晚的声音特别响。”

“是么?”姑妈无所谓地问了一句,然后又回到自己感兴趣的话题上来了,“疼吗?”

“有一点。”

“你哭了吗?”

苏珊摇摇头。

“好样的。最好不要哭。永远不要哭。我听说她喜欢别人哭。苏珊——她给你什么了么？那个老太婆？”

“嗯。”她把手伸进袋子里，拿出一张纸，上面写着：

清白

她刚一拿出来，姑妈就一把夺走了，一脸贪婪的样子。科蒂利亚最近一个月费尽口舌，把甜言蜜语都说尽了，不过现在她可得偿所愿了（现在苏珊已经走得太远，做出了太多承诺，不可能再走回头路了），她将变回到以前那个怪僻、高傲和疑神疑鬼的女人，看着苏珊长大的那个女人；变回到那个每个礼拜都要被自己那个淡泊而万事顺其自然的兄弟惹得愤怒无比的女人。从某个方面来看，这也让人松了一口气。要是科蒂利亚每天都笑脸迎人，那才让人受不了呢。

“对，对，这就是她的标记，”姑妈说着，摸了摸这页纸的底部，“有人说这是指魔鬼的蹄子，但是我们干吗要管那么多呢，嗯，苏？虽然她是个恶心可怕的野兽，她倒是还有能耐让两个女人在这个世界上活得更久。你只需再见她一次就可以了，没准就在年末前后，如果你怀孕的话。”

“还会晚一点，”苏珊告诉她，“不到魔月满月，我不能和托林睡觉。得过了收割节和篝火。”

科蒂利亚姑妈目瞪口呆：“她真是这么说的？”

*姑妈，你认为我在说谎？*她心里产生了一种强烈抵触，这种强烈的情绪并不像是她的；通常她在性格上还是很像爸爸的。

“对啊。”

“为什么？为什么要等那么久？”听上去她已经很不高兴，很失望了。到现在为止已经有八块银币和四块金币进账了；它们都被科蒂利亚姑妈藏起来了（苏珊怀疑钱的数量还蛮可观的，尽管姑妈会抓住一切机会哭穷），而且一旦那张染上血迹的床单送到市长家的洗衣女工手里，还会收到两倍的钱呢。等到蕤确认这个孩子的身份和清白以后，还会再付相同数额的一笔钱。加起来会有很多钱。对于这样一个小地方和他们这些小人物来说已经算是一笔财富了。而现在，收钱竟然还得往后缓一缓……

现在苏珊要在睡觉之前为自己犯下的一桩小罪祈祷了（虽然并不是诚心悔过）：她很喜欢看姑妈脸上那副受骗沮丧的表情——整个一个没有得逞

的财迷样。

“为什么要等那么久?”她又问了一遍。

“我想你应该亲自到库斯去问问她才是。”

科蒂利亚·德尔伽朵的嘴唇本来就薄,现在她把嘴唇抿得紧紧的,几乎都看不见了。“小姐,你好大脾气啊?跟我也这么没大没小起来?”

“不是啊。我现在很累,根本没力气对谁发脾气。我想洗洗——我还能感觉得到她的手在我身上——然后就去睡了。”

“那你去洗吧。也许我们明早可以像淑女一样接着讨论这个问题。当然还得去见见哈特。”她把蕤交给苏珊的纸折好,想到能见到托林,就露出一脸心满意足的样子,然后就把手伸向衣服口袋。

“不。”苏珊的嗓音出奇的尖利——尖得使她姑妈的手停在了半空中。科蒂利亚看着她,简直惊呆了。苏珊看到姑妈这么看她,有点不太自在,不过还是没有把眼光移开。她伸出双手,毫不胆怯。

“我得留着它,姑妈。”

“是谁教你这么说话的?”科蒂利亚姑妈问,她的声音简直像是在怒吼了——苏珊一时觉得姑妈要开始骂人了,但那声音又使她联想起无阻隔界发出的响声,“谁教你这样对把你这个孤儿养大的人说话的?谁教你这样对姑妈说话的?”

“你知道是谁教我的。”苏珊说。她的手仍然向前伸着。“我要把它留在身边,我会把它交给托林市长。她说过她不在乎这张纸会遭受怎样的待遇,就算他拿它来擦屁股,她也不在乎(听到那个不雅的字眼,她姑妈的脸红了,看上去真滑稽),但是在那之前,我得把它留在身边。”

“真是奇谈怪论啊,”科蒂利亚姑妈愤怒了……但她还是把那团脏兮兮的纸递给了苏珊,“竟然把这么重要的东西给这个黄毛丫头保管。”

但对他来讲,却又不仅仅是个黄毛丫头,对不对?我还要躺在他身下,听着他骨关节咯吱作响,然后怀上他的骨血,为他生一个孩子。

重新把那张纸放好的时候,她低下头看着口袋,免得姑妈看见自己眼中的怨恨。

“你上楼去吧,”姑妈说着把饰带一股脑儿拨进针线筐儿,饰带乱七八糟缠成了一团,“你去洗吧,好好把你嘴巴洗一下。给我好好清除一下从你嘴里冒出来的那些无礼和不敬的话。”

苏珊安静地走开了,她走在熟悉的楼梯上,心里真想跟姑妈顶嘴,但还是忍了。她心中交织着羞耻和仇恨。

东方已显鱼肚白，星光也开始暗淡，她躺在床上难以入眠。今晚发生的事情就像一团乱麻塞在脑子里，纷繁复杂，也很模糊——但其中挥之不去的是威尔·迪尔伯恩的脸。她心想，他的那张脸怎么能够一时严峻，一时又出乎意料地变得温柔呢？那是一张很帅气的脸么？对的，她是这么认为的。对自己来说，她知道这个问题的答案是肯定的。

我从来没有邀请一个女孩子和我一起出来骑马，也没有问过女孩她会不会让我去看她。我想邀请你，苏珊，帕特里克的女儿。

为什么是现在呢？为什么我在这个时候见到他呢？这时可是没有一点好处的。

如果这就是卡，它会像是一阵风似的吹来。像是场飓风。

她辗转反侧，最后仰着头对着天花板。她想这个后半夜就不要指望能睡着了。其实也可以走到鲛坡去看看日出的。

然而她还是选择躺着，身体时而感到不适，时而又没事了。她望着窗外的黑影，听着清晨鸟儿的第一声啁啾，想着亲吻时他双唇的感觉，温柔而有力，还有他的牙齿；他身上的味道，她手掌下那件质地硬朗的衬衫。

她双手放在睡衣上面，用手指握住自己的乳房。乳头变得很硬，硬得好像是小鹅卵石。手碰到那里的时候，双腿间突然涌动起一阵热流。

她想自己还是能睡着的。要是能处理好身体的燥热，还是能睡着的。

她能够做到。老女人已经给她做了示范。即使是黄花闺女也可以偶尔享受一下床第之欢的……就像一朵含苞欲放的花蕾。

苏珊翻了个身，把手伸到被单下面。她努力把老太婆那双明亮的眼睛和凹进去的颧骨赶出脑海——她发现只要认真去做，那并不是难事——然后用那个牵着骏马，头戴宽檐帽的男孩形象取代。一时间，那脑海中的形象是那么清晰，那么美妙，简直就和真的一样。仿佛除此以外她的生活只是一场无聊的闹剧。她梦见他一再地吻她，他们都张开嘴巴，两个人的舌头水乳交融；他们一起分享着周围的空气。

她的身体简直要燃烧起来了。躺在床上，仿佛自己的身体已经变成了熊熊燃烧的火炬。当太阳终于升起在地平线上的时候，她总算渐渐进入了熟睡的状态，只见她的脸上还带着一丝微笑，头发像根根金丝披散开来，散落在身体和枕头的两侧。

3

黎明前的最后一个小时，旅者之家的公共休息室从未如此安静。通常把大吊灯渲染成明亮珠宝色的煤气灯已经变成了暗淡的蓝色斑点，宽大的房间里满是阴森诡异的气氛。

墙角堆着一堆柴火——其实就是在“看我的”游戏中打架斗殴时被砸烂的两把椅子(斗殴者正在高级治安官的醉鬼牢房里关着呢)。另一个墙角里是堆结成一块的呕吐物。房间东边高出地面的台子上立着一架被损坏的钢琴；立在钢琴凳边上的是巴奇的硬木棒，巴奇是这里的打手，也是个各方面都很强硬的人。而此时，巴奇自己横躺在琴凳下面，呼呼大睡。疤痕累累的腹部在灯芯绒裤子的腰带处隆起，像做面包的面团一样。他一只手里拿着一张牌：方块2。

房子的西边放着牌桌。两个醉鬼头耷拉在其中的一张桌子上，鼾声大作，哈喇子一滴滴地淌到绿色的毛毡上。两人的手碰在了一起。他们头顶上有一张亚瑟的图片，亚瑟·艾尔德王双腿叉开骑在白马上，旁边有个牌子上写着(古怪地混合了高等语和低等语)：**不要在纸牌或生活中与人争执**。

吧台后面有一个巨大的战利品，足有整个房间那么长：一只双头麋鹿，鹿角好像一个小树林，还有四只炯炯有神的眼睛。这头麋鹿一般被旅者之家的常客称为小顽皮。没人知道为什么。某个人突发奇想地在其中一对鹿角的顶部画了两只安全套。躺在吧台上面，正对着小顽皮不满目光的是快马佩蒂，旅者之家的舞女和侍者……尽管她已不再年轻，而且她马上就得到后面的饲料槽去工作，而不是到楼上去伺候客人。她那浑圆的双腿叉开，一条腿从吧台里面垂下来，另一条则垂在外面，脏兮兮的裙子在身上胡乱搭着。她打着鼾，脚和肥胖的手指还时不时地抽搐一下。唯一能听见的其他声音就是屋外的风声，还有轻柔而规律的一下一下抓牌的声音。

一张小桌子孤零零立在蝙蝠门边，这扇门是对着罕布雷高街开的；到了晚上，当克拉尔·托林(旅者之家的主人，也是市长的妹妹)决定从楼上的套房走出来，“和大伙一起玩”的时候，她总是坐在这里的。如果她下楼来玩，她一般都下来得很早——从那个满是划痕的破旧吧台端出的牛排要比威士忌多——约摸在钢琴弹奏者席伯坐定开始演奏之时回到楼上。市长本人从不来这里，尽管大家都知道他至少拥有旅者之家的一半财产。托林家很在乎这里的收入；但他们不喜欢午夜以后这里的样子，那时候铺在地上的木屑会浸满泼洒出的啤酒和鲜血。克拉尔可是个脾气倔犟的女人，二十年之前就被称做“野孩子”。她比她那个从政的哥哥要年轻，没有那么瘦，眼睛大大的，头也不小，颇有几分姿色。沙龙的营业时间里没人坐在她的桌子边上——巴奇要是看见谁有这个企图，就会飞奔过去阻止——但现在已经过了营业时间，酒鬼们都走得差不多了，要么是到楼上睡觉去了。席伯蜷着身子缩在钢琴后面的墙角里，睡得正香。那个扫地板的傻男孩两点钟之后就不见了（是被众人的嘲笑、侮辱和向他砸来的玻璃啤酒瓶赶走的，他总是有这样的遭遇；罗伊·德佩普就从心眼里讨厌这个男孩）。他大约九点左右会回来，以便清扫整个乱糟糟的聚会现场，为第二天的狂欢作准备。直到那时，坐在托林小姐座位上的人都可以安享其位。

他在耐心地用纸牌玩游戏：红上有黑，黑上有红，首先摆的就是法院广场，就像男人们常做的那样。这个纸牌玩家左手拿着剩下的那副牌。他一张张抽牌的时候，右手上的刺青也跟着晃动。这让人有点不安，仿佛灵柩正在呼吸似的。纸牌玩家是个上了年纪的家伙，不像市长或是他妹妹那么苗条，但是还是属于比较瘦削的。一头白色的长发从背后垂下来。除了脖子以外，他浑身晒得黝黑；脖子上的肉因松弛而垂了下来。他蓄了很长的胡子，以至于胡子末端都快碰到下巴了——很多人觉得这是劣等的枪侠式的胡子，但是没有人用“劣等”这个词来形容艾尔德雷德·乔纳斯的脸。他穿着一件白色丝质衬衫，身后佩了一把黑柄手枪。乍一看上去，他那双眼角有些泛红的大眼睛里透着伤感。要是靠近点看的话，会发现他的眼睛只不过是水汪汪而已。事实上，这双眼睛和小顽皮的一样毫无感情。

他摸到一张黑桃 A。但没有合适的地方摆放。“嘿，你这小子。”他抱怨了一声，声音古怪而尖细，而且像一个将要抽泣的人一样颤巍巍的。这恰好和他那双湿润的红眼睛很配。他把牌拢到一起。

还没等他重新洗牌，楼上一扇门轻轻地打开，然后又关上了。乔纳斯放下纸牌，伸手要拔枪。不久他就听出来这是雷诺兹的靴子踩在走廊上发出的声音，于是又放下了枪，从皮带上拿起了烟草袋。首先出现的是雷诺兹常穿的那件披风的下摆，然后就看见他走下楼梯，脸刚刚洗过，一头红色鬈发差不多遮住了耳朵。老雷诺兹先生看上去有点自负，不是么？他曾在许多湿润舒适的温柔乡里探险，他睡过的女人比乔纳斯见过的都多，尽管乔纳斯的年龄还是他的两倍。

在楼梯底部，雷诺兹沿着吧台踱着步，还停下来掐一把佩蒂丰满的大腿，然后就走到乔纳斯身边，后者正拿着烟卷，面前摊了一堆牌。

“晚上好啊，艾尔德雷德。”

“早上好啊，克莱。”乔纳斯打开袋子，拿出一张纸，把烟叶撒了上去。他的声音有些颤抖，手却很稳当。“要来支烟么？”

“来一支吧。”

雷诺兹拉出一张椅子，转了个方向，坐上去，双手背在身后。乔纳斯递给他一支烟，他用手指转动着烟卷，这可是枪侠的经典动作。灵柩猎手们常玩这些经典动作。

“罗伊在哪里？是和尼布斯在一起么？”他们在罕布雷待了一个多月了，在此期间德佩普迷上了一个名叫黛博拉的十五岁妓女。她走起路来是很敦实的罗圈步，而且她斜着眼睛看着远处的样子也让乔纳斯觉得她是个女牛仔，和他们有某种远亲关系。但她也颇有些趾高气扬的做派。克莱第一个把这女孩子叫做尼布斯，或是女王陛下，有时还（在喝醉的情况下）称她为“罗伊的加冕小妞”。

雷诺兹点了点头：“似乎他为她喝醉了酒。”

“他没事。他不会因为个黄毛丫头而辜负我们的。她啊，笨得出奇，连猫这个词都拼不出来。拼不出像猫这么复杂的词。我以前问过她的。”

乔纳斯又卷了一支烟，接着从包里拿出一根硫磺火柴，在指甲盖上蹭了一下，点着了火柴。他先给雷诺兹点上，然后再给自己点上。

一只小黄狗从蝙蝠门跑进来。那两个男人一边抽烟，一边静静地看着它。黄狗穿过房间，先嗅嗅墙角已经结块的呕吐物，接着就吃了起来。边吃还边摇晃着尾巴。

雷诺兹朝那块提醒大家不要在纸牌游戏中与人起争执的牌子点点头。“我觉得它肯定能看懂那块牌子。”

“不，一点也不，”乔纳斯表示了反对，“它只是条狗而已，一条吃污秽物的狗。二十分钟之前我听到了马的声音。首先是听到它靠近，然后是听到它离开。会不会是我们的岗哨呢？”

“任何蛛丝马迹你都不会放过。对不对？”

“没什么好担心的。是不是？”

“嗯。鲛坡东边有个专为小产业主工作的人。他看见他们进来的。一共三个人。很年轻。都是些小毛孩。"雷诺兹把最后一个词说了一遍，就像是在北边领地一样：小毛孩。"没什么好担心的。"

"现在可不能下结论，"乔纳斯那颤抖的声音就好像是一个世故的老头子，"他们说年轻人目光比较远大。"

"年轻人就看着那些为他们指好的方向。"雷诺兹回答说。黄狗走过他的身边，舔着地上的骨头块。雷诺兹好意地把一块骨头往它的方向踢了一脚，但狗未来得及躲避，骨头砸在了它身上。它飞快地窜回到蝙蝠门下面，呀咳-呀咳地低吼着，使躺在钢琴凳下面的巴奇发出的鼾声听上去更响了。他张开了手，纸牌掉到了地上。

"也许是，也许不是，"乔纳斯说，"不管怎样，如果莱默和他为之效命的傻瓜提供的消息准确的话，他们来自联盟，是绿色某个地方的大人物的儿子。就是说我们得非常非常小心了。要像走在鸡蛋壳上一样小心。我们还得在这里至少多待上三个月！那些年轻人这段时间里可能一直在这里，到处清点，做记录。现在有那么些清点的人对我们来说可不是什么好事啊。对那些从事再补给的人来说也不是好事。"

"得了吧！这都是幌子，就这么回事情——他们肯定是因为闯了祸才被扔到这儿来的。他们的老爸——"

"他们的老爸也知道法僧现在掌控着整个西南边，地位可不低啊。说不定那些小子们也知道这些——对于联盟和王室来说，轻松日子已经快到头了。克莱，有些事我们是无从知道的。至于那些人，他们要走哪条路你绝对不会知道的。至少他们会将就干些不太体面的活儿，希望重新得到父母的欢心。等看到他们的时候我们就知道了，但我还是要告诉你一点：就算是他们看见了不该看见的东西，我们也不能拔枪对准他们的后脑勺，像处理驽马一样干掉他们。虽然他们活着的时候经常能把老爸们气疯，但要是他们死了，这些老爸们肯定会十分痛心的——老爸们都那样。我们要灵活一点；越灵活越好。"

"那最好不要让德佩普参加进来。"

"罗伊没有问题。"乔纳斯声音还是颤抖着。他把香烟屁股扔到地板上，用脚后跟一下踩灭。他抬头看看鹿那玻璃球般的眼珠，眯缝着眼睛好像在考虑问题。"你朋友说的是今晚么？那些小鬼是不是今晚就到了？"

"没错。"

"我猜他们明天会来看艾弗里。"那是赫克·艾弗里，眉脊泗最高治安官和罕布雷的警察总长，大块头，整个人就像是洗衣房手推车那么硕大。

“我想也是的，”克莱·雷诺兹说，“要呈交他们的文件。”

“是的，先生，的确是这样。你好，你好，你好，他们要一直说这几句话。”

雷诺兹没答话。乔纳斯说话常让他摸不着头脑，但是他从十五岁开始就和他一起骑马了，所以他明白最好不要多问。要是问了的话，就一准会听到那老家伙滔滔不绝地讲他是怎样通过特殊的门进入别的世界的。对雷诺兹自身来说，这个世界上已经有足够多普通的门让他忙活一阵子了。

“我会告诉莱默的，然后他就会告诉治安官那些小鬼应该待在哪里，”乔纳斯说，“我想应该是在老K酒吧农场的那个雇工房里。你知道我指的是什么地方吧？”

雷诺兹知道。在眉脊泗这样的领地，你在很短的时间内就能弄清那些标志性地点。老K酒吧位于城西北角的一块废弃的土地上，距离那个奇怪的咆哮峡谷也不远了。每到秋天，人们就在峡谷口燃烧树枝。有一次，也就是六七年前，风向突变，吹错了方向，结果差点把整个老K酒吧烧成平地——谷仓、马厩，还有住房。但是就雇工房得以在大火中幸免，那地方对从内弧来的三个小鬼来说是个很好的落脚点，而且它离鲛坡和油田都很远。

“你很喜欢这吧？”乔纳斯问，故意带着罕布雷本地口音，“对啊，我能看出来你很喜欢。你知道他们在克雷西亚是怎么说的么？‘要是你想偷拿餐厅里的银器，就先把狗领到食品储藏室里去。’”

雷诺兹点点头。这个建议不错。“那还有那些卡车呢？那些油罐车？”

“它们都好好的呢，”乔纳斯说，“但如果我们现在移动它们，就可能招致异样的眼光，对吧？你和罗伊去那里用树枝把它们盖上。好好地盖上一层，厚厚的。后天再去吧。”

“我们在西特果挥汗如雨的时候，你会在哪里呢？”

“白天么？在市长家里帮忙准备晚饭啊，你这个呆子——到时，托林会招待那些来自伟大世界的小子，把他们介绍给这个小世界里的客人们。”乔纳斯又开始卷另外一支烟。他抬头看着小顽皮的脑袋，而不是正在卷的烟，但仍然没把烟叶洒出一点。“洗个澡，刮个脸，修个面……我甚至要给我的胡子上点蜡呢，你觉得怎么样？”

“不要太紧张，艾尔德雷德。”

乔纳斯笑了，笑声很刺耳，弄得巴奇都咕哝了起来，佩蒂也在那个姑且充当床的吧台上不安地蠕动起来。

“那罗伊和我都没有被邀请参加这个盛大宴会咯。”

“哦，你会被邀请的，而且热烈欢迎你过来。”乔纳斯说着，把卷好的烟递给雷诺兹。他开始给自己再卷一支。“我也会替你们找好不去的借口。我也会让你们为我骄傲的，请相信我。再坚强的男人也流泪。”

“所以我们将一整天待在灰尘和臭气中，给那些笨重的家伙盖上盖子。乔纳斯，你真是个大好人。”

“我也有些问题要问，”乔纳斯的神思有些游离，“到处晃悠……面容整洁，散发着多香果的味道……然后问我的小问题。我认识一些咱们这一行的人，他们在一个胖子那里打听到很多事情——是个沙龙的主人，要么是个酒吧的主人，或是个看马房的，还有可能是那些把手插在马夹兜里，总在监狱或法庭门口游荡的胖家伙们中的一个。对我来说，克莱，我发现女人最好了——一个鼻子灵而不是奶头好看的女人。我要找个不抹口红、也不把头发披散在脑后的女人。”

“你是不是已经有人选了？”

“是啊。她就是科蒂利亚·德尔伽朵。”

“德尔伽朵？”

“你应该知道她的，这个名字在城里可是人尽皆知的。苏珊·德尔伽朵即将成为市长的小相好。科蒂利亚是她姑妈。我发现了一个有关人性的事实：人们一般更愿意接近像她那样欲迎还拒的人，而不是那种大大咧咧没说几句话就给你买杯饮料的人。那位女士就是第一种人。宴会上我会溜到她身边，赞扬她身上香水的味道，虽然我几乎可以断定她不擦香水，我还会把她的酒杯斟满。说吧，你觉得这个计划怎么样？”

“这个计划是为了什么？这才是我想知道的。”

“我们必须玩城堡游戏，”乔纳斯的声音里丝毫没有开玩笑的意思，“我们得相信那些孩子被送来这边只是一种惩罚的手段，而不是真的重任在身。这听上去可能性很大。是的，很有可能就是这样。每天凌晨三点以前我是这样相信的，但那之后我就开始有点怀疑了。克莱，你知道我是怎么想的么？”

雷诺兹摇摇头。

“我有理由去怀疑。我也有理由和莱默一起去见托林这个老头子，说服他在目前情况下，把法僧的玻璃球交给那女巫更安全。她会把它藏在枪侠找不到的地方，更何况是乳臭未干的毛头小子了。这是个古怪的时期。暴风雨即将来临。知道狂风暴雨即将来临的话,最好还是把舱口都封住。"

他看了看卷好的那支烟。他一直用手指转着香烟玩,就好像雷诺兹先前的动作一样。乔纳斯把头发往后一撩,把香烟夹在耳朵后面。

"我不想抽烟。"他说着站了起来,伸了个懒腰。背上发出咔咔的声音。"早上这时候抽烟我会疯掉的。抽太多烟的话,我这把老骨头就会失眠了。"

他走到楼梯下面,揪了一把佩蒂的光腿,也像雷诺兹先前做的一样。他站在楼梯下面回头望了一下。

"我不想杀死他们。就算不杀掉他们,事情也已经够棘手的了。我预感到他们有点不对劲,可我连手指都不打算抬一下。但是……我觉得要让他们知道自己该待的地方。"

"让他们吃点苦头。"

乔纳斯眼睛一亮。"遵命,伙计,我也是这么想的。这样能让他们在重要事件上和灵柩猎手作对之前三思而后行。要让他们在马路上看见我们就躲得远远的。是啊,是得好好想一下。真的。"

他走上了楼梯,发出喀嚓喀嚓的声音,一条腿跛得很明显——每天后半夜腿疾都会更严重。罗兰的老师柯特很可能能够认出那个腿疾,因为他曾亲眼见过导致跛腿的那一击。在蓟犁大厅后面的院子里,正是柯特的父亲打断了乔纳斯的腿,用的是一根硬木棒。之后他拿走那孩子的武器,让他手无寸铁地流放到了西部。

最终那男孩长成了大人,也找到了一把枪;被放逐的人总能找到枪,只要他们足够用心地去找。尽管那些枪不太可能和有着檀木柄的大枪(他们朝思暮想的就是那样一把枪)相提并论,但需要枪的人还是能够找到枪,即使是在这个世界里。

雷诺兹一直目送他离开,接着坐在了克拉尔·托林的桌子上,洗牌,继续着乔纳斯还没有玩完的游戏。

外面,太阳正在升起。

第五章

欢迎来到城里

1

在到达眉脊泗领地的两天后，罗兰、库斯伯特和阿兰骑马穿过土坯门，门上刻着几个字：**带着和平而来**。门里边就是一个点着火把的庭院。火把外面裹着的一层松脂经过了特殊处理，闪耀着不同的光芒：绿色的、橘红色的，还有闪光的粉红色，让罗兰想到了烟火。他还听见吉他的声音、窃窃私语的声音，还有女人的笑声。空气中充满芬芳的味道，这种味道总是能让他想起眉脊泗：腥咸的海风，石油和松树。

"我不知道我是不是能够这样做。"阿兰嘟哝着。他是个大个子男孩，一头放荡不羁的金色头发从那顶仓库管理员式的帽子里露了出来。他肯定已经仔细打理过了——他们都是如此——但阿兰即使在状态最好的情况下都不是很善于交际，他现在已经极度恐惧了。库斯伯特稍微强一点，但罗兰猜想他老朋友那副无所谓的神情并非发自内心。如果有什么要出头的事，那肯定是他的责任了。

"你会没事的，"他告诉阿兰，"只要——"

"哦，他看上去还不错。"他们穿过庭院时，库斯伯特有点神经质地笑着说。走过院子就到了市长府邸，这是个有很多边房的土坯庄园，灯光和欢笑几乎从每扇窗户里泄露出来。"和纸一样白，真丑，就像是——"

"住嘴。"罗兰毫不客气地说道，库斯伯特脸上那副揶揄的笑容一下子消失了。罗兰见状，又转向了阿兰。"不要喝里面任何含酒精的饮料。你知道在那样的情况下应该怎样说话。记得我们的使命。保持微笑。令人愉快。举止得体。你还记得治安官当时接待我们是多么殷勤么，他很努力地要让我们觉得自己是受欢迎的。"

阿兰点点头表示同意，看上去稍微有点信心了。

"说到社交礼仪，"库斯伯特说，"那些人并没有什么经验，所以我们肯定比他们做得还要好一点。"

罗兰点点头，然后注意到那个鸟头骨又出现在库斯伯特马鞍的前桥上了。“把这玩意给扔了!”

库斯伯特摆出一副愧疚的样子,匆匆把这个“哨兵”塞进鞍囊里。两个身穿白衣、白裤、白浅帮鞋的人走上前来,面带微笑地鞠躬致意。

“大家脑子清醒点,”罗兰压低声音说道,“你们两个人都要注意了。要知道你们为什么来这儿。不要忘了你们父亲的脸。”他拍了拍阿兰的肩膀,后者仍然面带焦虑。接着他转身面对马夫。“晚安,先生们,”他说,“祝你们长寿。”

两个马夫都咧嘴笑了,在绚丽的火把光芒下露出了闪亮的牙齿。年纪大一点的马夫鞠了一躬。“你们也是啊,年轻的主人们。欢迎来到市长府邸。”

2

前一天,高级治安官已经接待了他们,就像这两个马夫一样表示了热烈的欢迎。

到现在为止每个人都兴高采烈地欢迎了他们,甚至是到城里来的路上遇到的运货马车夫也欢迎了他们。仅凭这点罗兰就有点怀疑,于是更加警惕了。他告诉自己,宁肯把自己当傻瓜——当地人当然热情好客,乐于助人,要不然他们怎么会被送到了这里呢,正因为眉脊泗本身就很偏远,同时也对联盟很忠诚——也许他的警觉是愚蠢的,但他还是觉得小心为妙。有点紧张。毕竟他们三人才是半大的孩子,要是他们在这里惹了什么麻烦,那很可能是因为只看重表象的结果。

治安官的办公室和领地监狱是连在一起的,都坐落在面朝海湾的希尔大街上。罗兰并不是很确定,但他想,恐怕中世界别处的酒鬼和打老婆的家伙是不可能一觉醒来就能看到如此美景的:排成一列的船库五彩缤纷,下面就是码头,老人和孩子们在垂钓,妇女们修补着渔网和船帆;更远处,罕布雷的小型船队在波光粼粼的蓝色湾面上来回游弋,日出撒网,日落收网。

高街上的大多数建筑物都是土坯,但若放眼朝罕布雷的商业区望去,那边的建筑就像是蓟犁老城区的每一条小路上的房子一样,低矮而且是砖结构。保存得很好,大多数绿荫遮蔽的小道前都有一扇扇铁制的大门。房顶铺的是橙色的瓦，夏日阳光照耀着一扇扇紧闭的百叶窗。骑马走在鹅卵石路上，很难想象联盟的西北部——艾尔德的古老土地，亚瑟的王国——已经战火纷飞，且有坍塌之虞。

监狱与邮局和土地局办公室外观相似，仅仅稍大一点；与市大会堂也差不多，只是小了一点。当然，监狱面朝海港的窗户上装的铁栏杆是只此一家的。

治安官赫克·艾弗里是个大肚子，身穿执法官常穿的那种卡其裤和衬衫。他肯定是一直通过镶了铁边的监狱前门上的窥视孔看着他们靠近。因为罗兰还没有按门铃，门就开了。治安官艾弗里出现在门廊上，人没到，肚子就先到了。他双手张开，显示出最殷勤的一面。

他对他们深深地鞠了一躬（库斯伯特后来说，当时他担心这个人可能会失去平衡，跌下楼梯；也许会一直滚到海里），一直不停地向他们说着早上好，像个疯子似的一直拍打着喉咙的底部。他笑得很夸张，让人觉得他会把自己的头都笑成两半。三个农民模样的副手跟在他身边，也是穿着和治安官类似的卡其裤，跟着艾弗里挤在门边，呆呆地看着。就是呆呆地看着；除此以外就没有别的词能形容那种公然的好奇和无礼的注视了。

艾弗里和每个男孩都握了手，一边继续鞠他的躬，不管罗兰说什么他都不愿停下来，直到问候结束。鞠躬完毕之后，他把他们领进了屋子。尽管仲夏的太阳很是厉害，办公室里还是凉爽宜人。这当然是因为砖制结构的原因。房间很大，比罗兰之前见过的任何一个高级治安官的办公室都要干净……由于陪同父亲做了数次短途旅行和一次稍长的巡视，他最近三年里至少去了六个高级治安官的办公室。

房子中央有一个拉盖书桌，门的右边有一个布告牌（同一张大页书写纸被反复用了多次；在中世界，纸算是很稀缺的商品），在远处的角落里，上锁的橱柜里有两把手枪。这两把大口短径枪年代很久远了，罗兰都怀疑是不是还有相应型号的子弹，而且那两把枪还能不能射击也是个问题。橱柜的左边，一扇门通往监狱——很短的走廊两边各有三个小牢房，里面散发出一股强烈的碱液肥皂水的味道。

因为我们来，他们特地把这里打扫了一遍，罗兰心想。他想想好笑，又有点感动，有点不安。*他们这样做简直就是把我们当成了一群来自内领地的骑兵——进行严格盘查的职业士兵，而不是三个正接受惩罚的孩子。*

但接待者小心翼翼的恭敬态度真的是那么奇怪的事吗？毕竟，他们来自新伽兰，这个世界边缘一角的人们很可能把他们看作是来访的皇家成员。

治安官艾弗里介绍了他的副手。罗兰和他们一一握手，虽然压根没打算记住他们的名字。只有库斯伯特在乎别人的名字，他很少忘记别人的名字。第三个人是个脖子上挂着单片眼镜的秃子，他几乎单膝跪地了。

“别这样，你这个大傻子！”艾弗里叫道，拉着他的衣领把他拽起来，“你知道你这样做的话别人会觉得你有多土？还有，你这样会让他们尴尬的。真是的！”

“没事的，”罗兰说(其实他已经很尴尬了，虽然还想竭力掩饰)，“我们其实和普通人一样，没什么特别的，你知道的——”

“没什么特别的！”艾弗里说，笑了。罗兰注意到他的肚子并没有如他所料的那样颤动；那肚子比看上去要结实。也许肚子的主人也是如此。“他说，没什么特别的！他们跋涉五百多英里从内世界来到这里，自从四年前一个枪侠经过伟大之路以来，这还是我们接待的第一批联盟的正式访客，就这样他还说没什么特别的！我的孩子们，你们会这么说么？我这里有格拉夫，但也许你们不愿意这么早就喝酒——也许你们根本就不想喝酒，你们还那么年轻(请原谅我强调了你们的年轻，年轻是那么宝贵，我们都曾年轻过)，我还有冰白茶，这是我要强烈推荐的，因为这是戴夫的老婆准备的，她做起饮料来可是个行家里手啊。”

罗兰看看库斯伯特和阿兰，他们都点头笑了(还尽量做出没有盯着大海看的样子)，然后扭头看着治安官艾弗里。他说，白茶可以好好滋润一下沙哑的喉咙。

其中一个副手去拿冰白茶，另外的人搬出了椅子，在艾弗里的书桌前排成一排，然后就开始谈正事了。

“你们知道自己是谁，来自何方，我也知道，”治安官艾弗里说着就坐在了自己的椅子上(椅子在他那庞大的躯体下发出了一声很轻的呻吟，但还是稳稳当当的)，“我能从你们说的话里听见内世界的声音，但是更重要的是我能从你们脸上看到内世界。

“但我们在这里还是遵守着罕布雷的老规矩，也许无精打采，也许土里吧唧；我们还是坚持自己的处世方法，也尽可能记着我们父亲的脸。所以尽管我不会耽误你们太多时间，也请你们谅解我的无礼，我现在想看看你们凑巧随身带进城来的所有文件和文书。”

他们只是“凑巧”把所有的文件都随身带进城来，罗兰很肯定治安官艾弗里心里很明白他们会带着文书。他慢慢翻看这些文件，尽管他承诺不会耽误太多时间。只见他用短胖的手指翻开叠好的纸张（文件纸有很多亚麻纤维，弄得文件本身就更像是布做的，而不是纸做的），嘴唇嚅动着。他还时不时倒回去重新再看一遍。另两个副手站在边上，也装着很懂的样子越过治安官宽厚的肩膀看着文件。罗兰怀疑他们俩到底认不认字。

威廉·迪尔伯恩。牲畜贩子的儿子。

理查德·斯托克沃斯。农场主的儿子。

阿瑟·希斯。养殖户的儿子。

每个人的身份证明文件后面都署有证人的名字——迪尔伯恩案中的证人是（来自汉非的）詹姆斯·里德，斯托克沃斯案中的是（来自佩尼尔顿的）派特·拉文海德，希斯案中的是（来自蓟犁的）卢卡斯·里弗斯。这些文件都按顺序排好，每一份上的描述都与本人相符。文件在深深的感谢中被递了回去。接着罗兰就从钱袋里很小心地拿出一封信，递给了艾弗里。他还是用相同的方法慢条斯理地处理这封信，但在看见邮戳的时候，他瞪大了眼睛。"我的天啊，孩子们！这是一个枪侠写的！"

"是呀。"库斯伯特回答，颇有点诧异。罗兰踢了他脚踝一下——下脚很重——此时他还是一脸敬佩地看着艾弗里。

邮戳上的那封信出自蓟犁一个名叫斯蒂文·德鄯的人之手，自亚瑟·艾尔德以来第二十九代的枪侠（也就是说是个骑士、乡绅和平维护者，或是个爵爷……最后一个称呼在当今世界已经没有什么实际意义了，除了充当约翰·法僧攻击的对象），此人是亚瑟的旁系子孙。这封信向市长哈特维尔·托林、大臣津巴·莱默、高级治安官艾弗里问好，并且向他们推荐了这三个带来文件的年轻人，迪尔伯恩、斯托克沃斯和希斯。这三人受联盟委派，肩负联盟可能所需物资的清点工作（虽然文件中没有提到战争这个字眼，但字里行间都能感受得到）。斯蒂文·德鄯，谨代表领地联盟，恳请托林先生、莱默先生和艾弗里先生对联盟清点员的工作予以支持，在清点牲畜、食物供给和交通工具方面需要特别注意。德鄯还写道，迪尔伯恩、斯托克沃斯和希斯要在眉脊泗至少待上三个月，也可能会长达一年。这份文件在结尾部分请求所有前面提到的官员"就那些年轻人及其表现为我们写几句话，尽量把细节写得详细一点"。信中还恳求道："在这件事上请不要太节约，如果你们爱护我们的话。"

也就是说，如果他们在这里不老实的话，要告诉我们。要告诉我们他们是不是已经吸取了教训。就在高级治安官还在研究这份文件的时候，那个戴着单片眼睛的副手已经回来了。只见他托着一个盘子，上面放着四杯冰白茶，他弯下腰来，活脱脱一副管家模样。罗兰轻声道了声谢，然后就把白茶递给了别人。他最后也拿了一杯，刚把杯子放到嘴边，就看见阿兰正看着他，蓝眼睛在他那张无动于衷的脸上闪了一下。

阿兰轻轻晃了一下杯子——用的力恰到好处，能听见冰块的撞击声——罗兰只是轻描淡写地点点头作为回应。他本来以为冰茶是在附近泉上小屋冷藏着的，没想到杯子里面真的有冰。酷暑的冰。有意思。

正如之前的承诺，茶很香甜。

艾弗里把信看罢，交还给罗兰，神情仿佛正从某个神圣的遗址走过一样。“迪尔伯恩，你要随身携带，好好保管——一定要保管好！”

“是，先生。”他把信和身份证明放回到钱包里去。他的朋友“理查德”和“阿瑟”也同样那么做了。

“长官，这可是顶级的白茶啊，”阿兰说，“我从没有喝过这么棒的茶。”

“是啊，”艾弗里边说着边喝着茶水，“之所以那么好喝是因为里面有蜂蜜的缘故吧。啊，戴夫？”

那个戴单片眼镜的副手站在记事板边上笑了：“我想是这个原因吧，但是朱蒂不愿意说。这个茶的配方是从她母亲那里得来的。”

“哦，这样看来，我们也得记住我们母亲的脸啊。”治安官一时间显得有些多愁善感，但是罗兰觉得此时离这个大个子男人思路最远的就是他母亲的脸。他转身面对阿兰，这种感伤就被一种惊讶的警觉所取代。

“你在怀疑这些冰块么，斯托克沃斯少爷。”

阿兰说，“嗯，我……”

“我敢说你没想到在罕布雷这种死气沉沉的地方还能有这样的待遇吧。”艾弗里半开玩笑地说。罗兰觉得他肯定是话中有话。

他不喜欢我们。他不喜欢所谓的“城市做派”。他刚认识我们，对我们的做派并不了解，但他已经不喜欢那些举止行为了。他认为我们就是三个势利眼；以为我们把他和本地人都当成乡巴佬。

“并不只是罕布雷，”阿兰平静地说，“艾弗里，和别的地方一样，这个时候冰块在内弧也是很罕见的东西。长大以后，我就把冰块看作是生日宴会或类似场合的特殊优待了。”

“在光辉日总是会有冰块的，”库斯伯特插话道，他说话十分文静，完全不像他平时的风格，“除了烟花以外，那是我们最喜欢的东西了。”

“是吗是吗？”治安官艾弗里带着万分惊讶的语气。也许艾弗里并不喜欢他们到这个地方来，也不喜欢把“半个该死的早晨”花在应酬他们上；他不喜欢他们穿的衣服，不喜欢他们那花哨的身份证明，不喜欢他们的口音，也不喜欢他们的年轻。他最讨厌的就是他们的年轻。罗兰知道这一切，但还是想其中是否另有隐情。如果还有隐情的话，又会是什么呢？

“在市集会厅里有个用天然气作动力的冰箱和炉子，”艾弗里说，“这两样东西都能用。西特果有很多的天然气——就是城东的油田。我想你们来的路上应该经过的。”

他们点点头。

“如今炉子只不过是个古董——对学生们来说是堂历史课——但冰箱很好用。”艾弗里拿起杯子，朝里面看了看，“尤其是在夏天。”他吸了一口茶，咂咂嘴，冲着阿兰笑笑，“你瞧？没什么神秘的。”

“我很奇怪你们没有找到使用石油的方法，”罗兰说，“是不是城里没有发电机啊，治安官先生？”

“有的，这儿有四五台呢，”艾弗里说，“最大的一台在弗朗西斯·伦吉尔的罗金B号农场上，我还能记得它曾经发动过。牌子是**本田**。孩子们，你们知道这个牌子么？**本田**？”

“我倒是看到过一两次，”罗兰说，“在带发动机的两轮车上。”

“是么？不管怎样，在这里，任何一台发动机都不可能靠西特果油田出产的油来发动。这里的石油太稠了。里面净是些焦油残渣。我们这里也没有炼油厂。”

“哦，这我就明白了，”阿兰说，“无论如何，夏天的冰块都是美味。不管它们是怎么来的。”他说着让一块冰滑到嘴里，用牙咬碎。

艾弗里又盯着阿兰看了一会，就好像要确认这个话题已经结束，然后就重新把目光投向了罗兰。他那胖乎乎的脸蛋又重新焕发出他那颇让人怀疑其诚意的微笑。

“市长托林要我代他向你们致以最诚挚的祝福，并就他今天不能出席表示歉意——我们的市长很忙，的确是太忙了。但他明晚将在市长府邸设宴——大多数人是七点钟到场，你们年轻人则是八点钟到……所以我想你们进场时肯定会备受瞩目。其实你们见过的大场面比我吃过的饭还多，我也没必要啰嗦，但还是想提醒你们最好明天准时到场。”

“需不需要盛装呢?”库斯伯特有点不安地问道,“因为我们远道而来,几乎有四百英里的路程,所以我们就没有带正装和饰带,大家都没带。”

艾弗里咯咯地笑了——罗兰觉得这次倒是很真诚地在笑,也许是因为艾弗里觉得“阿瑟”的言行表现出一丝淳朴和不安。“不,年轻的少爷,托林明白你们来这里是来完成工作的——和牛仔差不多。只是小心别让他们把你们当成在海湾捕鱼的渔民就成了!”

戴夫在一个角落里——那个戴单片眼镜的男人——出人意料地大笑起来。罗兰心想也许这种笑话只有当地人才能够真正领会其中的妙处。

“就把你们现有的最好衣服穿上吧,没问题的。没有人会佩饰带——在罕布雷,人们不是这样着装的。”罗兰再次惊讶于那个男人对自己小城和领地的自嘲……还有隐藏在那自嘲之下的对外来人的仇视。

“不管怎样,我想你们明晚基本上会是工作得多,玩得少。哈特邀请了这个地区的所有大农场主、牲畜养殖者和拥有大量牲口的人……但这里并没有很多那样的人,要知道,从鲛坡往西边去,眉脊泗简直是荒漠一片。但所有将被你们清点财产和货物的人都会到场,我想你会发现他们都是忠实于联盟的人,随时准备也非常愿意提供帮助。他们之中,有来自罗金B的弗朗西斯·伦吉尔……来自钢琴牧场的约翰·克罗伊登……亨利·沃特纳,他是领地的牲畜养殖者,也是个体养马户……哈什·伦弗鲁,他拥有眉脊泗最大的马场,名叫懒苏珊(我想按照你们的标准来看可能不一定称得上大)……当然还有其他人。莱默会把你们介绍给大家,这会给你们的工作提供很大便利。”

罗兰点点头,转向库斯伯特:“明天晚上就看你的了。”

库斯伯特点点头:“不要担心我,威尔。我会都记住的。”

艾弗里又喝了好几口白茶,他从杯子上方有些不怀好意地打量着他们,弄得罗兰都有点局促不安了。

“他们大多数人都有到了待嫁年龄的女儿,届时他们都会把女儿带来的。你们这些孩子可得多多留神了。”

罗兰觉得他今天早上已经喝饱茶了,伪善做作也看够了。他点点头,将茶一饮而尽,微笑着(希望自己看上去比艾弗里真诚些),然后站起身来。库斯伯特和阿兰很知趣地也喝完站了起来。

“谢谢你的茶和对我们的款待,”罗兰说,“请向托林市长转达我们对他的谢意,并且告诉他明天我们就可以见到他了,晚上八点,准时到达。”

“好的，我一定把话带到。”

罗兰接着转身面对戴夫。这位副手对于自己得到注意很是惊讶，不由得往回一缩，差点一头撞到通知板上。“请代我们谢谢您的妻子，感谢她为我们煮了这么好的茶。味道真是好极了。”

“我会的，谢谢。”

接着他们向外走去，高级治安官艾弗里随着他们一起出去，像是一条温顺而肥胖的牧羊犬。

“关于你们住在哪里的问题——”他们走下楼梯的时候，艾弗里说道。一走到阳光下，他就开始出汗了。

“哦，我忘记问你那件事了，”罗兰说着拿手背拍着前额，“我们在那个长长的斜坡上宿营，草场上有很多马匹，我想你应该知道我说的是什么地方吧——”

“鲛坡。”

“——但我们的宿营并未得到允许，因为我们还不知道去问谁呢。”

“那应该是约翰·克罗伊登的土地，我相信他不会怪你们的，但是我们想让你们住更好的地方。这里的西北面有一块土地叫做老K酒吧。这块地以前属于盖博家族，但是自从一场大火之后他们就放弃了那里，搬到别处去了。现在那里属于马夫协会——那是一个由当地农牧民组成的小团体。我跟弗朗西斯·伦吉尔提过这件事——他是现任的协会主席——他说‘为什么不把他们安排在以前属于嘉宝家的那块地呢？’”

“为什么不呢？”库斯伯特若有所思地附和着，声音很温柔。罗兰狠狠地瞪了他一眼，但是库斯伯特正朝港口看去，那边小渔船好似水面上的小虫在来回游弋。

“对啊，我也是那样说的，‘为什么不呢？’我说。虽然农场被付之一炬，但雇工房还在啊，紧挨着的马厩和小灶间也在。遵照托林市长的吩咐，我已经准备好了食品，并把雇工房打扫了一遍，稍微布置了一下。你们可能偶尔会看见虫子，但它们都不会叮咬你们的……这里基本上是没有蛇的，除非地板底下藏了几条。要是真的碰到了蛇，我建议就随它们去吧。嘿，孩子们？让它们待在原地！”

“就随它们去吧，它们自己待在地板下面蛮快活的。”库斯伯特附和道，仍然是两臂环抱在胸前，两眼盯着海港。

艾弗里不确定地看了他一眼，笑容有些僵硬了。然后他又扭头看着罗兰,用力地摆出更灿烂的笑脸。"屋顶上没有洞,就算是下雨,你们也不会被淋湿的。你们觉得怎么样啊?你们觉得这样可以么?"

"比我们预想的好多了。我觉得你们办事效率可真高,托林市长也太客气了。"他的确是这么想的。问题是他们为什么那么周到呢?"我们感激他照顾得如此周全。是不是,兄弟们?"

库斯伯特和阿兰赶忙表示同意。

"恭敬不如从命,谢谢你们。"

艾弗里点点头。"我会转告他你们的谢意。路上当心,孩子们。"

他们来到拴马石旁。艾弗里再次和每个人一一握手,只是这次把对他们的马毕恭毕敬的打量给省了。

"那就明晚见咯,小伙子们?"

"好,明晚见。"罗兰应道。

"你们自己能找到老K酒吧这个地方么?"

罗兰再次对这个人语气中暗含的轻蔑和无意识的居高临下感到惊讶。也许这没什么坏处。要是高级治安官觉得他们很愚蠢,谁知道以后会发生什么呢?

"我们能找到。"库斯伯特说着骑上了马。艾弗里疑惑地看着他马鞍前桥上那个秃鼻乌鸦的脑袋。库斯伯特发觉了,但一声不吭。罗兰对这个意外的缄默感到既吃惊,又开心。"再见,治安官先生。"

"一路顺风,孩子们。"

他站在拴马石旁,只见这个高大的男人身穿卡其衬衫,腋窝周围有汗斑,黑靴子锃亮,简直不像是个正在工作的治安官穿的靴子。*他用来巡视小城的那匹马又在哪里呢?*罗兰寻思。*我想看看他的印第安种小马。*

艾弗里朝他们挥着手。剩下的几个副手也来到路边,戴夫在最前面。他们也挥着手。

3

等到联盟来的那些孩子们骑上他们父亲昂贵的马匹走到拐弯处、朝高街方向骑行时,艾弗里和他的副手们停止了招手。艾弗里转身面对戴夫·霍利斯,此时后者脸上显出了一丝智慧,而不像是先前那么痴傻了。

“你在想什么，戴夫？”

戴夫把单边眼镜拿到嘴边，紧张地咬着铜边，艾弗里已经好久没有抱怨他这个习惯了。甚至连他自己的老婆朱蒂都放弃教训他了，要知道朱蒂·霍利斯——也就是朱蒂·沃特纳——一向是不达目的不罢休的人。

“很软，”戴夫说，“就像母鸡刚生出来的鸡蛋一样软。”

“也许吧，”艾弗里说着把两手的拇指插在腰带上，前后摇晃着，“但是那个话最多的人，就是那个戴着扁头帽的人，他不觉得自己是很软的。”

“他觉得什么管屁用啊，”戴夫一边说，一边还在咬着他的眼镜，“他现在在罕布雷。也许他该适应我们的思维方式。”

在他身后的其他几个副手笑了。甚至艾弗里自己都笑了。如果那些有钱的孩子不添乱的话，他们也不会找那些孩子的麻烦——这是从市长府邸直接下达的命令——但艾弗里不得不承认他并不介意找找他们的麻烦。他倒是很乐意踢把那个滑稽的乌鸦头放在马鞍前桥的小子几脚——那小子竟敢站在那里，心里嘲笑着他，还以为他赫克·艾弗里是个乡巴佬，看不出他在想什么——但他最想做的是揍那个戴扁头牧师帽的男孩，把他那种摆酷的眼神打掉，让他害怕求饶，让那个从汉非来的叫威尔·迪尔伯恩的家伙明白，新伽兰离这儿远着呢，他那富爸爸根本没法照顾他。

“对啊，”他说着拍了拍戴夫的肩膀，“也许他要改变一下自己的思维方式了。”他笑了——这次的笑容和他对着联盟小子的笑容不一样，“他们都应该这么做。”

4

直到到达旅者之家，三个男孩始终骑着马整齐地排成一列（一个长着黑色鬈发的年轻人，显然看上去有些弱智，看见他们后就停下手头擦门廊的活儿，抬头看着他们，还跟他们招手；他们也招招手）。然后他们就继续向前了，罗兰夹在当中。

“你们觉得我们的新朋友怎么样，那个高级治安官？”罗兰问。

“我没有任何想法，”库斯伯特语调轻快地说，“不，一点评价都没有。观点就是政治，政治是个魔鬼，它导致许多的人在年少美貌的时候就被绞死。”他身体稍稍前倾，用指关节拍了拍乌鸦的脑袋，“就连哨兵也不喜欢他。不好意思，我的乌鸦哨兵认为艾弗里是个狡猾的胖子，身上没有任何值得信任的地方。”

罗兰转向了阿兰问道：“你呢，斯托克沃斯少爷？”

阿兰和往常一样考虑了一会，嘴里嚼着刚刚弯腰从路边拔下的一根草。最后他说：“如果他在大街上看见我们浑身着火，我认为他不会撒泡尿来救我们的。”

库斯伯特听了哈哈大笑：“你呢，威尔？亲爱的队长，你是怎么想的呢？”

“我对他不怎么感兴趣……我只对他说的一件事情感兴趣。要知道，那片被称之为鲛坡的草场至少有三十轮长，还往尘土漫天的沙漠蔓延了至少五轮，我们的高级治安官艾弗里先生怎么会知道我们宿营的那块地正好属于克罗伊登的钢琴牧场呢？”

他们看看他，起先有点吃惊，后来都陷入了沉思。过了一会儿，库斯伯特身体前倾，再次拍了拍乌鸦的脑壳。“我们被监视了，你竟然不报告这个情况？你今晚没晚饭吃了，先生，下次再发生这种情况就让你坐牢！”

但是他们还没有走多远，罗兰心里就不去想那个艾弗里了，他惦记的是苏珊·德尔伽朵。他会在第二天晚上看到她，他非常肯定这一点。他不知道到时她的头发会不会披下来。

他已经有点等不及了。

5

现在，他们终于来到了市长府邸。罗兰想，*就让游戏开始吧*，尽管他并不很清楚游戏指的是什么，这个词只是在他的脑中一闪而过，但肯定不是城堡游戏……至少那时没这么想。

马夫把他们的马牵走了，他们在台阶下面站了好一会儿——靠在一起，就好像是马儿在坏天气里一样——火把射出的光线照亮了他们稚气未脱的脸。里面传出吉他的声音，还有越来越响的笑声。

“我们是不是要敲门啊？”库斯伯特问道，“还是直接开门进去？”

还没等罗兰回答，庄园的主门就打开了，两个女人走了出来，都穿着白领长裙，这身打扮马上让三个男孩想起了他们那里牧场主的老婆们穿的衣服。她们的头发用发网兜住，上面还点缀着某些像钻石一样的装饰品，在火光的照耀下熠熠生辉。

两个女人中稍丰满的一个向前走了一步,笑着,向他们深深鞠躬行礼。她的耳环看上去像是切得方方正正的暗火石,闪着光,晃来晃去。“你们就是来自联盟的年轻人吧,欢迎欢迎。先生们,晚上好,祝你们长寿!”

他们齐刷刷地鞠了一躬,靴子向前,异口同声地向她道谢,这让她忍不住笑了,还鼓起了掌。她旁边个子较高的女人也干巴巴地朝他们笑了笑。

“我叫奥利芙·托林,”那个丰满的女人说道,“市长的妻子。这位是我丈夫的妹妹,克拉尔。”

克拉尔·托林脸上还是保持那样干瘪的笑容(她笑起来几乎连嘴唇都不动,眼睛里也毫无笑意),只是象征性地回了个礼。罗兰、库斯伯特和阿兰再次鞠了一躬。

“欢迎你们来到滨海区,”奥利芙·托林语气中透着高贵和庄重,同时,真诚的笑容和看到这几位内世界客人而感到的惊喜使她看上去令人愉快,“欢迎来到这里,请进。我真心诚意地欢迎你们的到来。”

“我们相信会在这里度过愉快的时光,女士,”罗兰说,“是您的欢迎给我们带来了快乐。”他握起她的手,很自然地抬起来吻了一下。她那开心的笑声让他也笑了。他一眼就喜欢上奥利芙·托林了,也许这是因为早先他就遇到过类似她的人。那整个晚上,除了与苏珊·德尔伽朵这个尚说不清道不明的例外,他没有再碰上任何自己喜欢的人,也没碰上任何自己相信的人。

6

尽管从海上吹来了习习微风,夜晚仍然很温暖,在门厅里保管斗篷和外衣的人看上去并无任何经验,也不懂礼仪。罗兰看见那是副手戴夫的时候并没有非常吃惊。只见他残存的那些头发油光顺滑,那副单片眼镜则耷拉在马夫夹克雪白的胸前位置。罗兰朝他点点头。戴夫双手放在背后,也朝罗兰点点头。

两个人——艾弗里和另一位更年长的绅士,看上去简直和某部动画片里的死神博士一样憔悴——向他们走来。通过大开的双扇门可以看见满满一屋子人,人手一只水晶玻璃杯,交谈着,从流动着的托盘上取食物。

罗兰眯起眼睛看了看库斯伯特：所有的一切。每个名字，每张脸……每一个细微的差别。尤其是差别。

库斯伯特抬了一下眉毛——这是他不露声色的点头方式——接着罗兰就被人拉入了夜晚的喧嚣中，这是他作为枪侠工作的第一个晚上。而以前他工作都不怎么卖力的。

那个像死神博士的就是津巴·莱默，他是托林的大臣和自然资源部长（罗兰怀疑这个头衔是专门为了他们的来访而临时设的）。他明显比罗兰还高上五英寸，而罗兰的身高在蓟犁也不算矮了，他的皮肤像蜡烛一样苍白。但并非病态；只是苍白而已。他鬓角两边铁灰色的头发飘了起来，轻飘飘的，就像是蜘蛛网一样。他已经完全谢顶了。一副夹鼻眼镜稳稳地架在他那只酒糟鼻上。

"我的孩子们！"相互介绍结束之后他说。他的语气很柔和，伤感中透着真诚，那味道就像政客，或是一个殡葬事务承办人。"欢迎来到眉脊泗！来到罕布雷！来到滨海区，来到我们简陋的市长府邸！"

"要是这也叫简陋的话，我就不明白如果你们要建宫殿会建成什么样了。"罗兰说。这句话措辞已经够温和了，不像俏皮话，更像是客套话（他通常是把俏皮话留给伯特说的），但是大臣莱默和治安官艾弗里都笑得不行。

"来吧，孩子们！"当莱默觉得自己已经表达出对那句话足够的欣赏之后，他说，"我肯定市长等你们已经等得有点不耐烦了。"

"对啊。"他们身后传来了一个怯怯的声音。瘦瘦的克拉尔已经不见了，但是奥利芙·托林还站在那里，彬彬有礼地把双手交叉放在腰部，打量着新来的人。她脸上仍然挂着充满希望的、令人愉快的微笑。"哈特很盼望见到你们。津巴，我是不是要为他们引引路啊，还是——"

"不用，不用，你还有那么多客人要招呼呢。"莱默说。

"我想你说得有道理。"她最后一次向罗兰和他的同伴们鞠躬致意，尽管她脸上还是带着微笑，尽管这个微笑在罗兰看来是绝对发自内心的，罗兰还是想：她对有些事情不太满意。肯定是这样的。

"先生们，"莱默说，他一口大牙，显得与脸有些不相称，"请随我来。"

他领着他们从咧嘴笑的治安官艾弗里身边走过，进入了接待厅。

7

罗兰对大厅并没什么感觉;毕竟他见过蓟犁的大厅——有时候人们也称之为祖先厅——每年的盛大舞会都在那里举行。舞会上跳的就是所谓的东方舞,这场舞蹈标志着满土的结束,并且预示着收割的到来。大厅里总共有五个枝形大吊灯,而不是只有一个,而且用的都是电灯泡,而不是油灯。赴宴者的穿着(很多人都是有钱的年轻人,他们这辈子从来都没有工作过,法僧会不失时机地提及这一点)比这里的人们华丽,蓟犁的音乐也更丰富,随着尊贵的来宾以及长者靠向亚瑟·艾尔德,他们之间也越靠越近了。艾尔德骑着一匹白马,身佩统一之剑。

但宴会现场还是有点生气的,甚至可以说生气勃勃。这里有蓟犁所没有的热闹气氛,而且不仅仅是在跳东方舞的时候。在罗兰看来,接待厅里的气氛是那样一种东西,就算它消失了你也不会很留恋,因为它是静悄悄地、毫无痛苦地流逝了。就好像是在注满热水的浴盆里割破静脉一样。

这个房间——还没大到可以被称为大厅的程度——是圆形的,镶嵌板条的墙壁饰有历任市长的(大多数画得很差)画像。通往餐厅的门右边有一个升起的平台,四个咧嘴笑的吉他手身穿塔提夹克衫,头戴墨西哥宽边帽,正在演奏着一种类似华尔兹的音乐,但节奏要快得多。地板中央放了张桌子,上面放着两个酒钵,其中一个又大又漂亮,另一个则很小很普通。那个穿白夹克的调酒师则是艾弗里的另一个副手。

和高级治安官前一天告诉他们的完全相反,好几个人都佩着不同颜色的饰带,但是罗兰觉得自己身穿白丝绸衬衫、黑色领结和直筒正装裤也没什么不合适。在佩饰带的人中,他看见三个人穿着过时的老式外套,这不禁让他想起畜牧户去教堂时穿的一身行头,他还看见一些人(基本上都是年轻人)压根就没有穿外套。有些女人戴着珠宝(但是没有一件能比得上托林太太的暗火石耳饰),没什么人看上去像是刻意节食过的样子,但罗兰认得她们的衣服:长长的圆领裙装,通常彩色衬裙的蕾丝花边会从裙下摆露出来,暗色的低跟鞋,发网(同奥利芙和克拉尔一样,发网上也装饰着宝石)。

然后他看见了一个很特别的人。

她当然就是苏珊·德尔伽朵,她浑身流光溢彩,一袭蓝色丝裙配上高腰的紧身胸衣，衬托出她那高耸的胸部曲线，简直美艳绝伦。她脖子上那个蓝宝石挂坠也让奥利芙·托林的耳饰相形见绌。她站在一个男人身边，他的饰带是炭火红色。那种深橘红色就是这个领地的颜色，罗兰猜那个人就是今晚宴会的主人，但一时间罗兰基本上没看他。他的目光完全被苏珊·德尔伽朵吸引了：蓝色的裙子、小麦色肌肤、唇红齿白，眉目如黛，完美得根本无需上妆，美丽就这样轻轻写满了她的脸庞；更重要的是，她没有扎起长发，而是任其垂到腰间，就像是最柔顺的绸缎一般发出夺目的光芒。他突然有种强烈的冲动，他想要她，这种感觉如此炽热和深沉，近乎癫狂。现在看来，他此行所有的任务和目的，都没有这个女孩重要。

苏珊稍稍转了个身，偷偷地望着他。她的双眸（他发现是灰色的）微微睁大了一些。他觉得她双颊的颜色稍稍变深了一点。她的双唇——曾在那条黑路上吻过他的双唇——也张开了一点点。这时，站在托林边上的那个男人（也很高，很瘦，留着胡子，长长的白发一直垂到黑色外衣的肩膀部分）说了些什么，苏珊又转身面对着他了。过了一会儿，托林身边的一帮人都大笑了起来，苏珊也笑了。那个白发男子并没有和他们一起大笑，只是微露笑意。

罗兰希望自己的脸没有暴露内心的激荡澎湃。他被径直带到这群人当中，他们就站在酒钵的边上。仿佛是遥远地，他感觉到莱默瘦骨嶙峋的手指抓着他的肘部上方。更清晰地，他闻见一种混合的香味，还有墙壁上灯油的味道和大海的味道。也许并没有任何理由，他就不停地想，*哦，我快死了。我快死了。*

蓟犁的罗兰，稳住自己。看在你父亲的面上，停止这愚蠢的举止吧。稳住！

他努力稳住自己……某种程度上他做到了……但他明白，下次她看着他时他会再次迷失自己。那是她的眼睛。前些天的那个晚上，在黑暗当中，他并没看清那双仿佛烟雾缭绕的眼睛。他长叹一声，*真不知道当时我是多么幸运啊。*

“托林市长？”莱默问道，“我们可以把来自内领地的客人们介绍给您么？”

托林转身背对着那个白发男子和他身边的女子，满脸激动。他比他的大臣要矮，但同样瘦，他的身材很特别：上身很短，肩膀很窄，但腿又长又瘦，让人觉得不可思议。罗兰觉得他看上去像是一只黎明时分在沼泽地里啄食早餐的鸟儿。

“对啊，请介绍吧！”他嗓门又大又粗，“其实你已经可以开始了，我们都有点等不及了，非常迫不及待！相逢愉快啊，各位！欢迎，先生们！希望大家能在寒舍度过愉快的夜晚，祝你们健康长寿！”

罗兰握住市长先生骨瘦如柴的手，听到指关节在他一抓之下嘎嘎作响，他本以为会在市长脸上看到不悦的神情，但随后就松了一口气。他向前伸出一只脚，深深鞠躬。

“威廉·迪尔伯恩，市长先生，愿为您效劳。谢谢您的款待，祝您长寿。”

“阿瑟·希斯”随后也行了礼，接着是“理查德·斯托克沃斯”。随着每一个深深的鞠躬，托林笑得更加灿烂了。莱默想尽办法要作眉开眼笑状，但看上去还是很不习惯这样。白发男子取了一杯酒，递给身边的女伴，脸上仍然挂着似笑非笑的表情。罗兰知道房间里的每一个人——大约共有五十个左右——都在看着他们，但是他感觉最强烈的就是她的目光，就像是软软的翅膀摇动着他的每一寸皮肤。他通过眼睛余光能见到她裙子上的蓝色丝绸，但不敢正眼看她。

“你们一路辛苦么？”托林问道，“你们有没有遇到险情或经历什么困难？最近我们这里很少有来自内弧的客人，所以我们很想在吃饭的时候听听有关细节。”他那急切而有点傻傻的微笑消失了；两簇眉毛靠拢在一起，“你们路上有没有遇见法僧的巡逻兵？”

“没有，阁下，”罗兰说，“我们——”

“不，小伙子，不——不要称阁下，别这样称呼我，即使我不介意，我所服务的渔牧民也不会喜欢这个称呼的。如果你愿意，称呼我托林市长就行了。”

“谢谢，一路上我们看见了很多奇怪的事情，托林市长，但是没有碰见那些‘好人们’。”

“‘好人们’①！”莱默脱口而出，他笑的时候，上唇噘了起来，让他看上去像是一条狗，“没错，就是‘好人们’！”

“我们会仔细听你们的故事的，一字不漏，”托林说，“但是年轻的绅士们，我还是要谨记礼仪，趁热打铁把你们介绍给站在我身边的人。津巴你们已经见过了；我左边这位可怕的先生就是艾尔德雷德·乔纳斯，他是我的新

---

① 法僧被称为“好人”法僧，所以罗兰把他的手下称为“好人们”。

保安小组的头头。”托林的笑脸这时显得有点尴尬，“其实我不认为我需要额外的保安，治安官艾弗里已经足以能让我们这里的一亩三分地获得安宁了，但是津巴还是坚持要增加保安。要是津巴坚持的话，市长也得听他的。”

“很明智，长官。”莱默说着就鞠了一躬。他们都笑了，除了乔纳斯以外，他仍然继续保持着矜持的微笑。

乔纳斯点点头。“欢迎你们。”声音尖利，有点颤抖。他接着就祝福他们万寿无疆，跟他们一一握手，最后来到罗兰跟前。他握手的动作很机械，也很坚决，一点都不像他颤抖的声音。这时罗兰注意到那个男人的右手背上有个怪异的蓝色刺青，就在食指和大拇指之间的虎口部分。看上去像是个灵柩。

“祝天长夜爽。”罗兰几乎是不假思索地说道。这是他小时候就开始用的问候语，但过了一会他才意识到这句话会让人联想到蓟犁，而不是别的什么诸如汉非的乡村。这只不过是一句随口说出的话，但他开始相信，他们对此类口误的严重性的理解肯定要比父亲当时的想法肤浅得多，所以父亲才大老远地把罗兰他们打发到这里来，躲开法僧。

“也祝你。”乔纳斯说。他那双明亮的眼睛上下打量着罗兰，眼神近乎傲慢，此时他们的手还握在一起。接着他放开手，往回退了一步。

“科蒂利亚·德尔伽朵。”市长托林说着，然后向刚刚正和乔纳斯说话的女人鞠了一躬。就在罗兰也向她鞠躬的时候，他看见了家族成员间的相似性……只是苏珊脸上显现出的大度和可爱在这个女人脸上变成了刻薄和拘谨。她不是那女孩的母亲；罗兰觉得科蒂利亚·德尔伽朵要当苏珊的母亲还太年轻了一点。

“还有我们特别的朋友，苏珊·德尔伽朵小姐。”托林最后说，声音有些慌张失措（罗兰觉得她会让每个男人都有这样的反应，即便是像市长这样的老男人）。托林让她走向前来，一边还咧嘴笑着，指关节突出的手拍拍她的后背，罗兰当时就感到妒火中烧。真是荒谬，这个人都这把年纪了，还有个丰腴可人的老婆，但他竟然还这样，真是露骨。露骨得就好像是蜜蜂的屁股一样。柯特会这样形容此事的。

接着她的脸向他仰起，他再次看到了她的双眼。他曾在某首诗或某个故事里听说，人能淹死在女人的眼神里，但他认为那是无稽之谈。直到此时他还是觉得那话有些荒诞，但他现在觉得这件事绝对是有可能的。而她也是知道的。他在她的眼神里看到了一份忧虑，甚至也许是害怕。

答应我，如果我们在市长府邸见面的话，那将是我们第一次见面。

记起这一席话对罗兰有振聋发聩、醍醐灌顶的作用，仿佛也打开了他的眼界，同时还让他意识到乔纳斯身边的那个和苏珊有几分相似的女人正用好奇和警觉的眼光注视着她。

他深深鞠躬，但仅仅是碰了一下她伸出来的未戴戒指的手。即使这样，他还是觉得他们的指间隐约有类似火花的东西跳动了一下。随着她眼睛的瞬间睁大，他想她也应该感觉到了。

“很高兴见到你，小姐。”他说。他想要显得随意一些，但那声音在自己听来有点无力，还有些不真诚。然而，既然开了头，而且全世界都在注视着他（他们），除了继续下去以外没有别的选择了。他轻拍喉咙三次。“祝你长寿——”

“嗯，你也是，迪尔伯恩先生。谢谢你。”

她迅速转向阿兰，迅速得甚至有点无礼，然后转向库斯伯特。库斯伯特也鞠了一躬，轻拍喉咙，然后严肃地说：“我可以暂时跪倒在你脚下么，小姐？你的美貌让我的膝盖无法站立了。我相信要是能让我把后脑勺放在冰冷的地砖上，从地上朝你看几眼，我就会好的。”

他们都笑了——甚至乔纳斯和科蒂利亚小姐也笑了。苏珊脸上一阵绯红，轻轻打了一下库斯伯特的手背。于是罗兰也就原谅了这位朋友放肆而愚蠢的玩笑话。

还有一个人也加入了酒钵边上的宴会。这个新来的人身穿老式外套，长得矮壮结实。他的脸颊呈现深红色，不像是喝醉了酒，倒像是风吹的缘故，眼周都是皱纹，双眼颜色浅淡。这是个农场主，罗兰以前常和父亲骑马，比较熟悉这样的脸。

“今晚会有很多姑娘来见见你们这些小伙子，”新来的这个人颇为友善地笑着说道，“你一不小心就会发现自己在袭人的香水味道中醉了。呵呵，我想在你们见到姑娘们之前先打个招呼。我是弗朗·伦吉尔，愿意为你们效劳。”

他握手有力而迅速；没有鞠躬，也没有多说什么废话。

“我是罗金B的主人……也可以说罗金B是我的主人，随便你们怎么看。同时我也是马夫协会的主席，至少在他们解雇我之前是的。让你们住在老K酒吧是我出的主意。我希望一切都顺利。”

“很完美，先生，”阿兰说，“那里清爽干净，足可以容纳二十人。谢谢你。

你想得真是太周到了。”

“别客气，”伦吉尔说着，看上去很高兴，他把手中的酒一饮而尽，“我们都是一条心啊，孩子。约翰·法僧不过是一堆头脑发热的人中的害群之马。人们说，世界已经转换了。不会因为任何人而停止。哈！真的是这样，世界正朝一条通往地狱的不归路走去。我们能做的就是尽力而为，坚持得越久越好。既是为了我们的父亲，更是为了我们的孩子。”

“听着，听着。”市长托林试图显得庄重，谁知听上去还是很愚蠢。罗兰发觉这个骨瘦如柴的家伙抓住了苏珊的一只手(苏珊看上去根本没有意识到这一点；她只是很专注地看着伦吉尔)，他突然明白了：这位市长要么是她的叔叔，要么就是她的表亲，反正是比较近的关系。伦吉尔对那两个人都没有在意，而是看着三个新来的人，上下仔细打量着每个人，最后把目光落在了罗兰身上。

“有任何需要我们眉脊泗这里的人帮忙的，尽管开口——我、约翰·克罗伊登、哈什·伦弗鲁、杰克·怀特、汉克·沃特纳，向任何一个人提出，或是所有人。你们今晚就能见到他们以及他们的妻子和儿女。你们要做的只是提出要求。也许我们离新伽兰十万八千里，但我们仍然忠于联盟。是啊，非常忠诚。”

“说得很好。”莱默暗自说道。

“现在，”伦吉尔说道，“让我们为你们的到来而干杯。你们等得太久了。想必你们已经非常口渴了。”

他转身对着酒钵，伸手去拿其中那个较大、较华丽的酒钵的勺子，挥手示意侍者离开，显然他想通过亲自为他们斟酒来表达敬意。

“伦吉尔先生。”罗兰平静地说，但声音里透出一丝命令的感觉。弗朗·伦吉尔听到后转过身来。

“那个小酒钵里面装的是不含酒精的潘趣酒，是不是？”

伦吉尔想了想，一开始没弄明白什么意思。接着他的眉毛一扬。他第一次觉得罗兰和他的伙伴是真正的人，而不仅仅是联盟和内领地的活符号。他们是年轻人。或者更确切地说，只是孩子。

“怎么了？”

“那么劳驾您从小酒钵里为我们斟酒吧。”他觉得所有人的目光都集中在他们身上。尤其是*她*的目光。而他自己则紧紧盯着农场主，但是他用余光也能看得很清楚，他看见乔纳斯的脸上重又浮现出浅浅的笑意。乔纳斯已经知道这一切是怎么回事了。罗兰觉得托林和莱默也知道了。这些乡下人知道很多事情。他们知道得太多了，他此后有必要好好考虑一下这一点。但现在不是考虑这个的时候。

“我们忘记了父亲的脸，所以我们闯了祸，被送到罕布雷来。”罗兰此时有点不安，因为他意识到自己正在做一个演讲，不管他愿不愿意。并不需要对整个屋子的人作演说——谢天谢地——但围在身边的听众已经越来越多了。别无选择，只有讲下去；一只脚已经迈出去，断没有收回来的道理。“我不需要说得太详细——我知道你们也不打算听所有的细节——但我要声明我们已经承诺在这里不会沉湎于酒精。这是作为一种惩罚。”

她的眼光。他还能感觉到她的眼光停留在自己的每一寸肌肤上。

一时间，站在酒钵周围的那帮人突然完全安静下来了，然后伦吉尔发话了：“若你父亲听到你说得如此坦诚，他会为你们骄傲的，威尔·迪尔伯恩——是的，他会的。要知道，有哪个真正有出息的男孩没闯过祸呢？”他拍拍罗兰的肩膀，尽管他手劲很大，笑容很真诚，但他的眼睛让人捉摸不定，总是让人觉得在那深深的皱纹中可以看出些心计。“我可以代替他为你感到骄傲么？”

“是的，”罗兰笑着回答说，“谢谢您。”

“我也谢谢你。”库斯伯特说。

“还有我。”阿兰平静地说，顺手接过递来的无酒精潘趣酒，向伦吉尔鞠了一躬。

伦吉尔斟了许多杯，很快地分发给周围的人。手里已经有杯子的人发现自己的杯子被一把夺走，取而代之的是装满无酒精潘趣酒的杯子。当这一帮人每人手中都有酒之后，伦吉尔转过身来，显然是想亲自祝酒。莱默轻轻拍了拍他的肩膀，朝市长方向使了个眼色。那位尊贵人物正看着他呢，眼睛张得大大的，下巴都快掉下来了。罗兰觉得他就像个坐在椅子上看得入迷的戏迷；只需要一大腿的橘子皮，这个形象就完整了。伦吉尔顺着大臣的眼光看过去，然后点点头。

接着，莱默朝站在乐手之间的吉他演奏者也使了眼色。吉他手停止了演奏；其他人也停了下来。来宾都朝那个方向看去，但托林开始说话了，于是大家就又把目光移到屋子中央。在这种场合下，他的声音没有什么古怪之处——听上去既真诚又令人愉悦。

“女士们先生们，我的朋友们，”他说，“我希望你们能和我一起欢迎新来的三个朋友——来自内领地的年轻人，代表联盟、不远万里、不辞辛劳来到这里的好小伙子，他们为了秩序与和平而来。”

苏珊·德尔伽朵把酒杯放到一边，（有点艰难地）把手从她叔叔的手中抽出来，开始鼓掌。其他人也纷纷鼓掌。掌声响彻整个房间，持续时间短暂，但很热烈。罗兰注意到艾尔德雷德·乔纳斯没有把杯子放下来鼓掌。

托林转向罗兰，微笑着。他举起杯子。“我可以把你们介绍给大家吗？迪尔伯恩？”

“好啊，谢谢。”罗兰说。这时房间里响起了笑声，有人因为罗兰的措辞而鼓掌。

托林把杯子举得更高了。房间里的其他人都纷纷效仿；水晶杯在吊灯的光照下像是点点星光。

“女士们先生们，我要向你们介绍来自汉非的威廉·迪尔伯恩、来自佩尼尔顿的理查德·斯托克沃斯和来自蓟犁的阿瑟·希斯。”

听到最后一个名字，有人倒吸一口气，也有人小声耳语着，就好像市长宣布阿瑟·希斯是来自天堂一样。

“好好招待他们，对他们好一点，让他们在眉脊泗过得开心，给他们留下美好的回忆。给他们的工作提供帮助，促进我们共同为之努力的事业。祝愿你们万寿无疆。这就是我要说的话。”

“这也是我们要说的话！”其余人发出了雷鸣般的回应。

托林举杯喝酒；其他人也纷纷喝酒。又有人为此鼓掌。罗兰控制不住自己，转过身来，马上又看见了苏珊的眼睛。有好一会儿她目不转睛地盯着他，在她那坦诚的目光中，他看出苏珊为自己的在场而激动不安，就像他为她的在场而心神不宁一样。接着，那个和她长相相似的老女人弯下腰来，对着她的耳朵悄悄地说了几句话。苏珊转过身去，脸上换成了一副冷淡镇定的表情……但他已经在她眼里看出了关切。他再一次觉得，发生过的事情不能抹煞，说过的话不能收回。

8

他们走进餐厅，里面放着四张长桌（每张桌子之间间隔很小，简直无法从中间穿过去），科蒂利亚一把拉过侄女的手，把她从市长和乔纳斯身边拽回来，这两人都正忙着和弗朗·伦吉尔说话呢。

“小姐，你为什么要那样看着他？”科蒂利亚有点生气地小声说道。那条垂直的皱纹出现在她的额头上。今晚这条皱纹看上去深得就好像是壕沟一样。“你脑子没病吧，傻瓜？”那样的措辞就已经足以让苏珊知道姑妈有多愤怒了。

“看谁？怎么看的？”她的声音听上去还振振有词，她想，不过，哦，她的心——

握住她手的那双手往下一拽，她感到有点疼。“不要和我打哈哈了，年轻美貌的小姐！你是不是以前就见过那几个光鲜得像大头针一样的小了？说实话！”

“没有，我怎么可能见过呢？姑妈，你把我弄痛了。”

科蒂姑妈阴险地笑了笑，更用力地捏着她的手。“长痛不如短痛。别那么放肆。你那调情的眼神也给我收敛一点。”

“姑妈，我不知道你的意——”

“我认为你知道。”科蒂利亚严厉地说，一边把侄女紧按在墙壁的木板上，好让客人们通过。当拥有船库的那个农场主打招呼的时候，科蒂利亚优雅地向他笑着，祝他愉快，然后转过身来面向苏珊。

“听我说，小姐——乖乖听话。要是连我都看见你像母牛一样睁大的眼睛，肯定一大半人都看见你了。木已成舟，但是现在必须打住。你像小孩子那样玩游戏的时间已经结束了。明白么？”

苏珊没有说话，脸上呈现出的僵硬线条是科蒂利亚最讨厌的了；她一看到那种表情就有种冲动想打她那个倔强的侄女，直到打得她鼻子流血，那小鹿般的灰眼睛流出眼泪为止。

“你已经发过誓，立过约了。文件都签署了，那个怪异女人也被咨询过了，钱也已经易手。更重要的是，你做出了承诺。要是你觉得那对你来说毫无意义，那就记住它对你父亲的意义。”

苏珊的眼睛再次噙满了泪花，科蒂利亚很开心看到这一幕。她兄弟花钱大手大脚，让人讨厌，他能做的只是生出这么个漂亮的丫头……但他好歹派上了用场，尽管他已经死了。

“现在你要保证不随便乱看，如果你看到那个男孩过来的话，你就要转过身去——尽可能离得远些——别跟他搭讪。”

“我保证，姑妈，”苏珊小声说道，“我保证做到。”

科蒂利亚笑了。她笑的时候是很漂亮的。“很好。我们进去吧。我们正受到注视。孩子，搀着我的胳膊。”

苏珊搀起姑妈撒了香粉的胳膊。她们并肩进了餐厅，裙摆摩擦着，蓝宝石挂件在苏珊的胸前闪耀，很多人都注意到她们俩是多么相像，然后想，要是老帕特·德尔伽朵和她们在一起多好。

9

罗兰坐在中间那张桌子旁，靠近席首，在哈什·伦弗鲁(一个比伦吉尔还要壮硕的农场主)和托林那怪脾气的妹妹克拉尔之间。伦弗鲁很爱喝潘趣酒；这时桌上的汤已经上了，他也开始证明自己对啤酒的爱好同样浓郁。

他谈论着捕鱼业(“不是以前那种传统的捕鱼业，孩子，但现在他们捕捞的变异种少多了，谢天谢地”)、种植业(“这儿的人们几乎可以种植任何作物，只要是谷物或是豆类”)，还有一些他非常关心的话题：养马、狩猎和牧场经营。那些事业照常在进行着，尽管四十多年来，这个遍布草场的海岸领地日子也不太好过。

“纯洁血统的工作有没有发挥作用？”罗兰问道。因为在他的老家，人们已经这么做了。

“有。”伦弗鲁说。现在他无暇理会番茄浓汤，倒是开始大嚼烧烤牛肉片了。他就着啤酒把一手抓来的牛肉片都吞进肚里。“年轻的少爷，纯洁血统的工作早就开始了，每五匹小马中就有三匹是正常的——纯种的或是杂交的都有——第四匹马如果不是用来作种马的话，就养着作为劳力。每五匹马里只有一匹马出生的时候有多余的腿或眼睛或是肠子外翻的，这个几率已经很不错了。但出生率大大降低了；种马数目不少，但生殖力好像不强。”

“女士，不好意思我们光顾自己说话了。”伦弗鲁说着，将身子稍稍侧向罗兰的方向，靠近克拉尔·托林。她还是那么浅浅地笑着(这让罗兰想起了乔纳斯)，拿着调羹在汤里搅着，什么也没说。伦弗鲁把杯里的啤酒一饮而尽，尽情地咂吧了一下嘴，接着又把杯子递了出去。杯子里倒满酒之后，他转身面对罗兰。

情况没有以前那么妙，但本来可能更糟糕的。如果那个叫法僧的坏蛋得势，麻烦就更大了(这次他没有在托林小姐面前说客气话了)。他们必须团结一心，这是必由之路——不管贫富，无论大小，只要团结，就可以发挥一点作用的。然后他也响应了伦吉尔刚刚说过的话，告诉罗兰无论他和他的朋友们想要什么或是需要什么，他们可以尽管说出来。

“我们只需要消息，”罗兰说，“东西的数量。”

“是啊，没有数字就谈不上清点员了。”伦弗鲁附和着，趁着酒劲大笑起来。在罗兰的左手边，克拉尔·托林正吃着一小片绿色蔬菜（她几乎没怎么碰过牛肉），矜持地笑笑，然后又开始玩起了她的汤勺。罗兰觉得她肯定没有听力方面的问题，而且她哥哥肯定能收到他们对话内容的完整汇报。也许莱默才是听汇报的人。也许现在说还为时过早，但罗兰觉得莱默可能才是这里真正的重量级人物。也许还包括乔纳斯。

“比方说，”罗兰说，“有多少匹能够骑的马可以向联盟报告？”

“一部分还是全部？”

“全部。”

伦弗鲁放下杯子，仿佛在计算着马匹的数量。这时，罗兰朝桌子对面看去，看见伦吉尔和亨利·沃特纳——也就是领地的牲畜养殖员——飞快地交换了一下眼色。他们也听见了。他还看见了些别的，当他把注意力转回到旁边坐着的那个人时：哈什·伦弗鲁喝醉了，但并没有他想让年轻的威尔·迪尔伯恩相信的那么醉。

“你说是全部——并不只是我们还应向联盟输送的，或是在必要的时候能够交出的。”

“是的。”

“哦，我们来看看，年轻人。弗朗有一百四十匹马；约翰·克罗伊登差不多有一百匹。汉克·沃特纳自己有四十匹，但在鲛坡还为领地养着另外六十匹。那是政府的马匹，迪尔伯恩先生。”

罗兰笑了。“我很清楚。分蹄的，短脖的，跑得慢，食量特大。”

伦弗鲁一听大笑不止，不住地点头……但是罗兰怀疑他是不是真的被逗乐了。在罕布雷，好像人们都是阳里一套，阴里一套的。

“就我个人而言，过去的十年（或者是十二年）过得并不如意——相继得了沙眼、脑膜炎和卡巴达①。以前一度有两百匹马奔跑在鲛坡上，身上带着‘懒苏珊’的烙印；现在是连八十匹都不到了。”

---

① 卡巴达（cabbards），斯蒂芬·金生造的一种病名。

罗兰点点头："所以我们现在有四百二十四。"

"哦，还要多一点。"伦弗鲁笑着说。他拿起了酒杯，用一只饱经风霜和劳作折磨的手敲击着杯子的一边，但不小心打翻了杯子，他一边咒骂着一边把它捡起来，然后就诅咒那个上酒的服务员速度太慢了。

"还要多么？"罗兰催促着，这时伦弗鲁已经直起身来，准备自己动手了。

"你要记得，迪尔伯恩先生，这里主要是以养马为主，而不是以渔业为主。我们和渔民之间相互逗乐，但就连许多渔民都在房子后面养一匹矮小马，如果他没有地方能为马儿遮风挡雨的话，就干脆放在领地的马厩里。"

伦弗鲁向苏珊那边点点头，苏珊和罗兰隔着三个位子，坐在对面，更靠近席首——离市长仅有一位之隔，市长自然是坐在席首的。罗兰发现她的座位有点奇怪，尤其是当他发现市长的妻子几乎是坐在桌子的最远端时。库斯伯特坐在和她一边，另一边是此地一个还没有被介绍过的农场主。

罗兰觉得，像托林这样的老头子很可能喜欢有个年轻漂亮的亲戚坐在自己身边以吸引大家的注意力，或是让自己享享眼福，但这还是显得怪怪的。这样的座次对他的妻子来说几乎是个侮辱。如果他不想听自己的妻子讲话，那么为什么不把她安排在另一张桌子的席首呢？

他们有他们自己的习俗，仅此而已，而他们的习俗不是你要关心的。这个人疯狂的数马方法才是你应该关心的事情。

"那另外还有多少能跑的马匹呢？"他问伦弗鲁，"总共？"

伦弗鲁很机灵地盯着他看。"一个诚实的回答不会让我心里不安，对不对？我也是联盟的人——我忠于联盟，所以我死后他们会在我的墓碑上刻上'亚瑟王的神剑'几个字——但我不想让罕布雷和眉脊泗失去所有的财产。"

"不会发生那种事的，先生。我们怎么能强人所难，逼迫你放弃想要的东西呢？我们所有的力量都集中在西部和北部，为了对抗'好人'法僧。"

伦弗鲁想了想，点点头。

"你愿意叫我威尔吗？"

伦弗鲁眼睛一亮，点点头，再次伸出了手。这回罗兰用双手握住了他的手，他开心地笑了。这种握手方式是牛仔和牲畜贩子所青睐的。

"我们生活的年代可不是什么好时候，威尔，人们已经养成了坏习惯。我猜在眉脊泗及其周边大概还有一百五十匹马。我说的是正常的马。"

"那就是说正常的马也有很多。"

伦弗鲁点点头，拍拍罗兰的背，咽下一大口啤酒。“很多，没错。”

这时桌子上端传来了一阵大笑。显然是乔纳斯说了什么笑话。苏珊纵情大笑，脑袋向后仰着，还不住拍手称快，胸前的蓝宝石吊坠来回晃悠。坐在她左边的科蒂利亚也在笑，她的右边则坐着乔纳斯。托林显然也是笑得忘形，坐在椅子上前仰后合，还拿纸巾擦着眼泪。

“那女孩真可爱。”伦弗鲁说。他几乎是带着一种尊敬的口吻说。罗兰好像听到一个很轻的声音——好像是某个女人哼了一声——声音来自他的另一边。他往那个方向看了一眼，看见托林小姐还在玩弄她的汤勺。他回头看着桌子的上端。

“托林是她的叔叔还是她的表亲？”罗兰问道。

接下来发生的事情在他的记忆里特别清晰，就好像有人突然把世上所有的颜色和声音都一下子呈现出来。苏珊身后的红色天鹅绒帷幕好像突然变得更加鲜艳；克拉尔·托林发出的尖利笑声就好像是树枝折断的声音。声音响得足以让身边人都停下来看着她，罗兰心想……但事实上只有伦弗鲁和对面的两个农场主停下了交谈。

“她的叔叔！”这是她今晚第一次和人聊天，“她的叔叔，很好。你说呢，伦弗鲁？”

伦弗鲁没吱声，只是把酒杯推到一旁，开始喝汤。

“年轻人，你真是让我吃惊啊。你可能是来自内世界，哦天哪，但负责对你进行现实世界教育的人——那个书本以外的世界——肯定是不太尽责的。她是他的——”接着是一个口音很重的词，罗兰没听明白那是在说什么。听上去像是在说西分，或者是西芝。

“对不起，您说什么？”他笑着，但笑容透着一丝冷酷和虚伪。他感觉胃很滞重，仿佛出于礼貌吃下去的潘趣酒、汤和牛肉都在肚子里结成了一块。你是侍者么？当时他本想这样问她，意思是她是不是餐厅侍者。也许她真的是服务员，但很可能是在另一个更私密的房间里服务。突然间他什么都不想听了；一点也不想知道市长妹妹那个词到底是什么意思。

这时上首传来另一阵笑声，几乎要把桌子掀翻。苏珊仰头笑笑，脸颊放出夺目光彩，眼睛也闪闪发光。她的一根裙带从肩膀上滑下来，露出了柔嫩的肩膀。他看着，心里充满着恐惧和渴望，而她马上用一只手掌轻轻地把带子拨了回去。

“这个词的意思就是‘安静小女子’，”伦弗鲁解释的时候显然不是很自在，“这是个老词，最近没什么人用了——”

“别说了，伦弗鲁。”克拉尔·托林说。接着她对罗兰说：“他只是一个老牛仔，即使他那心爱的马匹不在身边，他也会瞎扯些驴头不对马嘴的话。西艾是小妾的意思。在我曾祖母的时代，这个词的意思是妓女……但是一种特殊的妓女。”她用那灰白的眼睛看了苏珊一眼，然后又转过身面对罗兰。她目光中有一种不怀好意的喜悦，罗兰很不喜欢这种眼光。“这种妓女你得用现金来付账，老百姓是玩不起这么昂贵的妓女的。”

“她是他的小相好?”罗兰从唇间挤出这几个字，仿佛每个字都结了冰一样。

“对啊，”克拉尔说，“但还没有圆房，收割节之前都不会——我敢说我哥对此肯定很不开心——就和以前一样，花钱买来的。她就是这样的人。”克拉尔停顿了一下，“她的父亲要是还活着，肯定也要被她羞死了。”她语气中带着某种恶意的满足感。

“我觉得我们不该对市长做出这么苛刻的评价。”伦弗鲁的语气里带着一种尴尬的武断。

克拉尔没搭理他。她打量着苏珊下巴的线条，紧身胸衣的丝质边缘上那柔软的凸起，还有那垂顺的头发。克拉尔脸上那所剩不多的幽默感消失了。她脸上现在浮现出一种让人不寒而栗的蔑视。

罗兰身不由己地想象着那不堪入目的画面，市长可怕的双手褪下苏珊的裙子肩带，在她裸露的肩膀上乱摸一气。他移开目光，转向桌子末端，他在那里看见的景象也好不到哪里去。他看见了奥利芙·托林——奥利芙坐在桌子的最末端，看着桌首那群大笑的人。她抬头看着自己的丈夫，他身边的位置已经不属于自己，而是属于一个年轻漂亮的女孩，他送给这个女孩的吊坠让她的耳饰相形见绌。她脸上并没有克拉尔那种仇恨、愤怒和轻蔑。也许看着她要让人舒服一点，但事实并非如此。她看着自己的丈夫，眼神恭顺，怀着希望，却又郁郁寡欢。这时罗兰明白为什么自己刚才就觉得她看上去有些悲伤了。她完全有理由悲伤。

从市长一帮人那里传来更多的笑声：莱默从旁边那张桌子的席首靠过身来，讲了几句俏皮话。这几句话肯定十分有趣。因为这次甚至连乔纳斯都笑了。苏珊一手放在胸前，拿起一块纸巾擦去眼角笑出的眼泪。托林握住了她另一只手。她朝托林看了看，与他目光相遇，仍然笑着。他想到了奥利芙·托林坐在桌子的末端，面前的桌上放着盐和调料，还有一碗没有碰过的汤，脸上挂着忧伤的微笑。她就坐在苏珊可以看见的地方。他觉得要是自己把枪带来了的话，就很可能会朝苏珊·德尔伽朵那颗冷酷淫荡的心脏开一枪。

他想：你打算要愚弄谁啊？

接着过来一个男侍者，在他面前放了一盘鱼。罗兰觉得他这辈子都不曾像今天这样没食欲……但他还是会吃的，而且会把注意力转移到懒苏珊的主人哈什·伦弗鲁带来的种种疑问上。他将记住父亲的脸。

是的，我会清楚地记住父亲的脸，他想。只要我能忘记蓝宝石吊坠上的那张脸。

10

这顿晚饭似乎是没完没了，也根本别想提前离开。接待厅中间的桌子已经被移开了，当客人们回来的时候——当时简直是摩肩接踵，人浪像退潮一般涌过来——人们在一个矮小的红发男人的指挥下，组成了两个相邻的圈子，后来库斯伯特给这个男人起了个绰号，叫托林市长的娱乐部长。

圈子在一阵阵笑声中排好了，每个男孩身边都是一个女孩，圈子排得有点艰难（罗兰猜想来宾里差不多有四分之三的人都有点醉醺醺了），然后吉他演奏家弹了一首吉撒。这是首简单的里尔舞曲。两个圆圈按截然相反的方向旋转，大家都手牵手，直到音乐声暂停。然后两圆相接处的一对舞者站出来，在女孩那一圈的中心开始跳舞，其余的人都鼓掌欢呼。

领头的音乐家在演绎这个非常古老、备受欢迎的传统时，特别注意从滑稽中找乐子，他总是刻意在全场最滑稽的组合碰头时让乐队停下音乐：高个子女人和矮个子男人，胖女人和瘦男人，老女人和小男孩（库斯伯特最终是和一个几乎和他的祖母差不多年龄的老妇成为舞伴，跳舞时伴着舞伴气喘吁吁的咯咯笑声和一大帮人的欢呼声）。

罗兰正在想这个愚蠢至极的舞会何时才能结束，音乐突然停了下来，他发现自己面对的不是别人，正是苏珊·德尔伽朵。

他一下子还没反应过来，只是呆呆地盯着她看，觉得自己的眼球都要弹出眼眶了，两只笨重的脚根本迈不开步子。最后她抬起手，音乐再次响起，“人圈”（这一圈里包括市长托林和那个很警觉且不苟言笑的艾尔德雷德·

乔纳斯)里响起了掌声,于是他开始领舞。

起初,他带着她旋转时(他的双脚在移动时还是保持着一贯的优雅和准确,不管麻木与否),他觉得自己就像是个玻璃人。然后他意识到她的身体接触到他,还有衣服的摩挲声,这时他才恢复了知觉。

她靠近了一些,说话时发出的气息挠得他耳朵痒痒的。他不知道一个女人是不是真的能让你疯狂——疯狂的字面意思。今晚之前就是打死他都不会相信的,但是今晚以后一切都变了。

"谢谢你周到的考虑和得体的行为。"她细声说道。

他把自己的身体往回撤了一点,手放在她的背后,带着她快速旋转了一下——他的手掌停留在冷冷的绸缎上,手指则触碰到了她那温润的肌肤。苏珊的舞步和他配合得可谓天衣无缝,跳得无比优雅,而且毫无停顿和磕绊,丝毫不担心罗兰的皮靴可能踩在自己穿丝绸拖鞋的脚上。

"我可以考虑周到,"他说,"至于行为得体?你竟然知道这个词,我真是很吃惊啊。"

她抬头看看他,微笑消失了。他发现她的脸上浮现出了愤怒,但是愤怒的神色之前一闪而过的是受伤的神情,就好像他给了她一个耳光一样。他感到既开心又难过。

"你为何这么说?"她轻声问道。

还没等他来得及回答,音乐声戛然而止……其实他自己也不知道该如何回答那个问题。她行了一个屈膝礼,他也以一个鞠躬回礼,这时旁观者们都鼓起掌来,还有人吹起了口哨。他们回到自己的位置,回到分属自己的那个圆圈,吉他声再次响起。罗兰觉得双手又被抓紧了,又开始随着圈子转动起来。

笑声。脚踩地板声。和着节拍鼓掌的声音。他能感觉得到,在自己后面的某个地方,她也在做着相同的动作。他想,是否苏珊也和自己一样,渴望离开这个地方,走入漫漫黑夜,享受一份孤独。在那里,他可以扔掉自己的伪装,因为面具后面真实的自己正滚热发烫,几近燃烧。

第六章

锡弥

1

大约到了十点钟，来自内领地的三个年轻人对男主人和女主人表示谢意之后就匆匆消失在充满芬芳的夏日夜色中。科蒂利亚·德尔伽朵恰巧站在领地的牲畜贩子亨利·沃特纳边上，就对亨利说，他们肯定是累了。沃特纳笑了，回答的时候口音很重，听上去几乎有点可笑了："不，女士，这种年纪的男孩子都像是下雨天寻找木堆的老鼠。要他们回到老K酒吧睡觉还得好几个小时呢。"

三个男孩离开后不久，奥利芙·托林也离开了，说是自己头疼。她脸色苍白，旁人没有理由不相信。

等到了十一点钟，在市长书房里，市长、大臣和刚刚走马上任的保安头领正和剩下的几个还没有离开的客人交谈着(所有的农场主和马夫协会的全体成员)。谈话很简短，但很热烈。一些农场主看到联盟的特使竟然如此年轻感到松了一口气。艾尔德雷德·乔纳斯对此没有发表任何意见，只是自顾自地看着自己那双苍白修长的手，脸上浅浅地笑着。

到了午夜时分，苏珊已经到家，正要宽衣解带，准备睡觉。蓝宝石吊坠就不用她操心了；那块宝石属于领地，在她离开市长府邸之前就已经被安放在市长房间里的保险箱里了，不管威尔·迪尔伯恩先生是怎么想她和这块宝石的。市长托林(她实在无法把他叫做哈特，尽管他已经要求她这么称呼他——她甚至连想到这个都不能接受)亲自向她要回了吊坠。就在接待室旁的走廊上，在亚瑟·艾尔德的挂毯旁边，那幅挂毯上，艾尔德正持着剑从埋剑的金字塔中走出来。他(是指托林，而非艾尔德)趁此机会吻了她的嘴唇，还在她胸口摸了一把——在这个漫长的夜晚，她已经觉得那部分过分暴露了。"我迫不及待期盼收割节的到来。"他对着她的耳朵颇为夸张地说。他口中散发出白兰地的味道。"这个夏天，我将度日如年。"

这时，在她的房间里，她正重重地、一下一下梳着头，一边看着外面渐亏的月亮，她觉得她这辈子都没有像现在这么生气过：生托林的气，生姑妈的气，生那个自以为是的威尔·迪尔伯恩的气。最关键的是，她生自己的气。

“在任何情况下你都可以做三件事，孩子，”她的父亲曾经告诉过她，“你可以决定做一件事情，也可以决定不做一件事情……或者你干脆决定不要去做决定。”其实最后一条爸爸根本没有说出口（他也没有必要这样做），因为这是软弱之人和愚蠢之人的选择。她已经对自己暗暗发誓，她绝不自己做第三种选择……但她还是让自己陷入了这种窘境。现在所有的选择看上去都很糟糕而且不光彩，所有的路要么堆满石头，要么遍布泥淖。

在市长府邸她的房间里（她已经有十年没有和哈特住一个房间了，或者只有五年），奥利芙身穿朴素的白色纯棉睡衣，也看着外面渐亏的月亮。把自己关在这个安全私密的房间以后，她哭了……但没有哭很久。这时她的眼睛已经干干的，感觉就和一棵死树一样空虚。

最糟糕的是什么呢？是哈特根本不明白她所遭受的羞辱，而且并不仅仅是为自己感到羞辱。他谈笑风生，左右逢源（还不失时机低头瞅苏珊·德尔伽朵领口的风光），根本不知道人们——包括他自己的大臣——在背后笑话他。那笑声可能会在女孩挺着个大肚子回到姑妈身边的时候停止，但那起码要好几个月以后了。收割节之后，女巫是那么说的。如果那女孩迟迟不怀孕，那么时间还要久些。然而，最愚蠢最耻辱的是什么呢？是她，约翰·哈弗提的女儿奥利芙，仍然爱着自己的丈夫。哈特是个自负、虚荣和趾高气扬的疯子，但她还是爱他。

除了哈特人到中年又找小相好的事情之外，还有一件事让奥利芙很在意：她觉得某种阴谋正在酝酿着，某种危险且很可能不光彩的阴谋。哈特对此略知一二，但她觉得他所知道的也仅限于津巴·莱默和那个阴险的跛子希望他知道的事。

以前，就在不久之前，哈特是不可能容忍自己像这样被莱默这种人蒙骗的，也不可能邀请艾尔德雷德·乔纳斯和他那一伙人在家里吃饭，而是会直接把他们放逐到西边去。但那是在哈特被德尔伽朵小姐那灰色的眸子、高耸的胸部和扁平的小腹迷得神魂颠倒之前。

奥莉夫放下灯，吹灭了火焰，爬上床，她将在上面睁眼到天明。

到了凌晨一点左右，除了四个清洁女工默默地（紧张地）在艾尔德雷德·乔纳斯的眼皮子底下进行着打扫之外，市长府邸的公共房间里已经空无一人了。当她们其中一个人抬头看见乔纳斯离开了一直坐着抽烟的窗边座位时，她小声对着同伴们说了些什么，所有人绷紧的神经都放松了一点。但是没人唱歌，也没人说笑。说不定那个手上画着蓝色灵柩的男人只是走进阴影里了呢。很可能他仍在监视她们。

两点了，连清洁工都收工离开了。在这样的时刻，蓟犁举行的一场聚会可能正在来宾的谈笑声中达到高潮，但蓟犁离这里很远，它不仅是在另一个领地，而且几乎是在另一个世界。这里是外弧，在外世界，连贵族们都是早早上床睡觉的。

在旅者之家，目光所及根本见不到贵族，然而，在小顽皮所能看见的地方，夜还浅着呢。

2

在旅者之家的一端，穿着翻卷靴的渔民还在边喝酒边玩着“看我的”游戏，少量下注赌博。他们的右边是一个扑克桌；左边是一小群兴高采烈叫喊着的人们——大多数都是牛仔——沿着撒旦球道站着，看着骰子在天鹅绒斜坡上跳动。在房间的另一端，席伯·麦克迪正卖力地敲出一支节奏强劲的摇滚曲，左手上下翻飞，右手用力敲击，汗从他的脖子和苍白的脸颊上流下来。在他身旁，快马佩蒂有点醉醺醺地站在一个小板凳上，晃动着硕大的屁股，声嘶力竭地吐出歌里每一个字：“来吧，宝贝，谷仓里有小鸡，什么样的谷仓，谁的谷仓，哦，我的谷仓！来吧，宝贝，别扭扭捏捏……”

锡弥在钢琴边停了下来，一手拎着骆驼桶，咧着嘴对着她笑，也想和她一起唱。佩蒂重重打了他一下，但没有漏掉一个词或是任何扭臀动作，锡弥也还以他独特的笑声，声音有点尖，但并不算很难听。

有人正在玩飞镖游戏；在靠后的一个小隔间里，一个把自己打扮成来自琪莲的姬莲伯爵夫人（从遥远的伽兰流放至此的王室成员，哦我的天哪，人们的想象力真丰富啊）的妓女在为客人服务。在吧台，就在那个双头鹿的下面，一帮流氓、流浪汉、牛仔、司机、运货马车夫、车匠、木匠、骗子、牧人、船夫和枪手挤在一堆喝酒。

而两个真正的枪手身处吧台的尽头，正自斟自饮。没人想加入他俩，这倒并不仅仅是因为他们身上的皮套里都佩着铁家伙，低低地垂下来，一副枪侠模样。在当时的眉脊泗，枪支虽然不常见，却不是陌生玩意，人们见了也不一定会害怕，但这两位阴沉着脸，仿佛做了一天不情愿做的活儿——那神情让人看了觉得他们可能会毫无理由地挑起一场殴斗，也会很乐意在一天结束的时候把新寡妇的丈夫们装上马车急急忙忙送回家去。

吧台侍者斯坦利不停地给他们上威士忌，压根没打算和他们讲话，连“先生，今天可真热啊，不是么？”都懒得说。他们闻上去有一股汗酸味，双手也因为粘有松脂而呈现黑色。但这并不足以让斯坦利看不到他们手上的蓝色灵柩。至少他们的朋友，那个有着女人头发而且跛腿的老家伙不在这里。在斯坦利看来，乔纳斯肯定是大灵柩猎手里最坏的那个，但是这两个人已经够坏了，要是可能的话，他绝对不想招惹他们。幸运的是，他们已经很累了，很可能会早早上床。

雷诺兹和德佩普已经精疲力竭了——他们一整天都在西特果忙活，为那些印着毫无意义的名字（得克萨科、西特果、桑诺柯和埃克森）的油罐车盖上伪装，他们似乎搬了成千上万摞松树枝——但他们并不打算提前结束今晚的饮酒。要是他的尼布斯在的话，德佩普倒是有可能早走，但那个小美人（她的真名是：格特·莫金斯）在农场有份短工，两天后才能回来。“如果用现金支付的话，就可能要干一个礼拜了。”德佩普沮丧地说。他伸手往上推了推自己的眼镜。

“和她上床。”雷诺兹说。

“要是能的话，我早就这么做了，可是不能啊。”

“我要给自己弄一份免费午餐来，”雷诺兹说着，指着吧台的另一头，那里放着一桶刚刚从厨房端来的蒸蛤蜊，“你要来点么？”

“它们看上去就好像是一团鼻涕，吃起来也一样。给我来点牛肉干吧。”

“好的，伙计。”雷诺兹向吧台另一头走去。人们给他让开一条很宽敞的通道；甚至连他的丝边风衣都不会碰到任何人。

想到尼布斯此时可能正在钢琴牧场和牛仔们打情骂俏，德佩普更加郁闷了，他把酒一饮而尽，闻到了手上的松脂味，不禁皱皱眉头。他把杯子推到斯坦利·鲁伊兹的面前。“给我斟满，你这头猪！”他大叫着。一个背靠吧台、手肘撑在台子上的牛仔听到他的咆哮吓得往前一冲，麻烦就此开始了。

锡弥朝厨房和沙龙间的小窗口走去，蒸蛤蜊就是从那个窗口端出来的。他用双手把骆驼桶拎在身前。再过一会儿，等旅者之家的客人们开始纷纷离开的时候，就轮到他做清扫工作了。而他此时的任务就是拎着骆驼桶四处转，把他能找到的没喝光的酒都倒入桶内。最后，这种混合饮料会倒进吧台后面的罐子里。罐子上的标签很合适——骆驼尿——只要三便士就可以买两份。这种饮料其实只有无业游民或一贫如洗的人才会喝，但每晚上还是会卖出很多；对于斯坦利来说，清空罐子一般不成问题。要是夜晚结束时罐子还没清空，那又怕什么呢，总会有第二个夜晚降临，更不用提那批嗜酒如命的傻瓜总是络绎不绝了。

但这次，锡弥却没有办法走到吧台后面的骆驼尿罐子那边去。那个猛然向前冲的牛仔把他绊了个趔趄，他惊叫一声，跌倒在地。桶里的东西撒了出来，而且，根据撒旦恶意法律第一条——即只要可能出现最糟糕的情况，那么最糟糕的情况就肯定会发生——桶里的东西把罗伊·德佩普膝盖以下的裤子都弄湿了，罪魁就是啤酒、格拉大和劣等威士忌的混合物。

吧台边的对话戛然而止，聚集在骰子斜槽边的人们也不作声了。席伯转过身来，看见锡弥跪在乔纳斯一伙的其中一人面前，于是他也停止了演奏。佩蒂正闭着眼睛忘情地唱着歌，唱了四五句之后才察觉到逐渐蔓延的寂静。她停止了歌唱，睁开了眼睛。那种寂静通常意味着有人会被杀。如果真是这样的话，她可不想错过。

德佩普站得笔挺，酒精的味道冲到他鼻子里。他并不介意这个味道；事实上酒味把他身上的松脂味冲淡了。他也不介意裤子粘在了膝盖上。如果有酒流进靴子里去的话，那倒是挺让人生气的，可并没有。

他的手顺势滑向了枪把。谢天谢地，总算出了点事能让他暂时忘记黏糊糊的双手和那个不在场的小妓女。要想玩得高兴，就算把身上弄湿一点也还是值得的。

静寂笼罩了整个酒吧。斯坦利在吧台后面，像个士兵一样站得笔直，紧张地拨弄着自己的袖口。在吧台的另一端，雷诺兹饶有兴致地扭头看着自己的伙伴。他从蒸桶里取出一只蛤蜊，像磕煮鸡蛋一样把蛤蜊在吧台边缘磕开。锡弥扑倒在德佩普的脚下，抬头望着他，乱糟糟黑发下的那双眼睛显得硕大而恐慌。

"好吧，孩子，"德佩普说，"你把我弄得浑身湿透。"

"对不起，大个子，我绊倒了。" 锡弥把一只手往肩后一甩；有些骆驼尿顺势从他手上飞溅了出来。不知什么地方有人清了清嗓子——啊—哼！房间里聚满了关注的眼睛，这里是那么寂静，人们都能听见屋檐下面的风声和两英里外巨浪拍打罕布雷点的岩石所发出的声音。

"你还真是他妈的绊倒了。"那个向前冲了一下的牛仔说。他大概二十岁左右，此时他突然担心再也见不到自己的妈妈了。"你难道是想把麻烦转嫁给我么，你这个该死的莽撞鬼。”

“我不在乎这是怎么发生的。”德佩普说。他清楚他自己现在是所有目光的聚焦点，也清楚人们想要看个热闹。R.B.德佩普，一个任劳任怨的人，十分乐意满足大家。

他拽了拽膝盖以上的灯芯绒裤子，然后把裤管往上拉，露出靴子的尖端部分。靴子锃亮，也很湿。

“你看看。你看看你把靴子弄成什么样了。”

锡弥抬头看看他，咧嘴笑着，战战兢兢。

斯坦利·鲁伊兹不能袖手旁观，任凭此事发生。他认识德洛丽·丝西莫，这男孩的母亲；而且说不定他自己就是男孩的父亲。无论如何他还是喜欢锡弥的。这个男孩虽说有点弱智，但心地还是好的，他从来不喝酒，也一直尽力完成自己的工作。此外，即便是在最寒冷、雾最浓的冬日早晨他也会对你微笑。这一天赋可是很多拥有正常智商的人们所没有的。

“德佩普先生，”他说着往前走了一步，放低声音，毕恭毕敬地说，“对此事我很抱歉。如果您能忘记这件不愉快的事，今晚我很乐意为您喝的任何饮料买单——”

德佩普下一步的举动太快了，人们只看到模糊的一个影子。但旅者之家的人们对此并没有大感意外；他们早就预料到，乔纳斯一伙人肯定是速度惊人的。让他们意外的是，他根本没有扭头就判断准了目标的位置。他仅凭声音就确定了斯坦利在哪里。

德佩普拔出枪，猛地向右一挥。斯坦利·鲁伊兹的嘴巴被打中，嘴唇被捣了个稀烂，有三颗牙齿被打掉。血哗啦溅到吧台后面的玻璃上；还有一些飞得很高的血点溅到双头鹿左边的鼻子上。斯坦利尖叫着，用手捂着脸，踹跚着后退了好几步，撞到了身后的架子上。一片寂静中，瓶子碰撞发出的哐当声非常响。

在吧台的另一端，雷诺兹又打开了一个蛤蜊边吃边看，一副心满意足的样子。就像是看戏一样。

德佩普转身把注意力集中到那个跪着的男孩身上。“你把我的靴子弄干净。”他说。

锡弥松了一口气，但神情还有些迷惑不解。把他的靴子擦干净！是的！一定！马上！他把那块一直掖在身后口袋里的抹布掏出来。抹布还不脏呢。至少不是很脏。

"不。"德佩普耐心地说。锡弥抬头看了看他,瞠目结舌,一脸迷茫。"把那块龌龊的布给我拿回去——我连看都不想看一眼。"

锡弥只好把布塞回口袋里。

"你用嘴巴给我把靴子舔干净,"德佩普还是耐着性子说,"这是我希望你做的事。你要舔到我的靴子干了为止,要光亮到你可以照出自己那张丑脸。"

锡弥犹豫着,好像还是不太明白到底该怎么去做。或者他还在分析刚刚德佩普说的那番话的意思。

"如果是我,我会照办的,小子,"巴奇·卡拉汉的声音从席伯的钢琴后面传了出来,在他看来这是个安全的地方,"要是你还想活着看到明天的太阳,照他说的做。"

德佩普已经打定主意,不会让那弱智再次看到太阳升起,不会在这个世界上看到日出,但他没作声。他想试试那到底是什么感觉。他从来没让人舔过自己的靴子。要是感觉不错的话——如果能带来些快感——他也许会让尼布斯也来一遍。

"我一定得这么做么?"锡弥双眼噙满了泪花,"难道我不能道歉,然后把它们擦得很干净么?"

"舔,你这个笨小子。"德佩普说。

锡弥的头发遮住了前额。他试探性地伸出舌头,当他弯腰把头伸向德佩普的靴子时,第一滴眼泪掉了下来。

"停下,停下,停下。"这时只听见有人发话了。这声音在安静的房间里响起简直让人心头一颤——不是因为它来得突然,当然也不是因为话语中带着怒气。它之所以让人一惊是因为这声音听上去像是个被逗乐了的人发出来的。"我只是不能允许这种事情发生。绝对不能。如果我能克制自己的话,我不会多管闲事的,但我不能。你们知道,这样做很不卫生。谁知道这样做会传染什么疾病啊?一想到要舔我就胆战心惊!绝对不行!"

说这番危险蠢话的人站在蝙蝠门边:一个中等身材的年轻人,他那顶扁平帽往后仰着,露出了一缕棕色的头发。但这人严格来讲并不能被称为年轻人,德佩普心想;称他为年轻人也太抬举他了。他还只是个孩子。天知道他为什么会在脖子上挂着一个鸟骷髅,像个滑稽的吊坠。挂绳穿在鸟骷髅的眼窝里。他手里拿的不是枪(他那样的毛头小伙是无论如何搞不到一把枪的。德佩普嘀咕着),而只是一把弹弓。德佩普大笑起来。

那孩子也笑了，还不住地点头，好像他自己也明白这整件事看上去有多么滑稽，这整件事实际上有多滑稽。他的笑声很有感染力；就连还站在板凳上的佩蒂都忍不住扑哧一声笑了出来，她连忙用手捂住嘴。

“这里不是你这样的男孩应该待的地方。”德佩普说。他那把老式的五发左轮还放在外面；就握在他搁在吧台上的手里，斯坦利·鲁伊兹的血从枪口滴下来。德佩普没有从硬木板上拿起枪，只是轻轻地晃了一下。“到这里来的男孩都会染上坏毛病，孩子。送命就是其中一个。所以我给你一个机会。出去。”

“谢谢你，先生，感谢您给我机会。”男孩说道。他说话口气真诚动人……但他还是一动不动。他还是站在蝙蝠门的里面，弹弓的橡皮筋拉得满满的。德佩普不明白弹弓里放的是什么，但是那东西在煤气灯下闪着光。是一种金属球。

“那你还等什么？”德佩普咆哮着。夜晚飞快地过去了。

“我知道我是个讨厌鬼，先生——或者说很容易惹人生气，你也可以叫我眼中钉——但是，亲爱的朋友，如何称呼我对您并无差别，我想把我的机会让给跪在您面前的那个年轻人。让他道歉，让他用抹布把靴子擦干净，直到您完全满意为止，然后让他继续活下去。”

从玩牌人看热闹的地方传来了一些零星微弱的赞许声。德佩普一点也不喜欢这个声音，他很快做出了决定。这个男孩也得死，他会为他的莽撞无礼而丢掉性命。那个把一桶渣滓泼在他身上的小子明显是个弱智。而这小子连这个开脱的理由都没有。他只是认为自己很有趣。

从眼角的余光看去，德佩普发现雷诺兹正移到新来的小子身后包抄他，动作敏捷得像条蛇。德佩普感谢这个周到的想法，但不认为他需要同伴的帮助来对付这个弹弓专家。

“孩子，我觉得你犯了一个错误，”他很和气地说，“我真的觉得——”这弹弓的弓杯放低了一点……或者这只是德佩普的想象。他马上举枪。

3

多年以后，罕布雷的人们仍然谈论着那晚发生的事情；蓟犁沦陷以及联盟瓦解后的三十年，他们一直在谈论着。超过五百的乡巴佬（还有一些乡下老太)宣称他们那天晚上正在旅者之家喝啤酒,亲眼目睹了事件的全过程。

德佩普很年轻,速度快得惊人。不过尽管如此,他还是没有机会击中库斯伯特·奥古德。只听橡皮筋弹开的一刹那传来砰的一声!一条钢线闪烁着穿过乌烟瘴气的大厅,就像是在石板上划出的一条纹路,然后听到德佩普尖叫起来。他的手枪应声落地,有人一脚踢开这把枪,枪在铺着锯末的地板上滚到房间的另一边(当灵柩猎手还在罕布雷的时候,没有人站出来承认这脚是自己踢的;但当他们离开之后,上百个人宣称是自己干的)。他还在尖叫着——实在是疼痛难忍——德佩普举起鲜血淋漓的那只手,用痛苦和不可理解的表情看着它。事实上他已经算是幸运的了。库斯伯特的弹球只是打烂了他食指的指尖,掀掉了指甲而已。要是打得再低一点,德佩普就能透过自己的手掌吐烟圈了。

库斯伯特重新又把弹弓的弹药给装上了,然后把橡皮筋又拉满了。"这次,"他说,"听好了,先生——"

"我不能替他说什么,"雷诺兹从他后面说,"但你可以听我说,伙计。我不知道你是不是真的很擅长那玩意,或者纯属是撞大运,不过不管怎么样,你的游戏可以结束了。把拉满的皮筋松开,放下弹弓。放到你前面的桌子上去。"

"我中了埋伏了,"库斯伯特悲伤地说,"我再次因为乳臭未干没有经验而吃了亏。"

"我倒是不清楚你是否乳臭未干,兄弟,但你确实中了埋伏。"雷诺兹点头称是。他站在库斯伯特身后,稍稍靠左,他把枪朝前面推了推,直到男孩能感到后脑勺被枪口顶住了。雷诺兹把保险推了上去。在旅者之家的一片寂静中,这个声音显得很响。"把弹弓放下。"

"很抱歉,先生,我拒绝。"

"什么?"

"你看啊,我已经把弹弓对准了你亲爱的朋友的脑袋——"库斯伯特开始说话了,当德佩普很不自在地朝吧台挪动时,库斯伯特的声音突然升高八度,听来一点都不像一个"乳臭未干"的孩子。"站住别动!再敢动一动,你就去西天吧!"

德佩普不动弹了,把那只血淋淋的手放在沾满松脂的衬衫上。这还是头一回,他看上去受了惊吓,那晚是头一回——事实上,是跟着乔纳斯混以来的头一回——雷诺兹终于觉得局势要失控了……只是那怎么可能呢?他怎么能在眯着眼睛夸夸其谈的时候还能压制住他呢？这种情况应该结束了。

库斯伯特降低音调，恢复到他正常谈话的腔调——但并没有任何玩笑的意味——他说：“如果你开枪，弹球就会飞出去，要了你朋友的命。”

“我不相信。”雷诺兹说，但他并不喜欢自己声音中泄露的情绪。那就是迟疑。“没有人能那样射击。”

“为什么不让你的朋友来做决定呢？”说着，库斯伯特提高了音量，语调欢快而轻松，跟那边的人打着招呼，“嗨，那儿的眼镜先生！你是不是希望你的朋友朝我开枪啊？”

“不！”德佩普大叫一声，简直就是魂飞魄散，“不，克莱！不要开枪！”

“这下我们陷入僵局了。”雷诺兹一脸茫然地说。接着，他突然感到有一把大匕首架在了自己的脖子上，不知所措变成了恐惧。刀锋就轻轻压在他的喉结上。

“不，这并不是僵局，”阿兰低声说，“把枪放下，我的朋友，否则我会割断你的喉咙。”

4

仅仅是由于偶然，乔纳斯恰巧来到这里，站在门外看到了这一幕，他既惊奇，又不屑，还有些不安，甚至可以说是恐惧。第一个来自联盟的小家伙压制住了德佩普，当雷诺兹控制住局势后，那个圆脸阔肩的魁梧男孩却又把刀架在了雷诺兹脖子上。这两个小子还没有十五岁呢，而且都没有枪。不可思议！如果不考虑一旦局势失控会带来严重的后果，他会觉得这一幕简直比巡回马戏团的表演还精彩。要是罕布雷的人们开始说，那些面目狰狞的人连几个孩子都制服不了，他们在罕布雷还能干成什么事呢？

在有人送命之前还来得及阻止这一切，也许。如果你想阻止的话。你想吗？

乔纳斯还是决定要去阻止；如果处理得当的话，他们会以胜利者的姿态走出去。他同样下定决心，绝不让那些联盟的小子活着离开眉脊泗，除非他们实在运气太好。

另一个人在哪里？迪尔伯恩在哪里？

这个问题问得很好。这是个很重要的问题。要是他发觉自己也像克莱和罗伊一样受制的话，这整件事就不是尴尬，而是耻辱了。

迪尔伯恩不在酒吧里，这是可以肯定的。乔纳斯轻轻转身，往南高街的左右两边看了看。这是吻月满月后的第二天，月光把夜晚照得如同白昼。街上空无一人，远处也是一片空旷，只有一个孤零零的罕布雷百货店。百货店前有个门廊，但上面别无他物，只有一些雕刻出来的光束守卫者的图腾：熊、海龟、鱼、鹰、狮子、蝙蝠和狼。十二守卫中有七个，在月色的衬托下显出大理石的光彩，这些无疑是孩子们的最爱。尽管现在那里什么人都没有。很不错。可爱的雕刻。

乔纳斯费劲地朝百货店和肉店之间的一条胡同看过去，在一堆废弃的盒子后面发现了一个影子，他马上紧张起来，但随后就见到一只猫闪亮的绿眼睛，于是又放松下来。他点点头，准备着手处理正事，他推开左手边的蝙蝠翼门，走进旅者之家。阿兰听到了门铰链的响声，但还没等他转过身来，乔纳斯的枪就已经顶在了他的太阳穴上。

"孩子，你又不是理发师，还是把长刃折刀放下吧。我只警告你一次。"

"不。"阿兰说。

乔纳斯一心以为阿兰会乖乖把刀放下，所以他听到阿兰的回答之后简直震惊了。"什么?"

"你听见了，"阿兰说，"我说不。"

5

在行过礼，道过晚安就离开滨海区后，罗兰让伙伴们自己去寻欢作乐——他猜想，他们会去旅者之家的，但不会待很久，也不会惹什么大麻烦，因为他们既没钱玩牌，也不能喝比冰茶更烈的饮料。他走另一条路骑马进了城，把马拴在了南边市广场的公用拴马柱上(拉什尔发出一声嘶鸣后就不吱声了)，之后，他走在沉寂的大街上，帽檐低垂遮住眼睛，双手绞在一起放在背后。

他心里满是疑惑——这里的一切都不太对劲，很不对劲。起先他还觉得这只是自己的想象而已，自己总是在孩子气地杞人忧天，拿故事书中看来的阴谋啦危险啦来套现实，只因为他远离了真实事件的中心。但是，在和伦弗鲁的一番对话之后，他觉得自己对事情的认识更准确了。有很多很多问题，甚至是难解之谜，而最糟糕的是，他根本无法集中精力来思考，更没办法把问题想明白。每次他想要弄明白的时候，苏珊·德尔伽朵的脸就浮现在眼前……她的脸，或是她闪亮的头发，或是他俩跳舞时她那轻盈无畏的舞步，不曾迟疑也不曾落后。他反复地听到自己最后对她说的那句话，口气像个传教士似的，做作而自负。他几乎愿意不惜一切代价来收回自己当时说话的口气和说话的内容。等到了收割节，她就会睡在托林的床上，并且在下第一场雪之前怀上他的孩子，没准是个有继承权的男孩，那又怎么样？富人、名人、出身高贵的人早在上帝创造亚当、夏娃的那一刻就已经开始占有情人了；根据传说，亚瑟·艾尔德就有不止四十个情人。那么，他又为何如此介意呢？

我觉得我已经爱上她了。所以我介意。

一个令人沮丧的想法，但却无法驱散；他太明白自己的内心了。他爱她，这点几乎可以确定，但他同时又恨她，他心里还念念不忘吃饭时那个骇人的想法：要是他带着枪来的话肯定会往苏珊·德尔伽朵的心脏开一枪。这在某种程度上可以解释为嫉妒，但这并不是全部；甚至不是主要原因。不知为什么，他已经把奥利芙·托林和自己的母亲联系在了一起，这种联系难以言明，却又十分紧密——坐在桌子末端的奥利芙那伤感但勇敢的微笑。难道他母亲的眼里不也是有着同样的伤感和忧郁吗？就在他看见她和父亲的谋士在一起的那一天。马藤穿着一件开领衬衫，佳碧艾拉·德鄯穿着一件宽身袍子，衣服从一边的肩膀滑落，整个房间的味道泄露了那个炎热的早晨他们之间的勾当。

尽管他的心已经很冷酷，可还是马上闪开了那一幕，那一场景仍令他感到恐惧。他的心再次被苏珊·德尔伽朵占据——她那灰色的眼睛和亮泽的长发。他看见她在笑，下巴上翘，拍着手，托林给她的蓝宝石挂坠熠熠生辉。

罗兰认为自己可以原谅她去做托林的小情人。尽管他被苏珊深深吸引，但有一件事更令他耿耿于怀，难以原谅，那就是奥利芙·托林忧伤的微笑，她看着苏珊坐在本来应该属于她的位置上时脸上浮现出的忧伤。那女孩坐在她的位置上，还在放声大笑。

他漫步在月光下，这些画面盘踞在他的脑中。但其实那些想法与他并无关系，他来这里并不是因为苏珊·德尔伽朵，也不是因为那个荒谬的、指关节发响的市长和他的村姑妻子……但他心里就是无法放下这些人，把注意力转到正事上来。他已经忘了父亲的脸，他希望能在月光中再次记起来。

就这样他来到了月光如洗、沉睡中的高街，从北向南走，心想也许他可以和阿兰和库斯伯特稍微喝点东西，然后再掷两把骰子。就这样，无巧不成书，他窥见了乔纳斯——只要看见那瘦削的身影和垂下来的长长白发，就能确定是他——站在旅者之家的蝙蝠翼门外，朝里面偷偷张望。乔纳斯的手放在枪把上，身体绷紧，这一幕马上引起了罗兰的警觉，让他忘记了脑中纷繁的思绪。肯定是出什么事了，而且如果库斯伯特和阿兰在里面，那么麻烦十有八九会涉及他们。毕竟，他们在城里算是陌生人，而且，还有可能——很有可能——并非罕布雷的每个人都像晚宴参加者那么热爱联盟的。或者是乔纳斯的朋友们遇到了麻烦。不管怎样，一定是有什么麻烦正在酝酿中。

罗兰自己也不太清楚为什么要这么做，但他轻轻地走上了百货店的门廊台阶。那里雕刻了一排动物（也许是牢牢地钉在门廊的木板上，这样的话，从对面酒吧出来的醉鬼就没法边唱小曲儿边顺手牵羊了）。罗兰走到最后一个动物雕刻后面——这是一只熊——他蹲了下来，这样别人就看不见他的帽檐了。他像雕塑一样保持静止不动。他看见乔纳斯转过身，向街对面看过来，然后又向左边看去，好像发现了什么东西——

低沉的叫声：噢呜！噢呜！

猫的声音。就在巷子里。

乔纳斯盯着看了一会，然后就进了旅者之家。罗兰从熊雕刻后面走了出来，走下台阶，马上上了大街。他没有阿兰的敏锐感应，但有时候他的直觉还是非常灵敏的。这次的直觉告诉他，他得抓紧了。

就在头顶上，吻月躲到云彩后面去了。

6

快马佩蒂还站在那条板凳上，但现在她的酒已经醒了，也不想唱歌了。她简直不能相信眼前的一切：乔纳斯控制住了一个男孩，男孩控制了雷诺兹，雷诺兹控制了*另外一个男孩*（最后这个男孩用链子在脖子上套了一个鸟骷髅），而这个男孩控制了罗伊·德佩普。他实际上还让罗伊放了点血。当乔纳斯让那个健壮的男孩放下架在雷诺兹喉咙口的小刀时，*那男孩拒绝了*。

佩蒂想，现在就算让我死，把我扔到小路尽头的空地去，我也不在乎了，因为我可算是大饱眼福了。她觉得她应该跳下板凳——虽然枪随时会响，而且可能会有一场激战——但有时候你必须要冒个险。

因为有些东西精彩得不容错过。

7

“我们来这个小城是为了联盟的公务。”阿兰说。他一只手伸到雷诺兹汗湿的头发里；另一只手仍然稳稳当当地拿着刀架在雷诺兹的脖子上。但力气不是很大，正好不会割伤皮肤。“要是我们受到伤害，联盟是会注意到的。我们的父亲也会注意到。你们会像狗一样被抓捕，一旦被抓到，就会被头朝下倒吊示众。”

“孩子，两百轮以内没有联盟的巡逻队，也许三百轮以内都没有，”乔纳斯说，“即使那边山头上有个什么巡逻队，我也根本不在乎。你们的父亲对我来说也毫无意义。把刀放下，否则我把你的脑袋打开花。”

“不。”

“事态的发展肯定很有趣，”库斯伯特开心地说……尽管此时他的语气已经不是完全的玩笑意味了。不是害怕，甚至不是紧张，只是有些认真。而且是把事情往有利方向扭转的那种认真，乔纳斯恶狠狠地想着。他显然是低估了那些孩子的能量；即使其他情况都不明朗，这一点也是很肯定的。“你开枪打了理查德，理查德割断了长袍先生的脖子，与此同时，长袍先生向我射击，而我死时，可怜的手把橡皮筋一放，钢球穿过了眼镜先生的脑子。不过至少你会安然无恙地离开，我觉得对于你死去的朋友们来说应该是莫大的安慰。”

“就算个平手吧，”阿兰对把枪顶着他太阳穴的人说，“我们收手，然后走开。”

“不，孩子。”乔纳斯说。他的声音很平静，他也不觉得自己把愤怒表现了出来，尽管他现在已经越来越生气了。天啊，竟然会陷入这样的僵局，哪怕只是暂时的！“没有人敢对灵柩猎手提条件。这是你最后一次机会——”

乔纳斯突然感到自己的衬衫后面被一样硬硬的、冷冷的东西给抵住了，就在肩胛骨下面的致命位置。他马上就明白了那东西是什么，也知道是谁拿着它，他明白自己已经输了，但他就是想不通局势怎么会急转直下，显得如此愚蠢而疯狂。

“把枪收起来。”身后那冰冷利器的主人说。声音有些空洞——不仅仅是冷静，准确地说是毫无感情。“现在就做，否则这东西就会刺入你的心脏。别说废话。我不听任何废话。照我说的做，要么就去死。”

乔纳斯从这番话里听出了两样东西：年轻和事实。他把枪放回枪套里。

“那个黑头发的人。把你的枪从我朋友的耳边拿开，放回你的枪套。现在。”

克莱·雷诺兹并不需要别人邀请两次，当阿兰把匕首从他的脖子上拿开，并往后撤了一步时，他长长地叹了一口气，声音有点颤抖。库斯伯特没有四下张望，还是站在原地，弹弓的橡皮筋拉得满满的，胳膊肘弯着。

“站在吧台边的人，”罗兰说，“把枪给我放回去。”

德佩普照办，当受伤的手指碰到枪带的时候他露出一脸痛苦的样子。枪放下之后，库斯伯特才把弹弓的橡皮筋松开，让杯弓里的弹球落到掌心中。

这一切发生的起因早被人遗忘了，因为结果太让人瞠目结舌了。这时，锡弥站了起来，很快地穿过房间。他的脸颊挂满泪花。他抓住库斯伯特的一只手，吻了好几次（这种咂吧嘴的声音若是放在别的情形下就很有喜剧效果了），然后拉着他的手贴到自己的脸颊上。接着他闪过雷诺兹，推开右边的那个蝙蝠翼门向外跑去，撞入了睡眼惺忪、半醉半醒的治安官的怀抱。是席伯把艾弗里叫来的。这位高级治安官在市长的晚宴上喝得大醉，席伯去时他正在自己看管的某间牢房里睡着呢。

8

“还真是乱七八糟啊，是不是？”艾弗里说话了。没有人回答。他也不指望有人会回答，他们总会考虑到不答话才是明智的。

监狱的办公区域太小了，难以容下三个人和三个半大小子外加一个肥胖的治安官。因此艾弗里把他们带到附近的市集会厅里去，里面回响着椽上的鸽子振动翅膀的声音，还有讲坛后面老爷钟发出的有节奏的敲击声。

这是一个装饰简洁的房间，但仍不失为一个好选择。几百年来，城里的老百姓和领地的地主们都是来到这里，做决定，通过法律，偶尔还把某些特别捣蛋的人放逐到西部去。在月光照耀下，这里的一切都显得那么庄严肃穆，罗兰觉得就连乔纳斯这个老头子都或多或少有同感。这种肃穆自然而然地赋予治安官赫克·艾弗里一种权威，而通常他是难以表露出权威的。

厅里摆满了在当时被称做“裸背椅”的长椅——橡木制的靠背长凳，背部和底部都没有靠垫。总共有六十个这样的椅子，在宽大的中央走廊两边各有三十个。乔纳斯、德佩普和雷诺兹三个人坐在走廊左边前排的椅子上。罗兰、库斯伯特和阿兰则和他们隔着走廊坐着。雷诺兹和德佩普看上去一副郁郁寡欢的样子，神情还有点尴尬；乔纳斯倒是镇定自若。威尔·迪尔伯恩和他的伙伴们不动声色。罗兰看了一眼库斯伯特，希望他能从这个眼神里读出自己的用意：*你要是再耍小聪明说什么俏皮话，我就把你的舌头拧下来。*他觉得对方已经心领神会。库斯伯特早就把他那个愚蠢的“哨兵”不知藏到哪儿去了，这是个好兆头。

“真是乱七八糟。”艾弗里重复道，深深叹了一口气，嘴里冒出一股浓浓的酒精味。他坐在演讲台的边缘，一双短腿晃悠着，饶有兴趣又有点厌恶地看着它们。

这时边门开了，副手戴夫走了进来，他脱下了晚宴上穿的白夹克，那副单边眼镜塞进了平常穿的卡其衬衫口袋里。他一只手上拿着杯子；另一只手拿着一小包东西，罗兰觉得那看上去像桦树皮。

“大卫，你是不是已经把一半煮过了？”艾弗里问。他现在摆出了一副生怕受骗的表情。

“对。”

“是不是煮了两次？”

“对。两次。”

“因为是这么说明的。”

“对啊。”戴夫顺从地重复了一遍。他把杯子递给了艾弗里，把剩下的那些看起来像桦树皮碎屑的东西也一股脑倒进杯中。

艾弗里晃了晃里面的液体，有点怀疑地看了看里面，接着一饮而尽。他一脸痛苦的样子。“哦，真难喝！”他叫道，“什么东西这么恶心？”

“这是什么？”乔纳斯问。

“治头疼的冲剂。也可以说是治宿醉的冲剂。从老女巫那里拿来的。她住在库斯山上。你知道我说的是什么地方吗？”艾弗里若有所指地看了乔纳斯一眼。那个拿枪的老家伙假装没看见，但罗兰看到了那个眼神。这又是怎么回事呢？又一个待解之谜。

听到库斯二字，德佩普抬起头，然后就又开始吮自己受伤的手指了。旁边，雷诺兹用披风裹住自己，神情严峻地看着自己的大腿。

“这玩意儿有用吗？”罗兰问。

“有啊，孩子，但你从女巫那里拿东西是要花钱的。你要记住：天下没有免费的午餐。要是你们喝了很多托林的潘趣酒，这个可以让你免遭头疼之苦。但是吃了以后可能会有胃痛的反应，就是这样的，总会付出代价。还会放屁——！”他举起一只手挥了挥，又喝了一小口，然后把杯子放到一旁。他换上一副严肃的表情，但是房间里的气氛已经稍稍轻松了一点；他们都能感觉到这一点。“我们该如何处理呢？”

赫克·艾弗里用眼睛扫视了一下厅里的人，从最右边的雷诺兹到最左边的阿兰——“理查德·斯托克沃斯”。“嗯，孩子们？瞧，一边都是市长的人，另一边是联盟的……人……六个人处在犯谋杀罪的边缘，还有呢？一个弱智和一桶泼出来的脏东西。”他首先用手指了指灵柩猎手们，又指了指联盟的清点员，“中间是两只火药桶和一个肥胖的治安官。你们怎么看呢？尽管说，别害羞，你们当时在克拉尔的淫窝里可没有这么害羞啊，不要在这里害羞啊！”

没有人说话。艾弗里又喝了一口那难喝的东西，然后放下杯子，打定了主意般地看着他们。他接下来说的话并没有让罗兰觉得很吃惊；他觉得那才是艾弗里那样的人说出来的话，他就是那种自认为在紧要关头能排除万难做出决断的人。

“我来告诉你我们该怎么做：我们把它给忘了吧。”

他此时摆出来一副麻烦将至而自己决心全力掌控局面的严肃神情，可根本就没有人答话，甚至没有人挪动一下脚步，他感到有些失落。可该做的事情终归要做，夜越来越深了。他伸了伸肩膀，继续说下去。

“我不想在接下去的三四个月里等着看你们之间互相残杀。不！我也不想因为你们因弱智锡弥而起的愚蠢争吵而陷入任何麻烦。”

“我希望你们用理智想一想，孩子们，我那句话到底是什么意思，当我说你们在此逗留的时间里我既可能成为你们的朋友，也可能成为你们的敌人……但如果我不能唤醒你们更高贵的品质，这就是我的不是了，因为我觉得你们在那方面肯定更加敏感。”

治安官这时尝试做出一种鼓舞人心的表情，但罗兰觉得那基本上是个失败的尝试。艾弗里把注意力转向了乔纳斯。

“先生，我不认为你想给联盟的这三个年轻人带来麻烦——早在五十代人之前，联盟就像母亲的乳汁或者是父亲温暖的双手了；你不会那么不尊敬联盟，对不对？”

乔纳斯摇摇头，淡淡地笑了一下。

艾弗里再次点点头，表明事情进展一切顺利。“你们都有自己的事情要做，你们之中没有人想要惹上这种麻烦，对不对？”

这次他们都摇摇头。

“所以我要你们都站起来，大家都面对面，握握手，然后向对方道歉。要是你们不这样做，我认为你们应该在日出之前骑马向西，离开这个小城。”

他拿起杯子喝了一大口。罗兰看见他的手在微微颤抖，但并不感到奇怪。这当然是治安官在虚张声势。自打艾弗里看见乔纳斯他们手上的灵柩刺青的那一刻起，他就应该明白乔纳斯、雷诺兹和德佩普根本不在他的管辖范围之内；过了今晚，他肯定也明白，迪尔伯恩、斯托克沃斯和希斯也同样如此。他只能寄希望于所有人都能明白怎么做对自己最有利。罗兰知道。显然乔纳斯也知道，因为当罗兰站起来的时候，乔纳斯也站了起来。

艾弗里往后退缩了一点点，好像生怕乔纳斯去拿枪，或是迪尔伯恩去抽腰上别着的匕首。那把匕首就是艾弗里趾高气扬走进酒吧时，抵住乔纳斯后背的那把。

可是没有人拔枪，也没有人抽刀。乔纳斯转向罗兰，伸出手。

“他是对的，小伙子。”乔纳斯用他一贯颤抖尖细的声音说道。

“是的。”

“你会和我这个老头子握手，然后重新开始么？”

“是的。”罗兰伸出了自己的手。

乔纳斯也伸出了手。“我请求你的原谅。”

“我请求您的原谅，乔纳斯先生。”罗兰用左手摸了摸自己的喉咙，这是和年长者谈话时的礼仪。

当他们两人坐下的时候，阿兰和雷诺兹站了起来，动作整齐优雅，仿佛事先排练好的一样。最后，库斯伯特和德佩普也站了起来。罗兰几乎可以很肯定，库斯伯特肯定会忍不住做出什么蠢事或说出什么蠢话，就好像是从盒子里弹出来的玩具一样——这个傻瓜简直没有自控能力，尽管他心里肯定明白今晚是不能对德佩普开什么玩笑的。

“请求你的原谅。”语气中并无明显的笑意，这对于库斯伯特来说真是太难得了。

“请求原谅。”德佩普嘟哝着，伸出了自己那只血迹斑斑的手。罗兰脑中浮现出一个糟糕的画面，库斯伯特使劲捏着那只手，力气大得让这个红头发像烤炉里的猫头鹰一样惨叫，但库斯伯特握手时的力度还是很克制的，一如他的微笑。

艾弗里坐在演讲台的边缘，矮胖的双腿垂下来，满脸慈爱地看着这一切。甚至连副手戴夫都面带笑容。

“现在我提议，我要和你们所有人握手，然后送你们上路，时辰已经不早了，我需要睡个美容觉。”他咯咯笑着，一看没有人响应，表情就不自然起来。但他马上跳下演讲台，开始和大家一一握手，那架势就像一个热情的牧师，终于让一对多灾多难的情侣结成连理。

9

当他们走出去的时候，月亮已经落山，第一缕天光出现在清海的远端。

“也许我们还会再次见面。”乔纳斯说。

“也许会。”罗兰说着就跃身上了马。

10

灵柩猎手们待在滨海区以南一英里的瞭望室里——这是在城外五英里处。

半路上，乔纳斯在一个岔道口停下。从此处开始，地面变得倾斜多石，向闪亮的海平面延伸着。

“先生，下马。”他说。他看着德佩普。

“乔纳斯……乔纳斯，我……”

“下马。”

德佩普紧张地咬着嘴唇，下了马。

“摘下你的眼镜。”

"乔纳斯,这到底怎么回事啊? 我不——"

"要是希望眼镜破掉的话,你就戴着吧。反正我无所谓。"

德佩普的嘴唇咬得更紧了,他伸手去摘那副金丝边眼镜。还没等他把眼镜摘下来,乔纳斯就在他脸上猛击一拳。德佩普惊叫一声,向斜坡跌去。说时迟那时快,乔纳斯飞速策马向前,在他滚下斜坡前一把抓住他的衣领。乔纳斯拽住衣领把德佩普往自己身边拉。他大口喘着气,鼻子里嗅的都是松脂和德佩普的汗味。

"我应该一脚把你踢下去的,"他喘着气说道,"你知道你闯了多大的祸吗?"

"我……乔纳斯,我不是故意的……我只是想找点乐子……我们怎么知道他们……"

慢慢地,乔纳斯的手松开了。德佩普的最后那句咕哝起了作用。他们怎么会知道的呢,这句话有道理。要是没有今晚这个机会的话,他们可能还不知道呢。如果从这个角度来看,德佩普实际上是帮了他们一个忙。知己知彼的恶魔总比他们一无所知的恶魔要好对付。然而,大家还是会议论这件事,人们都会笑话的。也许就算如此也没什么大不了的。笑声总会停止的。

"乔纳斯,我请你原谅。"

"闭嘴。"乔纳斯说。在东方,太阳很快就要升起在地平线上,把第一缕阳光洒在这个苦痛和伤心的世界。"我不会把你踢下去的,因为这样就意味着我和克莱也得下去。他们同样压制住了我们俩,和你一样,不是么?"

德佩普本来想赞同他的说法,但考虑到这样做可能很危险,于是就谨慎地一言不发。

"下马到这边来,克莱。"

克莱哧溜一下滑下马背。

"蹲下来。"

三个人蹲在自己的靴子上,脚后跟向上翘着。乔纳斯拔下一根草放在嘴里。"据说他们是来自联盟的纨绔子弟,我们没有理由怀疑这一点,"他说,"是被送到眉脊泗的坏男孩,在清海边上这个死气沉沉的领地做一些无聊的工作,主要是让他们接受惩罚,其次是让他们悔过。人家是不是这样对我们说的?"

他们点点头。

“那过了今晚之后你们还相信这一点么?”

德佩普摇摇头。克莱也摇摇头。

“他们可能是很有钱的孩子,但是他们绝非我们想的那么简单,”德佩普说,“他们今晚的表现……他们像是……”他迟疑着,不太愿意说下去。这简直太荒谬了。

而乔纳斯则替他把话说完:“他们的举动就像枪侠。”

一时间,乔纳斯和雷诺兹都不作声。后来克莱·雷诺兹说话了,“他们太年轻了,艾尔德雷德。年龄太小了。”

“但并没有年轻到不能当学徒。不管怎样,我们总有一天会了解真相。”他转身面对德佩普,“你还得骑一阵子马呢。”

“哦,乔纳斯——”

“今晚,我们之中没有人是光彩的,但你是惹麻烦的那个人,”他看看德佩普,但德佩普只顾低头看地,“你待会要跟着他们,罗伊,你要一直问问题,直到你得到的回答能满足我的好奇心为止。克莱和我要做的就是等着你。还有观察。如果愿意的话,和他们玩玩城堡游戏。当我觉得可以有时间做一些侦探工作时,我们就该去做。”

他咬了咬嘴里的那根草。草断了,长的那截从嘴里滑出来,掉到两只靴子之间。

“你们知道我为什么要和他握手吗?迪尔伯恩那只该死的手?因为我们不能把船弄翻。不能在船即将入港的时候翻船。我们的人很快就会朝这个方向赶来。在他们到达之前,保持稳定对我们有利。但我要告诉你们:没有人把匕首架在艾尔德雷德·乔纳斯的背上还能留住一条命的。罗伊,现在给我听着。我可不想再说第二遍。”

乔纳斯朝德佩普挪了挪,开始说了。过了一会儿,德佩普开始点头。他实际上可能要做一次小旅行。在旅者之家的闹剧之后,改变气氛是关键。

11

太阳跃出了地平线,男孩们快到老K酒吧了,直到这时库斯伯特才出声打破了沉默。

“嗯!这一晚真是既有趣,又有教益。对不对?”罗兰和阿兰都没有回答，于是库斯伯特俯身靠近了马前鞍上的乌鸦骷髅，不知何时那鸟头又回到原来的位置了。“你说什么，老朋友？今晚我们是不是过得很开心？晚餐，圆圈舞，还几乎丢了小命。你是不是也很开心啊？”

这个哨兵只是用自己空洞的眼睛看着库斯伯特。

“他说他太累了，不想说话，”库斯伯特说完打了个哈欠，“说实话，我也累了。”他看看罗兰，“乔纳斯先生和你握手之后，我好好地看了看他的眼睛，威尔。他打定主意要杀死你。”

罗兰点点头。

“他想把我们都干掉。”阿兰说。

罗兰又点点头：“我们不会让他们轻易得逞的，但是比起那顿晚饭的时候，他们现在对我们了解得更多了。我们不可能再像今天一样后发制人了。”

他停了下来，此时乔纳斯也在三英里开外的地方下了马。只不过罗兰和他的朋友们是朝着鲛坡长长的斜坡一直看下去，而不是像乔纳斯他们那样直面清海。一群马正自西向东移动，在微弱的晨光中只能看见马的影子。

“罗兰，你看见什么了？”阿兰问，声音几乎有些恭敬。

“麻烦，”罗兰说，“就在我们的路上。”接着他拽动缰绳策马向前。还没等他们回到老K酒吧的雇工房，他的脑海里就又出现了苏珊。脑袋刚沾上扁扁的粗麻布枕头不到五分钟，他就梦见了她。

第七章

鲛坡

1

市长府邸的欢迎晚宴和旅者之家发生的事情已经过去整整三周了。其间罗兰的卡-泰特和乔纳斯的卡-泰特之间没有再起冲突。夜晚的天空中，吻月渐渐消退，商月第一次展现出纤瘦的身姿。这几天阳光明媚，也很暖和；即使是上了年纪的人也承认这是他们记忆中最美丽的夏天之一。

在一个美丽的夏日早晨，苏珊·德尔伽朵骑着一匹名叫派龙的两岁小马沿着鲛坡一直向北疾驰。迎面而来的风吹干了她双颊的泪水，把没有扎紧的头发也吹得向后飞舞着。她不停催促派龙跑得快一点，用她那双没有马刺的靴子轻轻踢着派龙的身体。派龙马上提速，耳朵耷下来，尾巴几乎成了一条直线。苏珊身穿牛仔裤和一件过于宽松的卡其衬衫（这是她父亲的衬衫），这件衬衫就是今晨一切不快的起因。苏珊身子向前贴近练习鞍，一手抓住前鞍，一手摸着马儿如丝绸一样的强壮脖子往下摩挲。

"快点！"她小声说道，"快点再快点！加油，小家伙！"

派龙再次把速度提高了一个档次。苏珊心里明白它还可以跑得更快；甚至可以跑得比苏珊预想的还要快。

苏珊和派龙沿着鲛坡最高的山脊高速奔驰着，她几乎看不清下面那壮观的、倾斜的土地，满目绿色和金色；也无法欣赏渐渐融入清海那片朦胧的蔚蓝之中的斜坡。要是换到别的日子，这样的景色，这么凉爽而略带咸味的海风一定会让她的精神为之一振。但今天她只想听到派龙的蹄子踩到地面上发出的那种低沉的隆隆声，感觉到派龙奔跑时肌肉的曲张；今天她渴望超脱自己的思绪。

这一切都是因为今天早晨她出门骑马之前穿上了父亲的旧衬衫。

2

科蒂利亚姑妈还坐在炉子边上，用晨衣把身子裹得严严实实，头上还罩着发网。她给自己盛了一碗麦片粥放到桌子上。苏珊一看见姑妈手拿粥碗转身对着她就知道事情不妙;她能看见姑妈嘴唇不满地抽动了一下,还有她盯着自己手里剥了一半的橘子时那种谴责的眼神。姑妈至今还为钱没到手恼火。那个该死的女巫莫名其妙地规定在秋天之前苏珊应该保持自己的处女身份,如果不是因为这个规定,金币早就入账了。

但那还不是最主要的。苏珊明白这一点。简单来说,就是这两人都受够了对方。钱只是让姑妈失望的事情之一;还有一件是,姑妈本指望这个夏天能够独自拥有鲛坡尽头的这栋房子……也许应该把艾尔德雷德·乔纳斯的偶尔造访计算在内,因为科蒂利亚还是挺中意他的。而现在,她们俩都还一起待在这里,一个瘦削的、正在走向自己生命尽头的女人,脾气乖戾的瘦脸上有两片刻薄的嘴唇,干瘪的乳房躲在高脖裙子后面,外加狗套圈一样的领子(她经常告诉苏珊,脖子是最先变老的地方),她的头发失去了往日栗色的迷人光泽,取而代之的是像电线似的花白头发;另一个女人则是年轻、聪慧、敏捷,芳泽可餐,处于人生最美丽的阶段。她们互相刺激对方,每一句话都充满火药味,这并不奇怪。那个深爱她们并能由此让她们和平相处的男人已经不在了。

"你是不是要骑马出去啊?"科蒂利亚姑妈说着放下饭碗,她正坐在初升的一缕阳光中。这个位置很差,要是乔纳斯先生在场的话,她肯定不会让自己暴露在这个地方的。强光照在她的脸上,使这张脸看上去就好像是一张雕刻出来的面具。她的嘴角生出了一个疮;睡眠不佳的时候她总会生疮。

"对啊。"苏珊说。

"那你应该多吃点,否则不到九点你就会饿的。"

"没事的。"苏珊回答着,加快了吃橘子的速度。她能看出一点苗头,也能看出姑妈眼睛里不悦和不满的神情,她希望能在麻烦开始之前赶快离开。

"为什么不来一碗麦片粥啊?"姑妈边问边把调羹伸到粥里拌了一下。对苏珊来说,这个声音就好像是马蹄踩到泥地里发出来的声音——或是踩到粪堆上——她的胃部一阵发紧。"这样你就能撑到吃中饭的时候了,如果你打算骑很长时间的话。我猜像你这样的淑女是不愿意做那些琐事的——"

"已经做好了。"*你明明知道已经做好了*,她没有再多说话。*当你还坐在镜子前捣鼓自己嘴边那疮的时候,我就把家务做好了。*

科蒂利亚姑妈把一块浓奶油扔进粥里——苏珊搞不明白这个女人怎么

还能这么瘦，她真的不明白——她看着奶油开始融化。然后一度认为这顿早餐会在一个优雅的气氛里结束。

接着，关于衬衫的麻烦开始了。

“苏珊，我希望你出门之前能够脱下这件破布一样的衣服，穿上托林上星期给你的骑马装。至少你要在穿着上表明——”

就算苏珊不打断她的话，姑妈后面说的话也会淹没在苏珊的愤怒里。她用手摸着衬衫袖子，似乎很喜欢这个质地——由于洗过很多回了，衬衫摸上去几乎像天鹅绒般柔软光滑。“这件破布衣服是我爸爸的！”

“对啊，帕特的。”科蒂利亚姑妈吸了吸鼻子，“但你穿就太大了，而且太破了，不得体。你要是再小一点穿这种带纽扣的男人衬衫倒不要紧，但现在你已经长大了，看看你那胸部曲线已经很有女人味了……”

骑马装就挂在角落的衣架上面；衣服是四天前送到的，苏珊没打算把衣服拿到自己的房间。一共有三件，一件红的，一件绿的，一件蓝的，都是丝绸面料制成，无疑都价格不菲。她讨厌这些衣服那做作的外表，还有那夸张的毛茸茸的镶褶边：在风的吹拂下袖子会很艺术化地舞动，还有那松松垮垮的大衣领，这一切都显得那么愚蠢……当然，衣服的前胸被设计得很低，托林要是看见她穿着这种衣服的话，肯定眼睛不会盯着别处。她才不会穿这种衣服呢，能不穿就不穿。

“我那‘很有女人味的’胸部曲线？我对此不感兴趣。我骑马出去的话，也没有人会对那感兴趣。”苏珊说。

“也许是，也许不是。只要这个领地有一个牲畜贩子看见你——甚至是伦弗鲁看见你，他一直是走那条路的，这你也知道——他说不定就会对哈特说，你正穿着他好心送给你的衣服。你说是不是？孩子，你干吗那么不听话呢？为什么总是和我唱反调啊，这对我公平吗？”

“这和你又有什么关系？”苏珊问道，“你拿到钱了，不是么？你还会拿到更多钱。在他操了我之后。”

科蒂利亚姑妈的脸变得煞白，她震怒了，她屈身向前，隔着桌子打了苏珊一记耳光。“你怎么敢在我的房子里用这个肮脏的词啊，你这个野丫头？你怎么敢？”

她的眼泪开始流了出来——就在她听到姑妈说那是她的房子时。“这是我父亲的房子！是属于我和他的！你根本没有自己的住处，只能住在市政福利院里。是他让你住进来的！是他收留你的，姑妈！”

剩下的两瓣橘子还在她手里。她把橘子扔到姑妈脸上，猛地往后一退，身后椅子晃动一下，翻倒了，她硬生生地跌在地上。姑妈的阴影落在她身上。苏珊疯狂地爬出姑妈的阴影，头发乱七八糟，被打的半边脸隐隐作痛，眼角噙满泪花，喉咙肿胀生疼。最后她终于站了起来。

“你这个没有良心的孩子。”姑妈说道。她的声音既温柔，又充满怨恨，有一种奇特的抚慰人的感觉。“我和托林为你做了那么多，你竟然这样。为什么，你早上要骑的那匹老马还是哈特的礼物呢，这个礼物是为了对——”

“*派龙是我们的！*”她尖叫道，那声音近乎疯狂，她对于姑妈有意歪曲事实简直要气疯了，“*都是我们的。马匹和土地！——它们都是我们的！*”

“别叫得那么响。”科蒂利亚姑妈说。

苏珊深吸了口气，想要镇定一下自己的情绪。她把挡在面前的头发撩到身后，露出了姑妈打她时在脸上留下的手印。科蒂利亚看见了这红印不禁一哆嗦。

“要是我爸爸看见你这样，他是绝对不会允许的，”苏珊说，“他绝不会允许我去做哈特·托林的小情人。不管哈特是什么市长还是别的……别的什么有权有势的人……他绝不会答应的。你也是心知肚明的。您知道。”

科蒂利亚姑妈眨了眨眼睛，一根手指摸了摸耳朵，那表情就仿佛苏珊已经疯了一样。“是你自己同意的，年轻漂亮的小姐。哦，这可一点不假啊。要是你犯傻气，想靠大哭大叫取消约定的话——”

“对啊，”苏珊对此表示同意，“我是同意这个约定。在你没日没夜跟我讨价还价之后，在你哭着向我哀求之后——”

“我没有！”科蒂利亚叫道，像突然被什么蜇了一下。

“姑妈，你怎么那么快就忘了啊？对啊，我想是的。到了晚上你就会忘记早饭时打我耳光的事了。我可没忘。您是哭了，您哭着对我说，我们可能被赶出这片土地，因为我们没有法律凭证证明对这块土地的拥有权，我们会沿街乞讨，您哭了，然后说——”

“*不要再那样叫我了！*”姑妈咆哮着。在这个世界上没有什么比用那种讽刺的尊称更让她恼怒了。“别那么软弱地向我抱怨了。你没有权利跟我这样说话！骑你的马去！出去！”

但苏珊继续说了下去。她已经怒不可遏，到了不吐不快的地步。

“您哭了，还说我们会被扫地出门，驱逐到西方去，我们再也看不见父亲的祖产，也见不到罕布雷了……当我被吓住了的时候，你又提起那个我即将要怀上的漂亮宝贝。还说，本来属于我们的土地会回到我们手里。本来属于我们的马也会回来。为了证明市长先生的诚意，我被恩准拥有一匹我亲手接生的小马。但为了让我能心安理得拿到本该属于我的东西，我都做了些什么呢？除了签了那份文件，除了答应和他上床，把他四十岁的老婆晾在大厅睡觉外，我都做了什么呢？”

“你是不是想要钱啊？”姑妈冷冷地问，“想要钱对不对？想要就拿去吧。拿走，存起来，或是丢掉，或是拿去喂猪，我都不管！”

她转身去取挂在火炉架上的钱包。开始在里面翻找着什么，但是她的动作很快就失去了速度和决心。厨房走廊的左边嵌着一块椭圆形的镜子，透过镜子苏珊看见了姑妈的脸。她看见——那一脸的仇恨、沮丧和贪婪——她的心沉了下去。

“没关系，姑妈。我看得出来你舍不得那笔钱，我也不会要这笔钱的。这是嫖客的钱。”

科蒂利亚姑妈转身面对她，一脸震惊的样子，顺便也就装作忘了掏钱的事了。“这不是卖淫，你这个傻瓜！历史上一些最有名的女人都做过情妇，而且一些最伟大的男人都是情妇生的。这不是卖淫！”

苏珊一把扯下红色的丝质骑马装，拿在手里。这件衬衫贴近了她的双乳，仿佛很渴望和她的胸部发生接触。“那他为什么要送给我这件妓女衣服呢？”

“苏珊！”科蒂利亚姑妈的眼里含着泪。

苏珊一把把衬衫扔给姑妈，就像刚才把橘子瓣扔到她脸上一样。衣服落在姑妈脚边上。“如果你喜欢的话，捡起来，自己穿上。如果你喜欢的话，也可以自己在他的面前叉开双腿。”

她转过身，冲出门去。姑妈歇斯底里的尖叫尾随而至：“不要胡思乱想了，苏珊！愚蠢的想法会导致愚蠢的行动，现在不能再做蠢事了！你已经承诺过了！”

她心里明白这一点。不管她的派龙沿着鲛坡跑得多快，都无法让她抛弃这个想法。她已经承诺过了，无论她的父亲帕特·德尔伽朵在得知她此时境地的时候会多么震惊，他也会明白这一点——她做出了承诺，承诺就必须老老实实去履行。要是谁不信守承诺，等待他们的将是地狱。

3

派龙仍然快速奔跑着，苏珊让马儿慢了下来。她朝后面看去，发现自己已经走了差不多一英里了，然后她决定不再飞跑——转而让马儿小跑，或说快走。她深深吸了一口气，然后呼了出来。那天早晨，她第一次感受到这一天的美好——海鸥在氤氲的空气中向西飞去，她身边是长得高高的草，每一条裂缝里都有花儿顽强地探出脑袋来：矢车菊、羽扁豆、福禄考，还有她最喜爱的娇嫩的蓝丝绒。到处都能听见让人昏昏欲睡的蜜蜂的嗡嗡声。那声音让她的心变得平静，胸中汹涌的波涛稍稍平息了一点，此时她才得以对自己袒露心声……先承认，然后大声地说了出来。

"威尔·迪尔伯恩。"她说出这个名字，不禁身子一抖，尽管她知道除了派龙和蜜蜂之外没人听见。所以她又说了一遍，当那名字说出口的时候，她突然把手腕靠近嘴唇，吻了一下，就吻在脉搏跳动之处。她甚至不知道自己为什么会做这个动作，因而非常震惊，更让她吃惊的是，触到自己的皮肤、闻到汗的味道，她竟然感到一阵激动。那种激动就和第一次碰到他之后的感觉一样，她此时也感到同样的冲动，要做些什么让自己冷静下来。但她现在什么也无法做。

因此她咕哝了一句父亲最常说的骂人的话——"哦，咬它！"——还朝着地上啐了一口唾沫。最近这三个礼拜以来，威尔·迪尔伯恩把她的生活弄得一团糟；威尔·迪尔伯恩那让人心神不宁的蓝眼睛、黑色的头发，还有那武断傲慢的态度。*我可以考虑周到，小姐。至于行为得体？你竟然知道这个词，我真是很吃惊啊。*

每当想到这个细节，她身体里就蔓延着愤怒和羞耻。但主要还是愤怒。他怎么敢来指责她呢？他从小衣食无忧，有下人来满足他每一个奇思怪想，他那么有钱，以至于他都不需要钱——他能无偿得到他想要的东西，那可是别人讨好他的机会。那样的男孩——那就是他，一个男孩——他怎么会理解她做出的艰难抉择呢？来自汉非的威尔·迪尔伯恩先生怎么能够理解其实她并没有做出任何抉择呢？怎么能知道她被带到他们那里，就好像一个猫妈妈把淘气的小猫带到窝里一样，被抓住后脖颈拖到那里？

可她还是不能停止想他；即使姑妈不知道，她也知道今早她和姑妈争吵的时候还有一个秘密的第三者在场。

她还知道一些别的，那些事情能让她的姑妈永无宁日。

威尔·迪尔伯恩也没有忘记她。

4

欢迎晚宴和迪尔伯恩对她说那些伤人的话一周以后，旅者之家的弱智少年——人们都叫他锡弥——出现在苏珊和姑妈同住的屋子前。他手里捧着一大束花，大多数是鲛坡上长的野花，但也有几朵淡红色的野玫瑰。它们看上去就像是粉色的标点符号。男孩并不等人邀请就一把推开门，脸上绽开了灿烂的笑容。

苏珊正在打扫前门小径；科蒂利亚姑妈在后面的花园里。很幸运，但没什么好奇怪的；这些天两人的关系处于最好的时期，因为她们都尽量避免和对方见面。

苏珊已经看见锡弥走上了小径，手中那一大捧花也不能挡住他盈盈的笑容，苏珊一脸的不解，又有些不安。

"你好啊，苏珊·德尔伽朵，帕特的女儿，"锡弥乐呵呵地说，"我受人之托到你这里来，要是给你添了麻烦的话，请多多包涵。我对别人来说是个麻烦，这我也知道的。这是给你的。给。"

他把花往前一送，她看见里面夹着一个小小的折起来的信封。

"苏珊?"科蒂利亚姑妈的声音从房子的一角传了出来……声音越来越近，"苏珊，我好像听见了开门声?"

"是的，姑妈!"她回答道。诅咒这个女人那么尖的耳朵！苏珊灵敏地把信封从福禄考和雏菊之间拿了下来，塞进衣服口袋里。

"它们来自我第三个好朋友，"锡弥说，"我现在有三个不同的朋友。这么多。"他举起了两个手指，皱皱眉头，再加了两个手指头，然后就开心地笑了。"阿瑟·希斯是我第一个最好的朋友，迪克·斯托克沃斯是我第二个最好的朋友。我第三个最好的朋友是——"

"安静!"苏珊小声而又严厉地说，锡弥的笑容立刻消失了，"千万别提你的三个朋友。"

她脸上泛起一丝红晕，像是轻微发烧——而且似乎热量一直从脸颊延伸到脖子，然后到脚底下。过去的整整一周里，罕布雷到处都是关于锡弥新朋友的闲话——似乎大家都只关注这个话题。她听到的故事都很离奇，但如果那些故事是杜撰的，为什么那么多不同的目击者所描述的版本都如此一致呢？

趁姑妈还没从角落赶过来，苏珊努力使自己恢复了正常。锡弥看到科蒂利亚姑妈后，马上往后退了一步，眼中的困惑变成了沮丧。她的姑妈对蜂刺很敏感，所以浑身上下——从草帽边缘到褪了色的工作裙的裙摆——都严严实实裹上了一层纱。在强光的照射下，她看上去很古怪，但在阴影里又很诡异。她戴着手套的手里拿着一把沾满灰的大园艺剪刀，让她的形象更加可怕。

她看见了那束花，弯下腰看了看，大剪刀也举了起来。当她走到侄女身边时，把手里的那把剪刀滑到了腰带上的挂环里（在她侄女看来，她好像是很不情愿的样子）然后掀起脸上的面纱。

“这是谁送给你的？”

“姑妈，我不知道，”苏珊故作镇定地说，“应该是一个酒吧里的年轻男子送的——”

“酒吧！”科蒂利亚姑妈哼了一声。

“他好像也不知道是谁送的。”苏珊继续道。要是能让他离开这里就好了！“他是，嗯，我想你会说他是——”

“他是个傻子，是的，这我也知道。”科蒂利亚姑妈没好气地瞟了苏珊一眼，然后把注意力转移到锡弥身上来了。她把戴着手套的双手摁在膝盖上，冲着他一通大喊大叫：“谁……送了……这些……花……年轻……人？”

刚刚掀起的面纱现在又落回原处。锡弥又往后退了一步。看起来有点害怕。

“那……也许……这个人是来自……滨海区？……来自……市长……托林？……告诉……我……我会……给……你……一分钱的。”

苏珊的心都凉了，他肯定会说出来——他肯定不明白这样做会让她陷入一个大麻烦。也许还会给威尔带来麻烦。

但锡弥只是摇摇头：“我记不起来了。我大脑一片空白，真的。斯坦利说我是个笨蛋。”

他又咧开嘴笑了，露出了一口洁白整齐的牙齿。科蒂利亚姑妈做了个鬼脸。“哦，笨蛋！那你可以走了。直接回城里——不要到处瞎逛，你一个子儿也得不到。没有记性的孩子是没资格得到一分钱的！再也不要回来了，不管是谁想要你送这些花儿。你听见了么？”

锡弥用力地点点头。然后又说：“女士？”

科蒂利亚姑妈瞪了他一眼。她前额的那条垂皱纹特别明显。

“你为什么用这个蜘蛛网一样的东西裹住自己？”

“你给我滚，蠢驴！”科蒂利亚姑妈大叫一声。只要愿意的话她的声音就能高上几个分贝，锡弥被惊得往后一跳。在确定他已经沿着高街往城里的方向跑去，根本无意徘徊在大门外要小费之后，科蒂利亚姑妈转向了苏珊。

“把花放在水里，免得干枯了，年轻美貌的小姐。还有，不要胡思乱想，猜测那个暗中倾慕你的人到底是谁。”

科蒂利亚姑妈笑了。这是一个真正的微笑。最让苏珊伤心和困惑的是，她的姑妈并不是什么小时候在摇篮里听到的故事中的恶魔，也不是像库斯的蕤那样的女巫。根本没有什么怪兽，她只是一个不顾情面的老处女，爱财如命，也很害怕被赶出家门，从此一文不名，流浪在这个世界里。

5

她确定花是威尔送的，还真给她说中了。他的便条是手写的，非常清晰整洁。

亲爱的苏珊·德尔伽朵：

那天晚上，我说的话很过分，我请求你的原谅。我可以见见你，并且当面和你说几句话么？只有我们两个人。是很重要的事。如果你愿意见我，就让带花来的男孩儿捎个信儿。他是值得信赖的。

威尔·迪尔伯恩

是很重要的事。这句话还被强调了一下。她很想知道到底能有什么重要的事，但又告诫自己不要犯傻。也许他迷上了自己……要是这样的话，又该怪谁呢？是谁跟他说话、骑他的马？是谁下马的时候把腿露了出来？又是谁把手放在他肩膀上亲吻他呢？

一想到这个，她就感到脸颊和前额烧得慌，一阵热潮穿过整个身体。她也不清楚是否后悔亲了他，但这是个错误，不管她有没有后悔。要是再见他就是错上加错了。

但她还是想见见他，而且她明白，在内心深处自己已经打算暂时不去理会他的愤怒。但她已经做出过承诺。

那该死的承诺。

那晚她失眠了，在床上辗转反侧，先是想要是自己干脆保持沉默会更好，这样显得更有尊严，但接着又开始在心里思量着该怎么回复——有些回答很傲慢，有些很冷淡，还有些近乎调情。

当她听见午夜钟声敲响，旧的一天过去，新的一天已经来临时，她决定不再犹豫。她一骨碌从床上爬起来，走到门前，打开门，探出头朝厅里张望。当听见科蒂利亚姑妈那吹笛子般的鼾声后，她又把门关上，走到窗边的小桌前，把灯点亮。她从最上层的抽屉里抽出一张羊皮纸，一撕为二（在罕布雷，比浪费纸张更大的罪行就只有不珍惜牲畜了），然后飞快地写着字，就好像再多犹豫一秒钟就可能导致好几个小时的犹豫不决。没有称呼语，也没有署名，她的回答十分简单：

我不能见你。这不合适。

她把这张纸折小，吹灭了灯，然后回到床上躺下，把便条塞在枕头下面。两分钟后，她就睡着了。第二天，去城里买东西的时候，她顺便去了趟旅者之家，在上午十一点时，这个地方有晚上看不出来的美妙。

酒吧前面的院子是长方形，上面铺的是踩实了的煤渣，被一根长长的拴马柱一分为二，下面则是一条水槽。锡弥正沿着拴马柱推着一辆手推车，用铲子把昨晚的马粪铲到车里。他戴着一顶很滑稽的粉红色宽边帽，嘴里还哼着“金拖鞋”。苏珊怀疑旅者之家的很多客人会不会早上一起床就和锡弥的感觉一样好……这么说起来，如果真要较起真来的话，到底是谁更聪明呢？

她四下看看，确认没有人注意到她，然后走到锡弥跟前，拍拍他的肩膀。他一开始看上去有点受到惊吓的样子，苏珊没有怪他——根据她所了解到的故事，乔纳斯的朋友德佩普差点仅仅因为他不小心把饮料洒到自己的靴子上就杀了他。

接着锡弥认出了她。“你好，来自城边上的苏珊·德尔伽朵，”他的语气很友好，“祝你今天开心，小姐。”

他鞠了一躬——有些好笑地模仿着来自内领地的三个新朋友的行礼方式。她笑着也回了一个礼（她穿着牛仔裤，却不得不装作是穿着裙子，不过眉脊泗的女人们都习惯这样行礼了）。

“你看见我的花了么，小姐？”他问着将手指向酒吧没有涂油漆的那一边。在那里看到的东西让她大为感动：沿着墙壁下端长着一排蓝白相间的丝绒花。这些花儿看上去既勇敢，又楚楚可怜，在早晨的微风中轻轻摇摆。花的前面是光秃秃的庭院，后面是表面斑驳的酒吧。

“锡弥，是你种的花么？”

“对啊。来自蓟犁的阿瑟·希斯先生答应给我带些黄色的丝绒花。”

“可我从来没有见过黄颜色的丝绒花啊。”

“没错，我也从没见过。但阿瑟·希斯先生说蓟犁有。”他严肃地看了苏珊一眼，手中还握着铲子，就好像士兵举着一把枪或矛一样，“阿瑟·希斯先生救了我的命。我会为他做任何事。”

“锡弥，真的么？”她有些感动地问道。

“哦对了，他还有一个哨兵呢！那是一个鸟头！他每次跟它说话的时候，总是很温柔的样子，我会笑么？是啊，我会的。”

她再次四下张望了一下，以防有人在偷看（除了马路对面的那些雕刻出来的图腾外），接着就把那团折得很小的便条从牛仔裤口袋里拿出来。

“你能帮我把这个给迪尔伯恩先生么？他也是你的朋友，对不对？”

“威尔？对啊！”他接过纸条，很小心地放到自己口袋里。

“不要告诉任何人哦。”

“嘘！”他答应道，把一个手指放在嘴唇上。在那顶粉红色女式草帽的映衬下，他的眼睛圆圆的，样子煞是有趣。“就像我把花给你时那样。一定保密！”

“对，一定要保密。再见，锡弥。”

“再见，苏珊·德尔伽朵。”

他又开始进行他的清扫工作了。苏珊在那里站了一会，看着他打扫，感觉有点不自在，也有些心绪不宁。便条已经成功地送出去了，她却有强烈的冲动想把它从锡弥那里要回来，划掉她写下的那行字，改口说要见他。只为了能再次看见他沉静的蓝色眼睛，再次让那双眼睛注视自己。

这时，乔纳斯的另外一个朋友，也就是那个穿风衣的人溜溜达达从百货店回来了。她不能确定他是否看见她了——他耷拉着脑袋，正在卷一支烟——但她可不想冒险。若是自己被看见了，雷诺兹会向乔纳斯说，乔纳斯——他实在说得太多了——会对科蒂利亚姑妈说。要是科蒂利亚姑妈听到她竟然去找那个带花给她的男孩，可能就会有问题要问她了。她不想回答的问题。

6

苏珊，一切都过去了——过去的事就像泼出去的水。最好不要老沉湎在对过去的回忆中。

她让派龙停下来，朝鲛坡放眼望去，看到许多马在悠闲地啃草。这个早上，马的数量多得出人意料。

骑马也不管用，她还是忍不住要想到威尔·迪尔伯恩。

遇到他是一件多么倒霉的事啊！若不是那次从库斯回来的路上巧遇到他，她早就认命了——毕竟，她是个实际的女孩子，而且诺言就是诺言。她肯定没有料到自己会那么在意失去贞操，想到要怀上孩子她也十分不安。

威尔·迪尔伯恩改变了一切；他占据了她的心，在那里安营扎寨，就好像一个拒绝被人驱逐出去的佃户一样。他跳舞时对她的评价就像歌曲似的萦绕在她的脑子里，尽管她很讨厌那句话。他说的话既残忍又自以为是，愚蠢的话……但他说的难道没有一点道理么？蕤关于托林的说法是正确的，现在苏珊也对此毫不怀疑。她觉得即使女巫们千错万错，但她们对男人欲望的认识总是对的。这想法让她觉得不舒服，但不得不承认它的客观性。

正是那讨厌的威尔·迪尔伯恩把她不得不接受的东西变得难于接受，正是他把她拖入到许多争论中，害得她几乎难以听清自己那尖利绝望的声音，正是他来到她的梦里——梦里面他把手臂搭在她的腰间，吻她，吻她，吻她。

她跳下马，手拉缰绳走了一段下坡路。派龙乖乖地紧随其后，当她停下脚步，朝西南方向朦胧的蓝色看去时，它也低下头开始吃草。

她觉得还是有必要再见一次威尔·迪尔伯恩，只是为了让自己天性中讲求实际的那部分再次取胜。她需要见到一个真实的威尔·迪尔伯恩，而不是她在温柔的思绪和更温馨的梦境里勾勒出来的他。一次就足够了，她就可以继续走自己的路，做应该做的事。也许这就是为什么她走这条小路的原因——昨天、前天和大前天她都走这条路。他也在鲛坡的这片区域骑马；这是她在市场听来的。

她扭转头，背对鲛坡，突然感觉他真的会来这里，就好像她的灵魂在呼唤他——或是她的卡在呼唤他。

然而她只看见蓝天和低低的山脊，它们勾勒出的线条极其柔和圆润，仿佛是一个女人侧躺在床上时腰、臀部和大腿的曲线。苏珊心中充满了苦涩的失落感。她几乎都能用嘴巴感受到这种失落，就好像是在嚼湿茶叶一样。

她开始向派龙身边走去，想要回家，必须回去说一声道歉。既然不得不做，还不如尽早。她抬脚踩上左边那个有点变形的马镫，就在此时，一个骑马人出现在地平线上，就在天边看上去像女人臀部的地方跑了出来。他坐在马上，只能看到马背上的一个剪影，但她马上就知道了那是谁。

快跑！她一阵惊惶中告诉自己。上马快跑！离开这里！快！赶在可怕的事情发生之前……赶在卡来临之前。卡就像一阵风，把你和你所有的计划都吹到天边！

然而她没有跑。她站在原地，手里抓着马缰绳，当派龙抬头对着那匹从山上奔驰而下的枣红骏马发出嘶鸣时，她对着它低声说着些什么。

威尔·迪尔伯恩出现在她的面前，先是在马背上低头看着她，然后轻松利落地跳下马来。苏珊知道，就算自己骑了那么多年马，那潇洒的下马动作也是她难以企及的。他这次没有把一只脚伸到前面，脚尖翘起，也没有脱帽，郑重其事地向她行礼；他只是看着她，眼神镇定、严肃、成熟得让她不安。

在鲛坡的一片寂静中，他们四目对视，蓟犁的罗兰和眉脊泗的苏珊。苏珊感到心中吹起了一阵风。对此，她既害怕，又喜悦。

7

"早安，苏珊，"他说，"很高兴再次见到你。"

她一言不发，只是等待着，观察着。他会像自己一样清楚地听见她的心怦怦直跳吗？当然不能；真要这样可就是胡说八道了。但她觉得自己的心跳得那么响，周围五十码半径之内的生物都能听得见。

威尔·迪尔伯恩往前走了一步。她往后退了一步，用不太信任的眼光看着他。他低下头，然后又抬起头来，双唇抿在一起。

“我请求你的原谅。”他说。

“是吗？”她冷冷地说。

“我那天晚上说的话是没有根据的。”

她一听火就不打一处来：“我根本不在乎你说那些话是否有根据；我在乎的是这很不公平。那些话伤害了我。”

她左眼滚出了一滴泪花，沿着脸颊滚下来。也许她早上还没哭够呢。

她本以为自己说的话会让他羞耻，但尽管他的脸上泛起了一丝红晕，他还是直视着她。

“我爱上你了，”他说道，“所以我才会说出那样的话。我觉得，在你吻我之前我就爱上你了。”

她一听就笑了……但他那简单直率的表白方式让她的笑声在自己耳朵里听来都有点虚假。或者说虚弱。“威尔·迪尔伯恩先生——”

“请叫我威尔。”

“迪尔伯恩先生，”她说话的口气就好像老师在苦口婆心地教导一个冥顽不化的学生，“你这个想法很可笑。你难道只是见了我一面就爱上我了么？只是吻了我一下就爱上我了么？那只是个姐妹般的吻？”这次轮到她脸红了，但她还是接着说下去，“这样的故事只会在小说中发生，难道在现实生活中也会有？我不这么认为。”

但他的眼睛还是没有离开她的眼睛，她从中看出了一点关于罗兰的真实情况：他那浸透到骨子里的浪漫，这份浪漫就好比是一块神奇的天外飞来的金属块，深深地隐藏在他那花岗岩一般实际的想法中。他把爱情看作是一个事实，而不是一朵花，这让苏珊难以小瞧他的任何一面，无论是他的浪漫还是他的实际。

“我请求你的原谅。”他又说了一遍。他的语气中有一种近乎粗鲁的固执。这让她恼怒，又让她觉得有趣，同时还有些害怕。“我没有要求你同样爱我，那不是我说话的原因。你告诉过我，你现在的处境很复杂……”这时他的眼睛不再盯着她看，而是看着鲛坡的方向。他甚至笑了一下。“我还叫他傻瓜，对不对？当着你的面叫他傻瓜。现在看来，究竟谁是傻瓜呢？”

她笑了；忍不住笑了。“你还说过他喜欢烈酒和小姑娘。”

罗兰用手腕敲了敲自己的额头。要是他的朋友阿瑟·希斯这么做的话，她会把这当成是一个存心逗乐的举动。但威尔则不同。她觉得他并不是个喜欢逗乐的人。

又是一阵沉默，但这次并不尴尬。并排站着的两匹马，拉什尔和派龙都心满意足地吃着草。要是我们是马的话，所有的一切都会变得简单得多，她想着想着差点咯咯笑了起来。

“迪尔伯恩先生，你知道我已经做出某个承诺了吗？”

“啊依。”当看见她惊讶地扬起眉毛时，他笑了，“这不是嘲笑，只是此地的方言。不自觉……就渗入到我的语言中了。”

“是谁告诉了你关于我的事？”

“市长的妹妹。”

“克拉尔。”她鼻子一皱，心想这没什么可吃惊。她想可能还会有别人把这件事说得更粗俗。艾尔德雷德·乔纳斯就是其中一个。库斯的蕤是另一个。最好还是别想了。“要是你明白我的处境，要是你并不要求我回报你的……不管你对我到底是什么感觉……我们为什么还要在这里交谈呢？为什么你想约我出来？我想也许是因为你对我的感觉让你觉得不太自在——”

“是的，”他说，就好像是在陈述一个简单的事实，“这感觉让我不自在。我甚至很难在看着你的时候保持头脑清醒。”

“如果是那样，也许你最好不要看，不要说，不要想！”她的声音很尖利，还有些颤抖。他怎么敢这样直接，怎么敢这样盯着她呢？“为什么要送花和便条给我？难倒你不知道这可能让我陷入麻烦么？要是你知道我姑妈……！她已经和我说过你了，要是让她知道这个便条的话……或者是看见我们一起在这里的话……”

她四下张望了一下，再次确认没有人看见他们。是的，就她目力所及，周围没有旁人。他伸出手，碰了碰她的肩膀。她看着他，他立刻收回了手，就好像被烫了一下似的。

“我只是把我所想所做告诉你，这样也许你能谅解，”他说，“就这么简单。我的感觉属于自己，你不必为此负责。”

但我是有责任的，她想。我吻了你。我觉得我的责任还不小，不仅仅是对你的感觉而言，而且是对于我们两人的感觉来说。威尔。

“我对跳舞时说的话表示最真诚的道歉。难道你不能原谅我吗？”

“好的，我原谅你。”她说，要是此时他一把揽她入怀，她也不会拒绝，管他后果如何呢。但他只是脱下了帽子，微微鞠了一躬，此时，风停了。

“谢谢你，小姐。”

“不要这样叫我。我不喜欢这样。我叫苏珊。”

“那你会叫我威尔么？”

她点点头。

“好。苏珊，我想问你一些事情——并不是作为一个因为嫉妒而伤害了你的家伙。我的问题完全是另一码事。可以么？”

“我想可以。”她小心翼翼地说。

“你是否支持联盟？”

她盯着他，一时目瞪口呆。她完全没有想到会是这样一个问题……但他却一脸严肃地看着她。

“我还以为你和你的朋友们就是来清点牛、枪支、长矛和船的数量呢，也许还有些我不知道的东西，”她说，“但我没想到您还要清点联盟的支持者。”

她看见他吃了一惊，嘴角浮现出一丝微笑。这次的微笑让他看上去比实际年龄要成熟。苏珊回味了自己刚说过的那些话，意识到是什么让他吃惊，于是她也略带尴尬地笑了一下。“我姑妈总喜欢说您啊您的。这是‘你’的古语。我父亲也是这样的。这说法是一群自称为友人的中古先人用的。”

“我知道。我们那里至今还有这些自称友人的人。”

“是么？”

“是……或者说对，如果你更喜欢那个字的发音；我自己就已经开始喜欢这里的说话方式了。我喜欢友人谈话的方式。很动听的发音方式。”

“但让我姑妈一说可就不好听了，”苏珊说着就想起了她和姑妈那场关于衬衫的争论，“那就回答你的问题吧，对——我支持联盟，我想。因为我爸爸支持联盟。但如果你问我是不是对联盟忠心耿耿，我想我不是的。这些日子，关于联盟的人和事，我们既少有耳闻，也很少见到。故事和谣言基本上都是通过流浪汉和长途跋涉的旅行推销员来传播的。而且现在没有铁路……”她耸耸肩。

“平时跟我交谈的老百姓也是这么想的。但你的托林市长——”

“他不是*我的*托林市长。”她其实并没打算用如此强硬的口气说话。

“但这个领地的市长托林给我们提供了全力帮助，满足了我们所有的要求，甚至我们没要求的他也主动做到了。我只要打个响指，津巴·莱默就会站在我的面前。”

“那就不要打响指。”她说，然后不由得朝四下张望了一下。她试图微笑一下，让威尔认为那只是一个玩笑，但似乎并不奏效。

“城里的老百姓、渔民、农民、牛仔……他们都会说一些联盟的好话，但都比较漠然。然而，市长、他的大臣，还有马夫协会的会员们、伦吉尔、盖博，还有许许多多人——”

“我认识他们。”她简略地说了一句。

“他们显示出了绝对的热情。你只要跟治安官艾弗里提到联盟，他都会激动得手舞足蹈的。好像在每一个牧场的会客室里我们都能拿着艾尔德纪念杯喝上一杯。”

“喝什么？”她有点调皮地问，“啤酒？黑啤酒？格拉夫？”

“还有葡萄酒，威士忌和百蒂博酒，”他没有理会她的微笑，只是补充了一句，“好像是他们希望我们违反誓言似的。你觉得这件事奇怪么？”

“嗯，有一点；不过这可能只是罕布雷的热情好客吧。在这里，当有人——特别是年轻人——发誓说他不饮酒时，大家一般都会认为他是扭扭捏捏，而不是认真的。”

“那么他们如此热情地支持联盟呢，你是怎么想的？”

“古怪。”

的确如此。帕特·德尔伽朵由于工作原因几乎每天都要和那些地主和养马人打交道，而只要爸爸允许，苏珊每次都跟在身后，那些人她看得多了。她觉得他们基本上都是冷淡的人。她难以想象约翰·克罗伊登或者杰克·怀特手拿阿瑟·艾尔德酒杯、热情洋溢地祝酒的样子……特别是中午喝酒更是难以想象，他们还要去照看牲畜或是做交易呢。

威尔盯住她，好像在读她的想法。

“但也许你可能像以前那样了解那些大人物，”他说，“我是指像你父亲去世之前那样。”

“也许吧……但难道貉獭说话就是倒着的吗？”

这次不再是谨慎的笑容；他咧开嘴笑了。整张脸都被点亮了。天啊，他是多么英俊啊！“我觉得不是。我们的说法是，就像猫不能更换身上的斑点一样。托林市长没有提到过我们——我和我的朋友们——我是说在你们俩单独在一起的时候？或许我没有权利问这个问题。我想是的。”

“我并不在乎你问，”她摇着头，长长的辫子也跟着甩了起来，“正如某些人好心指出的那样，我对礼节规矩知之甚少。”但她看到他低垂的目光和脸上尴尬的红晕后，并没有原来想的那么开心。她知道，有些女孩喜欢用讽刺的口吻来调情——有些人还会把男孩挖苦得很厉害——但她似乎对此提不起什么兴趣。显然，她并不想征服这个男孩，于是当她再次开口时，就转而用温和的语气说："不管怎样，我并没有和他单独在一起。"

哦你怎么这么会撒谎啊，她有点沮丧地想，因为她记得宴会当晚托林是怎样在大厅里拥抱她的，他在她的胸部一通乱摸，就好像一个孩子要把手伸到糖罐子里去一样；他还告诉她自己已经欲火焚身了。哦你这个大骗子。

"不管怎么样，威尔，哈特·托林对你和你朋友有何看法对你并不重要，对不对？你有自己的工作要去做，就这么回事。如果他帮助了你，为什么不干脆接受他的帮助，然后表示感激呢？"

"因为有什么地方不对劲。"他说话时那严肃甚至有点阴沉的嗓音让她隐隐有点害怕。

"不对劲？和市长有关？还是和马夫协会有关？你是在说什么啊？"

他镇定地看着她，然后似乎做出了一个决定。"苏珊，我打算信任你。"

"我并不想要你的信任，正如我不想要你的爱情一样。"她说。

他点点头："但是，为了完成这次的任务，我必须相信某个人。你能理解么？"

她看着他的眼睛，点点头。

他走到她身边，两人靠得很近，她几乎能感到他皮肤的温暖。"朝那边看。告诉我你看见了什么。"

她看了看，然后耸耸肩。"鲛坡。和以前一样。"她微微地笑了一下，"还是那么漂亮。在整个世界里，这是我最喜欢的地方了。"

"是啊，很漂亮，一点没错。你还看见了什么呢？"

"当然是马啦。"她笑着，表明这是句玩笑话（事实上这是她父亲常说的老笑话），但他没有笑。英俊，勇敢，而且如果城里流传的故事是真的话——思维敏捷，行动快速。但没什么幽默感。说不定还有更严重的缺点。比如冷不防地去摸女孩子的胸部什么的。

"马。是的。但在你看来，它们的数目对吗？你从小到大都是看着鲛坡上的马长大的，除了马夫协会的人以外，对此没有人比你更有发言权了。"

"你并不信任他们？"

"我们要什么，他们就给什么，他们就好像是餐桌下面的狗一样友好，但是，不——我还是不信任他们。"

"但是你信任我。"

他用那双漂亮而又令人胆寒的蓝眼睛注视着她——在以后一万天的漂泊日子里，日晒会褪去这双眼睛的深蓝色，使之变成那种淡淡的蓝。“我必须相信某一个人。”他重申了一遍。

她低下头，好像受到了指责一样。他伸出手，温柔地把手指放在她的下巴下面，轻轻抬起了她的脸：“数字是否正确呢？好好想一想！”

但既然他已经提醒她注意这一点，她也就根本不需要多加考虑。事实上，一段时间以来，她就觉察到马匹数量的变化，但这种变化是循序渐进的，很容易被忽视。

“不，”她终于开口说，“这个数字不对。”

“少了还是多了？”

她沉默了一会。吸了一口气。然后长长叹了口气。“多了，太多了。”

威尔·迪尔伯恩把捏紧的拳头举到肩膀处，狠狠捶了一拳。他蓝色的眼睛闪着光，就像爷爷以前给她说过的电火花一样。“我就知道，”他说，“我就知道是这样。”

8

“那里到底有多少匹马？”他问。

“你是说我们脚下？还是说整个鲛坡？”

“就我们脚下的那些。”

她仔细看了看，并没打算真的要数。根本数不过来；试图去数只能让人越来越糊涂。她看见有四个较大的马群，每群大约有二十匹。它们在绿色的草地上跑着，就像鸟儿在蓝天上飞翔一样。大概还有九个小一些的马群，每群有八到十五匹不等……还有些成双成对的马（这让她想起了情侣，但好像今天看到的所有东西都让她想到情侣）……还有些独自奔跑的马——基本都是年轻的种马……

“一百六十匹？”他有点迟疑地低声问道。

她有点惊讶地看看他：“嗯。我心里想的数字就是一百六十。不多不少。”

“那我们看到了鲛坡的多少地方？四分之一？三分之一？”

“要比你说的少得多了。”她朝着他微笑着，“我以为您是知道的。这大概只有整个鲅坡牧场的六分之一。”

“要是每一片六分之一土地上都有一百六十匹马在吃草的话，那总共加起来就有……”

她等着他说出九百六十这个数字来。他一说出口，她就点点头。他又朝下面看了好一会儿，这时拉什尔用鼻子拱了拱他的背，他有点意外地嘟哝了一声。苏珊把一只微微弯曲的手放到唇边，防止自己笑出来。他很不耐烦地把马嘴推开，从这个细节她就看出他至今也没觉得这件事挺可笑。

“你认为还有多少匹马是圈养的，正在被训练或是参与劳作？”他问。

“下面的每三匹马就会有一匹是圈养的。当然这只是我的猜测。”

“那就是说我们共有一千两百匹马。都是纯种马，没有杂种的。”

她有点吃惊地看着他。“对啊。眉脊泗可没有杂种马……在任何一个外领地都没有。”

“每五匹马之中有不止三匹被你们养活了？”

“我们把所有的都养活了！当然了，时不时会出现一匹畸形马，我们只好把它杀掉，但——”

“但并不是每五匹马就有一匹是畸形马，对吧？每五匹马中就有一匹出生时——伦弗鲁当时是怎么说的？有多余的腿或者是肠子露在外面？”

她那震惊的眼神已经说明了一切。“是谁告诉你的？”

“伦弗鲁。他还告诉我在眉脊泗有五百七十匹马是纯种的。”

“那真是……”她有点困惑地笑了，“那真是疯了！要是我爸在这里——”

“但他不在这里，”罗兰说，他干巴巴的声音好像是一根断裂的树枝，“他已经死了。”

一时间，她没能觉察出他语气的变化。突然，就好像她脑子里发生了日食一样，她整个脸都阴沉了下来。“我爸遇到了意外。你知道么，威尔·迪尔伯恩？一场意外。真的是非常惨，但有时候就会发生这样的事。一匹马踏到了他的身上。那匹马叫做海泡沫。弗朗说海泡沫当时被草地里的一条蛇吓坏了。”

“弗朗·伦吉尔？”

“嗯。”她的脸都白了，除了两团野玫瑰般的红晕——粉红色的，就好像是他让锡弥送给她的那束花里的玫瑰——绽放在颧骨上面，“弗朗当时和我父亲在一起，他们一起骑马走了好几里路。他们并不是很好的朋友——他们来自不同的阶级——但他们一起骑马。弗朗的第一个老婆曾为我做了一顶洗礼仪式上戴的帽子，虽然我已经忘记那顶帽子放在哪里了。他们总是一起骑马。我无法相信弗朗·伦吉尔会在我父亲怎么去世的问题上撒谎，更别提他会……和我父亲的死有什么关系了。"

但她还是面露疑色地看着下面奔跑着的马。有那么多的马。太多了。要是她爸爸还活着，准能看出来有多少。而且爸爸也会和她思考同一个问题：那些多出来的马到底是谁家的呢？

"弗朗·伦吉尔和我的朋友斯托克沃斯讨论过那些马。"威尔说。他说得很随意，但脸上看不出任何随意的表情。"上了啤酒后没人喝，我们只喝了几杯泉水。那之后，他们就开始讨论起马来了，就像我和伦弗鲁在托林的欢迎晚会上讨论马一样。当理查德请伦吉尔估计一下能用来当坐骑的马匹数量时，他说大概有四百匹。"

"疯子。"

"看起来是这样。"威尔说。

"难道他们不知道那些马就在这儿，在你们能够看到的地方吗？"

"他们知道我们几乎还没有开始工作呢，"他说，"我们先是从渔民那里开始的。我敢肯定他们是这样想的，还要过一个月，我们才会开始数这里的马。与此同时，他们对待我们的态度……我该怎么说呢？嗯，就不要管我是怎么说的了。我的文字表达能力不是很好，但是我的朋友阿瑟称之为'善意的鄙视'。他们就在我们的面前放马南山，因为他们觉得就算我们看到了也不会明白是怎么一回事。或者是因为他们认为我们不会相信看到的一切。我很高兴能在这里遇到你。"

这样我就能给你一个更加精确的马的数目？那是不是唯一的原因呢？

"但你们最终不还是会四处去数马吗？不管怎么说，那都是联盟给你们的重要任务。"

他有些诧异地看了她一眼，好像她错过了一件很明显的事情。这眼光让她觉得有点不自在。

"怎么了？我说得不对吗？"

"也许他们指望在我们开始这项工作之前，那些多出来的马就会消失。"

"消失到哪里去？"

"我也不知道。但是我不喜欢这个想法。苏珊，你能保证今天的谈话只有你我知道吗？"

她点点头。如果她把今天在鲛坡上和威尔·迪尔伯恩独处，除了拉什尔和派龙两匹马在场外别无他人这件事告诉别人，她准是疯了。

“也许不会有什么严重后果，可如果有的话，知情者都会有危险。”

这句话又让她想到了自己的父亲。伦吉尔告诉她和科蒂利亚姑妈，说帕特被甩下马来，海泡沫硬生生从他身上踏了过去。他们俩都没有任何理由来怀疑这个人说的故事。但弗朗·伦吉尔不是还告诉威尔的朋友说在眉脊泗只有四百匹能当坐骑的马吗？而这真是睁着眼睛说瞎话。

威尔转身面对自己的马，他很高兴。

她有点想让他留下——想要他站得靠自己近一点，让云彩把他俩长长的影子投射到草地上——但他俩独处的时间太长了。照道理说没有人会在这个时候来这里撞见他们在一起，但这个想法不仅没让她安心，反而使她更加紧张。

他拉直了挂在矛柄边上的马镫(拉什尔发出了一声低沉的嘶叫，就好像是说到时间了，我们该走了)，然后就又转身面对她。他的目光让她几近昏厥，卡的感觉如此强大，让人无法否认。简直强大得让人难以抗拒。她试着告诉自己，这种感觉是很愚蠢的——这种好像有过前世一样的感觉——然而这并不是；这种感觉就好像是终于发现了一条找了好久的路。

“我还有别的要说。我不喜欢再回到谈话的起点，但我必须这样做。”

“不，”她虚弱地说，“关于那点我们已经没有什么可以说的了。”

“我对你说过我爱你，那晚我是在嫉妒。”他说，这时他的声音第一次变得有些失控，有些颤抖。她发现他的眼睛里有泪花在打转，不禁心里一阵恐慌。“还有些别的，还有别的事情。”

“威尔，我不想——”她急匆匆地向自己的马走去。他一把抓住她的肩膀，把她拉了回来。这个动作并不强硬，但其中有一种不容抗拒的冷酷让她觉得有点害怕。她无助地看着他的脸，发现他看上去真年轻，只是个远离家乡的孩子，然后她突然明白自己没有能力长时间抗拒他。在她内心深处，她渴望着他，这种渴望如此强烈，以至于她的心都在疼痛。她宁愿拿出生命中整整一年的时间来作交换，只要能把手放到他的脸上，感受他的皮肤。

“苏珊，你想念你的父亲吗？”

“嗯，”她小声说道，“想得不行。”

“我也想念我的母亲。”他把手放在她的双肩。一只眼睛再也兜不住眼泪;一滴泪滴落下来,在脸上划出了一道银色的线。

"她死了么?"

"没有,但是发生了一件事情。偏偏发生在她身上。该死!我连该怎么思考这件事都不明白,又该怎样谈论它呢?在某种意义上说,*她的确*死了。对我来说是死了。"

"威尔,这真可怕。"

他点点头:"我永远忘不了最后一次看见她时,她看我的那种眼神。饱含了羞耻、爱和希望的眼神。羞耻是因为我看见的一幕以及我知道的事情,希望,就是也许我能理解她,原谅她……"他深吸了一口气,"那天的晚宴上,饭快吃完时,莱默说了什么有趣的话。你们都笑了——"

"如果我笑了的话,那只是因为要是只有我一个人面无表情会显得很奇怪,"苏珊说,"我不喜欢他。我觉得他是个阴谋家。"

"你们都笑了,那时我碰巧看了看桌子的末端。看着奥利芙·托林。有一会儿——只是一小会儿——我觉得她就是我的母亲。一模一样的表情。某一天,我在错误的时间开启了一扇错误的门,恰巧撞见我的母亲还有她的——"

"别说了!"她尖叫着,挣脱了他的双手。她身体里所有的一切都突然晃动了起来,她用来让自己保持完整的扣子、架子和链子突然间都松开了。"住口,不要再说下去了,我受不了你谈论她!"

她伸手去拽派龙,但整个世界都已变成了湿漉漉的多棱镜。她开始抽泣。这时她感觉到他的手搭在自己肩膀上,让她再次转过身来,这次她没有拒绝。

"我无地自容,"她说,"我真是无地自容,我害怕,我难过。我已经忘了父亲的脸……而且……"

而且我再也不能记起来了,她想说,但是她什么话都不必说了。他用一连串的吻让她闭了嘴。一开始她只是任由他亲吻自己……然后她就主动去吻他了,近乎疯狂地吻他。她用拇指轻轻擦干他眼角的泪水,然后用手掌抚摸着他的脸颊,她早就希望能够这样做了。这种感觉真是太妙了;即使是他皮肤下软软的胡楂也感觉很棒。她的手臂顺势滑向他的脖子,嘴唇相接,热烈地吻着他,他们就站在两匹马之间。这两匹马只是互相瞅了一眼,然后就又低头吃草了。

9

他尝到了有生以来最销魂的吻，永生难忘：她那充满弹性的双唇，有力的牙齿，对爱情充满着渴望，没有丝毫的羞涩；她吐露的芬芳气息，紧贴住他身体的曼妙的曲线。他把一只手滑向她的左乳，轻轻地抚摸着，感受到在他手下，急速的心跳。他腾出另外一只手伸向她的头发，顺着发际梳下来，她太阳穴边的头发如丝绸般顺滑。他永远也忘不了这样的质地。

然后她离开他的怀抱，站在一旁，她的脸燃烧着，布满红晕和激情，她一只手摸向自己的嘴唇，那里都被威尔吻得肿起来了。下唇的嘴角边还渗出了一丝血迹。她眼睛瞪得大大的，看着他的双眸。她的胸部剧烈地起伏着，好像刚刚跑完步一样。心中有一股电流涌动着，她这辈子都没有感受过。像小河一样流淌，像发烧一样让人颤抖。

"不要再这样了，"她用颤抖的声音说，"拜托，不要再这样了。要是你真的爱我，就不要再让我往自己的脸上抹黑。我已经做出承诺了。我想，什么都要等我兑现承诺之后再谈……如果那时你还喜欢我的话……"

"我会永远等你，"他冷静地说道，"我会为你做任何事，但我没法眼睁睁地看着你跟另一个男人走。"

"要是你真的爱我，现在就离开我。求你了，威尔！"

"再吻我一次。"

她向前跨了一步，充满信任地仰起头，看着他，他明白他想怎么样对她都会被默许。她，至少是在此刻，已经有些失去自控力了。很可能她会成为他的人。他可以像马藤对待母亲那样对待眼前这个姑娘，要是他愿意的话。

然而，最后这个想法浇灭了他的激情，就像一堆被雨淋了的木炭，火星在黑暗中慢慢熄灭。这一年来，他父亲对此事的坦然接受

（我两年前就知道了）

在很多意义上来说对他都是最严重的打击；他怎么能够和这个女孩子坠入爱河——任何一个女孩子——在这个罪恶当道，甚至不断重演的世界里？

可他就是爱她。

他没有像自己渴望的那样激烈地吻她，而是把双唇轻轻地贴在她流血

的嘴角边。他吻了一下,感觉咸咸的,仿佛在品尝自己的泪水。当她的手抚摸着他后脖颈上的绒毛时,他闭上眼睛,浑身颤抖着。

"无论怎样我都不会去伤害奥利芙·托林,"她小声地在他耳边说了一句,"就像我不会伤害你一样,威尔。有太多事情都让我困惑,而现在要纠正也来不及了。但还是要谢谢你……没有做你本可以做的事情。我会永远记得你的。记得被你吻的感觉。这是发生在我身上最美妙的事情。那一刹那我觉得天地都融合在一起了。"

"我也会记住的。"他看着她跳上马背,还清楚地记得在他们相遇的那天晚上,她的腿是怎么在黑夜里惊艳地展现在他眼前的。突然,他觉得不能让她就这样离开。他走上前去,碰了碰她的靴子。

"苏珊——"

"不,"她说,"求你了。"

他往回退了一小步。

"这是我们俩的秘密,"她说,"是不是?"

"对啊。"

她笑了……但那是苦涩的笑。"现在开始,和我保持距离,威尔。拜托你。我也会和你保持距离。"

他想了想:道:"如果我们做得到的话。"

"我们必须做到。威尔。必须。"

她飞快地骑马离开了。罗兰就站在拉什尔的马镫旁,目送着她离开。直到她消失在天边,他还是站在那里看着。

10

治安官艾弗里,副手戴夫和乔治·雷金斯坐在治安官办公室和监狱前的门廊上,这时斯托克沃斯先生和希斯先生(后者还把那愚蠢的鸟头挂在马鞍的前桥上)正好路过。中午的铃声在十五分钟之前就敲过了,治安官艾弗里猜想他们正赶着去吃饭,也许是到米尔班克,或者是去旅者之家,那边的中饭还不错。有粕粕客什么的。但艾弗里喜欢更能填饱肚子的食物;最好是半只鸡或是牛后腿肉。

希斯先生朝他们招招手,咧嘴笑了笑。"你们好啊,先生们！祝你们长寿！呼吸到温柔的微风！睡个畅快的午觉！”

他们也招招手，笑了笑。当他们走出视线后，戴夫说：“他们整个早上都在码头上数渔网。渔网！你们能相信么？”

“是啊，”治安官艾弗里说着从摇椅上抬起了半只屁股，放了一个午餐前的响屁，“是啊，我相信。”

乔治说：“要不是他们先前把乔纳斯一伙人治得服服帖帖的，我准会觉得他们是一帮傻子。”

“就算你把他们当傻子，他们也不会介意的。”艾弗里说道。他看看戴夫，戴夫正举着拴在丝带上的单片眼镜，朝那两个男孩刚刚走过的方向看去。城里已经有老百姓开始把来自联盟的男孩们叫做小灵柩猎手了。艾弗里不知道该如何处理。他已经在他们和托林的剽悍手下之间充当了调停者，并因此从莱默那里得到了夸奖和一块金条，但是……到底要拿他们怎么办呢？

“他们到这里的那天，”他对戴夫说，“你认为他们很软弱。那你现在怎么想呢？”

“现在？”戴夫又转了一下单边眼镜，然后把它架到鼻梁上，透过镜片看着治安官，“现在，我觉得他们要比我想象中强硬一点。”

是的，一点不假。艾弗里想。但是强硬并不代表聪明，诸神啊。真是谢天谢地。

“我已经饿扁了。”他说着站了起来。他弯下腰，双手扶着膝盖，又放了一个响屁。戴夫和乔治互相看了一眼。乔治拿手扇了扇。高级治安官赫克·艾弗里直起身来，一副心情轻快、充满期待的样子。“外面的空间比肚子里面大多了，”他说，“跟我来吧，孩子们。我们去市里面痛快地吃一顿。”

11

现在是落日时分，但从老K酒吧雇工房的门廊看出去的景色并没有因此变得迷人些。这个建筑——除了厨房和马厩之外，马厩是大火后主住宅的唯一遗留物——呈L型，门廊就造在较短的那一端。门廊上给他们留的椅子数刚好：两个表面斑驳的摇椅和一个木制的板条箱，后面钉着一块不太牢靠的木板。

当晚，阿兰坐在其中一把摇椅上面，库斯伯特则坐在盒子改造的椅子上，他好像很喜欢这个座位。充当哨兵的鸟头放在门廊上，越过铺煤渣的庭院地面，面朝已经被烧成废墟的盖博家的大宅子。

阿兰累得精疲力竭，尽管他们都已经在家西边的小溪里洗过澡了，他还是觉得自己身上散发出一股难闻的鱼腥味和海草味。他们一整天都在数渔网。他并不是讨厌繁重的工作，甚至也不怕单调的工作，但他不喜欢毫无意义的工作。数渔网就是毫无意义的工作。罕布雷由两部分构成：属于渔民的那部分和属于养马者的那部分。渔民那里并没有他们需要的东西，三个礼拜下来他们三个都明白这一点。他们必须在鲛坡寻求答案，可他们也只是到那里看了看，什么都没做。而这是罗兰的吩咐。

风呼呼地吹着，一时间，他们还能听见无阻隔界低沉、呜咽般的嚎叫。

“我讨厌这个声音。”

库斯伯特今晚异乎寻常地安静，一副若有所思的样子，只是说了一声“对啊”。他们都在说“对”，更别提其他本地方言了。罗兰觉得，在他们三个人把罕布雷的尘土从靴子上掸掉很久以后，他们也会把罕布雷挂在嘴上。

他们身后，从简易的木板门里传来了一阵不那么让人难受的声音——鸽子的咕咕叫声。接着，从雇工房的另一边传来了第三个声音，这也是他和库斯伯特一起看夕阳时有意无意等待着的声音：马蹄声。拉什尔的马蹄声。

罗兰出现在拐角处，不紧不慢地骑着马，这时阿兰突然觉得有点不对劲……不祥的预感。这时天空中响起翅膀振动的声音，接着掠过一个黑形，一只鸟儿落在了罗兰肩上。

罗兰并没有吃惊；甚至没有回头看。他向拴马柱骑过去，仍然坐在马背上，伸出双手。“嘿呼！”他轻声呼唤了一声，鸽子落在他的掌心里。在它的一条腿上绑着一个小盒。罗兰把盒子取下来，打开，里面有一张卷得很紧的小纸条。他用另一只手把鸽子放了出去。

“嘿呼！”阿兰说着也伸出了手。鸽子向他飞去。罗兰下马时，阿兰把鸽子带进了雇工房，鸽笼就放在屋里一扇打开的窗户下面。他打开当中的鸽笼，伸出手。鸽子就跳进去了；本来待在鸽笼里的鸽子则跳了出来，跳到他手掌上。阿兰把笼子关上，拴好，穿过房间，掀开库斯伯特床上的枕头。枕头下面有一个亚麻布信封，里面装着一些空白纸条和一支小钢笔。他拿起一张纸条和这支笔，笔里面能够存墨水，这样就用不着再去蘸墨水了。他拿着这几样东西返回了门廊。罗兰和库斯伯特正在研究鸽子从蓟犁带来的纸条。只见纸上画着一些小小的几何图形：

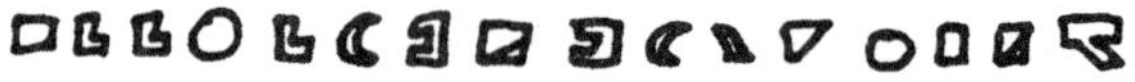

"上面说什么？"阿兰问。密码其实很简单，但他就是记不住，而罗兰和库斯伯特几乎看一眼就能马上认出来。阿兰的天赋是在别的方面表现出来的——他能够跟踪，感应极其灵敏。

"'法僧向东边移动，'"库斯伯特说，"'力量分成两股，一大一小。你们是否看到任何异常情况。'"他看着罗兰，几乎感到受了冒犯，"任何异常情况，那是什么意思？"

罗兰摇摇头。他也不知道。他怀疑送信的人——他自己的父亲肯定也是其中一个——是否也不知道。

阿兰把纸和笔递给库斯伯特。库斯伯特用一只手指摸了摸那只咕咕叫的鸽子的脑袋。它抖抖翅膀，仿佛已经迫不及待地要飞到西边去。

"我应该写点什么？"库斯伯特问，"同往常一样？"

罗兰点点头。

"但我们已经看见了异常的东西了！"阿兰说，"而且我们知道这里肯定出了问题！马……在那个南边的小牧场里……我记不起来牧场的名字了……"

库斯伯特能记起来。"罗金 H。"

"对，就是罗金 H。那里还有公牛。公牛！天啊，我只在书上看过图片！"

罗兰警觉起来。"有人知道你看见那些了吗？"

阿兰不耐烦地耸耸肩。"我认为没人注意到我。那里还有几个赶牲畜的人——三个，或许是四个——"

"对，四个。"库斯伯特平静地说道。

"——但他们根本没留心我们。即使在我们真的看见什么东西的时候，他们也认为我们什么都没看见。"

"要保持这种状态。"罗兰扫了他们一眼，但他脸上有一种心不在焉的神情，就好像他的思绪已经飞到九霄云外。他转脸看着落日，阿兰在他的衬衫领口上发现了什么东西。他把它摘了下来，动作如此迅速敏捷，甚至连罗兰都没有察觉。库斯伯特可做不到，阿兰有点自豪地想。

“对啊，不过——”

“照往常那样写。”罗兰说。他在最高的台阶坐下，看着西边夕阳映衬下的红色晚霞。“理查德·斯托克沃斯先生和阿瑟·希斯先生，你们要有耐心。我们知道一些事情，同时我们相信另外一些事情。但约翰·法僧来东边难道仅仅就是为了重新补给马匹吗？我觉得不会。我不确定，马确实很珍贵……我说不清。所以我们要等一等。”

“好吧，好吧，照往常一样写。”库斯伯特在门廊栏杆上把纸展平，在上面写了一串符号。阿兰能读懂这条信息；自从他们来到罕布雷之后，他已经好几次看到同样的排列了。“信息收到。一切平安。迄今尚无可报告的内容。”

纸条被放进小盒里，绑在信鸽的腿上。阿兰走下台阶，站在拉什尔旁边（后者仍然很耐心地等待主人为它解开马鞍），然后把手朝着落日的方向高高举起。“嘿呼！”

鸽子振翅飞走。他们目送着鸽子的黑影消失在苍茫的暮色中。

“罗兰？”

“嗯？”这声音就好像是一个睡得很沉的人刚被弄醒。

“如果你愿意，我来替它解开马鞍吧。”阿兰朝拉什尔点点头，“再给它擦擦身体。”

很长时间都没有回答。阿兰正准备再问一遍时，罗兰说话了，“不。我来吧。再过一两分钟。”然后他又接着看夕阳。

阿兰爬上门廊的台阶，坐回摇椅。库斯伯特也坐回到那盒子改造的椅子上。他们坐在罗兰身后，库斯伯特扬起眉毛看看阿兰。他指了指罗兰，然后又看着阿兰。

阿兰把刚刚从罗兰衣领上拿下来的东西递给库斯伯特。尽管在这样微弱的光线下，那东西细得几乎看不清，但是库斯伯特的眼睛是枪侠的眼睛，他不费力地就把那东西接了过来。

那是一根长发，金色。他从库斯伯特的表情看出库斯伯特也知道这是谁的头发。自从来了罕布雷之后，他们只遇见了一个有金色长发的女孩。两个男孩的眼神相遇了。从库斯伯特的眼神里，阿兰同时看见了沮丧和开心。

库斯伯特举起食指对准自己的太阳穴，做出扣动扳机的样子。

阿兰点点头。

罗兰背对着他们坐在台阶上，做梦般地看着正在消逝中的残阳。

第八章

商月之下

1

眉脊泗以西将近四百英里处的利茨镇正如它的名字一样，是个浮华而势利的地方①。商月满月三天前，罗伊·德佩普就到了那里——也有些人把商月称作夏末月亮——一天后就离开了。

事实上，利茨是一个位于维卡斯迪斯山脉东坡上的不起眼的矿产小镇，距离维卡斯迪斯山口大约五十英里。镇上只有一条街；街上刻满了硬得像铁一样的车辙，而且这条街在秋天的暴风雨开始三天之后就会变成泥塘。那里有一家熊龟百货杂物店，维卡斯迪斯公司不允许矿工们在里面购物，这家店归公司所有，自己的员工却不得入内；街上还有一个集监狱和市集会厅为一体的建筑，前门竖着一个兼作绞刑架的风车；共有六个喧闹的酒吧，一个比一个肮脏、疯狂和危险。

利茨就像一个丑陋而低垂着的脑袋，安放在巨大高耸的双肩——它两边都是维卡斯迪斯山脉的小山。镇南边是公司安排矿工栖身的破旧小屋；每当微风吹过都带来一阵厕所的臭气。北边就是矿山：那些被开采了无数次的山崖足有五十英尺高，看上去就像一根根手指，攫取着金、银、铜，偶尔还有暗火石。从外面看去，矿山就是裸露的岩层上的一个个洞眼，就像是一双双虎视眈眈的眼睛，每个洞口都有一堆冰碛和碎岩屑。

从前，这里有一些拥有终身开采权的矿场主，但现在已经没有了，维卡斯迪斯公司对矿山的所有权进行了规范化。德佩普对此很清楚，因为大灵枢猎手曾在这一带活动过。就在他搭识乔纳斯和雷诺兹之后不久。他们手上的灵枢刺青就是在距此不到五十英里的风镇刺上的，那是个比利茨还寒碜的小地方。那是多久之前的事情了？他也说不清楚，尽管他觉得自己应该可以。但每每要回忆以前的事情时，德佩普常常觉得很迷惘。他甚至很难记起自己的岁数。因为世界已经转换了，时间也不同了。时间变软了。

---

① 利茨（Ritzy），英文中是豪华、炫耀的意思。

但有一件事他很容易就能回忆起来——每次他不小心碰到自己受伤的手指时就会感到一阵剧痛，对那件事的回忆又开始鲜活起来。他对自己发过誓，一定要看到迪尔伯恩、斯托克沃斯和希斯三个人的尸体在地上排成一排，胳膊伸开，手挨着手，就像小姑娘们喜欢的剪纸小人一样。他打算用他身体的那部分，最近三周以来一直徒劳地渴望着尼布斯的那个部位来报复他们。他希望用它来给尸体洗脸。大部分的清洗都要留给来自新伽兰蓟犁的阿瑟·希斯。那个该死的滔滔不绝的小子会得到特殊关照。

德佩普从利茨那条唯一的大街的东端出了镇子，骑马沿着第一座小山上山，然后在山顶上回头看了一眼。昨晚，也就是他在哈廷根后面和那个老混账说话的时候，利茨闹成了一锅粥。而现在，早上七点，小镇看上去阴沉鬼魅，和仍然挂在模糊山间的商月一样。但他仍能听见矿区发出的声音。倒霉的人永不得安宁……他觉得自己也包含在内。他照例粗鲁地猛拽了一下马头，踢了一脚马身，往东飞奔而去，脑子里回想着昨晚那个老混混。他觉得自己对那个老头子还算不错。他答应要给他报酬，他也确实付了相应的信息费。

"嗯。"德佩普说。他的眼镜在初升的太阳里闪着光(今天早晨他没有宿醉的感觉，这可真是很难得，所以他心情不错)，"我想那个老家伙没什么好抱怨的。"

德佩普不费吹灰之力就找到了那些年轻人的足迹；看上去他们是沿着伟大之路，从新伽兰一路向东而来，在他们所停留的每一个镇子上都有人留意到他们。即使仅仅只是路过，他们也足够引人注目。为什么不呢？骑着骏马的年轻人，脸上没有任何疤痕，手上也没有刺青，身上是很不错的衣服，头上是很贵重的帽子。小酒店和沙龙里的人们对他们记忆尤其深刻，他们曾在那些地方吃饭，但从不饮用烈性饮料。也就是说，既没有喝啤酒，也没有喝格拉夫。没错，人们记得他们。路上的男孩，简直可以用耀眼来形容的男孩。就好像他们来自从前某个黄金时代。

往他们脸上撒尿，德佩普边骑马边想。一个接一个。最后是嘻嘻哈哈的阿瑟·希斯先生。除非你已经在小路尽头的空地上送了性命，否则我会留足够的尿给你，足够把你淹死。

他们确实引起了人们的注意，但这还不够——要是他就这么回到罕布雷，乔纳斯非打烂他的鼻子不可。而他也没什么好抱怨的。他们可能是富有的男孩子，但绝非那么简单。德佩普自己亲口说过。问题是，他们还有什么别的身份呢？终于，在充满混合着厕所和硫磺臭气的利茨，他找出了真相。也许并未发现全部事实，但也已经足够让他就此打住，不至于一直跑到该死的新伽兰去。

在去哈廷根之前，他已经去了两个酒馆，在每一家都喝了点搀水的啤酒。在哈廷根，他又点了一杯搀水的啤酒，准备和吧台招待聊上几句。但还没等他摇动果树，他想要的苹果就自己掉了下来，真是天遂人愿。

那是个老人的声音（镇上一个游手好闲的老混混），声音非常刺耳，让人听了头疼。他说着以前的日子，老家伙们都这样，说这个世界已经转换了，而在他自己还是个孩子的时候一切都比现在美好得多。然后，他说了一句话，让德佩普马上竖起了耳朵：说不定以前的好日子会重现呢，不到两个月前，他不是看到了那些年轻的贵族吗？还请他们每人喝了一杯，虽然只是苏打水。

“你根本分不清贵族和乞丐。”一个女人说，虽然年轻漂亮，但她的嘴里好像只剩四颗牙了。

这句话引起了哄堂大笑。那老家伙四下看看，自尊心受到了伤害。“我当然能分清，”他说，“有些事我忘了告诉你们了。他们其中至少有一个是艾尔德的后裔，因为我看见了他就想起了他的父亲……就好像我能看见你松弛的乳房一样，乔莉娜。”接着那个老家伙做了一件让德佩普都不得不佩服的事——他拉开那酒馆妓女的领口，把剩下的啤酒倒了进去。人们狂笑不止，拼命鼓掌，但这吵闹声也无法平息那女人愤怒的咆哮和那老家伙挨揍时发出的惨叫。妓女扇了他一耳光，然后用拳头打他的头和肩膀。刚开始的喊叫声还只是愤怒而已，但当女人抄起老家伙的啤酒杯照着他的头砸下去时，叫声中就真的带着痛苦了。血——混合着啤酒的泡沫——开始从老家伙的脸上流下来。

“滚出去！”她吼道，把他往门边猛推了一把。矿工们也不失时机地狠狠踢了他几脚（他们就像墙头草，随时会改变立场）。“再也不要回来！我都能闻到你嘴里的鬼草味道，你这个老流氓！滚出去！让你的老故事和小贵族都见鬼去吧！”

老混混就这样被赶出房间，此时，哈廷根的小号手还在为客人们低吟浅唱（那个戴着圆顶礼帽的小伙子趁机往老头满是灰尘的屁股后面又踢了一脚，动作敏捷灵活，没有错过《演奏吧，女士们》中的任何一个音调），然后老家伙被一脚踢出蝙蝠门外，脸朝下栽倒在地上。

跟在后面的德佩普把他扶了起来。就在这时，他闻到老头的呼吸中有一股辛辣的苦味——不是啤酒味——还看见他嘴角灰绿色的污渍。没错，是鬼草。很可能这个老家伙刚开始尝试这玩意儿（理由并不出奇：山上到处都是鬼草，不像镇上的啤酒和威士忌是要花钱买的），但只要一旦开始，末日马上就会来临。

“他们不懂尊重老人，”那个老家伙重重地说了一声，“也不体谅人。”

“对啊。”德佩普说话还没有摆脱滨海区和鲛坡的口音。

老家伙站在那里，浑身颤抖，抬头看着德佩普，一边用手抹着满是皱纹的脸颊上的血，血从破裂的头皮上流下来，怎么都擦不干净。“孩子，你有没有钱给我买杯酒啊？看在你父亲的分上给我这个老朽买杯酒吧！”

“我不是慈善家，老人家，”德佩普说，“但也许你可以自食其力来赚杯酒钱。我们上去，到我的办公室，我们商量一下。”

他要把老头带出大街，回到海滨的木板人行道上，板道在蝙蝠门的左侧，金色的光线从门缝里溢了出来。三个矿工高声唱着歌走过（“我心爱的女人……个子高挑……她扭动着身体……好像炮弹一样……”），等他们走过之后，德佩普搀着老头的手臂，把他带到哈廷根和隔壁殡仪房之间的小巷里。德佩普想，对某些人来说，来到利茨基本上就是一站式购物：喝一杯，中一弹，躺在隔壁了事。

“你的办公室，”老家伙笑着，德佩普带他朝巷子深处的木栅栏和垃圾堆走去。风还在吹，风里带来的硫碳和石碳酸的臭味直冲德佩普的鼻子。右边，醉汉们的吵闹声从哈廷根传出来，一直传到他的耳边。“你的办公室，很不错啊。”

“对，我的办公室。”

老家伙在月光下紧盯着他。“你是不是来自眉脊泗啊？还是来自特帕奇？”

“也许是眉脊泗，也许是特帕奇，也许两者都不是。”

“我认识你么？”老家伙又凑近了一点看着他，同时踮起脚尖，仿佛想要得到一个吻似的。呸！

德佩普一把把他推开。“老人家，别靠我那么近。”但他更相信能从此人身上打探到什么了。乔纳斯、雷诺兹和他都来过这里，要是这个老头子还能记得他的脸，那就说明他关于见过那些男孩的话不是瞎说。

“老人家，把那三个年轻贵族的事情给我说说吧。”轻轻拍了拍哈廷根的墙壁,“里面的人没什么兴趣,但我有。”

老头子眯着眼睛,一副精于算计的模样:“我要是说了,是不是能得到点贵金属?”

“没错,”德佩普说,“要是你把我想知道的都告诉我,我会给你贵金属。”

“金子?”

“你先告诉我,然后再谈价钱。”

“不,先讲好价,然后我再说。”

德佩普一把抓住老头子的手臂,把他转过来,捏着老头如枯柴般的手腕就是一拧。“老人家,再跟我废话,我把你的胳膊拧断。”

“放手!”老头儿喘着气叫道,“放开,年轻人,我相信你的慷慨,因为你长着一张慷慨的脸。是的! 的确如此!”

德佩普松开手。老头儿很警觉地看了他一眼,揉了揉肩膀。月光下,他脸上干掉的血看上去已经发黑了。

“一共三个人,”他说,“都是家境不错的孩子。”

“孩子还是贵族? 老人家?”

老家伙若有所思地想着这个问题。头上挨了一拳,夜晚的空气,加上刚才胳膊被狠狠拧了一下,这一切都让他清醒起来,至少暂时是清醒了起来。

“我想两者都是,”他最后说,“其中一个肯定是贵族,信不信由你。因为我见过他的父亲,他父亲是佩枪的。并不是像你佩的这种寒碜枪——不好意思,我知道你的枪是这个年代能得到的最好的了——而是*真正*的枪,当我父亲还是个孩子的时候人们常见的枪。有着檀香木柄的大枪。”

德佩普盯着他,心里一阵激动……还有一点敬畏,虽然他不大愿意承认。*他们的动作就像枪侠*,乔纳斯说。当雷诺兹反驳道他们太年轻时,乔纳斯说过他们可能是学徒,现在看来,头儿说的是对的。

“*檀香木柄*?”他问道,“真是*檀香木柄*么?”

“是啊。”老人看出了他的激动,也看出他相信自己说的话。他对赏钱的渴望也膨胀了起来。

“你是说一个枪侠。这个年轻人的父亲带着大枪。”

“没错,一个枪侠。这是最后的贵族之一。他们的血统快要丢失了,但是我爸爸对他很了解。斯蒂文·德鄯,他来自蓟犁,是亨利的儿子。”

“你不久之前见到过的是——”

“他的儿子,也就是高个亨利的孙子。其他两个人看上去也都出身不错，似乎也有贵族血统，但我说的那个人是亚瑟·艾尔德的直系亲属。就像你是用两条腿走路一样确定。我现在能得到赏钱了吗？"

德佩普本想说可以，但又想到自己并不知道这老家伙说的是三个人中的哪一个。

"三个年轻人，"他想着，"三个出身高贵的人。他们有枪么？"

"在镇上那些肮脏的矿工能看见的地方，他们并没有带枪，"这个老家伙说着，一边放肆地笑着，"但他们是有枪的。很可能就藏在他们的铺盖卷下面。我保证。"

"对啊，"德佩普说，"我相信你的话。三个年轻人，其中一个是贵族之子。你觉得是枪侠的儿子。蓟犁的斯蒂文。"这个名字对他来说很耳熟，嗯，很耳熟。

"蓟犁的斯蒂文·德鄯。"

"那个小贵族的名字是什么？"

那老家伙脸扭成一团，好像要努力回忆起什么。"迪尔菲尔德？迪尔施泰因？我记得不是很清楚了——"

"没关系。我知道了。你可以拿到你想要的贵金属了。"

"是么？"那个老家伙把身体凑近一点，呼吸中带着鬼草味道，"金子还是银子？我的朋友，到底是什么啊？"

"铅。"话音未落，德佩普举枪对着老头的胸口就是两枪。就算是帮他个忙，让他解脱吧。

接着他骑马向眉脊泗奔去——这次路上花的时间应该会少一些，因为不用在每个小镇停留。

他头上响起一阵翅膀扑腾的声音。一只鸽子——深灰色，脖子上有一圈白色——飞到他前面的一块岩石上停了下来，好像要休息一下。看上去很有趣的一只鸟。不对，德佩普想，这是一只野鸽。是不是某只逃跑的宠物啊？但他又想，在这种蛮荒之地，除了养狗防盗（但这里的人们有没有值得小偷偷的东西还是个问题）之外，人们怎么会养别的宠物呢？然而，万事皆有可能。管他呢，当他停下过夜的时候，烤鸽子总是顿美餐。

德佩普拔出枪，但还没等他扣动扳机，鸽子就腾空向东边飞去。但德佩普还是对着鸽子放了一枪。有时候运气好就会误打误撞，但显然这次运气不佳；鸽子往下坠了一下，但又展开翅膀朝德佩普来的方向飞去。他骑在马上，愣了一会，脸上并没有出现失望的神色；因为毕竟这次还是有所收获的，乔纳斯会满意的。

不一会儿，他踢了马一脚，沿着滨海路慢跑而去，奔向眉脊泗的方向，那些让他难堪的孩子们正在那里等待处理。也许他们是贵族，也许是枪侠的儿子，但在这个年代，就连那些人也可能会送命。就像那个老家伙明确指出的，世界已经转换了。

2

罗伊·德佩普离开利茨已经三天了，在这个下午的晚些时候，罗兰、库斯伯特和阿兰骑马向小城的西北方跑去。他们首先去了鲛坡的隆起部分，接着就进入被罕布雷老百姓称为恶草原的地方，之后就进入了沙漠般的荒原。他们一来到开阔处，就看到前方满是斑驳和被腐蚀的山崖。这些山崖中间是一道深深的裂缝，裂缝的边缘都碎成一片片，好像是个坏脾气的天神用斧头砍成这个样子的。

鲛坡尽头和这些山崖之间的距离大约有六英里。大约在这段距离四分之三处，他们跨越了这个平原地带唯一比较特殊的地貌特征：一个岩石上冲断层，看上去有点像是在第一个关节弯曲的手指。下面是一个小小的形似飞镖的草坪。库斯伯特喊了一声，声音从前面的悬崖传回来。同时，一群貉獭匆匆忙忙窜出草坪，往东南方向的鲛坡逃过去。

“这是悬岩，”罗兰说，“悬岩的底部有一眼山泉——他们说这是此地唯一的泉眼。”

到此时为止，这是这次骑马出来后罗兰对他们说的唯一一句话，但在罗兰身后，库斯伯特和阿兰都感到松了一口气。在最近的三周内，他们毫无进展，而夏天都要过去了。罗兰说他们必须等待，必须花时间应付无关紧要的事物，而对真正重要的东西则是用眼睛的余光来清点；他说得倒轻松，但他俩都不太敢相信这个近日来眼神迷离、心不在焉的罗兰。那表情就像克莱·雷诺兹式的披风一样，把里面的人罩了起来。他们两人并没有讨论这件事情，也没有必要讨论。因为他们都清楚，要是罗兰真的开始追求即将成为托林情人的漂亮小妞(那长长的金发还能属于谁呢?)，他们的麻烦可就大了。但看上去，罗兰并没有在追求那姑娘，他俩都没再在他的衬衫领子上发现过金色的头发。今晚他看上去更像他以前的样子，就好像是他已经脱下了披风。也许只是暂时的。也许是永远,如果他们足够幸运的话。只能等着瞧了。最终,卡会说明一切。

在距离悬崖大约一英里的地方,一路上一直在他们背后吹着的强劲海风突然变弱了,他们听见了低沉且不成调的吼叫声从山口的缝隙里传出来,那就是爱波特大峡谷。阿兰停下马,皱着眉头的表情就像咬了一口奇酸无比的水果。他满脑子的画面是一堆满是棱角的鹅卵石,被一只强壮的手挤压着,碾磨着。兀鹰仿佛也被这种声音给吸引了,在峡谷的上方盘旋着。

"哨兵不喜欢这个,威尔,"库斯伯特说,用指关节敲了敲鸟头,"我也不是很喜欢。我们在这儿干吗?"

"清点,"罗兰说,"我们被派到这里来,就是为了查看一切,清点一切,这也是我们要数的东西。"

"哦,对啊。"库斯伯特说。他费了些劲儿才让马停下来;无阻隔界发出的低沉刺耳的声音已经让马受了惊。"一千六百一十四张渔网,七百一十艘小船,二百一十四艘大船,七十头公牛,但没有人承认有那么多牛。城北面有一个无阻隔界。天知道那是什么玩意儿。"

"我们会弄清楚的。"罗兰说。

他们朝那个声音骑过去,尽管没人喜欢这个声音,但并没有人建议掉转马头。他们大老远一路赶来,罗兰说的是对的——这是他们的工作。而且,他们自己也很好奇。

峡谷口已经差不多被灌木封得严严实实了,就像苏珊曾告诉过罗兰的那样。等到秋天来临,大多数树枝都会枯萎,但现在堆积在一起的树枝上仍然长有树叶,让人很难看到峡谷里面的情况。灌木当中有一条小路,但很窄,马匹无法通过(反正马儿也不会愿意进去),在昏暗的光线中,罗兰看不清具体的情况。

"我们要进去吗?"库斯伯特问道,"记录天使在上,我是不同意进去的,不过如果你们要进去,我也只好跟从。"

罗兰并不打算带大家到灌木丛里面去寻找声音的源头。至少在他对无阻隔界一无所知的情况下是不会那样做的。在过去的几个星期里,他已经就此问过几个问题了,但没有得到什么有用的回答。"我会离得远远的。"治安官艾弗里是这么回答的。至今为止,他得到的最有用的信息还是与苏珊相遇那晚从她那里听来的。

"放轻松,库斯伯特。我们不进去。"

“好极了。”阿兰轻声说，罗兰笑了。

峡谷的西边有一条一直往上延伸的小路，又窄又陡，但如果小心一点的话还是能通过的。他们一个跟一个，沿着那条小路往峡谷的上方爬去。中途停下来一次避开落石，石头轰隆隆地滚到右边的沟里去了，一时间角岩和页岩碎片乱飞。这之后，正当他们准备继续往上爬时，一只很大的鸟，说不清是什么鸟——从峡谷的出口飞了起来，翅膀哗啦啦作响，大量羽毛落了下来。罗兰马上伸手抽枪，库斯伯特和阿兰也一样。这真滑稽，因为他们的枪正裹在油布里，好好地藏在老K酒吧的地板下面呢。

他们对视了一眼，什么话都没有说（靠眼神交流就足够了），然后继续赶路。罗兰发现——在离无阻隔界这么近的地方，声音对人的折磨也越来越厉害了之后——这不是个听一段时间就能习惯的声音。事实上恰恰相反：你在爱波特大峡谷附近待得时间越长，那个声音越是让你的耳朵难受。声音能钻入你的耳朵和牙齿；在胸骨以下的神经结里振动，一直侵蚀到眼睛后面湿润而精细的组织。最要命的是，它会进入到你的脑袋里面，告诉你，你害怕的一切东西马上就会出现，也许就埋伏在那堆岩石后面，神不知鬼不觉把你抓走。

他们来到了小路顶端平坦且寸草不生的空地上，重新又看到了天空，这让三人感觉好了一些，但此时天几乎全黑了，等他们下马，走到峡谷碎石密布的边缘时，能看到的就只有黑影了。

“真不好，”库斯伯特有些心烦地说，“我们应该早点离开的，罗兰……我是说威尔。我们真是笨啊！”

“在这里，只要你远离，就叫我罗兰吧。我们要看看此行的目的地，也要完成清点任务——一个无阻隔界。再等等。”

他们等待着，不到二十分钟后，商月升起在地平线上——一个完美的夏天的月亮，又大又亮。这轮明月挂在天上就像一颗坠落的星球，落在深紫色的天幕上。在月亮的表面，能清楚地看到小贩的身影。他来自虚无，背包里装满呻吟着的灵魂。这是一个由阴影构成的躬背形象，在他蜷缩的肩膀上可以看出一个背包的形状。背包后面，月亮橘色的光芒看上去像地狱之火。

“啊，”库斯伯特说，“加上下面的声音，这一幕可是不吉利的哦。”

可他们还是站着不动（他们的马也站在原地，尽管马儿时不时扯动缰绳，仿佛是在提醒主人，早就该离开这个地方了），月亮升上天空，在上升的过程中月面稍稍变小了一点，月光也变成了银色。最后，月亮终于爬上中天，把银色的稀薄光线洒进爱波特大峡谷。三个男孩往下看着。三个人都没有说话。罗兰不知道朋友们是怎么想的，但就他自己而言，即使此时有人跟他搭话，他也不会作声的。

一个箱型峡谷，很短，四面非常陡峭，苏珊曾经这么说过，这样的形容是非常准确到位的。她还说过，爱波特就像是个倒在地上的烟囱，罗兰觉得那样说也有道理，如果你想到一个倒下的烟囱会在撞击的过程中轻微断裂，因此中间弯曲了一点的话。

直到弯曲处，峡谷的底部看上去都很普通；甚至月亮照亮的那些尸骨也没什么惊人的。许多无意中走进箱型峡谷的动物都没有办法找到出去的路，何况爱波特大峡谷还被那么多灌木封住了出口。两边异常陡峭，无法攀爬，可能只有一个地方除外，那个地方就在弯曲部位的前面。罗兰在那里的岩壁上看见了一条向上延伸的小沟，上面布满小小的突起，这些突起——有可能——可以当做攀爬时的落手点。其实他也不知道自己怎么会注意到这些的；他只是注意到了，在他的一生中，他随时都会注意可行的逃生路线。

过了弯曲处，谷底有一样他们之前都没有见过的东西……几个小时后，当他们回到雇工房之后，他们一致表示并不确定自己到底都看见了什么。爱波特大峡谷的后半部分被一潭阴森闪光的银光液体弄得模糊不清，液体上方冒出一条条蛇形的水汽或是雾气。液体仿佛在缓慢地晃动着，不断地拍打着四周的岩壁。过了一会，他们发现液体和水雾事实上都是浅绿色的；是月光让它们看起来像银色。

他们正看着，一个黑色的东西飞了过来——或许就是刚刚吓了他们一跳的东西——在无阻隔界上方盘旋。它在半空中抓住了什么东西——一只甲虫？还是另一只更小的鸟？——随即又向上飞去。说时迟那时快，峡谷底部一柱银色的液体像胳膊一样升起。一时间，低沉、碾压般的声音提高了一个音阶，几乎像人在说话。那液体胳膊一把抓住空中的鸟儿，把它拽了下去。一瞬间，无阻隔界的表面闪过一道发散的浅绿色光芒，一下子又消失不见了。

三个男孩面面相觑，脸带恐惧。

跳进来吧，枪侠，突然响起这样一个声音。这是无阻隔界的声音；这是他父亲的声音；这也是魔法师兼勾引者马藤的声音。最可怕的就是，这也是他自己的声音。

跳进来吧，跳进来就再也没有烦恼了。不会因为爱上女孩儿而烦恼，也不会哀痛失去母亲。这里只有宇宙中央日益变大的洞口发出的嗡嗡声；只有腐烂的尸体散发出的甜味。

来吧，枪侠。成为这个无阻隔界的一部分吧。

阿兰看上去有点茫然，眼神也很迷离，他开始沿着悬崖的边缘慢慢走动，右脚几乎完全踩在了悬崖边上，踢起的小土块和鹅卵石都掉入了峡谷。还没等他走出五步，罗兰就拽住他的皮带，猛地把他拉了回来。

"你这是到哪里去啊？"

阿兰好像梦游的人一样看了他一眼。这时候，他的眼睛慢慢变得清澈了。"我不……知道，罗兰。"

下面的无阻隔界发出嗡嗡的声音，吼叫着，吟唱着。但这时还有另一个声音：软趴趴的嘟哝声。

"我知道，"库斯伯特说，"我知道我们要去哪里。回老K酒吧去。走，离开这里。"他几乎用央求的眼光看着罗兰，"求你。这里太可怕了。"

"好吧。"

但在带他们回小路之前，他走到悬崖边，探头往下看了看那片烟雾缭绕的银色液体。"清点，"他的话里有明显的挑衅意味，"数到一个无阻隔界。"然后他压低了声音，"去死吧。"

3

回去的路上，他们慢慢平静下来——在峡谷和无阻隔界死气沉沉又有点像什么东西烧焦似的气息之后，迎面吹来的海风真是太让人心旷神怡了。

他们骑马爬上鲛坡（沿着一条长长的对角线，这样可以稍稍节省马的体力），阿兰说："下一步怎么办，罗兰？你知道么？"

"不。实际上我也没谱。"

"下一步是吃晚饭。"库斯伯特兴致高昂地说，拍了拍鸟头以示强调。

"你明知道我什么意思。"

"是，"库斯伯特承认，"罗兰，有件事要告诉你——"

"拜托，请叫我威尔。我们现在已经回到鲛坡，我就是威尔了。"

"嗯，好吧。威尔，你听我说：我们不能再数渔网、船、织布机和车子了。那些无关紧要的东西都已经数完了。我认为，当开始清点罕布雷的马匹时，再要装傻就没那么容易了。”

“对啊。”罗兰说。他让拉什尔停了下来，回头看了看来时的路。一时间，他看着鲛坡上的马儿出了神，显然那些马着了月亮的魔，在银色的草地上奔跑着。“我要再告诉你们俩一次，并不仅仅是马的问题。法僧需要马吗？对，也许需要。联盟也需要。牛也是一样。但马到处都有——我承认别处的马也许没有这里的好，但正如俗话所说，暴风雨来临的时候还挑什么港口呢？问题是，如果不是马，那么到底是关于什么呢？在我们知道之前，或者在我们确定永远不可能找到答案之前，我们还是要照原样进行下去。”

这个答案的一部分正在老K酒吧等着他们。它就停在拴马柱上，有些夸张地晃着尾巴。当鸽子跳到罗兰的手上时，他看见鸽子的一只翅膀上有古怪的擦伤。他想，可能是某只动物——说不定是只猫——偷偷靠近，偷袭了它一下。

系在鸽腿上的便条很简短，但是上面的信息解释了很多他们的困惑。

我必须再次见到她，罗兰看完便条后想，然后就感到一阵喜悦。他心跳加速，在商月冷冷的银色月光下，他笑了。

第九章

西特果

1

商月开始消瘦；等商月离开之时，就会把最炎热、最美好的夏日一同带走。满月过后第四天的下午，市长府邸的老仆人（在哈特·托林当市长之前，米盖尔就已经在那里当差了，很可能托林回到自己的农场之后，他还将在那里待很久）出现在苏珊和姑妈同住的房屋里。他领进来一匹漂亮的栗色母马。这是照约定还给他们的三匹马中的第二匹，苏珊一眼就认出了费利西娅。这匹马是她孩提时代最喜爱的马之一。

苏珊拥抱了米盖尔，在他胡子拉碴的脸上吻了很多下。老人咧着嘴笑了，如果他还有牙齿的话，肯定会把每一颗牙齿都露出来的。“真是太好了，太谢谢您啦，老人家。”她对他说。

“别客气，”他回答着就把缰绳递给了她，“这是市长先生给您最真挚的礼物。”

她目送他离开，脸上的微笑渐渐消失了。费利西娅温顺地站在她身边，深棕色的皮闪耀着，仿佛夏日阳光里的梦幻。但这并不是一场梦。开始看起来是一场梦——而正是那种虚幻的感觉使她走入了陷阱，她现在总算是明白了——但这并不是一场梦。她已经被证明是清白的；现在自己已经变成了接受有钱男人“真挚礼物”的人了。当然，这只是传统……或者只是个苦笑话，怎么看待完全取决于当事人的心情和态度。和派龙一样，费利西娅也不能算是礼物——它们只是一步步地在履行契约，那个她同意了的契约。科蒂利亚姑妈也许会强烈反对，但苏珊知道真相：等待她的就是那龌龊事，单纯的卖淫。

苏珊牵着马（在她看来，这不过是失而复得的财产而已）向马厩走去，科蒂利亚姑妈正站在厨房的窗边，她很高兴地说，马真是个好东西，苏珊要照顾费利西娅，就不会有时间胡思乱想了。苏珊忍不住想反驳，但还是忍住了。自从两人之间为衬衫大吵一架之后就暂时休战了，苏珊可不希望由自己来打破这个局面。她心里装的事情太多了。她觉得，要是再和姑妈吵一次，她会崩溃的，就像干树枝被靴子一脚踩断。因为通常情况下，沉默是金，在她十岁左右的时候，她问父亲为什么不爱说话，父亲就是那样回答她的。当时她对父亲这句话似懂非懂，但现在，她已经更能理解这句话的含义了。

她把费利西娅安放在派龙的身边，给它擦了身，喂它吃了些东西。费利西娅嚼燕麦时，苏珊检查了一下它的蹄子。她不是很喜欢它的马掌——那上面有滨海区的标志——于是她从马厩门旁的钉子上取下了父亲装马掌的袋子，把绳子往头上一甩，袋子就挂在了腰间，她背着袋子走了两英里，来到胡奇马具店。走路的时候，袋子一直在她身后晃动着，爸爸的形象鲜活地出现在眼前，她不禁感到心中一阵酸楚，想要大哭一场。她想，父亲肯定会为女儿现在的处境感到震惊，甚至会厌恶。还有，他一定会喜欢威尔·迪尔伯恩，她能肯定这一点——喜欢他，赞同女儿和他交往。这最后一个想法更让她悲伤。

2

她知道如何给马蹄钉上铁掌，当她心情好的时候，她甚至把这个活儿当成一种享受，虽然这活又脏又累，而且要冒着肋骨上挨一脚的危险。但她对如何做马掌就一无所知了，也没有兴趣学。马掌是布赖恩·胡奇在自己的锻造铺子里打的，铺子就在他的谷仓和旅店后面；苏珊很轻松地选出四双合脚的新铁掌，上面还散发着马匹和新鲜草料的味道。当然还有新涂料的味道。胡奇马具和锻造铺子，看上去挺好的。抬起头的时候，她没发现谷仓的天花板上有什么洞。看来胡奇过得很不错。

胡奇把新卖出的铁掌登记在一根梁上，身上还穿着铁匠围裙，斜着一只眼睛看着写好的数字，模样有些可怕。当苏珊犹犹豫豫地开口和他谈价钱时，他却笑着告诉她，上天保佑，他相信她会尽快把账结清的。再说，他们又不会到别的地方去，不是么？不会的，不会的。胡奇一边说，一边和她一起穿过满是草料和马匹香味的铺子，把她送到门边。一年前，就算是四个马掌这样的小东西，他也不会这么大方的，但现在，她已经成了市长哈特·托林的好朋友，一切都变了。

从黑暗的谷仓出来后，下午的阳光显得十分刺眼，苏珊一度什么都看不清，只能试探着跌跌撞撞地朝街上走去，皮袋挂在身后，马掌在袋子里轻轻晃动着。在明晃晃的阳光中，她只看到一个身影经过，然后就被狠狠撞了一下，撞得她觉得自己的牙都晃动了，费利西娅的铁掌也猛烈地敲击了一下。她差点跌到，但一双有力的手伸了过来，抓住了她的肩膀。这时她的眼睛才适应了户外的强光，又气又惊地发现差点把她撞翻在地的竟然是威尔的一个朋友——理查德·斯托克沃斯。

"哦，小姐，真对不起！"他说，然后掸了掸她的衣袖，仿佛自己已经把她撞倒了一样，"你没事吧？你现在好么？"

"我没事，"她微笑道，"不用道歉。"她突然有一种冲动，想要踮起脚尖吻他一下，然后说，请把这个吻转交给威尔，告诉他不要把我说的话放在心上！告诉他还会有更多的吻！告诉他来我这里接受每一个吻！

但她很快就想到滑稽的一幕：理查德·斯托克沃斯猛地在威尔嘴上亲了一下，然后告诉他这是来自苏珊·德尔伽朵的吻。她咯咯地笑出了声。然后马上把手捂在嘴上，但还是止不住笑。斯托克沃斯也朝她笑笑……试探性地，小心翼翼地。他肯定觉得我疯了……我也确实是疯了！真的！

"日安，斯托克沃斯先生。"她说着就向前走去，免得再出洋相。

"日安，苏珊·德尔伽朵。"他也回应道。

当走了大概五十码后，她回头看了一眼，他已经不见了。但不是去了胡奇马具店，这一点她很肯定。她不明白斯托克沃斯先生到城边上来干什么。

半小时后，当她从父亲的皮袋中取出新铁掌时，她终于明白了。两只铁掌之间有一张折起来的纸，她还没打开就明白了，斯托克沃斯先生和她撞在一起并非偶然。

她一下子就认出了威尔的笔迹，这和花束里的字条笔迹是一样的。

苏珊：

你能在今晚或是明晚在西特果和我见一面么？十分重要的事情。和我们之前讨论过的事情有关。求你。

威

又及：看完后最好把纸条烧掉。

她马上就把纸条烧掉了，那道火焰升腾起来，然后又熄灭了，她不停地念叨着让她印象最深的一个词：求你。

3

她和科蒂利亚姑妈吃了一顿简单而安静的晚餐——面包和汤。吃完饭后，苏珊骑着费利西娅来到鲛坡看日落。今晚她不会去见他的。她已经为自己的冲动和欠考虑的行为付出了很多的代价。但明天呢？

为什么他要在西特果和我见面呢？

和我们之前讨论过的事情有关。

是的，也许吧。她并不怀疑他的诚实，虽然她并不确定他和他的朋友们的真实身份是否就像他们自称的那样。很可能他真的是为了和自己任务有关的原因而要见她（尽管她不知道油田怎么会和鲛坡上的马匹有关），但现在他们之间有了别的秘密，甜蜜而危险的秘密。也许他们会以交谈开始，但以接吻结束……说不定一开始就接吻。然而，理智并不能战胜情感：她想见他。需要见到他。

她两腿叉开骑在新马上——这也是托林给她的，作为即将失去童贞的补偿——看着西边的太阳慢慢变大变红。无阻隔界发出微弱低沉的吼叫声，十六年来，她第一次不知何去何从而几近崩溃。她想要的一切都和她心目中的诚信背道而驰，她的内心充满着矛盾。与此同时，她感觉卡包围了一切，就像一股上升的风环绕着摇摇欲坠的房子。是的，拿卡来解释一切是很容易的，不是吗？把卡作为背弃承诺的借口。这是个解脱自己的方法，却十分不负责任。

和她离开布赖恩·胡奇黑暗的谷仓一脚迈进街上明晃晃的阳光一样，苏珊觉得自己什么都看不清楚。强烈的挫败感让她无声地流下眼泪，自己都没有意识到。她根本没有办法集中精神理性地思考，因为她是如此渴望能够再吻他一次，再感受一次他双手的温暖。

她从来就没有什么宗教热情，对中世界的诸神也没有什么信仰，因此，太阳落山后，天空由红变紫的时候，她开始向她父亲祈祷。然后，她听到了答案，她自己也不知道这个答案是来自父亲还是来自她的内心。

让卡自己决定吧，她心中的声音说。不管怎么样，它都会做主的；它一直如此。如果卡最终让你抛弃诚信和名誉，也没办法。但在此之前，你要自己做决定。先别想别的，遵守你的承诺吧，不管那有多么的艰难。

“好吧。”她说。在现在这种情况下，她发现任何一个决定——甚至是一个让她不要再去见威尔的决定——都是一种解脱。“我会对我的承诺负责。其余的事，卡自有安排。”

在黑暗中，她踢了踢费利西娅，向家奔去。

4

第二天是桑迪日，传统的牛仔休息日。罗兰他们今天也不工作。“我们也应该休息休息了，”库斯伯特说，“因为我们压根就不知道该做些什么。”

在这个特殊的桑迪日——他们来到罕布雷以后的第六个桑迪日——库斯伯特去了高市（总体来说，低市的东西更便宜，但那里散发着鱼腥味，他可不喜欢这味道），他看着色彩艳丽的瑟拉佩长披肩，按捺住不让自己的泪流下来。因为他母亲就有一件瑟拉佩披肩，这是他母亲最喜欢的衣服之一。他脑海里浮现出母亲的样子，有时她会围着披肩去骑马，披肩被风吹着向后飘扬。这个画面让他心中充满乡愁。“阿瑟·希斯。”罗兰的卡-泰特，竟然想妈妈想得掉眼泪了！这真是一个笑话……嗯，典型的库斯伯特·奥古德式的笑话。

他站在那里，看着各色的瑟拉佩披肩和多里拿毯子，双手交叉放在身后，好像是画廊里正在欣赏画作的观众一样（与此同时还使劲眨着眼，以免泪水流下来），这时，有人在他肩膀上轻轻拍了一下。他转身一看，眼前站着个金色头发的姑娘。

对于罗兰迷上这个姑娘，库斯伯特一点都不觉得奇怪。她美得让人窒息，即使只穿着牛仔裤和普通衬衫。她的头发用生牛皮绳束在身后，她有一双库斯伯特见过的最明亮的灰眼睛。库斯伯特觉得罗兰爱上她之后还能正常生活简直是奇迹，换作他的话，恐怕连刷牙这样简单的事都不会做了。苏珊的出现对库斯伯特来说是件好事；他对母亲的思念马上就消失了。

“小姐。”他说。这是他唯一能说出来的一句话，起码现在是如此。

她点点头，然后掏出了一个眉脊泗老百姓所说的科尔维特——字面上的解释是“小包裹”；实际上就是“小钱包”。这种小小的皮制品，装几个硬币绰绰有余，但也装不了别的什么了，一般都是女士随身携带，尽管并没有时尚界的金科玉律规定男士不得使用。

"你掉了这个。"她说。

"不是我的,谢谢你。"这个小钱包很可能就是个男性用品——普通的黑色皮革,没有任何装饰——但他以前从来没有见过这个。他从来就没用过什么小钱包。

"这是你的。"她说。她用力地看着他,以至于他觉得皮肤都被她的眼神烤烫了。他本该马上就明白的,但他被她的突然出现弄糊涂了。同时,他也承认,是被她的机智给弄糊涂了。一般情况下,你不会料到这么漂亮的女孩会很聪明;因为漂亮的女孩没必要很聪明。对于库斯伯特来讲,他一向认为漂亮女孩唯一需要做的就是早上起床。"是你的。"

"哦,对啊。"他说着,然后几乎是把小皮包一把抢了过来。他知道自己正在咧着嘴傻笑。"小姐,既然您提到了这个——"

"苏珊。"虽然笑着,但她的眼神很严肃,也很警觉,"请叫我苏珊吧。"

"我很乐意。对不起,苏珊,我意识到今天是桑迪日,兴奋过了头,于是理智和记忆力手牵手都去度假了——也可以说,逃跑了——然后把我变成了一个没脑子的人。"

本来他可以一直这样说下去,说一个小时(以前他就曾这样做过;罗兰和阿兰都能证明),但是她像个姐姐似的干脆地打断了他。"我一看就知道你对自己的脑子失去控制了,希斯先生——而且你的舌头也已经失控了——但你以后应该好好管住自己的钱包。保重。"在他想出任何话来回应之前,苏珊就离开了。

5

库斯伯特在罗兰近日来最常去的地方找到了他:鲛坡上被很多当地人称为城哨所的地方。从那里,能清晰地看见罕布雷,还能让人在蓝色的天空下半梦半醒地消磨掉整个桑迪日的下午,但库斯伯特并不认为罕布雷的全景是让他的老朋友屡次三番造访此地的原因。也许能看见德尔伽朵家的房子对他更有吸引力。

这天,罗兰和阿兰在一起,他们俩都没有说话。库斯伯特相信,有些人可以一言不发地在一起待很长时间,但他觉得自己这辈子都不会理解。

他骑马小跑着来到他们身边,把手伸到衬衫里拿出了那个科尔维特。

“这是苏珊·德尔伽朵在高市给我的。她很漂亮，而且她像蛇一样机智。请相信我这样说完全是出于对她的崇拜。”

罗兰的脸上顿时充满了光彩和活力。库斯伯特把科尔维特扔给他，他用一只手接住，然后用牙齿把扎带拽开。科尔维特一般都是用来放零钱的，而这个小包里只放了一张折起来的纸。罗兰很快地浏览了一下，他眼中的光芒和嘴角的笑容一并消失了。

“这张纸上写了什么？”阿兰问。

罗兰把纸条递给了他，然后又转身看着鲛坡。库斯伯特看到罗兰眼睛里的寂寞和失落，这才明白苏珊·德尔伽朵已经在罗兰的生命中——因此也就是在他们所有人的生命中——占据了多么重要的位置。

阿兰接过纸条。上面只有短短一行字，两句话：

我们最好不要见面。对不起。

库斯伯特把字条读了两遍，好像多读一遍就能改变这行字的内容似的，随后把纸条还给了罗兰。罗兰把纸条放回科尔维特，扎好带子，把它塞进了自己的衬衫里。

比起危险，库斯伯特更痛恨沉默(在他看来沉默就是危险)，但他看见朋友脸上的表情后，就觉得此时挑起任何话题都是不合时宜的。罗兰看上去就好像被下了毒一样。原先，一想到那个可爱的女孩要和瘦高个的罕布雷市长上床，库斯伯特就觉得恶心，但现在罗兰脸上的表情让他的反感更加强烈。他甚至会因为那表情而恨她。

最后，阿兰几乎是小心翼翼地开口了：“现在呢，罗兰？她不来的话，我们是不是要自己去油田？”

库斯伯特认为这个问题问得真好。第一次见到阿兰·琼斯的时候，很多人都会把他当成个反应迟钝的人。但其实他们都大错特错了。现在，阿兰通过库斯伯特难以企及的灵活手法，巧妙地向罗兰指出，初恋的受挫并不能改变他们此行的责任。

罗兰无法对这个问题不理不睬，他坐直了身体。夏日午后强烈的阳光照亮了他的脸，形成了强烈的明暗反差，一时间他的脸上折射出他以后将成为的冷酷形象。库斯伯特看见了那个鬼魅般的形象，不禁一颤——他并不知道自己看见了什么，仅仅知道那是很可怕的。

“大灵柩猎手，”他说，“你在城里看见过他们么？”

“看见了乔纳斯和雷诺兹，”库斯伯特回答说，“还是没有德佩普的消息。

我想，那晚酒吧事件之后，乔纳斯肯定是一时冲动把他掐死然后扔下海边悬崖了。”

罗兰摇摇头：“乔纳斯需要他信得过的人，所以他肯定不会这么做——他和我们一样如履薄冰。肯定不是这样，德佩普只是暂时外出执行任务罢了。”

“那他去哪里了呢？”阿兰问道。

“他去的就是只能在灌木丛里拉屎，天气不好就只能在雨里睡觉的地方。”罗兰笑了一下，但声音中没有什么幽默感，“很有可能，乔纳斯派德佩普沿着我们来的路走了一趟。”

阿兰轻轻地哼了一下，似乎有点吃惊，但又在意料之中。罗兰叉腿骑在拉什尔身上，看着远处梦境般的土地和正在吃草的马匹。他一只手下意识地伸进衬衫摸了摸里面掖着的科尔维特。然后又看着他们。

“我们再稍微多等一会吧，”他说，“也许她会改变主意的。”

“罗兰——”阿兰开口道，声音几乎有点苦口婆心的味道了。

罗兰抬起手，示意阿兰不要再说下去。“阿兰，相信我——我记得父亲的脸。”

“好吧。”阿兰伸出手来，拍了拍罗兰的肩膀。库斯伯特保留自己的意见。谁知道罗兰是不是记得父亲的脸呢；库斯伯特觉得此时罗兰知不知道自己在想什么都是个问题。

“你还记得柯特说过我们最大的弱点是什么吗？”罗兰说着，脸上露出一丝浅笑。

“你们会不假思索地钻入陷阱。”阿兰模仿柯特粗声粗气地说，把库斯伯特逗得大笑。

罗兰的笑脸稍稍变得灿烂了一点。“是啊，这些话是我们要记住的，伙计们。我不会为了看车子里到底有什么就把车子给弄翻……除非是别无他法。要是给苏珊足够的时间来思考，说不定她会来的。我相信，要不是因为……我们之间一些别的事情，她肯定会答应见我的。”

他停了一下，一时间他们谁都没有说话。

“我真希望我们的父亲没有送我们出来，”阿兰最后说……尽管事实上是罗兰的父亲把他们送出来的，这一点三个人都知道，“要处理这些事情我们还太嫩。还得多磨炼几年才成。”

“那天我们在旅者之家做得挺好啊。”库斯伯特说。

“那是因为我们受过训练，而不是狡诈取胜——而且他们当时也轻敌了。再也不会发生那种事情了。”

“如果知道我们会发现这些东西，他们——我父亲，还有你们的父亲——根本就不会把我们送到这里来，”罗兰说，“但既然我们已经发现了，我们就要查清楚。是不是？”

阿兰和库斯伯特点点头。没错，他们要查清楚——毫无疑问，这个地方有问题。

“不管怎样，现在操心这个已经晚了。我们要等苏珊，希望她能来。要是没有了解罕布雷地形的人陪着，我宁可不到西特果去……如果德佩普回来的话，我们就更要小心，伺机而动。天知道他会发现什么，或者干脆编出什么故事来讨好乔纳斯，也不知道他们商量之后会采取什么举动。说不定又要动武。”

“偷偷摸摸这么久之后，我倒是欢迎光明正大地打一架。”库斯伯特说。

“威尔·迪尔伯恩，你要不要再给她送一张纸条？”阿兰问。

罗兰想了想。库斯伯特心里打赌罗兰会的。但他马上就发现自己错了。

“不，”他终于开口说，“我们要给她足够的时间，不管等待是多么艰难的事。我希望她会出于好奇答应前来。”

他掉转马头，朝那个他们栖身的雇工房走去。库斯伯特和阿兰跟在后面。

6

在高市与库斯伯特相遇之后，苏珊整日都在卖力地劳动，打扫马厩、提水、清洗所有的台阶。科蒂利亚姑妈默默地看着她劳动，脸上的表情既怀疑又惊奇。苏珊才不管姑妈什么表情呢——她只是想把自己累得筋疲力尽，这样就不会度过另一个失眠之夜了。一切都结束了。威尔现在肯定已经收到她的回答了，那最好。该做的总要做。

“丫头，你是不是疯了？”苏珊把最后一桶脏水倒在厨房后面的时候，姑妈问了这么一句，“今天可是桑迪节！”

“我一点也没疯。”她没好气地回答了一句，连头都没有抬一下。

她的目的达成了一半，因为月亮刚刚升起时，她就爬上了床，腰酸背疼——但仍然毫无睡意。她瞪大了眼睛躺在床上，心情很低落。好几个小时过去了，月亮落了下去，苏珊还是没能睡着。她望着窗外的夜色，翻来覆去地想，尽管可能性很小，但说不定父亲真的是被人害死的。好堵住他的嘴，遮住他的眼。

最后她得出了罗兰已经得出的结论：如果他的双眼对她没有任何吸引力，如果他的手和唇对她没有任何诱惑，她会爽快地答应和他见面。哪怕只是为了平定自己混乱的思绪。

意识到这点之后，她感觉一阵轻松，然后就睡着了。

7

第二天下午晚些时候，罗兰和他的朋友们在旅者之家吃的晚饭(冷牛肉粕粕客和许多冰白茶——虽然没有戴夫的老婆做得好，但是味道还算不错)，锡弥浇完花从外面进来了。他还是戴着那顶粉红色的宽边帽，咧开嘴笑着。他一只手里拿着个小包。

“你们好，小灵柩猎手！”他开心地叫道，然后弯下腰，学他们的样子鞠了一躬，动作很滑稽。库斯伯特喜欢看他穿着拖鞋行鞠躬礼。“你们怎么样啊？很好吧，我希望是这样！”

“就像接雨水的桶一样好，”库斯伯特说，“但我们并不喜欢被人叫做小灵柩猎手，所以别那样叫我们了，好不好？”

“嗯，”锡弥还是兴高采烈地，“好的，阿瑟·希斯先生，您是我的救命恩人！”他停顿了一下，看上去有点困惑，好像忘了究竟是为什么来找他们。接着他的眼睛明朗起来，笑容也愈发灿烂了，他把小包递给罗兰。“给你的，威尔·迪尔伯恩！”

“真的？这是什么？”

“种子！是种子！”

“是不是你给我的啊，锡弥？”

“哦，不是的。”

罗兰接过小包——那只是一个被折好并且封上了的信封。信封外面没有一个字，他的指尖也没有感觉到里面有什么种子。

“那么是谁给我的?”

“我记不清了。”锡弥说,把目光转向了一边。他头脑简单,罗兰想,所以他不会长时间不开心,也永远学不会撒谎。这时,锡弥羞涩和企盼的眼神又回到罗兰身上。“不过我还记得我应该跟你说些什么。”

“嗯? 那就说吧,锡弥。”

他好像是在背诵一行很难背的诗一样,显得自豪而又紧张,说:“这是你在鲛坡上撒播的种子。”

罗兰的眼睛一亮,几乎要冒出火来,吓得锡弥往后退了一步。他拉了一下自己的宽边帽,转过身去,匆忙跑回到自己的花坛去了,还是那里比较安全。他喜欢威尔·迪尔伯恩和他的朋友们(尤其是阿瑟·希斯先生,他有时候说的话让锡弥爆笑不已),但有时候,他在威尔先生的眼睛里看到某种东西,让他非常害怕。一瞬间,他就明白了,威尔和那个穿风衣的人一样是个冷血杀手,和那个要自己舔靴子的人也是一样,还有那个说话颤颤巍巍的白发乔纳斯。

和他们一样坏,或者更坏。

8

罗兰把“种子包”放到衬衫里,直到三个人回到老K酒吧的门廊后才打开。远处,无阻隔界照旧发出低响,让他们的马紧张得不停地晃耳朵。

“嗯?”库斯伯特最后问了一声,他再也忍不住了。

罗兰把信封从衬衫里掏了出来,撕开。这时,他想,苏珊肯定知道要说什么。非常确定。

他展开信纸的时候,其他人也弯下腰来,阿兰在左,库斯伯特在右。他再次看见了那简单清爽的字体,这次的信息也比上次的长不了多少。但内容很不同。

靠近城那端,距离西特果一英里以外的路上有一个小橘林。在月亮升起来的时候来见我。一个人来。苏珊。

下面还有一行小字:烧掉这张纸。

“我们来放哨吧。”阿兰说。

罗兰点点头。“好吧，但是离得远一点。”

接着他把纸条烧了。

9

小橘林是一个整齐的长方形，里面大约有十几排树，就在稍微有些显长的推车轨道的尽头。天刚黑，罗兰就到了那里，半个小时之后窄窄的商月才升起。

他沿着其中一排橘树漫步，北边的油田传来了让人不寒而栗的声音（活塞的尖叫，齿轮嘎吱嘎吱的声音，还有转轴的撞击声），他心中突然涌上一股浓浓的思乡之情。那是橘子花散发的淡淡芬芳——这芳香暂时盖住了石油的臭气——勾起了他的感伤。其实这个袖珍的小树林根本没法跟新伽兰的苹果园相比……但它们确有相似之处。不管是在这里，还是在苹果园，人们都还可以感觉到庄严和文明的气息，这显示了人们在并不完全必要的东西上花费了时间和精力。而且，他猜测，这片橘林并没有什么用途。因为在温暖地带以北这么远的地方生长的橘子很有可能像柠檬一样酸。但不管怎么说，当微风晃动树枝时，橘林的清香仍让他想起了家乡，这也是他第一次想到，说不定自己再也看不到家乡了——说不定他会像天上的商月一样变成个漂泊的流浪者。

直到苏珊几乎到了身后，他才听见她的声音——如果她是个敌人而不是朋友，说不定罗兰还有时间马上拔枪，但并没有十足的把握。他满心仰慕之情，当在星光下看见她的脸庞时，他觉得自己的心一下子轻快起来。

罗兰转身的时候，苏珊停下脚步，只是看着他，手交叉放在身前，样子既可爱又孩子气。他向前跨了一步，但发现苏珊的手猛地一抬，仿佛受了惊吓。他困惑地停了下来。事实上，在朦胧的月光中，是他误会了那个动作。其实苏珊本有机会就此开始谈话，但她却没有选择这样做。她慢慢向他走去，个子高挑，身穿骑马裙和一双普通的黑靴子。宽边帽挂在背后，盖住了一头金发。

“威尔·迪尔伯恩，我们的相逢既愉快又悲哀。”她用颤抖的声音说，他吻了她；他们相拥着，燃烧在彼此的怀抱中。天上，消瘦的商月形单影只。

10

在库斯山顶上寂寞的小屋里，蕤坐在餐桌旁，弯腰看着大灵柩猎手一个半月之前带给她的玻璃球。她的脸笼罩在一片粉红的光芒中，只是再没有人会把那误看成一个女孩子的脸了。她精力超常，活了许多年（在罕布雷，只有最长寿的居民才知道库斯的蕤到底有多大，但他们的所知也很模糊），但玻璃球在不断地榨取她的活力——就像吸血鬼吸血一样。她身后的那间大屋子比以往更加黑暗和混乱。这些天，她都顾不得装模作样打扫一下卫生了；玻璃球占据了她所有的时间。甚至当她不看玻璃球的时候，她也在想着玻璃球……哦！她看见的那些东西！

爱莫特盘在她的一条细腿上，发出不耐烦的咝咝声，但她置之不理。相反，她把腰弯得更低了，几乎把脸埋在了玻璃球那令人着迷的粉红光芒中，完全被眼前的一切吸引了。

是那个女孩，来找过她，证明了自己的清白，还有她第一次往玻璃球里看时看到的那个年轻人。她曾误把他当做一个枪侠，直到她看清楚那人有多年轻。

那个愚蠢的女孩，来到蕤身边的时候还唱着小曲儿，走的时候倒是很安静了。当时她被证明是清白的，很可能现在仍然清白（很明显，她亲吻和抚摸这个男孩的时候，动作带着处女的贪婪和羞涩），但如果他们一直这样下去，她就很难保持清白了。哈特·托林本以为自己的小情人是个黄花闺女，到时候肯定会吓一跳的。事实上，有很多花招可以骗过那些愚蠢的男人，比如一小管猪血就绝对可以蒙混过关，但那丫头是不会懂得这些的。哦，真好！她想到自己能看到傲慢小姐被揭穿时的丢人模样——就从这个玻璃球里——就按捺不住一阵兴奋。哦，这真是太妙了！太妙了！

她靠得更近了，连深深的眼窝都闪着粉红色的光芒。爱莫特已经察觉主人无心理它，便郁郁地爬开到地板上找虫子吃了。姆斯提躲开它，哼唧了一声，六条腿的影子在被火映红的墙上投下了巨大阴森的影子。

11

罗兰感到时间正在飞逝。他总算让自己离开苏珊，往后退了一步，苏珊也往后退了一步，眼睛睁得大大的，脸颊烧得通红——即使在刚升起的月亮那微弱的光辉下，罗兰也能看见她脸上的绯红。他的身体颤抖着。腰里感觉灌满了铅。

苏珊微微转身，侧面对着罗兰，罗兰发现挂在她背后的帽子歪了。他伸出一只颤抖的手把它扶正。苏珊抓住了他的手指，很短暂，但很用力。接着她弯腰从地上拾起了骑马手套，刚才她把手套脱下，以便和他肌肤相亲。当她重新站起来时，脸上的红晕消失了，她感到一阵眩晕。要不是他用手扶住她的肩膀，她肯定就已经跌倒了。她转身看着他，满脸忧伤。

"我们该怎么办？哦，威尔，我们该怎么办？"

"尽我们所能，"他说，"我们一向都是这样的。我们的父亲也是这样教的。"

"这很疯狂。"

但罗兰一生中从来没有像现在这样觉得理智——甚至觉得身体灌铅的感觉也没什么不对——他没说话。

"你知道这有多危险吗？"她问，然后没等他回答就继续往下说，"对，你知道。我能看出来你是知道的。要是别人看见我们俩在一起，事情就很严重了。如果刚才那样子被人看见——"

她的身体开始颤抖。罗兰伸出手去想要安慰她，但她往后退了一步。"最好别这样，威尔。要是你再碰我，我们肯定又要接吻了。除非那就是你的目的？"

"你知道我不是那种人。"

她点点头。"你是不是安排了朋友放风？"

"嗯，"他说着笑了，这个笑容让苏珊颇感意外，但她很喜欢，"但他们在看不见我们的地方。"

"谢天谢地。"她说，有点心不在焉地笑了。然后她走近他，他俩离得那么近，罗兰觉得要控制自己不揽她入怀十分困难。她好奇地看着他的脸。"你到底是谁？威尔？"

“差不多就是我说的那个人。苏珊,整件事可笑的地方就在这里。我朋友和我被派到这里来并不是因为喝酒惹祸,但也不是被派来调查什么阴谋诡计的。我们只不过是普通的男孩,家里想让我们远离危险。这发生的一切——”他摇摇头,表示自己也无力控制,苏珊此时又想到她父亲关于卡是一阵风的比喻——卡像一阵风,当它来临时,它会卷走你的家禽、房屋、谷仓。甚至是你的生命。

“那么威尔·迪尔伯恩是不是你的真名?”

他耸耸肩。“我想,只要心是真诚的,什么名字都是一样的。苏珊,你今天是不是去过市长家?我朋友理查德看见你骑马——”

“嗯,我去试穿新衣了,”她说,“因为我要成为今年的收割节女孩——这是哈特的主意,我并不想这么做。我觉得这很愚蠢,而且会伤害到奥利芙。”

“你会成为最漂亮的收割节女孩。”他语气中的真诚让她很开心;她的脸上又出现了红晕。从中午的宴会到傍晚的篝火这段时间之内,收割节女孩共要换五套衣服,一件比一件精致(在蓟犁收割节有九件衣服;从这个角度上说,苏珊已经够幸运了),如果威尔是收割节男孩的话,她会为了他开开心心地穿这五套衣服。(今年的男孩是杰米·麦肯,一个面色苍白的男孩,就相当于哈特·托林的替身了;如果托林不是年龄大了四十岁,他肯定会很喜欢这个差事的。)甚至她会更乐意为威尔穿上第六套——一条细肩带睡裙,长度刚及大腿。这件衣服只有她的侍女玛丽娅、女裁缝康吉塔和哈特·托林会看到。这件衣服就是宴会之后,她去那老头子的卧房当他的小情人时要穿的衣服。

“你在市长府邸时有没有看见那些自称是大灵柩猎手的人?”

“我看见了乔纳斯,还有那个穿风衣的,他们俩就站在庭院里面聊天。”她说。

“没看到德佩普吗?那个红头发的人?”

她摇摇头。

“你知不知道有个城堡游戏,苏珊?”

“嗯,知道。小时候爸爸教过我。”

“那么你就知道,红白棋子占据棋盘的两边。它们会翻过小丘,在掩护下悄悄向对方潜去。现在罕布雷的情况就像城堡游戏一样。而且,像游戏中那样,现在的问题也在于是哪一方先掀掉伪装。你明白么?”

她马上点点头。“在这个游戏里,先掀掉伪装的一方更容易受到进攻。”

"人生也是如此。总是这样。但有时候要一直躲在掩护之下并不容易做到。我和我的朋友们把我们敢清点的东西都清点过了。但要清点剩下的东西——"

"比方说在鲛坡上的马。"

"嗯,就是这样。去清点马的数目就相当于掀掉伪装。去清点牛也是如此——"

她扬了扬眉毛:"罕布雷根本没有牛。你们一定是弄错了。"

"没弄错。"

"牛在哪里?"

"罗金 H。"

她的眉毛低了下来,扭在一起,一副若有所思的样子。"那是拉斯洛·莱默的地盘。"

"嗯——津巴的兄弟。这也不是罕布雷藏匿的唯一宝贝。马夫协会成员的粮仓里还藏着另外的马车和食物,还有饲料——"

"威尔,这不是真的!"

"这是真的。还有更多藏匿起来的东西。但要清点它们——被人看见我们在清点它们——就意味着放弃伪装。就要冒着被包围的危险。近些天来,我们过着如履薄冰的日子——我们尽量装成为琐事忙得不亦乐乎的样子,还要装作从来没去过靠近鲛坡的那一带,那里才是危机四伏的地方。而现在,伪装变得越来越困难了。然后,我们收到了一条消息——"

"一条消息?怎么收到的?谁发来的?"

"我觉得你最好还是不要知道。但可以告诉你的是,那条消息让我们相信,我们要找的某些问题的答案很可能在西特果。"

"威尔,你认为那里的东西会帮助我弄清楚我爸爸到底发生了什么事吗?"

"我不知道。我觉得有可能,虽然可能性并不太大。我唯一确定的就是,我终于有机会清点那些重要的东西了,而且不会被人看见。"他浑身的热血已经冷静下来,所以他向她伸出手去;苏珊此时也冷静了下来,就握住了他的手。她已经重新戴上了手套。谨慎一点总比做出让自己后悔的事情强。

"跟我来,"她说,"我知道怎么走。"

12

在暗淡的月光下，苏珊带着他走出了橘林，向发出咯吱咯吱声音的油田走去。那些声音让罗兰浑身起了鸡皮疙瘩；他真是希望自己手里能拿着一把藏在老K酒吧地板下的枪。

“你可以信任我，威尔，但那并不说明我能帮什么大忙，”她的声音只比耳语声略高一点，“虽然我这辈子一直待在能听到西特果声音的地方，但我仅用双手就能够数出我实际去过这里的次数。开头两三次还是朋友用激将法让我进去的。”

“然后呢？”

“然后是和爸爸一起去的。他总是对那些中古先人的东西很有兴趣，而科蒂利亚姑妈总说这样下去他会倒霉的，”她紧张地咽了一口唾沫，“最后他果真出事了，虽然我并不认为那跟中古先人有什么关系。可怜的爸爸。”

他们来到一栏扎线篱笆前。向篱笆那边望去，油井架的轮廓映在夜幕之下，大小如珀斯老爷的哨兵。苏珊曾经说过有多少还在工作呢？他想了想，是十九个。它们发出的声音让人毛骨悚然——就像是某种巨怪被人扼住了喉咙。无疑孩子们之间会使出激将法让小伙伴去这种地方；这简直就是露天的鬼屋。

威尔分开两根线，让苏珊从中间钻过去，她也这样做了。在威尔钻篱笆的时候，他看见一列白色的瓷质圆筒在离他最近的篱笆柱旁一字排开。一条线从每个圆筒间穿过。

“你知道那些是什么吗？或者说曾经是什么？”他问苏珊，一边用手拍了拍其中一个圆筒。

“嗯。有电的时候，电流会经过圆筒。”她停了一下，然后有些羞涩地补充说，“就像我被你碰到时的感觉。”

他在她耳下吻了一下。她一颤，用一只手轻轻摸了摸他的脸，然后转身往前走去。

“我希望你的朋友们在好好地放哨呢。”

“他们会的。”

“有什么联络暗号啊？”

“夜鹰的叫声。但愿我们不会听到这种叫声。”

“嗯，但愿如此。”她拉起他的手，两人走进了油田。

13

当煤气喷出的火焰猛地在他们面前一扑的时候，威尔从牙缝中骂了一句（自从父亲去世后，苏珊还没听过这样骂人的呢），空着的那只手随即伸向了腰间。

“放松点！只是一根蜡烛！煤气管道！”

他渐渐放松了下来：“他们还在用，对不对啊？”

“对啊。好让一些机器运转起来——都是些比玩具大不了多少的机器。主要用途是制冰。”

“我拜访治安官那天看见过冰。”

所以，当火苗再次闪耀的时候——明亮的黄色，中心是蓝色的——他没有吃惊。他兴味索然地看着后面那三个被罕布雷老百姓称为“蜡烛”的煤气罐。附近放着一堆生了锈的小储气罐。

“你以前看见过这些？”她问道。

他点点头。

“内领地一定是很奇妙的地方。”苏珊说。

“我已经开始觉得，外弧是更加奇特的地方了。”他说着慢慢转过身来。他伸出手指着某个地方。“你们在那儿造什么东西呢？是中古先人留下来的？”

“对啊。”

西特果东边，地面突然向下倾斜，出现了一个长满灌木的斜坡，中间有一条小路——月光下，这条小路像头发中间的分道一样清晰明显。斜坡底部不远的地方是一个被碎石包围的建筑。地上都是碎石屑，肯定是倒塌的大烟囱的残屑——这从一个仅存未倒的烟囱可以判断出来。不管中古先人都做了些什么，他们可真是弄了不少烟出来。

“当我父亲还是孩子的时候，这里有很多有用的东西，”她说，“纸，还有——甚至有些能存墨水的笔现在还能用……起码短期内还能用。如果你用力甩的话。”她指向建筑物的左边，那里有一个碎石铺成的广场，还有一些生锈的大家伙，那是中古先人使用的不用马的古怪出行工具。“以前，这里有些像煤气罐一样的东西，但是要大得多。它们看上去就像巨大的银色罐头盒，而且不像别的东西那样会生锈。我不知道那些东西到哪里去了，说不定有人拖走装水去了。但换做是我的话，我绝不会那么做。就算那些罐子没有污染，感觉也是不吉利的。”

她抬起脸看着威尔，威尔在月光中吻了她一下。

“哦，威尔。这对你来说真是不幸啊。”

“对我们俩来说都是不幸。”他们四目相接，长久地对视着，那纯洁而饱含痛苦的眼神是只有孩子们才会有的。最后他们把目光从彼此的脸上移开，手牵着手向前走去。

她不知道自己更加害怕什么——是那些仍在喷油的井架，还是那几十个已经悄无声息的井架。她唯一确定的是，如果没有一个朋友在近旁的话，世界上没有任何一种力量能让她留在那里。抽油泵发出呼哧呼哧的声音；偶尔还会有一个圆筒尖叫一声，就像人被捅了一刀一样；每隔一会儿，那些“蜡烛”就会往外喷火，就像龙在呼吸，火光把他们的影子长长地拖在身前。苏珊竖起耳朵，听听有没有夜鹰的两声鸣叫，但什么都没听到。

他们来到了一条比较宽的小道边——以前肯定是条用做日常维护的路——这条小道把油田一分为二。一根接口处生锈的钢管沿着这条油田中心的路延伸下去。钢管躺在深深的水泥槽中，只有生锈的上半部露出地面。

“这是什么？”他问道。

“这根管子是用来把油输送到那边的建筑物去的，我想。但现在已经没有任何意义。干了好些年了。”

他单膝跪地，小心地把手伸到水泥槽和生锈的管道之间。苏珊紧张地看着他，咬着嘴唇，免得说出什么听上去怯懦和女孩子气的话来：要是那黑洞洞的地方有蜘蛛怎么办？他的手会被卡住吗？万一卡住了怎么办？

已经不可能碰到后面那种情况了，她看见他顺利地把手抽了回来。满手都是黑色的油腻。

“干了好些年了？”他微微笑了笑，问道。

她只是摇摇头，满脸困惑的样子。

14

他们沿着管道走，一直走到一扇生锈的大门前，这扇门挡住了去路。这根管道（甚至在暗淡的月色下，她现在也能看到油从管道的接口处渗出来）从门下钻了过去；他们则从门上翻了过去。苏珊觉得，在帮她翻越铁门时，威尔的双手可是有点太热情了，但每一次的接触都让她很开心。如果他再不停下来，我的头就要像“蜡烛”一样喷火了，她想，忍不住笑出声来。

“苏珊？”

“没什么，威尔，只是有点紧张而已。”

翻过铁门之后，他们之间又是一个长长的目光相接。然后，他们一同向斜坡下走去。路上，苏珊发现一件奇怪的事情：许多松树低矮的树枝都被砍掉了。斧子砍过的痕迹和凝固的松脂在月光下看得很清楚，而且都是新痕。她把这个指给威尔看，而他只是点点头，一言未发。

斜坡底部，管子钻出地面，旁边堆了几个生锈的储气罐；钻出地面后的管道还有七十码长，一直延伸到一个废弃建筑物前面，然后在一片战场般的废墟中戛然而止。管道的末端，地面上出现了一个浅湖，里面全是黏糊糊的油。这个湖的形成肯定有些时日了，因为苏珊在湖面上看到了数不清的死鸟——它们肯定是出于好奇来此觅食，没想到被油粘住了，动弹不得，然后只能痛苦地慢慢死去。

她一直睁大眼睛看着，满脸不解，直到威尔在她腿上拍了一下才回过神来。威尔已经蹲下身去。她也和他一样蹲了下来，顺着他手指的方向看去，心里的疑云越来越浓重。路上有很多脚印。很大。只有一种东西会有这样的脚印。

“牛。”她说。

“对啊。从这边开始。”他指着管道停下来的地方，“走向那边——”他还是蹲着，抬起靴子底往斜坡上那片小树林指了指。直到他指出来之后，她才看清了地上的情况，而身为马夫的女儿，她本该早就看清楚的。地上有脚印，土也被翻了起来，明显是曾经有人拖着或是滚动着很重的东西从这里走过，然后又胡乱地蹭了几脚，想把这些痕迹都抹掉。这些痕迹有些日子了，已经没有那么纷杂，但仍然很明显。她甚至认为自己已经猜出牛拉的是什么东西了，而且她觉得威尔也知道。

地上的脚印在管道的末端分开了，画出了两个弧线。苏珊和“威尔·迪尔伯恩”沿着右手边的弧走下去。当他们看见车辙和牛的足印混在一起时并不觉得吃惊。痕迹都很浅——总的来说，这个夏天很干燥，土地硬得就像水泥一样——但毕竟还是有痕迹。这时还能看见它们就意味着从这条路上轧过去的分量着实不轻。那是当然了；否则要牛干什么？

“看。”威尔说，这时他们已经不知不觉走到小树林的边缘了。她终于发现了是什么吸引了他的注意力，但她不得不手脚并用，趴在地上才看清——他的眼睛是多么尖啊！眼力好得超乎常人。地上还有靴子的痕迹。不是刚刚留下的，但它们要比牛脚印和轮子留下的车辙新得多。

“这是戴披风的人留下的，”他指着一双很清晰的脚印说，“雷诺兹。”

“威尔，你怎么能知道呢？”

他看上去有些吃惊，随即就笑了。“我当然知道。他走路的时候一只脚会有点歪——左脚。你看。”他用指尖在脚印上方比划了一下，看到她惊讶的表情，笑了。“这不是什么魔法，帕特里克的女儿苏珊；只是追踪术。”

“你那么年轻，怎么会知道这么多呢？”她问道，“威尔，你到底是谁？”

他站了起来，低头看着她的眼睛。但他并不用把头低得很厉害；因为苏珊作为女孩子来讲已经算是很高了。“我不叫威尔，我叫罗兰，”他说，“我现在已经把自己的生死交给你了。我并不介意这个，但也许我也让你的生命有了危险。你必须严守这个秘密。”

“罗兰。”她若有所思地重复道。品味着这个名字。

“你更喜欢哪一个？”

“你的真名，”她马上回答，“这是个高贵的名字，真的。”

他咧嘴笑了，松了一口气，这个笑容让他看上去像个小孩子。

苏珊踮起脚来，吻了他的双唇。这个吻开始的时候比较拘谨，两个人都闭拢嘴唇，但渐渐变得很热烈，就像绽放的花朵：嘴唇张开，很缓慢，很湿润。她能感觉到他用舌头轻舔了一下她的下唇，刚开始有些羞涩，然后慢慢放松，捉住了她的舌头。他的双手先是放在她的背后，然后慢慢滑向她的胸前。他触到了她的乳房，也是害羞地、小心翼翼地，接着双手从乳房下缘滑到乳峰。罗兰轻轻地呻吟了一下，对着她的嘴发出了一声叹息。他把她抱紧，开始吻她的脖子，她感到了他皮带的系扣下面有什么东西硬硬的，有些发烫，而她的下身也开始温润；他们是为彼此而生的。毕竟，这就是卡——卡像一阵风，她心甘情愿随风而去，抛弃所有的名誉和承诺，与风同行。

她刚要开口告诉他自己的想法，突然感到一种奇怪的感觉包围了自己：有人在盯着他们。这感觉真荒唐，但却如此真切；她甚至觉得自己知道谁正看着他们。她挣脱罗兰的怀抱，退后一步，在布满车辙的路上踉跄了一下。“走开，老巫婆，”她喘着气说，“虽然我不知道怎么回事，但我知道是你在偷窥我们，滚开！”

15

在库斯山顶上，蕤抽身离开玻璃球，嘴里低声咒骂着，嘶嘶的声音听上去就跟她的那条蛇一样。她并不知道苏珊说了什么——玻璃球没法传达声音，只能看见影像——但她知道那女孩已经觉察到了自己的存在。而当她觉察出的时候，所有的影像都没了。玻璃球中闪过一道耀眼的粉红色光芒，随即变回了黑色。无论她擦拭多少遍都难以让它再亮起来。

“好吧，那就这样吧。”她最终还是放弃了。她还记得这个可恨的、一本正经的女孩子（和那个年轻男人在一起时倒是不那么一本正经了）站在她的门口，被催了眠，还记得她告诉这个女孩失去童贞后要做些什么，想到这里，她咧开嘴笑了，心情又好了起来。如果她把童贞给了这个不知从哪里来的男孩子，而不是哈特·托林，尊贵的眉脊泗市长大人，那么整件事会变得更有趣，不是吗？

蕤坐在她那发臭的小屋的阴影下，咯咯笑了起来。

16

罗兰瞪大眼睛看着苏珊，于是苏珊把蕤的一些事情告诉了他（但她省略了在“清白证明”中让她觉得耻辱的最后环节），他逐渐冷静下来，重新有了自制力。蕤并不会危及他和他的朋友们在罕布雷的处境（或者他是这么告诉自己的），但却会给苏珊带来极大影响——她在城里的处境，特别是她的名誉。

“我认为这是你的想象。”听完之后，他说了一句。

“我不这么认为。”声音有些冷酷。

"或者是良心?"

听到这个,她低下头,一言不发。

"苏珊,不管发生任何事,我都不会伤害你。"

"你爱我么?"她低着头说。

"是,我爱你。"

"那你最好不要再吻我,也不要再碰我——今晚不要。如果你那样做的话我会受不了的。"

他没说话,只是点点头,伸出双手。她握起他的手,两人手牵手继续往前走,刚刚的甜蜜激情暂时消失了。

距离树林边缘还有十码的时候,他们看见密密麻麻的树枝间有金属光芒透出来——树枝有点太密集了,她想。过密。

毫无悬念,那些都是松树枝;从斜坡的树上砍下来的。它们要遮盖的就是那些消失了的银色储存罐。那些银罐子是被拖到这儿来的——很可能是被牛——然后藏了起来。问题是,为什么?

罗兰沿着搭在一起的松树枝检查了一下,然后停下来,把一些树枝拨到一边。这时,露出了一个像门一样的洞,他打手势示意让苏珊钻过去。"眼睛睁大一点,要当心,"他说,"我不知道他们会不会费神设置陷阱或绊网,但最好还是小心为妙。"

在用做掩护的树枝后面,油罐车整齐地排成一排,就像夜色里的玩具士兵,苏珊马上就明白了它们为什么会被藏起来:它们重新配备了轮子,用很结实的橡树做成,高达她的胸部位置。每一个轮子都镶有薄薄的铁圈。轮子很新,铁圈也很新,轮轴是按罕布雷的习惯打造的。苏珊在这个领地只知道一个铁匠能做出这么精细的玩意儿来:布赖恩·胡奇,苏珊背着父亲的铁掌包离开时,那个人曾像老朋友似的向她微笑,还拍了拍她的肩膀。布赖恩·胡奇是帕特·德尔伽朵最好的朋友之一。

她还记得当时在铁匠铺里四处张望,还想着胡奇的日子过得真不错。现在看来,她的想法是对的。铁匠铺接的活可真不少。胡奇打造了不少轮子和轮圈,肯定是有人掏钱让他做的。艾尔德雷德·乔纳斯可能是其中一个;津巴·莱默是另一个。哈特呢?她认为没有可能。哈特的全部脑子——不管他是否真的有脑子——这个夏天都集中在别的事情上了。

油罐车后面有条崎岖不平的小路。罗兰慢慢沿着路走着,手背在腰后,就像个传教士,一边读着写在油罐后部的那些难懂的文字:**西特果**。**萨诺**

柯。**埃克森**。**柯诺柯**。他停下脚步，大声念了出来："更清洁的燃料，为更美好的明天。"他轻轻咕哝了一声，"见鬼！这就是明天！"

"罗兰——我是说威尔——它们是做什么用的？"

刚开始，他没有回答，而是转过身，回到那些发亮的钢罐边上。在被神秘地重新激活的供油管的一边，共有十四辆油罐车，她估计另一边也差不多。他边走边用手轻轻敲着每辆油罐车的一侧。声音很沉闷。里面装满了产自西特果油田的石油。

"它们这样已经有一段时间了，我猜想，"他说，"我不确定这些事情是否都是大灵柩猎手亲手做的，但无疑他们监督了整个过程……开始是安装新轮子，取代腐烂了的旧橡胶轮胎，然后是装油。他们用牛把油罐车拖到这里，在山脚下排成一排，因为这样很方便。正如把多出来的马匹放在鲛坡一样方便。但是，后来我们来了，于是把它们掩盖起来就变成了谨慎的选择。也许我们真的是傻小子，但傻小子也有可能看见这二十八辆安了新轮子、装满了油的油罐车，然后挠头想想觉得不对劲呀。所以，他们跑到这边来，把东西都盖上。"

"乔纳斯，雷诺兹和德佩普。"

"对。"

"但是为什么呢？"她抓住他的胳膊，又问了一遍这个问题，"它们是做什么用的？"

"为了法僧，"罗兰用自己没有意识到的平静语气说，"为了'好人'法僧。联盟已经得知他找到了很多战争机器；要么是来自中古先人，要么是来自其他地方。但联盟并不害怕，因为它们根本不能用。它们已经报废了。有些人觉得法僧疯了，怎么会去相信这些破烂玩意儿，但是……"

"但是也许它们没有坏。也许它们只是需要这东西。而且法僧说不定也知道。"

罗兰点点头。

苏珊摸了摸其中一辆油罐车的一边。手指拿开的时候满是油腻。她搓了搓手指，闻了闻，然后弯下腰，拔了一棵草擦手。"这里的油没法用在我们的机器里。已经试过了。油太稠，会堵住的。"

罗兰又点点头："我父——我在内新月地带的乡亲们都知道这一点。而且正因为如此才不担心。但如果真的是法僧费了这么大劲儿——还分出一队人马来到这里取油罐车，我们得到的消息是这么说的——那就说明，要么是他知道怎么提炼油，要么是他自以为自己知道。要是他真的能够把联盟的力量引到某个相对封闭、不太可能快速撤退的战场，并且能够使用那些战争机器的话，那他将不仅仅赢得战争。他会杀死一万骑兵，然后赢得战争。”

“但你们的父亲肯定是知道这个……”

罗兰沮丧地摇摇头。他们的父亲到底知道多少还是一个未知数。他们能多大程度利用已知的信息是另一个未知数。是什么力量驱使着他们——义务，恐惧，还是亚瑟·艾尔德的子孙们多少年来父子相承的骄傲——是第三个未知数。他只能把他最肯定的猜测告诉她。

“我觉得过不了多久，他们就会给法僧以致命一击，不敢拖得太久。如果等待太久，联盟自身就会由内而外腐烂，中世界的大部分也将随之而去。”

“但是……”苏珊停了一下，咬着嘴唇，又摇了摇头，“但法僧应该知道……明白……”她睁大眼睛，抬头看看他，“中古先人的方法是一条死亡之路。每个人都知道这一点。”

蓟犁的罗兰想起了一个名叫哈克斯的厨师，被吊在绳子上，脚下围着很多乌鸦在啄食散落一地的面包屑。哈克斯为法僧送了命。但在此之前他遵法僧之命向孩子们投毒。

“死亡，”他说，“是关于法僧的所有字眼。”

17

又回到了橘林里。

对这对情人来说（现在他们是情人了，除了没有最亲密的身体接触之外），他们觉得已经过去了好几个小时，但事实上才不过四十五分钟。夏天最后的月亮，虽然已经逐渐缩小，但仍然很明亮，继续照耀在他俩的头顶。

苏珊带他沿着其中一条小道一直走到她拴马的地方。派龙点点头，朝罗兰轻声地叫了一声。罗兰发现苏珊为了不让马出声颇费了点心思——每一个搭扣都被裹上，马镫也被毛毡包住。

他转身面对苏珊。

谁还记得年少时那些痛苦和甜蜜的滋味？记忆中，纯洁而真挚的初恋比高烧时的幻觉清晰不了多少。那晚，在残月的照耀下，罗兰·德鄯和苏珊·德尔伽朵渴望着对方，但这种渴望与他们认为正确的选择背道而驰，他们心痛不已，万分绝望。

他们慢慢靠近彼此，随即分开，用无助而迷恋的目光看着彼此，又向前，再停下。苏珊突然害怕地想起罗兰曾说过的一句话：他可以为了她做任何事，但无法和另外一个男人分享她。她不会——或许是不能——违背当初对托林的诺言，而看起来罗兰也不会（或许是不能）为了她打破这个诺言。最可怕的事情是：尽管卡像风一样难以抗拒，可他们的承诺和名誉可能更加有力。

“那你打算现在怎么办？”她觉得嘴唇发干。

“我不知道。我要想一想，再和朋友们商量一下。回家后，你姑妈会不会找你麻烦？她会不会追问你去了哪里，去干什么了？”

“威尔，我，还有你自己和你的计划，你担心的是哪一个？”

他没有回答，只是盯着她。过了一会儿，苏珊垂下了眼睛。

“对不起，我这样问太残忍了。不，她不会找我麻烦的。我常常晚上骑马出来，尽管一般不会离家太远。”

“那她不会知道你到底骑了多远？”

“不会的。这些天我们都很小心地避开对方。简直就像同一个屋子里放了两个火药库一样。”她伸出手去。她已经把手套塞进皮带里，罗兰发现她手指冰凉。“这不会有什么好结果的。”她小声说。

“不要那么说，苏珊。”

“我必须说。可是，无论发生什么，我都爱你，罗兰。”

罗兰拥她入怀，吻了她。当他松开嘴唇时，她把嘴贴近他的耳边，低声说，“要是你爱我，那就爱我吧。让我违背自己的诺言。”

有好一会，她觉得自己的心脏停止了跳动，而他则一言不发，她心中渐渐扬起希望。然后，最终他摇摇头——只摇了一下，但很坚决。“苏珊，我不能。”

“你的名誉是不是比你对我的爱更重要？是不是？算了，就这样了。”她挣脱他的怀抱，哭了起来，她翻身上马，罗兰伸手抓住了她的靴子，但她不理睬——也不理他轻声说，等一等，苏珊。她一把扯开拴派龙的活结，用没有马刺的靴子踢了派龙一脚，让它掉转马头。罗兰还在叫着她，音量抬高了一些，但她还是气呼呼地让派龙奔跑起来，从罗兰身边跑开。上了托林的床之后，他是不会要她的，可她和托林做出约定时并不知道世界上还有罗兰这个人呀。事情就是这样，可他怎么能认为名誉尽失、遭受羞辱都是她一个人的事呢？今晚她又失眠了，她躺在床上辗转反侧，突然想到，实际上他并没有那样认为。甚至在那之前，还没有出橘林时，她无意间抬起左手摸了摸自己的脸，发现那里是湿的，并且意识到原来他也哭了。

18

罗兰骑马奔驰在城外的小路上，月亮下山已经很久了，而他在试图控制一下奔腾的思绪和心情。他想好好思考——发现西特果的秘密之后该做些什么，但他的思绪总是回到苏珊身上。在她想跟自己在一起的时候，他却没有要她，这是不是很愚蠢呢？没有分享她想要和他分享的东西到底是不是愚蠢？*要是你爱我，那就爱我吧。*这句话把他的心都快撕裂了。然而，在他内心深处——在那里他能听见父亲的声音——他觉得自己没做错。不管她怎么想，这并不仅仅事关名誉。但如果她愿意的话，就让她这么想吧；也许，她恨他反而更好，比意识到他俩身处险境要好。

大约三点钟，他正打算回老 K 酒吧，突然听见大路上传来急促的马蹄声，从西边传来。他还没来得及考虑为什么这么做以及这么做有什么必要，就掉转马头，躲在了一个高篱笆后面。将近有十分钟，马蹄声一直在变得更响——声音在清晨的静寂里能传得很远——这段时间已经足够让罗兰猜出是谁在黎明前两小时全速赶往罕布雷。他没猜错。月亮下山了，尽管只能透过篱笆的空隙看过去，他还是毫不费力地认出了罗伊·德佩普。到黎明的时候，大灵柩猎手就又变成三个人了。

罗兰让拉什尔回到原路，赶着和朋友们会合。

第十章

鸟、熊、兔子和鱼

1

苏珊·德尔伽朵生命中最重要的一天——在这天，她的生命就像是放在转轴上的石头般被改变了方向——在她和罗兰的油田夜色之旅的两周后来临了。那天之后她只看见过他六次，总是遥遥相望，在不得不照面的时候，两人就会像并不熟悉的人似的挥挥手，然后各走各的路。每次，她都心如刀割……尽管说来残忍，可她希望他也会心痛。如果这难熬的两周有任何好事可言，那就是她的担忧——担心城里会有关于她和那个叫威尔·迪尔伯恩的年轻人的流言——被证明是杞人忧天。但她又觉得失落。她和他之间能有什么流言呢？没有任何东西会落人话柄。

那一天来临了。那一天，商月引退，猎女月升起，卡终于来临，把她卷走——房子和谷仓，所有的东西。这一切始于门口的一个人。

2

她已经刷洗完毕——家里只有两个女人，所以这项家务活很轻松——这时传来了敲门声。

“要是敲门的是收买旧货的人，马上打发他走，知道么！”科蒂利亚姑妈在另一个房间喊道，她此时正在铺床单。

但那个人不是收破烂的。是玛丽娅，滨海区的女仆，看起来一副惊慌失措的样子。收割节上苏珊要穿的第二件衣服——为市长府邸的午宴和之后的茶话会准备的丝绸衣服——被弄坏了，玛丽娅说，她急匆匆赶过来就是因为这件事。弄不好她会被赶回奥尼福特，她可是家里的唯一支柱——哦，那样可就太残酷了。苏珊能不能跑一趟？拜托了！

苏珊很乐意走一趟——最近，只要能离开这个屋子，离开她姑妈那泼妇般的抱怨声她就很开心了。看起来越是临近收割节，她和姑妈就越无法忍受对方。

她们骑上派龙往市长府邸赶去，派龙倒是挺乐意驮着两个姑娘吹吹清早的凉风。路上，玛丽娅很快把整个事情的来龙去脉说了一遍。苏珊马上明白了，事实上玛丽娅在滨海区的差事并没有岌岌可危；这个黑头发的小个子姑娘天生就很会大惊小怪，一点小事也能说得像天要塌了一样。

收割节的第二件衣服（苏珊称它为小珠蓝裙；第一件是为早餐准备的，她叫它为高腰肥袖白裙）是和别的衣服分开放的——因为还需要加工一下——有什么东西钻进了一楼的缝纫间，几乎把裙子咬成了碎片。如果被咬坏的是点篝火时或是其后舞会上穿的裙子，那情况倒真是严重了。可是镶小珠的蓝裙子不过是一件有些夸张的日间装，离收割节还有两个月，有足够的时间另换一件。只有两个月了！以前——去见巫婆的那个晚上——她还觉得那段时间像一辈子那么长，要等那么久才能了事。可现在，只有两个月了！她想到这一点，不由得抽搐了一下。

“小姐？”玛丽娅问。苏珊不让这个女孩叫她女士，但玛丽娅也不愿直呼女主人的名字，于是就只好折衷了一下。两人年龄相差不大，苏珊只有二八芳龄，玛丽娅自己也不过比她大个两三岁。“小姐，你没事吧？”

“只是背上有点抽筋，没事。”

“嗐，我有时背上也抽筋。感觉真不好。我有三个姨妈都死于这种慢慢折磨人的病，每次痛的时候，我都害怕——”

“什么动物会啃掉蓝裙呢？你知道么？”

玛丽娅向前俯下身去，这样她就能和女主人说悄悄话了，就好像她们是在拥挤的市场上，而不是在一条通往滨海区的小路上。“有人说，一只浣熊从窗户爬了进去，要知道因为天热，白天窗户是打开的，到晚上却忘了关。但是我仔细闻过那个房间了，津巴·莱默下来检查的时候也闻过。就在他派我来找你之前。”

“你闻到了什么？”

玛丽娅靠得更近一些，这次她是真的在耳语了，尽管路上根本没有人会听见她们的谈话：“狗放的屁。”

苏珊好像吃了一惊，一时说不出话来，然后就笑了起来。她笑得肚子痛，眼泪都流出来了。

“你是不是说小、小、小狼……市长自己的狗……钻到楼下缝纫间的柜子里，咬烂了我的——”但她说不下去了，她笑得太厉害了。

“对啊。”玛丽娅大大咧咧地回答道。她似乎并不觉得苏珊那样大笑有什么不对……这正是苏珊喜欢她的一个原因。“但是不能怪它，门开着的话，狗就会依着自己的性子行事。楼下的女仆们——”她停下来，“你不会把这件事告诉市长或是津巴·莱默吧？”

“玛丽娅，你说这话真让我吃惊——你太小瞧我了。”

“不，小姐，你知道我敬重你，但做事最好还是保险些。我想说的是，天热的时候，楼下的女仆们常常到缝纫间去吃饭。因为缝纫间正处在瞭望塔的阴影下，所以是整个市长府邸里最凉爽的地方——甚至要比那些主客厅还要凉快。”

“我会记住的。”苏珊说。她想到，在那个重要的日子里，若是把午宴和随后的茶话会都放在厨房后面的缝纫间里该是多么滑稽，想着想着就又笑出声来了。“接着说呀。”

“没什么好说的了。”玛丽娅告诉她，就好像剩下的故事都是不言自明的，“女仆们吃完蛋糕，房间里留下了蛋糕屑。我猜小狼肯定是闻到了味道，而恰巧门是开的。吃完蛋糕屑之后，它就尝了尝裙子的味道，就当是第二道菜了。”

这次她们都笑了。

3

但在回家的路上她就笑不起来了。

在科蒂利亚·德尔伽朵看来，她生命中最开心的一天肯定是终于看到那个总惹麻烦的侄女出了家门，了结她跟托林之间那档子事儿。苏珊离家去市长府邸两个小时后，马蹄声终于响起，她噌地从椅子上跳起来，飞奔到厨房窗口。她很肯定这是苏珊回来了，她也很肯定出了什么事了。在通常情况下，那傻丫头是不会让马儿在这么炎热的天气下快跑的。

她看着窗外，紧张地搓着双手，苏珊粗暴地猛一拉派龙的缰绳，这十分不像德尔伽朵家的作风，然后很不淑女地跳下马来。她的辫子散落了一半，那头该死的金发（既是她的虚荣，也是她的祸害）四下飘散开来。她皮肤苍白，除了颧骨上方两块绯红。科蒂利亚很讨厌那副样子。帕特在受惊或是生气的时候颧骨上方也会变得很红。

她站在水槽边，咬着嘴唇，搓着手。哦，还好那个惹祸精回来了。“你没惹什么麻烦，对不对？”她小声说，苏珊正把马鞍从派龙背上拿下来，牵它到牲口棚里去，“你最好别惹麻烦，年轻漂亮的小姐。不要到这时候了还给我惹事儿。最好不要。”

4

二十分钟后，苏珊走进屋里，她并没有看到姑妈的紧张和怒气；科蒂利亚已经把这些情绪放到了一边，就像是藏起一件危险的武器——比如枪——藏在高高的五斗橱上。她又坐回了摇椅，做着针织活儿，苏珊进门时看到的是一张平静的脸。她看着苏珊走到水槽边，接了一脸盆水，然后撩起冷水往自己脸上泼。她没有拿毛巾擦干手和脸，只是用一种让姑妈看着都害怕的眼神盯着窗外。哼，那丫头肯定自以为做出的表情既恐怖又绝望；但在科蒂利亚看来，不过是孩子气的任性罢了。

“好了，苏珊。”她压住怒气，尽量用平静的语气说。那丫头绝不会知道要做到这样有多难，更别提保持了。除非等到有一天她要面对自己的孩子，也是这个年龄，也这么任性。“孩子，你烦恼些什么呢？”

苏珊转身看着她——科蒂利亚·德尔伽朵坐在摇椅上，像石头一样沉静。那一刻，苏珊觉得自己真想冲向姑妈，把她那张瘦小而自以为是的脸撕碎，她想向她尖叫*是你的错！你的错！全是你的错！*她感觉受到了侮辱——不，那样表达还不够；她感觉自己很肮脏，但事实上还没发生什么呢。某种程度上说那才是最可怕的。其实什么都还没有发生。

“你看出我很烦恼了？”她简单说了一句。

“当然啦，”科蒂利亚回答，“告诉我，孩子。是不是他向你示好了？”

“嗯……不……不。”

姑妈还是坐在椅子上，针织活放在大腿上，都没停手，只是抬了抬眉毛，等着苏珊说下去。

最终，苏珊还是把发生的一切都告诉了她，语气很平缓——只是快讲完的时候声音有些颤抖，但也仅此而已了。姑妈暗暗松了一口气。这一切不过是傻丫头又开始穷紧张了。

替换用的裙子，就像所有的替换用品一样，不会那么顺利就做完了；还有很多工作要做。因此，玛丽娅把苏珊带到脸孔瘦削而严肃的首席女裁缝康吉塔·摩根斯特恩面前，后者一言不发地领苏珊来到楼下的缝纫间——苏珊有时候想，要是沉默果真是金，那么康吉塔·摩根斯特恩就会像市长的妹妹一样富有了。

镶小珠的蓝裙就穿在低矮屋檐下的一个无头模特身上，尽管苏珊能看到裙子边缘撕裂的地方和背后的一个破洞，但损坏情况比她预想中的轻得多。

"难道补不好了？"她小心地问。

"不行，"康吉塔·摩根斯特恩简略地应了一句，"把裤子脱下来，姑娘。还有衬衫。"

苏珊照办了，光脚站在寒冷的小房间里，双手护住胸部……这样做并不是因为康吉塔对她的身体表现出了任何兴趣，不管是前面或是后面、上面或是下面。

看来小珠蓝裙要被贴花粉裙取代了。苏珊把脚放进裙子里，挂好吊带，很安静地站着，康吉塔弯下腰去，仔细测量，嘴中咕哝着，有时候用粉笔在石板上记下一个数字，有时候抓起一条垂花饰紧紧系在苏珊的臀部或腰部，一边还瞅两眼对面墙上的大镜子以观效果。在此期间，苏珊走了神，任凭自己的思绪飘飞。这些日子，她脑子里经常出现的场景就是和罗兰两人并排在鲛坡上骑马，最后在一片她熟悉的柳树林里停下来，这片林子俯瞰着罕布雷溪。

"站在那儿别动，"康吉塔·摩根斯特恩简单地说了一句，"我马上回来。"

苏珊几乎没注意到她已经离开了；她甚至都忘了她还在市长府邸里。她身体那真正重要的部分不在这里。她的心已经和罗兰一起到柳树林中去了。她能闻到那半甜半涩的淡淡树香，听见潺潺小溪流淌的声音，他俩的额头贴在一起，躺了下来。他用手掌慢慢抚摸着她的脸，然后把她揽入怀中……

这场白日梦如此强烈，以至于当那双手从后面环住她的腰时，她还以为仍在梦中。那双手先是抚摸着她的小腹，然后往上罩住了她的双乳，苏珊不禁背部曲起，做出回应。但就在这时，她听见耳边有呼哧呼哧的喘气声，还闻到烟草味，马上反应过来是怎么回事。罩住她乳房的那双手并不是罗兰的，而是哈特·托林修长干瘦的手指。她在镜中看到他正像个梦淫妖一样趴在她的左肩上。他眼睛鼓出，尽管房间很凉快，他额头上还是流下了豆大的汗珠，他竟然还伸出了舌头，就好像是大热天狗的舌头一样。苏珊的喉咙里升腾起一股恶心的感觉，就好像是吃到了腐肉一样。她想要解脱，但托林的手用了劲，把她抱得紧紧的。他的关节令人厌恶地嘎嘎作响，与此同时，她感觉到他硬邦邦的下体。

在过去的几周里，苏珊总有一个模糊的希望，说不定到了关键时刻，托林会无能——会有心无力。以前她听说这种事经常发生在老男人身上。但现在，那根抵在她身体上的硬东西立刻让她意识到自己的希望有多荒谬。

她想了个办法，没有再拼命挣扎，而是把手放在了他手上，想把他那双手从自己的胸上拽下来（听到这里，虽然科蒂利亚不动声色，但心里着实松了一口气）。

“托林市长——哈特——别这样——这不是地方，也不是时候——蕤说——”

“让老巫婆见鬼去吧！”他彬彬有礼的官员口吻已经变回带有浓重奥尼福特口音的农民腔，“我必须现在就得到。女巫们真他妈混账！真不是东西！”刺鼻的烟草味围绕着她的脑袋。她觉得再多闻一会儿就会吐出来的，“你好好站在那里别动，姑娘。站好了等我！”

于是她就站在那里。她心中甚至有个顽固的、自我保护的部分，还在希望他能把自己肩膀厌恶的躲闪当作少女的羞涩。他搂紧她，双手在她乳房上乱揉，他就好像是一台蒸汽机似的在她耳边呼出难闻的味道。她背靠着他，闭上眼睛，眼泪从紧闭的眼皮下涌了出来，挂在睫毛上。

他并没有花很长时间。他贴着她的身体前后抽动，像一个胃痉挛的人一样不住呻吟着。有一次，他伸出舌头舔了舔她的耳垂，苏珊觉得那里的皮肤都要因为厌恶而脱离自己的身体了。最后，谢天谢地，她感觉到他靠在自己身上抽搐起来。

“哦，出去，该死的毒液！”他几乎是尖叫着喊道。他动作很激烈，苏珊不得不伸出双手扶住墙，才没有一下子脸撞到墙上。最后他终于往后退了一步。

一时间，苏珊只是呆呆站在那里，掌心贴在缝纫间冰冷的石墙上。她在镜子里看到了托林，然后突然在这个形象里看到了将要发生的卧室里的一幕，现在不过是个前奏罢了：将要发生的事，少女时代的终结，那个美梦的终结，梦里她和罗兰额头贴着额头躺在柳树林里。不知为什么，镜中的男人看上去就像个怪里怪气的小男孩，背着妈妈做了什么不可告人的事。活脱脱就是一个长着古怪的灰头发、窄肩膀、高瘦的男孩，裤子前面湿了一块。哈特·托林看上去有些迷茫，好像不太清楚自己身处何地。欲望已经离开了他的脸庞，但是取而代之的表情也好不到哪里去——一种虚妄的迷茫。他看起来就像一个底下有洞的木桶：不管你往木桶里放什么东西，或是放多少，总是很快地就流光了。

他还会再这么做的，苏珊想着就觉得全身的力气都流失了。既然有了第一次，逮到任何机会他都会再来一次。从此之后，到这里来就会像……嗯……

就会像城堡游戏。像在玩城堡游戏。

托林又盯着她看了一会。然后把他那件肥大的白衬衫从裤子里抽出来，盖住裤子上那块湿的地方，他动作缓慢，看上去就像在做梦一样。他的下巴有什么东西亮晶晶的；原来是刚刚口水流了出来。他好像察觉了这一点，用手背把口水擦掉，同时，还一直用空洞的眼神盯着她。终于，空洞的眼中有了些表情，然后他离开了房间，没说一句话。

他在外面的厅里撞到了什么人，于是响起了一阵小小的骚动声。苏珊听见他咕哝着“对不起！对不起！”(尽管是咕哝，看来他对撞上别人比他对自己做的事还要感到抱歉)，这时康吉塔进了房间，把找来的那块布像披肩一样披在身上。她马上就注意到了苏珊苍白的脸色和泪痕犹存的双颊。她什么都不会说的，苏珊想。他们谁都不会说什么的，即使我被捆在木桩上，也不会有人抬起哪怕一根指头帮我一把。“丫头，木桩是你自己削尖的。”如果我呼救，他们肯定会那样回答，他们会找那样的借口，眼睁睁地看着我痛苦挣扎。

但是康吉塔让她吃了一惊。“生活是艰难的，小姐，就是这么回事。你最好习惯它。”

5

苏珊的声音——干巴巴的，不带任何感情色彩——最终停了下来。科蒂利亚姑妈把针线活放在一边，站起身来，把茶壶放在炉子上，准备烧水泡茶。

“你太夸张了，苏珊。”她希望自己的声音能听上去友好和智慧，但两样都没有做到，“这是你从曼彻斯特那一系血脉继承来的特征——一半人认为自己是诗人，另一半认为自己是画家，几乎每个人都在晚上喝得烂醉，连踢踏舞都跳不成。他不就是摸了你的乳房，和你亲热了一下嘛，又没有真的怎么样。有什么好烦的。也没什么事值得你去失眠。”

“你知道什么？”苏珊问。这很不礼貌，但她才不在乎呢。她觉得自己现在可以忍受姑妈的一切，只有一点例外，就是她那假装世故外加居高临下的说话方式。这种说话方式简直就像旧疤添新伤。

科蒂利亚扬起眉毛，强作平静地说。“你就喜欢这样对我说话！科蒂利亚姑妈，那个干瘪老太婆。科蒂利亚姑妈，那个老处女。老处女。嗯，是不是？哦，年轻美貌的小姐，我可能是个处女，但我年轻时也还是有一两个情人的……也可以说在这个世界转换之前。也许其中一个就是伟大的弗朗·伦吉尔。”

也许不是，苏珊想；弗朗·伦吉尔要比她姑妈大至少十五岁，也许是二十五岁。

“有好几次，我能感觉到老汤姆的那话儿变硬了，当他站在我身后时，当然，站在身前的情况也有。”

“那你有没有什么情人是超过了六十岁，口臭，抓你乳房时关节还会响的呢，姑妈？当老汤姆摇头晃脑说着叽、叽、叽的时候，他有没有想要把你摁到墙上去呢？”

她本以为科蒂利亚姑妈会发怒，但姑妈出乎意料的平静。比发怒更糟——面无表情，跟她从镜子里看到的托林的脸差不多。“到此为止，苏珊。”姑妈笑了笑，那可怕的笑容就像眨眼一样在她的窄脸上一闪而过。“到此为止了。”

苏珊有点害怕，喊了起来：“要是父亲知道，他会生气的！非常生气！因为你任其发生！因为你促成这件事情发生！”

“也许吧，”科蒂利亚姑妈说，那可怕的笑容又在她脸上一闪，“也许是这样。但更让他生气的是什么？是违背诺言而带来的耻辱，他会因为有一个不讲信用的孩子而感到羞耻。他会希望你信守诺言，苏珊。要是你还记得他的脸，你就必须继续下去。”

苏珊瞪着她，嘴巴张开，微微颤抖，眼中又噙满了泪花。我遇见了一个我爱的人！要是可以的话，她一定会这样对她说。难道你不明白这会让事情改变吗？我遇见了一个我爱的人！但如果科蒂利亚姑妈是个可信赖的倾诉对象，苏珊根本就不会身处这般窘境。于是她转过身去，一言不发地冲出房间。满是泪花的双眼模糊了视线，使这个夏末的世界充满了伤感的颜色。

6

她骑在马上，并没有明确的目标，但隐隐地，她肯定是知道自己要去哪里的，因为离家大约四十分钟后，她发现自己已经离那片让她朝思暮想的柳树林不远了。今天，托林从背后抱住她的时候，她正想着这片树林。

柳树林里很凉爽，苏珊把费利西娅（她没有装马鞍就骑出来了）系在一根树枝上，然后慢慢走向林子中央的空地。空地上铺满青苔，还有条小溪流过。她在青苔上坐下来。她当然来过这里；自从八九岁时发现这片乐土之后，她就经常来这里，和这片土地分享自己的喜乐和悲伤。在父亲去世之后的漫长日子里，她一遍又一遍地来到这里，那时她觉得这个世界——至少是她眼中的世界——已经随着帕特·德尔伽朵的离开而结束了。只有这片空地听到了她无尽的伤感；她对着小溪说话，让小溪把自己的悲伤带走。

这时她又一阵悲从中来，不禁哭了起来。她把头搁在膝盖上，大声地抽泣——也顾不得什么淑女风范了，那声音听来就像乌鸦沙哑粗糙的叫声。那一刻，她宁愿放弃任何东西——放弃一切——哪怕父亲能活一分钟也好，她要亲口问父亲是不是要这样子继续下去。

她在小溪边哭泣着，突然听见一声树枝断裂的声音，她心中充满恐惧和懊丧地回头一看。这是她的秘密领地，她不愿意在这里被人看见，尤其是不愿意这个时候被看见，她的样子活像摔倒之后在号啕大哭。又一声树枝断裂。确实有人来了，在最不应该出现的时候闯入了她的秘密领地。

“走开！”她用哽咽的声音叫道，“走开，不管你是谁，请自重，别来烦我！”

但那个身影——她现在可以看得见——还是走了过来。当她看清那个人是谁时，第一反应就是威尔·迪尔伯恩（不，他的真名是罗兰）一定是她的幻觉。她不是很确定他到底是不是真的，直到他跪下来用双臂抱住她为止。她一把抱住他，抱得紧紧的，像个受了惊吓的孩子。“你怎么知道我在——”

“我看见你骑马经过鲛坡，我当时正在一个常去思考问题的地方，刚好看到你。如果不是看见你没配马鞍就策马狂奔，我是不会跟过来的，我想肯定是有什么地方不对了。”

“所有的一切都不对了。”

他睁大双眼，表情严肃，开始小心翼翼地吻她的脸。过了一会儿，她才反应过来他是在吻自己脸上的泪水。然后他双手握住她的肩膀，和她保持一定的距离，为的是好好看着她的眼睛。

“再说一遍，我会的，苏珊。我不知道那是承诺、警告还是两者兼而有之，但是……再说一遍，我会的。”

没有必要问他到底什么意思。她似乎感到大地都在震动，那之后，她觉得那是她一生中第一次也是唯一一次真切地感受到卡，卡像一阵风，但不是来自天上，而是来自大地。它终于还是来了，她想，不管是好是坏，我的卡。

“罗兰!”

“我在这里，苏珊。”

她把手挪到他的皮带以下，放在那里，她的眼睛一直没有离开他。

“要是你爱我，那就爱我吧。”

“嗯，小姐，我会的。”

他解开了自己衬衫的扣子，那件衬衫来自苏珊此生都将没有机会看到的内世界，然后把她拉入怀中。

7

卡：

他们互相帮对方脱衣服；夏天的苔藓软得像鹅毛一样，他俩裸身躺在对方的怀中。前额贴在一起，就像她梦中一样，当他找到进入她身体的那条路时，她感觉到一瞬间的疼痛，但那痛苦慢慢融化成一种甜蜜，就好像是一生中只能品尝一次的奇异药草。她尽量让那种感觉停留的时间久些，直到最后甜味占据了上风，她被甜蜜彻底淹没。她喉咙里发出深深的呻吟声，前臂在他脖子两侧摩挲着。他们在柳树林里做爱，把对名誉的担心抛在一边，也不再考虑这样做会违背承诺。最后，苏珊发现这件事带来的并不仅仅是甜蜜；在那个像花朵一样绽放在他面前的部位，她感到一阵令人眩晕的痉挛，随后那眩晕笼罩了全身。她一再地叫出声来，觉得人世间再没有这么让人觉得愉快的事了；哪怕为此付出生命也在所不惜。罗兰的声音和她的声音混合在了一起,小溪的水流冲击石头也发出哗哗的声响。她把他往自己身边拉近,脚踝盘在他的膝盖后面,她的吻暴风雨般地落在他的脸上,此时,他也到达了顶点,就好像不愿落后于她似的。就这样,在最后一个伟大时代快要结束的时候,这对情人在眉脊泗结合了,随着她失去童贞,绿色的青苔在她大腿下面变成了红色;他们结合了,悲伤的结局已经注定。

卡。

8

他们躺在彼此的臂弯中,在费利西娅温柔目光的注视下吻着对方。罗兰觉得有点犯困。这是可以理解的——整个夏天,他承受了很大的压力,一直都没能好好睡一觉。尽管他当时还不知道,他这辈子都不会睡得安稳了。

"罗兰?"她的声音听上去很遥远。也很甜美。

"嗯?"

"你会不会照顾我啊?"

"会。"

"到时候我不能到他那儿去。我可以忍受他的抚摸,还有他动手动脚——既然我有了你,我可以忍受——但我不能在收割节去他那儿。我不知道我究竟是不是已经忘了父亲的脸,但我不能和哈特·托林上床。我想,应该有很多方法可以隐藏自己不是处女这个事实,但我不会去用那些方法的。我就是不能和他上床。"

"好吧,"他说,"很好。"接着,他的眼睛猛地睁大,惊讶地四下看了看。没有别人在。他又看着苏珊,终于完全清醒了。"什么?你刚才说什么?"

"我可能已经怀上了你的孩子了,"她说,"你有没有想过这点?"

他没有想过。但他现在可以想。一个孩子。他心里想着亚瑟·艾尔德带领着手下一帮枪侠来到战场,挥舞着一把亚瑟王神剑,头上戴着全世界的皇冠,这个未出世的孩子将是连接现实和这片混沌的战斗场景的又一条纽带。但先别想这个;他父亲会怎么想?或是佳碧艾拉,知道自己成为祖母后又会怎么想?

本来他的嘴角浮现出一丝微笑,但一想到母亲,笑容就消失了。他想起了她脖子上的那道印记。这些天,只要一想到母亲,他总是想到无意闯入母亲房间时看到的她脖子上的那道印记。还有她脸上浅浅的、忧伤的微笑。

“要是你怀上了我的孩子，我可就太幸运了。”他说。

“我也很幸运啊。”这次轮到她笑了，但是笑中也有一丝悲伤，“但我想我们太年轻了。比小孩子大不了多少。”

他翻个身，脸朝天躺着，看着蓝天。她的话也许有道理，但没有关系。真实有时候和事实还是有点区别的——在他分裂的天性中，他确定不疑地相信这一点。他可以同时超越真实和事实，心甘情愿地接受一切浪漫而不理性的东西，这一点是得了他母亲的真传。他性格里其他部分都是一本正经的……也许更重要的是，不懂比喻。他们当父母还太早了？那又怎样？要是他已经在她身体里埋下了一颗种子，那么这颗种子就会成长。

“不管会发生什么，我们该怎么做就怎么做。我会一直爱你，不管发生什么事。”

她笑了。他说这番话的样子就像一个人在陈述某个无可争辩的事实：苍天在上，黄土在下，水往南流。

“罗兰，你多大了？”有时候她想，罗兰说不定比她还年轻，虽然自己年龄也不大。当他专注于某事的时候，往往严肃得让她害怕。但当他微笑的时候，他看上去根本不像是个情人，而是像个未成年的兄弟。

“比我刚来的时候要大，”他说，“反正是更大了。要是再在乔纳斯和他那帮人眼前多待半年，我就会颤颤巍巍，连上马也要人推一把了。”

她听了呵呵直笑，他吻了吻她的鼻子。

“你会照顾我么？”

“会啊。”他说着朝她咧嘴笑了。苏珊点点头，然后也翻个身仰面朝天。他们肩并肩躺着，望着天空。她抓住他的手，放在了自己胸前。当他的拇指碰到乳头的时候，乳头开始变硬，并伴有一阵刺痛。这种感觉很快从胸部蔓延到了全身，到达了她两腿之间悸动的地方。她紧紧夹住大腿，发现这样做只能更糟糕，这让她又高兴又沮丧。

“你必须照顾我，”她小声说，“我已经全心全意地指着你了。我抛弃了其他的一切。”

“我会尽全力，”他说，“永远不要怀疑。但现在，苏珊，你必须装作和以前一样；还要等一段时间；我之所以这么说，是因为德佩普已经回来了，也应该已经汇报了他打听到的情况，但是他们还没有开始找我们的麻烦。不管他发现了什么，乔纳斯仍然认为等待对他有利。这段等待的时间会使他真的采取行动时更加危险。但现在，大家仍然在玩城堡游戏。”

“但在收割节篝火后——托林——”

“你永远也不会和他上床。这点你放心。我向你保证。”

她把手伸到他的腰部以下，自己都被自己的大胆吓了一跳。“有个保证你现在就能给，如果你愿意。”她说。

他愿意。能够。并且真的这么做了。

当一切结束的时候（罗兰甚至觉得比上次更加甜蜜，如果那可能的话），他问她：“苏珊，你在西特果时的那种感觉——被偷窥的感觉。这次还有么？”

她很长时间看着他，若有所思。“我也不知道。我心里想的是别的东西，你也知道。”她温柔地抚摸着他，他突然一跳，她笑了——她正好摸到那不软不硬的地方，竟然还是很活跃。

她把手拿开，抬头看着树林上空的那片天空。“这里真漂亮。”她自言自语地说道。闭上了眼睛。

罗兰也感到了浓浓的睡意。他想，这真讽刺。这次，苏珊并没有觉得被偷窥……但在第二次的时候，罗兰感觉到了。但他可以发誓树林附近根本没有人。

没关系。不管这种感觉是幻想还是现实，现在都消失了。他拉起苏珊的手，感到她的手指很自然地滑入他的手，和他手指相缠。

他闭上了双眼。

9

蕤从玻璃球里把这一切看得一清二楚，这一幕很是有趣，有趣极了。她以前就看过做爱的场景——有时候甚至是三四个或是更多的人同时进行（有时候的对象甚至并不能说是活着的）——她都一大把年纪了，这种事再也勾不起她的兴趣了。她真正感兴趣的事情是在那之后。

那我们已经没事了吧？那女孩问。

*也许还有一件小事情，*蕤回答。接着她告诉这个厚颜无耻的小妓女该怎么做。

两个人站在门廊上的时候，她向这个女孩子面授机宜。吻月的光芒洒到两人身上，苏珊陷入了奇怪的睡眠中，蕤抚摸着她的头发，小声告诉她应该怎么做。现在，终于到了演奏这个小插曲的时候了……她想看的正是这个，而不是两个小毛孩子的亲热场面，他们那么兴奋，简直像创世后第一对男女一样。

他们做了两次，中间几乎没停下来说话（要是能听到他们说什么，她倒是很高兴的）。蕤并没有感到奇怪；男孩那么年轻，连着一周这样都没问题，而且，从那个小荡妇的表情来看，她倒是蛮乐意的。有些人自从尝到鱼水之欢后，脑子里就没别的事了。她就是其中一个，蕤想。

不过我还是等一等，看过一会儿，你是不是还认为自己很性感，你这个傲慢的小荡妇，她心里说，然后再次往前探身，把脸埋在玻璃球粉红色的光芒里。有时候她觉得那光芒让她的脸感到疼痛……但那是一种令人愉快的疼痛。嗯，的确如此。

他们终于结束了……或者说终于告一段落了。他们紧握着对方的双手，睡着了。

"现在，"蕤小声说，"就现在，我的小可爱。要听话，照吩咐去做。"

仿佛是听见了她的声音似的，苏珊睁开了眼睛——但眼睛里空洞无物。她的眼睛虽然睁开了，可是仍然是睡着的。蕤看见她把手从男孩的手中抽出来。她坐起身来，裸露的胸部贴着裸露的大腿，四下看了看，然后站了起来——

偏巧这时，姆斯提，那只六脚猫跳到蕤的大腿上，嗷嗷地叫，不知是饿了还是在撒娇。这老女人惊叫了一声，巫师的玻璃球一下子就变暗了——好像是一阵风吹灭了蜡烛的光芒。

蕤又尖叫了一声，猫连忙逃走，但蕤动作更快，她怒气冲天地一把抓住猫，狠狠把它朝房间那一头的壁炉扔去。时值夏日，壁炉不过是个一片死寂的洞穴，但蕤伸出一只瘦骨嶙峋的手往那边一指，壁炉里那根烧得半焦的木头上立刻蹿出一股黄色的火焰。姆斯提尖叫起来，立刻蹿出了壁炉，眼睛圆睁，分叉的尾巴冒出一股青烟，像是一个没有完全熄灭的香烟屁股。

"跑，对啊，你跑啊！"蕤在后面骂道，"快滚开，你这混蛋！"

她又回到玻璃球那里，双手摊开，盖在上面，拇指相扣。但尽管她集中了所有的意志，直到心脏都快冒火了，也只能让球恢复自然的粉色光芒。里面没有任何影像出现。这真让人大失所望，却又无计可施。不过，到时候她可以用自己的两只自然的眼睛看到结果，如果她乐意去城里走一趟的话。

每个人都能看见。

想到这里，蕤的心情又好了起来，她把球放回到那个隐蔽地点。

10

就在罗兰睡沉、听不到声音之前，他脑中突然响起一阵报警的铃声。也许这是因为他隐约感觉到她的手已经不在自己手中了；也许这不过是本能的直觉。他本可以忽视微弱的铃声，但他经受的训练已经根深蒂固，于是他挣扎着从沉睡的边缘回来，就像溺水者拼命抬头要浮出水面一样。这挣扎起初很艰难，但后来越来越容易；当他终于恢复清醒后，更加警觉起来。

他睁开眼睛，往左边看了看。苏珊不在那里。他坐起身来，又向右边看去，小溪那边看不到任何异常……但他还是觉得她就在那边。

“苏珊？”

没有回答。他站起来，看着他的裤子，这时柯特的声音——他根本没意料到在这浪漫的处所迎接那样一个访客——在他脑中恶狠狠地说，没时间了，你这个笨蛋。

于是他赤裸裸地走到河边，朝下面看去。苏珊就在那里，也是裸着身体，背对自己。她已经把辫子散开了。头发垂了下来，像金丝一样，几乎垂到臀部下面。小溪表面升起的凉气像水雾让发尖微微发颤。

她单膝跪在流水边。一只手臂伸进水里，水几乎没到了肘部；看起来她在寻找什么。

“苏珊！”

没有回答。这时候他脑海里闪过一个让他不寒而栗的想法：她被魔鬼附了身。当我毫无警觉地在她身边睡着的时候，她被魔鬼附了身。但连他自己也不相信这样的解释。要是空地附近有一个恶魔的话，他肯定能感觉得到。可能他们俩都会感觉到；马儿也会。但是苏珊确实不对劲。

她从河床上捞起一个东西，放在湿漉漉的手上仔细看着。一块石头。她仔细看着这块石头，然后又扔了回去——嘭。她再次伸手去摸，头低着，两缕头发垂到了水面上，这条小溪顽皮地把这两缕头发往水流的方向拽。

“苏珊！”

没有回答。她又从溪水里捡起一块石头。这块是三角形的白色石英，被水流打磨成了枪头的形状。苏珊把头往左边一歪，一手拽着一大缕头发，就像女人想要把打结的头发梳顺时的动作一样。但并没有梳子，只有边缘锋利的岩石，罗兰站在岸边，恐惧让他浑身冰凉，有那么一瞬间，他觉得苏珊肯定是因为和他的结合心生羞愧，想拿那块石头割自己的喉咙。在接下来的几周内，他脑海里老是萦绕着一个可怕的想法：要是她当时真的想割破自己的喉咙，他根本来不及阻止。

罗兰的身体恢复了知觉，纵身跳下河岸，无暇顾及尖锐的石头会不会把脚割破。还没等他来到她身边，她已经用石英的边缘割断了自己手中金色的发丝。

罗兰抓住她的手腕往回拉。他现在能很清楚地看见她的脸了。从河岸上看到的那种被他误认为平静的表情其实是：空虚和空洞。

他抓住她时，她光洁的脸上浮现出一丝阴郁和烦恼的微笑；她嘴唇抖动着，好像感到身体隐隐作痛，含糊不清的挣扎声从她嘴里跑出来："不不不不——"

剪下的一部分头发落在了大腿上，像是一根根金线；大多数头发都掉进小溪里，被流水冲走了。苏珊拼命想要挣脱罗兰的手，还想着要把锋利的石头拿到头发边上，想要继续那疯狂的割发行动。他们两人像摔跤运动员一样较着劲儿。苏珊逐渐占了上风。虽然罗兰体力上占优势，但这一优势没有迷惑苏珊的魔法力量强大。渐渐地，三角形的石英又开始朝她披散下来的头发移动。那可怕的声音——不不不不——一直从她的嘴里传出来。

"苏珊！停下来！醒醒！"

"不不不不——"

苏珊裸露的手臂在空气中颤抖着，肌肉绷得像石头一样。石英离她的头发越来越近，还有她的脸颊和眼窝。

想都没想——他一向如此——罗兰把自己的脸贴近她的脸，离她抓住石头的拳头又靠近了四英尺。他把嘴唇贴在她耳朵上，然后用舌头抵住上颚。弹了一下。

听到这个声音，苏珊猛地往后一抽身，这个声音像把利剑穿过了她的头部。她的眼皮飞快地眨动着，随后，抓着罗兰的那只手力量慢慢减弱。罗兰抓住机会，把她的手腕一拧。

"啊！啊啊啊！"

石头从她张开的手里飞了出去，落进水里。苏珊瞪着他，眼睛里满含泪水和不解，她已经完全清醒过来了。她不停地揉着自己的手腕……罗兰寻思她的手腕一定是肿了。

“你弄疼我了，罗兰！你为什么把我弄疼……”

她四下看了一下，声音渐渐变低了。现在不仅仅是她的脸，她的整个身体都表现出一种疑惑不解。她用手去遮身体，接着马上意识到他们还是单独在一起，于是又把手放回身体两侧。她侧过头，向身后看过去，看见那些脚印——所有的脚印都是赤脚走出来的——一直通往河岸。

“我怎么会来到这里？”她问，“是不是你趁我睡着的时候抱我过来的？你为什么弄疼我啊？哦，罗兰，我爱你——为什么要伤害我？”

罗兰捡起还粘在她大腿上的几根头发，递到她眼前。“你拿了一块锋利的石头。你想用它割断头发，而且不肯停下来。我伤害你是因为我吓坏了。谢天谢地，我没把你的手腕弄断……至少我觉得应该没有断。”

罗兰拉过苏珊的手，轻轻地朝两边转动着，听听有没有小骨头摩擦的声音。

还好，什么也没听见，手腕也可以自如转动。苏珊看着他，心里又是震惊又是迷惑，罗兰抬起了她的手放到了唇边，吻着手腕内侧，他的吻就落在细小的静脉血管上面。

11

罗兰把拉什尔拴在柳树林深处，这样这匹高头大马就不会被碰巧骑马路过鲛坡的人看见了。

“放松点，”罗兰说着靠近了自己的爱马，“放松点，再乖乖待一会儿，亲爱的。”

拉什尔的蹄子刨了一下，轻声嘶叫了一声，像是在说自己会一直很乖的。

罗兰打开鞍囊，拿出一个钢制器皿，这器皿可用作罐子或煎锅，全依他的需要而定。他走开了，然后又回来了。他的铺盖卷就绑在拉什尔的马鞍后面——他原计划在鲛坡上露营过夜，想点事情。原本就有很多事情要想，现在更多了。

他解开一根牛皮带，把手伸到毯子里面，掏出一个小金属盒。他用一把挂在脖子上的小钥匙打开盒子。盒子里有一条精细的银链，上面挂着个方形的小盒子（里面是他母亲的小像），还有一些贝壳——不到十二个。他拿起一个贝壳，用手握住，回到苏珊身边。苏珊睁大了惊恐的眼睛看着他。

“我们第二次做爱之后，我就什么都不记得了，”她说，“我只记得我们抬头看着天空，感觉很舒服，随后就睡着了。哦，罗兰，看上去很糟糕吗？”

“我觉得还可以，但你应该比我清楚。看这里。”

他把钢锅在小溪里灌满了水，放回岸上。苏珊有点焦虑地弯下腰去，把左边的头发挂在前臂上，然后慢慢向外伸开手臂，把金发展开。她马上就看见了那个参差不齐的断处。她仔细地查看了一下，就松手任其掉下去，发出了一声释然的叹息。

“我可以把它藏起来，”她说，“编起辫子之后，没有人能看出来。毕竟这只是头发而已——充其量只是女人的虚荣。我姑妈总是这样说。但是，罗兰，为什么？我为什么会这样做？”

罗兰突然想到，要是头发是女人的虚荣，那么割头发这种事情就肯定是一个恶意的女人所为——男人是不会想到这样的整人方法的。市长的老婆，会不会是她？他觉得不会。他觉得蕤更有可能，那个巫婆站在高处朝北窥视着恶草原、悬岩和爱波特大峡谷，她很可能是设置这个阴毒圈套的人。在她的如意算盘里，收割节过后第二天清早，市长托林一觉醒来，宿醉未消，身边还躺着一个秃头的小情人。

“苏珊，我可以做个尝试么？”

她朝他笑了笑：“还有什么你没有尝试过的吗？嗯，随便你。”

“不是那个。”罗兰伸开手把贝壳给她看，“我想试试看，看看到底是谁这样对你，以及为什么。”当然还有别的东西。但他还不知道是什么。

她看着贝壳。罗兰开始熟练地来回移动自己的手，让贝壳沿着手背滑动。他的关节灵活得就好像是纺织机的综片一样。她带着孩子般的好奇开心地看着。“你从哪儿学会这个的？”

“在家里。在哪里学的无关紧要。”

“你是不是要把我催眠？”

“嗯……而且我认为这不是你第一次被人催眠。”他手中的贝壳转得更快了——他的关节飞速起伏，贝壳一会向东，一会向西。“可以么？”

“可以，”她说，“只要你能做到。”

12

他当然能够做到；她快速被催眠，这更证实了她以前曾被催眠过，而且就在不久前。但他还是找不出想要的东西。她非常配合（柯特曾说，有些人更心甘情愿地入睡），但到了某个点之后，她就过不去了。这既不是拘谨，也不是羞涩——她张大眼睛在小溪边睡去，用一种很遥远但又很平静的声音说起那老女人给她做的检查，还有蕤想要"让她兴奋起来"。（听到这里，罗兰攥紧了拳头，指甲都掐进了掌心。）但就是有某个点，她的记忆出现了空缺。

她和蕤走到小屋门口，苏珊说，站在吻月下面。老女人一直在摸她的头发，这一点苏珊记得很清楚。她被蕤摸到的时候感觉很不舒服，特别是接受此前的检查之后，但苏珊对此一点办法都没有。手臂太沉了，根本抬不起来；舌头也太沉了，根本不能说话。女巫在她耳边讲话的时候她只能站在那里。

"什么？"罗兰问道，"她说了什么？"

"我不知道，"苏珊说，"其余都是粉红色的。"

"粉红？什么意思？"

"粉红。"她重复道。她听起来被逗乐了，就好像她相信罗兰是在故意装笨一样。"她说，'嗯，亲爱的，你是个好女孩。'然后所有的东西都变成了粉红色。明亮的粉红色。"

"明亮。"

"是啊，就好像月亮一样。然后……"她停了一下，"然后我想那真的变成了月亮。也许就是吻月。一个明亮的粉红色的吻月，像葡萄柚一样圆润饱满。"

他尝试用别的方法唤起她的记忆，但都没有成功——每条通往她记忆的路——都以明亮的粉红色告终，都是一开始模糊了她的回忆，然后变成一轮满月。罗兰不明白这是什么意思；他曾经听说过蓝色的月亮，但从没听说过粉红色的月亮。他唯一可以确定的就是，那老女人给苏珊下达了强大的遗忘命令。

罗兰想要让催眠再深入一步——她会去的——但是不敢。他以前一般都是催眠自己的朋友们——都是课堂上的训练，都是带点嬉笑性质的，但有时会出点小乱子。范特或柯特总会在场及时控制局面。而现在没有老师的介入;不管结局好坏,都只有学生留下来管理学校。要是他真的把她深度催眠,然后无法把她唤醒,那可怎么办?而且,有人告诉过他,人的潜意识里是有魔鬼的。你要是深入到他们的领地,说不定魔鬼会从洞里面游出来见你……

就算没有这些考虑,现在也已经很晚了。要是在这里待的时间太久的话就太不谨慎了。

"苏珊,你能听见我说话么?"

"嗯,罗兰。听得很清楚。"

"好的。我会念一句诗。我说的时候你就会醒过来。等我说完的时候,你就会完全醒来,并且还能记起我们说过的所有的话。你明白么?"

"嗯。"

"听着:鸟、熊、兔子和鱼,让我的爱人美梦达成。"

她恢复知觉时的微笑是他这辈子看见过的最美妙的东西。她伸展了一下身体,用手臂围住他的脖子,亲吻像雨点一样落在他的脸上。"你,你,你,你,"她说,"你就是我的美梦,罗兰。你是我唯一的爱。你,就是你,永远永远的爱。"

他们再次做爱,就在河岸上,就在潺潺的小溪边,两人紧紧地拥抱着,感受着彼此的气息。你,你,你,你。

13

二十分钟以后,罗兰把她扶到费利西娅的背上。苏珊弯下腰来,双手捧着罗兰的脸,深深地吻着他。

"什么时候能再见到你?"她问。

"很快。但我们还是小心为妙。"

"嗯。比所有的恋人都小心才是。谢天谢地,你那么聪明。"

"要是次数不太多的话,我们可以让锡弥帮忙。"

"好。还有,罗兰——你知道在翡翠之心那里有个凉亭么?天气不错的时候他们会供应茶点之类的东西,亭子就离那儿不远。"

罗兰知道。沿着希尔大街从监狱和市集会厅往北五十码,翡翠之心是城里最令人舒服的一个地方，有古色古香的小路、阳伞遮蔽的桌子、绿草茵茵的跳舞亭，还有小动物园。

“凉亭后面有一块石墙，”她说，“在凉亭和动物园之间。要是你非常需要我的话——”

“我总是非常需要你。”他说。

她看他一脸认真的样子，笑了：“在其中一条比较低洼的路边有一块石头——一块发红的石头。你到时会看见的。我的朋友艾米和我小时候曾在那里互相留言。有机会我会去那里看看。你也是。”

“嗯。”要是他们足够小心的话，锡弥能够帮一段时间的忙；如果他们足够小心，那块红石也能利用一阵子。但不管他们多么小心，最终肯定还是会露馅的，因为现在，大灵柩猎手们很可能对罗兰和他的朋友有了更多了解，甚至超出了罗兰本来的预料。但他必须要见到她，不管多么危险。要是他不去见的话，他觉得自己会死去的。他只要看看她，就知道她也是这样想的。

“要特别留心乔纳斯和其他两个人。”他说。

“我会的。要是愿意的话，就再吻我一次吧。”

他很愉快地再次吻了她，其实他更乐意把她拉下马来再亲热一次……但是时候停止晕眩，谨慎处事了。

“一路顺风，苏珊。我爱你——”他稍稍停了一下，然后笑了，“我爱您。”

“罗兰，我也爱您。我的整颗心都属于你。”

那么她一定有颗很大的心，罗兰在她穿越柳树林的时候想，因为他已经感受到那颗心的重量。他一直等到确定她已安全离开为止。然后他回到拉什尔身边，向相反的方向骑去。他心里很明白，一个全新的危险阶段已然到来。

14

苏珊和罗兰分开没多久，科蒂利亚·德尔伽朵走出了罕布雷百货店，手中抱着一盒东西，心乱如麻。当然了，她的心烦无疑是苏珊造成的，永远都是苏珊，科蒂利亚很担心那丫头会在收割节之前做出傻事。

突然，一双手——强有力的手——把盒子从她胳膊中接过去，那些烦恼的想法一下子从她脑子里消失得无影无踪。科蒂利亚惊叫了一声，在太阳下手搭凉棚，才看见艾尔德雷德·乔纳斯站在大熊和海龟图腾之间，冲着她笑，白色的长发（在她看来很漂亮）垂在肩上。科蒂利亚觉得自己的心跳有点加速。她总是对乔纳斯这样的男人有点偏爱，那种总是挂着迷人的微笑，适时开些挑逗性的玩笑……身体却像刀锋一样敏锐矫捷的男人。

"我吓着你了。我请求你的原谅，科蒂利亚。"

"没什么，"她说话稍微有点上气不接下气，"只是太阳——太阳太烈了——"

"如果你愿意，就让我帮你拿东西吧。我要一直走到接近高街的拐角处呢，然后到希尔大街去，我可不可以一直陪你那么远呢？"

"那就多谢你了。"她说。他们走下台阶，走到人行道上，科蒂利亚用眼睛的余光扫了一眼周围，看看有没有人在注意他们——她，和英俊的乔纳斯走在一起，他还帮她拿着东西。街上正好有数量可观的旁观者。米利森特·奥尔特加就是其中一个，她从安妮服饰店探出头来，一张嘴由于吃惊而张成了圆形，让她那张脸显得更加愚蠢。

"我希望你不介意我叫你科蒂利亚。"乔纳斯换了个拿盒子的姿势，原本她需要两只手才能搬动的盒子，他却只是很轻松地夹在一只胳膊下面，"自从那次在市长府邸欢迎宴会见过你之后，我觉得我早就认识你了。"

"你可以叫我科蒂利亚。"

"那么你可以叫我艾尔德雷德么？"

"我觉得'乔纳斯先生'更合适一些。"她说着朝他笑了一下，满心盼望那是个风情万种的笑容。她的心跳得更快了。（不知她有没有想过，也许苏珊并不是德尔伽朵家唯一的傻丫头。）

"那就只好这样了，"乔纳斯说，他脸上的失落感很滑稽，她不禁笑出了声，"你的侄女呢？她还好么？"

"很好，多谢关心。但有时候有点让人心烦——"

"有哪个十六岁的女孩能完全让人省心呢？"

"也许没有吧。"

"但这个秋天她给你带来了额外的负担。我不知道她是否意识到了这一点。"

科蒂利亚什么也没有说——再接话就显得不谨言慎行了——但意味深长地看了他一眼，这一眼胜过千言万语。

“请代我向她捎去最美好的祝福。”

“我会的。”但其实她不会。苏珊对市长托林的保镖们已经产生了一种强烈的(在科蒂利亚看来是毫无道理的)厌恶情绪。现在看来要想劝她放弃这些想法不会有什么好结果的;年轻的女孩子总认为自己什么都懂。她看着从乔纳斯的背心下面露出来的那颗星。“我猜你已经在我们这个不起眼的小城里承担了额外的责任,乔纳斯先生。”

“是啊,我在协助治安官艾弗里。”他说。他的声音有点尖细颤抖,但科蒂利亚觉得那声音煞是亲切。“他的一个副手——克莱普尔——”

“弗兰克·克莱普尔。”

“——从船里跌出来,摔断了腿。科蒂利亚,你能想象有人从船里跌出来把腿摔断吗?”

她开心地笑了(要说罕布雷的每一个人都看着她,那肯定是不对的……但她却有这种感觉,而且这种感觉并没有让她不舒服),然后说自己并不知道此事。

乔纳斯在高街和卡米诺维加拐角处停了下来,看上去很遗憾的样子。“你确定你能拎得动吗?我可以一直送你回家——”

“不必了,不必了。谢谢你。谢谢你,艾尔德雷德。”她脖子和脸上泛起的红晕烫得像火烧一样,但她觉得看到他的笑脸,火烧也值了。他抬起两根手指,给她行了个礼,然后快步朝治安官的办公室走去。

科蒂利亚继续朝家里走去。她走出商店时还觉得那盒子是个负担,而现在却觉得它轻如鹅毛。这种感觉持续了半英里左右,但当自己的房子跳入眼帘时,她感到汗水从她身上流下来,手臂也有些酸疼。谢天谢地,这个夏天总算要结束了……等等,那难道不是苏珊吗?那丫头正牵着马进门?

“苏珊!”她喊道。她已经摆脱了刚刚的心猿意马,声音也恢复了原先的冷漠和清楚。“过来帮帮我,否则我这个要掉到地上去了,鸡蛋也会打碎的!”

苏珊走了过来,把费利西娅单独留在前院里吃草。若是十分钟之前,科蒂利亚肯定不会注意这个女孩有什么异常——她的思绪完全被乔纳斯占据,根本无暇顾及其他。但她心里的浪漫想法已经被毒辣辣的太阳消解了不少,现在她又是那个现实中的科蒂利亚了。当苏珊接过盒子的时候(几乎和乔纳斯一样轻松),科蒂利亚觉得自己一点都不喜欢这丫头现在的样子。首先,她的情绪已经改变了——由先前接近歇斯底里的激动情绪变成了现在愉悦的平静，连眼睛都透着快乐。那是几年前的苏珊……而不是今年那个无病呻吟、老惹麻烦的丫头。但科蒂利亚抓不住什么把柄，除了——

除了一点。她伸手抓住女孩的辫子，她的头发看上去乱得有点异乎寻常。当然，苏珊一直在骑马；那可以解释为什么头发乱七八糟。但这并不能解释她的头发为什么颜色变深了，就好像是明亮的黄金失去了光泽。当她感觉到科蒂利亚碰她的时候，她跳了起来，简直可以说是有点心虚。为什么会这样？

"苏珊，你的头发是湿的，"她说，"你是不是在什么地方游泳了？"

"没有！我路上停了下来，在胡奇的马厩外把头伸到水泵里了。他并不介意——他的井很深。天太热了。我一会儿还要洗个澡呢。我想洗个澡。我还让费利西娅在那里喝了水。"

女孩的眼睛显露出一如既往的真诚和直接，但科蒂利亚总觉得肯定另有隐情。但她也不知道是什么。她并没有想到，苏珊可能隐藏了什么重大的事情；在她心里，她侄女根本就是个藏不住任何秘密的人，连诸如生日礼物或是惊喜晚会这样的事都憋不住……甚至一两天都不行。但肯定有一些别的东西。科蒂利亚把手放在女孩的衬衫领子上。

"但这里是干的。"

"我很小心，"她说，然后用疑惑的眼神看着姑妈，"湿衬衫上的灰特别难洗。姑妈，这还是你教我的。"

"苏珊，我碰你头发的时候，你为什么躲闪？"

"噢，"苏珊说，"我是躲闪了。自从那个古怪的老女人用同样的动作碰了我的头发之后，我就开始讨厌别人碰我的头发。现在，我能不能把东西拿进去，然后把我的马牵到没有大太阳的地方去呢？"

"不要那么没有礼貌，苏珊。"但其实侄女声音里的急躁反倒让她放心一点了，这有点奇怪。苏珊已经改变了的那种感觉——那种另有隐情的感觉——开始减退。

"那你就别这么啰嗦。"

"苏珊！你要向我道歉！"

苏珊深吸了一口气，然后吐出来，说："好的，姑妈，我道歉。可天气实在太热了。"

"是很热。把东西放到储藏室去吧。谢谢。"

苏珊抱着盒子向房子走去。当女孩走了好几步之后，她才起脚，这样她们就不必并排走了。方才无疑是她犯傻气了——跟乔纳斯的打情骂俏让她头脑不清醒——但这女孩正处在一个危险的年龄，而且她们今后的生活与她下面七周的良好表现息息相关。收割节之后她就会成为托林的问题了，但在那之前她会是科蒂利亚的麻烦。科蒂利亚想，最终苏珊还是会履行诺言的，但在收割节之前，她必须盯牢她。事关一个女孩的童贞问题，还是警觉为妙。

插曲

堪萨斯，某地，某时

埃蒂动了一下。附近，无阻隔界还在不停地低鸣着，像是个不停发牢骚的丈母娘；在他们头顶上，明亮的星星就像新的希望一样闪烁……或是像恶兆。他看了看苏姗娜，她正盘着双腿坐着；他看了看杰克，他正在吃枪侠的煎饼；他看了看奥伊，它把鼻子搁在杰克的脚踝上，以崇敬的眼神看着男孩。

篝火已经很微弱，但尚未熄灭。远远地挂在西边天空上的魔月也是如此。

"罗兰。"他的声音自己听来都沙哑得有些老气横秋。

枪侠刚刚停下来喝了一小口水，他扬起眉毛看着埃蒂。

"你怎么对整件事情的细节都了如指掌呢？"

罗兰看上去被这个问题逗乐了："我不认为这是你真正想问的问题，埃蒂。"

他没有说错——这个丑陋的高个子老男人永远都是对的。埃蒂觉得这是罗兰最让人生气的特点之一。"好吧。你的故事讲了多少啦？我真正关心的是这个。"

"你是不是感觉不舒服？是不是想睡觉了？"

他在取笑我，埃蒂想……尽管这个念头一闪而过，但他知道那不是真的。而且，他也没有觉得不舒服。没有觉得关节发僵，尽管他一直盘着腿听罗兰跟他们说蕤和玻璃球的故事；他也不想去方便；也没有觉得饿。杰克还在啃那块仅有的煎饼；可能老百姓也是出于同样的原因攀登珠穆朗玛峰吧……因为那座山峰就在那里。那么他又为什么*一定要*饿或是困或是关节僵硬呢？火尚在燃烧，月亮还未下山。

他看着罗兰的眼睛，发现枪侠正在读他的心思。

"不，我还不想睡觉。你知道我不困。但是罗兰……你已经说了很长时间了。"他停下来，低头看看自己的手，然后又抬起头来，有点不自然地笑了，"我本来想说你已经说了好几天了。"

"但现在时间不同了。我告诉过你；现在你自己也看到了。最近，每个夜晚的长度都不一样。白天也如此……但在晚上，我们更注意时间的流逝，不是么？是的，我觉得是的。"

"是不是无阻隔界把时间拉长了？"既然提到了这点，现在埃蒂觉得声音清晰得可怕——就像金属或是世界上最大的蚊子在振动。

“也许会有点影响，但在我的世界，现在基本上都是这种情况。”

苏姗娜就好像是一个刚从沉梦中惊醒的女人。她看着埃蒂，那眼神既陌生又不耐烦。“让这个男人说话，埃蒂。”

“对，”杰克说，“让这个男人说话。”

奥伊仍然把嘴搁在杰克的脚踝上，附和着说：“话。话。”

“好吧，”埃蒂说，“我没意见。”

罗兰用眼睛扫视了他们一遍。“你们确定么？剩下来的就……”他好像说不下去了，埃蒂觉得罗兰心中满是恐惧。

“继续，”埃蒂平静地告诉他，“原原本本地把剩下的故事告诉我们吧。以前怎么样就是怎么样。”他四下看了看。堪萨斯，他们现在身处堪萨斯。某地，某时。虽然他从未见过眉脊泗和那些人——科蒂利亚、乔纳斯、布赖恩·胡奇、锡弥、快马佩蒂和库斯伯特·奥古德——但他现在对他们产生了某种似曾相识的感觉。罗兰失去的爱人苏珊也让他感觉很熟悉。因为当下，现实已经变得很脆弱——只要罗兰愿意，黑夜就会一直持续下去。埃蒂甚至怀疑罗兰是不是注意到了黑暗。其实他为什么要注意呢？埃蒂觉得，罗兰的心已经被漫漫长夜占据很久了……黎明的到来似乎还遥遥无期。

他伸出手去，摸了摸枪侠布满老茧的双手。他充满怜爱地轻轻摸了摸这双手。

“继续，罗兰。把你的故事说出来。把它讲完。”

“讲完，”苏姗娜有点恍惚地说着，“了结这个故事。”她的眼睛里闪烁着月光。

“讲完吧。”

“完。”奥伊小声说。

罗兰握住埃蒂的手，握了一会，然后松开了。他没有说话，只是望着微微跳动的火焰，埃蒂觉得他正在寻找通往过去的路径。一扇门一扇门地试，直到他发现一扇开着的门。他在门后看到的东西让他微笑了起来，然后他抬头看着埃蒂。

“真爱是无聊的。”他说。

“你说什么？”

“真爱是无聊的，”罗兰重复了一遍，“就和其他让人上瘾的强效毒品一样无聊。而且，像其他强效毒品一样……”

第三卷

来吧，收割

第一章

猎女月下

1

真爱，就像其他让人上瘾的强效毒品一样，是无聊的——最初的邂逅和最亲密的接触过后，接吻变得寡淡，爱抚变得乏味……当然，也有人例外。这些人是陶醉在亲吻之中的人，他们享受彼此的爱抚时，世界上所有的声音都变得更清晰，所有的颜色都变得更鲜艳。就像其他强效毒品一样，真正的初恋只有对深陷其中的人来说才是让人乐此不疲的事情。

而且，像其他强效毒品一样，真正的初恋是危险的。

2

有些人说猎女月是夏天最后一个月亮；也有人说它是秋天的第一个月亮。但不管怎么称呼，猎女月都显示了这个领地生活上的一些变化。西风渐起，风势愈烈，当风向改变时则更加寒冷，出海的人们在防水油布下面穿上了毛衣。在罕布雷北部的领地大果园里（约翰·克罗伊登、亨利·沃特纳、杰克·怀特和忧郁而富有的克拉尔·托林的小果园里也是如此），收获季节已经到了，成群结队的采摘者聚集在那里，随身携带着特制的采摘梯；后面跟着马车，车上装着空桶。格拉夫酿造屋的下风处——特别是在滨海区以北的领地酿造间的下风处——空气中充满了压榨果肉的甜味。离清海海边较远的地方，虽然猎女月逐渐消减，天气却仍然很暖和，天空也依旧澄澈，只是夏天的酷热已经随着商月一起消散了。人们已经开始收割最后一批牧草，一个礼拜的时间就完成了——最后一批牧草总是很少，农场主和地主们都会诅咒这稀少的牧草，一边还抓着自己的脑袋问自己何苦费这个劲儿……但他们当然是知道答案的，当多雨而邋遢的三月来临，马厩的干草阁和储草箱很快就会空掉。在这个领地的花园里——农场主的花园比较大，地主的花园比较小，还有城里普通老百姓家的小后院——男女老少都穿着旧衣旧靴，头戴宽边帽，为今年的小收成忙碌着。他们在脚踝处把裤子束得紧紧的，因为在猎女月主宰天空的那段时间里，会有大量的蛇和蝎子从沙漠里到东边来。等到魔月变胖的时候，旅者之家和街对面百货店的拴马桩就会挂起一排响尾蛇。当然，其他的店主也会挂上同样的拴马桩饰品，但当收割节上奖赏拿出最多蛇皮的人时，获奖者总是来自酒吧或商店。田间和花园里，女人们把篮子放在陇边，头发扎在头巾里，收割节符咒则藏在怀里。她们摘下最后一批番茄，最后几根黄瓜，最后几个玉米，最后的帕利和明戈①。那之后，等气温再低一些，深秋的风暴来临之时，笋瓜、南瓜、尖根和土豆之类的东西也成熟了。在眉脊泗，收割的季节已经到来了。在每个繁星密布的夜空，猎女月挂在东方的天空，照耀着这片中世界的人们不曾见过的奇妙土地。

3

那些被强效毒品控制的人们——海洛因、魔鬼草和真爱——往往发现自己正在隐秘和激情之间寻求微妙的平衡，就像走在人生的钢丝绳上一样。即使是在头脑最清醒的时候走钢丝也不是件容易的事；在眩晕状态下简直就是不可能了。从长期来看，完全不可能。

罗兰和苏珊正处于这种心思狂乱的状态，但至少他们知道自己的处境。而且，这也不是一个需要永远保守的秘密，最多保持到收割节集市日那天。如果大灵柩猎手按捺不住，事情甚至会结束得更早。罗兰认为，首先采取行动的人应该是对方。但不管是谁先采取行动，乔纳斯和他手下的人肯定会参与。他们与整件事密不可分。对这三个男孩来说，这可能才是最危险的。

罗兰和苏珊很小心——对于热恋中的人来说，已经算是最小心的了。他们从来不会连续在同一个地方见面，也不会连续两次在同一个时间见面，他们也不会偷偷摸摸走去幽会地。在罕布雷，骑马的人很常见，但偷偷摸摸走路的人却很可疑。苏珊从来没有求朋友替她的“骑马外出”打掩护（尽管她的朋友们可以帮忙）；俗话说，需要不在场证明的人往往就是有秘密的人。她能感觉到，姑妈对她的骑马外出越来越不安——尤其是在傍晚时分——

① 原文为 parey 和 mingo，为眉脊泗的农作物。

但目前，她还是能接受苏珊常常强调的理由：她需要独处的时间来好好考虑一下自己的承诺和责任。具有讽刺意味的是，这些建议最初是由库斯的女巫提出来的。

他们幽会的地点包括柳树林、海湾北拐角处的几个废弃的船屋、库斯山上某个荒废的牧羊人小屋、隐藏在恶草原某处的木板棚里。这些处所基本上都像瘾君子聚集吸毒的地方一样肮脏，但对于苏珊和罗兰来说，他们看不到小屋溃烂的墙体，也看不见屋顶的破洞，更闻不到湿漉漉的老船库角落里发霉的渔网的味道。他们像上瘾一样，深中爱情之毒，对他们来说，甚至世界上的每块疤痕都是美人痣。

在那令人心醉神迷的几个星期里，他们刚开始是利用亭子后墙上的红岩来安排见面，两次过后，罗兰脑子里响起了一个低沉的警告声，告诉他不能再这样下去了——这块岩石也许可以作为孩子们之间传递小秘密的工具，但他和苏珊并不是孩子；如果被发现了，放逐是他们能指望的最轻的惩罚了。红岩太显眼了，而把约会的时间地点写下来——甚至不签名和故意字迹模糊的留言——都异常危险。

让锡弥传信对两人来说都是比较安全的。锡弥无邪的微笑之下有一种让人难以置信的……谨慎。在想到这个词之前，罗兰煞费脑筋，不知怎么形容，而谨慎是个很恰当的词：一种比狡猾更高贵的保持沉默的能力。话说回来，狡猾超出了锡弥的能力，而且一直都会如此——如果一个人撒谎的时候连你的眼睛都不敢直视，那么这个人是永远不可能跟狡猾这个词扯上关系的。

过去的五周里，在极度想念对方的时候，他们让锡弥传过六次信——三次是为了安排会面，两次是为了更改会面地点，还有一次是为了取消幽会，当时苏珊看见从钢琴牧场有人骑马过来在恶草原的小屋附近搜寻走失的牲畜。

与之前的红岩不同，那个深沉的警告声从没有就用锡弥传信的危险性向罗兰提意见……但这次他的良心提出了抗议，当他上次跟苏珊说起这件事时(他俩身上裹着毛毯，赤裸身体依偎在一起)，他发现她的良心也在困扰着她。把这个男孩卷入他们可能会遇到的麻烦中是不公平的。得出这个结论之后，罗兰和苏珊商定好两人之间的约会暗号。苏珊说，如果她不能赴约，就在窗台上挂一件红衬衫，装成晾衣服的样子。而如果罗兰不能赴约，他就在院子的东北角留一块白石头，与街对面的胡奇马匹租用店呈对角线，就在城里水泵的所在地。实在没有办法，还可以用亭子后面的红岩，不管冒什么样的风险，也不能再把锡弥卷入他们的私事——或者说他们的韵事。

库斯伯特和阿兰——眼睁睁地看着罗兰成了爱情的俘虏，刚开始还不太敢相信，同时又有些嫉妒，有些高兴，但现在，他们满心恐惧。他们被送到这个本该很安全的地方，结果却发现这里充满阴谋；他们被派到这里做清点工作，却发现这个领地的大多数贵族都已经倒戈效忠联盟最大的敌人；他们和三个冷血杀手结下私仇，而很可能这三个人杀过的人都可以填满一个大坟场了。但他们觉得这种境况尚能驾驭，因为罗兰在领导他们。自从这个朋友打败柯特之后，他在他们心中近乎传奇——竟然能想到把鹰作为武器！——而且在十四岁就成了枪侠，这么小的年龄还从无先例。从蓟犁出发时，他们因为此次任务得到了自己的枪，这一点在当时对他们意义重大，但当他们意识到罕布雷市和这个领地的问题有多么严重之后，几支枪变得没有任何意义。意识到这一切之后，罗兰是他们可以依赖的武器。而现在——

"他就像一把被扔到水里的手枪！"一天晚上，库斯伯特下了这样的结论，就在罗兰骑马赶去会苏珊之后没多久。雇工房门廊的上方，处在新月状态的猎女月升上了天空。"就算有人把枪捞起来晾干，天知道它还能不能再开火。"

"嘘，等等。"阿兰说，然后看着走廊的栏杆。为了逗坏脾气的库斯伯特开心（这个任务在通常情况下很简单），他说："哨兵在哪儿呢？是不是难得早早跑到床上睡觉了？"

但这却让库斯伯特更恼火。他已经好几天没有看见鸟头了——他也说不清具体有多少天——他觉得这是不祥之兆。"跑倒是跑了，但没去睡觉，"他回答，然后气急败坏地看着西方，罗兰骑着那匹大笨马就是往那个方向去的，"我想可能是走失了。就像是某人的心灵或理智一样。"

"他不会有事的，"阿兰有点尴尬地说，"你和我一样了解他，库斯伯特——我们从小一起长大。他没事。"

库斯伯特的回答没有任何幽默感，只是轻轻说了一句："现在，我并不觉得自己了解他。"

他们都已经尝试过用各自的方法来和罗兰谈话；两人都得到了相同的回应，其实那根本算不上是什么回应。在单方滔滔不绝的对话中，罗兰迷离的眼神（也可能还稍微有些忧虑）对任何一个尝试过和瘾君子谈话的人来说都是很熟悉的。那种表情表明罗兰的思绪完全被苏珊的面庞、苏珊皮肤的味道和苏珊身体的线条所占据了。不，用占据来形容他的情况太愚蠢了，这个单词程度太轻了。这不是占据，而是迷醉。

"她做的事让我有点恨她，"库斯伯特说，他的声音中有一种阿兰从未听过的情绪——嫉妒、沮丧和恐惧的混合，"也许不仅仅是一点点。"

"你不该这样！"阿兰并不想让自己听上去很震惊，但没做到，"她对此并无责任——"

"真的吗？她和他一起去了西特果。他看见的东西她也都看见了。天知道他俩亲热之后她还对他说了什么。而她绝对不是个糊涂蠢笨的女孩。只要看看她如何处理事情就知道了。"阿兰猜想库斯伯特是想到了那个科尔维特小钱包。"她肯定知道自己已经成为问题的一部分了。她肯定知道！"

库斯伯特话语中的怨恨太明显了，明显得让人有点害怕。阿兰想，他是嫉妒了，嫉妒她偷走了自己最好的朋友，但还不止这样。他也嫉妒自己最好的朋友，因为他赢得了他们此生见过的最美丽的女孩子的芳心。

阿兰靠过身去，抓住库斯伯特的肩膀。库斯伯特不再忧郁地看着大门，他扭头看着自己的朋友，不禁被阿兰脸上严肃的表情吓了一跳。"这就是卡。"阿兰说。

库斯伯特几乎冷笑出声。"如果每次有人把偷盗、淫欲或是别的什么愚蠢行为怪罪于卡的时候我都能吃顿热饭——"

阿兰的手用上了劲儿，直到足以使人疼痛。库斯伯特本可以挣脱，但他没有。他盯着阿兰。那个爱开玩笑的库斯伯特消失了，至少在此时是消失了。"我们俩根本不能去怪罪什么，"阿兰说，"难道你不明白么？如果是卡的力量带走了他们，我们不需要再指责了。我们不能指责谁。我们必须超越这一点。我们需要他。我们也可能需要她。"

库斯伯特看着阿兰的眼睛，似乎看了很久。阿兰看出库斯伯特内心的愤怒和判断力正在较劲儿。最终(也许只是暂时)判断力占了上风。

"好吧，好吧。这就是卡，是每个人的替罪羊。毕竟那就是构成伟大的未知世界的主要成分，难道不是么？因此我们就没必要为自己的愚蠢行为而自责？阿兰，放开我，你要把我的肩膀拧断了。"

阿兰松开手，坐回到椅子上，松了一口气："真希望我们现在能知道如何处理鲛坡的问题。如果我们不尽快开始清点——"

"我倒是有个主意，"库斯伯特说，"并不会很费事。我确定罗兰可以帮得上忙……只要我们俩有谁能暂时把他的注意力吸引到这个问题上。”

然后，他们坐在那里，看着院子，一言不发。在雇工房里，鸽子——这也是近日来罗兰和库斯伯特之间另一个争论的主题——咕咕地叫了起来。阿兰为自己卷了一根烟。卷得很慢，卷完之后的成品看上去也很古怪，但好歹点烟的时候它并没有散开。

“你父亲要是看到你抽烟非扒了你的皮不可。”库斯伯特说。但他的口气中还带着些佩服。而到了明年吻月升起的时候，他们都已经变成了真正的烟客，在这三个皮肤晒得黝黑的年轻人的眼中，再也找不到童年的痕迹。

阿兰点点头。味道呛人的外新月烟草让他的脑子有些晕晕乎乎，喉咙也觉得有点疼。可香烟就是能够让他的神经平静下来，而现在他的神经需要镇静。他不知道库斯伯特是否也有同感，但这些天来，他总在风中闻到血腥味。也许其中一部分血是他们自己的。他并没有被吓倒——至少现在还没有——但他心里非常、非常担忧。

4

尽管他们从很小的时候就开始接受成为枪侠的训练，库斯伯特和阿兰仍像许多同龄男孩一样抱有一种错误的想法：年长者也是强者，至少在策略或智慧方面如此；他们甚至相信成年人总是知道孩子们在做什么。尽管罗兰正处于热恋中，可在这个问题上，他仍然比他们俩明白，在城堡游戏中，两方都是蒙在鼓里的，而阿兰和库斯伯特已经忘记了这一点。如果告诉他们，大灵柩猎手中至少有两个人对那三个来自内世界的年轻人抱有忌惮之心，而且对这种不明朗的状态感到极度厌烦，他们肯定会很吃惊的。

猎女月已近半圆。一天凌晨，雷诺兹和德佩普一起从旅者之家的二楼走下来。除了一些鼾声和艰难的呼吸声之外，厅里很安静。在罕布雷最热闹的酒吧里，头一天的派对已经结束，人们正在等着下个派对的到来。

乔纳斯坐在蝙蝠门左边专属克拉尔的桌子边上，正在玩大臣的耐心这个游戏，一个安静的客人坐在他身边。今晚，他穿了一件宽松便衣，他低头看牌时，呼出的气隐约可见。天气还没有冷到结霜的程度——还不到时候——但很快就会到了。空气中的寒意预示了这一点。

他的同伴也呼出微弱的白气。津巴·莱默瘦削的身形包裹在一件灰色的瑟拉佩长披肩里，披肩上有很浅的橘色条纹。当罗伊和克莱（莱默认为把他们叫做莽撞鬼和蠢蛋可能更贴切些）出现的时候，他俩正差不多要进入正题。看来那两个家伙在二楼和小情人的厮混已经告一段落了。

“艾尔德雷德，”雷诺兹说，“莱默先生。”

莱默点点头，略带厌烦地从雷诺兹看到德佩普。“祝天长夜爽，先生们。”当然了，世界已经转换了，他想。让这么两个笨蛋担此重任就足够说明这一点了。乔纳斯还稍稍强一点。

“我们可以跟你说一句话么，艾尔德雷德？”克莱·雷诺兹问，“我们一直在商量，罗伊和我——”

“真不明智。”乔纳斯用有点颤抖的声音说。莱默觉得，如果自己死的时候发现死神就是这个嗓音，他也一点都不吃惊。“商量会引起思考，而思考对你们这样的年轻人来说是危险的。就好像把你们的鼻子凑到子弹头跟前一样。”

德佩普发出一阵驴子般的笑声，好像还不明白自己这个玩笑是在拿他开涮一样。

“乔纳斯，听好了。”雷诺兹开口了，但他接着没把握地看了看莱默。

“你可以在莱默先生面前说，”乔纳斯说，随手新摆出一列牌，“不管怎么说，他是我们的大老板。所以我玩大臣的耐心这个游戏以示敬意。”

雷诺兹看上去有点吃惊。“我还以为……就是说，我还以为市长托林是……”

“哈特·托林根本不想知道我们和‘好人’法僧交易的任何细节，”莱默说，“雷诺兹先生，他要求的无非是他应得的那份好处罢了。现在市长最关心的就是收割节能顺利地进行，还有，他和姑娘之间的事……可以顺利完成。”

“您这样说可真高明，”乔纳斯说话时带上了很浓重的眉脊泗口音，“但既然罗伊看上去还是不太明白，就让我再解释一下吧。托林市长大多数的时间都泡在酒杯里，他满心想的无非是和苏珊·德尔伽朵上床。我敢保证，真的到了那时候，他肯定就不行了——他会兴奋得心脏爆裂，然后在她身上死翘翘。不信走着瞧！”

德佩普又发出一阵阵驴子般的笑声。还用肘戳了戳雷诺兹。“他已经得手了，不是么，克莱？听上去是这样！”

雷诺兹咧嘴笑了笑，但他的眼睛还是流露出担心。莱默的笑容像十一月的雪片一样薄，然后指着刚从牌堆里冒出来的7说，“把红的放在黑的上面，我亲爱的乔纳斯。”

“我不是你什么亲爱的，”乔纳斯说着，把方块7放到了黑桃8上，“你要记清楚这点。”然后，他对雷诺兹和德佩普说，“你们想说什么？莱默和我还有事要谈呢。”

“也许我们可以集思广益，”雷诺兹说着把手搭在椅子的靠背上，“看看我们的思想能不能统一。”

“我觉得不会。”乔纳斯说着，把所有的牌扫到一起。他看上有些生气，克莱·雷诺兹赶紧把手从椅背上拿下来。“要说什么快说。已经不早了。”

“我们在想现在是时候去老K酒吧了，”德佩普说，“四处搜一下。看看有没有什么东西能证明利茨的老家伙说的是真的。”

“还要看看他们在那里还藏了什么东西，”雷诺兹插了一句，“艾尔德雷德，时间不多了。我们不能冒险。说不定他们——”

“藏了什么？枪？电灯？瓶子里的仙女？谁知道呢？克莱，我会考虑的。”

“可是——”

“我说过我会考虑的。现在你们俩都上楼去，去找你们的小仙女。”

雷诺兹和德佩普看着他，又彼此瞅了一眼，然后就离开了桌边。莱默似笑非笑地看着他们。

到了楼梯脚，雷诺兹又转身回来了。正在洗牌的乔纳斯停下手，扬着眉毛看着他。

“上次我们低估了他们，然后被他们耍了。我不希望这个再次发生。就这样。”

“你对那件事还耿耿于怀，对不对？我也是。我跟你再说一遍，他们会为自己的所作所为付出代价。账单已经开好，等时间一到，我会把账单交给他们，连本带利一起算。但在那之前，他们没法逼我先行动。时间对我们有利，而不是他们。你明白了吗？”

“是，明白了。”

“那你能不能记住呢？”

“是。”雷诺兹重复了一遍。看来他对这个答案很满意。

“罗伊？你相信我么？”

“相信，艾尔德雷德。我永远都相信你。”乔纳斯表扬了他在利茨的表现，德佩普高兴得就像是嗅到母狗气味的公狗一样。

“那你们就上楼吧，让我和老板说会话。我这把年纪可吃不消一直熬夜。”

他们离开后，乔纳斯又摆出一列新的牌，然后朝房间四下看了看。房间里大概有十几个人正在呼呼大睡，包括钢琴师席伯和打手巴奇。别人都离得较远，没有人能听得见门边两个人的谈话内容，即使有个把醉汉没睡着，照样听不见。乔纳斯把一张红色的Q放在一张黑色J上面，然后抬头看着莱默。“有什么话就直说吧。”

“其实那两个人已经替我说过了。德佩普先生是个没什么脑子的人，所以从来不烦心，但雷诺兹作为枪手来说倒是蛮聪明的，不是么？”

“当他心情不错，而且不发什么神经的时候，克莱还算机灵，”乔纳斯说，“难道你大老远从滨海区赶来就是为了告诉我需要调查这三个孩子么？”

莱默耸耸肩。

“也许确实需要这样做，如果这样的话，我就是要去做这件事的人——明白了。但在那里又能发现什么呢？”

“要看了才知道，”莱默说完拍了拍乔纳斯的一张牌，“出现一个大臣了。”

“是啊。差不多和我身边的那位一样丑。”乔纳斯把那张大臣——这是保罗——放在他抽出的牌上。下张抽出的牌是路加，他把路加放到保罗边上。这样，就只有彼得和马太还没现身了。乔纳斯犀利地看着莱默。“你比我的同伴们更会隐藏，可在内心深处你和他们同样紧张。你想知道在雇工房里有什么。我来告诉你：多余的靴子，母亲的画像，奇臭无比的袜子，平整的床单，那些孩子从小被教导靠数羊来治失眠是下等人才做的事……还有藏在某处的枪。极有可能就在地板下面。”

“你真的认为他们有枪？”

“对，罗伊已经调查得很清楚了。他们从蓟犁来，可能是艾尔德的后裔或是自认为是艾尔德后裔的那些人的儿子，而且他们可能是这一行里的学徒，身上带着自己尚未赢得的枪来到这里。我觉得那个眼神孤傲的高个子男孩与其他两个不同——我认为他可能已经是个枪侠了——但有这个可能么？我觉得没有。就算他是，我也可以摆平他。我知道，他也知道。”

“那他们为什么被派到这里来呢？”

“莱默先生，那并不是因为内领地的人已经对你的背叛起了疑心——不用紧张。”

莱默直起身子，从瑟拉佩长披肩里探出头来，板起了脸。“你敢叫我叛徒？你竟敢这样说我？”

艾尔德雷德·乔纳斯朝罕布雷的自然资源部长笑了笑，但眼睛毫无笑意。这表情使白发人看上去像一只狼獾。“我这辈子都是直来直去，是什么就是什么，我今后还会这样。你要记住的就是我从没有欺骗过任何一个雇主。”

“如果我不相信——”

“让你的什么信仰都见鬼去吧！现在太晚了，我想睡觉了。新伽兰和蓟犁的人对新月地带发生或没有发生的事情一点概念都没有，而且他们绝大多数人都没有来过这里，这一点我很确定。他们为了防止周围的一切分崩离析早就忙得团团转了，根本没有时间旅行。不，他们所知道的一切都是从小时候看的图画书中得来的：快乐的牛仔骑马放牧，快乐的渔民把钓到的大鱼拖到船里，老百姓们在新落成的谷仓前跳舞，或是在翡翠之心的亭子里大灌格拉夫。看在耶稣的分上，莱默，别跟我啰嗦——我整天都在留心他们。”

“他们认为眉脊泗是个宁静安全的地方。”

“嗯，世外桃源，毫无疑问他们是这样想的。他们知道他们自己的生活——贵族血统、骑士精神和对祖先的崇拜——都已经岌岌可危。最后的决战很可能正在西北方二百轮远的地方进行，可一旦法僧动用能开火的战车和机器人消灭了那边的军队，战火就会飞快向南蔓延。二十年前，内领地的人就预料到会有这么一天了。他们送这些孩子过来，不是为了发现你的秘密；那些人是不会特意把自己的孩子往危险的地方送的。他们把孩子送来只是为了让他们避开危险，就是这么一回事。虽然那并不意味着他们就是瞎子和笨蛋，但看在诸神分上，让我们理智些吧。他们只是小孩子。”

“你还能发现什么，如果你到那里去的话？”

“也许还有某种传送信息的办法。最有可能的就是日光信号仪。而过了爱波特大峡谷，说不定会有一个被收买了的牧羊人或是地主——他们教他如何截获信息，接下来要么是继续用日光反射，要么亲自送信。但过不了多久，信息就没有任何价值了，不是么？”

“也许吧，但现在还没到那个时候。你说得没错。不管他们是不是小孩，他们都让我担心。”

“我告诉你，没什么可担心的。我很快就会有钱，你则会变得十分富有。

要是你愿意的话，还可以当市长。有谁会站出来阻止你啊？托林？他简直是大家的笑料。克拉尔？我敢说她会帮你拉他下马的。或者你希望成为男爵，如果这些爵位又被恢复了的话？”他看见莱默的眼里闪过一道光，就笑了。马太也出现了，乔纳斯把那张牌和别的大臣放在一起。“对啊，我知道你想要什么。珠宝诚可贵，黄金价更高。但没有什么能比得上人们向你俯首称臣，挖空心思讨好你来得痛快，对不对？”

莱默说：“也许他们已经开始向牛仔们调查牲畜的事了。”

乔纳斯的手在摊开的牌上停住了。这个想法不止一次出现在他的脑海里，尤其是在最近的两个星期左右的时间里。

“你认为清点我们的网和船以及算出捕鱼量需要花多少时间呢？”莱默问道，“他们应该已经到鲛坡去过了，清点了牛马，还检查了牲口圈和小马的生产情况。除非他们已经知道会发现什么东西。”

乔纳斯明白莱默指的是什么，但他无法相信。也不会去相信。那些毛头小子不会有这么深的城府。

“不，”他说，“你心虚，所以才疑神疑鬼。他们太想把事情做好，反而束手束脚，慢吞吞的就像眼神不好的老头子。他们很快就会到鲛坡去，送掉小命的。”

“如果没有呢？”

问得好。那就除掉他们，乔纳斯想。比如来个埋伏。从隐蔽处射出三发子弹，那几个小子就上西天了。那之后城里肯定会沸沸扬扬——这些孩子在城里还是很受欢迎的——但在收割节之前，莱默肯定能控制局面，而在收割日之后，就不用管人们怎么想了。但是——

“我会去老K酒吧看看的，”乔纳斯最后说，“我自己去——我可不想克莱和罗伊在旁边碍手碍脚。”

“听上去不错。”

“也许你想来帮个忙？”

津巴·莱默脸上又露出了像冰一样的浅笑：“我不这么认为。”

乔纳斯点点头，再次开始发牌。到老K酒吧去可能会有点冒险，但是他觉得不会有什么大麻烦——尤其是他一个人单独前往。不管怎么说，他们毕竟只是孩子，而且一天中大多数时间都在外面。

“乔纳斯先生，我什么时候能听到汇报呢？”

“当我准备好汇报的时候。别催我。”

莱默抬起瘦削的双手,手心朝上在乔纳斯面前摊开。“请原谅,先生。”他说。

乔纳斯点点头,情绪稍稍好了一点。他又拿起一张牌。这是彼得,掌管钥匙的大臣。他把这张牌放在最上面的一排,定定地看着它,一边用手梳着那头长长的白发。然后他抬起头看着莱默,后者也看着他,扬起了眉毛。

“你笑了。”莱默说。

“是啊!”乔纳斯说着又开始发牌,“我很高兴!所有的大臣都出来了。看来这副牌我要赢了。”

5

对蕤来说,猎女月的这段时间充满了沮丧和挫折。她的计划落了空,而且由于那只死猫不合时宜的一跳,她连为什么会落空都不知道。很可能正是那个让苏珊·德尔伽朵破了身的年轻人阻止了她把头发割掉……但他是如何做到的呢?他究竟是谁呢?她越想越不对劲,但是她的好奇心还没有她的愤怒强烈。库斯的蕤可不习惯失败。

房间的另一头,姆斯提蹲在那边,小心翼翼地看着她。通常情况下,它总窝在火炉边上放松自己(它似乎喜欢从烟囱里倒灌下来的飕飕凉风),可自从毛被烧过之后,姆斯提宁愿选择柴堆。考虑到蕤的情绪,这个选择也许很明智。“让你活下去就不错了,你这个混蛋。”老女人嘟囔着。

她转身回到球边上,手来回地在上面抚摸着,可球只是发出明亮的粉色光芒——里面没有显现任何影像。蕤终于站起身来,走到门口,一把把门推开,外面,明晃晃的猎女月挂在天上,周围没有一丝云彩。蕤对着月亮上的女人倾倒了一大堆她想对玻璃球说但又不敢说的脏话(天知道球里面藏了什么东西,激怒了它就麻烦了)。她一边骂,一边用骨瘦如柴的手拍打着门楣,口里的脏话也是无所不用其极,就连广场上小孩子之间的骂人话也用上了。她从来没有这么生气过。她给女孩下达了一个命令,但不知为什么,那女孩竟然拒绝服从。她将为和库斯的蕤唱反调而付出生命的代价。

“但不是马上,”老女人小声说,“首先她应该被扔到泥里,人们对着她撒尿,直到泥地变成泥浆,她那头金发沾满小便。被侮辱……被伤害……被唾弃……”

她再次举拳打门，这次，血从关节流了下来。并不仅仅是女孩没有遵守催眠命令那么简单。其实另有隐情，和这个有点关系，却更加严重：蕤自己现在心烦意乱，根本无法使用玻璃球，玻璃球现在只是偶尔神奇般地显现图像，但总是稍纵即逝。她也明白，手在球上来回移动和她的咒语根本是没有用处的；说话和做手势只是帮助她集中意念。这才是让玻璃球起反应的力量——意念和高度集中的注意力。但现在，由于生那小荡妇和她的小情人的气，蕤根本无法集中注意力使球里面缭绕的粉色烟雾消散。事实上，她已经气得没办法再多看玻璃球一眼了。

“我怎么才能做到像以前那样呢？”蕤问月亮上半眯缝着眼睛的女子，“告诉我！告诉我！”但女猎手什么也没说。最后，蕤回到屋里，用嘴吮着还在流血的关节。

姆斯提一见她回来，就蜷缩到柴堆和烟囱之间蛛网密布的角落去了。

第二章

窗边的女孩

1

按照老年人的说法，这时的女猎手已经“填饱了肚子”——即使是在中午，人们也能在天上瞥见她的身姿，明媚的秋阳照耀下的如吸血鬼般苍白的女子。在旅者之家之类的店家前面，或是在类似伦吉尔的罗金B和伦弗鲁的懒苏珊这样的大农场的门廊上，都摆出了穿着旧罩衫的稻草人。每一个都戴着宽边帽，腋下夹着篮子，里面放满了农产品；它们白线缝的眼睛看着这个正变得空虚的世界。

装载着笋瓜的大车阻塞了道路；明亮的橙色南瓜和洋红色尖根堆在谷仓里。地头田间，装运马铃薯的车子隆隆向前，采摘者在后面跟着。在罕布雷百货店前，收割节符咒奇迹般地出现了，像风铃一样挂在石雕光束守护者前面。

在整个眉脊泗，女孩子们都在缝制着收割节之夜要穿的衣服（有时候缝得不顺利就会急得掉几滴眼泪），一边想象着到时在翡翠之心亭子里和她们跳舞的男孩子。而她们的小兄弟只要一想到能在嘉年华上骑马、游戏，并且还有可能赢得奖品，就兴奋得睡不着觉。就连大男孩们有时也会因为想到收割节的欢乐场景而失眠，尽管已经被农活累得腰酸背痛。

夏天已带着最后一抹绿色离去；收获季节终于到来。

2

蕤根本不在乎收割节的舞蹈或是嘉年华的游戏，可她却和那些盼望热闹的人们一样辗转反侧。大多数日子里，她满腹怒气地在自己发臭的床上难以成眠，直到天明。在乔纳斯和大臣莱默谈话后不久的一个晚上，她决定要喝个一醉方休，但愿酒能浇愁。但后来她发现格拉夫桶都快空了，而心情却没有丝毫好转；于是她又开始肆无忌惮地说着诅咒的话。

在停下来喘口气准备接着骂的间歇，她突然有了一个好主意。一个绝妙的主意。她曾想让苏珊·德尔伽朵把头发剪了。但没成功，她也不知道为什么……可是她对这个女孩还是知道点什么的，不是么？一些有趣的事，是啊，非常有趣的事。

蕤压根不想就她所知道的情况跑到托林那里去告状；她满心希望（当然，这也是愚蠢的希望）托林能忘了他神奇的玻璃球。但女孩的姑妈呢……假如科蒂利亚·德尔伽朵发现她的侄女不仅仅失去了贞操，而且慢慢变得深谙男女之事，她会作何反应？蕤认为科蒂利亚也不会告诉市长——这个女人是个假正经，但不是傻瓜——不过这也跟把猫放到鸽子堆里差不多，不是么？

"喵呜！"

说到猫，蕤想起了姆斯提，那只猫正站在月光照耀下的门廊上，既期待又怀疑地看着她。蕤狰狞地笑着，张开双臂。"亲爱的，到我这里来吧！来吧，小乖乖！"

姆斯提明白主人已经原谅了自己，便跳进主人的怀抱，咕噜咕噜地撒着娇，蕤伸出泛黄的舌头舔着它身体两侧的毛。当晚，库斯的蕤一周来第一次睡得很沉。第二天早上，当她抱起玻璃球时，里面的粉色雾气马上消失了。她一整天都盯着那个球，偷窥那些她厌恶的人，什么也没吃，只稍微喝了一点水。接近日落时分，她终于回过神来，意识到自己还没对那个小荡妇采取任何行动呢。不过没关系；她知道该怎么办……而且她还能通过玻璃球看到所有的后果！所有的反对，所有的叫喊和辱骂！她可以看见苏珊的眼泪。能看见她流泪，那是最好不过的事情了。

"我的收获季节也来了。"她对爱莫特说，蛇爬上她的腿，到了她最喜欢它停留的位置。没有一个男人能像爱莫特那样给她愉悦。蕤坐在那里，蛇盘在腿上，她不禁笑了起来。

3

"别忘了你的承诺，"拉什尔的马蹄声传来时，阿兰紧张地说，"控制一下你的脾气。"

"我会的。"库斯伯特说，但他对此并无把握。当罗兰骑马兜过雇工房来到院子里时，他的影子被落日的余晖拖得长长的，看到他，库斯伯特紧张地攥紧了拳头。他强迫它们松开。然后，他看着罗兰下马，拳头不由自主地又攥到一起，攥得那么紧，手指甲都要嵌到肉里去了。

又要来一场争吵，库斯伯特想。天啊，我已经烦透这些了。真是烦死了。

昨晚的争吵又是和鸽子有关。库斯伯特想让一只鸽子把关于油罐车的消息送回西边；但罗兰仍然反对。于是他们争执起来。但准确地说（这是另一件让他恼火的事，罗兰的沉默折磨着他的神经，就像是无阻隔界的声音一样），罗兰没有参与争执。这些天，罗兰根本不屈尊和他们争执。他的眼神总是很迷离，仿佛只有身体在这里。其余的——心思、灵魂、精神和卡——都和苏珊·德尔伽朵在一起。

“不，”他只是简单说了一句，“现在已经太迟了。”

“你怎么知道，”库斯伯特申辩着，“即便现在要指望来自蓟犁的*帮助*有点晚，但来自蓟犁的建议是不会晚的。你连这点都不明白吗？”

“他们能给我们什么建议？”看上去罗兰并没有听出库斯伯特语气里的生硬。他自己的声音很平静，很理性。库斯伯特觉得这声音与眼前的紧急情况完全不相配。

“要是知道的话，”他回答说，“罗兰，我们就不用问了，不是么？”

“我们只能等着在他们开始行动时阻止他们。库斯伯特，你寻求的是安心，不是建议。”

你是说我们傻等在这里，与此同时你就可以在任何一个能想到的地方以任何一种你能想到的方式和她做爱，库斯伯特想。身体里里外外，上上下下。

“你没有考虑清楚。”库斯伯特冷冷地说。此时他听到阿兰倒吸了一口冷气。他俩这辈子都没有对罗兰说过这些话，现在话已出口，他不安地等待之后的爆发。

没有爆发，一切平静。“不，”罗兰回答说，“我想清楚了。”他没有再多说一句就走进雇工房里了。

现在，库斯伯特看着罗兰解开拉什尔的肚带，卸下马鞍，他想：*你没有考虑清楚，而且你也知道。但你最好仔细考虑一下。天哪，你最好这么做。*

“嗨，”他说，此时罗兰正把马鞍拿到门廊，放在台阶上，“下午*很忙*吧？”他感到阿兰踢了他的脚踝一下，但他没有理睬。

“我一直和苏珊在一起。”罗兰说。没有辩解、没有迟疑，没有借口。一瞬间，库斯伯特眼前出现了一个画面，惊人地清晰：他看见他们两人在某处的一间小屋里，日落前的阳光透过屋顶的洞照了进来，在他们的身体上映照出点点斑驳。她在上面。库斯伯特看见她的膝盖顶在破旧的木地板上，修长的大腿用着力。他看见她晒得黝黑的手臂和白皙的肚皮。他看见她在罗兰身上前后晃动，而罗兰的手握住她的乳房。他还看见太阳照在她的头发上，使那头金发看上去像一张密集的网。

为什么你总是第一个？他心里对着罗兰喊。为什么第一个总是你？罗兰，你这个该死的家伙！真可恶！

“我们今天一直在码头，”库斯伯特尽量让声音带上平常的轻松，“清点靴子和捕鱼工具，还有他们称为蛤蜊捞的东西。我们度过了愉快的一天，对不对，阿兰？”

“你们是不是需要我帮忙？”罗兰问。他回到拉什尔身边，取下了马鞍垫。“你是不是因为这个才生气呢？”

“要是我听起来有点生气的话，那是因为大多数渔民都在背后笑话我们。因为我们老是到码头去，反复清点那点东西。罗兰，他们觉得我们是傻瓜。”

罗兰点点头：“那样更好。”

“也许吧，”阿兰安静地说，“但莱默不认为我们是傻瓜——只要看看我们经过时他看我们的样子就明白了。乔纳斯也不这样认为。要是他们不觉得我们是傻瓜，罗兰，那他们是怎么想我们的呢？”

罗兰站在第二级台阶上，马鞍垫挂在手臂上，似乎已经把它给忘了。起码这一次，他们似乎成功地吸引了他的注意力，库斯伯特想。荣耀永存、奇迹永生。

“他们认为，我们是因为已经知道了鲛坡上有什么才有意躲避的，”罗兰说，“即使他们现在不这么想，也很快就会这么想了。”

“库斯伯特有了个主意。”

罗兰本来又要开始神游别处，但听到这句话，他温和地看着库斯伯特，颇感兴趣。爱开玩笑的库斯伯特。学徒库斯伯特，根本不是靠自己的力量赢得那把他带到东方外新月地带的枪。处子库斯伯特，永远都排第二位。*天哪，我不想恨他。我不想，但是现在看来，不恨他是那么的难。*

“明天，我们两个应该去拜访治安官艾弗里了，”库斯伯特说，“礼节性地拜访。我们三个已经树立了彬彬有礼、说不定还有点傻的年轻人形象，不是么？”

“没有傻到底，犯了一次错。”罗兰笑着说。

“到时候，我们就说罕布雷靠海一边的清点工作已经完成，我们希望在农场和牧场那边也能做得一丝不苟。但我们当然不想给别人添麻烦或是碍别人的事。现在毕竟是一年中最忙的时候——无论对于牧场主还是农场主来说都是如此——甚至我们这种城里来的傻瓜也是知道这一点的。所以我们要给亲爱的治安官一张清单——”

罗兰的眼睛亮了起来。他把垫子甩到门廊外，一把抓住库斯伯特的肩膀，用力地拥抱了他。库斯伯特闻到罗兰衣领周围散发出丁香的气味，心里涌出一种疯狂而又强烈的冲动，他想要掐住罗兰的脖子，掐得他喘不过气来。但他只是轻轻在他背上拍了拍。

罗兰松开库斯伯特，灿烂地笑了起来。“一张清单，上面列出我们即将造访的牧场，”他说，“是啊！有了这个事先的警告，他们就可以把那些不想让我们见到的牲畜提前运到下一站，或是最后一站去。马具、食物和辎重都可以这么处理……库斯伯特，这真是太棒了！你真是个天才！”

“我离天才还差得远呢，”库斯伯特说，“我只是花了点时间好好想了这个与我们大家息息相关的问题而已。也许这个问题还关乎整个联盟的安危。我们需要好好思考。难道不是么？”

阿兰的脸抽动了一下，但罗兰似乎没注意库斯伯特的口气。他还站在那里兀自咧嘴笑着。即使在十四岁时，罗兰咧嘴笑的表情就已经让人不安了。事实上，当罗兰咧嘴笑的时候，他看上去有点疯疯癫癫的。“你知道么，他们甚至会弄一些变异的马来给我们看，好让我们相信那些关于非纯种牲畜的谎言。”他停顿了一下，若有所思，然后接着说，“你和阿兰去拜访治安官吧，库斯伯特。我觉得这个主意很好。”

听到这儿，库斯伯特差点朝罗兰扑过去，他想尖叫，*是啊，为什么不呢？这样你明天早上和下午都可以去找她了！你这个笨蛋！你这个没心没肺的情种！*

是阿兰救了他——也许是救了所有人。

“别傻了。”他严厉地说，罗兰朝他转过身去，一脸惊讶。他从没想到阿兰会那么严厉地对他说话。“你是我们的领导，罗兰——托林、艾弗里和城里的人们也是那么看的，和我们的看法一样。”

“可并没有人推举我——”

“因为没这个必要!”库斯伯特喊道,“你赢得了自己的枪！这里没有人会相信——我自己也几乎不敢相信——但你是个枪侠！你必须去！这像你脸上长着鼻子一样显而易见！我们谁跟你去都没有关系,但你必须去!”其实他还有很多话想说,可一旦开口,会有什么后果呢？也许他们之间的友谊会破裂,再也无法修复。所以他紧紧地闭上了嘴——这次不需要阿兰踢他了——然后再次等着罗兰爆发。但罗兰仍旧很平静。

“好吧,”罗兰说话的方式又与往常不同——那种万事无所谓的态度让库斯伯特忍不住想要狠狠咬他一口让他清醒过来,“明早。你和我,库斯伯特。八点钟可以么?”

“就这么定了。”库斯伯特说。现在讨论结束了,决定已经做出,库斯伯特的心怦怦地乱跳,大腿上部的肌肉都麻木了。那次和大灵柩猎手发生冲突后也是这种感觉。

“我们要穿最好的衣服去,”罗兰说,“我们就是来自内领地的男孩,礼数周全,但没什么脑子。好,就这样。”他走进去,不再咧着嘴笑(谢天谢地),只是微微地笑着。

库斯伯特和阿兰看着对方,同时呼出了一口气。库斯伯特朝庭院扭过头去,然后走下台阶。阿兰跟在后面,两个男孩子站在脏兮兮的长方形院子中央,背朝雇工房。东边,正在升起的满月被薄纱般的云层遮住了。

“她把他迷住了,”库斯伯特说,“不管她是不是故意的,她最终会把我们都害死。等着瞧吧,迟早会这样。”

“你不应该这样说,即使是开玩笑也不该说。”

“那好吧,我说她会给我们戴上艾尔德皇冠,我们会得到永生。”

“你不要再生他的气了,库斯伯特。你必须停止。”

库斯伯特神色黯然地看了他一眼。“我做不到。”

4

离秋天的大风暴还有一个多月的时间,可第二天早晨天就阴沉沉的了,还下着毛毛雨。罗兰和库斯伯特身裹瑟拉佩,前往城里,留阿兰一个人处理为数不多的家务活。罗兰把农牧场清点计划插在腰间——先从领地直属的三个小牧场开始——这个清单是三人在头天晚上商议出来的。这份计划书中的清点速度几乎是慢得有点不可思议——按计划，他们会在鲛坡和果园里一直待到年终集市日那天——不过这样的速度与他们在码头上的活动速度是一致的。

两个人骑着马一言不发地往城里赶去，两个人都各怀心事。走着走着，他们路过了德尔伽朵家的房子。罗兰抬头一看，只见苏珊正坐在窗边，秋日早晨灰暗的光线映衬出一个明亮的轮廓。他的心几乎要跳了出来。尽管他当时不知道，在此后的岁月中，每当他想起她，那幅画面总会清晰地呈现在他眼前——可爱的苏珊，窗边的女孩。我们就这样与此生挥之不去的幽灵相遇；它们像可怜的乞丐般毫不起眼地坐在路边，如果我们注意到它们，也不过是用眼角的余光扫上一眼。我们从未想过它们是在等待。但它们的确在等着我们，当我们走过这段路之后，那些幽灵就会收集起记忆的断章残片，沿着我们的足迹一路跟随，一路追赶，慢慢地，慢慢地追赶。

罗兰向她抬起一只手。本打算贴近他的嘴，给她一个飞吻，但他马上意识到这个举动太疯狂了。于是在碰到嘴唇之前，他把手继续抬高，在额上轻轻触碰一下，做出了一个调皮的敬礼姿势。

苏珊笑了，也同样回了个礼。没有人注意到科蒂利亚，当时她正冒着毛毛雨在菜园里查看最后一批笋瓜和尖根。她站在那里，一顶宽边帽几乎拉到眼睛的位置，一半身体都躲在看守南瓜地的稻草人身后。她看见了罗兰和库斯伯特经过这里（她几乎没怎么注意库斯伯特；令她感兴趣的是罗兰）。她的目光从马背上的少年看到苏珊，看见她坐在窗边，像金丝笼里的鸟儿一样开心地哼着小曲。

科蒂利亚心中飘起一团浓重的疑云。苏珊情绪上的变化——从难过和愤怒交替爆发变成一种心不在焉但心情愉悦的顺从——这种转变太突然了。或许那根本就不是顺从。

“你真是疯了。”她对自己小声说着，手还是紧紧抓着弯刀的柄。于是她在泥泞的菜园里蹲下身来，开始疯狂地砍尖根的藤，挖出根茎，再准确地把根茎甩到房子那边去。“他们之间没有什么。我知道。这个年龄的孩子不会比旅者之家的醉汉更懂得矜持。”

但他们微笑的样子不对劲。他们对彼此微笑的样子。

“这再正常不过了。”她小声说，继续着砍挖和投掷。她根本没有注意到自己差点把一个尖根一切两半。小声自言自语的习惯是她最近才养成的，因为收割日正在日益临近，对付她兄弟那麻烦不断的女儿的压力也在不断增大。“人们互相微笑，就这么简单。”

那个敬礼和苏珊的回礼也是这样。楼下是个帅气的骑士，看见了这个美貌的姑娘；上面则是这个姑娘，愿意接受来自这样一个骑士的赞许。这只是青年人之间的吸引，就那么简单。但是……

他眼中的表情……还有她眼中的表情。

无稽之谈。但是——

但是你还看见了别的东西。

是的，可能吧。有一瞬间她觉得这个年轻人好像要给苏珊一个飞吻……但在最后时刻记起要注意举止，于是一个吻变成了一个敬礼。

就算你看见了，这也不能说明什么。年轻的骑士总是风流倜傥，尤其是离开父亲的视线之后。那三个男孩本来就是惹了祸才到这儿来的，你又不是不知道。

没错，这些都没有错，但还是无法解开她心里的疙瘩。

5

罗兰敲敲门，是乔纳斯开了门，把两个男孩让进治安官的办公室里。乔纳斯的衬衫上佩有一个代表副手的星星，他毫无表情地看着他们。“孩子们，”他说，“快进来，外面在下雨呢。”

他退后一步让他们进来。罗兰发现他的瘸腿更明显了；他猜那都是潮湿天气惹的祸。

罗兰和库斯伯特走了进来。房间一角放着一个煤气发热器——毫无疑问，里面充的肯定是从西特果的“蜡烛”里喷出来的气——这个大房间，他们第一次来的时候感觉很凉爽，而这次简直热得让人窒息。三个监房里关着五个满脸愁云惨雾的醉汉，四个男人，还有一个女人被单独关在中间的小房间里，她双腿叉开地坐在床上，露出一大块红色内裤。罗兰担心她要是再喝酒，恐怕就清醒不过来了。克莱·雷诺兹倚在布告牌边，用扫把上的稻草剔牙。副手戴夫坐在掀盖书桌旁边，摸着下巴，皱着眉头透过单片眼镜瞅着面前的棋盘。罗兰发现他和库斯伯特打断了一个城堡游戏，但一点没觉得意外。

“哦，艾尔德雷德，看看谁来了！”雷诺兹说，“两个内世界的小伙子！你们的母亲知道你们出门了么？”

“她们知道，”库斯伯特兴高采烈地说，“雷诺兹先生，你看上去气色不错啊。湿润的天气让你的痘痘有所收敛，对不对？”

罗兰脸上还挂着愉快的微笑，看都没往那边看，就用胳膊肘顶了顶他朋友的肩膀。“对不起，我的朋友。他的幽默有时候会有点出格；他自己都控制不了。我们没有必要针锋相对——我们已经约好了要既往不咎，是不是？”

“对啊，那是当然啦，过去的事不过是一场误会。”乔纳斯说。他一瘸一拐地走回摆着棋盘的桌边。他刚坐下，脸上的微笑就变成了因疼痛而做出的鬼脸。“我比一只老狗的身体还要糟糕，”他说，“应该有人结束我的痛苦了。泥土里虽然寒冷，可是没有疼痛，是不是，孩子们？”

他又把注意力转回到棋盘上，把一颗棋子向自己的营地移动。他已经开始玩城堡了，所以把自己放在了易于受攻击的境地……罗兰想，但并不是十分危险；因为看上去副手戴夫根本不是他的对手。

“看来你现在是领地的公务人员了。”罗兰说着，朝乔纳斯衬衫上的那颗星点点头。

“也就是临时帮帮忙，”乔纳斯很和气地说，“有个人摔断了腿。我在帮忙，就这么回事。”

“那么雷诺兹先生呢？德佩普先生呢？他们也在帮忙吗？”

“嗯，我想是的，”乔纳斯说，“你们在渔民那边开展的工作怎么样了？听说进展缓慢啊。”

“虽然我们动作慢，不过终于还是完成了。被送到这里来本身对我们来说就是惩罚——我们可不想再带着耻辱离开。人们说，慢工出细活。”

“是啊，”乔纳斯对此表示同意，“不管‘人们’指的是谁。”

从这栋建筑物深处的某个地方传来一阵冲厕所的声音。罗兰想，在罕布雷治安官的办公地还真是所有家居陈设一应俱全呢。接着他很快听到一阵沉重的脚步声咚咚咚走下楼来，又过了一会儿，赫克·艾弗里出现了。他用一只手系皮带；另一只手则在宽阔而汗津津的额头上抹着。罗兰很佩服他的动作如此灵活。

“呸！”治安官叫了一声，“昨晚吃的豆子让我拉肚子了。”他看了看罗兰，又看了看库斯伯特，然后目光又回到罗兰身上，“孩子们，怎么了！是不是因为下雨不能数渔网了呢?”

“迪尔伯恩先生刚刚说到渔网都已经清点完毕了。”乔纳斯说,一边用指尖把那头长发往后梳了一下。在角落里,克莱·雷诺兹又恢复原来的姿势,懒洋洋地靠在布告牌上,带着明显的厌恶看着罗兰和库斯伯特。

“是吗?那好啊,很好。年轻人,下面有什么打算呢?我们能帮上什么忙吗?助人为乐是我们最喜欢做的事了,人处危难、伸出援手嘛。”

“事实上,你确实能够帮助我们,”罗兰说着伸手从皮带里掏出一张单子,“我们要到鲛坡上清点,但我们不想给任何人带来不便。”

副手戴夫咧嘴笑着,把侍卫移到自己的营地边上。乔纳斯马上以王易车,撕开了戴夫整个左路的防线。戴夫脸上的笑容消失了,一脸茫然的样子。“你这棋是怎么下的啊?”

“很简单。”乔纳斯笑着,然后身体稍往后倾,好让所有的人都能听清他说的话,“戴夫,你要记住,我下棋是要赢棋的。我控制不了赢棋的欲望;天性如此。”然后他把所有的注意力都集中到罗兰身上。笑容更灿烂了。“就好像是蝎子对着躺着的少女说,‘当你把我拿起来的时候,就应该知道我有毒。’”

6

苏珊喂完牲畜回来后,她习惯性地径直走到冷餐厨房去拿果汁。她没注意姑妈正站在靠烟囱的角落里看着她,所以当科蒂利亚说话时,苏珊大吃了一惊。这不仅仅是因为出乎意料;也因为那冰冷的语气。

“你认识他么?”

果汁瓶差点从她的手间滑落,她连忙伸出另一只手来稳住瓶子。橙汁是很宝贵的,特别是在这个季节。她转过身去,看见姑妈站在木柴箱边上。科蒂利亚把宽边帽挂在了入口的钩子上,可她还穿着瑟拉佩,沾满泥浆的靴子也没换。园艺刀放在柴火堆上,绿色的尖根汁从刀刃上滴下来。她的语气很冷,眼睛里却射出火烧般怀疑的目光。

苏珊突然异常清醒。她想,要是你说“不”你就完了。要是你问她指的是谁,你也完了。你必须说——

“两个人我都认识,”她轻描淡写地回答说,“我在欢迎晚宴上见过他们。

你也是啊。姑妈,你吓了我一跳。”

“他为什么要向你行礼?”

“我怎么知道?没准他就喜欢这样呢。”

姑妈猛地往前冲过去,满是泥浆的靴子让她一个踉跄,但她马上就恢复平衡,抓住了苏珊的手臂。这时她眼睛里都快冒出火来了。“孩子,不要对我这么无礼!不要对我这么傲慢,年轻漂亮的小姐,否则我就要——”

苏珊用力往后一退,要是旁边没有那张桌子的话,科蒂利亚肯定就跌倒在地了。在她身后,脏靴子在厨房地板上留下了一个个泥巴印,仿佛是一种无声的指责。“你要是再这么叫我,我就……我就扇你耳光!”苏珊喊道,“别以为我不会!”

科蒂利亚的嘴唇从牙齿那里收了回来,摆出一个僵硬而可怕的笑容。“你要打你爸爸唯一的妹妹?你真敢那么绝情?”

“为什么不呢?难道你没打过我,姑妈?”

有一部分怒气从姑妈的眼睛里消失了,她嘴角的笑容也消失了。“苏珊!基本上没有!在你还是个见啥抓啥的小孩子时我就没怎么打过你——”

“现在你是把你的嘴作为伤害我的武器了,”苏珊说,“我已经忍了很久了——更多的时候是在自欺欺人——可现在我不会再忍下去了。我不会让你再这样对待我。要是我已经到了可以被卖到某个男人床上的年龄,我就已经可以要求你对我说话客客气气了。”

科蒂利亚张开嘴要辩解——这个女孩的愤怒让她颇为吃惊,她的声声控诉也是——但她马上意识到她已经聪明地把这个对话从最初关于那两个男孩的话题引开了。或者说,那个男孩。

“苏珊,你仅仅是在派对上认识他么?我是指迪尔伯恩。”*我想,不用我说,你也知道我指的是谁。*

“我在城里也见过他。”苏珊说。她沉着地看着姑妈的眼睛,尽管这还是需要一点努力的;半真半假的事情之后往往就会跟随着谎言,就好像黄昏后面有黑夜一样。“他们三个我在城里都见到过。你满意了吧?”

没有,苏珊沮丧地发现,她没有。

“你能不能跟我发誓,苏珊——看在你父亲的分上——你没有跟这个叫迪尔伯恩的男孩单独见面?”

那么多个傍晚骑马出去,苏珊想,那么多借口,那么小心翼翼地避人耳

目，所有的一切都毁在雨天早晨一个无意的挥手上。这么小的一个动作却如此轻易地让我们陷入了危险境地。难道我们想过能永远隐瞒下去吗？我们有那么愚蠢吗？

是的……不是。实际上他们不是愚蠢，而是疯狂。现在仍然疯狂。

苏珊脑海里总能记得以前父亲发现她撒谎时的眼神。好像有点不敢相信，又透着失望。虽然这些小谎无伤大雅，可还是像荆棘一样刺痛了父亲的心。

“我不会对任何事情发誓，”她说，“你没有权力要求我这样做。”

“发誓！”科蒂利亚大喊道。她再次伸手抓住桌子，似乎是要让自己保持平衡。“你给我发誓！发誓！这可不是什么抓子、捉人，也不是跳马游戏！你已经不是小孩子了！对我发誓！向我发誓你还是处女！”

“不。”苏珊说完就转身要离开。她的心狂乱地跳着，但头脑异常清醒。罗兰肯定知道这种感觉是什么：她正借助枪侠的眼睛看东西。厨房里有一扇玻璃窗，隔窗望去就能看见鲛坡，她看见里面照出了朝她走过来的科蒂利亚姑妈鬼魅般的影子，一只胳膊高高举起，拳头紧握。苏珊没有回头，只是抬起手做了一个阻止的手势。“不要对我挥拳头，”她说，“不要这样，你这个贱女人。”

她看见那对鬼魅般的眼睛瞪得大大的，充满了震惊和挫败感。

“苏珊，”科蒂利亚低声说，仿佛受到了伤害，“你怎么能这么叫我？你说出这样粗鲁的话，对我这样不尊敬，到底是怎么回事？”

苏珊一言不发地离开了。她穿过庭院，进了牲口圈。这里有她打小就熟悉的气味——马、木材、干草——这些味道充斥着她的脑子，赶走了那种可怕的能清晰看清形势的能力。她仿佛回到了童年，那个懵懵懂懂的时候。派龙扭头看见了她，叫了起来。苏珊把头枕在它脖子上，放声哭了起来。

7

“嗨！”迪尔伯恩和希斯走后治安官艾弗里叫了一声，“正应了你的话——他们速度超慢，过分小心。”他把那张精心书写的单子拿起来研究了一会，然后开心地咯咯笑了起来。“看这个啊！做得真漂亮！哈！我们可以提前好几天把不希望他们看见的东西搬走。”

“他们真是蠢驴，”雷诺兹说……可他仍然不会放过他们。要是迪尔伯恩真的认为旅者之家发生的事只是过眼云烟的话，那他就不止是愚蠢，简直是白痴了。

副手戴夫一声不吭。他郁闷地透过单片眼镜看着城堡棋盘，他的白棋子已经被六步棋逼得动弹不得了。乔纳斯一方的势力像水银泻地一样进入到红色营地，戴夫彻底绝望了。

“我真想把自己裹得严严实实的，然后到滨海区去报告这个好消息。”艾弗里说。他还在洋洋得意地看着那张纸，上面把农场和牧场以及拟定检查时间都标注得一清二楚。清点一直持续到年终，还要跨越新年。天啊！

“那你为什么不这么做呢？”乔纳斯说着站了起来。疼痛像闪电一样窜过他的腿。

“乔纳斯先生，再玩一局？”戴夫问，一边就开始重新摆棋了。

“我宁肯当一条吃草的狗。”乔纳斯说，看到戴夫从脖子到那张傻脸都涨得通红，心中不禁掠过一阵恶狠狠的快意。他一跛一跛地到了门口，打开门，站到门廊上面。毛毛雨已经变成了下个不停的小雨。希尔大街上空无一人，地面湿漉漉的鹅卵石反着光。

雷诺兹也跟了出去：“艾尔德雷德——”

“走开。”乔纳斯头也不回地说了一句。

克莱犹豫了一下，然后走了回去，关上门。

*你到底是怎么啦？*乔纳斯问自己。

他本该对这两个年轻人和他们的清单表示满意的——像艾弗里一样高兴，也像将听说这次早间拜访的莱默一样满意。难道三天之前，他不是对莱默说，这三个男孩很快就会到鲛坡去，然后送掉小命吗？是的。那他为什么这么不安？为什么这么紧张呢？因为到现在为止还没有任何来自法僧手下拉迪格的消息？因为雷诺兹那天双手空空地从悬岩回来，德佩普第二天也双手空空地回来？当然不是。拉迪格会来的，还会带来一大帮子人，但现在时间还早着呢，乔纳斯是知道这一点的。离收割节还有差不多一个月呢。

那是不是因为坏天气在你腿上起作用了，让你旧伤复发，疼得你优雅尽失？

不。疼痛虽严重，可以前有段时间比这更糟糕。问题出在他的脑袋里。乔纳斯靠在门廊顶棚下的柱子上，听着雨敲打屋顶瓦片的声音，苦苦地思考着。他想到，有时候在城堡游戏里，一个聪明的棋手会在他的营地周围四下张望一下，然后缩回去。就是这种感觉——难怪这件事闻着都觉得不对劲。真是个疯狂的想法，但又让他觉得一点都不疯狂。

“小子，是不是想和我玩城堡游戏啊？”乔纳斯小声说，“要是真的跟我玩，你很快就会希望自己是待在家里妈妈的身边。”

8

罗兰和库斯伯特沿着鲛坡回老K酒吧——今天没有任何清点工作。刚开始，尽管天气阴沉，还下着雨，库斯伯特却几乎完全找回了好心情。

“你看见他们了么？”他笑着问道，“你看见他们了么，罗兰……我是说威尔？他们上钩了，不是吗？他们把裹着蜜糖的饵吞下去了！”

“是啊。”

“那我们下一步怎么办呢？下一步做什么？”

罗兰面无表情地看了他一会儿，好像是打盹时被惊醒了一样。“下一步是他们走。我们来清点。我们静观其变。”

库斯伯特的好心情马上就烟消云散了，他再次发现自己必须控制住想揍他一拳的欲望，此时他心中只有两个简单的想法：罗兰是在逃避责任，以便他能够继续沉浸在某个年轻女子的怀抱里，第二——更重要的是——就在整个中世界最需要他的时候，罗兰丧失了理智。

但罗兰在逃避什么责任呢？他怎么会那么确定是罗兰错了呢？逻辑？直觉？或仅仅是嫉妒？库斯伯特想起当时下棋时，副手戴夫操之过急，乔纳斯轻而易举地就消灭了他的棋子。但生活毕竟和游戏不同……对么？他也不知道。但他至少相信自己的一点直觉：罗兰正在自取灭亡。结果就是所有的人都会走向毁灭。

醒醒吧，库斯伯特想。求你了，罗兰，快点醒醒吧，否则一切都晚了。

第三章

城堡游戏

1

接下来一周的天气让人们午饭之后就想爬到床上美美地睡一觉，醒来的时候还是觉得脑子木木的，一团浆糊。其实雨并不算大，但阴雨绵绵已经给收获季节带来了麻烦；最后一批苹果的采摘工作变得危险（有好几个人都断了腿，在七里果园还有个年轻女子从梯子上面摔了下来，把背给摔断了），马铃薯的收获也变得异常困难，因为花在把陷在泥泞里的车子弄出来的时间和采摘时间差不多。在翡翠之心，专为了收割节集会准备的装饰品都变得湿漉漉黏糊糊的，必须撤下来重做。志愿者们越来越焦虑，满心指望天气能放晴，这样就可以重新开始工作了。

对于肩负清点重任的年轻人来说，这是坏天气，尽管他们终于可以开始造访马厩、清点牲畜了。你可能以为，对于刚刚知道男欢女爱为何物的年轻人来说，这是好天气，但事实上在这阴沉沉的一周里，罗兰和苏珊只见了两次面。

第一次是在滨海路上一个废弃的船坞里。第二次是在西特果东边那栋摇摇欲坠的建筑物里面——那里曾经是炼油厂的咖啡馆，罗兰把马鞍垫铺在地板上，他们俩在毯子上疯狂地做爱。当苏珊达到高潮的时候，她一遍又一遍地叫着他的名字。受惊的鸽子飞满了阴森森的老房间，走廊里也充斥着它们的叫声。

2

人们觉得这绵绵细雨会永远下个不停，无阻隔界发出的刺耳碾压声飘荡在静止的空气中，简直要把罕布雷的每一个人都逼疯，正在这时，一阵强风——几乎是飓风——从海洋上吹过来，吹散了云层。清晨，城里的人们一睁眼就看到天空蓝得发亮，灿烂的阳光把海湾涂成了金色，下午则又把它变得白晃晃的。倦怠的感觉没有了。马铃薯地里的运输车重新又焕发了活力。在翡翠之心，妇女们开始往台子上布置鲜花，到时，杰米·麦肯和苏珊·德尔伽朵将登上台子，被宣布为本年度的收割节男孩和女孩。

在鲛坡上最靠近市长府邸的地方，罗兰、库斯伯特和阿兰策马奔腾，满怀着新的希望。他们清点着身体两边烙有领地标志的马匹。明亮的天空和和煦的微风让他们意气风发，心情很好，有好几天——三天，要么是四天——他们一起骑马，笑着，叫喊着，又恢复了以前那种兄弟情谊。

在一个清爽灿烂的日子里，艾尔德雷德·乔纳斯走出治安官办公室，走上希尔大街，朝着翡翠之心的方向走去。那天早上德佩普和雷诺兹都不在他身边——他们一起骑马前往悬岩去寻找拉迪格的先遣队了，他们随时都有可能到来——乔纳斯的计划很简单：在亭子里喝上一杯啤酒，看看那里正在进行的准备工作：挖烧烤用的洞，放置点燃篝火所需的柴火，还有关于怎样安放烟火发射器的争论，还有用鲜花装点台子的少女们。这个台子届时将会见证本年度收割节男孩和女孩接受众人瞩目欢呼的场面。乔纳斯想，没准自己可以叫上一个长相不错的鲜花少女在某处和自己开心个把小时。至于旅者之家的妓女，还是留给克莱和罗伊吧，一个粉嫩嫩的十七岁鲜花少女可是另外一码事。

他臀部的疼痛已经随着潮湿的天气消失了；最近一周因疼痛难忍，他走路跛得厉害，现在也好多了。也许在这样的好天气里喝一两杯啤酒就够了，可是他满脑子里还是想着女人。小小年纪、皮肤白皙、乳房挺拔。散发出清新甜美的气息。新鲜甜美的嘴唇——

"乔纳斯先生？艾尔德雷德？"

他笑着朝说话人转过身来。眼前并没有什么白皮肤、大眼睛、双唇湿润的鲜花女孩，而是一个接近中年的干瘪女人——扁平的胸部和屁股，薄薄的苍白嘴唇，头发高高盘起，束得很紧，几乎都要发出尖叫声了。只有那双大眼睛勉强符合他刚刚的白日梦。*看来我已经征服了一个*，乔纳斯有点自嘲地想。

"哦，科蒂利亚！"他说着就伸出手去，抓住她的一只手，"今天早晨你可真漂亮啊！"

她的脸颊上泛出一抹红晕，微微笑了一下。她一度看上去只有四十五岁，而不是六十岁。*其实她并不到六十岁*，乔纳斯心想。*她嘴角的皱纹和眼睛下面的黑眼圈……那是刚刚出现的。*

“你真是太客气了，”她说，“但我很清楚。我昨晚一直没睡着觉，我这个年纪的女性如果熬夜的话，就会老得很快的。”

“你没有睡好，我真为你难过，”他说，“可是现在天气已经变好了，也许——”

“这和天气没有关系。艾尔德雷德，我可以跟你谈谈么？我想了又想，还是只能向你求助。”

他的笑容更加灿烂了。他挽起她的胳膊，用自己的手盖着她的手。这时她脸上简直火烧火燎的。如果她脑袋发热，就肯定能一连说上好几个小时。乔纳斯觉得她说的每一句话都会非常有趣。

3

对于某些年龄和性情的女人来说，茶要比酒更加容易打开她们的话匣子。乔纳斯不假思索地放弃了自己喝啤酒的计划（还有找个鲜花少女什么的）。他让德尔伽朵小姐坐在翡翠之心亭子的一个阳光明媚的角落里（这里距离苏珊和罗兰所熟悉的红色岩石不远），然后点了一大壶茶，还有糕点。他们一边等茶点，一边看人们准备收割节。洒满阳光的公园里到处都是锤子的敲击声、锯子发出的声音，还有人们开心的笑声和叫声。

“所有的集市日都是令人愉快的，但只有收割节把我们变成了孩子，你难道没有发现么？”科蒂利亚问。

“是啊，的确是这样。”乔纳斯说。虽然当他真的年幼时，他也没觉得自己是个孩子。

“我最喜欢的还是篝火，”她说着，往公园远端看去，集市日的餐饮棚就搭在那个方向，那边还堆着大量的木棍和木板，看上去就像是印第安人的圆形帐篷一样，“我喜欢看城里的老百姓把稻草人带来，然后把它们扔到篝火上去。虽然有点野蛮，可那总让我产生一种掺着恐惧的愉悦。”

“是啊。”乔纳斯说，然后他想，要是她知道今年要被扔到篝火上去的三个稻草人闻起来有肉味，还会像哈比①一样尖叫，不知会作何感想。要是他运气好的话，叫得时间最长的应该是长着一双淡蓝色眼睛的那个。

① 哈比，希腊神话中的鸟身女妖。

这时茶和蛋糕上来了，服务员弯下腰上点心时，乔纳斯并没怎么看女孩那丰满的胸部。他只是盯着诱人的德尔伽朵小姐，看着她有点神经质的动作和古怪的绝望神情。

女孩离开后，乔纳斯倒出茶水，把茶壶放回茶壶架上，再次把手盖在她手上。“科蒂利亚，”他用自己最温柔的声音说，“我知道你遇到了麻烦。说出来吧。告诉你的朋友艾尔德雷德吧。”

她的嘴唇紧紧抿着，几乎看不见了，可就是那样，双唇还是不停地颤抖；她眼睛里噙满了泪花，兜不住了，溢了出来。乔纳斯掏出手绢，靠过身去，帮她把眼泪擦干。

“告诉我吧。”他轻声地说。

“我会的。我必须要对什么人说，否则我会发疯的。但你要答应我一件事。”

“当然，亲爱的。”他看见她的脸因为自己无伤大雅的亲昵称呼红得更加厉害，就捏了捏她的手，“我可以向你保证一切。”

“你不能告诉哈特。也不能告诉那个像蜘蛛般恶心的大臣，但尤其是不能告诉市长。要是我的猜测没错而且被他发现的话，他会把她放逐到西边去的！”她几乎是哀叹着说这些话的，就好像是刚刚认识到那会成为事实一样，“他会把我们俩都放逐到西部去的！”

他保持着同情的笑容，说：“我不会对托林或津巴·莱默透露一个字。我保证。”

他一度觉得她也许什么都不会说……或是不能说。但她用低沉沙哑、有些类似把布撕破的声音，只说了一个词。“迪尔伯恩。”

听见她说出自己心中思虑已久的那个词时，他的心猛地一跳，尽管他还笑着，但下意识地死死攥紧了她的手，她疼得皱起了眉头。

“对不起，”他说，“你的话让我有些吃惊。迪尔伯恩……一个备受大家好评的孩子，但我怀疑他是不是真的可靠。”

“我怀疑他是不是和我的苏珊在一起。”现在轮到她紧紧攥着他的手了，但乔纳斯并不在乎。实际上他几乎没有感觉到。他还是微笑着，希望没有把内心的震惊表现出来。“我怀疑他和她是在一起的……像男人和女人那样在一起。哦，这真可怕！”

她默默地哭泣着，还不时抬起头四下张望一下，生怕引起别人的注意。乔纳斯以前见过森林狼和野狗在吃它们发臭的晚餐时就是这样四处张望的。他要尽量让她摆脱这种情绪——他需要她冷静；她的语无伦次对他没有用处——等他看到她快哭完时，就递上一杯茶。“喝吧。”

“嗯。谢谢你。”茶还很烫，冒着热气，但她接过来一饮而尽。*她那老嗓子一定是铺了石板的*，乔纳斯想。她放下茶杯，当他往里续茶水时，她掏出镶褶边的帕努罗手巾猛地擦去脸上的泪水，样子几乎是恶狠狠的。

“我不喜欢他，”她说，“不喜欢他，也不相信他，他们三个人我都不喜欢，不喜欢他们那种内世界的花哨鞠躬方式、傲慢的眼神和奇怪的说话方式，而且尤其讨厌他。要是他们俩之间真的发生了什么的话（我怀疑已经发生了），惩罚会落在她身上，不是么？毕竟自制总被认为是女人的责任。”

他俯过身去，用同情的目光温柔地看着她：“科蒂利亚，把一切都告诉我。”

于是她就这样做了。

4

这个玻璃球的一切都让蕤喜欢，但她最喜欢的还要数玻璃球能让她看见人们最丑恶的一面。在这片粉色的光芒中，她从没见过有一个孩子安慰另一个摔倒的孩子，或是一个疲惫的丈夫把头枕在妻子的腿上，或是老人们在黄昏时分安详地喝着茶；玻璃球和她一样，对这样的场面毫无兴趣。

相反，她看见了血亲相奸、母亲打孩子、丈夫打妻子。她还看见了一帮男孩在城西边（要是知道那些连路都走不好的八岁孩子自称大灵柩猎手，蕤肯定是要笑出声来的）拿肉骨头把流浪狗引过来，然后恶作剧地割下狗尾巴。她看见了抢劫，还有至少一次谋杀：仅仅是因为小小的口角，一个流浪汉就拿干草叉刺死了自己的同伴。那发生在第一个下毛毛细雨的晚上。尸体在伟大之路边上的沟渠里腐烂着，上面盖了一层茅草。尸体可能会在秋天的风暴来临之前被人发现；也可能不会被发现。

她还看见了科蒂利亚·德尔伽朵和冷血枪手乔纳斯，他们在翡翠之心，一起坐在户外的椅子上，谈论着什么……当然，她不知道他们到底在说什么，不是么？但她能看到那个老处女的眼神。显然，她是被他迷住了，脸都红透了。被这个杀手兼失败的枪侠弄得神魂颠倒。这很有趣，蕤认为可以时不时关注一下他们的举动。肯定会非常有意思。

在显示过科蒂利亚和乔纳斯之后，玻璃球里再次出现了迷雾。蕤把玻璃球放回到那个锁上画着一只眼睛的盒子。看见科蒂利亚，巫婆不禁想起自己还没处理科蒂利亚那淫荡的侄女呢。那件事竟然拖到现在，可真是有点荒唐，但也可以理解——想出怎么修理那年轻女孩之后，蕤的心绪就又平和下来，也就能再次看到球里的影像了。蕤看得入了迷，所以暂时忘记了苏珊·德尔伽朵还活着这个事实。这时，她想起了她的计划。把猫放到鸽子群里去。说到猫——

"姆斯提！呜—呼，姆斯提，你在哪儿？"

猫从柴火堆里钻出来，双眼在肮脏阴暗的小屋里闪着光（当天气再次转好时，蕤才会打开百叶窗），分叉的尾巴不停地摇晃着。它跳到了她的腿上。

"我要你帮我办一件事情。"她说，一边弯下腰去舔这只猫。姆斯提身上那让她着迷的味道充斥着她的嘴巴和喉咙。

姆斯提叫着，躬起背靠近她的嘴唇。对于一只长着六条腿的猫来说，生活已经相当不错了。

5

乔纳斯尽快摆脱了科蒂利亚——尽管没有他希望的那么快，因为他要把这个女人哄开心。也许下次还用得到她呢。最后，他亲了一下她的嘴角（她的脸腾地一下涨得通红，他都担心她的脑子会爆炸），然后告诉她自己会好好调查一下让她这么担心的事。

"但要谨慎！"她有点警觉地说。

会的，他会谨慎的，在送她回家的路上，他说；谨慎是他中间的名字。他知道科蒂利亚是不会——也不能——平静下来的，除非她能确定发生了什么，但他猜想这件事最后很可能只是捕风捉影。十几岁的孩子总喜欢把事情搞得充满戏剧性，不是么？要是那女孩发现自己的姑妈害怕某一样东西，她可能会让姑妈更担心，而不是减轻这种恐惧感。

科蒂利亚在白色尖桩篱笆前站住，这排篱笆把她的花园和街道隔开，此时她的脸上露出了极大的放松感。乔纳斯觉得她看上去就好像一头背部刚被刷子刷得很舒坦的骡子。

"嗯，我以前从来没有想到过……但这还是有可能的，对不对？"

“很有可能，”乔纳斯说，“但我会仔细检查一下的。最好还是保险一点，免得到时候后悔。”他再次亲吻了她的嘴角，“我不会对滨海区的那帮家伙透露一个字。连暗示也不会给。”

“谢谢你，艾尔德雷德！谢谢你！”她抱了抱他，就匆匆忙忙跑进去了。刚刚，她那小乳房紧贴在他的衬衫前面，像两块小石头一样。“也许今晚我能好好睡上一觉了。”

她倒是可以睡着了，可乔纳斯怀疑自己是不是能睡着。

他低着头向胡奇的马厩走去，双手放在背后，他的马就放在那里。这时，一群男孩子飞跑着窜到马路另一边；其中两个孩子手中挥舞着鲜血淋漓的狗尾巴。

“大灵柩猎手！我们和你一样都是大灵柩猎手！”一个孩子在街对面冲他喊道。

乔纳斯拔出枪对准他们——动作快如闪电，孩子们吓呆了，愣愣地站在原地，他们总算明白了灵柩猎手的真面目：他眼睛里冒着怒火，嘴唇向后咧开，露出了牙齿，看上去就好像是一头人形的白毛狼。

“过来啊，你们这帮小混蛋！”他咆哮着，“你们有种就过来啊，我一枪把你们送到西天，让你们的老爸好好开心一下！”

一开始，他们还傻站在那里一动不动，后来就喊叫着一溜烟跑开了。有个孩子落下了他的战利品；狗尾巴掉在路边人行道上，像一把面目可怖的扇子。看到那一幕，乔纳斯做了个鬼脸，收起了枪，又把手放回了背后，继续往前走，那样子就像个在冥想诸神本质的牧师。那么看在诸神的分上，他在做什么呢，竟对那群小淘气大耍杀威棒？

只是太烦躁了，他想。也很焦虑。

没错，他是很焦虑。一想到那个乳房没发育好的老女人所怀疑的东西，他就觉得更加不安。才不是为了托林呢——就算迪尔伯恩收割节那天中午在市广场睡那个女孩，乔纳斯也不在乎——他不安是因为这就意味着迪尔伯恩可能在别的事情上也骗了他。

他曾经有一次钻了你的空子，你保证这不会再发生。可如果他真的一直在和那个女孩发生关系的话，那种事就会再次发生。不是么？

是啊，人们就是那样说的。要是那个孩子有胆量和市长挑中的小情人上床，而且还能狡猾得不被人发现，那么乔纳斯对这三个来自内世界的孩子将会有什么新的看法呢？他一向都认为这三个孩子就是用上双手和蜡烛都找不到自己的屁股。

那时是低估他们了，所以他们反倒让我们看上去像傻瓜，克莱以前是这么说的。我不希望这种事情再次发生。

是不是已经又发生过一次了呢？迪尔伯恩和他的朋友们到底知道了多少？发现了多少？又告诉了谁呢？要是迪尔伯恩能神不知鬼不觉地睡了市长的小情人……在乔纳斯眼皮底下做了那样的事情……瞒住了所有的人……

“你好，乔纳斯先生。”布赖恩·胡奇说。他咧开嘴笑着，深深鞠躬，宽边帽子快要碰到他那宽厚的铁匠胸膛，只差没有跪在地上给他叩头了。“你愿意尝尝新鲜的格拉夫么？刚刚榨好的，还有——”

“我只想把马牵走，”乔纳斯不耐烦地说，“别废话，快点把它牵过来。”

“哦，这就去，乐意遵命，先生。”他马上跑去办这件事了，一边还回头紧张地咧着嘴笑了一下，似乎想确保自己的后脑勺不会吃一颗子弹。

十分钟之后，乔纳斯沿着伟大之路往西赶去。他心中有一种不可理喻但却十分强烈的欲望，他想要让马狂奔，好把所有愚蠢的想法甩到脑后：头发花白的老色鬼托林，情窦初开的罗兰和苏珊，手快脑慢的罗伊和克莱，野心勃勃的莱默，还有科蒂利亚·德尔伽朵，那女人肯定在勾画令人作呕的二人世界了：在长满草和树的林间空地，他在吟诗，而她则在为他编花冠。

以前，当知觉在耳边低语时，他曾经靠策马飞奔逃开了许多事情；许许多多事情。但现在，这个办法已经不管用了。他已经发誓要报复那些孩子，虽然已经对很多人食了言，可他绝对不能对自己食言。

当然，还要考虑约翰·法僧。乔纳斯以前从没和“好人”法僧说过话（他也不想；传言法僧是个喜怒无常、十分危险的疯子），但他和乔治·拉迪格之间有交往，现在乔治很可能带着法僧的人马在任何一刻出现。雇佣大灵柩猎手的人是拉迪格，已经预先支付了很多钱（乔纳斯还没和雷诺兹以及德佩普分享这笔钱呢），还许诺更多的战利品，前提是在沙维德山脉及周边地区的联盟主力部队能被消灭。

拉迪格还算得上一个人物，但若跟他幕后的人比起来就什么都不是了。而且，从来都没有免费的午餐，不入虎穴焉得虎子。他们如果送去马匹、牛、整车的蔬菜、食物、油和玻璃球——特别是巫师的玻璃球——一切都没有问题。但如果没做到，那他们很可能会在半夜被法僧或他的手下打烂脑袋。

这是可能的，乔纳斯心里清楚。虽然无疑这种死法总有一天会发生。但当他的脑袋和身体分家时，一定不能是迪尔伯恩或是他的朋友们干的，不管他们是秉承了谁的血脉。

可若是他和托林将在秋天享用的美食有染……要是他能守住这个秘密，那他会不会还有别的秘密？说不定他是在和你玩城堡游戏。

如果是这样的话，那他是玩不长的。当年轻的迪尔伯恩先生刚把头探出营地时，乔纳斯就会把他的鼻子打下来。

现在的问题是应该先从哪儿开始。先去老K酒吧，去看看很久前就说要去查看的宿舍？可以这样做；他们三个人现在肯定在鲛坡上清点领地的马匹。可他不会为了马匹就冒丢脑袋的危险。不，对“好人”法僧来说，马匹只是一个小小的诱惑罢了。

乔纳斯去了西特果。

6

他首先检查了油罐车。一切正常——整齐地排列在那里，新装了轮子，随时都能出发，而且很好地躲在新的遮蔽物后面。有些松枝已经发黄了，但最近下的雨让大多数的松枝都保持新鲜。乔纳斯没有发现什么异常。

他接着沿着轨道往斜坡上爬，越往上越费力，停下休息了很多次；等他到了斜坡和油田之间那扇生锈的大门跟前时，他的那条坏腿痛得几乎难以忍受。他研究了一下那扇门，看到最高的横栏上沾了些污迹，不禁皱了皱眉头。脏一点也许并不代表什么，但乔纳斯觉得肯定有人翻越了大门，而不是冒险把门打开，因为这样可能会让整个门面从铰链上落下来。

他又花了一个小时在井架周围转了一圈以寻找足迹，特别注意那些仍在工作的井架。他发现了很多足迹，但却根本不可能清楚地(尤其是在下了一周的雨之后)辨识；说不定是那帮内世界来的臭小子来过；也说不定是亚瑟·艾尔德和他手下的骑士呢。这种不明朗的状况让乔纳斯的脾气糟透了，因为不明朗(除非只是在棋盘上)总会让人心情烦躁。

他开始按原路返回，想要下斜坡回到马旁边，然后骑回城里。他的腿疼得厉害，他很想喝点够劲的酒镇痛。这样，老K酒吧的勘查要再等一天了。

快到门口时，他看见了西特果和伟大之路的连接处有一些马蹄印，他叹了一口气。那段小路没什么好看的，但既然已经来了，他觉得还是应该都看看。

要不还是算了吧，我他妈的想喝上一杯。

但罗兰不是唯一一个发现从小所受的训练能战胜内心愿望的人。乔纳斯又叹了口气，揉揉腿，朝已经长了草的马蹄印走去。他总觉得会发现点什么。

马蹄印就在离老路和伟大之路交接处十几步不到的荒草丛生的壕沟里。起先他在草丛里看到了一个光滑洁白的东西，还以为是块石头。但接着，他看见了一个黑乎乎的圆东西，那只可能是眼窝。所以，那不是石头，是一个骷髅。

乔纳斯嘟哝着跪下来，把它从草里扒拉出来，仍在工作的井架还在他耳后发出隆隆的响声。乌鸦的骷髅。他以前见过这个的。天，他怀疑城里大多数人都见过。这东西属于爱卖弄的阿瑟·希斯……他和所有其他爱卖弄的人一样，也需要些自己的小道具。

"他称之为哨兵，"乔纳斯小声说，"有时候把它放到马鞍前桥，不是么？有时候又把它当成挂件吊在胸前。"没错。那晚在旅者之家，这小子一直把它挂在身上，那时——

乔纳斯把鸟头翻过来。听见里面有东西发出咯拉咯拉的声音，就好像在说出最后一个孤独的想法。乔纳斯把它一歪，摇了摇，一段金链条掉在他摊开的手掌上。肯定是链条断了，所以鸟头掉到壕沟里面，而希斯根本没有费神把它找回来。他很可能根本没想到会有人发现。男孩子总很粗枝大叶。有时你都不相信他们会长大成为真正的男人。

跪下仔细察看鸟头时，乔纳斯的脸还是显得很平静，但其实他从来没有像此时一样愤怒。他们已经来过这儿了——如果昨天有人这样告诉他，他还肯定会嗤之以鼻，认为是一派胡言。既然来过了，他就不得不假设他们已经看到油罐车了，不管车是不是盖上了伪装。而要不是偶然发现这个鸟头，他根本就不会确切地知道这件事。

"当我把他们搞定的时候，他们的眼窝会和你的眼窝一样空洞，乌鸦先生。我会亲手把它们掏干净。"

他刚要把鸟头扔了，随即又改变了主意。说不定什么时候能用得上呢。他一手拿着鸟头，往他拴马的地方走去。

7

克拉尔·托林沿着高街向旅者之家走去，她脑袋发沉，太阳穴剧烈地跳动着，那颗心脏也快没了生气。虽然起床才短短一个小时，可宿醉的感觉太难受，简直就像是难受了一天。最近她喝得太厉害了，这点她也知道——几乎每天晚上都喝——但她很小心，有别人在场的时候决不超过两杯（而且都是低度数）。到现在为止，她还没有觉得有谁怀疑过她。只要没有人起疑心，她觉得自己还可以这样继续下去。除此之外，还有什么别的方法能帮她忍受自己那愚蠢的哥哥呢？还有这个愚蠢的小城？当然了，还有这样一个事实——马夫协会所有的农场主和至少半数的大地主都是叛徒？“去他妈的联盟，”她自言自语道，“十鸟在林，不如一鸟在手。”

可她手头究竟有没有一只鸟呢？他们中的任何人有吗？法僧会不会恪守自己的诺言——由一个叫拉迪格的人做出的承诺，然后由他们自己这边那独一无二的津巴·莱默继续对承诺负责？克拉尔有自己的疑虑：专制之人总能很轻巧地忘掉自己的承诺，手里的鸟儿也总有烦人的办法，啄你的手指，在你的手上大小便，然后拍拍翅膀就飞走了。但现在，这些都不重要了；因为她已经把床铺好了。另外，不管要向谁下跪，或是向谁交税，人们总是要喝酒、赌博、睡女人的。

但是，当那老不死的良心开始嘟囔时，还需要喝点酒让它闭嘴。

她在柯拉文殡仪馆外停下来，朝街北边看过去，一群男孩子踩在梯子上，兴高采烈地把纸灯笼挂在高高的柱子和屋檐上。这些五颜六色的灯将在收割节晚上点燃，届时罕布雷的主要街道将会铺满杂色斑驳的柔和灯光。

克拉尔还能记起小时候的情形，爸爸牵着她的手，她则好奇地看着彩色的纸灯笼，听着爆竹发出劈里啪啦的声音，还有从翡翠之心传来的舞蹈音乐……爸爸的另一边站着哥哥托林。在她的记忆中，哈特很自豪地穿着自己生平第一条长裤。

她心里不禁一阵感伤，这种记忆开始是甜蜜的，后来又变成了苦涩。从前的小女孩已经变成了拥有一个酒吧和一个妓院（更不用提鲛坡周边的大块地产了）的黄脸婆了，近期唯一的性伴侣是亲哥哥的大臣，最近起床后的首要目标竟是要尽快找一杯解宿醉的酒。事情究竟为什么会变成这样呢？

她变成了自己最不想变成的那种女人。

“我到底错在哪里?”她问自己,然后笑了,“哦,亲爱的耶稣,这个迷途的小孩哪一步走错了呢? 请给我明示。”她的腔调听上去很像前年来过的那个女牧师——匹茨顿,希尔薇娅·匹茨顿——她又笑了起来,这次的笑容还算自然。她继续朝着旅者之家的方向走去,心情稍微好了一点。

锡弥在门外,正在打理剩下的一些尚未凋零的丝绒花。他朝她挥挥手,打了个招呼。她也朝他摆摆手,说了些什么。锡弥真是个不错的孩子,尽管她很容易就能再找到一个干活的人,她还是很庆幸德佩普没把他害死。

酒吧里几乎没人,但仍然灯火通明,所有的煤气灯都开着。而且也很干净。痰盂可能是锡弥倒的,可克拉尔觉得应该是吧台后的胖女人做完所有剩下来的活儿。浓妆也难以掩饰那女人苍白的脸颊、空虚的眼神和脖子上渐渐变得粗糙的皮肤(克拉尔只要一看见女人脖子上那种蜥蜴皮般的皮肤就觉得毛骨悚然)。

快马佩蒂在小顽皮严厉的玻璃眼睛的注视下整理着吧台。如果克拉尔不发话,她会一直干到斯坦利出现把她赶出去为止。佩蒂没有对克拉尔明说——她也知道那样做没什么好处——但却用行动把自己想要什么表达得清清楚楚。她做妓女的日子快到头了。她极其想得到照看吧台的工作。克拉尔知道别的酒吧有过先例——在流河的森林树酒吧曾有过一个女吧台招待,塔瓦雷斯海岸的格伦科夫也有一个,直到她死于天花为止。佩蒂看不到的事实是,斯坦利·鲁伊兹比她年轻十五岁,身体状况也要好很多。等到佩蒂的尸体在穷人墓地腐烂好久之后,斯坦利还能在小顽皮眼皮底下继续倒饮料呢。

“晚上好,托林小姐。”佩蒂说。克拉尔还没来得及张嘴说话,那妓女已经把杯子放到吧台上,往里倒满了威士忌。克拉尔有点沮丧地看着这杯酒。难道他们都知道了么?

“我不想喝,”她不客气地说,“艾尔德在上,我为什么要喝酒? 太阳还没落山呢! 看在你父亲的分上,把它倒回瓶子里,然后滚出去。在这个点儿你等着伺候谁啊? 鬼吗?”

佩蒂的脸沉了下来;脸上厚厚的粉都要掉下来了。她把漏斗从吧台下面拿出来,放到瓶口,然后把威士忌酒倒进去。虽然有漏斗,有些酒还是洒到了吧台上;她肥硕的手(没有戴戒指;戒指早已拿到对面的商号换食品了)颤抖着。“真对不起,小姐。我只是——”

"我才不介意你只是什么呢。"克拉尔说,然后把充血的眼睛转向了席伯,后者刚才一直坐在钢琴凳上翻着老乐谱。现在他抬起头,嘴巴张开,看着吧台。"呆子,你看什么看?"

"没什么,托林小姐。我——"

"那就看别处。把这只猪也带走。上她吧,为什么不呢?这对她的皮肤有好处。可能对你自己的皮肤也有好处。"

"我——"

"滚出去!你聋了是吧?你们俩都给我滚出去!"

佩蒂和席伯都向厨房走去,而没有去楼上,但这对克拉尔来说没有任何区别。就算他们死了她都无所谓。去哪儿都行,只要他们别在她眼前晃悠就行。

她走到吧台后面,四下张望了一下。有两个人在远端的角落里玩牌。那个蛮横的雷诺兹正边喝啤酒边看他们打牌。那边还有另一个人,但他兀自盯着空气,沉迷在自己的思绪里。没有人特别在意克拉尔·托林,但就算是他们在看她,那又怎样?如果佩蒂已经知道了,那么他们就都知道了。

她用手指蘸着吧台上洒出来的威士忌,放到嘴里吮了吮,然后又蘸了一遍,又吮了吮。她一把抓住瓶子,但还没等她倒酒,一只长着灰绿色眼睛的怪东西跳了出来,嗞嗞地叫着,一跃跳到了吧台上。克拉尔尖叫着后退了一步,威士忌酒瓶也掉到了地上……可竟然奇迹般地没有碎。一时间她倒是觉得自己的脑袋要裂开了——肿胀悸动的大脑即将胀碎自己鸡蛋壳般的脑壳。玩牌的人一掀桌子站了起来,弄出咣当一声响。雷诺兹拔出手枪。

"没事。"她用一种连自己都无法辨认的颤抖声音说,眼球和心脏都在狂跳。她现在才明白一个道理,人真的可以被吓死的。"没事,先生们,一切太平。"

这只六腿怪物张大嘴巴站在吧台上,露出了针一般的尖牙,又发出嗞嗞的叫声。

克拉尔弯下腰去(当她的头低到腰部以下时,她再次确信自己的脑袋就要爆炸了),捡起瓶子,瓶里的酒还有四分之一,她直接对着瓶嘴喝了起来,也顾不得谁会看见她喝酒或是他们心里想什么。

就好像听见了她的想法似的,姆斯提再次发出了嗞嗞的声音。这天下午,它脖子里套了个红项圈——这项圈在它身上看上去非但不漂亮,反而有些阴森可怖。项圈下面掖着一张白纸条。

“你要我打死它么?”一个拖长了的声音说,“要是你想,我就把它打死。一枪就行,除了爪子以外什么都不会剩下。”说话人是乔纳斯,他正站在蝙蝠门里,尽管他的气色看上去并不比克拉尔好多少,但克拉尔毫不怀疑他是可以说到做到的。

“还是算了。要是你打死那个狗娘养的宠物,她会把我们都变成蝗虫,或者别的虫子的。”

“哪个狗娘养的?”乔纳斯边问边进了屋子。

“蕤·杜巴提沃。人们叫她库斯的蕤。”

“哦!原来你说的狗娘养的就是那个女巫。”

“她两种身份兼而有之。”

乔纳斯摸了一下猫背,它还算很温顺,甚至还主动躬起了背,但他也只是简单摸了一下。猫的皮毛摸上去有种潮潮的恶心感觉。

“你愿意一起喝这瓶酒么?”他对着瓶子点点头,问道,“虽然现在还早,但我的腿疼得像原罪一样。”

“你的腿,我的头,迟早的事情。我请你喝。”

乔纳斯扬起了白眉毛。

“那就谢谢你,我不客气了。”

她向姆斯提伸出手去。它又咝咝地叫着,但还是乖乖地让她把项圈下的纸条抽了出来。她打开一看,上面只有寥寥几个字:

我口渴,让那男孩过来

“可以让我看看吗?”乔纳斯问。第一杯酒下肚后,肚子感到暖和了,世界在他眼里也可爱了一点。

“有什么不可以?”她把纸条递给他。乔纳斯看了看,然后又递了回去。他几乎已经把蕤忘了,而那是不应该的。但要记得那么多东西实在太不容易了不是么?最近乔纳斯觉得自己不太像是个被雇佣的枪手,而更像是个要在国宴上同时端出九道菜的厨师。幸运的是,这个老太婆自己表明了她的存在。上天保佑她的渴望得到满足,还有他自己的渴望,既然他如此及时地到了这儿。

“锡弥!”克拉尔叫道。她也能感觉到威士忌在身体里起了作用;她觉得自己又像个人了。她甚至在想，艾尔德雷德·乔纳斯有没有想去和市长的妹妹共度夜晚……谁知道那能不能让该死的时间走得快点呢？

锡弥从蝙蝠门外进来，满手都是泥，粉红色的宽边帽在背上一晃一晃。“噢，克拉尔·托林！我在这儿呢！”

她瞅了他一眼，又看看天色。今晚不行，即使为了蕤也不行；她不能在天黑以后让锡弥到那儿去，就这么定了。

“没什么，”她的声音要比平时的更温柔，“回去照看你的花吧，盖好它们。马上要霜冻了。”

她翻过蕤的纸条，在上面写了两个字：

明天

然后她把纸条折起来递给乔纳斯说：“你帮我把它插到那个臭项圈里，好么？我不想碰它。”

乔纳斯照着她的吩咐做了。猫用狂乱的绿眼睛最后看了他们一眼，然后从吧台跳下来，从蝙蝠门下面蹿出去了。

“时间很短。”克拉尔说。她也不知道自己这话是什么意思，但乔纳斯点点头，好像完全听懂了。“你愿意和一个私下里的酗酒狂上楼吗？虽然我的屋子比较乱，但走到床边还是没问题的，我在床上可不只是睡觉。”

他想了想，然后点点头。他的眼睛闪着光。这女人和科蒂利亚·德尔伽朵一样干瘪……但两人性情却差了那么多！真是天壤之别！“好啊。”

“人家说我会出言不逊——先提醒你一下。”

“亲爱的小姐，我将洗耳恭听。”

她笑了笑。头也不疼了。“嗯，我想你会的。”

“别走，等我一会儿。”他走到雷诺兹坐的地方。

“坐下来，艾尔德雷德。”

“不用。还有位女士在等我呢。”

雷诺兹朝吧台飞快地瞟了一眼。“你在开玩笑吧。”

“我从来不拿女人开玩笑，克莱。现在听我说。”

雷诺兹身子往前挪了挪，眼睛专注地盯着乔纳斯。乔纳斯很高兴在这儿碰上的不是德佩普。罗伊会照你的吩咐办，而且办得也不错，但事先你必须费尽口舌才能让他明白那吩咐到底是什么。

“到伦吉尔那里去，”他说，“对他说我们需要十来个人——不能少于十个——到油田去。要心细嘴紧的人，而且要耐得住性子，伏击时不要太快撒网，说不定会有伏击的。告诉他由布赖恩·胡奇负责领导这些人。他头脑冷静，在这一点上肯定要比其他乡巴佬要强。”

雷诺兹的眼里充满热望，一副开心的样子：“你是不是认为那些孩子会去那里？”

“他们已经去过一次了，说不定还会再去。如果他们再去，要一起开火，把他们就地击毙。记住，没有警告，直接击毙。明白了吗？”

“明白！之后怎么说呢？”

“就说那几个小子是为了石油和油罐车去的，”乔纳斯说，嘴角一斜，坏笑了一下，“他们要把东西送到法僧那里，不知道通过何种渠道。收割节时，我们会被人们举在肩膀上，作为铲除叛徒的英雄而受到大家的欢呼。罗伊在哪里？”

“回悬岩去了。我中午还见过他。艾尔德雷德，他说他们就快到了；他还说风往东吹时，他听到了马蹄靠近的声音。”

“也许他只听自己希望听见的声音。”但他觉得德佩普说得没错。与他刚踏进旅者之家时的低落情绪相比，乔纳斯的心情现在好多了。

“我们很快就要着手移动这些油罐车了，不管那些孩子来不来。到了晚上，两个一组，就好像登上诺亚方舟的动物一样。”说到这儿，他笑了，“不过我们还是留下几辆油罐车吧，怎么样？就像陷阱里的奶酪。”

“要是老鼠不来呢？”

乔纳斯耸耸肩。“这时不上钩，总会有上钩的时候。我打算明天给他们施加点压力。我希望他们生气，也希望他们糊涂。现在做你该做的事吧。我已经让那位女士等候多时了。”

“艾尔德雷德，幸好是你。”

乔纳斯点点头。他觉得半小时以后他会把腿上的疼痛忘得一干二净。“对啊，”他说，“你去的话，说不定她会把你当软糖吃掉的。”

他回到吧台前，克拉尔抱着双臂站在那里等他。她放开胳膊，握起他的手，把他的右手放在自己的左胸上。在他手指的挑逗下，她的乳头变硬了。她把他左手的食指放进嘴里，轻轻地咬了一下。

“我们要不要拿上酒瓶？”乔纳斯问。

“为什么不呢？”克拉尔·托林说。

8

如果她像过去的几个月一样喝得烂醉才去睡觉，那么床垫的弹簧发出的吱吱声就不会把她吵醒了——即使是爆炸的声响也不会把她吵醒。但事实上虽然他们把酒瓶拿上了楼，瓶子还是原样不动地放在她卧室的床头桌上（这卧室有三个妓女的床拼起来那么大），瓶里的威士忌没有下去。她觉得全身发酸，但脑子却很清醒；性爱对治头痛还是挺有用的。

乔纳斯站在窗边，看着窗外第一缕天光，一边把裤子穿上。他裸露的脊背上有很多交错的疤痕。她想问他到底是谁那么残忍地把他鞭打成这样，还有他是怎么挺过来的，不过马上觉得还是保持沉默更明智。

"你要去哪？"她问。

"我要去找些颜料——什么颜色都行——还要找一条仍有尾巴的流浪狗。之后的活动么，小姐，我认为你是不会想知道的。"

"很好。"她躺了下来，把被子拉到下巴的位置。她觉得她可以连睡一个礼拜不醒。

乔纳斯穿上靴子，走到门前，把枪带系好。他的一只手还放在门把手上，然后他停了下来。她看着他，灰色的眼睛已经充满了睡意。

"我从来没享受过像昨晚那么好的。"乔纳斯说。

克拉尔笑了。"是，小伙子，"她说，"我也一样。"

第四章

罗兰和库斯伯特

1

乔纳斯离开旅者之家克拉尔的卧房两个小时后，罗兰、库斯伯特和阿兰从老K酒吧的雇工房来到了走廊上。这时，太阳已经高高升起。他们生性不是爱睡懒觉的人，但按照库斯伯特的话来说："我们要保持一种内世界的作派，闲散而不懒惰。"

罗兰向天空张开手臂，整个人就像个大大的Y字，接着弯下身子，抓住靴子的尖儿，背上的骨头发出了咔哒咔哒的声音。

"那声音真让人生厌。"阿兰说。他讲话的语气忧郁倦怠。事实上，他整晚都被古怪的梦境和不祥的预感纠缠着。有些事萦绕在他脑际，他们三人中，只有他在为这些事苦恼，也许是因为感应的缘故——他的感应总是很强烈。

"正因为如此他才这样做的。"库斯伯特说，接着拍了拍阿兰的肩膀，"朋友，振作点。你这个英俊的家伙，垂头丧气可不好。"

罗兰直起身子，他们一起穿过满是尘土的院子，朝马厩走去。罗兰突然在半路停住，害得阿兰差点撞到他背上。罗兰看着东面。"噢。"他的声音滑稽又有些茫然，脸上还微微有一丝笑意。

"噢？"库斯伯特附和道，"伟大的领袖，你在感叹什么呀？噢，快乐就在眼前，我很快就能见到香喷喷的美人了？还是噢，真该死，我不得不一整天和臭烘烘的同伴们一起干活？"

阿兰低头瞅着脚上的靴子，在离开蓟犁的时候它还是新的，有些磨脚；如今已经开裂，破旧不堪，鞋跟磨去了一截，穿起来再舒服不过。此刻，盯着靴子似乎比面对他的朋友来得愉快。近日来库斯伯特的玩笑中总是夹枪带刺，以前的逗乐现在更多的是尖刻与不快。阿兰一直指望罗兰会对库斯伯特的嘲讽勃然大怒，就像被锋利的燧石撞击了的钢块似的冒出火星，然后打得库斯伯特趴倒在地。在某种程度上，阿兰甚至渴望看到这一幕发生，从而改变这种压抑的气氛。

不过不是这个早晨的气氛。

“只是噢一声，没别的意思。”罗兰不温不火地边说边往前走。

“恕我冒昧，我知道你不爱听，但还是要谈谈信鸽的事。”在他们装马鞍的时候，库斯伯特说，“我仍然觉得消息——”

“我向你做个保证。”罗兰微笑着说。

库斯伯特怀疑地看着他。“嗯？”

“如果明早你还想用信鸽送消息，我们就按你的想法做。到时候，你任选一只鸽子，亲自把消息绑在信鸽腿上，送它飞往西边，飞往蓟犁。你觉得怎么样，亚瑟·希斯？够公平吧？”

库斯伯特用不信任的目光注视了他片刻，阿兰为那种目光而感到心痛。随即库斯伯特露出一丝笑意，“还算公平，”他说，“谢谢。”

“先别忙着谢我。”罗兰的这个回答让阿兰觉得奇怪，似乎有一种不祥的预感，绞得他心里忧虑不安。

2

“托林小姐，我不想去。”锡弥恳求道。他那张一贯平静的脸上显露出不寻常的表情——眉头紧皱，充满不安和恐惧。“她是个可怕的女人。像熊一样可怕，对，就是那么可怕。鼻子上还长了个肉瘤，就在这个位置。”他用大拇指指着自己的鼻尖。他的鼻子很小巧，线条流畅有型。

若是放到昨天，克拉尔肯定会为他的忸怩迟疑大动肝火，但今天她却表现得耐心十足。“你说得没错，”她语重心长地说，“但是锡弥，她特意点名要你去。再说，她会付你小费，这些你都清楚明白。”

“如果她把我变成一只甲壳虫，要钱还有什么用？”锡弥一副愁眉苦脸的样子，“甲壳虫又不会花钱。”

不过，他终究还是拗不过，只好乖乖跟着托林走到拴卡布里裘斯——酒馆驮货的骡子——的地方。巴奇已经把两个小桶放到骡子背上了，一个桶里装了沙子，起平衡作用。另一个桶里装了蕤喜欢的鲜榨格拉夫。

“快到集市日了，”克拉尔欢快地说，“哎呀，不到三个星期了。”

“对啊。”这让锡弥感到欣喜。他非常喜欢集市日——灯火，爆竹，舞蹈，各种游戏，还有此起彼伏的欢声笑语。集市日临近的时候，人人兴高采烈，听不到任何恶言恶语。

“兜里装满了钱的年轻人在集市上肯定逍遥得很。”克拉尔说。

“千真万确，托林小姐，”锡弥仿佛刚发现一条重大的人生定律似的，“嗯，千真万确。”

克拉尔把卡布里裘斯的缰绳交到锡弥手中，然后把他的手指合上。“小伙子，一路顺利。对那老乌鸦要礼让三分，见了面记得鞠躬，表达你最忠诚的敬意……还有，一定要在黄昏前下山回来。”

“嗯，肯定早早回来，”锡弥想到万一黄昏后还留在库斯就感到不寒而栗，“我绝对会在黄昏前离开。”

“小伙子，走好。”克拉尔目送着他离去，看着他牵着性子暴躁的老骡子渐渐走远，那顶粉红色的宽边帽还挂在他背后。当他消失在第一座小山脊后时，她又重复道：“小伙子，走好。”

3

乔纳斯躲在山脊侧面的长草丛里，等那几个年轻人离开老K酒吧后，他又等了一个小时的光景，然后骑马到山顶，看到他们变成了三个小点，在离此四英里的斜坡上慢慢移动。那几个家伙干活去了。没有任何可疑的迹象。他们比乔纳斯一开始想的要聪明些……但也不像他们自认为的那样聪明。

他骑马到了离老K酒吧不足四分之一英里的地方——那里仅有的东西就是雇工房、马厩、废墟，它们正沐浴在早秋明媚的阳光下——然后他把马拴在牧场溪涧附近的棉白杨矮树丛中。年轻人把洗好的衣服放在那里晾晒。乔纳斯扯下矮树枝上晾着的裤子和衬衣，丢在一堆，在上面撒了一泡尿，然后拍拍屁股回去牵马了。

乔纳斯从一个鞍囊里抽出一根狗尾巴，马立刻欢快地跺起脚来，仿佛为终于摆脱那条狗尾巴而高兴。乔纳斯也想摆脱狗尾巴。因为那东西的臭味越来越浓烈了。乔纳斯从另一个鞍囊中取出一小罐红色颜料和一把刷子。这些东西是他从布赖恩·胡奇的大儿子那里弄来的，今天是他照看马具店。而胡奇先生这个时候毫无疑问已经去西特果了。

乔纳斯大摇大摆地走向破房子……因为这儿根本没有藏身之处，更因为无需躲藏。现在这儿一个人都没有，几个男孩都出去了。

一个男孩在门廊上的摇椅里留了本书，是默塞尔写的《布道和冥想》。书在中世界绝对是稀有物，特别是在中心地带往外的地方。除了在海滨区的几本藏书，眼前这本是乔纳斯到眉脊泗以来看到的第一本书。他翻开书，看到了一行女人的稳健笔迹：送给我最亲爱的儿子，爱你的母亲。乔纳斯撕下这页，打开那罐颜料，用无名指和小指的指尖在颜料里蘸了一下。他把中指压在"母亲"两字上，用蘸了红颜料的指甲当笔，在"母亲"上加了"婊子"两个字。他把这张纸按在一个生锈的钉上，这是个一眼就能看到的地方；接着他把书撕烂了，使劲用脚踩着书页。这是哪个小子的书呢？他希望是迪尔伯恩的，不过这并不重要。

乔纳斯走进房间，首先引起他注意的是那些鸽子，它们在笼子里咕咕叫着。他本以为他们用日光送信呢，没想到是鸽子！啊，我怎么没想到呢！那样更干净利落！

"我马上就来看你们，"乔纳斯说，"耐心点，亲爱的；趁现在的时间，赶快尽情地吃，尽情地拉吧。"

他好奇地四下环视了一圈，鸽子柔和的咕咕声镇定了他的神经。少年还是贵族？罗伊曾经这样问过利茨的老头子。老头说可能两者皆是。至少是整洁的少年，乔纳斯心想，从他们收拾房间的情况看是这样的。训练有素。三张床都整理好了，每个床脚各放了一堆东西，也摆得很整齐。他在每一堆里都找到了一张母亲的画像——哦，多有孝心的孩子啊——还在某堆中找到了一张父母的合像。他本希望能找到名字之类的信息，或其他可能的资料（甚至希望找出几封女孩子写来的情书），但什么也没有。不管他们是什么来头，乔纳斯发现他们都够谨慎的。他从相框里抽出那些画像，一张张撕得稀巴烂。他把床脚的东西丢到房间的各个角落。他要在有限的时间内竭尽所能，进行破坏。当他在一条正装裤的口袋里找到一条亚麻手绢后，他用它擤了一把鼻涕，然后小心翼翼地把手绢铺在一个小伙子礼靴的靴尖上，靴上沾了一大块绿色的鼻涕。有什么比辛苦干了一整天活回到家，意外地发现自己的贴身物品上残留着一个陌生人的鼻涕更令人恼火和烦乱的呢？

鸽子开始躁动不安了；它们没法像松鸦或秃鼻乌鸦那样呱呱乱叫，但当他打开笼子时，它们都拼命扇动翅膀想要飞出来。当然，这样做毫无益处。他把它们一个个逮住，拧断了它们的脖子。把这一切做完之后，乔纳斯在每个男孩的麦秆枕头底下塞了一只咽气的鸽子。

在其中一个枕头下他得到了一个意外的发现：一些小纸条和一支储水笔，毋庸置疑，是写便条用的。他拗断水笔，将它甩到一边。把纸条塞进自己的口袋。纸总是派得上用场的。

除掉了鸽子，其他声音在他耳朵里就显得更清晰了。他仰着头，在木地板上慢吞吞地踱来踱去，竖着耳朵仔细听。

4

阿兰骑马疾驰而来，罗兰没在意他紧张苍白的脸色和焦急惊恐的眼神。“我这里总共三十一，”他说，“都有领地的标志，王冠和盾牌。你那边呢？”

“我想我们得回去，”阿兰焦急地说，“出事了。是感应告诉我的。从来没有像这次这么强烈而清晰。”

“你那边的数目是多少？”罗兰又问了一遍。有时候，就像现在这样，他觉得阿兰的感应不但帮不了什么忙，简直是让人恼火。

“四十。可能是四十一。我记不清了。你问这个干吗？反正他们已经把不想让我们清点的都移走了。罗兰，你听到我说的话了吗？我们必须回去！有点不对劲！我们住的地方有麻烦！”

罗兰瞥了库斯伯特一眼，他悠悠地骑着马走在五百码开外。他再把视线转回到阿兰身上，耸起的眉头挂着一个问号。

“库斯伯特？他是个麻木的家伙，他总是这样——你又不是不知道。可我不是。你知道我不像他。罗兰，求你了！不管是谁进了我们的房间，他都会看到鸽子！可能还会找到我们的枪！”向来冷静的阿兰此刻几乎紧张惊恐得快要哭出来了，“如果你不和我一起回去，就让我回去，我一个人回去！罗兰，看在你父亲的分上！让我走吧！”

“看在你父亲的分上，我不允许你离开，”罗兰说，“我这儿的数量是三十一。你的是四十。好，就算四十吧。四十是个好数字——和其他数字一样好，我知道。现在我们交换一下，重新再数。”

“你到底是怎么啦？”阿兰低声说。他看着罗兰的眼神就好像罗兰已经疯了。

“没什么。”

"你已经知道了！我们早上出门的时候你就知道了！"

"哦，我可能是看到了什么了，"罗兰说，"也许是光线反射造成的，但……阿兰，你相信我吗？我觉得这才是关键。你相信我吗？还是你认为我在坠入爱河后，就神志不清，神魂颠倒了？就像他认为的那样？"说着，他朝库斯伯特所在的方向甩了甩头。罗兰脸带微笑地看着阿兰，眼神却遥远而漠然——这就是罗兰心不在焉的表情。阿兰觉得好奇，不知道苏珊·德尔伽朵有没有见过罗兰这样的表情，如果她看到过，不知她作何感想。

"我相信你。"现在阿兰脑子里一团糟，连自己也搞不清他说的是实话还是谎话。

"很好，那我们就交换再数。记着，我这里是三十一。"

"三十一。"阿兰确认道。他举起双手，然后啪的一声重重地拍在大腿上，强烈刺耳的声音使他那匹向来安静的坐骑缩了缩耳朵，惊跳了几下。"三十一。"

"我想今天我们可以早点回去，你该满意了吧，"罗兰说完便骑马离去。阿兰看着他离开。他一直弄不明白罗兰脑子里到底在想些什么，现在他愈加摸不着头脑了。

5

嘎吱。嘎吱，嘎吱。

这正是他在寻找的声音。乔纳斯在这个地方走来走去，听了老半天，正打算放弃搜寻，终于他如愿找到了。他原本认为会在床附近找到他们藏东西的暗洞，但他们真的很谨慎。

他单腿跪下，用匕首撬开那块嘎吱作响的木板。木板下面有三捆东西，每一捆都用深色棉布裹着。布条湿答答的，散发着枪油的味道。乔纳斯把这三捆东西掏了出来，不无好奇地把它们拆开，想看看这几个年轻人到底藏了什么枪。两包里各有一支五发子弹的左轮手枪，这种型号的手枪在当时叫做"雕刻师"(没人知道为什么会有这个称呼)。另一包里有两支枪，是六发式左轮手枪，制作得比雕刻师精良。刚才，乔纳斯兴奋得几乎停止心跳，还以为自己找到了枪侠的大左轮手枪呢——结实的钢质枪管，檀香木枪把，枪膛粗得像井筒。如果真是那样的大枪，那么不管对他的计划会造成多大的影响，他也会把枪拿走。看到眼前手枪上普通的枪把，他松了口气。人们不会去寻求失望，但失望却能让你静下心来。

他把枪重新包起来，放回原处，再把木板原封不动地盖好。也许城里一帮游手好闲的家伙会出现在这个地方，把撕不烂的东西到处乱扔，但他们不可能发现这样的隐蔽之处；当然不会，这显然不像他们所为。

你真的认为他们会相信这一切都是城里的小混混干的吗?

他们也许会相信；起初乔纳斯低估了他们几个年轻人，但这并不意味着现在他要来个一百八十度的大转弯，开始高估他们的能力。再说，这无关紧要。不管他们怎么想，这里的情形，他所做的破坏，肯定会让他们气得火冒三丈。气得忘了谨言慎行……让他们把水搅浑吧。

乔纳斯把切下的狗尾巴塞进一个鸽笼，狗尾巴翘在外面，就像一根嘲讽的大羽毛。他用颜料在墙上涂写了两句孩子气的脏话：

吃屎。

终于回来啦，有钱的大蠢蛋。

写完，他离开房间，在门廊上站了一会儿，老K酒吧仍旧只有他一人。当然不会有别人。但突然间，他觉得心神不宁——好像他的行踪已经被察觉。也许是被某种来自内世界的感应察觉到了。

你知道，有这么回事。那个被称为感应的东西。

对啊，但那是枪侠、艺术家和疯子们才用的工具；不是男孩所能拥有的，不管他们是贵族子弟还是一般的毛头小子。

乔纳斯几乎是疾步返回拴马处，骑上马回城了。事情已经快达到白热化的程度了，在魔月升起之前还有很多工作要做。

6

蕤的小屋蜷缩在库斯的最后一座小山上，屋子的石墙和屋顶开裂的鹅卵石都粘着苔藓。屋子的西北方向是一片宏伟的景观——恶草原，沙漠，悬岩，爱波特大峡谷——但是对于一路的景致，锡弥根本没心欣赏。午后不久，他牵着卡布里裘斯蹑手蹑脚地走进蕤的院子。一小时之前他就觉得饿了，但现在饥饿的痛苦已不见踪影。在整个领地，没有任何地方比这里更加让他痛恨了，这儿甚至比西特果吱吱嘎嘎、叮叮当当的大尖塔还讨人厌。

“夫人?”他一边叫唤，一边牵着骡子往院子里走。当他走近小屋时，卡布里裘斯突然停了下来，垂下了脖子，不肯再往前走。锡弥只得用力拽了一把缰绳，卡布里裘斯才又走起来了，锡弥为此感到有些抱歉。

“夫人？善良得连只苍蝇都不忍心伤害的老夫人，您在吗？锡弥很高兴为您带来了您喜欢的格拉夫。”他微笑着，掌心朝上摊开手，表明他没有丝毫的恶意，但仍旧没有一点回应。锡弥感到他的肠子卷成了一团，开始抽搐。某个片刻，他觉得自己都快像婴儿那样尿裤子了；他放了个屁，感觉好了些。至少肠子不那么难受了。

他继续往前走，每前进一步，他对这个地方的厌恶程度就会加深一点。院子的地高低不平，丛生的杂草都是枯黄的，仿佛小屋的住户用她的巫术把这块土地弄得枯竭不堪。一边有一个菜园，锡弥看到里面种着蔬菜——南瓜和尖根，大部分是变异种。接着他注意到了菜园里的稻草人。它也是突变异种，长得很是丑陋，令人作呕，有两个稻草头；一只鼓鼓的手戴着女人的绸缎手套，从胸膛的部位戳出来。

我再也不会答应托林小姐到这种鬼地方来了，他心想。*再多的钱也不干*。

小屋的房门敞着。锡弥觉得，这就像一张正在打哈欠的嘴巴。难闻的阴湿气味从里面飘散出来。

离房子大约还剩十五步的时候，锡弥停了下来，卡布里裘斯突然用鼻子去蹭他的屁股(仿佛要问他们在等什么)，引得锡弥惊叫了一声。他吓得差点撒腿就跑，动用了所有定力才把自己锁在原地。这天天朗气清，阳光明媚；然而到了山上这个鬼地方，阳光显得软弱无力。这不是他首次拜访此地，蕤的山丘从来就不是令人愉悦的地方；现在的气氛更是糟糕透顶。他感觉和三更半夜被无阻隔界的低吟声惊醒时的心情差不多，仿佛有什么可怕的东西悄然向他袭来——像是疯狂的眼睛和鲜红的爪子。

“夫……夫……夫人？有人吗?”

“走近些。”一个声音从虚掩的门里传了出来，“傻小伙，走到我看得见你的地方。”

锡弥照着吩咐走上前去，心惊胆战，欲哭不能。他觉得这次是下不了山，回不去了。也许卡布里裘斯还能回家，但不是他自己。可怜的锡弥说不定会被放进烧锅里煮——今晚烧成热滚滚的晚餐，明天做汤喝，年底再做成冷菜。没准他就会落得这样的下场。

锡弥很不情愿地拖着步子朝蕤的门廊挪动——如果他的膝盖靠得再近一些，两条腿就会像说快书用的响板那样前撞后碰了。她的声音听起来和原来的不太一样。

"夫人？我害怕。我是说真的。"

"害怕也是正常的。"那个声音说。余音飘散，悄然溜进阳光里，仿佛污浊的烟雾弥漫开来似的。"不过不用担心——就按我说的，放松。再走近些，锡弥，斯坦利的儿子。"

虽然锡弥脚下的每一步都被恐惧拽着，他还是表现得很顺从。骡子埋着头跟在后面。卡布里裘斯来这里的一路上都像只鹅似的叫个不停，现在终于安静下来了。

"行了，就到那儿吧，"从阴暗房间里飘出的声音低声说，"就站在那儿。"

她从敞开的门里走出来。太阳照到她身上，她立刻往后退缩了一下，因为强烈的阳光照得她眼花。她手里拎了一只空桶。爱莫特像条项链似的盘卷在她脖子上。

锡弥见过这条蛇，过去他总会想，如果他不幸被这样的蛇咬了，会在怎样的痛苦中挣扎着死去。今天他倒没有胡思乱想；因为和蕤相比，爱莫特看上去就不那么可怕了。老妇脸颊下陷，整个脑袋和骷髅差不多。她稀落的头发和突起的眉毛上到处都是褐色的斑点，令人恶心得像一大群猖狂横行的虫子。左眼下面还有一个伤口，笑的时候露出所剩不多的几颗牙。

"你不喜欢我现在的样子吗？"她问道，"感到心里打颤，是吗？"

"不……不，"锡弥颤颤巍巍地答道，马上又觉得自己说错了，"我想说是的！"天哪，他越说越糟，"夫人，您很漂亮。"他不假思索地脱口而出。

她噗哧一笑，把空酒桶推给锡弥。她的劲很大，差点把他推得一屁股坐倒在地。她的手指碰到了锡弥，不过是一瞬间罢了，但足以使他浑身发麻。

"天气不错啊。俗话说得好，真正的美丽在于美丽的心灵。这用在我身上倒是恰如其分。傻小子，把格拉夫给我。"

"是，夫人！马上给您拿来！"他把空酒桶搁下，去解骡子背上捆酒桶的绳子。他的动作笨拙不堪，因为他意识到蕤一直盯着他；不过他终于把绳子松开了。桶差点从驴背上滑下来，他吓得心都跳到嗓子眼了，要是桶摔在到处是石头的地上，非砸得稀巴烂不可。还好他一伸手，及时把桶抓住了。他把桶递过去，猛地发现蛇已不在蕤脖子上了，紧接着就觉得自己的靴子上有东西在爬。爱莫特仰头盯着他，嘶嘶作响，狰狞地咧着嘴笑，露出两排毒牙。

“孩子，放聪明点，别乱动。爱莫特今天脾气可不好。把桶搬到房里去。太重了，我搬不动。我已经连着几顿饭没吃了。”

锡弥板着张苦瓜脸弯下腰（托林小姐叮嘱过，*要向她鞠躬作揖，表达你最忠诚的敬意*，这些他都铭记在心），他想挪一下脚步，缓释背上的压力，可是蛇依然盘旋在他脚边，他害怕得不敢动弹。当他直起身子的时候，蕤取出了一个斑驳的旧信封，信口用一小块红蜡盖上了封印。这样的红蜡不知会是用什么熬制成的，想到这个问题锡弥就觉得毛骨悚然。

“把这封信带给科蒂利亚·德尔伽朵。你认识她吗？”

“呃，”锡弥努力控制住紧张的情绪，结结巴巴地说，“她是苏珊小姐的姑妈。”

“没错。”锡弥迟疑了一下，正要伸手去接信封，她却突然把信封收了回去，“傻小子，你不识字，对吗？”

“不识字。学也学不会。”

“很好。我提醒你，不要把这封信给任何识字的人看；否则，晚上爱莫特会在枕头底下等你的。我可以看得很远。锡弥，记住我说的话了吗？*我看得很远*。”

虽然这只信封再普通不过了，锡弥拿在手里却觉得又沉又可怕，仿佛它不是用纸，而是用人皮做的。另外，蕤给科蒂利亚·德尔伽朵信干什么呢？锡弥回想起上次见到德尔伽朵女士时，她脸上满是蜘蛛网似的东西，那可怕的形象让他不禁打了个冷战。说不定那些蜘蛛网就是这个站在屋门口、隐匿不定的可怕女人搞的鬼。

“如果你把信弄丢了，别想瞒过我，”蕤压低嗓音说，“你要是给别人看，也别想瞒过我。记住，斯坦利的儿子，我有一双千里眼。”

“夫人，我会小心的。”如果他*真的*丢了这封信反倒更好，但他不会。每个人都认为锡弥的脑袋瓜糊里糊涂的；但是他还没糊涂到弄不清叫他来的真正用意：醉翁之意不在酒，让他来送格拉夫只是个马虎眼，送信才是真正的目的。

“不介意进来一下吧？”她低沉着声音说，一根手指指着他的裆部，“如果我给你吃些蘑菇——这可是特别待遇啊——我可以变成你的梦中情人。”

“哦，我不行，”他说着紧紧抓住裤腿，拼命地笑着，仿佛有一股尖叫声想撑破他的脸皮冲出来似的，“那讨厌的东西上星期出问题了。”

蕤直瞪瞪地看着他，吃惊的表情是她有生以来少有的。过了一会儿，她噗哧笑了出来。苍白的手托着肚子，捧腹大笑，身子不停地来回晃悠。爱莫特惊了一下，慌忙拖着长长的绿身子溜进房间去了。房间深处，她的猫儿对爱莫特嗞嗞叫着。

“走吧。”蕤说，还在不住地笑着。她往前倾着身子，往锡弥衬衣口袋里扔了三四个便士。“走吧，你这个呆子！别到处闲逛，也别采野花。”

“不会的，夫人——”

他话还没说完，门就在他面前啪的一声关上了，门板裂缝里震出一团灰尘。

7

罗兰建议两点钟回老K酒吧，库斯伯特对此觉得莫名其妙。他想知道原因，但罗兰只是耸了耸肩，什么都没说。库斯伯特又看了阿兰一眼，发现他一副沉思的表情，令人费解。

他们出发骑马回住处。一路上，不祥的预感萦绕在库斯伯特的心头。他们攀上小山顶，下面就是老K酒吧，屋子的门敞开着。

“罗兰！”阿兰指着牧场小溪处的白杨树林大声喊道。他们离开的时候，衣服还都好好的晾着，现在莫名其妙地散了一地。

库斯伯特立刻跳下马，跑过去看个究竟。他拿起一件衬衣闻了闻，愤然甩到地上。“有人在上面撒过尿。”他愤怒地喊道。

“到这边来，”罗兰说，“我们来查看一下损失状况。”

8

损失很严重。*正如你预料的那样*，库斯伯特盯着罗兰想。然后他又把视线转向阿兰，发现阿兰虽然看上去表情忧郁，却丝毫没有惊讶。*正如你们俩预料的那样。*

罗兰朝一只死鸽子弯下腰去，捡起了一个东西，那东西太细微了，细得库斯伯特第一眼都没看清到底是什么玩意。罗兰直起身，拿给他的伙伴看。那是一根头发。很长的一根头发，白若银丝。他松开拇指和食指，头发从指间飘落下来，掉到地上那堆撕烂了的画像上，这本是库斯伯特·奥古德父母的画像。

“你们既然知道那只老乌鸦会来这里，为什么我们不及时赶回来宰了他？”库斯伯特听到自己问了这个问题。

“因为时机不对。”罗兰平静地说。

“如果我们中的任何一个到他那里搞破坏，他会把我们杀了，难道还会手下留情不成。”

“我们和他不一样。”罗兰依然心平气和地说。

“我要把他找出来，打断他的牙齿，打穿他的脑门。”

“不行。”罗兰还是很镇定。

如果库斯伯特再听罗兰不温不火地讲下去，他非发疯不可。友谊和卡-泰特已被他抛到脑后，沉入体内，突然涌起的狂怒占据了他整个脑袋，湮没了一切理智。乔纳斯来过这里；他在他们的衣服上撒尿，咒骂阿兰的母亲为婊子，撕毁了他们最珍贵的画像，在墙上涂抹幼稚肮脏的文字，杀了他们的鸽子。罗兰预感到了……但没有采取任何行动……也不打算采取什么措施。他就知道去找他的小情人，是的，那是他目前最关心的事。

但等下次你上马去会她的时候，她就不会再喜欢你的长相了，库斯伯特心想，我说到做到。

他握起了拳头。阿兰一把抓住他的手腕。罗兰转过身去收拾掉在地上的毯子，好像库斯伯特愤怒的脸色和威胁的拳头对他没有任何的触动。

库斯伯特举起另一个拳头，想动粗，让阿兰放开他；但当他看到同伴率直老实的脸庞和单纯又不安的眼神时，他的怒火稍稍平息了一些。他并不想和阿兰争吵。库斯伯特确信阿兰也知道这里出事了，肯定是罗兰坚持不让他在乔纳斯走之前采取行动。

“跟我来，”阿兰小声咕哝了一句，然后把一只手臂搭在库斯伯特的肩膀上，“到外面来。看在你父亲的分上，跟我到外面来。你需要平静一下。现在不是我们搞内乱的时候。”

“现在也不是我们的头儿他妈的昏头昏脑的时候。”库斯伯特还是扯着嗓子大声嚷道。阿兰又拖了拖他，这一次库斯伯特终于让步了，跟他朝门口走去。

这是我最后一次忍让了，他心想，不过我想——我知道——我也只能做到这一步了。我会让阿兰告诉他。

想到要用阿兰做他和自己最要好的朋友的中间人——意识到事情已经发展到这步田地——库斯伯特感到绝望气愤，突然又怒气冲天。他俩刚走到门口，他猛地回过身对罗兰吼道："她把你变成了一个懦夫。"他是用高等语说这句话的。阿兰站在一旁，倒吸了一口冷气。

罗兰停下手上的活，仿佛突然间变成了一块石头，他背对着他们，手臂上搭满了毯子。那一刻，库斯伯特肯定罗兰会转身向他冲过来。他们会大打一场，可能一直打到他俩中的一个被打死，或者被打瞎，或者被打得不省人事。很可能被打惨的人是他自己，但他已经不在乎这些了。

但是罗兰始终没有转过身来。他也用高等语回答："他来偷的是我们的理智和谨慎。你这个样子，看来他是得逞了。"

"不，"库斯伯特又开始使用低等语，"我知道你是怎么想的，但那是错的。事实是，你已经失去了方向。你把自己的粗心大意冠名为爱，把缺乏责任心当做一种美德。我——"

"看在诸神的分上，出来。"阿兰快要咆哮了，他使劲用力把库斯伯特拉出门去。

9

罗兰在视线中消失了，库斯伯特把怒火的矛头指向了阿兰，就如同风向标随着风向改变了一样。两人站在阳光照耀的庭院里，相视而立。阿兰很不愉快，心烦意乱；库斯伯特的手紧紧地握成拳头，在身体两侧不住地抖动。

"为什么你老是为他找借口？这到底是为什么？"

"在鲛坡上的时候，他问我是否信任他。我说是。我现在也信任他。"

"那你就是个蠢货。"

"他是枪侠。如果他觉得我们必须继续等待，那我们就得等。"

"他是枪侠，那是运气！一个畸形的枪侠！变异的枪侠！"

阿兰震惊无语地看着他。

"跟我来，阿兰。是结束这个疯狂游戏的时候了。我们去把乔纳斯揪出来，杀了他。我们的卡-泰特已经完了。我们要建立一个新的，你和我。"

"没有完。如果它真的完蛋了，那也是你的责任。那样的话，我永远都不会原谅你。”

现在轮到库斯伯特沉默了。

“你干吗不骑马出去兜兜风？多逛一会儿，给自己一点时间冷静一下。现在我们的友谊至关重要——”

“这话你跟他讲去！”

“不，我现在要跟你说话。乔纳斯写了对我母亲不敬的脏话。要是我认为罗兰做得不对，你认为我难道不会跟你一起去报仇吗？但那不正中了乔纳斯的下怀吗？他不就巴望着我们失去理智，盲目行动吗？”

“没错，但还是有问题，”库斯伯特稍微缓和了一些，拳头也渐渐松开了，“你不明白，我也不知道怎么跟你解释。如果我说苏珊毒害了我们的卡-泰特，你会认为我心怀妒忌。但我始终觉得她干了那桩事，尽管不是有意的，她自己也不知道。她也毒害了他的头脑，地狱之门已经打开。罗兰体验到地狱之门里的热度，还误认为那是他对她的热情……但我们要更清醒，阿兰。我们必须想得更周到。为了他，也为了我们自己和我们的父亲。”

“你认为她是我们的敌人？”

“不！如果她是，问题反倒简单了。”他深深地吸了一口气，然后吐了出来，又吸了一口，吐出来，接着吸了第三口，吐出来。每吸一口，他就觉得更理智，更清醒了。“别管那个了。现在谈那个也没什么意义。你是对的——我想我要出去好好兜兜风。”

库斯伯特朝他的马走去，又转回身来。

“告诉他，他错了。告诉他，即使在等待这一点上他是正确的，这种正确也是基于错误的前提，一切都是错的。”他犹豫了一会儿，“告诉他我说的地狱之门。就跟他说这是我的感应。你会告诉他吗？”

“会的。库斯伯特，离乔纳斯远点儿。”

库斯伯特骑上马。“我不做任何承诺。”

“你并不是男人。”阿兰伤心地说，更确切地说，他快要哭了，“我们没有一个能称得上是顶天立地的男人。”

“你最好说的是错的，”库斯伯特说，“因为作为男人的使命就要到来了。”

他掉转马头，疾驰而去。

10

库斯伯特沿着海岸道路走了很远，尝试着什么也不想。他发现有时候，如果你敞开着思想的大门，一些出乎意料的东西会钻进你的脑袋，通常是些有用的东西。

但这天下午没有出现什么意外的收获。困惑，痛苦，他脑子里丝毫没有什么新鲜的想法（甚至连一点迹象都没有）。最后，库斯伯特打道回府，返回罕布雷。他骑马穿过高街，一路向和他打招呼的人挥手致意或聊上几句。他们三人在这一带认识了很多善良的人，他把有些人当做朋友。他觉得罕布雷市的普通民众已经接纳了他们——远离家乡和家人的年轻人。库斯伯特与这些普通百姓越来越熟，渐渐打消了关于他们参与了莱默和乔纳斯肮脏阴谋的怀疑。再说，如果不是因为罕布雷民风纯朴，根本没有人会怀疑这里，“好人”法僧又怎么会选择它呢？

今天街上人很多。农夫的集市很繁荣，路边摊排得满满的，品奇和吉利滑稽剧逗得孩子们笑声四起（吉利正在来回追赶品奇，拿着她的扫帚狠揍这个逆来顺受的老可怜）。收割节集市日的布置正在迅速地进行着。但想到集市，库斯伯特并没有太多的喜悦和期待。因为这不是他的集会，因为这不是蓟犁的收割节集会？也许……不过这主要是因为他心身俱疲。如果这是成长的代价，他宁肯不要长大。

他骑着马继续往城外走去，把大海抛在身后。太阳照耀在他脸上，地上的影子越来越长。他想他很快就会离开伟大之路，穿过鲛坡，回老K酒吧去。正在这时，他看见老朋友锡弥牵着骡子走过来。锡弥垂着头，耷拉着肩膀，粉红色的宽边帽斜戴在头上，靴子上满是灰尘。在库斯伯特看来，他好像是一路从地球的另一端徒步走来的。

“锡弥！”库斯伯特叫道，满心以为会看到他愉快的笑容，听见他傻乎乎又滔滔不绝的唠叨，“天长夜爽！你好——”

锡弥抬起头，当宽边帽的帽檐抬起来时，库斯伯特哑然了。他在这个年轻人脸上看到了恐惧——惨白的脸颊，失魂落魄的眼睛，颤抖的嘴唇。

11

要是锡弥愿意，他本该在两小时前就到达德尔伽朵家了，但他像乌龟似的拖着缓慢的步子走，每一步都被他衬衣里的那封信紧紧拽住。可怕，太可怕了。他甚至不能思考，因为他的心智差不多没有思考的能力。

库斯伯特飞身跳下马，快步走到锡弥身边。他把手放到年轻人肩头。“出什么事了？告诉你的老朋友。他不会嘲笑你的，绝不会。”

“阿瑟·希斯”温和的嗓音和关切的表情让锡弥忍不住抽泣起来。他把蕤不让他对任何人提起此事的严厉指示抛到脑后，呜咽着一口气讲述了从早上以来发生的一切，有两次库斯伯特不得不让他讲得慢一些。后来库斯伯特把他带到一棵树下，在树阴里坐下来，锡弥才终于把语速放慢。库斯伯特越听越不安。讲到最后，锡弥从衬衣里掏出了一个信封。

库斯伯特打开封蜡，看了信封里的东西，瞪大了眼睛。

12

乔纳斯兴高采烈地从老K酒吧回来时，罗伊·德佩普正在等着他。罗伊向他报告，法僧的先遣人员终于出现了，听到这里，乔纳斯的兴致又高了一截。只是罗伊并没有像乔纳斯期望的那样高兴。他一点也不高兴。

“那家伙到海滨区去了，我猜有人在那儿等着迎接他呢，”德佩普说，“他想立刻见你。如果我是你，我不会在这里逗留，想着吃点东西什么的。我也不会喝酒。因为需要清醒的头脑来应付这个人。”

“罗伊，今天你的建议还真不少啊。”乔纳斯的话语中充满了讽刺意味。但当佩蒂端来一小杯威士忌的时候，他退了回去，要了一杯水。乔纳斯觉得罗伊看他的眼神怪怪的，而且脸色极度苍白。当席伯在钢琴前坐下，弹出一个音符时，德佩普一惊，一只手向枪把摸去。很有趣，但也有些令人不安。

“孩子，给我坐下——干吗一副惊魂未定的样子？”

罗伊摇摇头，闷闷不乐地说：“我也不知道。”

“那家伙叫什么名字？”

"我没问,他也没说。不过他给我看了法僧的标记。你知道的。"德佩普压低了声音说到,"眼睛。"

乔纳斯知道这玩意儿。他讨厌那个瞪大了的眼睛。真难以想象法僧发了什么疯,竟然选了这个标记。为什么不是一只铁腕?或者交叉的双剑?或者是一只鸟?比如,一只猎鹰——猎鹰不失为一个好标记。可眼睛——

"好吧。"他说着把杯里的水一饮而尽。至少,喝水比威士忌让他感觉舒服——他已经渴坏了。"剩下的就留给我自己来弄清楚吧。"

他走到蝙蝠门前,正准备推门出去,德佩普叫住了他。乔纳斯转过身来。

"他看起来像别的人。"德佩普说。

"什么意思?"

"我也说不清。"德佩普显得局促不安,思维有些混乱……但也很固执。手还是粘着枪不放。"我们只谈了五分钟左右,但我有一次看着他,却觉得他就是利茨的那个老杂种——被我开枪打死的那个。后来我又匆匆看了他一眼,心想,'见鬼,站在那里的是我老爸。'接着这个想法也消散了,他看上去又像他自己了。"

"怎么会这样?"

"估计你会亲眼看到。但我觉得你不会喜欢的。"

乔纳斯推开一扇蝙蝠门,站在门口思忖着。"罗伊,那不会就是法僧本人吧?是不是他乔装打扮了?"

德佩普皱着眉头想了想,摇了摇头回答:"不是。"

"你确信?我们只见过他一次,而且见面的时候离得也不是很近。"当时是拉迪格把法僧指给他们看的。大概是十六个月之前的事了。

"我肯定。你还记得他个子多高吗?"

乔纳斯点点头。虽然法僧不是珀斯老爷,但他身高六英尺多,肩宽体阔。

"那个人和克莱差不多高,可能还要矮些。无论他看起来像谁,他的身高是不变的。"德佩普停顿了一会儿继续说,"他笑起来像个死人。我难以忍受他的笑声。"

"什么意思,像个死人?"

罗伊·德佩普摇着头说:"我说不清。"

13

二十分钟后，艾尔德雷德·乔纳斯骑马穿过写着**带着和平而来**的土坯门，来到滨海区的庭院里。他心里有些不安，因为他本指望来的是拉迪格……而如果罗伊没有弄错的话，他看到的不会是拉迪格。

米盖尔拖着脚走上前来，牵住乔纳斯的马，咧嘴笑着，苍老的面容惹人生厌。

“多谢。”

“不用谢，先生。”

乔纳斯走进院子，见奥利芙·托林像个被弃的幽灵一样坐在前廊，就朝她点点头打了个招呼。她也点点头，露出惨淡的微笑。

“乔纳斯先生，你看上去气色很好啊。如果你见到哈特——”

“对不起，夫人，我是来找大臣的。”说着，乔纳斯三步并做两步上楼往大臣的套间走去，穿过了一条狭窄的用煤气灯照明的(光线不是很好)石头过道。

走廊尽头有一扇门——一扇结实的用橡木和黄铜做的拱门——他敲了敲门。莱默并不在乎像苏珊·德尔伽朵这样的女人，但他爱慕权力；正是对权力的狂热使他脑袋瓜里的所有曲线都变直了。乔纳斯敲敲门。

“请进，我的朋友。”一个声音——不是莱默的声音——叫道。接下来的一阵轻笑弄得乔纳斯毛骨悚然。*他笑起来像个死人*，罗伊曾这么说过。

乔纳斯推开门，走进房间。莱默并不喜欢熏香，就像他对女人的丰臀美唇没什么兴趣一样。不过现在房间里点着熏香——树木的气味让乔纳斯想起蓟犁的宫廷和在大会堂进行的各项活动。煤气灯被调得亮亮的。海风从开着的窗口飘进来，窗帘在海风的吹拂下微微抖动——紫色的天鹅绒，尊贵的颜色，这绝对是莱默最中意的。房间里到处都不见莱默，确切地说，一个人影都没有。屋里有一个小阳台，向着阳台的门都开着，阳台上也看不到任何人。

乔纳斯继续往房里走了几步，瞥了一眼房间另一头镶金框的镜子，他想透过镜子看看身后是否有人，无需回头。但身后也没有人。前面靠左边是一张餐桌，准备了两个人的位子，桌上还放着一份冷食晚餐，但是，座位上也没有人。奇怪的是，刚才明明有人跟他讲话。从声音判断，屋里应该是有人的。乔纳斯警惕地拔出了枪。

“现在请过来。”刚才吩咐他进屋的那个声音又发话了。这个声音径直从乔纳斯左肩后传来。“在这里没有必要用那玩意儿，我们都是朋友，是一条船上的人。”

乔纳斯猛地转过身来，突然觉得自己老态龙钟，行动迟缓。那儿站着一个中等个子的男人，看上去身体很健壮，眼睛湛蓝，双颊红润，可能只是健康的红润，也可能是刚喝过上好的红酒。他微笑着的双唇间露出精致的小牙齿，顶部是尖尖的，肯定是经过打磨才会变成这个样子的——因为这种尖角看起来无论如何都不像天生的。他套着一身黑色的长袍，像是神职人员的袍子，兜帽挂在身后。乔纳斯起初认为这个家伙是光头，不过事实证明他判断错了。那人的头发剃得很短，看上去只有一层头发碴。

“把枪收好，”黑衣人说，“我们彼此是朋友，我可是真心实意的。我们边吃边谈吧，有很多事要说——牛，油罐车，另外还有弗兰克·辛纳屈和德尔·宾格先生到底谁是更棒的低音歌手。总之有很多事等着我们谈哪。”

“谁？更棒的什么？”

“没什么，那个无关紧要。”黑衣人又发出怪异的笑声，乔纳斯心想，这声音除了在这里能听到，就只能在疯人院用铁栅栏封着的窗子里才能听到了。

他扭过头，又把视线转到镜子上。这回他在镜中看到了黑衣人，站在那里向他微笑。天哪，难道他一直都在那儿？

他确实一直在那儿，只有在他想现身的时候你才能看得见他。我不知道他是不是个巫师，但是他会魔法。或许是法僧的魔法师。

他转回身。这个穿着牧师袍子的家伙依旧在微笑，唯一的变化是尖角的牙齿不见了。乔纳斯敢担保先前那些牙齿是尖利的。

“莱默在哪儿？”

“我让他到德尔伽朵小姐那边帮忙去了，安排收割节事宜。”黑衣人回答。他把手臂勾在乔纳斯的肩膀上，领他朝餐桌走去。“我想和你私下聊聊。”

乔纳斯不想惹法僧身边的人，但他实在受不了搭在他肩上的那只手臂。他也讲不清理由，就是觉得无法忍受，简直讨厌至极。他耸了耸肩，抖落了那只手臂，独自往其中一把椅子走去。难怪德佩普从悬岩回来时一脸苍白。

黑衣人的手臂被推开，但他不仅没发火，反而嗤嗤笑了起来。（德佩普说得没错，乔纳斯暗想，他笑起来确实像死人，千真万确)。一个念头在乔纳斯脑中一闪而过，他觉得这人是梵多，柯特的父亲——多年之前，就是他把乔纳斯放逐到了西部——他又伸手去摸枪。黑衣人会意地笑着注视他，那笑容让人极其不快；蓝眼睛仿佛煤气灯里的火焰似的闪动着。

"看到了什么让你感兴趣的东西吗，乔纳斯先生?"

"嗯，"乔纳斯说着坐下来，"食物。"他拿起一块面包，一整块塞进嘴里。面包粘在他干燥的舌头上，但他还是硬生生地把它嚼烂，咽了下去。

"很好。"那个人也坐下了，往乔纳斯的杯子里斟满红酒，"自从那三个惹事的小子来后，你都做了些什么？朋友，请一五一十地告诉我。告诉我你知道的一切，还有你所有的计划。一点都不能漏掉。"

"先让我看一下你的标志。"

"当然。你可真够谨慎的。"

黑衣人把手伸进袍子里掏出一个金属方块——乔纳斯猜那是银质的。他把它顺着桌子滑过来，正好停在乔纳斯盘子边上。刻在上面的东西和乔纳斯预想的一样——狰狞的眼睛。

"满意啦?"

乔纳斯点点头。

"把它推过来。"

乔纳斯伸出手去，他的手向来稳健，但这次却受了他纤弱、颤抖的嗓音的影响；他的手指一阵颤抖，很快又把手缩回到桌子底下。

"我……我不想碰它。"

是的。他不想碰它。他突然意识到，如果他碰到这个东西，雕在上面的眼睛就会转起来……直勾勾地盯着他看。

黑衣人又笑了，伸出右手，做了个"过来"的手势。那个银牌(乔纳斯认为它是银的)自己滑回了他那边……一直滑到他粗布袍的袖子边上。

"阿布拉卡达布拉！结束！"黑衣人优雅地呷了口红酒，接着说，"我们是不是该结束那些烦人的客套了……"

"还有件事，"乔纳斯接口说，"你知道我的名字，我也想知道你的。"

"叫我沃特好了，"黑衣人说，脸上的微笑突然消失得无影无踪，"老沃特就是我。接下来让我们看看刚刚说到哪儿了，接着还要谈什么。总之，现在开始吧。"

14

库斯伯特回到住处时，天已经黑了。房间被整理得干干净净了，好像什么事也没发生过（幸好在以前工头办公室的壁橱里找到了松节油，墙上涂抹的字句被清理得只剩淡淡的粉色印子）。罗兰和阿兰正在打牌，玩的是一个叫做家庭堡垒的纸牌游戏，也就是两个人玩的那种“看我的”游戏，当这个世界还年轻的时候，人们就在酒吧、雇工房或篝火边围坐着玩这种纸牌游戏。

罗兰抬头看了一下，想看看库斯伯特情绪如何。表面上，罗兰显得一如既往的冷漠和不动声色，在艰难的四局牌中，他和阿兰胜负参半。但他内心充溢着痛苦和矛盾。阿兰已经把库斯伯特在院子里说的话转达给了罗兰；听到朋友口中说出那样的话，心里绝对不是滋味，即便是转述的，仍然很扎耳。让罗兰最难以忍受的是库斯伯特出门前说的那句话：*你把自己的粗心大意冠名为爱，把缺乏责任心当做一种美德。*有没有可能他真的犯了这样的错误？一次又一次，他告诉自己没有这回事——他要求他们采取的做法虽然艰难，但却理智，是唯一可行的方法。库斯伯特喊叫吵嚷只不过是一时冲动……还有看到自己的屋子被如此卑鄙地糟蹋时的狂怒。尽管如此……

告诉他，即使在等待这一点上他是正确的，这种正确也是基于错误的前提，一切都是错的。

不可能是这样的。

可能吗？

库斯伯特灿然而笑，面色很好，感觉像是一路疾驰而来。他看上去年轻、英俊、精力充沛。他愉快的模样就像过去的库斯伯特——可以喋喋不休地对着乌鸦头胡扯，直到别人请求他闭嘴。

罗兰并不相信表象。库斯伯特的笑容不对劲，面颊上的红晕也许是怒火而不是好气色，眼里闪烁着的似乎狂躁胜于愉悦。罗兰一脸平静，但心沉了下来。他本希望让库斯伯特自己冷静一会，平息心中的风暴，但事实使他失望。他把目光投向阿兰，发现阿兰和他想的一样。

库斯伯特，三个星期后，一切都将结束。如果我告诉你就好了。

随即闪现在头脑中的另一个想法简单得令他吃惊：*为什么不呢？*

他意识到无法回答那个问题。他为何要一直隐瞒，独自苦苦思考呢？出于什么意图呢？一直以来他都是盲目的吗？神啊，是他一直都执迷不悟吗？

“嗨，库斯伯特，”罗兰开口说，“兜风兜得——”

“很不错，一路愉快，收获不少。出来一下，想给你看点东西。”

罗兰越发不喜欢库斯伯特眼睛里透出的不真实的欢快，但尽管如此，他还是把手中的牌朝下摊开放在桌上，起身准备跟库斯伯特出去。

阿兰拉了拉他的袖子。“别去！”他的声音压得很低，流露出一丝恐慌，“难道你没看见他的表情吗？”

“我心里有数。”罗兰说，失落感涌上心头。

他慢慢地朝库斯伯特走去，昔日的好友如今看上去却如陌路，也就是在这时，罗兰才第一次感到，一直以来自己都是在一种近乎迷醉的状态下做各种决断。或者说，他可曾做过任何决断吗？他不再有十足的把握。

“库斯伯特，你想给我看什么？”

“奇妙的玩意儿。”库斯伯特笑着说。但笑声中掺杂着怨恨，或许还有杀气。“我想你一定会有兴趣仔细瞧瞧的。”

“库斯伯特，你怎么了？”

“怎么了？我很正常。我快乐得像日出时的标枪、花丛中的蜜蜂、大海里的鱼儿。”他转身朝门口走去，又是一阵大笑。

“别跟他过去，”阿兰叫道，“他已经失去理智了。”

“如果我们的友谊破裂了，我们就无望活着逃出眉脊泗，”罗兰冷静地说，“既然这样，与其毁于敌人之手，倒不如死在朋友脚下。”

他也离开了房间。片刻的犹豫之后，阿兰带着一脸愁容跟了出去。

15

猎女月已经离去，魔月尚未露脸，但空中缀满了星星，星光足以让人看清四下的东西。库斯伯特的马仍旧被拴在拴马柱上，马鞍还没有卸下。灰蒙蒙的庭院隐约闪着灰色的银光。

“到底是什么？”罗兰问。他们俩谁都没带枪，这至少让人松了一口气。“你要给我看什么？”

“在这儿。”库斯伯特在雇工房和农场废墟之间停住，伸出手指着某个方向，语气极为肯定。但罗兰没发现任何不同寻常的东西。他走到库斯伯特身边往下看。

“我没发现什么——”

冷不防地，库斯伯特抄起拳头往他下巴猛击过去；他顿时眼冒金星，头一阵晕眩。嬉笑打闹（还是孩提时候）不说，这是库斯伯特第一次打他。虽然尚未失去知觉，罗兰的手臂和大腿却失去了平衡。手脚都在远处，可感觉和身体分了家。罗兰无助地摇晃了几下，两条腿像是从破旧的洋娃娃身上借来似的无力。他终于还是仰天倒地，扬起一片尘土。星星仿佛沿着奇怪的弧形轨迹移动，留下一条条乳白色的痕迹。罗兰耳朵里响起刺耳的嗡嗡声。

他隐约听到远处传来阿兰的叫喊声：“哦，你这个蠢货！愚蠢透顶！”

罗兰费了好大的劲，终于能够转动头了。他看到阿兰向他冲过来。库斯伯特早已抹去脸上伪装的笑意，一把推开阿兰。“阿兰，这是我们俩之间的事。你离我们远点。”

“你小子揍了他，你这个混蛋！”不轻易发怒的阿兰现在几乎接近狂怒，库斯伯特要倒霉了。*我必须站起来*，罗兰对自己说。*我必须阻止他们，以免发生更糟糕的事*。但他的手臂和双腿只是在尘土中无力地挣扎。

“他就是这样对我们的，”库斯伯特反驳道，“我不过是以其人之道还治其人之身罢了。”他把目光移到地上，“罗兰，这就是我要给你看的。就是这块土地，你现在躺着的这片尘土。好好享用吧。它也许能让你清醒。”

罗兰内心的怒火开始燃烧。他感到寒意在体内弥漫，渐渐占据了他的思想。他试图和它对抗，很快就意识到自己输了，他的思想还是被寒意吞噬了。乔纳斯已经无关紧要了；西特果的油罐车已经无关紧要了；他们刚刚揭开的供给阴谋也无关紧要了。很快，他一直以来苦苦守护维系的联盟和卡-泰特也同样会变得无关紧要。

肉体的麻木正从他的腿脚消散，他坐起身来，手撑地面，镇定地抬头看着库斯伯特，神色坚决。他的眼睛里闪烁着星光。

“库斯伯特，我爱你。但我不会再容忍你的别扭和猜忌。如果我跟你算总账，我想你绝对会粉身碎骨地完蛋。所以，我只把你冷不丁地打我的这一拳还给你。”

“我毫不怀疑你能，你这个蠢货，”库斯伯特说着，不由自主地用起罕布雷方言，“不过，在动手之前，你或许想看看这个。”他近乎轻蔑地丢过来一张叠着的纸。纸撞在罗兰胸口，弹落到他膝盖上。

罗兰把纸捡起来，感到冒起的怒火突然无缘无故地熄灭了。“这是什么？”

“自己打开看吧。星光够亮了。”

罗兰慢慢地、不太情愿地展开纸，看看上面写了什么。

不再清白。迪尔伯恩完全占有了她！你觉得怎样？

他又读了一遍。第二遍比第一遍更艰难，因为他的手开始颤抖了。他的眼前浮现出他和苏珊在一起的每个场景——船坞，小屋，木板房——现在他用新的眼光看待那一幕幕，他终于知道有人在窥视他们。他们自以为如此聪明，很有自信地认为自己做得隐秘谨慎。然而事实是，有人一直在监视着他们俩。苏珊是正确的，有人看到了。

我把一切都置于了险境。她的生命和我们的生命。

把我说的有关地狱之门的事告诉他。

耳边又回荡起苏珊的话音：卡像一阵风……如果你爱我，那就爱我吧。

他确实这么做了。年轻气盛的傲慢使他毫无理由地相信，一切都会好的——是的，内心深处，他就是这么想的——就因为他是罗兰，所以卡会让他的爱情圆满。

“我是个傻瓜。”罗兰痛苦地说，声音像双手一样颤抖起来。

“一点没错，”库斯伯特有点刻薄地说，“你是个傻瓜。”他双膝跪在尘土中，面对着罗兰，“现在要是想揍我，就来吧。用力点儿，用上你所有的力气。我不会还手。我已尽我所能让你清醒，重新认清自己的责任。如果你仍旧执迷不悟，谁也没有办法。但不管怎样，我仍然爱你。”库斯伯特握住罗兰的肩膀，轻轻亲了下朋友的脸颊。

罗兰失声痛哭，泣不成声。他的泪水部分是出于感激，但大部分是羞耻和困惑的混杂；甚至在他心灵中有一小块黑暗的阴影，使他恨着库斯伯特，永远恨着。较之下巴上意想不到的一拳，他更恨他的亲吻；较之竭力让他觉醒，他更恨他的宽容。

罗兰站起身，一只沾满尘土的手中仍然握着信，另一只手无力地抹去面颊上的眼泪，留下一条条脏湿的痕迹。看他摇晃着站立不稳，库斯伯特伸手去扶他，却被他重重地推开。要不是阿兰及时扶住库斯伯特的肩膀，他就摔到地上去了。

接着，罗兰又慢慢跪在地上——举着手，低垂着头，跪在库斯伯特面前。

“罗兰，不要这样！”库斯伯特叫道。

“要这样，”罗兰说，“我已经忘记父亲的脸，请你宽恕。”

“好，看在上帝的分上，我原谅你！”库斯伯特讲话的声音听起来像是在抽泣，“快……求你赶快起来！你这个样子让我心碎！”

我心亦碎，罗兰心想。遭到如此的挫败。不过这是我自找的，不是吗？在这个黑乎乎的院子里，我的脑神经疼痛地乱跳，心中充满了羞耻和恐惧。是我自找的，罪有应得。

他们扶他起来，罗兰也任由他们把他拉起来。“库斯伯特，你还真用劲儿。”他说话的语气非常平静。

“只有对于毫无防备的人来说才是这样。”库斯伯特回答道。

“这封信——你从哪儿弄来的？”

库斯伯特讲述了在路上偶遇锡弥的事。锡弥在为他所陷的苦恼境遇不知所措，战战兢兢，好像是在等待卡介入此事……而卡选中“阿瑟·希斯”为代表，真的介入了。

“信是从女巫那里来的，”罗兰陷入沉思，“肯定没错，但她怎么会知道我们之间的事？她从来就没离开过库斯；苏珊是这么对我说的。”

“这个很难说。我也不关心。现在我最担忧的是要保证锡弥的安全，希望他不会因为告诉我这件事，给了我这封信而遭到伤害。其次，我担心既然蕤说出了这件事，就不会只说一遍。”

“我已经犯了至少一个严重的错误，”罗兰说，“但爱上苏珊不是错误，我无法改变这份感情。她的感受也跟我一样。你相信吗？”

“我相信。”阿兰紧接着罗兰的话回答。过了一会儿，库斯伯特也很不情愿地说：“嗯，罗兰。”

“我一直都执迷不悟，傲慢愚蠢。如果她姑妈收到这张纸条，她肯定会被流放的。”

“我们也会被绞死。”库斯伯特冷冰冰地补充道，“虽然我知道你并不是很关心这一点。”

“我们把女巫怎么办？”阿兰急切地问，“怎么对付她？”

罗兰淡淡地笑了一下，转身面向西北方。“蕤，”他说，“撇开其他不说，她是个头等惹祸精，不是吗？惹是生非的人特别需要多加防范。”

他迈开步子往住所走去，脚步沉重，低垂着头。库斯伯特看了看阿兰，见他的眼睛也是红红的。库斯伯特伸出手，起初阿兰只是盯着那只手看。过了一会儿，他点点头——看上去是对他自己点头，而不是对着库斯伯特——握了握库斯伯特的手。

“你做了必须做的，”阿兰感慨地说，“起初我对你有疑惑，现在没有了。”

库斯伯特呼了口气，说：“我这么做，是不得不如此。如果我没让他大吃一惊——”

“——那他就已经把你打得青一块紫一块了。”

“何止青一块紫一块，”库斯伯特调侃地说，“怕是打得我五彩斑斓，像条彩虹似的。”

“甚至可以和巫师的彩虹媲美了。”阿兰开玩笑说，“那个颜色更丰富。”

这句话说得库斯伯特大笑起来。他们两人一同走回住所，罗兰正把马鞍从库斯伯特的马背上卸下来。

库斯伯特想走过去帮忙，阿兰阻止了他。“让他独自一人待一会儿，”他说，“最好这样。”

于是他们径直进了屋子。十分钟后罗兰回到房间，看到库斯伯特正在玩他的那把牌，而且正处于上风。

“库斯伯特。”他说。

库斯伯特抬起头。

“明天有事做了，你和我。到库斯走一趟。”

“我们要杀了她吗？”

罗兰思忖了半晌，终于抬起头，咬着嘴唇说：“应该这么办。”

“对啊，应该。但我们真要这么干吗？”

“除非万不得已。”过后，他会对做出的决定感到懊悔——如果这算是个决定的话——万分懊悔，但他理解自己当时的想法。在眉脊泗的那个秋天，他还只是个男孩，比杰克·钱伯斯大不了多少。对大多数孩子来说，杀人的决定不是轻易或者自然而然就能做出的。“除非她逼得我们非杀她不可。”

“也许她被我们惹急了更好。”库斯伯特说。这本是冷酷的枪侠语言，但他说话时表情却显得困扰。

“是的，或许那是件好事。不过，她不太可能主动惹我们，她的狡猾无人能及。准备好明天早起。”

“好吧。你想让我把这副牌还给你吗？”

“你都要赢他了，算了。”

罗兰从两个伙伴身边走过，坐到他的床上，两手相握放在膝盖上，眼睛盯着手。他或许是在祈祷；或许只是在冥思。库斯伯特注视了他一会儿，然后继续玩他的纸牌。

16

第二天早上罗兰和库斯伯特出发时，太阳刚刚越过地平线。鲛坡仍然浸润在清晨的露水之中，似乎要燃烧在火焰般的橘色晨曦中。他们的呼吸和马儿的喘息都化做一团团雾气。那是一个他们俩怎么也忘不了的早晨。有生以来第一次，他们带着左轮手枪出行。有生以来第一次，他们走入了枪侠的行列。

库斯伯特一言不发——他清楚自己一旦开口，就只会喋喋不休地反复念叨平日常说的废话——罗兰则天性沉默少言。他们只进行了一次简短的交谈。

“我说过，我犯了至少一个严重的错误。”罗兰对他说，“这张纸条，”——他伸手摸了摸胸前的口袋——“让我意识到那个错误。你知道是什么错误吗？”

“不是对她的爱——那不是错误，”库斯伯特说，“你称之为卡，我也是这么想的。”终于说出这句话让他释怀，相信这句话对他来说更是个解脱。库斯伯特觉得，他现在甚至能够接受苏珊了，不是作为他最好朋友的爱人，那个他一见倾心的女孩，而是把她当做他们相互交织的命运的一部分。

“对，”罗兰说，“爱她不是错误，但认为爱情可以远离其他任何东西就错了。我本以为我可以同时过两重生活——一重是生活在你、阿兰还有我们的工作中间；另一重和她在一起。我认为爱情能让我飞越于卡之上，如同鸟的翅膀能够带它高高飞翔，高过一切会杀死和吞噬它的动物。你明白吗？”

“爱情使你盲目。”库斯伯特用一种柔和的语气说。对于过去两个月中心神俱疲的年轻人来说，这种温和还是长久以来的第一次。

“是的，”罗兰悲伤地说，“它使我盲目……但现在我看清了。快，我们加快点速度。我想尽快把这事了结。”

17

他们骑马走到满是车轮痕迹的车道上。在这条路上，苏珊（那个涉世尚且不深的苏珊）曾在吻月的光芒下唱着《无忧之爱》走来。当车道拐向蕤的院子前面时，他们停了下来。

"景色很棒，"罗兰低声说，"这里能够看到整片沙漠。"

"是啊，但我们面前这块景色可不怎么样。"

库斯伯特说的是实话。菜园里长满了变异蔬菜，看管菜园的稻草人如果不是个蹩脚的玩笑，就是个凶险的预兆。院子里只有一棵树，病恹恹的叶子不停地往下掉，就像秃鹰脱落羽毛似的。小屋就在树下，用粗石堆砌而成，屋顶上耸立着一个被烟熏得乌黑的烟囱，上面画着冷黄色的符咒标记。屋子后面有一扇大得夸张的窗户，下面是一个柴火堆。

罗兰看到过许多这样的小屋——他们三人从蓟犁来到这里的一路上都是这种屋子——但没有一幢像这个屋子一样让人强烈地感到不对劲。尽管他并没有看到任何明显的异常，但就是有那种感觉，强烈得挥之不去。他觉得有人在监视并等待他们的到来。

库斯伯特也同样有这种怪异的感觉。"我们是不是要走近些？"他咽了一口唾液，"我们是不是要进去？罗兰，你看……门开着。看见了吗？"

他看到了。仿佛她在等待他们的到来。仿佛她在邀请他们进去坐坐，和她共进可怕的早餐。

"你待在这里。"罗兰催促拉什尔上前。

"不！我跟你一起去！"

"不行，你在后面掩护我。如果真的需要进去，我会叫上你的……但如果真的需要我进去，那老女人将会停止呼吸。正像你说的，那样倒最好了。"

拉什尔每缓慢地迈出一步，罗兰的心里不对劲的感觉就加多一分。这里散溢着恶臭，像是腐肉和烂番茄的味道。他猜想气味是从小屋里飘出来的，但又感觉是从地底下冒出的。每走一步，无阻隔界的哀鸣声就变得更响一些，仿佛这里的空气有扩音效果。

*苏珊曾经一个人来过这里，而且是在晚上，*他想。*诸神啊，即使有伙伴陪着，我都不敢说有勇气夜间到这种地方来。*

他在树下停下，在距离二十步远的地方，透过开着的门往屋里看。他认为自己看到的可能是个厨房:餐桌腿,椅背,脏兮兮的炉石。但没有主人的影子。但她在里面。罗兰能够感到她的双眼像可恶的臭虫那样在他身上蠕动。

她用巫术隐身了,所以我看不到她……但是她就在里面。

也可能他真的看到她了。在门里靠右边的地方,空气闪着奇怪的微光,好像被加热了似的。罗兰曾经听说,如果你想看到隐身的人,要转过头,从眼角看。他就按这个方法做。

"罗兰?"库斯伯特的声音从他背后传来。

"库斯伯特,现在一切都正常。"罗兰心不在焉地说,因为……是的!闪烁的微光现在清晰了许多,呈现出一个女人的形状。当然,这有可能只是他的幻想,但是……

突然,好像那女人知道罗兰看到了她,微光隐回房间的阴暗处。罗兰隐约看到一条黑色旧裙子摆动的裙边,一晃就不见了。

看不看到她都不重要。他来的目的不是见她,而是要警告她……毫无疑问,这个警告比他们父亲可能给她的还要严厉。

"蕤!"他的声音中回荡着成熟、无情、命令的粗涩语调。两片黄叶从树上飘落下来,仿佛是被他的声音震落下来的,其中一片掉在他乌黑的头发上。屋里没有动静,只是弥漫着等待和倾听的沉寂……接着远远地传来一只猫刺耳嘲弄的嘶叫声。

"蕤,无父之女!我帮你带回一点东西!你丢失的东西!"他从衬衣口袋中掏出折着的信,把它扔在石子地上,"今天,我还像朋友般客气。蕤——如果这封信如你所愿地送出去,你付出的将是生命的代价。"

他顿了一下。又有一片树叶从树枝上飘下来落在拉什尔的鬃毛上。

"给我听着,蕤,无父之女,听清楚了。我以威尔·迪尔伯恩的名义来到这里,但迪尔伯恩不是我的名字。我为联盟效力。此外,联盟的背后是白界的力量。你已经跨越了我们的卡之界,所以我警告你:*不要再越界了*。你明白吗?"

仍旧是沉寂,仿佛在静观其变。

"不准你动帮你送这封恶毒信的男孩一根汗毛,否则你只有死路一条。你所知道的,或者你自认为知道的那些事,不准再对任何人提一个字——不准告诉科蒂利亚·德尔伽朵、乔纳斯、莱默,或是托林——否则你就得死。老实点,我们井水不犯河水。如果你违反了任何一点,我们会让你的嘴巴永远闭上。明白吗?”

还是沉寂。污迹斑斑的窗户像眼睛一样窥视着他。一阵风吹落了更多树叶,在他周围像下雨似的纷纷散落。稻草人被风一吹,在撑干上吱吱作响,声音令人厌恶。罗兰脑子里闪过厨子哈可斯,在绳子的一端晃动着。

“明白吗?”

没有回应。甚至刚才门里的微光也消失了。

“很好,”罗兰说,“沉默等于默许。”他掉转马头,稍微抬起头,正在这时,他看到头顶上的黄树叶里有一个绿色的东西在挪动。还听到了轻微的嘶嘶声。

“罗兰小心!有蛇!”库斯伯特尖叫起来。第二字尚未出口,罗兰已经拔出一把枪了。

他向一边侧下身去,拉什尔受惊腾跃不停,罗兰用左腿和脚跟勾住拉什尔的背保持平衡。他开了三枪。轰隆的枪响打碎了静寂的空气,在附近的山丘上回荡。每一枪都把蛇高高地向上弹起,血溅起在湛蓝的天空和黄叶组成的背景上。最后一枪撕下了蛇头,蛇咽气坠地,断成两半。小屋里传来悲痛和愤怒的嚎啕声,可怕至极,罗兰脊椎发寒。

“你这杂种!”从暗处传来一个女人的嘶叫,“啊,你这残忍的混蛋!我的伙伴!我的伙伴!”

“如果你把它当作伙伴,就不该让它来袭击我。”罗兰说,“蕤,你给我记着,无父之女。”

又传来一声尖叫,一切恢复静寂。

罗兰骑马回到库斯伯特身边,把手枪放回皮套。库斯伯特的眼睛惊奇地睁得滚圆。“罗兰,射得太棒了!哦,神啊,射得太棒了!”

“我们离开这里。”

“但我们还不知道她到底明白了没有!”

“你认为她会告诉我们吗?”罗兰的声音里有一丝细微的颤抖。想到刚才蛇突然从树叶里冒出来要攻击他……他仍旧很难相信自己居然没有死。感谢上天,幸亏他的手快,才救了自己一命。

“我们可以让她交代。”库斯伯特说。不过罗兰从他的声音判断得出,库斯伯特并不希望这样。或许以后会,过了几年漂泊的枪侠生活以后也许会;但现在他并无任何杀人的胃口,也没有拷问人的心思。

“即使我们可以把她的嘴撬开,她也不会说实话的。她撒谎就和别人呼吸一样稀松平常。如果我们能说服她闭嘴，今天的任务就算完成了。走吧，我讨厌这个地方。”

18

在回城的路上，罗兰说：“我们要碰个头。”

“我们四个人？是这个意思吗？”

“是。我要把我所知道的和推测的一切都告诉你们。我要告诉你们我的计划，我们在等什么。”

“那实在太好了。”

“苏珊可以帮助我们。”罗兰似乎在自言自语。库斯伯特看到那片孤独的、花冠似的叶子还逗留在罗兰的黑发上，不禁觉得好笑。“苏珊是注定要来帮助我们的。我以前怎么没意识到呢？”

“因为爱情是盲目的。”库斯伯特说。他呼哧一笑，拍拍罗兰的肩膀。“爱情是盲目的，老朋友。”

19

确认那两个年轻人离开后，蕤蹑手蹑脚地走出门，来到令她憎恨的阳光下。她蹒跚着走到树边，跪倒在被撕成两半的蛇边上，嚎啕大哭。

“爱莫特，爱莫特！”她哭喊着，“看看你都成什么样子了！”

地上躺着爱莫特的头，嘴张着，在死的时候定了格，两排毒牙还在滴毒液——一滴滴透明的毒液像棱镜一样在强烈的日光下闪烁。它的双眼闪着怒火。她把爱莫特捡起来，亲吻它带鳞的嘴巴，把最后一滴毒液从尖牙上舔掉，一边不住地低声哭泣。

接着，她用另一只手捡起爱莫特长长的被撕断的身体，对着爱莫特身体上的弹孔悲伤地呜咽着，那里原本是光滑的皮肤，但现在弹孔下面露出了被撕裂的鲜血直流的肉。她把头和身体接在一起，念了两次咒语，可是徒劳无功。爱莫特当然不会活过来了。爱莫特死了，她的符咒也不能帮它起死回生了。可怜的爱莫特。

她把爱莫特的头放到自己一个又老又干瘪的乳房上，把它的身体放在另一个乳房上。当最后一滴蛇血浸湿了她的紧身胸衣后，她抬头往那两个可恶的青年离去的方向看去。

“我会偿还你们的，”她私语道，“我以上古至今所有的神的名义发誓，我会报仇的。蕤会出现在你们最意想不到的地方，你们的惊叫会撕破你们的喉咙。听到了吗？你们的惊叫会撕破你们的喉咙！”

她又在地上跪了一会儿，然后站起身，拖着步子走回屋去，胸前抱着爱莫特。

第五章

巫师的彩虹

1

罗兰和库斯伯特去过库斯三天后的一个下午，罗伊·德佩普和克莱·雷诺兹上了旅者之家的楼梯，往克拉尔·托林宽敞的卧室走去。克莱敲了敲门。乔纳斯叫他们进来，门没锁。

进去之后，德佩普看到的第一个人就是托林小姐本人，她坐在窗前的摇椅里，穿着白色真丝宽松睡衣，头上戴了条红色围巾，膝盖上放了一大堆编织活。德佩普吃惊地看着她。她向德佩普和雷诺兹投以难以琢磨的微笑，说："你们好，绅士们。"接着又干起手中的活。外面是劈里啪啦的鞭炮声（年轻人总不能耐着性子等到节日那天；只要他们手头有爆竹，就一定要马上点着），受惊的马嘶声和男孩们嘈杂的欢笑声。

德佩普转向雷诺兹。雷诺兹耸耸肩，手臂交叉，抓住披风。他用这种方式表示疑惑或指责，或者两者兼而有之。

"有问题吗？"

乔纳斯站在通往浴室的门口，毛巾挂在肩头，正用毛巾的一角擦脸上的剃须皂泡沫。他没有穿上衣，光着膀子。德佩普数不清有多少次看到过他这个样子了，但那些白乎乎、交错的老疤痕总让他有点反胃。

"嗯……我知道我们要借用托林女士的房间，但不知道女士也在这里。"

"她在这里。"乔纳斯把毛巾扔进浴室，走到床前，拿起搭在一根床柱上的衬衫。在他身后，克拉尔抬头盯着他裸露的背看，眼神中流露出一点贪婪的欲望，但马上又低头干起手中的活来。乔纳斯很快套上衬衫。"西特果的情况怎么样，克莱？"

"很平静。但如果某些小混蛋插手来管闲事的话，就会变得热闹了。"

"那里有几个人？怎么安排的？"

"白天十个，夜晚十二个。罗伊和我轮班巡视。不过，就像我说的，一直都很平静。"

乔纳斯点头示意，但他并不高兴。他本希望那群青年已经到西特果去了；他当时故意破坏他们的住所，杀死他们的鸽子，就是想引他们行动。可至今他们仍然安然无恙地躲在该死的营地里。他觉得自己就像在斗牛场上，面对着三头小公牛。他拿着一块红布，全力甩动着，可小公牛却拒绝攻击。为什么？

“搬运工作做得怎么样了？”

“按计划进行，”雷诺兹回答道，“过去的四天，每晚四辆油罐车，成对运送。由懒苏珊的伦弗鲁负责。你还想留半打作为诱饵吗？”

“嗯。”乔纳斯说。这时有人敲门。

德佩普跳了起来。“是——”

“不是，”乔纳斯冷静地说，“我们的朋友黑衣人已经走了。可能是去‘好人’的军队做战前动员了。”

听了乔纳斯的话，德佩普哈哈大笑。窗前，穿睡衣的女人低头看着手中的编织活，一句话都没说。

“门开着！”乔纳斯对着门口喊。

走进来的男人戴着宽边帽，穿着瑟拉佩长披肩，脚上是双农夫和牧人穿的便鞋，脸色苍白，宽边帽檐露出来几缕金发。是拉迪格。他是个难对付的家伙，不过和始终带着诡异笑声的黑衣人相比，他已经好多了。

“先生们，很高兴见到各位。”他说着走进房间，把门关上。他的脸——阴郁不堪，眉头紧锁——是那种好多年都没碰见过好事的脸。可能打出生起就没碰到过快乐的事。“乔纳斯？你好吗？事情进展如何？”

“我很好，事情也进行得很顺利。”乔纳斯说着，伸出手。拉迪格匆匆地毫无感情地和他握了握手。他没有和德佩普、雷诺兹握手，而是看了一眼克拉尔。

“祝天长夜爽，夫人。”

“愿您收成加倍，拉迪格先生。”她还是忙着织手中的东西，连头都没抬。

拉迪格坐在床沿上，从长披肩里掏出一袋烟草，开始卷烟。

“我不会久留，”他说，话音中掺杂着浓重生硬的内世界北部口音；在内世界——德佩普曾听说——驯鹿仍然是主要的交通工具，“那不是明智的做法。如果有人细看，就会发现我不是本地人。”

“对，”雷诺兹说，听上去被逗乐了，“你不像。”

拉迪格狠狠瞪了雷诺兹一眼，又把注意力转到乔纳斯。“我多数的随员就在附近扎营，在爱波特大峡谷西边的森林里……顺便问一下，峡谷里发出的惨叫声是什么？那声音让马受惊。”

“一个无阻隔界。”乔纳斯说。

“如果靠得太近，噪音也会让人害怕，”雷诺兹补充道，“最好离那个地方远一点。”

“你那里有多少人？”

“一百。武装配备齐全。”

“据说，是珀斯老爷手下的人。”

“别那么蠢。”

“他们见过打仗吗？”

“他们很清楚打仗是什么。”拉迪格说，但乔纳斯知道他在说谎。法僧把他的精兵藏在深山里。这里只是个小小的先遣队，在这个队伍里，毫无疑问，只有指挥官才知道枪除了当烧火棍打人之外还有别的用法。

“悬岩那儿有十二个人，负责看护你们最近运来的油罐车。”拉迪格接着说。

“好像用不着那么多。”

“乔纳斯，我冒险到这个荒芜的鬼地方来可不是跟你讨论要如何安排的。”

“先生，请你原谅。”乔纳斯敷衍地说。他在克拉尔摇椅旁的地上坐下，为自己卷了一支烟。克拉尔把编织的活放到一边，抓弄起乔纳斯的头发来。德佩普不明白是什么让艾尔德雷德对她如此痴迷——他所看到的，是一个相貌丑陋的泼妇，硕大的鼻子，双乳如同蚊子块似的。

“至于那三个年轻人，”拉迪格用一种自认为对事情了如指掌的口吻说，“获悉从眉脊泗的内世界来了拜访者，‘好人’深感不安。现在你又告诉我，他们并非原先声称的那样。那他们到底是什么人？”

乔纳斯拨开克拉尔伸在他头发里的手，仿佛在驱赶一只可恶的虫子。但她好像并不在意，又开始织起东西来。“他们不是年轻人，只不过是几个毛头小子。如果他们来这里是因为卡——我知道法僧对此很关注——那也是我们的卡而不是联盟的。”

“不幸的是，我们不能用你的抽象结论去说服‘好人’，”拉迪格说，“我们带来了无线电，可它们要么是坏了，要么就是不能远程工作。谁也不知道到底是怎么回事。总之，我恨透了这种玩意。诸神都在嘲笑它们。朋友，不论结果是好是坏，我们都得靠自己。”

"法僧没有必要这样担心。"乔纳斯说。

"'好人'想把这几个小子变成他计划的额外战利品。我想沃特跟你说过这事。"

"是的。而且每个字我都记得很清楚。沃特先生是个令人过目难忘的人。"

"是的,"拉迪格同意他的看法,"他是'好人'的亲信。他来找你的主要目的就是告诉你要好好处理这几个男孩。"

"他很好地完成了他的使命。罗伊,告诉拉迪格先生你前天去拜访治安官的经历。"

德佩普紧张地清了清嗓子:"治安官……艾弗里——"

"我见过这个人,肥得就像满土日的猪。"拉迪格插话道,"接着说。"

"那三个男孩在鲛坡上数马时,艾弗里的一个副手捎去了一个口信。"

"什么口信?"

"收割节那天别进城;收割节那天离鲛坡远点;最好待在住所附近,因为这个领地的民众节日里不爱看到外地人,即使是他们喜欢的外地人。"

"那他们有什么反应?"

"他们答应在收割节那天待在家里。"德佩普说,"那是他们的一贯作风,每当有人向他们提出要求的时候,他们总是像馅饼一样柔软,迫切地想要取悦别人。事实上,他们非常清楚事实——在这里,人们根本不会在收割节排斥外地人。实际上,让陌生人加入欢庆活动是很平常的事,我相信那几个男孩也知道这一点。这么做的目的是——"

"——是让他们相信我们计划在集市日行动,是啊,是啊,"拉迪格不耐烦地打断了德佩普的话,"我想知道的是他们相信了吗?你能像承诺时所说的,在收割节前一天了结他们吗?还是让他们多活几天?"

德佩普和雷诺兹盯着乔纳斯。乔纳斯伸出手去,放在了克拉尔虽然干瘦,但也不算毫无魅力的大腿上。问题来了,他暗想。下面要说的话至关重要,他将来的处境全看这几句话能不能兑现了。如果能的话,大灵柩猎手们将会得到感激和报酬……可能还有额外的奖励。如若不能,他们会被高高吊起,绳子紧紧勒在脖子上,很可能被吊起来之后,头就被勒掉了。

"在我们看来,他们就像地上的鸟儿一样容易抓,"乔纳斯说,"他们将背上背叛的罪名。三个年轻人,出身名门,受约翰·法僧指使。真是骇人听闻。有什么比这个更能证明我们生活的时代是多么邪恶啊。"

"叫一声有叛徒,民众就群情激奋了?"

乔纳斯冷漠地一笑。"叛逆罪是最容易让大众激动的事情了,即使是在他们都喝得酩酊大醉,而且核心人物被马夫协会拉拢收买的情况下。谋杀……尤其被杀的是广受爱戴的市长——"

德佩普震惊的眼睛瞟到市长妹妹那边。

"多么遗憾的事,"那女人说着,叹了口气,"我会感动得想亲自去领导那群暴民。"

德佩普认为他终于明白了艾尔德雷德为什么会被她吸引了,是因为她身上每一个细胞都透出和乔纳斯一模一样的冷血。

"还有件事,"拉迪格继续说,"'好人'把一样东西交给你保管了。一个水晶球?"

乔纳斯点点头:"不错,小事一桩。"

"我听说你委托本地的一个女巫代为保管。"

"是的。"

"你应该尽快把它拿回来。"

"不用教你的祖父如何吸食鸡蛋,"乔纳斯略显暴躁地说,"我要等到那群乳臭未干的小子被炖着吃了之后再把东西拿回来。"

雷诺兹好奇地小声说,"拉迪格先生,你亲眼见过那东西吗?"

"没有近距离观察过,但是我见过看到水晶球的人。"拉迪格停顿片刻,接着说,"一个人看过之后就疯了,最后不得不被开枪击毙。仅有的另外一次看到类似情况是在三十年前,在大沙漠的边界。那人住在沙漠边上的小屋里,他被一只带狂犬病的郊狼给咬了。"

"上天保佑海龟。"雷诺兹嘴里嘀咕着,轻拍了三下喉咙。听到狂犬病,他感到万分恐惧。

"如果巫师的彩虹控制住你,谁也保佑不了你。"拉迪格残酷地说,又把注意力回转到乔纳斯那边,"你在拿回来的时候,要比送出去更加小心。那个老女巫现在很可能已经着了它的魔了。"

"我打算派莱默和艾弗里去办这事。艾弗里脑子不怎么灵活,但莱默精明得很。"

"恐怕这样不妥。"拉迪格说。

"有何不妥?"乔纳斯质疑道。他的手紧握在克拉尔的腿上,不愉快地对拉迪格强装笑容。"也许你可以告诉你谦恭的仆人为什么这样做不妥当。"

回答的人是克拉尔。“因为，”她说，“当蕤保管着的巫师的彩虹被收回时，长官就要忙着准备陪我哥哥一起去他的归宿之地了。”

“她在说什么，艾尔德雷德？”德佩普疑惑不解地问。

“莱默也会死，”乔纳斯说，他咧开嘴笑了，“另一桩恶劣的罪行将栽到约翰·法僧的小探子们头上。”

克拉尔甜蜜地微笑着表示同意，她的手盖到乔纳斯的手上面，把它往上推了推，又拿起编织活干起来。

2

这个女孩虽然年轻，但已有所属。

这个男子虽然俊朗，但性情多变。

一天晚上，她和他在一个偏僻的地方见面，她告诉他，虽然他们之间的爱情很甜美，但必须结束了。他回答说永远都不会结束的，他们的爱情是写在星星上的。她说也许是的，但是在某些地方，星群已经变了。也许他开始哭泣。也许她笑了——很可能是出于紧张的笑。不管是什么原因，这样的笑在当时绝对不合时宜。他捡起一块石头就往她脑袋砸去。当他回过神来，意识到自己做了什么之后，他后悔地坐下，背靠着一块花岗岩石板，把她可怜的被砸扁了的头拥到大腿间，然后切断了自己的喉咙。一只站在附近树上的猫头鹰看见了整件事。他亲吻着她死了；当他们被发现的时候，他们的双唇被两人的鲜血粘结在一起。

这是个古老的故事。每个地方都有不同的版本。故事发生的地点通常是当地的情人径，或是隐蔽的一段河堤，要不就是市镇的墓地。当故事的真实情节被歪曲，用以满足人们病态的浪漫情结时，歌曲就出炉了。通常，那些歌是痴男信女的专利，他们弹着吉他，但总是找不准音。合唱团总会加上这么一段哀泣的副歌段子，比如，*噢亲爱的，他们共死于此*。

这个离奇有趣的故事在罕布雷的版本是这样的：有一对爱人，男的叫罗伯特，女的叫弗朗西丝卡。故事发生在世界转换之前。谋杀和自杀的场景被设计在罕布雷公墓，砸烂弗朗西丝卡脑袋的是一块石铭牌；罗伯特切断自己喉管时靠着的花岗岩墙是托林陵墓。（五代人之前在罕布雷或眉脊泗是否确有托林家族是值得怀疑的，但民间传说本来就不过是带韵脚的谎言罢了。）

且不论这故事是真是假，人们都认为这块墓地常有恋人的鬼魂出没，（据说）能看到他们手拉手在墓碑间穿行，浑身是血，表情愁闷。因为那么多可怕的传说，晚上少有人来此；于是这里便成了罗兰、库斯伯特、阿兰和苏珊碰头的地方。

碰面的时候快到了，罗兰越发忧心忡忡……甚至感到绝望。苏珊是症结所在——或者，说得更准确些，苏珊的姑妈是个大问题。即使她姑妈没有收到薮恶毒的信，科蒂利亚对苏珊和罗兰的怀疑已变得越来越确定。不到一个星期前的一天，苏珊挎着篮子刚迈出门口，科蒂利亚就开始对她尖声叫道：

"你跟他在一起！你这个下贱的女孩！你已经跟他在一起了，从你脸上看得一清二楚！"

那天，苏珊一整天都没有和罗兰在一起，因此她一开始都没反应过来，她瞪着姑妈："和谁在一起？"

"噢，不用在我面前装蒜，年轻漂亮的小姐！求你了，别装出一副羞涩的模样了！是谁在走过我们家门时差点儿就用舌头挑逗你了，我说的就是他！迪尔伯恩！迪尔伯恩！这事，我永远都会挂在嘴上，说它千遍万遍！噢，我真为你感到羞耻！可耻啊！看看你的裤子！都被草地染绿了，你们两个肯定在草地上打滚亲热呢！我觉得奇怪，你的裤裆怎么没被撕碎呢！"科蒂利亚姑妈几乎发狂了，脖子里青筋爆出，像一根根绳子。

苏珊惊讶地低头看看腿上的旧卡其裤子。

"姑妈，这是油漆——难道你看不出来吗？吉塔和我一直在市长府邸为集市日做装饰布置。裤子后面的颜色是被哈特·托林弄上去的——不是迪尔伯恩，是托林——在存放装饰品和爆竹的小屋里，他骚扰我。他觉得当时当地是个好机会，于是又来了一次。他趴在我身上，又把那东西射在他裤子里，然后心满意足地走了，他还哼着歌呢。"她皱起了鼻子，虽然这两天她想到托林，最多也就感到不快和厌恶，她已经不再害怕托林了。

苏珊说话的时候，科蒂利亚姑妈一直看着她，眼睛闪闪发光。苏珊第一次开始怀疑科蒂利亚的心智是否正常。

"这个故事听起来还算合乎情理，"科蒂利亚终于低声说。她的眉毛上面有几粒小汗珠，面颊两边的太阳穴上，青筋像钟一样滴答跳动。这几天，不论她洗不洗澡，身上总有股味道——腐烂、辛辣的臭味。"在那之后你们俩有没有好好亲热一番呢，你和他？”

苏珊向前跨了一步，一把抓起姑妈瘦骨嶙峋的手腕，把她的手按到裤子膝盖的污迹上。科蒂利亚大叫一声，想把手抽走，但苏珊抓得很紧。接着，她把那只手举起来，放到姑妈的面前，直到她认为科蒂利亚已经闻到手掌上的气味了。

“闻到了吗，姑妈？油漆！我们用它来做彩色灯笼！”

苏珊慢慢松开了那只手腕。那双看着苏珊的眼睛终于平静了一点。“对，”她终于承认，“是油漆！”停顿了一下，“这次算你说的是对的。”

自从这件事以后，苏珊走在街上时，总是一回头就会看到一个窄臀的人影悄悄紧随其后，或是姑妈众多朋友中的一个用怀疑的眼光关注她的行踪。她骑马去鲛坡时，也会感觉到有人在跟踪监视。有两次苏珊都答应参加墓地的碰头会，见见罗兰和他的朋友。可两次她都不得不被迫中途改变主意，第二次是在最后一刻取消出行的。那一次，她看到布赖恩·胡奇的大儿子用古怪的眼神盯着她。仅仅是直觉……但是强烈的直觉。

对她来说，更糟糕的是，她和罗兰一样急切疯狂地盼望着见面，而且并不仅仅是为了商量事情。她需要看到他的脸，用双手紧握他的手。至于其余的甜蜜事，她可以等待；但她需要见他，触摸他；她要向自己证实他不是梦境，不是一个孤独的、受惊的女孩为了慰藉自己编织出来的梦想。

最终还是玛丽娅帮了她——神保佑这个小个子女孩，她懂事得很，远远超过苏珊所能想到的。是玛丽娅带着一张条子去找科蒂利亚的，条子上说，苏珊将在滨海区的客房住一个晚上，署名是奥利芙·托林。虽然满腹狐疑，但科蒂利亚还不至于认为那是伪造的。确实不是伪造品。当苏珊拜托奥利芙写条子时，她心不在焉，什么也没问就帮忙写了。

“我的侄女怎么啦？”科蒂利亚突然严厉地说。

“她很疲劳，夫人。还伴有点喉咙痛。”

“喉咙痛？集市日快到了她却喉咙痛？荒谬！我可不信！苏珊从来不生病！”

“喉咙痛。”玛丽娅重复道，对科蒂利亚的怀疑，她表现出只有农妇才会有的固执。科蒂利亚这回不得不相信了。玛丽娅本人并不知道苏珊要做什么，总之，那正是苏珊所希望的。

她从阳台翻出去，敏捷地顺着长在房子北墙的葡萄藤往下滑了十五英尺，穿过大厅里的仆人房间来到外面。罗兰一直在那里等着她。他们温存缠绵了两分钟，这个我们就无需赘言了。然后，他们一同骑上拉什尔往墓地赶去。库斯伯特和阿兰充满期望和不安地在那里等待着。

3

苏珊的目光先落到性情平和、金发圆脸的男孩身上，他的名字不是理查德·斯托克沃斯，而是阿兰·琼斯。接着又看看另一个——她曾从这个男孩身上察觉到对她的不信任，甚至是愤怒。他的名字是库斯伯特·奥古德。

他们并排坐在一块倒下的墓碑上，碑上布满了常春藤。他们的脚埋没在一股细雾中。苏珊从拉什尔背上跳下来，慢慢向他们走近。他们站起身。阿兰按内世界的习俗向苏珊鞠躬，一条腿伸向身前，膝盖微曲。"小姐，"他寒暄道，"祝天长——"

他旁边的另一个男孩——身材瘦削，皮肤稍黑，如果不是不安的神情，那张脸本该是很俊俏的。他深色的眼睛十分漂亮。

"——夜爽，"库斯伯特接着阿兰的上半句说，也像阿兰那样鞠了一躬。他们俩看起来简直就像集市日素描画里的滑稽侍臣。她忍不住笑了。随后，她深深地回敬了一个屈膝礼，展开手臂，仿佛穿着裙子。"先生们，祝你们收成加倍。"

然后他们面面相觑了一会儿，三个年轻人都不知道该如何让谈话继续下去。罗兰没有过来解围，他骑在拉什尔背上，仔细地注视着。

苏珊试着往前走了一步。她收起笑容，只有嘴角还回荡着一缕微笑的涟漪。但她的眼神很焦虑。

"我不希望你们恨我，"她说，"但你们恨我，我也能理解——我介入了你们的计划……还介入了你们三人之间——但是我控制不了自己。"她的手还放在身体两侧。说完那句话，她把手伸向阿兰和库斯伯特，掌心向上。"我爱他。"

"我们不恨你，"阿兰说，"是吧，库斯伯特？"

那一刻，库斯伯特沉默了。透过苏珊的肩膀，他往远方望去，仿佛在研究渐满的魔月。苏珊觉得自己的心跳停止了。过了一会儿，他把凝视的目光转向苏珊，给了她一个甜美的微笑；一个念头（如果我先遇到的是他——）在她脑袋里像彗星一般闪过。

“罗兰的爱就是我的爱。”库斯伯特说。他伸手拉住她的手，把她领到自己和阿兰之间，就像一个女孩站在两个兄弟中间。“我们还在襁褓之中时就成了朋友，我们将珍惜并维持彼此的友谊，直到我们中的一个死去。”他像个孩子似的嬉笑起来，“但愿我们能一起找到出路。”

“很快就有结果了。”阿兰补充道。

“只要，”苏珊·德尔伽朵总结道，“只要我姑妈科蒂利亚不掺和进来。”

4

“我们是一个卡-泰特，”罗兰说，“众多卡-泰特中的一个。”

他把他们一个个看过来，没有发现任何不赞同的眼神。他们已经到了陵墓，嘴和鼻子里的呼吸在空气中凝结成一团团雾气。罗兰蹲着身子，看着另外三个人。他们并排坐在一张供人们沉思默念的长椅上，长椅两侧有石头花盆，里面放着干枯了的花束。地上散落着枯萎的玫瑰花瓣。库斯伯特和阿兰分坐在苏珊两边，很自然地用他们的手臂拥着她。罗兰又一次感到眼前是一幅两个兄弟小心呵护自己姐妹的图景。

“我们比过去强多了，”阿兰说，“这种感觉很强烈。”

“我也这么认为，”库斯伯特说，他环视了一下四周，“这真是个聚会的好地方。特别是对我们这样的卡-泰特来说。”

罗兰没有笑；机智巧辩一向不是他所擅长的。“我们来谈谈罕布雷的情况，”他说，“然后设想一下接下来会怎样。”

“我们不是带着使命被送到这儿的，”阿兰对苏珊说，“父亲们把我们送到这里，只是为了让我们免受牵连，远离危险。就是这么简单。罗兰激怒了一个好像和约翰·法僧同伙的人——”

“激怒，”库斯伯特回味地说，“这个词用得不错。很到位。我要记住它，一有机会就用。”

“克制点，”罗兰斥责道，“我可不想在这里待一整晚。”

“哦，实在对不起呀。”库斯伯特一本正经地说，但是他的眼睛里跳跃着不愿悔改的调皮神情。

“我们来这里的时候带着信鸽，用来帮我们传送信件，”阿兰接着说，“但我想，父母准备信鸽的目的是为了能确认我们一切都好。”

“是的，”库斯伯特说，“阿兰想说的是，这里发生的事情让我们大为吃惊。罗兰和我之间……我们发生了冲突……关于接下来应该怎么办，我们有分歧。他想等待。我不想这么做。现在我相信他是正确的。”

“不过是基于错误的前提，”罗兰干巴巴地说，“但不管怎么样，我们已经消除了分歧。”

苏珊的眼神不断地在他们之间徘徊，有些惊恐。最后，她看到了罗兰下巴的淤青，虽然从半开的墓门中漏出的一点微光十分暗淡，但那块伤清晰可辨。“分歧是怎么解决的？”

“那并不重要，”罗兰回答道，“法僧想来一场战争，也可能一连串战争，在沙维德山脉里，蓟犁的西北面。在逼近他的联盟军队看来，他好像是被围住了。如果一切正常，他确实如同瓮中之鳖。但法僧企图与他们交战，引他们上钩，然后用中古先人的武器摧毁他们。因此他要从西特果运油过去。苏珊，就是我们看到的油罐车里的油。”

“油会在哪里提炼来供法僧使用呢？”

“从这里往西，他路线上的某个地方，”库斯伯特说，“据我们的推测，很可能在维卡斯蒂斯山脉。你知道那个地方吗？是个矿区。”

“听说过，但我一生中从来没有真正离开过罕布雷。”她语调平稳地对罗兰说，“我想那很快就会改变了。”

“那些山脉里留下了许多中古先人用过的机械装置，”阿兰说，“据说大多数都放在溪谷和峡谷里。有机器人和杀人光——光束剃刀，人们是这么叫的，因为如果你照到那些光，光束剃刀就会利落地把你切成两半。天知道还有什么玩意儿。有些毫无疑问纯属传说，可是无风不起浪。不管怎么样，那个地方很可能就是他们的炼油基地。”

“然后他们会把成品送到法僧那里，”库斯伯特分析道，“但那对我们不重要；我们能处理的事情都在眉脊泗。”

“我在等待时机，能把他们一网打尽，”罗兰说，“他们的每一滴该死的战利品。”

“可能你原来没有注意到，我们的伙伴有那么一点点儿野心。”库斯伯特说着，眨了眨眼。

罗兰并没有在意。他正在向爱波特大峡谷方向远眺。今晚那里很安静；秋风已转向，绕过了罕布雷。“如果我们能放火让油烧起来，其他的也都将彻底被摧毁……不管怎么说，油是最重要的东西。我想毁了它，然后离开这个鬼地方。我们四人一起离开。”

“他们打算在收割日那天行动，是吗？”苏珊问。

“哦，是的，看起来是这样。”库斯伯特说着，笑了起来。那是丰富的，富有感染力的声音——如同一个孩子的笑声——他像一个小孩那样捧腹大笑，前俯后仰。

苏珊一脸疑惑地看着他：“怎么了？为什么笑？”

“我也说不清，”他咯咯笑着说，“有太多好笑的事了。我要是一直笑个不停，就会把罗兰惹怒的。阿兰，你来说。告诉苏珊那天副手戴夫来拜访我们的事。”

“他到老K酒吧来见我们，”阿兰面带微笑讲道，“像叔叔似的跟我们讲话。他告诉我们罕布雷民众不喜欢在集市日看到外地人参加，满月那天我们最好乖乖待在家里。”

“太荒唐了，”苏珊愤慨地说，像其他人一样在听到自己的家乡被恶意诽谤时表现得义愤填膺，“我们欢迎外人参加我们的集会，一直以来都是这样！我们可不是一群……野蛮人！”

“平静点，平静点，”库斯伯特说，还在不住地吃吃笑着，“我们知道，但戴夫先生并不清楚我们知道这里的习俗，是吧？他知道他太太做白茶很拿手，除此之外，戴夫就只知道大海了。据我的判断，治安官赫克知道的稍微多些，但也不会太多。”

“他们煞费苦心，警告我们不要去，这里面有两层意思。”罗兰说，“第一点，正如苏珊所说，他们打算在收割节集市日运货。第二点，他们认为可以在我们眼皮底下轻而易举地把法僧的货运走。”

“事后再把责任嫁祸在我们头上。”阿兰愤愤地说。

她好奇的目光回旋于面前的两个人之间，过了一会儿说：“那你们有什么计划？”

“摧毁他们留在西特果当做诱饵的东西，然后攻入他们的集聚地，”罗兰沉静地说，“就在悬岩。至少一半他们打算弄往西面的油罐车已经在那里了。那里肯定会有一支军队。可能多达两百人，不过我想实际人数会少一点。所有这些人都会死。”

“如果他们不死，死的将是我们。”阿兰说。

“单靠我们四个人怎么杀两百个士兵啊？”

“我们做不到。但我们可以点燃聚集在一起的一两辆油罐车，那将会是一场爆炸——也许很可怕的一场爆炸。走运活下来的士兵会吓破胆，幸存的首领不用说一定是暴跳如雷，气得半死。我们会让他们看到我们……”

阿兰和库斯伯特屏住呼吸看着罗兰。他的其他想法他们多少知道一些，或者猜了个差不多，唯独刚才说的行动计划罗兰在此之前一直严守着秘密，没有告诉他们中的任何一个。

“然后呢？”她问，露出惊恐的样子，“然后呢？”

“我想我们能把他们引进爱波特大峡谷，”罗兰回答道，“把他们引到无阻隔界里去。”

5

其余几个人都惊呆了，一时间无人说话。突然，苏珊冒出一句：“你疯了。”但语气并无不敬。

“不，”库斯伯特若有所思地说，“你错了，他没有疯。罗兰，你在考虑峡谷山崖上的那条小道对不对？就是峡谷底面弯曲处之前的那一条。”

罗兰点点头：“我们四个人从那里爬进去不会有太大困难。在顶上，我们要堆一些石块。如果有人追我们，这些石块足以构成山崩砸死追踪的人。”

“太可怕了。”苏珊说。

“这是为了求生，”阿兰回道，“如果他们拥有石油，并使用它，他们会杀了武器射程之内的联盟成员。‘好人’从来不留俘虏。”

“我没说那是错的，只是觉得可怕。”

他们沉默了片刻，四个孩子在心里盘算着杀死两百号人的行动。当然，那两百号人里面并不全是成年壮丁，许多（也可能大多数）会是和他们年龄相仿的男孩。

最后她说：“那些没有被滑落的石头砸死的人也只能撤出峡谷了。”

“不，他们不会撤出去。”阿兰对地势已经有了清晰的概念，几乎完全弄明白整件计划了。罗兰点头表示同意。他的嘴角上露出了一丝微笑。

“为什么不会呢？”

“峡谷前面的灌木丛。我们要在那儿点火，对吗，罗兰？如果那天顺风的话……浓烟就会……”

“浓烟就会逼迫他们往无阻隔界的方向走。”罗兰说。

“你们怎么点燃灌木丛呢？”苏珊问，“我知道灌木丛的树枝很干，但你们肯定没有时间用火柴或燧石取火啊。”

“所以我们需要你。”罗兰说，“同样，你还可以帮我们点燃油罐车。我们不能单指望用枪引爆油罐车；原油没人们想象的那么易燃。”

“告诉我该做些什么。”

6

他们又谈了二十来分钟，但行动计划没有什么实质性的改进——看来他们都很清楚，如果计划得太周详，到时情况一旦有变，他们会手足无措。卡已经把他们卷入其中；也许最好的办法就是依靠卡——以及他们自己的勇气——从这个阴谋中脱身。

对于让锡弥参加行动，库斯伯特犹豫了半天，但最后还是同意了——这孩子要做的事少得很，也没什么风险；罗兰还同意在他们永远离开眉脊泗时把锡弥带上。他说，五个人的队伍和四个人的差不多。

“好吧，”库斯伯特说着转向苏珊，“我们俩中的一个要跟他谈谈。”

“我来跟他谈。”

“一定要让他明白，不能把我们的事透露一个字给克拉尔·托林，”库斯伯特说，“倒不是因为市长是她的哥哥；我只是不信任那个婊子。”

“我能给你一个比哈特更好的理由来不信任她，”苏珊说，“我姑妈说她和艾尔德雷德·乔纳斯走到一起了。可怜的科蒂利亚姑妈！那是她度过的最糟糕的夏天。秋天也好不到哪里去，我知道。人们会叫她叛徒的姑妈。”

“有人会明白真相，”阿兰说，“总有人会的。”

“也许吧，可我的科蒂利亚姑妈从来就听不到好的闲话。当然她也不喜欢说好话。要知道，她迷上乔纳斯了。”

库斯伯特大吃一惊。“迷上了乔纳斯！神在想什么呢？你能想象吗！如果因为爱情品位最差就要被绞死，你姑妈肯定早不在人间了，你觉得呢？”

这话引得苏珊咯咯笑弯了腰，抱着膝盖，点头表示赞同。

“我们该走了，”罗兰说，“如果半路杀出什么事需要苏珊马上知道，我们会用翡翠之心石墙上的红岩传信。”

“好，”库斯伯特说，“我们离开这里吧。寒气直往我的骨头里钻。”

罗兰蹲得脚有点麻，站起来活络了一下关节。“他们在集合离开的时候顾不上我们，这点对我们很重要，是我们的优势，很好的机会。现在——”

阿兰从容的声音打断了他：“还有一件事。同样非常重要。”

罗兰又蹲了下去，好奇地看着阿兰。

“女巫。”

苏珊轻轻地惊叫了一声。听到这个词，罗兰不耐烦地笑了。“她不在我们的考虑范围之内。阿兰——我觉得她不会对我们的行动产生影响。我想她不会是乔纳斯的党羽——”

“我也认为她不是。”阿兰说。

“——我和库斯伯特已经警告过她，在我和苏珊那件事上，她得闭嘴。如果我们没那么做，她的姑妈现在八成已经暴跳如雷了。”

“你难道还不明白？”阿兰质问道，“蕤把你们的事告诉谁并不重要。关键问题是*她怎么知道的*。”

“是粉红色。”苏珊突然插话道。她的手放到头发上，手指尖摸着那截断发，新的头发已经开始长出来了。

“什么粉红色？”阿兰问。

“是月亮。”她说，然后又摇摇头，“我不知道。我不知道我在说什么。我怎么像品奇和吉利那样没头脑呢……罗兰？怎么了？你怎么了？”

罗兰没有蹲着，而是一屁股坐到了撒满花瓣的石子地上。看上去他正努力让自己不要昏厥。陵墓外面，秋叶凄凉的哗啦声和夜鹰的鸣声在空气中混合在了一起。

“天啊，”他低声说，“这不可能。不可能是真的。”他的眼睛和库斯伯特的撞到了一起。

库斯伯特脸上的诙谐幽默一洗而空，只剩下无情的、飞速思索的脸庞，也许他母亲看到这副样子都会认不出自己的儿子……也许她根本不想看到这样的表情。

“粉红色，”库斯伯特说，“太有趣了，不是吗？——我们临行前你父亲碰巧也提到了这个词，对吗，罗兰？他警告我们要小心粉红色。我们当时还觉得那是个玩笑。*差不多是个玩笑*。”

“噢！”阿兰睁大了眼睛，“噢，操！”他脱口骂道，随即意识到他最好的朋友的爱人就腿并腿地坐在他身边，连忙用双手捂住嘴巴，面颊涨得通红。

但苏珊并没有注意阿兰的脏话，她盯着罗兰，眼神愈发恐惧和疑惑。“什么？”她问，“你知道什么？告诉我！告诉我！”

“上回在柳树林里，我给你催眠过，今天我想再试一次，”罗兰说，“现在就做，这样就不至于我们谈得太多，把你的脑子搅糊涂，让你记不清发生过的事。”

她还在讲话的时候，罗兰已经把手伸进了口袋，掏出一个贝壳，贝壳在他手背上舞动起来。苏珊的眼神立刻被拖了过去，就像磁石吸铁块似的。

“亲爱的，恕我冒昧。”他说，“这么做可以吗？”

“啊，随你所愿。”她的眼睛渐渐瞪大，变得呆滞无神，“我不明白你为什么认为这次会有任何不同，但是……”她没有说下去，眼睛仍盯着罗兰手上舞动的贝壳。当他定住贝壳，握进掌中的时候，苏珊闭上了眼睛，她的呼吸柔和而有节奏。

“天哪，她变得像一块石头。”库斯伯特吃惊地小声说。

“她曾被催眠过。我想那是蕤干的。”罗兰停顿了片刻说，“苏珊，能听到我说话吗？”

“是的，罗兰，听得很清楚。”

“我想让你再听另一个声音。”

“谁的？”

罗兰示意让阿兰过来。如果有人能够突破苏珊意识中的障碍，这个人就是阿兰。

“我的声音。苏珊。”阿兰说着，走到罗兰身边，“你听得出来吗？”

她闭着眼睛，面带笑容：“嗯，你是阿兰，从前你叫理查德·斯托克沃斯。”

“对。”阿兰用紧张询问的眼神看着罗兰——我该问她什么呢？——但罗兰没有马上回答。他正同时在另外两处地方，听着两种不同的声音。

苏珊在柳树林里的小溪旁：她说，“嗯。亲爱的，你是个好女孩。”然后所有的东西都变成了粉红色。

他的父亲在大会堂后面的院子里：葡萄柚般的颜色。我是指粉红色的那个。

粉红色。

7

他们的马已经备好马鞍，行李也都放好了；三个男孩站在旁边，虽然不动声色，内心却因为要离家而激动万分。面前的道路和未知的旅途吸引着所有的年轻人。

他们在大会堂东面的院子里准备出发，这里离罗兰曾经击败柯特的地方不远。太阳还未升起，灰白如绸带般的薄雾罩在绿野上。稍远处的二十步开外，库斯伯特和阿兰两人的父亲在放哨，他们两腿叉开，手握枪把。马藤（他暂时不在官邸，而且，目前大家都知道，他也不在蓟犁）不大可能对他们实施任何形式的袭击——不在这个地方——但也并非完全不可能。

因此，只有罗兰的父亲在他们准备起程东行去眉脊泗和外弧时和他们讲了话。

“还有一件事。”他们在调马肚带的时候，他说，“我拿不准你们是否会看到和我们利益相关的东西——不是在眉脊泗——我要你们留心彩虹中的一个。巫师的彩虹。”他轻声一笑，又加了一句，“葡萄柚般的颜色。我是指粉红色的那个。”

“巫师的彩虹只不过是个童话故事，”库斯伯特说，回了斯蒂文一个笑脸。随即——可能因为斯蒂文·德鄯眼睛里的东西——库斯伯特的笑容褪尽。“难道不是吗？”

“不是所有古老的故事都是真实的，但我认为梅勒林的彩虹确有其事。”斯蒂文回答道，“据说里面曾经共有十三个玻璃球——其中，十二个代表十二个光束守卫者，另一个代表光束的中心。”

“一个代表了塔，”罗兰压低了声音说，感觉浑身起了鸡皮疙瘩，“代表黑暗塔。”

“对，当我还是孩子时，那个球被称为黑十三。有时候，我们围坐在火堆边，讲黑球的故事，把自己吓得半死……除非父亲来把我们抓回去。我父亲告诉我谈论黑十三可不是件明智的事，因为它听到自己名字被召唤，就会过来把你掳走。但黑十三对你们三人没什么影响……至少目前不会。危险的是粉红色。梅勒林的葡萄柚。”

三个男孩没法说清他讲这席话时有多认真……或是否认真。

“如果巫师彩虹里的其他玻璃球确实存在的话，现在大部分也都碎了。这种东西从来都不会在一个地方停留很久，即使是魔法玻璃也有碎的时候。然而，彩虹里至少还有三四道弧还在我们这个悲哀的世界里流转。蓝色，几乎是确定无疑的。一个沙漠中的缓型突变异种部落——他们自称为饕餮者——在不到五十年前见过蓝色玻璃球，尽管后来不久它就在人们的视线中消失了。绿色和橘色据说分别在剌德和迪斯。可能还有粉红色。”

“那些东西能做什么？”罗兰问，“它们有什么用处？”

“用来看东西。据说巫师彩虹中有些颜色的球可以预示未来，另外一些可以看到其他世界——魔鬼生活的世界，还有中古先人离开我们的世界后去的地方。它们也可以指示出世界之间的神秘之门的方位。还有一些颜色据说可以在我们自己的世界中透视，能够看到人们最想保密的东西。它们看到的从来都不是好的东西；而是邪恶。这其中有多少是真实的，多少是虚构的传说，谁也不能确定。”

他看着他们，微笑渐渐褪去。

“但我们知道一件事：据说约翰·法僧有个宝贝，晚上会在他帐篷里发出光亮……有时在战前，有时在部队和骑兵大规模行动前，有时在重点决策宣布前。它发出的光就是粉红色的。”

“可能他有一盏电灯，当他祈祷的时候，就在上面加个粉红的罩子。”库斯伯特揣测说。他带着为自己辩护的心理看着他的朋友们。“我可不是在开玩笑，确实有人这么做。”

“也许你说得对，”罗兰的父亲说，“可能事情就如你所说的那么简单。但也许其中另有玄机。就我所知道的，他一次又一次打败我们，一次又一次从我们的掌心逃脱，还一次又一次在最意料不到的地方出现。如果他本身会魔法，而不是拥有那个宝贝，那就是诸神保佑联盟了。”

“既然你这么想，我们会留神的，”罗兰说，“但法僧在北面，或者西面。而我们是往东面走。”他强调道，好像他父亲对此一无所知。

“如果是彩虹的一弧在作怪，”斯蒂文回应道，“那它就无所不在了——东方、南方或西方就没什么区别了。不过你要明白，他不能老带着它，无论他把球放在身边有多么安心。没有人可以这样做。”

“为什么不能？”

“因为它们有生命，会饥饿，”斯蒂文解释说，“一个人开始使用它，结局却是为它所用。如果法僧有一弧彩虹，他会把它送走，需要的时候再取回来。他知道失去它可能造成的损害，也估量得出保存它太久会产生的危险。”

有个问题在另两个年轻人脑子里转悠，但出于礼貌，他们没法问。但罗兰可以，他把问题说了出来。“爸爸，你是认真的？不是吓唬我们，对吧？”

“我现在给你们送别，而在你们这个年龄，如果没有母亲的晚安亲吻，很多孩子还睡不好觉呢，”斯蒂文感慨地说，“我希望能再次见到你们三个，见到你们平平安安地活着——眉脊泗是个美丽安静的地方，这是我小时候的印象——但我不确定现在是不是仍旧那样。我不会用一个玩笑或者荒诞的故事把你们送走。你这么想，让我感到吃惊。”

“请您原谅。”罗兰说。接下来的几秒钟，他和父亲都没说话，这种安静让人觉得浑身不自在。他仍旧疯狂地想着离开。拉什尔在罗兰身下跳动，好像附和着他的话。

“我并不认为你们几个孩子会看到梅勒林的玻璃球……但以前我也没想到会在你们十四岁的时候送你们远行，铺盖卷里还塞着枪。卡影响着这整件事。一旦卡在起作用，就没有不可能的事。”

斯蒂文非常缓慢地脱下了帽子，往回退了几步，向他们躬身送行。“孩子们，一路平安。安康地回来见我。”

“祝天长夜爽，先生。”阿兰说。

“祝您好运。”库斯伯特说。

“我爱你。”罗兰说。

斯蒂文点点头。“谢谢——我也爱你。孩子们，为你们祝福。”他用洪亮的嗓音说完了送行的最后一句话。另外两个父亲——罗伯特·奥古德和在不羁的年轻时期被誉为“燃烧的克里斯”的克里斯托弗·琼斯——也向儿子送上了自己的祝福。

三个孩子朝着伟大之路的尽头出发了，身边一片夏日美景。罗兰抬起头，看到的画面让他暂时忘却了巫师的彩虹。他的母亲倚靠在卧室的窗口：她的脸镶在城堡西侧万古不变的灰白石组成的画框中。泪水顺着她的面颊流淌下来，但她还是微笑着，举起一只手用力挥舞。他们三个中，只有罗兰看到了她。

但他没有向她挥手道别。

8

“罗兰!”有人用胳膊肘重重地戳了他的肋骨一下,足以使他回过神来,尽管记忆那么清晰,他还是被硬生生拖回了现实。是库斯伯特。“如果你有什么打算,就行动吧! 趁我还没有冷得把骨头上的皮都抖落之前,让我们离开这个停尸的鬼地方吧。”

罗兰凑到阿兰的耳边说:“准备好帮我忙。”

阿兰点点头。

罗兰转向苏珊说:“我们第一次在一起后,你去了小树林的溪边。”

“对。”

“你割断了一些头发。”

“嗯。”梦境中的声音继续回答,“我割断了些头发。”

“你当时想把头发全割掉吗?”

“是的,毫厘不剩。”

“你知道是谁叫你那样做的吗?”

长时间的沉默。罗兰正要转身向阿兰求助,她回答道:“蕤。”又停了一下,“她想让我兴奋起来。”

“那之后发生了什么? 你站在她门口的时候发生了什么?”

“哦,在那之前还发生了一些事。”

“什么?”

“我帮她抱柴火。”她没有再多说。

库斯伯特耸耸肩,阿兰则摊开手表示不解。罗兰看着他们俩,本想叫阿兰过来,可觉得还不是时候。

“先不管柴火,”他说,“之前发生的事先放在一边,以后再谈。你要离开的时候发生了什么? 关于你的头发,她说了些什么?”

“她在我耳边低语。”

“她说了什么?”

“我不知道。那部分是粉红色的。”

就是这里。他向阿兰点头示意。阿兰咬着嘴唇往前走了几步,看上去有些害怕;但当他握住苏珊的手对她说话时,他的声音沉稳而让人放松。

“苏珊？是阿兰·琼斯。你认识我吗？”

“对——就是理查德·斯托克沃斯。”

“蕤在你耳边说了些什么？”

她的眉毛微微皱了起来，像阴天的阴影一样。“我看不到。眼前是粉红色。”

“你不需要看，”阿兰说，“现在我们不需用眼去看。闭上眼睛，你就不会去看了。”

“已经闭着啦。”她说，话音中有点耍脾气。罗兰心想，她在害怕。他心中突然燃起一阵冲动，想叫阿兰停下，把她叫醒，但他克制住了自己。

“闭上内心的眼睛，”阿兰说，“那双看着记忆的眼睛。苏珊，把它们闭上。看在你父亲的分上，把它们闭上，告诉我你听到了什么，而不是看到了什么。告诉我她说了什么。”

当她合上记忆的眼睛时，她脸上的眼睛出乎意料地睁开了。她盯着罗兰，双眼就像古老雕像上的眼睛。罗兰差点惊叫出声，但使劲把它咽了回去。

“苏珊，你在门口？”阿兰问。

“对，我们俩。”

“现在回到那里。”

“嗯。”梦境中的声音说。轻微，却很清晰。“即使闭着眼睛，我也能看到月光。月亮像葡萄柚那么大。”

葡萄柚的颜色，罗兰回忆起他父亲说过的话。我是指粉红色的那个。

“你听到了什么？她说了什么？”

“不，是我说。”这是一个小女孩发小脾气的口气，“阿兰，是我先说。我说‘我们之间的事是不是已经了结了？’她说‘可能还有件小事’，然后……然后……”

阿兰轻轻握住她的手，把自己的感应传给她。她无力地想把手抽开，但被他紧紧抓住。“然后怎么样？”

“她有一个小银牌。”

“哦？”

“她靠在我身上问我有没有听到她说话。我能闻到她呼出的气散发着大蒜的味道。还有其他更糟的事。”苏珊的脸厌恶地皱成一团，“我说我能听到她说话。现在我能看到了。我看到了她的银章。”

"很好，苏珊，"阿兰说，"你还看到什么？"

"蕤。她看上去像月光下的骷髅。长着头发的骷髅。"

"天哪。"库斯伯特低声惊叹，两手交叉抱住自己。

"她说我要听她说。我说我会听她的。她说我应该顺从于她。我说我会顺从于她，她说，'啊，亲爱的，这样就好，你是个好女孩。'她轻抚我的头发。一直在抚摸。我的辫子。"苏珊举起了一只浸没在梦境中的手，伸向她金色的头发；那只手在墓穴的阴暗里显得苍白，"然后她说，在我失去童贞之后，我要做件事。'等着，'她说，'等他在你身边睡着后，把头发剪下来。剪下每一缕头发，一直剪到头皮。'"

当她的声音变成蕤的声音时，几个男孩越来越恐惧地看着她——库斯那老女人怒吼哀怨的话音。甚至那张脸——除了冷漠的如入梦境的双眼——都已经变成了女巫的脸。

"'姑娘，把头发全剪了，剪得一根不剩；然后像你刚从娘胎里钻出来那样秃着头回去见他！看他还会不会喜欢你！'"

她不作声了。阿兰把一张苍白的脸转向罗兰，嘴唇不停地颤抖，手仍旧抓着苏珊。

"为什么月亮是粉红色的？"罗兰问，"为什么你在回忆的时候看到的月亮是粉红色的？"

"是她的宝贝。"苏珊的声音听上去又惊又喜，"她把它放在床下，对，是这样。她不知道我看见了那东西。"

"你确定？"

"对，"苏珊说，然后又补充了一句，"如果她知道了的话，就已经把我杀了。"她咯咯直笑，在场的每一个人都惊呆了，"蕤把月亮放在床下的盒子里。"她轻快而有节奏地用小孩子唱歌般的语调说。

"粉红色的月亮。"罗兰说。

"对。"

"在她床下。"

"对。"这回她把手从阿兰的掌中抽出来了，在空中比划出一个圆圈，当她往上看着这个圆圈时，脸上像抽筋似的掀起一阵可怕的贪婪。"我想拥有它，罗兰。我应该拥有它。可爱的月亮！她让我去抱柴火的时候，我看到了它，从她的窗子里。她看上去……很年轻。"接着，她又重复道，"我要拥有这种美妙的东西。"

“不——你不能。那东西在她床下?”

“对,在一个神秘的地方,她设了几道关口。”

“梅勒林的一弧彩虹在她那儿,”库斯伯特说,仿佛不敢相信这件事,“那老贱人居然有你父亲告诉过我们的东西——难怪她什么都知道!”

“还有什么需要问的吗?”阿兰问,“她的手已经变得冰冷了。我不想对她这般刨根问底。她已经做得很好了,不过……”

“我想可以结束了。”

“我是不是应该让她忘记?”

罗兰立刻摇摇头——他们是卡-泰特,无论是好是坏,这一点不会变。他抓住她的手指,不错,它们已经冰冷了。

“苏珊?”

“我来念一句诗。等我念完,你就会像原来一样记起所有的事。好吗?”

她微笑着又合上了眼睛。“鸟、熊、兔子和鱼……”

他面带笑容念完了,“让我的爱人美梦达成。”

她的眼睛睁开了。“你,”她笑着说,吻了他,“仍旧是你,罗兰。仍旧是你,我的爱。”

罗兰不能自已地把她拥抱在怀里。

库斯伯特扭头看着其他地方。阿兰低头盯着自己的靴子看,清了清喉咙。

9

他们往海滨区骑回去。苏珊抱着罗兰的腰坐在马上,她问:“你会把玻璃球从她那儿拿走吗?”

“现在最好离那玩意儿远一点。我敢肯定,是乔纳斯受法僧之命让她代为保管的。它将同其他战利品一起被送往西部,这点我也敢肯定。我们会在对付油罐车和法僧手下的时候处理那玩意儿。”

“你会带着它和我们一起走吗?”

“带着它或者毁了它。我想把它带回去给我父亲,但那样要冒风险。我们到时候要小心。它有强大的魔力。”

“她会不会已经看到了我们的计划?会不会给乔纳斯或津巴·莱默通

风报信,提醒他们小心?”

“如果她没有看到我们要去夺走她那珍贵的玩意儿,我想她根本不会在意我们的计划。我们已经警告过她了,如果球果真在她手里,当前她最想做的肯定是窥看玻璃球。”

“并且霸占它。她也肯定想那样做。”

“对。”

拉什尔沿一条小道穿过海崖森林。透过稀疏的枝桠,他们可以看到市长府邸四周常春藤织成的阴暗围墙,听到海浪撞在墙跟下的鹅卵石上发出的富有节奏的咆哮声。

“苏珊,你能安全进去吗?”

“不用担心。”

“知道你和锡弥要做些什么吗?”

“知道。我很久没有感觉这么好了。好像我的头脑终于从过去的某些阴影中解脱出来了。”

“要是这样的话,你得感谢阿兰。我自己是做不到的。”

“他的手上有魔力。”

“是的。”他们已经来到仆人房门口。苏珊轻盈地下了马。罗兰也下马站在她身边,搂着她的腰。她抬头看着月亮。

“看,月亮已经变得很大了,你可以看到魔鬼的面孔。看到了吗?”

扁平的鼻子,咧嘴而笑,面骨清晰,但还没有眼睛。是的,他看到了。

“小时候,它总让我感到害怕。”苏珊压低了声音说,生怕被围墙后房子里的人听到,“当魔月变成满月的时候,我就把窗帘拉上。我担心如果恶魔看到我,他就会下来把我掳走,再把我吃了。”她的嘴唇在颤抖,“小孩总是傻乎乎的,对吧?”

“有时候是的。”他小的时候并不害怕魔月,但他对现在的这个月亮倒是有几分恐惧。未来一片黑暗,走向光明的道路依旧渺茫。“苏珊,我爱你,全心全意地爱你!”

“我感受得到。我也爱你。”她用微微张开的粉唇亲吻他的嘴唇,把他的手捂在自己胸口,然后吻着他温暖的掌心。罗兰把她紧紧搂住,她仰头看着快满的月亮。

“离收割节还有一个星期,”苏珊说,“牧人和农夫把它称为年末。你们那边也是这么叫的吗?”

“差不多，”罗兰说，“我们那里叫年结。女人们走街串巷分发蜜饯和小糖果。”

她靠在他肩上轻轻笑着。“看来，我终究是找不到什么特别不一样的东西了。”

“你一定把最好的小糖果①留给我。”

“我会的。”

“不管发生什么，我们都会在一起。”他说。但在他们头顶上，魔月在清海上面布满星辰的夜空中咧嘴笑着，仿佛它看到了一个不同的未来。

---

① 此处罗兰说的是双关语，原文使用的是 kiss 一词，既可以指含椰子、果仁等的小糖果，又指亲吻。

第六章

年结时分

1

到眉脊泗年末的时候了，这在中世界的中部被称为年结。这个说法可能早在一千年前……或者一万年、一百万年前就有了。谁也不确定；世界已经转换，时间变得越来越古怪。在眉脊泗有句话是这么说的："时间是水面上的脸庞。"

田里，男人和女人们戴着手套，穿着最厚重的瑟拉佩长披肩正在收最后一批土豆；这个时节，风从东往西吹，风力很大，寒冷的空气中还时常掺杂着咸味——眼泪的味道。许多农民在兴高采烈地收割最后一排庄稼，谈着他们接下来在收割节要做的事和要玩的恶作剧，但他们还是从风中感受到了秋天亘古不变的悲凉；又一年将逝去。时间像小溪中的流水似的从他们身边流淌而过，尽管没人提起，但大家都心知肚明。

果园里，嬉笑的年轻人（在这种风还不算太大的日子，最后的采摘任务总是他们包下的）正兴致勃勃地采摘最后一批长在高处的苹果，他们爬上爬下，活像瞭望台的哨兵。他们头顶的天空，湛蓝无云，一群天鹅唱着告别曲往南飞去。

小渔船被拉上岸；船主正哼着小曲用油漆修复船体上刮坏的地方；即使在猎猎寒风中他们也总是赤裸着上半身干活的。他们边干活边哼唱着耳熟能详的老歌——

我是蔚蓝海洋上的大丈夫，
我瞭望一切，瞭望一切，
我是领地的男子汉，
眼前的一切都是我的——啊！
我是湛蓝海湾的大丈夫，
我所说的一切，所说的一切，
我等候，直到满载而回，
所说的一切都美好——啊！

——有时候，人们把一小桶格拉夫从一个码头抛递到另一个码头。海湾上现在只剩下大船，它们慢吞吞沿海绕着一个个大圈子，撒下的网就在圈中，这些船就像牧羊犬绕着一群羊慢慢转悠。中午，海湾荡漾着深秋艳阳的涟漪，船上的人盘腿而坐，吃着午餐，知道眼前的一切都是他们的——啊……至少在秋天阴沉的大风席卷到这块土地，带来狂风冰雹雨雪之前，一切都是他们的。

快结束了，快到年结时分了。

罕布雷的街道上，收割节彩灯开始在晚间闪耀，稻草人的手都被漆成了红色。收割节符咒随处可见；虽然女人们经常在街上和集市上亲吻和接受亲吻——常常是她们不认识的男人——性生活却基本上全部停止了。性的活力将在收割日晚上（你也许会说，随着砰的一声）重新恢复。其结果就是，第二年的满土时分，会有很多婴儿出生。

鲛坡上，马儿狂野地疾驰，好像明白（很可能它们是明白的）自由的日子快到尽头了。狂风怒吼时，它们冲下坡，面向西方站着，背对着冬天。农场上，门廊帐已被取下，重新装上了百叶窗。在大牧场的厨房和小一点的农家厨房里，没有人会提前享用收割节的吻，更没有人会想到性。这是休养积蓄的时候。拂晓之前，厨房里已是炊烟袅袅，热气沸腾，一直要忙活到黄昏后。空气中混合着苹果、甜菜、豆荚、尖根和肉丝的味道。女人们整天不停地忙活，然后拖着浑身的倦怠爬上床，一躺到床上就像死尸一样，一动不动地昏睡到第二天清晨，天蒙蒙亮的时候又爬起来，回到厨房。

树叶在小城的院子里焚烧；随着时间的流逝，月亮中魔鬼的脸变得越来越清晰；越来越多的红手稻草人被扔到篝火堆上。田野里，玉米梗像火把似的燃烧着，有时候稻草人和它们放在一起被烧掉，它们的红手掌和白色斜视的眼睛在火中皱成一团。人们团团围立在火堆边，什么话也不说，神色庄重。尽管他们心里明白焚烧稻草人到底能够抚平多少旧事，劝慰多少说不清道不明的神灵，但他们不会说出口。时不时其中有一个人会压着嗓子，低声念三个字：杀人树。

他们在总结，结算，结束这一年。

街上到处响着鞭炮声——时而响起重重的"砰啪"声，吓得拖货车的马惊跳起来——还回荡着孩子们的欢笑声。百货店的阳台上，街对面的旅者之家里，人们交换着亲吻——有的用湿润微张的双唇相吻，还伴着舌头甜蜜的交缠；但克拉尔·托林手下的妓女们却觉得乏味（就像格特·莫金斯之流对自己的形容——“闷得像棉花一样”)。这个星期她们无事可做。

这不是一年真正结束的时候，到了那时，眉脊泗家家都要生火，到处都跳着谷仓舞，一直欢腾到城的尽头。但从某种意义上，这是一个真正的年末，杀人树。这里的每个人都知道，从站在酒吧小顽皮下面的斯坦利·鲁伊兹到最远处恶草原上弗朗·伦吉尔的牧人，人人都知道。明媚的空气中有一种呼唤，是由来已久的对异度空间的向往，是内心阵阵像风一般哀鸣的孤寂。

但今年远不止这些：空气中弥漫着说不清、道不明的不对劲。那些一生中从来没有做过噩梦的人们在年结这一周总会尖叫着从噩梦中醒来；平日自认为脾气温和的男人们会不由自主地陷入斗殴，甚至自己挑起事端；平日里对生活心存不满的男孩们过去都只是设想着离家出走，今年他们却付诸行动，而且大多在外露宿了第一晚的孩子并没有改变主意，乖乖回家。

有一种感觉——难以表达，但又确确实实在那里——仿佛今年这个时节，有事情出了差错。这是年结时分，也是安宁将要结束的时候。因为在这里，在风平浪静的外世界领地眉脊泗，中世界的最后一场大冲突即将爆发；血肉横流将从这里开始。两年里，过去的世界将被夷为平地，一扫而空。斗争将从这里开始。在开满玫瑰的旷野上，黑暗塔发出野兽般的呼啸声。时间是水面上的脸庞。

2

克拉尔·托林从海景旅馆出来，沿着高街往前走，这时她看见锡弥牵着卡布里裘斯正朝另一个方向走去，嘴里还哼着《无忧之爱》，音调响亮而甜美。他步子挪得很慢；卡布里裘斯背上的桶只有他不久前带到库斯去的一半大。

克拉尔高兴地向那个勤劳能干的男孩招手致意。她有理由感到愉快；艾尔德雷德·乔纳斯对年末的禁欲没什么概念。对一个拖着一条坏腿的男人来说，他的创造力十分丰富。

“锡弥！”她招呼道，“你要去哪儿？海滨区？”

“嗯，”锡弥说，“我把他们要的格拉夫送过去。人们都来庆祝收割节了，啊，有许多人呢。大家经常跳舞，跳得浑身发热，然后用格拉夫给自己降温！

你看上去真漂亮，托林小姐，您的面颊泛着红晕。”

“啊！锡弥，你这么说真是太好了！”她对他灿烂地笑着，“快走吧，你这个马屁精——别耽误了。”

“哦，那我走了。”

克拉尔微笑着看他离开。刚才锡弥说，大家经常跳舞，跳得浑身发热。关于跳舞，克拉尔所知不多，不过她相信今年的收割节将会热火朝天，绝对热火。

3

米盖尔在海滨区的拱道处碰见了锡弥，用看下人时那种高傲轻蔑的眼神瞟了他一眼，然后拔开了一个酒桶的软木塞，接着拔开第二个。看第一桶时，他只是把鼻子凑近桶口闻了闻；对第二桶，他把大拇指伸进桶里，仔细地吮吸着味道。他布满皱纹的脸庞深深内陷，没有牙的嘴巴挪动着，看上去就像个长着胡须的老婴儿。

“味道不错吧？”锡弥问，“像肉汁一样香吧？亲爱的老米盖尔，你在这儿待了有一千年了吧。”

米盖尔仍在吮吸他的拇指，用一种酸不溜秋的眼神看了看锡弥。“还不错，还不错，傻瓜。”

锡弥牵着骡子往厨房走去。这里的海风感觉有些寒冷刺骨。他向厨房里的女人们招手，但没人向他回礼，好像她们根本没看见他。那个硕大的炉子上，每一个灶孔都放着锅，锅里正在煮东西，女人们——穿着宽松长袖棉外套，头发用鲜亮的布巾扎起——来回忙碌着，看上去就像在雾里穿行的幽灵。

锡弥从卡布里裘斯背上卸下一个桶，然后卸第二个。他使着劲，哼唧哼唧地把两桶酒搬到后门边的大橡木桶那里，然后打开橡木桶的塞子，弯下腰，陈年格拉夫浓烈的味道立即使他向后退去，眼睛差点被辣出眼泪。

“哟！”他喊着，举起了第一个酒桶，“桶里的酒味就足以醉倒人了！”

他把酒桶里新鲜的格拉夫倒进去，小心翼翼，滴酒不洒。清空两个酒桶后，橡木桶就已经加得满满的了。那样算是准备得充分了，因为在收割日当晚，格拉夫会像清水一样从厨房的酒龙头里流出。

他把空桶放回骡子背上的货架里，又朝厨房看了一眼，确保自己没有被看见（确实没人看到他；克拉尔傻乎乎的送酒工在那天早上是大家最不放在心上的），他没有原路返回，而是牵着卡布里裘斯顺着一条小径朝海滨区的贮藏库走去。

那儿共有三个货棚排成一列，每个货棚前都坐着一个红手稻草人。他们好像在监视着锡弥，他因此慌乱地哆嗦了一下，立刻想起了去见疯癫老女人蕤时的情景。她确实可怕。而眼前这些只不过是一团团塞满稻草的破布团。

"苏珊？"他轻声叫唤，"你在吗？"

当中那个货棚的门半开着，现在又打开了一点。"进来！"她同样轻声回道，"带上骡子！快！"

他牵着卡布里裘斯进了满是稻草、豆荚和食物气味的货棚……还有别的气味，刺鼻的味道。是*爆竹*，他思忖着。还有*烟花*。

苏珊整整一个上午都花在收割节最后的装扮准备上了，她身上裹着薄丝长袍，脚蹬一双大皮靴，头上扎着鲜艳的蓝色和红色卷纸。

锡弥窃笑起来。"苏珊，帕特的女儿，你看起来真有趣。我觉得你这样子真逗。"

"行啦，我现在是画家要画的一幅画，"苏珊心不在焉地说，"我们得抓紧时间。还有二十分钟，二十分钟后，他们可能会发觉我不见了。要是那个老色鬼来找我，时间还要短……赶快吧！"

他们把卡布里裘斯背上的酒桶卸下来。苏珊从长袍里掏出一个坏了的马嚼子，用锋利的那头撬开了一个桶的盖子。然后，她把马嚼子扔给锡弥，锡弥把另一个桶的盖子也撬开了。格拉夫的强烈气味溢满了整个货棚。

"接着！"她扔给锡弥一块软布，"尽量把它擦干。它们外面有东西包着，所以有点湿问题也不大；但最好还是能确保安全。"

他们把酒桶里面擦干，苏珊还时不时紧张地朝门口张望。"好了，"她说，"很好。你看……那里有两种。我相信没人能察觉东西少了，那里的火药多得足够炸毁半个世界了。"她一手提着长袍的衣边，匆忙走进货棚的暗处，靴子发出砰砰的响声。她回到锡弥身边的时候，手里抱满了包好的包裹。

"这些比较大。"她说。

锡弥把苏珊手里的包裹装进其中一个木桶。总共十二个包裹，锡弥摸了摸，感觉里面是圆圆的东西，每个有小孩拳头那么大。大爆竹。他刚刚把东西装好，盖上盖子，苏珊又抱了一怀小包裹走了过来。他把它们装进另一个酒桶。摸得出来，这回是小爆竹，就是那种不仅能劈啪作响，还能闪射彩色焰火的爆竹。

苏珊一边帮他把两个桶重新抬到卡布里袭斯背上，一边不停地张望货棚门口。固定好酒桶后，苏珊如释重负地呼了一口气，用手背抹去前额的汗水。“感谢上天，这事总算完成了，”她说，“知道你现在应该把它们送到哪里去吗？”

“当然知道，苏珊，帕特的女儿。送往老 K 酒吧。我的朋友阿瑟·希斯会保管好它们的。”

“如果有人问你为什么往那边走，你怎么回答呢？”

“给内世界的男孩们送醇美的格拉夫去，因为他们决定收割节不去城里……苏珊，他们为什么不去？难道他们不喜欢集市日吗？”

“你很快就会知道答案的。锡弥，现在就不要多问了。快走吧——一路顺利。”

但他还是待在原地徘徊。

“怎么啦？”她问，努力克制自己的不耐烦，“锡弥，还有什么事？”

“我想收到你的年末亲吻。”锡弥的脸一下子涨得通红。

苏珊不由自主地笑了起来。她踮起脚尖，亲了他的嘴角。带着苏珊的亲吻，锡弥飘飘欲仙地押着火药往老 K 酒吧赶去。

4

第二天，雷诺兹骑马往西特果去，他用头巾把脸裹住，只有眼睛露在外面。如果能离开这个该死的说不清是牧区还是海滨的鬼地方，他肯定会很高兴的。气温还不算太低，但从海上吹来的风寒冷得就像一把刺骨的利刀。不仅如此——收割节一天天临近时，罕布雷和眉脊泗的所有人都显得心事重重。他一点都不喜欢这种阴郁的气氛。罗伊也是同样的感觉，雷诺兹从他的眼睛里看得出来。

不，他不喜欢这种气氛，他宁愿把那三个小骑士捻成灰烬，把这个地方变成一段回忆。

他在破旧的炼油厂停车棚里下了马，把缰绳系在里面一堆生了锈的废铁的保险杆上，那废铁后部有雪佛兰这几个字，模糊得几乎辨认不出来。接着他往油田走去。风很大，即便他穿着牧民的羊皮大衣，也还是觉得冷飕飕的。有两次他使劲把帽子往耳朵下拉，防止被风吹掉。总的来说，他真庆幸看不见自己的模样；现在的他肯定看起来像一个该死的农夫。

看上去一切正常，虽然……感觉荒芜凄凉。寒风孤零零地飒飒卷过管道两边的冷杉树。你绝对想象不到，在你四处溜达的时候，会有十几双眼睛偷偷监视着你。

"嗨！"他喊道，"朋友，出来吧，让我们谈谈。"

起初没有任何回音；过了一会儿，钢琴牧场的海勒姆·奎恩特和旅者之家的巴奇·卡拉汉从树丛里钻了出来。天，雷诺兹高兴地想，同时还有点佩服。看不出来你们还挺会藏的。

奎恩特裤腰皮带上插着一支破旧的短火枪；这种枪雷诺兹已经好几年都没见过了。他觉得如果奎恩特在扣动扳机时开不出火，那还算是幸运的。如果不幸的话，那枪会炸花他的脸，炸瞎他的眼睛。

"一切都很平静？"他问。

奎恩特用眉脊泗特有的快速模糊的发音回他的话。巴奇在一旁听着，然后说："一切都好，先生。他说他和他的部下已经等得有些不耐烦了。"他说话时微微笑着，说话的内容对他的表情没有任何影响。巴奇又补充道："如果人的脑子是黑火药做的，这个白痴连自己的鼻子都炸不掉。"

"不过他是个可靠的傻瓜？"

巴奇耸耸肩。或许他没有异议。

他们穿过树林。在罗兰和苏珊曾看到停放着近三十辆油罐车的地方，现在只剩下六辆油罐车；并且其中只有两辆里面装着油。看守们有的席地而坐，有的用宽边帽遮着脸打盹。大多数都配备了像奎恩特腰里挂的那种看上去一点都不可靠的枪。有几个比较穷的牧民带着捕牛用的流星锤。总的说来，雷诺兹觉得那些流星锤说不定会更有效。

"告诉这里的珀斯老爷，如果那几个毛头小子来捣乱，就要伏击他们，必须一击得手，否则就没机会了。"雷诺兹对巴奇说。

巴奇把他的话转告给奎恩特。奎恩特咧嘴笑了，露出了一嘴可怕的黑黄牙齿。他简单地说了几句，然后把手伸到那些看守面前，握起两个大拳头，一上一下，仿佛在空气中扭一个无形敌人的脖子。当巴奇开始翻译奎恩特的话时，克莱·雷诺兹摆手示意他停下。他只听清了一个词，不过这个词已经足够了：死。

5

收割节前的整个星期，蕤都端坐玻璃球前，眯着眼专注地盯着它看。她花了不少时间用黑线把爱莫特的头和身体缝起来，针脚很拙劣。她坐着，观察着，把那条渐渐腐烂的蛇绕在脖子上，随着时间的推移，腐蛇散发出越来越浓的恶臭，而她却全然不觉，沉浸在想象中。姆斯提两次凑过来，喵喵叫着讨食吃，每次蕤看都没怎么看一眼就把这讨厌的东西打跑了。她一天比一天憔悴，眼睛深陷下去，就像卧室门边网里放的那具骷髅的眼洞。偶尔，她会坐着打个瞌睡，球依旧抱在膝盖上，恶臭难闻的蛇皮始终缠绕在她颈前。她的头低垂着，尖下巴戳在胸口，一串串口水从松垮的皱巴巴的嘴唇上挂下来。但她从来没有正儿八经地睡过觉。要看的东西实在太多了。

这些天她都不用把手放到玻璃球上就能打开它粉红色的薄雾。领地所有的罪恶，它所有的微小的（也有的并不算微小）残酷，它所有的欺骗和谎言，都赤裸裸地摆在她眼前。她所看到的大部分是些琐碎污秽的东西——男孩一边透过木板的节孔偷看没穿衣服的姐妹一边手淫，妻子掏挖丈夫的口袋，查看有没有私房钱和烟草，钢琴演奏者席伯舔着他最钟爱的妓女刚才坐过的椅子，海滨区的一个女仆因没有及时让开道被大臣踢了一脚，这时，她正向津巴·莱默的枕头套吐唾沫。

看到所有这一切，蕤更加坚定了自己对于这个被她抛弃的社会的看法。她时而狂笑不止，时而对玻璃球中出现的人说话，仿佛他们能听到似的。收割节前那个星期的第三天开始，她不再上厕所，尽管她走开时仍可以带着水晶球，尿液的酸臭味开始从她身上散开。

到第四天，姆斯提不再走近她了。

蕤看着球幻想，她完全迷失在梦境中，正如在她之前接触到玻璃球的其他人，沉醉在偷窥的卑微欢娱中，却丝毫没有意识到，粉红玻璃球正在吞噬她干皱躯体中仅存的一点灵魂。但即使她知道了，也可能会欣然认为这是一笔公平的交易。她看到了人们在暗处做的所有事，而这些正是她唯一关心的事，因此她肯定认为就算拿生命做交换，也是值得的。

6

“这儿，这儿，”男孩说，“让我来点火，你这该死的。”乔纳斯认得出这个声音；他就是那个在街对面甩着条割下的狗尾巴朝乔纳斯打招呼的男孩，当时他叫道，我们和你一样都是大灵柩猎手！

这个有趣的男孩下命令的对象正用力抓住手中的一块肝，那块肝是从低市后面的废马屠夫那里偷来的。男孩揪住他的耳朵使劲拧，小孩号啕大哭，只好乖乖交出那块肝，深色的血滴从他污浊的手指关节中流淌下来。

“这还差不多，”男孩把肝拿到手，说，“想知道怎么做吗？上这儿来。”

他们来到低市里的一个面包房后面。不远处，一只杂种狗正被热腾腾的面包香味吸引过来，狗身上的毛都脱了，非常难看，还有一只眼睛是瞎的。它用充满渴望的饥饿眼神盯着他们看。

那块生肉上有一道切口。从切口中戳出的是一根大爆竹的引线。引线下面，肝脏像孕妇的肚子那样鼓起。第一个说话的男孩拿起一根硫磺火柴，在自己突出的门牙上划出了火。

“它不会吃的！”第三个男孩说，语气中充满了期望的激动。

“它那么瘦还会不吃？”第一个男孩说，“哦，它会吃的。用我的一副纸牌跟你的马尾巴赌。”

第三个男孩思量了一番，摇了摇头。

第一个男孩张开嘴笑了。“你是个聪明的孩子，”他说着，把引线点燃了，“嘿，蠢货！”他对狗叫嚷道，“想吃好东西吗？来吧！”

他把那快新鲜的肝脏扔了过去。骨瘦如柴的狗看到嗞嗞冒烟的引线也毫不犹豫，一只眼直溜溜地盯着几天来看到的第一份像样的食物，喘着粗气跑了过去。当它接住肝脏时，男孩们藏在里面的爆竹炸开了。只听一阵吼叫声，火花纷飞。狗头下巴以下都被炸飞了。它仍旧站在那里，血不停地往下滴，用仅有的一只好眼死死地盯着他们。不多久，它倒下了。

“我告诉你！”第一个男孩讥笑地说，“我告诉过你它完了！快乐收割节，呃？”

“你们几个孩子在做什么？”一个女人的声音尖锐地叫道，“滚开，臭小子，你们这群臭乌鸦！”

男孩们逃跑了，一路跑一路不停地咯咯直笑。在下午明媚的阳光中，他们的声音听起来确实像乌鸦。

7

库斯伯特和阿兰骑马来到了爱波特大峡谷的入口处。尽管风刮走了无阻隔界的声音，那声音却钻入了人的脑袋里，在里面嗡嗡作响，弄得牙齿颤抖不已。

“我讨厌这里，”库斯伯特咬紧了牙说，“天哪，我们赶快行动吧。”

“好。”阿兰说。他们下了马，因为穿着大衣，行动有些笨拙，然后把马系在正对着峡谷的灌木丛中。平常根本没有必要把马拴住，但两个男孩看得出马和他们一样讨厌这里哀怨刺耳的声音。库斯伯特仿佛听到了脑海中无阻隔界的声音，一种呻吟般可怕的劝诱声。

来吧，库斯伯特。抛开所有这些愚蠢的事：战鼓，骄傲，死亡的恐惧，被你嘲笑的孤独，你嘲笑它是因为你别无他法。还有那女孩，也把她抛开。你爱她，不是吗？即使你不爱她，你也想要得到她。可悲的是她爱的是你的朋友而不是你，但如果你到我这里来，所有困扰你的事很快都会消除。来吧。你还在等什么？

“我在等什么？”他低声自言自语。

“呃？”

“我说，我们在等什么呢？赶快把这事办了，然后离开这个可怕的鬼地方。”

他们各自从鞍囊中取出一个小棉布包。里面放的是火药，从两天前锡弥带来的小爆竹里弄出来的。阿兰跪到地上，拔出刀子，拖着膝盖往后移，在地上划出一条小沟。

“挖深一点，”库斯伯特说，“别让风把火药吹走了。”

阿兰暴躁地瞪了库斯伯特一眼。“你想来试试？这样你才能放心是不是？”

是无阻隔界，库斯伯特心想。它也在影响他。

“我不是这个意思，阿兰，”他谦和地说，“你干得很好，作为一个又盲目又思想软弱的人来说已经不错了。接着干吧。”

阿兰继续严厉地瞪了他一会儿，然后咧嘴笑了，继续手头的活。“你活不长的，库斯伯特。”

“是啊，也许吧。”库斯伯特也跪下来，跟在阿兰后头，把火药撒到沟里，尽力不去理会无阻隔界嗡嗡的引诱声。除非起大风，否则火药不太可能被吹走。但如果下雨的话，灌木丛的树叶也起不了什么遮蔽作用。如果下雨——

别想那么多，他对自己说。卡自有安排。

他们只用了十分钟就在灌木丛两侧划出小沟、填满火药，但却感觉已经过了很久。马看上去也有些不耐烦了；它们把绳子扯得紧紧的，急躁地跺着脚，耳朵向后，眼睛不停地转动着。库斯伯特和阿兰解开绳子，骑上马。库斯伯特的马猛地跳了两下……但库斯伯特认为那可怜的家伙在发抖。

稍远处，灿烂的阳光反射在发亮的钢铁上，阳光晃动着。那是悬岩上的油罐车。它们被塞在突出的岩石下，尽可能地往里塞，但当太阳高照的时候，岩石的掩蔽作用就消失了，油罐车在光照下显露出来。

“我简直不敢相信。”启程返回老K酒吧的时候，阿兰说。回去的路很长，还要绕着悬岩转一个大圈子，以免被人发现。“他们肯定以为我们什么都看不见。”

“他们这么想就太愚蠢了，”库斯伯特说，“不过，他们怎么想都一样。”现在爱波特大峡谷已远远被弃于身后，他感到一种解脱的愉悦。他们几天后要进大峡谷吗？居然要进去，把马骑到离那可怕的哀鸣声只有咫尺之遥的地方？这让他难以置信……在他能开始相信之前，他努力说服自己不要去想那些事。

“又有很多人骑着马往悬岩的方向去了，”阿兰往回指着大峡谷下的树林说，“看到了吗？”

隔了那么远的距离，那些人看上去就像蚂蚁一般大小，但库斯伯特看得很清楚。“他们在换哨。关键是我们没被发现——你觉得他们会发现我们吗？”

“从他们那儿看到我们这里？绝对不可能。”

库斯伯特也这么想。

“收割节那天，他们都会到那里去，对不对？”阿兰问，“零星抓住几个对我们没多大益处。”

“是的——我肯定他们都会去的。”

“包括乔纳斯和他的伙计们?”

“对,还有他们。”

前面,恶草变得越来越密。风猛烈地刮到脸上,害得他们眼睛流泪,但库斯伯特毫不在乎。无阻隔界的声音已渐渐减弱为模糊低沉的嗡嗡声,很快就会在他脑中完全消失。此刻单单这个就让他感到高兴。

“库斯伯特,你觉得我们能成功吗?”

“我也不知道。”库斯伯特答道。接着他想到了干燥的灌木丛下挖好的火药槽,满足地笑了。“但我可以告诉你一件事,阿兰:他们会知道我们在这里。”

8

在眉脊泗,就如同在中世界的其他领地一样,集市日的前一个星期有很多政治活动。重要人物从领地边远的地方赶来,这一周里将会有很多茶话会,这些茶话会会一路引向收割节那天的主题谈话。苏珊被指定出席这些活动——主要是作为装饰,证明市长不减的权势。奥利芙也会到场,她们俩要上演一场只有女人们才会真正欣赏的讽刺哑剧,两人分别坐在那只老凤头鹦鹉的两侧,苏珊负责倒咖啡,奥利芙递蛋糕,一边优雅从容地接受人们对食物和饮料的恭维,尽管那些东西都不是她们俩准备的。

苏珊几乎没敢看奥利芙微笑掩盖下的忧伤的脸。她的丈夫永远都不可能和帕特·德尔伽朵的女儿上床的……但托林夫人并不知情,苏珊也不能告诉她。她只需从眼角瞥一眼市长太太就会想起罗兰那天在鲛坡上说的话:*有那么一刻,我觉得她是我母亲。*不过那正是问题所在,不是吗?奥利芙·托林无法成为母亲。正是这一点才打开了通往现在可怕局面的大门。

苏珊已经算计好要做的事,但她陷在市长府邸一轮又一轮的活动中,眼看着离收割日只有三天的时间了。机会终于来了。收割节前最后一次茶话会结束了,她总算可以脱掉贴花粉裙(她是如此讨厌这衣服!讨厌这里的一切!),重新穿上牛仔裤、一件简单的骑马装和牧民外套。她没有时间编辫子,因为她一会儿还要赶着出席市长的茶宴,但玛丽娅还是帮她把头发在后面扎起来,然后她就匆匆赶回自己家,那栋她即将永别的房子。

她的任务在马厩的后屋——她父亲曾用作办公室的房间——她走进房

子，听到了她希望听到的声音：她姑妈温雅的嘘嘘鼾声。好极了。

苏珊拿了面包和蜂蜜，出了房间往马厩走去，她尽力护住面包，以免院子里的风带起的粉尘把它弄脏。院子里，姑妈的稻草人在支柱上嘎吱作响。

她迅速闪进马厩暗处，那里散发着亲切好闻的味道。派龙和费利西娅嘶嘶叫着向苏珊问好，她把手上的面包分给它们，它们显得很高兴。她格外关照费利西娅，因为她马上就要离它而去了。

自从父亲死后，她就离这个小办公室远远的，总害怕抬起门插销走进房间的那一刻，极度的悲痛会把她击垮，正像她现在所感觉到的心痛一样。狭窄的窗户爬满了蜘蛛网，但秋天的明媚阳光依旧能够照进房间，借着光线，她看到了放在烟灰缸里的烟斗——红色的烟斗，这是他最中意的，他给它取了一个名字，叫做思想的烟斗——还有办公椅背上的一颗大头钉。这可能是他在煤气灯下粗粗修补椅子时留下的，想着第二天再把它完成……但那条蛇在海泡沫的马蹄边游走舞动，对帕特·德尔伽朵来说，一切都结束了。

“哦，爸爸，”她小声说，伤心欲绝，“我是多么思念你啊！”

她走到书桌前，手指在桌面上滑过，在灰尘中留下一条条擦痕。她在父亲的椅子里坐下，回味椅子发出的咯吱声，当年，她父亲总是把这张椅子弄得咯吱作响，现在听到这声音让她愈加悲伤。接下来的五分钟，她坐在那里哭泣，用手背使劲揉擦眼睛。但现在再也没有老帕特来逗她玩了，他再也不会把她抱在膝盖上，亲吻她下巴下面的敏感部位（特别是用他上唇硬硬的胡子弄得她痒痒的），一直哄到她破涕为笑。时间是水面上的脸庞，而这一刻，时间是她父亲的脸庞。

她渐渐止住了眼泪，但还在不停地呜咽着。她一个接一个地打开书桌抽屉，发现了另外几把烟斗（由于他常把烟斗放在嘴里咬，好几把都坏了）、一顶帽子、她的一个洋娃娃（洋娃娃的一只手断了，但帕特一直没能挤出时间把它修好）、鹅毛笔、一个小酒瓶——虽然是空的，瓶颈上依旧能闻出淡淡的威士忌酒香。打开最底下一个抽屉，苏珊发现了唯一能引起她兴趣的东西：一对靴刺。一个仍然有星状靴刺轮，而另一个的靴刺轮已经脱落了。她几乎可以断定，父亲死的那天就带着这两个靴刺。

如果我爸在这里，她想起了在鲛坡的那天。*但他不在这里*，罗兰说，*他已经死了*。

一对靴刺，一个脱落的靴刺轮。

她把它们放在手里掂了掂，脑海中闪现出海泡沫，它把父亲摔下来（一个靴刺卡在马镫上；靴刺轮脱落了），然后跌倒了，砸在父亲身上。她在脑海里看得一清二楚，但她没有看到弗朗·伦吉尔跟他们说起过的那条蛇。她没有看到。

她把靴刺放回原处，从椅子里站起身来，看着书桌右边的架子；放在这个架子上的东西，帕特·德尔伽朵触手可及。架子上有一排皮面的账本，在这个造纸术已被渐渐遗忘的社会，这些账本显得尤为贵重。她的父亲负责管理领地的马匹有三十年之久，这些牲畜记录就是他长年工作的见证。

苏珊从架上取下最后一个账本翻阅起来。这回她倒心甘情愿地忍受回忆的悲痛，她看到了父亲熟悉的笔迹——字迹认真，每一个数字都被仔仔细细记录下来。

亨里埃塔生产，(2)两个驹子都很好

迪丽娅苏死产，枣红马(突变异种)

约兰德生产，良种马，一匹健康的小雄马

每一个记录下都有日期。如此的精确，他一直都是这样的。如此的细致。如此……

她突然停了手。刚刚她的头脑还是一片混沌，弄不清来这里干什么，但现在，她突然意识到她要的东西找到了。父亲最后一本记录的最后十几页被撕掉了。

是谁干的？不会是她父亲；对于一个读写都是自学的人来说，他对书本的敬畏程度不亚于一些人对神或黄金的敬重。

为什么最后十几页被撕掉了？

她认为她知道这个问题的答案：马，毫无疑问。鲛坡上有太多的马了。牧场主们——伦吉尔，克罗伊登，伦弗鲁——在良种牲畜的问题上都撒了谎。亨利·沃特纳也同样如此，正是他接替了父亲的工作。

如果我爸在这里——

但他不在这里。他已经死了。

她曾经告诉罗兰，她不相信弗朗·伦吉尔会隐瞒她父亲的真实死因……但她现在相信了。

诸神保佑，她现在相信了。

"你在这里做什么？"

她吓得尖叫一声，账本从手中掉落，在地上转了一圈。科蒂利亚站在她面前，穿着那件褪色的黑衣服。最上面的三粒扣子没扣，苏珊能看得到姑妈的锁骨在白色棉内衣里高高耸起。看到那些凸起的骨头，苏珊才意识到科蒂利亚姑妈最近三个月瘦了很多。她能看到姑妈左脸颊压在枕头上留下的红印，就像是被谁打了一巴掌似的。在她憔悴而消瘦的脸上，那双眼睛闪着光。

“科蒂利亚姑妈！你吓了我一跳！你——”

“你在这儿做什么？”科蒂利亚姑妈重复着刚才的问题。

苏珊弯下腰，捡起掉在地上的书。“我来这儿回忆我的父亲，”她说着，把账本放回到架子上。是谁把那十几页撕了？伦吉尔？莱默？她拿不准。她觉得更有可能是现在站在她面前的女人干的。可能就为了仅仅一小块金币。什么都不问，什么都不说，大家皆大欢喜，她说不定就是这么想着，然后把金币塞进钱箱里，很可能放之前还咬了咬，确定是真货。

“回忆他？你应该做的是祈求他的宽恕，因为你已经忘记了他的脸。这太令人遗憾了，苏珊。”

苏珊只是看着她。

“你今天和他在一起了？”科蒂利亚刚说完，就尖声笑了起来。她把手伸到脸上，揉了揉那个红印。苏珊意识到，姑妈的精神和身体状况恶化了很多，自打乔纳斯和克拉尔·托林的流言蜚语传出来后，她变得越发糟糕。“你是不是和迪尔伯恩先生在一起？是不是身上还有他的味道呢？过来，让我看看！”

姑妈向前冲过来——活像个穿黑衣的幽灵。她的紧身胸衣散开着，穿着拖鞋的脚从裙子下面露出来——苏珊把她向后一推。她又惊恐又厌恶，不由得用了很大劲。科蒂利亚猛地向后退去，撞到窗边爬满蛛丝的墙上。

“应该祈求宽恕的人是你，”苏珊说，“竟然在这个地方侮辱他的女儿。竟然在这个地方。”她转眼看着架子上的账本，然后又看着姑妈。科蒂利亚·德尔伽朵脸上又惊恐又狡猾的表情告诉了她想知道的一切。苏珊不相信她会参与杀害自己的亲哥哥；但她肯定知道些什么。是的，一些隐情。

“你这个背信弃义的小贱人。”科蒂利亚低声咒骂道。

“你错了，”苏珊说，“我一直都很忠诚。”

是的，现在她意识到自己一直都很忠诚。想到这一点，她感到长久以来压在肩上的重负消失了。她走到办公室门口，又转过身来对她姑妈说：“我已经在这个家里过了最后一晚，”她说，“我不想再听到你说任何不堪入耳的话。也不想再看到你这副样子。你让我心碎，因为你把我从小对你珍藏的爱都偷走了，那时你像母亲一样照顾我。”

科蒂利亚用手捂住脸，好像看着苏珊会让她难受。

“那就滚出去！”她尖叫道，“滚回海滨区，或是滚回你和那小子约会作乐的地方去！如果你这张小淫妇的脸在我面前永远消失，我的日子会过得轻松点。”

苏珊牵着派龙从马厩里出来。走到院子里的时候，她已泣不成声，伤心得都快无力上马了。但她最后还是骑上了马，她无法否认，在悲伤的同时，她也感到释怀。她骑着派龙走上高街，头也不回地疾驰而去。

9

第二天早晨，天还没亮的时候，奥利芙·托林蹑手蹑脚地从她现在睡的房间溜到她和她丈夫同床共枕了近四十年的卧室。她光着脚丫，感到地面冰冷，走到床边的时候已经冷得直打哆嗦了……但冰冷的地面并不是令她颤抖的唯一原因。她溜进被窝，躺在那个带着睡帽、面容憔悴、不住打鼾的男人身边。他翻了个身，背对着她（他的膝盖和背脊在转身时咔嗒直响），她贴到他背后，紧紧抱住了他。这个动作并无激情可言，只是出于取暖的需要。他的胸膛——瘦弱但亲切，她对它就像对自己丰满的胸膛一样熟悉——在她的手掌下一起一伏，这让她稍微平静了些。他动弹了一下，有一会她以为他会醒过来，然后发现她睡在自己床上。她已经这样做过很多次了，但他从未察觉。

对，醒过来，她想，醒过来吧。她不敢把他叫醒——来这里的路上，她的所有勇气已经消耗殆尽。在经历了一个有生以来最可怕的梦境后，她悄悄穿过黑暗来到这里——如果他醒过来，她会向他描述刚才的梦境。她梦到了一只巨鸟，长着凶残的金色眼睛的巨鸟，在领地的上空飞翔，翅膀滴着血。

它的阴影落在哪里，哪里就有鲜血，她会告诉他，而它的阴影无处不在。它笼罩了整个领地，从罕布雷一直到爱波特大峡谷。而且，我闻到了空气中有大火的味道。我想跑来告诉你，却发现你死在书房里，你的尸体坐在壁炉边，眼睛被挖去了，膝盖上放着一只骷髅。

可是，他非但没有醒，还在睡梦中抓住了她的手，就像他过去常常做的那样，那时他还没有盯着从身边走过的年轻姑娘看——甚至包括侍女。于是奥利芙决定静静地躺着，让他抓着自己的手，让时间暂时回到过去他们俩还相互依恋的时光。

她睡了一小会儿，醒来的时候，她看到黎明的第一道晨曦悄悄溜进了窗子。他已经松开了她的手——事实上，他完全撇开了她，一个人睡在床沿上。她觉得不可能等他醒来看见自己睡在身边了，再说，噩梦的恐慌已经远去。她掀开被子，把腿抽了出来，又看了他一眼。他的睡帽歪了，她帮他戴正、抚平，又摸了摸他突起的眉骨。他又动了一下。奥利芙等他平静下来，然后爬下床，像幽灵一样偷偷溜回自己房间去了。

10

翡翠之心的货亭和游戏棚在收割节前两天开始营业，迎来了第一批前来玩转轮子、套瓶和投篮游戏的乡亲们。那里还有小马拉火车——车子沿着八字形的狭窄轨道运行，上面坐满了欢笑的孩子。

（“小马的名字是查理吗？”埃蒂·迪恩问罗兰。

（“我觉得不是，”罗兰说，“因为在高等语中，有一个非常不好的词与那个名字发音相近。”

（“哪个词？”杰克问。

（“表示死亡的词。”枪侠说。）

罗伊·德佩普看着小马火车沿着预定的轨道缓慢地转了几圈，忍不住带着些许怀旧的心情想起自己小时候乘这种车玩耍时的情景。当然，大部分孩提时的记忆都已不见了踪影。

看足了，也回忆够了，德佩普漫步走进了治安官的办公室。赫克·艾弗里，戴夫，以及弗兰克·克莱普尔正在清洗一种样子古怪的枪。艾弗里向德佩普点头寒暄，然后又忙起手中的活。今天，德佩普老觉得治安官看上去有点怪，但不一会儿，他就找到了原因：治安官没有在吃饭，这还是头一次。过去他每次走进治安官的办公室，总能看到他手边放着一盘食物。

“明天的事都准备好了吗？”德佩普问。

艾弗里半恼怒半微笑地看了他一眼。“这是什么该死的问题？”

"是乔纳斯派我来问的。"德佩普说。听到这句话,艾弗里脸上有点神经质的笑容收敛了一点。

"嗯,一切准备就绪。"艾弗里把肉鼓鼓的手向桌上的枪支一扫,"难道你没看出来吗?"

德佩普本想引用那句"布丁好不好,只有吃了才知道"的老话,但有什么意义呢?如果如乔纳斯所愿,那三个男孩上了当,那么事情就能顺利进行。如果他们没上当,他们可能会把赫克·艾弗里的肥臀从他大腿上切下来,用它来喂狼。但不管怎样,这跟罗伊·德佩普并无多大关系。

"乔纳斯还叫我提醒你们,要早点到位。"

"好,好,我们会早早地到那里的,"艾弗里应允道,"这里两个再加上另外六个壮汉。弗朗·伦吉尔要求独自前往,他有机关枪。"最后那句话,艾弗里说得响亮而骄傲,仿佛机关枪是他的发明似的。接着他狡诈地看着德佩普。"你呢,灵枢猎手?你也会去吗?想去的话,我马上可以给你个职位。"

"我有其他任务。雷诺兹也一样。"德佩普微笑着,"治安官,我们每个人都有很多事要做——毕竟,收割节到了。"

11

那天下午,苏珊和罗兰在恶草原的小茅屋碰面,她跟他讲了关于账本缺页的事情,然后罗兰把藏在茅屋北面角落的一堆破毛皮下的东西拿给她看。

她看了一眼,接着瞪大眼睛,惊恐万分地看着罗兰。"怎么了?是不是出了什么事?"

他摇摇头。没出什么事……他也说不明白,但他感到一种强烈的需要,要去做这件事,把那些东西放在这里。这不是感应,绝对不是,仅仅是直觉。

"我认为一切正常……即使出现我们每个人要对付五十个人的状况也是正常的。苏珊,我们成功的唯一机会就是出其不意。你明白,是不是?你不会跑到伦吉尔那边,在他面前挥舞你父亲的牲畜记录本,你不会那样做的,对吧?"

她使劲摇头。如果伦吉尔确实如她所怀疑的那样,两天以后他就会得到报应了。收割节。算总账。但这东西……这东西让她害怕,她把这种感觉如实告诉了罗兰。

“听着。”罗兰托着苏珊的脸，凝视着她的眼睛，“我只是为了谨慎起见。如果行动出了问题——这是有可能的——你是最有可能完全逃脱的。你和锡弥。如果真的出了问题，苏珊，你一定要来这里把我的枪拿走。往西，带到蓟犁去。找到我父亲。看到枪，我父亲就会相信你说的话。告诉他这里发生的事。就这样。”

“如果你出什么事的话，我也无心再做任何事了，唯有一死。”

他托着苏珊的头轻轻摇动了几下。“你不会死，”他说，他的声音和眼睛里的冷酷让她敬畏，而不是害怕。她想到了他的血统——古老的血统，有时候冷酷是必须的。“在这件事办成之前绝对不可以死。答应我。”

“我……我答应你，罗兰。我保证。”

“大声向我发誓。”

“我会来这里。拿走你的枪。把它们带给你父亲。告诉他发生的事。”

他满意地点点头，松开了她的脸。她的面颊上淡淡地留着他的手印。

“你吓到我了，”苏珊说，然后摇了摇头，觉得自己说得不对，“你吓坏我了。”

“我不能改变自己。”

“我也不会改变你。”她吻了他左边的脸颊，右边的脸颊，还有他的嘴唇。她把手伸进他的衬衣里，抚摸他的乳头。她指尖下的东西立刻坚挺起来。“鸟、熊、兔子和鱼，”她说，嘴唇开始温柔地亲吻他的脸，眨动的睫毛撩拨着他，“让我的爱人美梦达成。”

之后，他们躺在罗兰带来的熊皮里，听着外面风扫草丛的声音。

“我喜欢那声音，”她说，“听到它，我总是希望能成为风的一部分……去它去的地方，看它看到的东西。”

“今年，如果卡允许，你可以实现这个愿望。”

“是的。而且和你一起。”她用一个肘子撑起身体，转身看着他。光线从破败的屋顶钻进来，在她脸上形成斑驳的影子。“罗兰，我爱你。”她吻着他……接着就哭了起来。

他关切地抱住她。“怎么了？苏珊，是什么让你难过？”

“我不知道，”她说，哭得更加厉害了，“我所知道的就是在我心里有一块阴影。”她含泪看着他，泪水还在不住地往下掉，“你不会离开我的，是吗？亲爱的。你不会弃苏珊而去的，对吗？”

“不会。”

“我把一切都给了你，一切。我的童贞只是其中最不重要的一部分。”

“我永远都不会离开你。”但尽管有熊皮，罗兰还是感到一阵寒意袭来。屋外的风——刚才那一刻还是如此令人惬意——现在听起来却像野兽的喘息。“不会的，我发誓。”

“但我还是害怕。我害怕。”

“不要害怕，”他语调缓慢，一字一句地说……因为他突然间觉得所有不想说出口的话一股脑儿想要涌出他的嘴巴。*我们离开这里，苏珊——不是在后天，不是在收割日，而是现在，就在这一分钟。穿好衣服，我们要随风而去；我们要往南方骑，不再回头。我们会——*

——永远饱受精神的折磨。

那将是他们的结局。脑子里永远萦绕着阿兰和库斯伯特的面孔，萦绕着所有可能在沙维德山脉丧身的人们，他们惨死在秘密武器之下；更可怕的是，死者父亲们的脸会缠着他们，一生一世都会。即使到了南极也逃脱不了那些面孔的纠缠。

“后天你要做的就是在午饭时表示身体不适。”在此之前，他们已经把所有的细节都仔细回顾过了，但现在，由于一阵莫名的恐惧袭来，他一时找不出其他话可说，“回到你的房间，接着离开那里，就像那晚你逃出来到墓地跟我们碰头那样。躲起来，三点钟一到，你就骑马到这儿来。掀开那个角落的毛皮。如果我的枪不在那里——会的，我发誓，会是这样——那就表示一切顺利。你就骑马来和我们会合。到大峡谷上方来，就是我们跟你说过的那个地方。我们要——”

“好的，那些我都知道了，但我觉得有什么东西不对劲。”她看着他，抚摸他的脸颊，“我担心我们俩，罗兰，不知道为什么。”

“一切都会好的，”他说，“卡——”

“不要跟我说卡！”她高声说，“啊，不要！卡像一阵风，我父亲这么说的，它带走它要的东西，毫不顾忌任何人的恳求。贪婪的卡，我是多么的恨它！”

“苏珊——”

“不，不要再说了。”她躺下去，把熊皮推到膝盖处，露出了身体。为了这个身体，那些远比哈特·托林高贵的男人们也会甘愿放弃王国。珠子般的串串阳光像雨水似的滚落到她赤裸的皮肤上。她向他伸出了手臂。散落在肩头的秀发和脸上忧伤的表情使她显得无限迷人，罗兰从来没有看到她像此刻那么美丽。后来，他终于想到了：*她知道结局。她预感到了结局。*

“不要再说了，”她说，“该说的都说了。如果你爱我，那就爱我吧。”

最后一次，罗兰满足了苏珊。他们一起翻滚着，肌肤相亲，呼吸相合；屋外，狂风像海啸般向西咆哮着。

12

晚上，魔月狰狞的笑容升上了天空，科蒂利亚手捧一摞衣服从房里出来，缓缓穿过草坪，来到院子里，绕过下午扫成一堆的落叶。她把衣服扔在稻草人的撑杆前，然后着了迷似的凝视着正在升起的月亮：魔月心照不宣地眨眨眼，露出凶残的笑，射出如骨头般银白色的光芒，仿佛紫色丝绸上的一颗白纽扣。

科蒂利亚和魔月相视而笑。后来，她终于回过神来，往前走了几步，把稻草人从竿子上拔了下来。稻草人的头软绵绵地倒在她肩头，就像一个喝得酩酊大醉的醉汉连跳舞都站不稳时无力低垂的头。它的红手悬空摇摆着。

她扒下了稻草人的衣服，露出里面鼓鼓囊囊的人形东西。稻草人原本穿着她死去哥哥留下的衣服。她取出从房里带出来的衣服，放到月光下——一件红色丝质骑装衬衫，市长托林送给年轻漂亮小姐的一件礼物，但她从来没穿过。妓女衣服，她是这么叫那些衣服的。那称呼把科蒂利亚·德尔伽朵变成了什么呢？枉费她一直照顾她，即便是在她那顽固不化的父亲坚决要和弗兰·伦吉尔、约翰·克罗伊登那群人作对之后。而她得到了什么？被自己的侄女当作了青楼老鸨。

这个想法又让她想起艾尔德雷德·乔纳斯和克拉尔·托林，当楼下蹩脚的钢琴弹奏着《红色波普》的时候，乔纳斯和托林赤身裸体纠缠在一起。科蒂利亚像狗一样呻吟了一声。

她把丝衬衫猛地往稻草人头上套下去，又给它穿上苏珊的侧骑裙，接着是她的一双拖鞋。最后，用苏珊的无边帽换下了宽边草帽。

干净利落！稻草人顷刻间变成了稻草姑娘。

“而且是个被捉奸在床的稻草姑娘①，”她喃喃低语，“我知道，哦，是的，

① 此处为双关语。原文是 caught red-handed（红手），英文词组的意思是做坏事时被人当场抓到，此处也指稻草人被涂红了的双手。

我知道。我可不是三岁小孩。”

她把稻草人从院子里搬到草坪上，放在那堆落叶边上。她抓起一些叶子，塞进骑马衫里，做出微微隆起的胸脯。完成之后，她从口袋里掏出一根火柴，点着。

这时风停了，仿佛在殷切地配合她。科蒂利亚把点燃的火柴凑到干树叶上，不一会儿，整堆落叶都烧了起来。她捡起稻草姑娘抱在手里，站在火堆前。她没有听到城里劈里啪啦的鞭炮声，没有听到翡翠之心里蒸汽机的喘息声，也没有听到流浪乐队在低市里的演奏声。一片燃着的树叶被风卷起，打着旋掠过她的头发边，差点把她的头发烧着，而她似乎也没有察觉。她眼睛瞪得大大的，空洞茫然。

见火旺起来了，她走近几步，把稻草人扔了进去。明亮的橘色火焰吞没了稻草人；火星和烧着的叶子打着旋向上飞去。

“烧啊！”科蒂利亚大吼一声。火光把她脸上的泪水映得像血一样。“杀人树！啊，尽情地烧吧！”

骑衫里的东西烧着了，稻草人的脸已烧得炭黑，它的红手火光熊熊，斜视的白眼也变成了黑色。无边帽腾起一阵火焰，火光摇曳；火势蔓延到了整张脸上。

科蒂利亚站着观望，拳头一松一合，根本不在意溅到身上的火星，也不在意燃烧的叶子飘向房子。就算房子着了火，她也很可能视而不见。

她一直守在火堆旁，直到穿着她侄女衣装的稻草人化做一团灰，散在更大一堆燃剩的灰烬上。随后，像生了锈的机器人似的，她慢慢走进房里，躺倒在沙发上，如死尸般沉睡过去。

13

收割节前一天，凌晨三点十五分，斯坦利·鲁伊兹认为终于可以关门休息了。最后一支曲子二十分钟前停止了——席伯比流浪乐队还多演奏了一个小时左右，现在他正把脸埋在地上的木屑里打鼾。托林小姐在楼上，大灵柩猎手不见踪迹；斯坦利觉得他们今晚是去了海滨区。他猜想他们说不定在干什么不光彩的勾当，但当然了，他并不能确定。他抬头看了看小顽皮呆滞迷离的神色，“我也不想知道，老朋友，”他说，“我现在唯一想要的就是好好睡上九个小时——明天将迎来真正的欢宴，他们要闹到破晓才会离开。所以——”

房子后面不知道什么地方传来刺耳的尖叫声。斯坦利往后缩了几步，砰的一声撞到吧台上。钢琴边，席伯微微仰起头，嘴里嘟哝着：“怎么回事？”然后头又砰的一声砸在地上了。

斯坦利根本不想去弄清尖叫声是从哪里传出来的，不过他觉得还是应该去看看。听起来像是老泼妇快马佩蒂的声音。“我真想把你这个老荡妇踢出城去。”他暗自说道，然后弯下腰往吧台下摸去。下面有两根结实的白蜡木棍，一根叫安定棍，另一根叫杀人魔。安定是一根带树瘤的光滑木棍，只需用它在闹事家伙头上恰到好处的位置轻敲一下，就保管那人会昏迷上两个小时。

他考虑了一下，拿了另一根木棍。它比安定棍短一些，顶端更宽一些，装着钉子。

斯坦利向酒吧后面走去，出了门，穿过一间阴暗的库房，库房里堆满酒桶，散发出格拉夫和威士忌的味道。库房后面是一扇通往后院的门。斯坦利来到那扇门边，深深吸了口气，把门打开。他本以为佩蒂会再发出一声令人脑子都要爆裂的尖叫，可是除了风的呼啸声以外，什么动静也没有。

可能你很走运，她已经被杀掉了，斯坦利暗自设想。他打开门，后退几步，同时举起钉头木棍。

佩蒂并没有死。这个妓女身穿褪了色的长衬裙（你也可以说这是佩蒂的职业装），站在去后面厕所的小路上，两手紧紧抓在一起，放在隆起的胸部和干瘪下垂的脖子之间。她抬头望着天空。

“怎么了？”斯坦利问着，赶快跑到她身边，“你这一吓，让我折寿十年。”

“月亮，斯坦利！”她把声音压得很低，“哦，快看月亮！”

他仰头看去，眼前的景象让他的心怦怦直跳，但是他还是故作镇定地说：“走吧，佩蒂，那只不过是尘埃。理智点，亲爱的，你也知道，过去这些天风都是怎么吹的，不下雨，上面的东西就没有被冲走。是灰尘，没什么特别的。”

但是，那怎么看都不像灰尘。

“我知道我看到的是什么。”佩蒂悄声说。

在他们头顶，魔月咧嘴而笑，一只眼睛透过流动着的血帘一眨一眨。

第七章

取回玻璃球

1

当妓女和酒吧男招待仍旧茫然地盯着血淋淋的月亮时，津巴·莱默从梦中醒来，打了个喷嚏。

该死的，到了收割节竟感冒了，他暗自抱怨着，接下来的两天我都要出门，但愿这感冒不会——

什么东西在他的鼻底搔了几下，弄得他痒痒的，不禁又打了个喷嚏。声音从他狭窄的胸膛里蹦上来，冲出干巴巴的嘴巴，就像小口径手枪在这间黑屋子里开了一枪似的。

“谁？”他惊叫道。

无人作答。莱默脑子里突然显现出一只丑陋而凶暴的鸟，白天飞进来，现在正在黑暗中扑腾，就是它在他脸上扇动翅膀。想着想着，他起了一身鸡皮疙瘩——鸟，臭虫，蝙蝠，他恨透了这些东西——他的手胡乱地在桌上摸索着那盏煤气灯，差点把它碰到地上去。

他把灯凑到身前，那东西又开始扑扇了。这次是冲着他的脸颊。莱默尖叫起来，整个人弹缩到枕头上，把灯紧紧抱在胸前。他按下灯一侧的按钮，听到煤气发出呲呲的声音，火星冒了出来。灯点亮了，在微弱的光晕中，他看到的不是振翅的鸟儿，而是克莱·雷诺兹坐在床沿上。雷诺兹的一只手里拿着一根羽毛，刚才他就是用它在眉脊泗大臣的脸上搔痒的。他的另一只手藏在斗篷里，放在膝盖上。

自从在城西部边远处的树林里第一次见面以来——树林就在爱波特大峡谷下面，法僧的手下拉迪格的主力先遣队就驻扎在那里——雷诺兹就没喜欢过莱默。那晚风很大，他和其他两个灵柩猎手进入林中的小空地时，莱默和他的陪同伦吉尔、克罗伊登正围坐在火堆旁，雷诺兹的斗篷在莱默身边一晃。“您好，斗篷先生。”莱默说，另两个人都笑了。那原本是个没有恶意的玩笑话，但雷诺兹可不这么想。在许多他游历过的地方，斗篷并不单纯是指“斗篷”而已，它暗指“躬背哈腰”或“俯首称臣”的人。事实上，它还是用来骂同性恋的一句脏话。雷诺兹并没想到，莱默很可能（尽管表面精于世故，但也不过是个边远省城的官员）根本不知道这个词另有他意。他只知道，如果有人贬低他，他会尽其所能让他付出代价。

莱默还债的日子到了。

"雷诺兹？你在做什么？你怎么进来的——"

"你叫错了吧，"坐在床沿上的人回答说，"这里没有雷诺兹，只有个斗篷先生。"他从大衣下抽出另一只手。手里是一把磨得极锋利的短刀。当时在低市买这把刀时，雷诺兹就想到会派这个用场了。他提起刀，把十二英寸长的刀刃刺进莱默的胸膛，直穿后背，莱默像一只虫子似的被钉在床板上。一只臭虫，雷诺兹心想。

灯从莱默手中滑落，滚下床，掉在床头地毯上，没有碎。对面稍远处的墙上扭曲地映出了津巴·莱默垂死挣扎的影子。另一个人影弯着身子，仿佛是一只饥饿的秃鹰。

雷诺兹举起刚才拿刀的手，拇指和食指之间的蓝色灵柩文身转到莱默眼前。这是他想让莱默死前看到的最后一样东西。

"现在来嘲笑我啊，"雷诺兹说。他笑了起来。"来啊。我洗耳恭听。"

2

快五点的时候，托林市长被一个可怕的梦境惊醒。梦里，一只粉红色眼睛的鸟缓缓地在领地上空盘旋。它的影子所到之处，青草皆黄，树叶震落，庄稼尽亡。影子正把在他治理下绿树成荫、安和愉快的领地变成一片荒原。这是我的领地，但鸟也是我的，醒来前的一刻，这样的想法闪过他的脑子。他战栗地蜷缩成一团滚在床边。我的鸟，我把它带到这儿，我把它放出了鸟笼。

看来这个晚上他是无法再入睡了。于是他为自己倒了一杯水，一饮而尽，然后走进书房，边走边把挂在他骨瘦如柴的腿上的睡裤往上提。睡帽上垂着的小球在他肩胛骨间上下跳动；他的每一步都伴随着膝关节的咔哒声。

至于梦境中产生的罪恶感……这个嘛，木已成舟，改变不了了。明天，乔纳斯和他的伙伴们就会达成他们来这儿的目的（为此他们得到了高额报酬）；明天一过，他们将离开这里。飞走吧，粉红眼睛的鸟儿和那致命的影子；飞走吧，回到你来的地方去，把那些灵柩小子一起带走。年末临近，他要忙着享受他的小情人了，根本没有精力多考虑这种事，或者做这种梦。

另外，没有可见的迹象，梦境就只是梦境而已，算不得什么征兆。

可见的迹象就是书房窗帘后露出的一双靴子——只有破旧的鞋尖露在外面——但托林没朝那个方向看一眼。他的视线被固定在他最喜欢的椅子旁的瓶子上。他没有清晨五点喝红酒的习惯，但喝一次也不会有什么大碍。天晓得，他做了个可怕的梦，再说，毕竟——

“明天是收割节，”他自言自语，在壁炉边的高背椅上坐下，“收割节来了，每个人都会做些打破常规的事。”

他给自己倒了杯酒，并不知道这是他在这个世界上喝的最后一杯酒。酒的热度冲进他胃里，又爬回喉咙口，暖暖的，他咳了起来。好多了，啊，好多了。没有巨鸟了，没有灾祸的影子了。他伸展双臂，细长瘦削的指头绞在一起，恶狠狠地把指关节弄得咔哒作响。

“我讨厌你发出那种声音，你这个皮包骨头的饭桶。”一个声音在托林左耳边响起。

托林吓得一跃而起，心跳到了胸口。空酒杯从手里飞出去，没有脚毯给它缓冲，酒杯在壁炉上摔成碎片。

托林还来不及尖叫，罗伊·德佩普已经扒下了市长的睡帽，揪住市长头上稀疏可怜的几根头发，猛地把他的头扯过来。德佩普另一只手里拿的刀远比雷诺兹用的那把钝得多，但足以利索地割断这个老男人的喉咙。血喷溅在昏暗的房间里。德佩普松开托林的头发，回到刚才藏身的窗帘处，从地上捡起了一个东西。是库斯伯特的哨兵。德佩普回到椅子边，把它放在奄奄一息的市长的膝盖上。

“鸟……”托林从满是血的嘴里挤出一个含混的字，“鸟！”

“老家伙，这种时候还能注意到它，你可真是够机灵的。”德佩普又拽起托林的头，手里的刀迅速转了两下，老头的眼球被挖了出来。一个被扔进没有点火的壁炉里，另一个被砸到墙上，滑到点火工具的后面。托林的右腿颤抖了几下就再也不动了。

还有一件事要做。

德佩普环顾四周，视线落到托林的睡帽上，然后觉得帽子上垂下的小球能派得上用场。于是他把帽子摘下来，在市长膝盖上的一摊鲜血里蘸了一下，在墙上画了“好人”的标记——

“好了，”他往后站住，轻声自语，“如果这样都不能使他们完蛋，世界上就没什么能制伏他们的了。”

千真万确。现在，唯一的问题就是罗兰的卡-泰特是否能被活捉。

3

乔纳斯把人员安插的具体位置告诉弗朗·伦吉尔：马厩里安排两个人，外面六个人，其中三个躲在生锈的马具后面，两个躲在住宅烧毁的废墟间，还有一个——戴夫·霍利斯——蹲伏在马厩上面，透过房顶缝隙暗中监视房里的动向。让伦吉尔高兴的是，小军团的成员对待这个任务十分认真。尽管他们还都只是孩子，但这些孩子曾与灵柩猎手们过招，并且占了上风。

直到他们走到离老K酒吧不远处、大声喊就能让屋里人听见之前，都好像是治安官艾弗里在指挥。接下来，伦吉尔取而代之，他一个肩头上吊着机关枪（他的腰板子和二十岁时一样直），开始发号施令。艾弗里看上去有点紧张，声音像是喘不过气似的，不过他对此并不恼怒，反倒是松了一口气。

“我将依照吩咐，告诉你们每个人的具体位置，这是个周密的计划，我没有异议。”伦吉尔对他的小军团说。在暗淡的光线下，他们的脸模糊不清。“我自己想补充一点。虽然我们不必给他们一条生路，但最好还是留活口——要把他们留给领地来处置，留给这里的普通民众来了结整件事。我再强调一遍：如果不得已，允许开枪。但如果让我发现你们任何一个无缘无故就开枪打人，小心我扒了你们的皮。明白了吗？”

下面没有反应。看来他们都明白了。

“好吧，”伦吉尔铁青着脸说，“我给你们一分钟的时间，检查一下你们的马蹄和马镫是不是都裹好了，不要发出声音。接下来，我们接着往前走。从现在开始，谁也不许出声。”

4

那天早上六点十五分，罗兰、库斯伯特和阿兰走出雇工房，在门廊上一字站开。阿兰正在喝咖啡。库斯伯特边打哈欠边伸懒腰。罗兰在扣衬衫，看着西南方向的恶草原。他根本没有想到会有伏击，他想的是苏珊。她的泪水。*贪婪的卡，我是多么的恨它*，她曾经这样说。

他的直觉没有被唤起；阿兰的感应——察觉到乔纳斯杀了他们鸽子的感应——也没什么动静。至于库斯伯特——

"又是安静的一天！"这个活宝对着黎明的天空高呼，"又是优雅的一天！又是沉寂的一天，唯一惊扰这份静寂的只有爱人的叹息声和马蹄的敲击声！"

"又是你胡言乱语的一天，"阿兰说，"走吧。"

他们穿过前院向外走去，根本没有察觉到有八双眼睛盯上了他们。他们越过埋伏在门边的两个人进了马厩，那两人一个躲在一把旧耙子后面，另一个隐藏在干草堆里，两人都拔出了枪。

只有拉什尔觉察到有些不对劲。它用力跺脚，转着眼珠，当罗兰要把它拉出马厩时，它拼命地往后退。

"嗨，伙计，"他说，四处查看了一番，"我想是因为蜘蛛吧。它讨厌蜘蛛。"

马厩外，伦吉尔站起身来，双手向前一挥。他的手下们悄悄转移到马厩前。戴夫·霍利斯持枪守在屋顶上。他的眼镜已经摘了下来，塞在汗衫口袋里，以防眼镜反光暴露自己。

库斯伯特把他的马牵出马厩。阿兰紧随其后。罗兰最后一个出来，用力拽着那匹惊慌跳跃的公马。

"快看。"库斯伯特兴高采烈地说，仍然没有注意到已经有人站在他和他朋友们的身后。他指着北面。"形状像熊的云！好运——"

"别动，臭小子，"弗朗·伦吉尔叫道，"脚不许挪动半步。"

阿兰却开始转身——完全是出于惊骇——一阵细微的喀哒声起伏响起，仿佛很多干树枝突然一同被折断。那是手枪和短火枪扳机扣动的声音。

"不，阿兰！"罗兰惊叫道，"别动！别！"他的嗓音中，绝望像毒药毒性发作似的升起，愤怒的眼泪挂在眼角……但他站在原地没动。库斯伯特和阿兰也必须安静地站着。如果他们动一下，就会被枪打死。“不要动！”他重复了一遍，“你们两个，都不要动！”

“明智之举，臭小子。”伦吉尔的话音拉近了，伴着几个人的脚步声，“把手放到身后。”

两个人影渐渐移动到罗兰两侧，在清晨的阳光下，影子被拉得很长。从左边影子的面积来判断，他猜测那是治安官艾弗里。他今天不太会用白茶招待他们了吧。另一个影子肯定是伦吉尔的。

“赶快，迪尔伯恩，不管你真正的名字叫什么。把手放到身后。放在腰后面。你们都被枪顶着。如果我们最终只抓到两个活口，而不是三个，我们的日子照样过。”

不给我们一点机会，罗兰心想，他心里突然涌起一阵古怪的骄傲，同时又觉得有些好笑。尽管这样，他还是尝到了一丝苦涩；很苦。

“罗兰！”是库斯伯特，他的声音中流露出极度的痛苦，“罗兰，别听他的！”

但罗兰别无选择，他把手放到背后。拉什尔发出一声微弱的嘶叫——好像在责难他，说这样做是很不对的——然后碎步跑到门廊边。

“你会感到手腕遇到了金属，”伦吉尔说，“手铐。”

两个冰冷的圆圈套进了罗兰手上。咔哒一声，手铐的弧圈紧紧扣在他手腕上。

“很好，”另一个声音说，“到你了，小子。”

“如果我这么做，就不是人！”库斯伯特的话音颤抖到几乎歇斯底里的程度。

只听砰的一声，接着是痛苦的一声低吼。罗兰回过头，看到阿兰一条腿跪在地上，左手掌按着额头。血沿着脸颊流下来。

“想让我再给他来一下吗，呃？”杰克·怀特质问。他手里倒握着一把老手枪，枪靶在前。“我说得出，做得到；大清早的，我正准备活动活动手臂。”

“不要！”库斯伯特惊骇得声音发颤，痛不欲生。他身后并排站着三个带武器的人，正紧张地盯着他。

“那就乖乖的，把手放到身后。”

库斯伯特忍住眼泪，照做了。副手布里奇把手铐套到他手上。另外两人把阿兰从地上扯了起来。他打了个趔趄，然后牢牢站住，手铐也把他铐上了。他和罗兰的视线相遇，阿兰勉强地笑了笑。从某种角度来说，这是可怕的清晨伏击中最难受的一刻。罗兰对他点头示意，暗自发誓：他再也不会让这样的事重演，就算他要活一千年，也不会让人再一次这般对待他。

今天早晨，伦吉尔没有系领带，他围着一条围巾，但罗兰觉得他还穿着好几个星期前在市长的欢迎宴上穿过的那套老式外套。伦吉尔旁边站着的那个人喘着粗气，兴奋、焦虑、自以为是，正是治安官艾弗里。

“孩子们，”治安官说，“你们因触犯了领地的法律被依法逮捕。现以叛国罪和谋杀罪指控你们。”

“我们杀过谁？”阿兰冷漠地问，小军团里一个成员哈哈大笑，是出于吃惊还是嘲讽，罗兰一下子分不清楚。

“市长和他的大臣，想必你心里很清楚，”艾弗里说，“现在——”

“你怎么可以这么做？”罗兰愕然地责问。他是在跟伦吉尔说话。“眉脊泗是你的家乡；在墓地里，我看到了你长眠于此的父辈们。你怎么能对生你养你的地方做出这种事，伦吉尔先生？”

“我没有兴趣站在这里和你废话。”伦吉尔说。他的视线越过罗兰的肩膀。“阿尔瓦雷斯！把他的马牵过来！对于他们这么机灵的小子来说，手背在身后照样能骑马——”

“不，告诉我，”罗兰打断他，“别想隐瞒，伦吉尔先生——和你一起来的都是你的朋友，没有一个不是你圈子里的人。你怎么能这样做？如果你碰巧遇到你母亲衣服掀开着在睡觉，你会强奸你自己的母亲吗？”

伦吉尔的嘴巴抽搐了一下——不是因为羞耻或尴尬，而是出于对那句话瞬间油然生起的厌恶，接着那老牧场主看着艾弗里。“他们在蓟犁时被教导讲话要注意分寸，是不是？”

艾弗里手里握着把来复枪。他举着枪柄，一步步逼近带着手铐的枪侠。“我会教会他们怎么恭敬地跟上层人士讲话，我来教他们！只要你发一句指令，弗朗，我就把他的牙打下来！”

伦吉尔一把拉住他，表情疲惫。“别犯傻。我不想让他躺在马鞍上回去，除非他死了。”

艾弗里放下枪。伦吉尔转向罗兰。

“你活不到听得进劝告的那一天了，迪尔伯恩，”他说，“但我还是要给你一个劝告：成王败寇，人往高处走。要想知道风是怎么刮的，得到风向变了的时候才行。”

“你已经忘了你父亲的脸，你这个四处钻营的卑鄙小人。”库斯伯特一字一顿地骂道。

这句话在伦吉尔身上产生的效果，是罗兰刚才关于他母亲的话不曾达到的——他沧桑的脸突然刷的一下红了。

“把他们弄上马！”他说，“我要他们一个小时之内滚进监狱！”

5

罗兰被托上了拉什尔背上的马鞍，推他的力气太大了，以至于他差点从另一头摔下去——如果戴夫·霍利斯没有在那头扶住他，他就已经摔到地上了。戴夫随即把罗兰的脚插进马镫，朝枪侠投去了一个紧张而尴尬的微笑。

“看到你在这里，我很难过。”罗兰义正词严地说。

“对于在这种场合见面，我也很难过，”副手说，“如果谋杀案是你们干的，我希望你们赶快认罪。你的朋友真不该那样狂妄自大，把自己的名片留在作案现场。”他说着，朝库斯伯特扬了扬头。

罗兰对副手戴夫所说的话丈二和尚摸不着头脑，不过那又有什么关系呢。这只不过是他们精心设计的圈套的一部分，在场没有人会真的相信，包括戴夫在内。但罗兰想，再过几年，他们会渐渐相信这个谎言，还会把它当作福音训言似的讲给自己的儿孙们听。当年他们镇压叛逆者的辉煌历史。

枪侠用膝盖掉转马头……然后看到在老K酒吧的院子和通往伟大之路的小巷之间，站着乔纳斯本人。他两腿叉开坐在一匹枣红马上，头戴牛贩子的绿色毡帽，身穿灰色旧风衣，右边膝盖旁的护套里插着一支来复枪，左边的风衣撩起，露出他那把左轮手枪的枪柄。乔纳斯的花白头发今天没有扎上，而是披在肩头。

他脱下帽子，向罗兰行礼致意。“出色的游戏，”他说，“对于一个乳臭未干的毛头小子来说，你玩得不错。”

“老家伙，”罗兰说，“你活得太久了。”

乔纳斯回之以微笑。“我知道，如果有机会，你会改变那个事实的，对不对？我毫不怀疑。”他朝伦吉尔使了个眼色，“弗朗，把他们的家伙搜出来。特别留心匕首。他们还有枪，但没带在身上。不过我对那些手枪掌握的情况比他们想象的还要多一些。还有那嬉皮笑脸的小子用的弹弓。千万别把它给落下了。不久前他还想着用它把罗伊的头卸下来呢。”

“你是说那个红发人?”库斯伯特问。马在他身下来回跳动;库斯伯特像马戏团骑手那样前后左右来回摇摆,保持身体平衡,以防摔下马来。“他可不会想念自己的头,如果他的下身遭了殃,倒有可能哭几天。”

“很有可能。”乔纳斯表示赞同,一边看着矛和罗兰的短弓被一一收缴。弹弓别在库斯伯特身后腰带上亲手做的皮套里。罗伊·德佩普没有和库斯伯特较量是明智的,罗兰知道库斯伯特的能耐——他可以射中六十码开外的飞鸟。装钢弹的小袋子挂在库斯伯特的右侧。布里奇把它也取下来了。

收缴工作正在进行的时候,乔纳斯摆出一副和蔼亲切的笑脸注视着罗兰。“小子,你真名叫什么? 老实交代——现在说了对你也没什么损害;你马上就要上西天了,这点我们都清楚。”

罗兰默不作声。伦吉尔看着乔纳斯,惊讶地扬起眉毛。乔纳斯耸耸肩,把头扭向城镇的方向。伦吉尔点头表示明白,然后用一根皲裂的手指戳戳罗兰。“来吧,小子。我们上路吧。”

罗兰用腿夹了一下拉什尔;马朝乔纳斯小跑过去。猛然间,罗兰知道了什么。那想法不知从何处而来,又像是从四面八方涌来,总之,就像他敏感准确的直觉一样——前一秒钟还是一片茫然,后一秒就轮廓清晰,历历在目了。

“卑鄙无耻的小人,是谁把你流放到西部的?”他骑着马从乔纳斯身边经过时质问道,“难道是柯特——但你太老了。是他的父亲?”

乔纳斯那既感无聊又好玩的表情不见了——飞走了,仿佛是被一巴掌打飞的。那一刻很奇妙,白发苍苍的老头又变成了那个震惊、羞怯、痛苦的孩子。

“对,是柯特的父亲——我从你眼睛里看到答案了。现在你站在这里,在清海上……但你实际上还是在西部。像你这种人的灵魂是永远都不能离开西部的。”

乔纳斯的枪已经拔出,以极其迅猛的速度翻到他手上,只有罗兰非凡的眼力才能辨认出运动的轨迹。他们身后的人开始交头接耳,小声私语——一部分是出于惊讶,但更多的是敬畏。

“乔纳斯,别犯傻!”伦吉尔厉声说,“我们花了那么多时间,冒了那么大危险才逮住他们,你不会在这个时候把他们干掉吧?”

乔纳斯好像根本没听见他说什么。他瞪大眼睛，粗糙干裂的嘴角颤抖不定。“威尔·迪尔伯恩，说话小心点，”他用低沉嘶哑的声音吼道，“说话要考虑后果。我在三磅的扳机上放了两磅的力气。”

“好啊，开枪吧。”罗兰说。他高昂起头，俯视着乔纳斯。“开枪吧，流犯。开枪啊，孬种。开枪啊，失败的人。你一生都会过着流亡的生活，到死也不会改变。”

有一瞬间，他确信乔纳斯会开枪，在那一瞬间，罗兰觉得死了更好，他竟然如此轻易就落入别人布下的局，经受了这样的耻辱，死亡倒是比较令人满意的结局。那一瞬间，苏珊没有在他心里闪现。那一瞬间，一切都停止呼吸，一切都沉寂无语，一切都静止不动。他注视着此刻冲突中的所有人，有的站着，有的骑在马背上，但他们都只是地上浅浅的影子。

乔纳斯松开扳机，把枪哧溜滑进枪套。

“把他们押回城，扔进监狱，”他对伦吉尔说，“我再来的时候，不希望看到他们任何人少一根汗毛。如果我可以忍住不杀这个家伙，你们也应该能咽下一口气，不去伤害其他两个。出发吧。”

“走。”伦吉尔说。那种虚张声势的威严已经从他的声音里消失了。现在，他听上去更像是一个沾沾自喜带着筹码来押赌、却意识到（太晚了）赌金远比他想象中高得多的赌徒。

他们骑马出发了。罗兰最后又回头看了一眼。年轻人冷漠眼神中流露出的轻蔑比多年前在伽兰被鞭打时留下的永久疤痕更刺痛乔纳斯的神经。

6

他们在视线中消失后，乔纳斯走进雇工房，撬起隐藏他们小武器的木板，却只找到两把枪。那对深色手柄的六发式左轮手枪——也就是迪尔伯恩的枪——没了踪影。

你实际上还是在西部。像你这种人的灵魂永远都不能离开西部。你一生都会过着流亡的生活，到死也不会改变。

乔纳斯的手开始忙活了，把库斯伯特和阿兰带到西部的左轮手枪拆了。阿兰的枪还很新，除了练习外没怎么用过。乔纳斯把卸开的部件抛出屋外，任它们四处散落。他用尽全身力气往外扔，想要摆脱那双冷酷的蓝眼睛的凝视，消除罗兰的话带给他的惊骇，他原以为没人知道这些事。罗伊和克莱怀疑过，但他们从来没有得到确切的证实。

太阳下山前，眉脊泗的每个人都将知道艾尔德雷德·乔纳斯——手上刺着灵柩的白发杀手——只不过是一个失败的枪侠。

你一生都会过着流亡的生活，到死也不会改变。

“也许吧，”他自言自语，心不在焉地看着房屋废墟，“但不管怎么样，我会比你长寿，年轻的迪尔伯恩。当你的尸骨在地底下腐烂时，我还好好地活着呢。”

他骑上马，狠狠地拽着缰绳掉转马头。他要去西特果，罗伊和克莱在那里等着他。他骑得飞快，但罗兰的眼睛始终如影随形地跟着他。

7

“醒醒！醒醒，小姐！快醒醒！”

起初，声音好像来自远方，通过某种魔力飘入她躺着的黑暗中。当声音开始伴着一只手的猛烈摇动时，苏珊明白了自己必须醒过来，但即便如此，她还是经历了一个漫长的挣扎过程。

她已经好几个星期没这么好好睡过一觉了，昨晚她本以为还会睡不好……*特别是*昨晚。她躺在海滨区豪华的卧室里，辗转反侧，怎么也睡不着，各种可能性——无一有利于他们——挤满了她的脑子。她身上的睡袍不知不觉缩到臀部，在腰里扭成一团。当她起来去上洗手间的时候，她脱去了这烦人的东西，随手扔到一个角落，赤裸着身子爬回床。

脱掉厚厚的丝绸睡袍确实起到了效果。她差不多马上就入睡了……在这种情况下，入睡是再恰当不过的词：她并不是慢慢睡着，而是落入地上一道无虑无梦的缝隙中。

现在突然闯进来一个声音。闯进来的那条手臂使劲地摇她，弄得她的头在枕头上来回转动。苏珊想挣脱出来，把两膝蜷曲到胸口，嘴里迷迷糊糊吐着抗议的字眼，但那只手臂也跟了上来。不顾一切地继续摇晃着；喋喋不休的呼叫声一秒钟都没有停过。

“醒醒啊，小姐！醒醒！看在上天的分上，你快醒过来吧！”

这是玛丽娅的声音。苏珊一开始没听出来，因为那声音如此惊慌失措。

苏珊从来没听到她这样过，也从来没有想到过。然而，事实就摆在面前，这个侍女的声音几乎是歇斯底里的。

苏珊坐了起来。一瞬间，许多东西钻进脑子——一切都显得不合常理——她觉得有些动弹不得。她睡觉盖的羽绒被滑落到大腿处，她的胸露在外面，她只有微弱的一点力气用指尖把被子拉上来。

第一个不合常理的东西是光线。它比往常任何时候都更强烈地从窗子里灌注进来……她意识到，这是因为她从没在这个房间里睡到那么晚。天哪，已经十点了吧，可能更晚。

第二个不合常理的是楼下传来的声音。早晨，市长府邸通常是个安宁的地方，直到中午才会听到家里的马夫外出遛马的声音、米盖尔打扫庭院的杂声，以及接连不断的隆隆海浪声。但这个早晨，下面传来喊叫声、咒骂声、疾驰的马蹄声，还有时不时爆发出的阵阵奇怪杂乱的笑声。在她房外的某个地方——可能不在这一侧厢房，但离她的房间很近——苏珊听到靴子跑动的砰砰声。

最反常的是玛丽娅，她橄榄肤色的脸蛋惨淡无光，平时整洁的头发凌乱地散着。苏珊认为只有地震才可能把她弄成这个样子。

"玛丽娅，怎么了？"

"小姐，你得离开这里。现在你住在海滨区可能不安全。你最好回自己家去。早些时候我没看到你，还以为你已经回家了呢。你睡懒觉选错了日子。"

"离开这里？"苏珊问。苏珊慢慢把羽绒被顺着身体拉上来，一直拉到鼻子下方，瞪圆了眼睛盯着玛丽娅。"什么意思？"

"从后面出去。"玛丽娅从苏珊睡麻了的手中抢过羽绒被，一股脑儿掀到她的脚踝上，"像上次一样。就现在，小姐，赶快！穿好衣服，离开这里！那几个男孩被抓了起来，是啊，但如果他们还有同伙会怎么样？如果他们又回来了会怎么样？会不会把你也杀了？"

苏珊已经起床了。但她突然两腿发软，又一屁股坐回床上。"那几个男孩？"她咕哝着，"杀了谁他们？杀了谁那几个男孩？"

她讲话颠三倒四，不合文法，不过玛丽娅听懂她的意思了。

"迪尔伯恩和他的同伴。"她说。

"他们杀了谁？"

"市长和大臣。"她用心烦意乱的同情眼神看着苏珊，"听我说，现在赶快起床。立刻离开这个是非之地。”

“他们没有做过这种事。”苏珊忍住把下面一句话吞了回去，这不在计划之中。

“不管是谁干的，托林先生和莱默先生死了。”下面的吵嚷声越来越响，接着，传来一阵刺耳短促的爆炸声，听起来不像是爆竹。玛丽娅朝那个方向看了一眼，就把衣服扔给苏珊。“市长的眼睛，他们把他的眼珠挖了。”

“他们不可能这么做！玛丽娅，我清楚他们的为人——”

“我不了解他们，也不关心——但我在乎你。快穿上，离开这儿，听我的。越快越好。”

“他们怎么了？”一个可怕的念头钻进苏珊的脑子里，她一下子跳了起来，衣服散了一地。她抓住玛丽娅的肩膀。“他们没有被杀吧？”苏珊摇晃她的身子，“告诉我，他们没有被杀！”

“我认为还没有。现在到处是吵嚷声，谣言四起；不过我想他们暂时只是被关进了监狱。只是……”

她已经没有必要把话说完了；她的眼睛躲开了苏珊的视线，那不自然的躲闪（以及楼下混乱的喊叫声）把剩下的内容告诉了她。他们还没有被处死，但哈特·托林深受人们爱戴，而且出生于一个沿袭古老血统的家庭。而罗兰、库斯伯特和阿兰是外人。

还没有被杀……但明天是收割节，明晚有收割节篝火仪式。

苏珊尽她所能飞快地穿起衣服来。

8

雷诺兹和乔纳斯在一起的时间比德佩普长一些，因此也对乔纳斯更为了解。他透过井架看了一眼骑马向他们慢跑过来的人影，转身对他的同伴说：“别问他任何问题——今天早上他没有心情回答任何愚蠢的问题。”

“你怎么知道？”

“别问那么多。闭上你那张该死的嘴巴。”

乔纳斯在他们面前拉住缰绳。他疲惫地骑在马上，脸色苍白，若有所思。尽管雷诺兹警告过罗伊·德佩普，乔纳斯的神情还是让他忍不住问了一个问题。“艾尔德雷德，你还好吧？”

“还有人会好吗?”乔纳斯回答,然后不吭声了。他们身后,西特果剩下的几个油泵还在辛苦地嚎叫着。

终于,乔纳斯提起精神,在马鞍上直了直身子。“我已经找人代为押管那几个毛头小子了。我吩咐伦吉尔和艾弗里,一旦情况有变,他们就用手枪连发两组子弹。目前还没听到那样的枪声。”

“我们也没听见过,艾尔德雷德,”德佩普殷勤地说,“从没听到过那种枪声。”

乔纳斯皱了皱眉头:“你根本就不会听见的,对不对?就算有任何声音你也警觉不起来。蠢货!”

德佩普咬着嘴唇,这时他看到左马镫上方有东西需要调整,就弯下腰去。

“你们的事办得怎么样?”乔纳斯问,“我是说,今天早晨,在送莱默和托林上西天的时候,有没有被什么人看到?”

雷诺兹摇摇头:“我们俩干得干净利落。”

乔纳斯漫不经心地微微点了下头,好像这个问题只是随口一问。他随即转身注视油田和生锈的井架。“也许人们说的是对的,”他的声音轻得几乎听不到,“也许中古先人都是恶魔。”他转身看着他们,“唔,现在我们成了恶魔。不是吗,克莱?”

“你说什么就是什么,艾尔德雷德。”雷诺兹说。

“我怎么想就怎么说。现在我们是恶魔,我们就要拿出恶魔的样子。奎恩特怎么样了?还有下面那块地皮呢?”他把头往草木丛生的斜坡一摆,奎恩特的人就埋伏在那里。

“还在那儿守着,等候你的指示。”雷诺兹说。

“现在不需要他们了。”他阴郁地看了看雷诺兹的脸色,“迪尔伯恩是个麻烦的小子。我真希望明晚能赶到罕布雷,在他脚下放一把火。我本来在老K酒吧就可以杀了他。要不是伦吉尔,他已经死在我手里了。他是个祸根子。”

说着说着,他的身子耷拉下去,脸色越来越差,像暴风雨来临前的乌云飘过太阳。德佩普这时已经修理好马镫,向雷诺兹投去不安的一瞥。雷诺兹没有回应。有什么意义呢?如果艾尔德雷德现在发疯了(雷诺兹曾经见过这事发生),他们没法及时逃出射程。

“艾尔德雷德,我们还有很多事要干。”

雷诺兹平静地说，但收到了效果。乔纳斯直起身子，摘下帽子挂在马鞍上，把马鞍翘起的角杈当作衣钩，然后漫不经心地用手指梳理头发。

“是啊——还有很多事。到那下面去。叫奎恩特弄两头公牛来，把最后两艘装满的油罐车拉到悬岩去。他需要带四个人，把油罐车送到拉迪格那里。其他人可以先到那里去。”

雷诺兹觉得现在问他问题是安全的了，就说：“拉迪格手下其余的人什么时候到那里？”

“他手下的人？”乔纳斯哼着鼻子说，“我们倒希望来的是男人呢，蠢货！拉迪格手下的半大小子们会借着月色到达悬岩，他们会高举燕尾旗，让埋伏在沙漠里的家伙们都可看到并感到敬畏。我认为他们要为明天十点的护送工作做好准备……虽然我本来就预料到会派这些小子过来，但明天的情形可能还是会一团糟。不管怎么样，好在我们不太需要他们的协助。手头的情况看来很顺畅。现在去，把任务吩咐给他们，然后马上回来见我，尽快。”

他转身瞭望西北方突兀起伏的群山。

“我们还有自己的事要干，”他说，“太阳开始落山了，马上就天黑了。我想尽快离开这个该死的眉脊泗。我渐渐不喜欢这个地方给我的感觉了。一点都不喜欢。”

9

特里萨·玛丽娅·多洛莉丝·奥夏伊维恩四十岁左右，体态肥胖，面容姣好，生养了四个孩子，她的丈夫叫彼得，是个生性爱笑的牧人。她也在高市卖毛毯和布匹；海滨区很多漂亮精致的小玩意都是特里萨·奥夏伊维恩经手置办的，所以她家过得十分富裕。虽然她丈夫只是个放牧人，但奥夏伊维恩家的家境在其他地方和其他时期足以被认为是中产阶级。最大的两个孩子已经长大成人，离开了家，有一个还离开了领地。第三个孩子正满心欢喜地盼着能在年末和心爱的人结婚。因此，只有最小的孩子觉察出母亲有点不对劲，但她并不知道母亲离彻底的疯狂有多近。

快开始了，蕤想，一边贪恋地看着水晶球里的特里萨。她马上就要开始了，不过她先得支开她的孩子。

收割节前一天，学校不上课，店铺也只在下午开几个小时，所以特里萨差她小女儿去送一个馅饼给什么人。蕤推测，是送给邻居的收割节礼物。她看到特里萨给女儿戴上一顶针线帽，一边把帽檐拉到她耳边，一边轻声叮嘱，但听不到她究竟说了些什么。东西肯定不是送给附近的邻居；她需要时间，特里萨·玛丽娅·多洛莉丝·奥夏伊维恩需要时间。房间很宽敞，有很多角落需要清洁。

蕤咯咯笑了，但笑声马上变成了一阵沉闷的咳嗽声。角落里，姆斯提不时抬头看看这个老女人。虽然它还没有像主人那样只剩一把骨头，但这只猫的情况也不妙。

女孩手下夹着馅饼，被送出了家门；她停下来，不安地看了母亲一眼，接着，门在她面前关上了。

"现在！"蕤低哑的声音说，"角落在等着你呢！女人，跪下，做你该做的事吧！"

特里萨先走到窗子边。她对看到的景象感到满意——她女儿出了门，正沿着高街走——然后回到厨房。她走到餐桌前，在那儿站住，眼神缥缈迷离。

"唉，还等什么，现在就干吧！"蕤不耐烦地喊起来。她不再打理自己肮脏的小屋，也不再在意房子的恶臭或是她自己身上散发的腥臭味。她已经着了巫师彩虹的魔。她正和特里萨·奥夏伊维恩在一起，后者的屋角在眉脊泗是最干净的。也许在整个中世界都是。

"赶快，女人！"蕤差不多尖叫地说，"干你的家务！"

特里萨仿佛听见了蕤的催促似的，她解开做家务时穿的衣服，脱下来，折整齐，挂在椅背上。然后，她把整洁的、修补过的长衬裙提起来，露出膝盖。她走到角落，四肢伏地。

"对，就这样，我的宝贝儿！"蕤激动地欢叫起来，差点被涌上来的一口痰呛着，一边笑一边咳嗽，"现在好好干你的家务活，仔仔细细地干！"

特里萨·奥夏伊维恩往前拉长了脖子，张开嘴，伸出舌头，舔起屋角来，就像姆斯提舔牛奶那样舔着屋角。蕤依旧盯着玻璃球，不时拍打膝盖，兴奋地欢叫，身子来回晃着，她的脸涨红了，而且越来越红。啊，特里萨是她最中意的，绝对是这样！毫无疑问！接下来的几小时，她将趴在地上，用手和膝盖支撑身体，屁股翘在空中，舔屋子的各个角落，向隐秘的神祈祷——可能还不是耶稣圣人呢——为了求得宽恕，鬼知道她做了什么见不得人的事，苦苦忏悔。偶尔有尖东西戳到她舌头上，她不得不停下，把血吐进厨房的水槽里。一直以来，第六感都会提醒她及时站起来，在家人回来之前把衣服穿好，但蕤知道这个女人迟早会深陷这种着魔的状态而不能自拔，迟早会被人发现。也许就是今天——小女孩会提早回来，可能是来要一个硬币到城里买东西，进门后惊讶地发现母亲趴在地上舔屋角。哎，多么令人眩晕的景象啊！蕤是多么期待看到这一幕啊！她是如此的渴望——

突然，特里萨·奥夏伊维恩不见了。她干净的小屋不见了。一切都不见了，消逝在升起的一片粉红色光幕中。几个星期来，巫师的玻璃球第一次变成一片空白。

蕤用皮包骨头、指甲长长的手指抓起玻璃球，使劲摇晃："你怎么了，讨厌的家伙？怎么了？"

球很重，而蕤的气力消耗得差不多了。重重地被晃了两三下后，球从她手里滚落下来。她马上捡起来，紧紧抱在干瘪的胸前，瑟瑟发抖。

"不，不要这样，小可爱，"她低声哼哼，"等你准备好了再回来吧。哎，蕤刚才闹情绪，但现在她冷静下来了，她从来都没想要摇你晃你，她再也不会把你摔掉了，你就——"

说到一半，她停住了，竖起头倾听屋外的动静。马匹奔走的声音越来越近了。不，不对，就在门口。从声音判断，有三匹马。在她心烦意乱的时候，他们已经悄悄到达了。

那几个男孩？那几个讨厌透顶的男孩？

蕤把球紧紧拥在胸口，眼睛瞪大，嘴唇潮湿。她的手如今已瘦得连玻璃球的粉红色光亮都可以透过去，照出一根根暗色的东西，那是手骨。

"蕤！库斯的蕤！"

不，不是那几个男孩。

"出来，把交给你的东西带出来！"

更糟。

"法僧想要回他的东西！我们是负责来取的！"

原来是大灵柩猎手。

"决不，你这个肮脏的白发老头，"她轻声低语，"你永远不能得到它。"她的眼睛咻溜乱转。头发凌乱，嘴巴颤抖，她看上去就像一只被丢弃在山谷的病狗。

她低头看看怀里的玻璃球，忍不住呜咽起来。现在，连粉红的光芒都不见了。整个球就如同死尸的眼球一样阴沉无光。

10

小屋里传出一声发狂般的尖叫。

德佩普瞪大眼睛看着乔纳斯，皮肤都觉得刺痛。那尖叫声听起来根本就不像是人类发出来的。

“蕤！”乔纳斯又喊了一声，“现在就把东西拿出来，老女人，把东西交给我们！我没时间跟你玩花招！”

小屋的门推开了。德佩普和雷诺兹在干瘪丑老太婆走出来的同时拔出了枪。阳光让她睁不开眼，她的眼睛使劲眨巴着，好像她一生都在洞穴里度过似的。她把法僧最心爱的玩意高高举过头。庭院里有无数的石头，随便选一块砸下去就是了；即使她瞄得不准，没有砸到任何一块石头上，玻璃球同样可能被摔碎。

那样的话就糟了，乔纳斯心里清楚——有些人是威胁不得的。过去一段时间里，他把几乎所有注意力都放在那几个小子身上（具有讽刺意味的是，他们轻而易举就被抓了），从来都没想到过会为这事操心。当时是津巴·莱默提议把梅勒林的彩虹放在蕤这里的，他认为她是最理想的保管人。如今莱默已经死了。如果这里的事情出了差错，他就没法把责任推卸在莱默身上了，不是吗？

接着，更糟糕的是，当他正愤愤地想着他们说不定要拼命逃往西部时，他听到了德佩普扣动扳机的声音。

“把枪收起来，蠢货！”他怒吼道。

“可是，你看看她！”德佩普委屈得几乎呜咽起来，“你看看她啊，艾尔德雷德！”

他仔细打量了她一番。那黑衣服里的东西似乎挂了条腐烂化脓的死蛇在脖子上当项链。她骨瘦如柴，形容枯槁得俨然像一具活骷髅。她的瘦头颅上只剩下稀落的几簇头发，其余的都脱落了。她的脸颊和眉毛上满是疮，嘴巴左边还有一个像是蜘蛛咬过的疤。乔纳斯认为嘴边的疤可能是坏血病引起的肿块；不过他才不管是什么呢。他关心的是那垂死的女人用颤抖的长爪子高高举着的玻璃球。

11

阳光让蕤觉得眼花，没有看清指着她的枪；当她眼睛适应过来的时候，德佩普已经把枪收好了。她看着眼前的一排人——戴眼镜的红发人，一个穿斗篷的人，还有白发苍苍的老乔纳斯——然后发出含混嘶哑的笑声。她怕他们吗，这群强壮凶残的灵柩猎手？她觉得确实有点怕，但看在诸神分上，有必要吗？他们不过是男人，仅此而已，她一生都在对付像他们这种东西。唉，他们自以为是世界的主宰，好吧——中世界没有人会因忘记他母亲的脸而受到谴责——但事实上，他们是一群可怜虫，会为一首悲伤的歌感动涕零，一对裸露的乳房就可以让他们骨头酥软；正因为他们过分自信，认为自己强壮、坚韧、英明，他们反倒更容易被驾驭利用。

玻璃球幽暗无光。虽然她恨透了那样，但她的脑子却清醒过来了。

"乔纳斯！"她喊道，"艾尔德雷德·乔纳斯！"

"我在这儿，老妈妈，"他说，"祝天长夜爽。"

"不用客套了，没时间。"她往前走了四步，仍把球高举在头上。她身边，一块灰白的石头从杂草丛生的地上突出来。她看了一眼石头，又看着乔纳斯。其中的含意虽未直说，却明白无误。

"你想要什么？"乔纳斯问。

"玻璃球变黑了，"她答道，"我保管它的时候，它一直都是光芒四射的——即使我看不清里面显现出来的东西，我也知道它是充满活力的，明亮地闪着粉红色的光——但就在你们声音响起的那一刹那，它变黑了。它不想跟你们走。"

"不管怎么样，我是奉命来取这个玩意的。"乔纳斯的语调变得很温和。那不是他在床上和克拉尔私语的口气，但也差不多了，"想一想吧，你就会理解我的处境了。法僧要收回玻璃球，而明年魔月升起时，他将是中世界最强大的人物，我怎么敢违抗他呢？要是我空手而归，告诉他蕤拒绝把玻璃球交给我，他会要了我的命。"

"如果你告诉他，我当着你这张又丑又老的脸把它砸烂了，你也会被杀的。"蕤说。她和乔纳斯站得很近，乔纳斯看得出她已经病入膏肓了。在她仅剩的几簇头发上，可怜的玻璃球来回抖动着。她快拿不住了。最多还能支撑一分钟。乔纳斯感觉额头在冒汗。

“对啊,老妈妈。但是,你知道吗?如果可以选择死法,我会让牵连我的人一起死。那个人就是你,亲爱的。”

她又呱呱笑了起来——如果那嘶哑的断裂声也能被叫做笑声的话——赞赏地点点头。“我死了对法僧来说不会有任何好处,”她说,“玻璃球找到了它的主人——所以听到你们的声音它就暗下去了。”

乔纳斯想知道到底有多少人认为这个玻璃球是属于他们的。他想趁眉毛上的汗水还没有流进眼睛前赶快擦掉,但他还是一动不动,手稳稳地握着马鞍的前桥。他不敢与德佩普和雷诺兹对视,只是希望他们站在一边别插手。蕤的身体和心理都处于一种摇摆不定的状态,最轻微的举动都会使她摔倒。

“它找到了主人,是吗?”他认为他想出了一个法子,如果走运的话,就可以走出这个僵局。可能对她来说也是走运的。“那我们该怎么办呢?”

“带我一起走。”她的脸被可怕的贪婪扭做一团,看上去像个想打喷嚏的死尸。*她没有意识到她快死了,*乔纳斯暗暗思忖。*谢天谢地。*“带上球,也带上我。我要和你们一起见法僧。我会成为他的先知,只要有我为他解读玻璃球,我们的势力将无人可挡。带我一起走!”

“好吧,”乔纳斯说。这正是他所期望的。“但我无权帮法僧做决定,这你是知道的。”

“对。”

“那就这么定了。现在把球给我。如果你愿意,我会把球交还给你,由你来看管。不过我先得检查一下它是否完好无损。”

她慢慢放下玻璃球。乔纳斯觉得,即使她把球抱在怀里也未必安全,但他还是微微松了一口气。她曳着步子挪向他,他得控制住马,不让它因受惊而跑开。

他在马上弯下身子,伸出手去接玻璃球。她抬头看着他,皱巴巴的眼皮下,那双老眼依然精明狡猾。一只眼睛居然还眨了眨,使了个阴险的眼色。“我知道你在想什么,乔纳斯。‘我要拿到玻璃球,然后拔枪杀了她,有什么损害呢?’我说得对吗?但当然会有损害,对你和你的同伴都有。杀了我,玻璃球就再也不会为法僧闪耀。可能某一天,它会为某个人重新恢复光华,但绝不是他……如果你带着他心爱的玩意回去,结果他发现它坏了,他会留你一条命吗?”

乔纳斯已经想到这一点了。“我们做一个交易，老妈妈。你和玻璃球一起去西部……除非你某晚死在路上。请原谅我这么说，但你的身体状况看起来不太好。”

她尖声笑道：“我的身子骨比看起来的要好，啊，是的！我的生命钟到停转还得等上好几年呢！”

我想，这点你估计错了，老妈妈，乔纳斯暗想。但他一言未发，伸出手去接玻璃球。

但她还是抓着玻璃球不放。虽然他们已经达成约定，可她最终还是没法说服自己松手。贪婪就像月光穿透雾气那样在她眼睛里闪烁。

乔纳斯很有耐心地伸着手，什么也不说，等待她转变想法，接受现实——如果松手，她还有机会。如果她一意孤行，占着不放，很可能这个荒草丛生的院子里的所有人都活不长了。

随着一声遗憾的叹息，蕤终于把玻璃球交到他手上。在球从她手里递进他手里的那一瞬间，一丝粉红的光辉在玻璃球深处搏动起来。乔纳斯的头开始震颤抽痛……强烈的欲望在他的睾丸里拧转着。

他听到德佩普和雷诺兹挥了一下手枪，但声音仿佛来自遥远的地方。

“放回去。”乔纳斯说。

“但是——”雷诺兹一脸疑惑。

“他们以为你只是在骗蕤，”老女人说着，高声大笑，“幸好负责的是你，而不是他们，乔纳斯……可能你知道一些他们不知道的事。”

是的，他对玻璃球略有所知——他手中这个光滑闪光的玩意到底有多危险。如果它想的话，它可以在一眨眼的工夫让他着魔。一个月以后，他就会像这个女巫一样：憔悴消瘦，遍身创伤，对周遭的事物不闻不问。

“把你们手里的家伙放好！”他吼道。

雷诺兹和德佩普交换了一下眼神，重新把枪插回枪套。

“这玩意外面有个袋子，”乔纳斯说，“盒子里的一个束绳的袋子。把它拿来。”

“对，是有个袋子，”蕤阴沉地笑着说，“但如果玻璃球想让你着迷，有袋子也不管用。你别白费心思了，袋子挡不住玻璃球的力量。”她转身审视起另外两个人，视线停在雷诺兹身上。“我的货棚里有一辆手推车，还有一对用来拉车的很棒的灰山羊。”她对雷诺兹说，可眼睛时不时地回过去看玻璃球，乔纳斯注意到了……因为现在他自己那双该死的眼睛也想盯着它看。

“你不能给我下命令。”雷诺兹说。

“对，但我可以。”乔纳斯说。他的眼神落到玻璃球上，既渴望又害怕看到球内部闪亮的粉色光芒，仿佛有生命似的。一切消失了。冰冷阴暗。他把视线拽了起来，看着雷诺兹。“把手推车拉出来。”

12

还没走进货棚松垮的门，雷诺兹就听到苍蝇嗡嗡飞旋，立刻猜到蕤的山羊已经断了气。它们全身浮肿地躺在围栏里，四肢朝天，瞳孔上蠕动着蛆。真不知蕤最后一次喂它们是什么时候，根据气味，雷诺兹估计它们死了至少一星期了。

忙着看玻璃球，什么事都懒得管了，他心想。还有，她为什么把一条死蛇绕在脖子里呢？

“不过我也不想知道。”他把颈巾拉起来，咕哝道。目前他唯一想的就是离开这个鬼地方。

他查看了一下手推车，车子被漆成黑色，上面画满了金色的神秘图案。在雷诺兹看来，它就像一辆药品展示车，也有点像灵车。他抓住手柄，飞快地把它拉出了货棚。看在上帝的分上，德佩普可以接手下面的活。用马套住推车，把那臭烘烘的女人拖到……哪里？谁知道？艾尔德雷德知道，也许吧。

蕤踉跄着从她的小屋里拿出束绳的袋子，他们把玻璃球带来的时候就是装在这个袋子里的。当雷诺兹发问的时候，她停住步子，直起头，听他说话。

乔纳斯考虑了一下，然后说：“我想，还是先到海滨区吧。对，这样对她和这个玻璃小玩意都比较合适，直到明天结束。”

“哦，海滨区，我还没去过那里呢。”蕤说着，又开始挪动步子。当她走到乔纳斯的马边时(那匹马极力想躲开她)，她张开袋子。乔纳斯迟疑了一下，把球放了进去。袋子底部鼓得圆滚滚的，整个袋子看上去就像一滴眼泪。

蕤面带狡猾的微笑：“也许我们会遇到托林。如果碰到他，我会让他看看‘好人’的这个宝贝里的东西，他肯定会很感兴趣的。”

“如果你遇到他，”乔纳斯边说，边下马帮德佩普把马和黑色推车拴起来,“那将是在一个无需魔力就能远视的地方。”

她皱着眉头看着他,随后狡猾的微笑又慢慢爬上脸来。“哦,我想我们的市长肯定是遇到事故了!”

“有可能。”乔纳斯表示赞同。

蕤先是咯咯笑着,不久又放声大笑。他们拖着车出了院子时她还没笑够,继续狂笑不止地坐在画着神秘饰纹的黑色小推车里,好像黑暗王国的女王坐在她的御座里。

第八章

灰烬

1

恐慌具有极强的蔓延能力，特别是在事无定论、一切还是飘忽不定的时候。看到老仆人米盖尔，苏珊也被恐慌感染了。米盖尔站在海滨区庭院中间，宽边帽歪挂在背上，扫帚抓在胸前，看着骑手们来来往往，脸上露出茫然不知所措的凄苦表情。苏珊在米盖尔身上发现了一件可怕的事——米盖尔向来把自己打理得像簇新的大头针一样干净整洁——今天却竟然把披肩穿反了。他脸上挂着泪水，当他的头随着来来往往的骑手不停转动，想和他认识的人打招呼的时候，苏珊却想起曾经有一次看到，一个小男孩跌跌撞撞地迎着驿车走过去，幸好被他父亲及时拉了回来。但谁会把米盖尔拉回来呢？

苏珊向他走去，这时，一匹大眼斑点马向她疾驰而来，和她擦身而过，一个马镫撞到了她的屁股，马尾巴扫了她的前臂一下。她发出了一声古怪的轻笑。她刚才还在为米盖尔担心，自己却差点被撞倒！真滑稽！

这次她小心地看看两边，才往前跨了几步，又退回来，因为有一辆装货的四轮马车，起先还是拖着两个轮子蹒跚着，现在却突然向这个角落飞驰过来。她看不见车里装的是什么——车斗里的东西用油布盖着——但她看到米盖尔向它走去，手里仍旧抓着扫帚。台阶前的那个小孩又在苏珊脑中一闪而过，她爆发出一声警告的叫喊声。米盖尔在最后一刻缩了回去，马车飞快地从他身边擦过，疾驰穿过庭院，出了拱门，很快就消失了踪迹。

米盖尔的扫帚掉在地上，他用两只手捂住脸，跪下来大声悲伤地祈祷。苏珊注视了他一会儿，嘴里轻声地说着什么，然后飞快地跑向马厩，根本不再考虑要避开房子的这一边。她感染了一种病，中午之前，罕布雷所有人都将受到感染。尽管她成功地给派龙装上马鞍（过去总是会有三个马厩的男孩争相帮助这位漂亮小姐），但当她用脚跟踢着受惊的马冲出马厩时，脑子里已是一片空白。

米盖尔仍旧跪在地上，手伸向明亮的阳光，祈祷着，苏珊从他身边飞奔而去，和先前那些骑手一样，她也对他视而不见。

2

她径直沿着高街骑，使劲用没装马刺的鞋跟拍打派龙的两侧，使马飞奔起来。各种想法，问题，可能的行动计划……策马疾驰时，她的脑子里容不下任何东西。她只是依稀看到路上有人在四处奔跑，派龙不得不在人群中穿行。她的大脑中唯一意识到的就是他的名字——*罗兰，罗兰，罗兰！*——这个名字在她脑子里尖叫回响。一切都变得颠三倒四。那晚墓地里的英勇卡-泰特已经分裂了，其中三个成员被关进了监狱，活不久了(如果他们现在还活着的话)，剩下的那个迷茫困惑，如同谷仓里一只受惊发狂的鸟。

如果她继续这样恐慌下去，事情的结局将会大大不同。不过，当她穿过城市的中心区域，骑马向城外奔去时，她路过了那栋曾和父亲、姑妈一同住过的房子。那个妇人正注视着朝她房子渐渐靠近的骑手。

苏珊走近时，门被推开了，从头到脚裹着黑色衣服的科蒂利亚从门前的走道冲到路上，尖声叫着，不知是出于恐惧还是高兴。也许两者兼而有之。她的出现刺穿了苏珊心中那片惊慌的迷雾……但并不因为她认出了姑妈。

“蕤！”她惊呼，猛地拉住缰绳，由于用力过猛，马向后一仰，差点人仰马翻。那样的话，它的女主人就可能一命呜呼了，但派龙还是稳住了后腿，前蹄在空中刨抓，大声嘶叫着。苏珊一只手臂钩住它的脖子，以免枉送性命。

科蒂利亚·德尔伽朵穿着她最好的一件黑衣，蕾丝披头纱巾盖在头上，像站在自家客厅一样站在马前，毫不在乎离她鼻子只有两尺之遥、在空中打转的马蹄。她的一只戴手套的手里拿着一个木盒子。

苏珊这才意识到这人不是蕤。不过犯这样的错误并不稀奇。虽然科蒂利亚姑妈不像蕤那么瘦(至少现在还没有到蕤那个地步)，也比蕤穿得整洁些(除了她脏兮兮的手套——她姑妈为什么要戴手套呢？苏珊不明白，且不管手套为什么那么脏)，但两人眼中疯狂的神色可怕得相似。

“你好，年轻漂亮的小姐！”科蒂利亚姑妈和她打招呼，声音沙哑恶毒，苏珊毛骨悚然。科蒂利亚姑妈行了个鞠躬礼，那只拿小盒子的手贴着胸口弯下去。“如此晴朗的秋天，你上哪里去啊？为什么那么急呢？没有人的怀抱可去了，一个死了，另一个被抓了！”

科蒂利亚又笑起来，薄薄的嘴唇向后咧开，露出硕大的白牙。几乎无异于马的牙齿。她的眼睛在日光下发出炫目的光。

她疯了,苏珊暗自想。可怜的家伙。可怜的老家伙。

"是你让迪尔伯恩干的吗?"科蒂利亚姑妈问。她遛到派龙旁边,抬头睁着水亮发光的眼睛盯着苏珊。"是你指使的,对不对?啊!也许连他用的刀都是你给的,事先你还用嘴唇亲吻它,祝它好运呢。你是事件的同谋——为什么不肯承认?至少你应该承认和那个男孩上过床,我知道有这回事。我注意到那天你坐在窗口时他看你的眼神,还有你看他的眼神!"

苏珊说:"如果你想听事实,我可以告诉你。我们彼此相爱。年末我们会成为夫妻。"

科蒂利亚伸出一只戴着脏手套的手,对着蓝天挥手,仿佛在向诸神问好。她一边挥舞手臂,一边尖叫,带着胜利和欢快交织的情绪。"她想着要结婚了!呕……!你无疑还会在婚典祭坛上畅饮祭品的血,难道不会吗?啊,邪恶的人啊!我为你感到悲哀!"但她非但没有哀伤哭泣,反而又发出一阵大笑,欢笑的号叫直冲云霄。

"我们没有杀人。"苏珊说,在她脑子里,在市长家实施谋杀和给法僧的手下设下圈套完全是两码事,两者泾渭分明。"他没有杀人。这绝对是你的朋友乔纳斯所为。一切都是他的计谋,丑恶的阴谋。"

科蒂利亚把手插入怀中的盒子,苏珊一下子明白为什么她的手套那么脏了:她一直在挖煤炉。

"我用灰烬诅咒你!"科蒂利亚大嚷道,抓出一团沙子般的黑色粉尘,撒在苏珊的腿上和牵着派龙的手上。"我诅咒你永远待在黑暗中,你们俩!祝你们在那里幸福,你们这两个背信弃义的家伙!你们这两个杀人犯!骗子!私通犯!我跟你断绝关系!"

每喊一句,科蒂利亚·德尔伽朵就撒出一把灰。她每喊一句,苏珊的头脑就变得愈加清醒冷静。她不动声色,任由姑妈攻击她;派龙觉察到粉尘像雨点一样撒到它身上,就企图躲开,但苏珊把它拉住了。现在,他们身边围了一圈看客,饶有兴致地看着这个古老的亲缘弃绝仪式(锡弥是其中一个,他瞪大了眼睛,嘴唇颤抖),但苏珊根本没留心逐渐聚起的人群。她已经回过神来,想好该怎么做了,为此,她觉得应该感谢姑妈。

"我宽恕你,姑妈。"她说。

一盒煤灰基本上撒光了。盒子从科蒂利亚的手里滚下来,好像苏珊打了她一巴掌似的。"什么?"她喃喃道,"你说什么?"

"宽恕你对你哥哥、我父亲的所作所为,"苏珊说,"你是谋害我父亲的一分子，但我宽恕你。”

苏珊把手在腿上蹭了一下，然后弯下身子，伸出手。姑妈还没反应过来，苏珊就已经把煤灰抹在她半边面颊上，看上去像一道又宽又暗的伤疤。“留着它，”她说，“想洗掉也没关系。反正洗不洗都一样。它会一直留在你心上。”她停顿了一下，“我想你的心早就是黑的了。再见。”

“你想去哪里？”科蒂利亚姑妈边说边用一只戴手套的手笨拙地擦着脸上的煤灰。她想扑上去抓派龙的缰绳，却绊到了地上的盒子，差点跌倒。是苏珊向姑妈弯下身子，抓住了她的肩膀，她才没摔倒。科蒂利亚用力把她推开，好像抓着她的是一条毒蛇。“不能去找他！你现在不能去他那里，你这个傻瓜！”

苏珊掉转马头。“跟你无关，姑妈。我们之间的关系到此为止。不过，记住我说的话：我们会在年末结婚。我已经怀了我们的第一个孩子。”

“如果你去找他，你们明晚就会结婚！在火里结合，在火里结婚，在灰烬里同床！*在灰烬里同床*，听到我说的话了吗？”

那疯女人朝她逼近，边走边骂，但苏珊已经没有时间再听下去了。时间正在悄悄流逝。她只有抓紧时间，才能把该办的事办好。

“再见。”她重复了一遍，疾驰而去，身后飘着姑妈最后一句话：*在灰烬里同床，听到我说的话了吗？*

3

沿着伟大之路出城的路上，她看到骑马的人们朝她这个方向过来，就连忙下了大道。现在可不是和朝圣者会面的好时候。附近有一个旧谷仓；她骑着派龙躲到谷仓后，拍拍它的脖子，低声吟念，让它保持安静。

骑马者到达她所在的地方比她估计的时间要长。他们终于走到那里时，她明白为什么会走那么久了。蕤和他们在一起，坐在一辆布满神秘纹饰的黑色拖车里。苏珊在那个吻月的晚上看到她时就觉得她可怕得很，但至少还有点人样；现在从她眼前经过的这个东西左摇右晃地坐在黑拖车里，腿上放着一个袋子，身体毫无性别特征，满面脓疮，看上去更像神话里的侏儒，而不是人类。和她同行的是大灵柩猎手们。

“去海滨区！”车里的怪物尖叫道，“快点赶路！今晚我要睡在托林的床上！我要在他床上睡觉，如果高兴，我还要在他床上拉尿！我说，你们快点！”

德佩普转过头，厌恶又畏惧地看了她一眼——拖车是绑在他那匹马后面的。“闭上你的嘴巴。”

她付之以一阵粗鲁的爆笑。她身子左右摇摆，一只手抓着腿上的袋子，另一只手伸出食指指着德佩普，关节扭曲，指甲尖长。她的出现让苏珊感到恐惧无力，又一次感到恐慌笼罩着她，仿佛一股暗流一有机会就会迫不及待地淹没她的大脑。

她尽量排解这种感觉，努力保持清醒的头脑，避免再次陷入先前的混乱状态，她一旦松懈，就将重蹈覆辙——被困在谷仓里的没头没脑的小鸟，进来时的那个窗口仍旧敞开着，它却视而不见，向墙壁横冲直撞过去。

即便是拖车已经过了前面另一座小山头后，唯有他们经过时扬起的尘土仍在空气中徘徊，苏珊还是能听到蕤狂野不羁的笑声。

4

一点钟，她抵达了恶草原的小屋。她跨在派龙背上，直直地盯着小屋看了好一会儿。不到二十四小时之前，她和罗兰不还一起来过这里吗？在这里做爱，安排计划。苏珊觉得难以置信，但当她下马走进屋子，看到她装着冷餐拿到这里的柳条篮子时，终于确信所有的一切都是真实的。篮子仍然躺在开裂的桌子上。

看到篮子，她意识到从昨晚以来她还没吃过东西——昨天和哈特·托林共进晚餐糟糕透顶，他的眼睛老盯着她，这让她觉得浑身不舒服，根本无心吃东西。那双眼睛再也没法盯着谁了，不是吗？从此，她从海滨区的走廊走过，再也不必担惊受怕，唯恐他从不知哪个门里突然冒出来抓住她，就像盒子里的杰克①一样。

灰烬，她想。灰烬，灰烬。但不是我们。罗兰，我发誓，亲爱的，不是我们。

她感到害怕紧张，努力在脑子里把该做的事重新理了一遍—— 一条条

① 盒子里的杰克，一种玩具，一打开盒盖就会有人偶猛地弹出来吓人一跳。

步骤如同装马鞍时的程序那样繁复——不过她毕竟是个十六岁的健康姑娘。很快，冷餐篮勾起了她的食欲。

她把篮盖掀开，看到蚂蚁在剩下的两块牛肉粕粕客上爬，马上把它们掸走，想都没想就狼吞虎咽地把粕粕客吃了。面包已经发硬，可她实在太饿了，丝毫没注意。里面还有半瓶格拉夫和一块蛋糕。

她把所有东西都吃完后，走到屋子北面的角落，掀起那堆不起眼的毛皮，下面有个洞，里面包着软皮的东西就是罗兰的枪。

如果真的出了问题，苏珊，你一定要来这里把我的枪拿走。往西，带到蓟犁去。找到我父亲。

苏珊有点好奇，她想知道罗兰是否真的想让她怀着他的孩子高高兴兴地逃往蓟犁，而他和他的朋友们则双手涂红，在收割夜的篝火上被活活烧死。

她从枪套中拔出一支枪。她花了一点时间研究如何打开那把左轮手枪，手枪的旋转弹膛滑了出来，她看到每个弹膛都上好了子弹。她迅速把它推回原位，接着检查另一把枪。

她把枪藏在马鞍后的一块卷毯里，就像罗兰往常做的那样，然后骑上马重新往东行。但不是朝城镇的方向。还没到时候。她中途还有件事要办。

5

大约两点钟的时候，弗朗·伦吉尔将会在市集会厅讲话的消息传遍了眉脊泗。没人知道消息是从谁口中传出来的(消息详细确凿，不像是谣言)，也没人在意；他们只是把消息不断传开。

将近三点钟时，集会厅已经人山人海，外面还站了两百多人，伦吉尔简短的演讲传到他们耳朵里已经变成轻声细语，只能依稀听到声音。克拉尔·托林不在现场，她已经把伦吉尔过后会出现在旅者之家的消息散播出去了。她知道伦吉尔要说些什么，事实上，她支持乔纳斯的观点，认为讲话要尽量简要直接，没有必要刻意煽动；收割节的太阳下山前，老百姓将会变成暴民，暴民总会选出自己的领导，而且通常都会做出正确的选择。

伦吉尔一手拿着帽子开始讲话，一个银色收割节符咒从背心上垂下来。他的演讲简短而又令人心悦诚服。人群中的大多数人打出生起就知道他，因此不会怀疑他说的每一个字。

哈特·托林和津巴·莱默被迪尔伯恩、希斯和斯托克沃斯谋害了，伦吉尔这样告诉那群穿着工装的男人们和身着褪色花布衣服的女人们。他们这样定案是因为发现了一件东西——作案人在市长腿上留下了一个鸟的颅骨。

人们交头接耳地对此表示赞同。伦吉尔的许多听众都见过那个鸟骷髅，那玩意不是挂在库斯伯特马鞍的前桥上，就是挂在他的脖子上。他们常笑话他的调皮。现在他们想到了为什么他总是冲着他们笑，意识到他的笑里别有用意。他们的脸阴沉下去。

割断长官喉咙的凶器，伦吉尔继续说，为迪尔伯恩所有。三个年轻人当天早上在准备逃离眉脊泗的时候被及时抓获。他们的动机还未完全查明，但他们可能是为了马匹。如果这个猜测成立，他们应该是约翰·法僧的走狗。大家都知道，法僧给办事得力的人的酬金是相当可观的，而且是现金。换句话说，他们背叛了自己的家乡，背叛了联盟。

伦吉尔把布莱因·胡克的儿子鲁弗斯安插在倒数第三排。鲁弗斯·胡克掐准了时间，大声问："他们认罪了吗？"

"是的，"伦吉尔说，"对两起谋杀，他们供认不讳，认罪的时候还引以为豪，自鸣得意。"

此话引起下面一片哗然，人群涌动起来。伦吉尔的话像波浪翻滚似的从前排一直往后传，一张张嘴巴像在玩接力游戏：居然引以为豪，居然引以为豪，他们在夜深人静的时候杀了人，居然还自鸣得意。

人们紧抿双唇，握紧拳头。

"迪尔伯恩说乔纳斯和他的朋友发现了他们正在进行的工作，然后透露给了莱默。他们杀莱默是为了灭口，以便他们能顺利完成任务。杀托林是以防莱默已经向市长报告了此事。"

这些话简直就是瞎扯，拉迪格曾这样说过。乔纳斯笑着点头表示同意。*对，他说，纯粹瞎扯，但没关系。*

伦吉尔准备接着回答问题，但没有人提问。听众中只有低声的讨论和阴郁的表情，还有人们转换站姿时收割节符咒发出的轻微撞击声。

三个男孩已经被关进监狱。关于接下来怎么处置他们，伦吉尔并没有发表意见，也没人问起这事。他说，原计划第二天进行的一些活动——游戏，骑马，赛跑，南瓜雕刻比赛，攀爬，猜谜比赛以及舞蹈——由于惨案的发生将被取消。当然，关键的活动将按原计划进行，也就是那些传统项目：牛及其他牲畜鉴别，牵马，剪羊毛，牲畜养殖会议，还有拍卖：马，猪，奶牛，绵羊。月明之时将有篝火晚会，到时将燃起篝火，焚烧稻草人。收割节将以杀人树告终，随着时间的流逝，这项习俗从古流传至今，没有人知道它已经延续多少年了。也许这个习俗会一直延续到世界末日。

"篝火将会点燃，祭祀的稻草人将在篝火上焚烧，"艾尔德雷德·乔纳斯叮嘱过伦吉尔，"话说到此就行了。你需要说的就这么多。"

他说的是对的，伦吉尔眼前的景象就证实了这一点。在每个人的脸上，不仅仅是行使正义的决心，还表露出一种肮脏的渴望。在眉脊泗，有一些老风俗、旧习惯被遗留下来，红手稻草人就是其中之一。还有一个仪式：杀人树。这个仪式自出现以来已经传了好几代人（偶尔会选择山里隐秘的地方举行仪式），但有时世界已经向前转换，它却反而回到最原始的状态。

演讲要简要，乔纳斯说过，这不愧为忠告。在和平时期，伦吉尔不需要像乔纳斯这样的人，但在这种情形下，他倒是很管用的。

"上帝赐予你们和平，"他说，然后往后退了一步，手臂在胸前合拢，双手放在肩膀上，以此表示他的讲话结束了，"上帝赐予我们每个人和平。"

"祝天长夜爽。"他们异口同声低声说道。接着，众人纷纷散去，继续他们在收割节前一天的活动。伦吉尔知道，他们中有很多人会去旅者之家和海景旅馆。他举起一只手，捋了下眉毛。他讨厌站在公众面前，今天尤其如此，但他觉得事情进展还算顺利。应该说，很理想。

6

人群无声无息地蒸发了。大多数人，正如伦吉尔预计的那样，纷纷前往酒吧。他们要经过监狱，但没什么人朝它多看一眼……那些忍不住要张望的人也只是偷偷摸摸地匆匆扫了一眼而已。监狱的走廊空无一物（一个红手稻草人瘫在治安官艾弗里的摇椅里），和往常阳光明媚的下午一样，门微掩着。毫无疑问，几个男孩就被关在里面，但看起来他们并没有受到严密的监控。

如果人们在去旅者之家和海景旅馆的路上集合起来，他们可以不费吹灰之力就把罗兰和他的伙伴们弄出来。但事实是，他们从监狱经过时都低着头，一步一步地往前挪，一句话也不说，默默地赶往喝酒的地方。今天还不是时候。今晚也不是。

但是，明天——

7

离老K酒吧不远处，领地斜坡牧场上的景象使得苏珊收住缰绳，惊讶得张大嘴巴呆坐在马背上。在她东面很远处，至少有三英里的距离，十二个牧人正在鲛坡上赶着马群，她从来没见过那么大的马群：足有四百头之多。它们懒洋洋地跑动着，按牧人指挥的方向移动。

可能马儿认为要到牧场过冬了，苏珊猜测。

但它们并没有朝牧场的方向移动；马群无比庞大，如同草原上飘浮的云影，向西飘往悬岩。

苏珊原本就相信罗兰所说的一切，眼前的一切更让她把这件事和个人情感联系起来，直接和去世的父亲联系起来。

马匹，那是当然了。

“混蛋，”她喃喃道，“偷马的混蛋。”

她掉转马头，朝烧毁的牧场骑去。她的身影在右边渐渐拉长。头顶上，魔月在白日的天空中诡异地闪烁。

8

她本来担心乔纳斯在老K酒吧留了人手——但其实她也不觉得有这个必要，这种恐惧显得毫无根据。自从五六年前被一场大火烧毁后，牧场还是一如既往的空空如也，内世界的三个男孩来了后也没什么改观。但她能在这块土地上看到早上冲突的痕迹。她走进他们三人就寝的屋子，马上注意到地板上敞开的洞。乔纳斯拿了阿兰和库斯伯特的枪后忘记把木板盖回去了。

她穿过床铺之间的狭窄走道，在洞口边单腿跪下，朝洞里张望。什么也没有。她开始怀疑她要的东西是不是放在这里——这个洞不够大。

她停在原地，看着那三张床。哪张是罗兰的呢？她相信自己能分辨出来——她可以用鼻子判断，她对罗兰头发和肌肤的气味非常熟悉——但她觉得最好还是把那丝冲动抛到脑后。她现在需要敏锐的头脑和迅速的行动——不能停留，不能回头。

灰烬，科蒂利亚姑妈的话音在她脑中缭绕，但声音朦胧得几乎听不清楚。苏珊不耐烦地甩甩头，仿佛要把萦绕脑际的声音赶出去，然后她跨出了房间。

雇工房后面什么都没有，厕所周遭同样没什么发现。接着，她绕到破旧的厨房里，在那里她找到了想要的东西：两个曾挂在卡布里裘斯背上的小酒桶；它们被随意地丢在厨房里，并没有藏起来。

想到骡子，牵起了她对锡弥的回忆，记得他以男人的高度站着低头看着她，她看到的却是一张充满希冀的男孩的脸。*我想收到你的年末亲吻。*

锡弥，一个阿瑟·希斯拯救回来的生命。锡弥，冒着惹恼女巫的危险，把本该交给她姑妈的条子交给了库斯伯特。锡弥，是他把这些酒桶送到这里的。桶壁上被涂上了煤灰，权做掩饰，苏珊打开盖子时，煤灰沾到她的手上和衣服袖子上——更多的灰烬。幸好爆竹还在里面：拳头大小的圆形大爆竹和小鞭炮。

两种爆竹她都拿了很多，把口袋塞得满满的，手里还抱了一捆。她把爆竹放进鞍囊，然后抬头看着天空。三点半。她打算黄昏后再回到罕布雷，这就意味着至少还要等一个小时。也好，这段时间可以用来舒缓心情。

苏珊回到雇工房，轻而易举地就找到了罗兰睡的床。她像小孩做睡前祈祷似的跪在床边，脸靠着枕头，深深地吸气。

“罗兰，”她说，声音模糊不清，“我是多么爱你。是多么爱你啊，亲爱的。”

她躺到他床上，头朝窗子，注视着阳光慢慢隐去。她把手举到眼前，看了一下手指上沾到的煤灰，本想去厨房前的水泵把手洗干净，但又决定不去。让它留着吧。他们是卡-泰特，众多卡-泰特中的一个——目的明确，彼此深爱。

让这些灰烬留着吧，不管结果是什么。

9

虽然我的苏珊不算尽善尽美，但她总是很准时，帕特·德尔伽朵过去常说，那孩子，惊人地准时。

收割节的前一天，这一点得到了验证。太阳下山后不到十分钟，苏珊骑马绕过自己的房子，向旅者之家奔去，一路上在高街留下暗紫色的影子。

考虑到是收割节前的最后一晚，街道这般冷清不禁让人觉得奇怪；上星期每晚在翡翠之心演奏的乐队今天销声匿迹了；虽然间或能听到爆竹声，但没有嬉戏欢笑的孩子们；只有一部分彩灯被点着了。

稻草人似乎无处不在，躲在每一个浓重阴影笼罩中的门廊上窥视。看到它们空洞而斜视的白眼睛，苏珊不寒而栗。

旅者之家的状况同样古怪。拴马柱满得找不出空位（甚至还有马被拴在街对面商铺外的栅栏上），每个窗户都灯火通明——那么多窗户，那么多灯光，酒吧看起来就像漆黑一团的海上停泊的一艘巨轮——但没有平常的骚动和欢腾，一切都凝滞在席伯钢琴里泉涌而出的狂欢曲里。

她能想象出里面客人的样子——大概有一百人，可能更多——围坐着喝酒，不苟言笑。没有人向撒旦球道抛骰子，并为掷出的结果雀跃或叹息；没有闲言碎语引起的斗殴。仅仅是一群男人喝酒，离她心爱的人和伙伴们关押的地方只有不到三百码的距离。今晚，这里的人除了喝酒以外不会干其他任何事。如果她走运的话……鼓足勇气，再加上一点运气……

她低声说了个什么词，然后把派龙牵到酒吧门前。突然暗处出现了一个人影，她绷紧了神经。借着橙黄的月光，她看到了锡弥的脸。她松了一口气——甚至还噗哧笑了出来，笑她自己有点神经过敏了。她知道，他也是他们卡-泰特的一部分。如果她说锡弥自己也知道，会有什么奇怪的吗？

“苏珊，”锡弥小声说，一边摘下宽边帽，贴在胸前，“我一直在等你。”

“为什么？”苏珊问。

“因为我知道你会来。”他回头看了一眼旅者之家，那就是一团漆黑的东西，向四面八方溅着疯狂的光，“我们要设法让阿瑟和他们几个脱身，是不是？”

“我希望能成功。”她说。

“必须成功。人们都在里面,他们不说话,他们不用说话。我知道,苏珊,帕特的女儿,我知道。”

在这点上,她觉得他说的是对的。“克拉尔在里面吗?”

锡弥摇摇头:“去市长府了。她告诉斯坦利,她要帮忙梳洗打扮尸体,后天葬礼上要埋,但我觉得她不会参加葬礼。我觉得灵枢猎手们要走了,克拉尔会跟他们一起走。”他抬起手揉揉眼睛。

“锡弥,你的骡子——”

“准备好了,我弄了根长缰绳。”

她张着嘴瞪着他。“你怎么知道——”

“就像我知道你会来一样,苏珊小姐。我就是知道。”他耸耸肩,随手指了一下,“卡布里裘斯在后面。我把它拴在厨房的水泵上了。”

“很好。”苏珊伸手到放小爆竹的鞍囊里掏了半天,“给,拿着。你有没有火柴?”

“嗯。”锡弥把爆竹塞进前面的口袋里,没有问任何问题。由于苏珊一生从未进过旅者之家,她又向锡弥提了一个问题。

“锡弥,他们进酒吧之后,外衣、帽子和长披肩都放在哪里?他们肯定会把那些东西脱下来的,因为喝酒使人发热。”

“啊,对。他们把衣服放在门里面的一张长桌上。等他们准备回去时,总会有人因搞混了拿错了发生口角。”

她点点头表示明白,脑子奋力地迅速运转着。他站在她面前,手里仍旧拿着宽边帽贴在胸前,看她做自己无法做的事……至少按一般人的理解,锡弥是不会思考的。过了一会儿,她把头抬了起来。

“锡弥,如果你帮助我,你就再也不能待在罕布雷了……不能待在眉脊泗……不能待在外弧。如果我们离开这里,你就得跟我们一起走。你得清楚这一点。明白吗?”

她看出来他明白。“啊,苏珊!跟你一起走,和威尔·迪尔伯恩和理查德·斯托克沃斯,还有我最要好的朋友阿瑟·希斯先生一起走!到内世界去!我们会看到房屋、雕像、像仙女公主一样的女人,还有——”

“如果被抓,等着我们的就是一条死路。”

他收起了微笑,但眼中没有动摇的神情:“是啊,被逮住的话很可能就没命。”

“你还愿意帮我吗?”

“卡布里裘斯已经安好马鞍了。”他重申了一遍。苏珊觉得这个回答足够了。她抓住锡弥按着宽边帽的手(帽顶已经压得很皱了,这不是第一次)。她偏过身子,一只手抓着锡弥的手指,另一只手按着马鞍,亲吻了他的脸颊。锡弥脸上绽放出了微笑。

“我们会尽力,对不对?”她问他。

“对,苏珊,帕特之女。我们要为朋友们尽力。尽全力。”

“好,听着,锡弥。仔细听我说。”

她开始讲,锡弥专注地听着。

10

二十分钟后,胀鼓鼓的橘色月亮像孕妇登陡坡似的艰难挣扎着,爬到城里所有房屋的上头,此时,一个牧人牵着骡子走在希尔街上,朝治安官办公室的方向走去。希尔街的尽头笼罩在阴影中。翡翠之心附近还有点亮光,但就连公园也荒凉冷清(过去每年这个时候,公园总是熙熙攘攘,热闹非凡,灯火通明)。几乎所有的售货亭都关门打烊了,只有几个算命先生还开着铺子招揽生意。其实,今晚所有的运道都糟糕透顶,但人们仍然来算命——难道人们不总是这样吗?

牧人裹着一条厚重的披肩;如果这个男孩有女人般的丰胸,会被披肩遮得严严实实。他带了一顶硕大的,汗迹斑斑的宽边帽;如果他生就一张女人的俏脸,照样会被整个掩起来。帽子的宽帽檐下面,传出《无忧之爱》的轻吟歌声。

骡子背上绑了一大捆东西,鞍子被埋在底下——那捆东西可能是布料或衣服之类,在阴暗中难以仔细辨认出来。最有意思的是挂在骡子脖颈上的玩意,像是一种特别的收割节符咒:长绳上串着两顶宽边帽和一顶牲畜贩子常戴的毡帽。

当牧人接近治安官办公室时,歌声停止了。要不是从一扇窗户里透出来一丝昏暗的灯光,这个地方简直好像废弃已久了。门廊前的摇椅里,躺着一个滑稽的稻草人,它身上套着赫克·艾弗里的一件镶边马甲,别着一个镀锡星形胸针。没有警戒;没有任何迹象显示眉脊泗人最恨的三个家伙被扣押在里面。现在,牧人还隐约听到吉他声。

音乐声夹杂在稀疏的爆竹声中。牧人扭过头向后看去，看到身后有个模糊的人影。人影向他挥手。牧人点点头，招手示意，然后把骡子拴在拴马柱上——就是很久之前，夏天的那个早上，罗兰和他的伙伴们来拜访治安官时拴马的柱子。

11

门没锁　　没人觉得有必要上锁——戴夫·霍利斯正煞费苦心、不厌其烦地反复试弹名为《讨厌的米尔斯上尉》的曲子，他已经试了不下两百次了。在他对面，治安官艾弗里坐在办公椅上，身子向后仰着，十指交叉放在大肚皮上。房里闪动着柔和的橘黄色灯光。

“戴夫先生，你要是再弹下去的话，就不用费劲处决我们了。”库斯伯特·奥古德说。他站在一个牢房的门后面，双手握着牢门的栅栏。“我们会自行了断的。出于自卫。”

“闭嘴，讨厌的家伙。”艾弗里说。吃完一顿四块大排的丰盛晚餐后，他正在昏昏欲睡，想着如何向他兄弟（还有他那美貌非凡的弟媳）讲述这英勇的一天。他会表现得很谦和，但他会告诉他们，他在其中是核心人物；要不是他，这三个年轻土匪可能已经——

“那就别唱歌，”库斯伯特对戴夫说，“只要你别唱歌，让我招认我杀了亚瑟·艾尔德本人都行。”

库斯伯特左边，阿兰盘腿坐在铺上。罗兰头枕着手仰面躺着看天花板。这时，门插销咔哒响了一声，他迅捷地坐了起来，仿佛一直就在等这个声音的出现。

“可能是布里奇。”副手戴夫说，很高兴地把吉他放到一边。他讨厌这个差事，早就等不及要换岗了。最让他受不了的就是希斯的玩笑。明天就要倒大霉了，那小子竟然还能笑得出来。

“我想可能是他们中的一个。”治安官艾弗里说，他指的是灵柩猎手们。

但他猜错了。进来的是一个裹着大披肩的牧人，这条披肩对他来说实在太大了（他关上门、踏着重重的步子走进来时，披肩下摆都拖到地上了），他戴着一顶帽子，帽檐压得很低，遮住了眼睛。他让赫克·艾弗里联想起牛仔稻草人。

“嗨，陌生人！”他说着，笑了出来……那肯定是谁想出来的恶作剧，而他赫克·艾弗里也是个开得起玩笑的人，尤其是在吞了四块牛排和一大堆土豆泥后。“你好！来这里干什么——”

陌生人那只没有用来关门的手藏在披肩下面。当手伸出来时却笨拙地握着一把枪，三个囚犯一眼就认出了那把枪。艾弗里瞠目结舌地盯着他手中的枪，笑容渐失。交叉的十指松开了，刚才还跷在桌上的腿撤回到地上。

“朋友，别乱来，”他慢吞吞地说，“我们来谈谈。”

“把墙上的钥匙拿下来，把牢房的门打开。”牧人用嘶哑、故作深沉的声音说。他们中，只有罗兰注意到外面响起了爆竹劈劈啪啪的声音。

“我不是不能那么做。”艾弗里说着，悄悄用脚拨开办公桌底下的抽屉。今天早上的缉捕之后，那个抽屉里留了好几把枪。“我不知道你手里的家伙是不是上了子弹，但我不认为像你这样跑腿的小子——”

陌生人把枪瞄准办公桌，扣动了扳机。枪声在这间方寸小屋里震耳欲聋，不过罗兰觉得——也希望——枪声在门的掩蔽下能听上去就像另一个爆竹声，混在外面此起彼伏忽高忽低的爆竹声里。

好样的，姑娘，他心想。干得好，姑娘——但要谨慎。看在诸神分上，苏珊，要小心。

他们三人都在牢门后一字排开，眼睛圆瞪，嘴巴紧闭。

子弹射中了治安官的桌角，削掉一块木头。艾弗里尖叫一声，缩到椅子里瘫倒下来，手脚发软。他的脚仍旧钩着抽屉的拉手；抽屉整个滑出来，翻了过来，三支老手枪散在地板上。

“苏珊，小心！”库斯伯特惊叫道，紧接着又喊，“不，戴夫！”

在他生命的最后关口，推动戴夫·霍利斯的不是对灵柩猎手的恐惧，而是责任感，他一直希望在艾弗里退休后能够接任眉脊泗治安官的职务（有时，他会告诉他的妻子朱蒂，那是一份很好的差事）。他对缉捕这三个小子的方式深感不解，也拿不准他们到底有没有犯下那些罪行，但在那当口，所有萦绕在脑子里的疑问一并被抛在脑后。他所想到的只有他们是领地的囚徒，只要他在场，就不能让他们逃出去。

他猛地朝那个穿着过大披肩的牧人扑去，想夺走他手中的枪。如果有必要，把他毙了。

12

苏珊呆呆地瞪着治安官办公桌一角被削破后露出的黄色木头，一时间忘记了所有的事情——一根手指轻轻一扳，就能造成那么大的破坏！——库斯伯特奋力的喊叫终于把她唤醒，她才意识到眼前千钧一发的局面。

戴夫想揪住那件大披肩，但她一闪，退到墙角，躲过了戴夫，来不及多想，又开了一枪。房里又一次响起震耳的爆破声。戴夫·霍利斯——一个只比她大两岁的年轻人——弹了回去，衬衫上的两颗星之间多了一个冒着烟的洞。他瞪大眼睛，不敢相信发生的事情。单片眼镜掉在一只摊开的手边。一条腿撞倒了吉他，它落到地上，琴弦发出乱七八糟的音调，和他刚才乱拨乱弹的弦音差不多。

"戴夫，"她低声说，"噢，戴夫，对不起。我都干了些什么啊?"

戴夫又试了一次想爬起来，结果脸朝地瘫倒下去。子弹从他身体正面进去的洞很小，但现在苏珊看到的，穿过他后背的洞却大得可怕，黑的红的混作一团，洞的周边一圈是被烧焦的衣服……仿佛她用一根烧得炽烫发红的拨火棍捅穿了他的身体，而不是用枪打的，被认为是仁慈的、文明的武器其实既不仁慈也不文明。

"戴夫，"她难过得嗓子发不出声音，"戴夫，我……"

"*苏珊小心!*"罗兰叫了起来。

是艾弗里。他四肢撑地，飞快地向苏珊冲过去，抓住她的小腿使劲一拉，她一屁股摔到地上，牙齿撞得嘎嘎作响，正好和艾弗里的脸撞个正着——一双像青蛙似的暴眼睛，毛孔粗大的脸，蒜味冲天的嘴巴。

"神啊，你是个*女孩*。"他沉着声音说，伸手要去抓她。她又一次扣动了罗兰那把枪的扳机，却把她身上的披肩点着了，子弹在天花板上钻了个洞，泥灰粉散落下来。艾弗里巨大的手掐住了她的脖子，让她难以呼吸。远处的某个地方，罗兰尖声叫唤着她的名字。

她还有一次机会。

也许。

一次机会足够了，苏珊，父亲在她脑海中给她鼓劲。*亲爱的，你只需要一次机会。*

她用拇指竖起罗兰的手枪，趁他不防，猛地把枪顶在治安官赫克·艾弗里脑袋下垂着的那块肥肉上，开了枪。

血肉飞溅是可想而知了。

13

艾弗里的头倒在她腿上，像一块等待烘烤的肉一样又重又湿。她能感到从他头顶上冒出的热气。她眼角下方的余光看到黄色的火焰在闪烁。

"桌上！"罗兰喊了起来，他用力拽拉牢门，门和门框咔嗒咔嗒猛烈撞击。"苏珊，水罐！看在你父亲的分上！"

苏珊把艾弗里的头推开，站起身，摇摇晃晃走到桌子旁边，她披肩的前面一块正在燃烧着，她能闻到烧焦的煳味。但在她思想的某个遥远角落，她感到欣慰的是，幸亏下午等太阳落山的时候把头发扎在身后了。

水罐几乎是满的，但里面装的不是水；她闻到了格拉夫浓烈的酸甜味。她在身上泼了一点，液体遇到火焰发出呲呲声。她扯下披肩（过大的宽边帽也一起被带了下来），扔在地上。她又看了看戴夫，从小和她一起长大的男孩，很久以前，她甚至还可能在胡奇的门背后和他亲吻呢。

"苏珊！"这是罗兰的声音，激动而急迫，"钥匙！赶快！"

苏珊从墙上的钉子上抓下一串钥匙，走到罗兰牢房前，忙乱地把钥匙串从栅栏空隙塞了进去。空气中泛着浓重的火药味、烧焦了的羊毛的臭味，以及血腥味。每吸一口气，她的胃里就一阵抽搐。

罗兰找到了他那扇门的钥匙，把手从栅栏间伸出来，反手把钥匙插进锁洞里。不一会儿，他从牢房里走出来，抱住她，苏珊的眼泪夺眶而出。不久，库斯伯特和阿兰也出来了。

"你真是个天使！"阿兰高兴地说，也拥抱了她。

"我不是天使。"她说着，哭得愈加厉害了。她把枪塞给罗兰。她觉得那真脏，她再也不想碰第二次。"他和我是从小玩着长大的。他是个善良的人——从来都不是独断专行、欺软怕硬的人——长大了他也没变坏。如今我断送了他的性命，谁来告诉他妻子啊？"

罗兰从背后搂住她，静静地停了一会儿。"你是不得已而为之的。如果不是他亡，就是我们死。难道你不明白吗？"

她靠在他胸前点点头："艾弗里我并不在乎，可是戴夫……"

"走吧，"罗兰说，"会有人发现枪击声的。是锡弥在放爆竹吗？"

她点点头，说："我给你们带了衣服，帽子还有长披肩。"

苏珊匆匆走向门口，打开门，往四周打量了一番，然后悄悄钻进渐浓的黑夜中。

库斯伯特拿起烧焦的披肩，盖在副手戴夫的脸上。"朋友，真是不幸，"他说，"你是被牵连的，对不对？我知道你并不坏。"

苏珊回到房里，抱了一堆偷来的衣物，它们是被绑在卡布里裘斯背上运过来的。并没有人提醒他，但锡弥已经独自完成了下一个任务。如果那酒吧男孩是个半傻子，那么苏珊肯定见过智力只剩四分之一或八分之一的人。

"你从哪儿弄到这些衣服的？"阿兰问。

"旅者之家。锡弥弄出来的。"她把帽子拿出来，"快点，赶快戴上。"

库斯伯特拿起一顶帽子戴上。罗兰和阿兰已经套上了披肩；再戴上帽子，把帽檐压得很低遮住脸庞，他们三个看上去和领地鲛坡上的牧人没什么两样。

"我们要去哪里？"他们出了办公室来到门廊上时，阿兰问。街道这头仍旧昏暗无光，了无人烟；没人注意到枪声。

"先到胡奇家，"苏珊说，"你们的马都在那里。"

他们四人一起沿街往前走。卡布里裘斯不见了；锡弥已经牵着它离开了。苏珊的心怦怦直跳，她能感觉到汗正从额头上冒出来，但她还是觉得寒冷。不管是出于什么目的，她杀了人，今晚她结果了两条人命，走上了一条再也不可能回头的路。她这么做是为了罗兰，为了她的爱人，就算事情重演一遍，她还是别无选择，想到这里，她得到了些许安慰。

祝你们在那里幸福，你们这两个背信弃义的家伙！你们这两个杀人犯！骗子！私通犯！我用灰烬诅咒你！

苏珊抓住罗兰的手，罗兰轻轻捏着她的手，她也轻轻捏着他的。当她抬头看魔月的时候，发现它邪恶的脸庞已从怒气冲冲的橘红色变成了银白色。她觉得在她向老实的戴夫·霍利斯开枪的那一刻，她为她的爱付出了最昂贵的代价——她付出了她的灵魂。如果罗兰现在离开她，姑妈的诅咒就会实现，一切尽化灰烬。

第九章

收割节

1

他们走进点着昏黄煤气灯的马厩，一个黑影从某个畜栏里冒出来。罗兰拔出佩在身上的两把枪，却发现锡弥有些不知所措地站在面前，微笑地看着他，一只手里还拿着马镫。看清是罗兰之后，锡弥脸上笑得更开心了，眼里闪着快乐的光芒，他向他们跑去。

罗兰收好枪，准备拥抱这个男孩，但锡弥从他身边跑过，投进了库斯伯特的怀抱。

“喔噢，喔噢，”库斯伯特说，先是夸张地摇晃着身子往后踉跄了几步，然后一把抱起锡弥，“你想把我撞翻啊，小子!”

“她把你们救出来了!”锡弥大声说，“我知道她能做到，我知道！好样的，苏珊!”锡弥回头看着站在罗兰身旁的苏珊。她仍旧脸色苍白，但似乎平静了不少。锡弥转回头，在库斯伯特的前额正中献了一个亲吻。

“喔噢!”库斯伯特又叫了起来，“这又是为了什么?”

“因为我爱你，善良的阿瑟·希斯！你救了我的命!”

“嗯，也许我是救了你的命，”库斯伯特说，开怀大笑起来，不过样子有点尴尬(那顶宽边帽对他来说太大了，现在已经滑稽地歪到一边)，“但如果我们不赶快，我可不能保证把你的命留很久。”

“马都已经准备好了，”锡弥说，“苏珊让我这么做，我都做好了。只要再给理查德·斯托克沃斯先生的马安上这个马镫就好了，因为装着的那个马镫快要坏了。”

“这个以后再说，”阿兰接过马镫，放到一边，然后转身看着罗兰，“我们去哪儿?”

罗兰的第一个念头是他们应该回到托林的陵墓去。

锡弥立刻惊恐地表示反对：“那个停着尸骨的院子？天上还有滚圆的魔月?”他狠狠地摇头，把宽边帽都摇下来了，头发从这头甩到那头，又从那头甩到这头，“他们死在那里，迪尔伯恩先生。但如果你在魔月出现时打搅了他们,他们会起来走动的!”

“不管怎么样,去那里不妥,”苏珊说,“城里的女人们会从海滨区一路上摆放鲜花,陵墓里也会放满鲜花。如果奥利芙抽得出时间,她会负责此事,我姑妈和克拉尔会作为她的陪同。我们不想碰上那些妇人吧。”

“好吧,”罗兰说,“我们上马出发,边走边想。苏珊,你帮忙想想。还有你,锡弥。我们需要一个藏身之处,至少能待到清晨。还有,这个地方必须是我们一个小时之内能赶到的。要离开伟大之路,除了西北,罕布雷的任何方向都可以。”

“为什么不能是西北?”阿兰问。

“因为这是我们现在走的方向。我们还有任务要……要让他们知道我们在行动了。特别要告诉艾尔德雷德·乔纳斯。”他微微一笑,“我要他知道,游戏结束了。再也没有城堡了。真正的枪侠在这里。让我们看看他能不能对付得了。”

2

一小时以后,月亮已经高高挂在树梢上,罗兰的卡-泰特到达了西特果的油田。出于安全考虑,他们几个人没有在伟大之路上骑行,而是跟那条路保持平行。但事实上,这样的谨慎是多余的:一路上,他们没看到一个骑手。*就好像今年的收割节被取消了*,苏珊心想……接着她又想到了红手稻草人,这个念头让她哆嗦了一下。他们本会在明晚把罗兰的手涂成红色,而一旦他们再次被抓,这个可能性仍旧存在。*不光是罗兰,还有我们所有的人。包括锡弥。*

他们把马(还有卡布里裘斯,它被长缰绳拴着,一路上暴躁但不失敏捷地跟在马后面跑)留在油田东南角一个废弃已久的泵匝装置旁,然后慢慢走向还在运转的井架,这些井架都集中在一个区域内。他们说话时把声音压得很低。虽然罗兰觉得恐怕没有这个必要,但在这里小声说话是再自然不过的。在罗兰看来,西特果远比墓地阴森可怕得多。如果说魔月变圆时,墓地里的死尸会活起来,那么这个地方现在就有一些很不安分的尸骨,那些锈迹斑斑的僵尸撕心裂肺地尖叫着,站在诡异的月光下,像活塞一上一下,像行进的腿脚上下运动。

罗兰带他们走进这块尚在活动的地带，他们经过了两块标牌，第一块上写着：**你戴安全帽了吗**？还有一块写着：**我们生产石油，我们炼制安全**。他们在井架下停下，机器的碾压声如此之大，罗兰必须大声喊，才能让他们听到他说的话。

“锡弥！给我几个大爆竹！”

锡弥已经从苏珊的鞍囊里拿了一口袋爆竹，现在他递了两个给罗兰。罗兰拉住库斯伯特的胳膊，把他拖到前面。井架周围有一圈生锈的围栏，当两个男孩想爬上去的时候，横支杆像衰老的骨头一样纷纷折断。他们在机器和月光飘忽不定的阴影里面面相觑，既紧张，又觉得好笑。

苏珊拉住罗兰的手臂。“小心！”她在井架机器规律的砰—砰—砰的巨响中叫喊。他看到她的神情，发现她一点也不害怕，只有兴奋和紧张。

罗兰笑了，把她拽到身前，吻了一下她的耳垂。“准备跑，”他耳语道，“如果我们干得好的话，西特果将会有新的蜡烛。一根无比硕大的蜡烛。”

他和库斯伯特俯身钻过锈蚀的井架底部的一根横杆，机器就在他们旁边，巨大的噪音使他们皱着眉头。罗兰觉得奇怪，这机器居然用了那么多年还没有肢解。机器的大部分都包在生锈了的金属框里，他依然能看到一些巨大的旋转柄轴闪着油光，那肯定是自动喷射器喷的油。因为靠得很近，煤气扑鼻而来，使他想起油田另一头的那个有规律地喷射火焰的喷头。

“好大一个屁！”库斯伯特喊道。

“什么？”

“我是说，这气味闻起来像……噢，别管那了！能行的话我们就干吧，怎么样？”

罗兰也不知道到底行不行。狂吼大叫的机器上方有一些通风帽，被漆成铁锈绿。他走近一些，库斯伯特略显迟疑地跟在后面。他们钻进一条既难闻又炙热不堪的排气通道，这样一来，他们基本位于井架的正下方了。前面，活塞端口的柄轴稳稳地转动着，油滴从它光滑的一端淌下来。旁边有一根弯曲的管子——肯定是根导流管，罗兰猜测。原油不时从管口滴下来，地上有一摊黑色的油。他指着管口下面那摊黑油，库斯伯特点头表示明白。

在这个震耳欲聋的喧嚣之地，大喊大叫也无济于事。罗兰一手钩住库斯伯特的脖子，把他的耳朵凑到自己嘴边；另一只手把一个大爆竹举在库斯伯特的眼前。

“点燃导火线，马上跑，”他说，“我来拿着，给你足够的时间，这是为了我们俩。我希望我往回撤的时候能一路畅通，明白吗？”

库斯伯特点点头，然后把罗兰的头转过去，用同样的方式跟他说话。“如果空气里有足够的可燃气体，我点火后把空气都引爆了怎么办？”

罗兰往后退了一步，摊开手掌，做出一个“我怎么知道”的手势。库斯伯特哈哈大笑，取出了一盒硫磺火柴，这是他离开牢房时从艾弗里办公桌上顺手牵羊拿走的。他挑了下眉毛，意思是问罗兰准备好了没有，罗兰点点头。

风吹得很猛，但井架下面的一圈机器把风隔离在外，硫磺火柴点燃了，火焰很稳。罗兰举起大爆竹，脑子里涌起一段对母亲的短暂而痛苦的回忆：她无比痛恨这种东西，她总是很肯定自己的儿子会因为玩爆竹而炸断手指，炸瞎眼睛。

库斯伯特拍拍罗兰心脏上方，吻了吻他的手掌，祝他好运。接着，他把火焰靠近导火线，火花嘶嘶飞溅。库斯伯特转身，装出要把机器炸了的样子——库斯伯特就是这样，罗兰想；就是在绞刑架上他也不会忘了开玩笑——然后，飞快冲回他们来时走的那条短走道。

罗兰一直拿着爆竹，估算时间差不多了，就把它抛进导流管，接着转身就跑，担心库斯伯特害怕的事情真的会发生：整个空气都可能被引爆。还好，并非如此。他一路从短走道跑了出来，看到库斯伯特站在断裂的栅栏外等他。罗兰对着他挥手示意——*走啊，蠢货，快走！*——接着，他身后的世界轰的一声炸成了一团。

声音很沉，隆隆的爆炸好像要把他的耳膜震破，把喉咙里的呼吸都掀出来似的。大地在他脚下震动翻滚，像小船下的海浪，一股气流像温热的巨手般向他背上猛推过来。他觉得被往前推了一大步——甚至可能有两三步——随后，气流掀起了他的双腿，罗兰被一下抛到栅栏上。这时，库斯伯特已经离开那里，仰面躺下，直直地盯着罗兰背后的景象，惊异地瞪着眼睛，张大嘴巴。从罗兰这个视角也能欣赏到这番景象，因为现在整个西特果亮如白昼。他们提前一天点燃了自己的收割节篝火，比人们期待的篝火辉煌耀眼得多。

罗兰用膝盖滑到库斯伯特躺的地方，抓住他的一只手臂。他们身后响起一阵劈劈啪啪的巨大断裂声，大块大块的金属坠落下来，掉到他们身边。二人立刻起身往阿兰所在的方向跑。阿兰正挡在苏珊和锡弥的前面，负责保护他们。

罗兰又回头匆匆瞥了一眼，井架残存的部分——差不多有一半还伫立着——被熊熊烈火烤得黑红，像一块灼烧过的马蹄铁，火红的架子中间，黄色的火焰汹涌地冲到空中一百五十英尺左右的高度。这只是个开始。他还知道在人们到达这里之前，他们还能摧毁几个井架，总之，他决定能炸几个就炸几个，不管冒多大风险。炸毁悬岩的油罐车只能算完成一半任务。必须彻底摧毁法僧的燃料来源。

但继续用爆竹炸其他导流管是没有必要的。油田下面是一个互联的管道网络，里面溢满了从破旧腐烂的密封口里泄漏出来的天然气。不等罗兰和库斯伯特到达第二个目标，油田里就响起了另一声爆炸，就在他们刚才纵火的铁架右边，一串火焰从另一个铁架塔迸蹿而出。过了一会儿，第三个铁架——这个离开前两个铁架塔足足有六十码——随着一声可怕的咆哮声被炸得碎片到处飞溅。铁架被拔离了水泥柱，如同牙齿从腐烂的牙龈中被拔出。它弹到空中，闪着蓝黄的光，飞到七十英尺左右的高度时，歪斜着坠落下来，火星四溅。

又一个井架爆炸了。又一个。接着又是一个。

五个年轻人目瞪口呆地站在一角，举起手挡住刺眼的强光。现在整个油田就像一块点着蜡烛的生日蛋糕，逼向他们的热浪强烈灼热。

“诸神慈悲。”阿兰喃喃道。

罗兰意识到，如果他们继续逗留在此的话，他们会像爆米花一样被炸烂。还有马，它们虽然离爆炸点还有一定距离，但爆炸点随时都可能继续扩散；他已经看到两座早已报废的井架塔被大火吞噬了。马会吓坏的。

该死，他自己已经吓坏了。

“快走！”他叫道。

他们在熊熊火光下向停马的方向奔去。

3

起先，乔纳斯还认为声音是他自己脑子里的反应——爆炸声是他们做爱的一部分。

是因为做爱，对。做爱，虚情假意的词。他和克拉尔做爱的次数不超过驴子交配的总和。但那是一种特别的感觉。啊，是的，的确如此。

他曾体验过激情性感的女人，她们会把你带入一种火热的状态，抓着你，一边用极度热情的眼神注视着你，一边妖娆地扭动臀部，但直到遇见克拉尔，他才找到真正的和谐。在性方面，他属于那种做过就忘记的人。但和克拉尔在一起的时候，他有用不尽的激情。在一起的时候，他们像猫和雪貂一样做爱，咝咝地喊叫，互相扭抓；他们咬来咬去，你骂我一句，我骂你一句，总之永远有表不够的亲密。和她在一起的时候，乔纳斯有时觉得自己是在甜油里炸。

今晚马夫协会开了一个会。近日来，这个协会已经差不多变成了法僧协会。乔纳斯帮他们认清最新形势，回答他们愚蠢的问题，还要确保每个人都明白第二天要完成的任务。这事处理好后，他查看了蕤，这个巫婆被安置在津巴·莱默原来住的套房里。她根本没有注意到乔纳斯在窥视她。莱默的书房有着高高的天花板，墙上书架上排满了书——硬木书桌后面，蕤正坐在莱默的软垫椅子上。此番景象极其不和谐，如同教堂祭坛上放了一件妓女的内衣。桌上放着巫师的彩虹。她的手在玻璃球上来回移动，压着嗓子念叨着，但球仍旧暗淡无光。

乔纳斯把她锁在里面，然后去找克拉尔。克拉尔已经在会客室里等他了，原本明天的茶话会要在这里举行。虽然市长府邸这一侧有足够多的卧室，但她还是把他带到她死去的哥哥的房间……乔纳斯相信，她选择这里不是偶然的。他们在那张带天篷的床上做爱，哈特·托林本来要在这张床上和他的小情人同床，可惜他永远没有那一天了。

如同一直以来的那样，过程很激烈。当乔纳斯快达到高潮的时候，第一座井架爆炸了。*上帝，她真是非同寻常*，他心想。*全世界真他妈的还没有一个女人像她——*

接着又传来两阵连续爆炸声，克拉尔在他下面呆滞了一会儿，又开始晃动她的臀部。“西特果。”她声音沙哑地喘着气叫起来。

“对。”他粗声喊道，又开始和她一起晃动着。他已全无做爱的兴致，但他们已经达到一个停不下来的程度，就算现在面临死亡和被肢解的威胁，也无法停止。

两分钟后，他光着身子大步走向托林的小阳台，半勃起的阴茎在他身前晃来晃去，如同一些傻瓜头脑当中的魔术棒的样子。克拉尔跟在他身后，和他一样赤裸着。

乔纳斯推开阳台门。“为什么是现在？”她大声喊，“我可以再达到三次高潮！”

乔纳斯没理会她。西北方的郊区是一片月光笼罩的夜色……除了油田所在地。他看到那里有一团强烈的黄光。那团光不停蔓延着，越来越亮；隆隆的爆破声此起彼伏，用力锤打着这块土地。

他感到一种阴沉的好奇——自从迪尔伯恩那小子凭直觉认出他的真实身份开始，这种感觉就一直缠着他。和精力旺盛的克拉尔做爱使他淡忘了那件事，但看着五分钟前还好好的油田突然变成了一团火焰，那种感觉又回来隐隐作怪，就像疟疾虽然治好了，细菌却仍旧躲在骨头里，从来就没有真正根除一样。*你实际上还是在西部。像你这种人的灵魂永远都不能离开西部*，迪尔伯恩曾经这样说。这是事实，根本不需要像威尔·迪尔伯恩这样的乳臭未干的小子来告诉他……但既然他说了，乔纳斯就总是会想到这事。

该死的威尔·迪尔伯恩。他现在究竟在哪里？还有他那对颇讲礼节的同伴，他们在哪里？在艾弗里的监狱？乔纳斯不再这么认为了。

不断响起的轰隆声撕裂了夜空。火光下，那些因清晨暗杀事件又跑又叫的人们又开始跑着，叫嚷着。

"这是有史以来最大的收割节焰火。"克拉尔轻声说。

乔纳斯还没来得及作答，就听到砰砰的敲门声。紧接着，门被踹开了。克莱·雷诺兹踏着沉沉的步子走进房间，身上只穿了一条蓝色牛仔裤。他的头发蓬乱，眼神迷乱。

"艾尔德雷德，城里传来坏消息，"他说，"迪尔伯恩和另外两个内世界的小子——"

又是三声巨响，几乎每个人都晃动了一下。一个橘红色的火球从熊熊燃烧着的西特果油田上方懒洋洋地升向漆黑的天空，逐渐变暗，消失。雷诺兹走到阳台上，站在他俩中间，靠着扶手，没留意他们还光着身子。他惊呆了，直勾勾地盯着火球，直到它消失在空气里。和那群小子一起消失了。乔纳斯感到那阴沉的好奇心又一次想要占据他了。

"他们怎么逃跑的？"他问，"你知道吗？艾弗里知道吗？"

"艾弗里死了。和他在一起的副手也死了。是另一个副治安官发现的，叫托德·布里奇……艾尔德雷德，那里发生了什么？出了什么事？"

"哦，是那几个男孩，"克拉尔说，"他们没费什么力气就开始了他们自己的收割节聚会了，是不是？"

*他们到底有多大胆？*乔纳斯问自己。这个问题问得好——也许这是唯一重要的问题。他们惹出的麻烦已经结束……还是刚刚开始？

他又一次想要离开这里——离开海滨区，离开罕布雷，离开眉脊泗。突然间，他一心想着离开，走得远远的。但他已经陷在自己的营地里，无法回头，现今他觉得自己完全暴露，没有任何掩护。

“克莱。”

“什么事，艾尔德雷德？”

但这个男人的眼睛——以及他的思想——仍停留在西特果的大火上。乔纳斯搭住雷诺兹的肩膀，把他转向自己。乔纳斯觉得自己的脑子开始加速运转，思索着一个个情况和细节，他很高兴能有这种感觉。那个古怪、阴暗的宿命论慢慢减退，消失了。

“这儿有多少人手？”他问。

雷诺兹皱起眉头想了想。“三十五，”他答道，“大概。”

“有多少人有武器？”

“枪？”

“难道我说的是弹弓？你这个蠢货。”

“可能……”雷诺兹拉着下嘴唇，狠狠地皱着眉说，“可能十二个。那些枪也许能用。”

“马夫协会的小子们呢？他们还在这儿吗？”

“我想是的。”

“把伦吉尔和伦弗鲁叫来。至少你不用把他们叫醒，他们已经起来，大多数人都在下面呢。”乔纳斯用大拇指朝庭院指了指，“告诉伦弗鲁，让他召集一个先遣队，武装齐全。我想要八到十人，但还是五个吧。找一匹最健壮的小马来拖那老女人的手推车。告诉米盖尔那混账东西，如果他选的小马在去悬岩的半路上死了，我会叫人割下他皱巴巴的老鸟给他当耳塞。”

克拉尔·托林短促地一笑。雷诺兹看了她一眼，眼神聚焦到她的双乳，然后有点费力地把注意力拉回到乔纳斯身上。

“罗伊在哪？”乔纳斯问。

雷诺兹扬起头：“在三楼。和一个小女仆混在一起。”

“让他滚出来，”乔纳斯恶声恶气地说，“他得负责让那老婊子准备好赶路。”

“现在就出发？”

“越快越好。你和我还有伦弗鲁的手下先走，伦吉尔和其余人跟在我们后面。克莱，你要确保哈什·伦弗鲁和我们在一起；那家伙狡猾得很。”

“鲛坡上的马怎么办?”

“现在先别管那群该死的马了。”西特果又冒出一阵轰隆声;另一个火球浮到空中。这个时候,那里肯定正在升起浓浓的黑烟,可乔纳斯看不到,也闻不到油燃烧的气味。风从东往西吹,烟和气味根本飘不到城里。

“但是——”

“按我说的话做。”乔纳斯开始发号施令,他已经认清了当务之急。马是最无关紧要的——法僧可以在附近的任何地方找到该死的马。比马重要的是悬岩上的油罐车。如今它们比以往任何时候都显得重要,因为原油的来源已经断绝。一旦失去了油罐车,灵柩猎手们就别想安安稳稳地回家了。

尽管如此,最重要的还是法僧的宝贝——巫师的彩虹。那才是独一无二、无可替代的东西。要碎也不能碎在他乔纳斯保管的时候,乔治·拉迪格倒是个不错的替罪羊。

“开始行动吧,”他告诉雷诺兹,“德佩普和伦吉尔的人手断后。你跟着我。快点,照我说的做。”

“我呢?”克拉尔问。

他伸出手把她拉进怀抱。“亲爱的,我不会忘记你。”他说。

克拉尔点点头,把手伸到他双腿之间,完全无视克莱·雷诺兹的存在。“啊,”她感叹道,“我也不会忘了你。”

4

他们逃离西特果时,耳朵被爆炸声震得嗡嗡作响,耳朵边上被轻度灼伤,不过伤得并不厉害,锡弥坐在库斯伯特身后,两人同骑一匹马,卡布里裘斯跟在队伍最后。

苏珊想到了他们该去哪里。就跟许多解决方案一样,一旦被一个人想出来,其他人看来就会觉得那是显而易见的结论,苏珊的想法也是这样。收割节前夜逝去不久,在收割节的晨曦中,他们五人来到恶草原上的小屋,苏珊和罗兰好几次到这里约会做爱。

库斯伯特和阿兰解开毯子,坐在上面检查从治安官办公厅里搜来的枪。他们还找到了库斯伯特的弹弓。

“这些是粗口径的,”阿兰说着,提起一支枪,弹出弹膛,眯起一只眼睛朝装枪管里看，“罗兰，如果它们的后冲力不是太大的话，我觉得我们可以用这些家伙。”

“我希望有牧场主的机关枪。”库斯伯特言语中流露着渴望。

“知道柯特会对那种枪做何评论吗？”罗兰的提问引得库斯伯特爆发出一阵大笑。阿兰也跟着笑起来。

“柯特是谁？”苏珊疑惑地问。

“唯一被艾尔德雷德·乔纳斯认为强悍的人，”阿兰说，“我们的老师。”

罗兰建议他们小睡一两个小时——接下来的一天会很艰难。明天也可能成为他们的末日，但他觉得这点没必要说。

“阿兰，你在听吗？”

阿兰对罗兰的意思心领神会，点了点头。他知道罗兰指的不是他的耳朵或注意力。

“听到什么了吗？”

“还没有。”

“继续注意听。”

“我会的……但我不能保证听到什么。感应是飘忽不定的。这一点你和我一样清楚。”

“接着试就行了。”

锡弥已经在他最要好的朋友旁边铺好两条毯子。“他是罗兰……他是阿兰……那么你是谁，亲爱的阿瑟·希斯？你是谁？”

“库斯伯特是我的名字。”他伸出一只手，“库斯伯特·奥古德。你好，你好，再你好！”

锡弥握住库斯伯特伸出的手，咯咯笑了。他的笑声让人感到意外，但那笑声那么由衷而愉悦，搞得大家都笑开了。笑的时候，罗兰觉得脸上微微作痛，他知道脸上肯定有一大块灼伤，是当时离爆裂的铁塔架太近造成的，可惜他看不到自己的脸。

“酷似——伯特，”锡弥边傻笑边调侃，“噢，天哪！酷似……伯特，一个有趣的名字，噢—啊哈—哈—哈，真是个好名字！”

库斯伯特微笑着点点头：“罗兰，如果不再需要他的话，我现在能干掉他吗？”

“为什么不让他再活一会儿呢？”罗兰心不在焉地答道，转身对着苏珊，脸上的笑容消散了，“苏珊，跟我出来一下行吗？有话跟你说。”

她抬头看着他，试图读懂他的表情。“好吧。”罗兰拉着她伸出的手一同走到月色中。站在月光下，苏珊感到恐惧占据了她的心灵。

5

他俩沉默不语地走到屋外，穿过一片气味香甜的草地，草的味道肯定很鲜美，引诱眼馋肚饱的牛马仍旧吃个不停，直到撑死为止。草长得很高——至少高出罗兰的头一英尺——并且还保持着仲夏的绿意。有时，孩子们会在恶草原里迷路，因此丧命；但有罗兰陪伴，苏珊从不害怕到这里来，即使天上没有星象可用来辨认方向。罗兰的方向感异乎寻常的准确。

“苏珊，关于枪的事，你违背了我说的话。”他终于开口说道。

她微笑着看他，嗔怪道：“那你是希望回到牢房咯？和你的伙伴一起待在牢房？”

“不，当然不是这个意思，勇敢的苏珊！”他一把搂住她深情地吻她，吻得彼此都喘不过气来。他拉着她的手臂，注视着她的眼睛。“但这次你一定要听我的。”

她平静地凝视着他，一言不发。

“你知道，”他说，“你知道我要跟你说什么。”

“啊，也许。”

“说来听听。可能由你说更合适。”

“你们几个离开的时候，我要待在小屋，我和锡弥留在这里。”

他点点头。“可以吗？你做得到吗？”

她想起了手握枪柄之时那种无比陌生而可怕的感觉；想起了当她把子弹射入戴夫胸口的时候，他眼神中流露出的惊诧神色；想起她第一次想向治安官艾弗里开枪的时候，尽管他就在她面前，子弹就是不听使唤，反倒把自己的衣服弄着火了。他们没有为她准备枪（除非她用罗兰的枪），因为她还不太会用枪……更重要的是，她不想用枪。在这种情况下，再加上考虑到锡弥，她觉得自己还是不和他们同去为好。

罗兰耐心地等着她回答。她点了一下头。“我和锡弥会等你们回来。我保证。”

他欣慰地笑了。

“罗兰，你要向我说实话。”

“只要我知道答案。”

她仰望月色，月亮不祥的面容使她一阵哆嗦，连忙扭头看着罗兰，问：“你有多大把握能回来？”

他深思了一会儿，仍然抓着她的胳膊。“比乔纳斯想的可能性大得多。”他终于回答道，“我们会在恶草原边待守，应该能够及时发现他。”

“对了，我看到了马群——”

“他也许不会赶着马群过来，”罗兰说，并不知道其实他和乔纳斯的想法竟非常吻合，“但即使没有马群，他的手下们也会弄出声响。如果人数够多的话，发现他们很容易——他们会像分开头发一样在草地上划出一条线。”

苏珊点点头。她在鲛坡看到过好多次——一群人骑马穿过恶草原的时候，草会神秘地向两边分开。

“罗兰，他们会不会来找你们？乔纳斯会不会先派出侦察兵？”

“我想他不会费这个事儿。”罗兰耸耸肩说，“但如果他们来了，兵来将挡，不会让他们活着离开。而且会悄无声息地干掉他们。我们长期所受的训练就是杀人；我们会这样做的。”

苏珊翻转手臂，反过来抓着他的胳膊。她看上去有些担心和急躁。“你还没有回答我的问题。你有多大把握回来见我？”

他又沉默了许久，说：“半成。”

她像是深受打击，无助地合上眼睛，深吸了一口气，又一并吐出，睁开眼，说：“看来很不妙，不过还没我想的那么糟。如果你回不来的话……我和锡弥按你安排的去西部？”

“对，去蓟犁。你在那里会得到保护和尊重，亲爱的，无论怎样……但你要记住，去蓟犁的前提是没有听到油罐车的爆炸声。明白了吗？”

“要警告你的人民——你的卡-泰特。”

罗兰点头表示同意。

“放心，我会警告他们的。还要保证锡弥的安全。我们今天能安全到达这里，他功不可没。”

苏珊不知道罗兰对锡弥的用心。如果他和库斯伯特、阿兰都被杀了，只有锡弥能够陪在她身边，给她一个继续活下去的理由。

“你什么时候离开？”苏珊问，“我们还有时间亲热吗？”

“时间是有的，但现在最好别这样，”他答道，“那样，离开你的时候，会让我觉得更痛苦。除非你真的很想……”他的眼神中暗露着恳求，希望她说“好的”。

“那我们回去躺一会儿吧。”她拉着他的手说。有一瞬间，她想告诉他自己已经怀了他的孩子，可是话到嘴边又收回去了。他已经有够多的事要考虑了……她也不想在如此丑陋的月亮下宣布幸福的消息。那样肯定会遭到不幸。

他们穿过高高的草丛往回走，先前走过的地方，草早就又拥到一起了。小屋外，他让苏珊面对自己，双手搂着她的脸颊，又温柔地吻了她。

“苏珊，我会永远爱你，”他说，“历经风浪也不变。”

她绽放出了微笑。她抬起脸庞，两滴泪水从眼睛里滚下来。“历经风浪，此爱不渝。”她说，又吻了他。于是两人进屋休息了。

6

月亮快落山时，一个八人队伍骑马穿过上书“**带着和平而来**”六个绿色大字的拱门。乔纳斯和雷诺兹在队伍的最前面。蕤的黑色拖车跟在他们后面，一匹很强壮的小马拉着她，看起来连着走一整晚再加一个半天是没问题的。乔纳斯本想帮她配一个马夫，但蕤拒绝了——“若论和动物相处的本事，谁也没法跟我比”，她对他说，看起来也确实如此。她把缰绳放在大腿上；没有缰绳拴着，小马也听话得很。另外五个人分别是哈什·伦弗鲁、奎恩特以及伦弗鲁手下三个最棒的牧人。

克拉尔也想跟着来，但乔纳斯另有打算。“如果我们遇到不测，不管怎么样，你还可以继续像以前的样子生活，”他这样说，“你没有必要和我们扯在一起。”

“可没有你，我无法想象自己是否还有活下去的理由。”她说。

“啊，收起这种纯情少女的话吧，这台词不适合你。只要你理智地想一想，你会找到无数理由在生命的道路上继续晃荡下去。如果一切顺利——但愿如此——你要是还想继续跟我在一起，那就在听到好消息后马上离开这里。西面的维卡斯蒂斯山脉有一个利茨小镇。找匹合适你的快马赶往那里。无论我们行动有多迅速，你也肯定会在我们之前到达利茨，很可能会比我们早到好几天。找一个好一点的收留单身女客的客栈……如果利茨有的话。在那儿等着我们。等我们押着油罐车顺利抵达利茨,你就又能回到我身边了。懂我的意思了吗?”

她已经听得很明白了。克拉尔·托林是个千里挑一的女人——有撒旦般的精明,像撒旦的宠姬一样床上功夫高超。要是事情真的如他所说的那样顺利就好了。

乔纳斯停下马,等到黑拖车和他并排了再继续往前走。蕤已经把玻璃球从袋子里拿了出来,放在腿上。“出现了什么吗?”他问。他心里很矛盾,既希望又害怕看到球里搏动的粉色。

“没有。但在需要的时候它会表达的——相信它。”

“那我们要你有什么用,老婆子?”

“到时候你就知道了。”她傲慢地(还有一丝害怕,他很高兴看到这一点)看着他说。

乔纳斯驾马赶回小纵队最前面。他决定,只要有任何危险迹象,他就要把玻璃球从蕤手里夺过来。事实上,玻璃球奇异而甜蜜的魔力已经勾住了他的魂,使他沉溺,欲罢不能。他总是想起那粉红色搏动的光。

见鬼,他告诉自己。*想着这球对我一点好处都没有。等这事了结了,我就会恢复正常了。*

真能这样当然很美妙,但……

……但事实上,他已经开始怀疑自己的想法是否现实。

伦弗鲁和克莱并排骑着。乔纳斯骑到他俩之间。他的病腿又开始剧痛起来;又一个不祥的征兆。

“伦吉尔呢?”他问伦弗鲁。

“他正在集合一支队伍,”伦弗鲁说,“不用担心弗朗·伦吉尔。他有三十号人。”

“三十!看在圣人哈利的分上,我吩咐过你,我要四十个!至少四十个!”

伦弗鲁用苍白的眼睛看着他,接着被一阵恶狠狠的风吹得缩起了脖子。他把颈巾拉上来,遮住嘴巴和鼻子。骑在后面的牧人们早就这么做了。“乔纳斯,你怎么那么怕那三个小子?”

“这是为我们俩担心,你愚蠢透顶,根本不清楚他们是什么来路,还有他们能做些什么。”他也把颈巾拉上来,换上一副温和的语调。他这么做是明智的;目前他还需要这些土包子的帮助。一旦玻璃球转到拉迪格手里,他就不一定这么客气了。“但也有可能我们碰不到他们。”

“可能他们已经离开这里三十英里远了，正拼命地往西骑呢，”伦弗鲁应和道，“如果谁能告诉我他们是怎么逃出来的，我给那人一个金币。”

蠢货，知道了又有什么用！乔纳斯心里想，但嘴上没有表示不屑。

“至于伦吉尔的人，那是他能找到的最强壮的男人——要说打仗，那三十个人抵得上六十个。”

乔纳斯的目光与克莱的撞到一起。我要真看到才会相信，克莱的眼神说，于是乔纳斯明白了为何他一直以来喜欢克莱胜过罗伊·德佩普。

“多少人有武器?”

“你指枪吗？可能一半。用不了一个小时他们就能跟上我们。”

“很好。”至少他们的后方有了保证。这很有必要。他现在迫不及待地想要摆脱那个邪恶的玻璃球。

哦？在他心灵深处，一个诡秘的、近乎疯狂的声音暗暗问他。哦，你真的这样想吗?

乔纳斯没有理会那个声音，让它自己消失。半小时后，他们离开大路，上了鲛坡。往前几英里，像银灿灿的海洋般在风中荡漾的，就是恶草原了。

7

当乔纳斯和他的队伍从鲛坡顶往下走的时候，罗兰、库斯伯特和阿兰上马准备出发了。苏珊和锡弥手拉手站在小屋门口，表情凝重地看着他们。

“油罐车爆炸的时候，你们会听到声音，闻到烟味，”罗兰说，“即使风向相反，我想你们也能闻到。然后，一个小时之内，会有更多烟雾。在那边。”他手指着所说的方向，“那是峡谷口灌木燃烧产生的浓烟。”

“如果我们没看到那些东西呢?”

“到西部去。但苏珊，你会看到的，我发誓你会看到的。”

她往前走了几步，把手放在他大腿上，借着清晨月亮的余光抬头看着他。他弯下身子，轻轻把手放在她的脑后，把自己的唇贴到她的唇上。

“一路平安。”苏珊退回几步，叮嘱道。

“嗯，”锡弥突然补充道，“坚持到底，就是胜利。”他走上前，害羞地拍拍库斯伯特的靴子。

库斯伯特俯下身，握着锡弥的手说："小子，照顾好她。"

锡弥一脸认真地点点头："我会的。"

"走。"罗兰说。他觉得如果再多看一眼苏珊凝重的脸庞，他会忍不住哭出来的。"出发。"

他们骑着马慢慢离开了小屋。趁草丛还没在他们身后合拢，他回头看了最后一眼。

"苏珊，我爱你。"

她在微笑，一个美丽的微笑。"鸟、熊、兔子和鱼。"她说。

下一次罗兰看到她的时候，是在巫师的玻璃球里。

8

罗兰和他伙伴的眼前，是恶草原西边一片粗犷而荒凉的美景。风掀起大片沙尘，扫过乱石嶙峋的沙漠；月光把扬起的尘土幻化成争先恐后向前跑的幽灵。有时，能看到两轮外的悬岩，爱波特大峡谷还在悬岩两轮开外。有时两个都不见了，淹没在尘土里。他们身后，高高的草原哼着歌。

"你们觉得怎么样？"罗兰问，"还好吗？"

他们点点头。

"我觉得一场枪击战在等着我们。"

"我们会记得父亲的脸。"库斯伯特说。

"是啊，"罗兰有些心不在焉地应道，"记得很清楚。"他坐在马鞍上舒展了一下身子，"风有利于我们，而不是他们——这是件好事。我们能听到他们来的动静。我们必须判断出队伍的大小。明白吗？"

他们双双点头。

"如果乔纳斯仍然充满自信，他很快就会来，带一小批人——一群匆忙召集来的粗人——还会带着玻璃球。如果那样的话，我们打一场伏击战，把他们统统歼灭，取走巫师的彩虹。"

阿兰和库斯伯特静静地骑在马上，专心致志地听着。这时突然刮起一阵风，罗兰迅速把手压到帽子上，以免它被风吹走。"如果他对我们有所顾忌，我认为他会延迟行动，带上一大队人。假使这样，我们就按兵不动，让他们过去……接着，如果风向有利，我们就跟在他们后面。"

库斯伯特咧开嘴笑了。“噢，罗兰，”他说，“你父亲会为你感到骄傲的。年仅十四岁，就已经像魔鬼一样狡猾了！”

“下一次月出的时候就十五岁了，”罗兰认真地说，“要这样的话，就需要杀掉队伍尾巴上的几个人。留意我的信号，好吗？”

“就是说我们要混进他们的队伍去悬岩？”阿兰问。他想问题总是比库斯伯特慢两三拍，但罗兰并不介意；有时候可靠比迅速更有好处。“是这样吗？”

“如果是第二种情况，我们就得这么做。”

“但如果他们带着玻璃球的话，那我们就得祈祷不要被它看穿了。”阿兰说。

库斯伯特吃了一惊。罗兰咬着嘴唇，心想有时阿兰的脑子转得比别人都快。显然他比库斯伯特先想到这个令人不快的情况……也比他自己要早。

“这个早晨需要祈祷的东西很多，但亮牌之后，我们要尽力打好手里的牌。”

他们在草原边缘下马，在马旁坐下，几乎不怎么讲话。罗兰注视着银白色的尘雾在沙漠上相互追赶，脑子里又浮现出苏珊。他想象着他们俩结了婚，在蓟犁南部拥有自己的一片地。到那个时候，法僧已经被彻底击败，世界古怪的衰败局面将会得到扭转（他稚嫩地认为除掉约翰·法僧就能实现那个目标），他的枪侠生涯也就此结束。他赢得佩在身上的六发式左轮手枪还不到一年——也赢得了继承父亲史蒂文·德鄯的大枪的资格——但他已经觉得厌倦了。苏珊的吻让他的心变得柔软，也加速了他的成长；他开始憧憬另一种生活。也许是一种更理想的生活，有房子、孩子，还有——

“他们来了。”阿兰这句话把罗兰从冥想中唤了回来。

枪侠站起身，一手抓住拉什尔的缰绳。库斯伯特身体绷紧，站在他旁边。“大部队还是小批人马？你知道吗？”

阿兰面朝东南方站着，手掌朝上伸出手臂。越过他的肩膀，罗兰看到古恒星正往地平线滑落。离破晓不到一个小时了。

“我还判断不出来。”阿兰说。

“至少，你能不能判断出玻璃球是不是——”

“闭嘴，罗兰。让我仔细听！”

罗兰和库斯伯特焦虑地盯着阿兰，同时竖起耳朵专注地辨认风中马蹄的声音、吱呀的车轮声、人的低语声。随着古恒星陨落，黎明到来，风不但没有变小，反而吹得更猛了。罗兰看了一眼库斯伯特，他拿着弹弓，紧张不安地把玩着弹弓的拉绳。库斯伯特耸了耸一个肩膀。

"是小批人马，"阿兰突然说，"你们俩能感觉到吗？"

他俩都摇摇头。

"不到十个，可能只有六个。"

"诸神啊！"罗兰说了一句，伸出一只拳头朝天空打了一下，"玻璃球在他们身边吗？"

"我感应不出来，"阿兰说，他的声音听起来仿佛在睡梦中似的，"但我认为球和他们在一起，你们怎么想？"

罗兰的想法和他的不谋而合。一个六到八人的小纵队，很可能带着玻璃球。太好了。

"伙计们，做好准备，"他说，"我们要拿下他们了。"

9

乔纳斯的队伍顺利地从鲛坡下来，进入恶草原。引路的星辰在秋天的苍穹中愈显灿烂，伦弗鲁叫得出每颗星的名字，他把其中两颗称为双子星。他有一种方法来测量这两颗星之间的距离，每隔二十来分钟他就让队伍停留片刻，观察星相。乔纳斯一点也不怀疑这个老牛仔肯定能把他们带出又高又密的草原，直达悬岩。

他们在恶草原走了差不多一个小时后，奎恩特突然骑上来，对乔纳斯说："那老女人想见你，先生。她说有要事。"

"噢，现在？"乔纳斯问。

"是的。"奎恩特压低了嗓子，"她腿上的球正闪闪发光呢。"

"果真如此？奎恩特，听着——我去看个究竟，你带着队伍。"说罢他掉转头，往回走，来到黑拖车旁。蕤的脸被粉红色的光笼罩着，她抬起头的那一瞬间，乔纳斯觉得那是一张少女的脸庞。

"嗨，"她说，"小伙子，你来啦。我就知道你会迫不及待地过来。"她得意地笑个不停，脸一下子被碍眼的纹路割得支离破碎，她的真实嘴脸又浮现在乔纳斯面前——她都快被腿上的东西吸干了。随后，他的注意力不由自主地转向玻璃球……着了魔似的忘了一切。他能清晰地感到，粉色光辉射进了他大脑中的每一根血管、每一个角落，令他达到了前所未有的兴奋点。即使克拉尔使出她最下流的十八般武艺，也不可能使他产生如此强烈的感受。

“你喜欢上它了吧?”她边笑边哼哼道，“啊，看来你是迷上它了。那么迷人的宝贝儿，任何人看到都会被它迷住的！乔纳斯先生，你看到什么了?”

乔纳斯一手扶着马鞍角俯下身去，长发顺势垂了下来；他仔细看着那玻璃球。起先他只看到诱人的唇红色，接着那颜色像幕布一样揭开了。眼前出现的是一个在高高的草丛环抱中的小屋，只有隐士才会心仪的那种小屋。门——被上了红色油漆，虽然多处斑驳，但颜色仍然鲜亮——敞开着。一个女孩坐在石阶上，弯着腰，手埋在大腿里，盖毯放在脚边，头发散落肩头，她是……

“他娘的!”乔纳斯喃喃自语。他都快把整个身子挂到马鞍外面了，活像个马戏团的滑稽马术表演者；他的眼睛好像消失了似的，两个眼孔里只见粉色的光。

蕤得意地哈哈大笑。“是啊，托林无福消受的小情人！迪尔伯恩的小相好!”她的笑声像急刹车般戛然而止，“那臭小子杀了我的爱莫特。他要为此付出代价，是的，他要付出代价！再看仔细些，乔纳斯先生！凑近些看!”

他目不转睛地盯着玻璃球。一切都再明白不过了，他心想，如果早点看到就好了。那女孩姑妈的担心并不是多余的。蕤早就知道他们之间的事，可她为什么没有把这个女孩和内世界男孩间的韵事抖出来呢？乔纳斯不明白。苏珊不仅和威尔·迪尔伯恩有染，还协助他和他的同伙越狱，很可能两个执法官员也是她杀的。

球里的人浮得更近了，乔纳斯看得发晕，不过那是一种愉快的眩晕。女孩后面的小屋点着一盏灯，灯光微弱得只有豆一般大。乔纳斯的第一个念头是有人在角落里睡觉，但又看了一眼后，他认为那只是看起来有点像人样的一堆毛皮罢了。

“你发现那几个小子了吗?”蕤问，声音仿佛是从远处飘来的，“你发现他们了吗，乔纳斯阁下?”

“没有。”他答道，声音同样像是从遥远的地方传来的。他的眼睛死死地盯在玻璃球上。他感到光芒越来越深地烙进脑袋。但感觉很不错，如同寒夜中的一团热火。“她一个人，好像在等什么。”

“嗯。”蕤在球上比划了一下——手不经意擦灰的动作——粉红的光消失了。乔纳斯发出低沉不满的叫声，但没有用，玻璃球变暗了。他想伸手示意她把光召回来——迫不得已的话，祈求她——但意志的力量把他的冲动克制住了。不过，值得欣慰的是，他的神志已渐渐清醒。他意识到蕤的手势就像品奇和吉利滑稽剧里的木偶一样都是幌子。玻璃球有它自己的意识，蕤控制不了它。

与此同时，那丑陋的老女人凝视着他，眼睛里闪着精明而诡异的光。“你认为她在等什么？”她问。

只有一种可能，乔纳斯想，愈发警惕起来。她在等那几个小子，三个内世界来的乳臭未干的臭小子。如果他们没有和她在一起，就肯定是在前方，也在等待。

等着他，甚至可能在等着——

“听我说，”他说，“我只说一遍，你最好老实回答我。他们知道那玩意吗？那三个小子知道彩虹球吗？”

蕤的眼睛避开他的视线。这个举动看似回答，但又好像不是。那老女人在山上横行太久了；现在必须让她明白下了山之后谁才是主人。乔纳斯弯下腰去，抓住她的肩膀。真可怕——仿佛抓住的是一把会动的骨头——但他说服自己坚持抓着，并用力捏了一下。她哇哇直叫，扭动着想要挣脱，但他就是紧抓着不放。

“告诉我，你这个臭婊子！张开你的破嘴！”

“他们或许知道，”她哀叫道，“那女孩来找我的晚上可能看到了什么——啊噢，放手，你想把我弄死不成！”

“如果我想杀你，你早就下九泉了。”他又充满渴望地朝玻璃球看了一眼，然后重新坐直，手在嘴巴边合成一个喇叭，大声喊道，“克莱！停下！”雷诺兹和伦弗鲁拽住缰绳后，乔纳斯举起手示意后面的牧人停住步子。

风飒飒吹过草地，长长的青草曲下腰，涟漪四起，飘来阵阵馨香的气味。乔纳斯注视着前方的暗处，尽管他也知道想找到他们的踪迹是徒劳的。他们有可能埋伏在任何地方，而乔纳斯却不希望碰到伏击战，绝对不希望。

他骑到克莱和伦弗鲁身边。伦弗鲁表现得很不耐烦。“怎么回事？天快要大亮了。我们得抓紧时间赶路。”

“你知道恶草原中的小屋吗？”

“啊，知道，绝大多数。怎么——”

“你知不知道有一个红门的小屋？”

伦弗鲁点点头，往北面一指。“老苏尼住的地方。他改变了宗教信仰——因为一个梦境或幻影什么的。他就是在那时把门漆成红色的。五年前他到曼尼人那里去了。”他没有再追问为什么问起这事；乔纳斯脸上的表情让他把问题咽了回去。

乔纳斯举起手，凝视了一会儿手上的蓝色灵柩文身，然后转身对奎恩特喊道：“你带队。”

奎恩特浓密的眉毛往上一耸。“我？”

“对。但不是向前——计划变动了。”

“什么——”

“闭上你的嘴巴听我说，除非你有不明白的地方。把那辆该死的黑拖车转过头去。让你的手下向后转，迅速原路返回。和伦吉尔的队伍会合。告诉他们，乔纳斯说了，让他们在会合的地方等着，在乔纳斯、雷诺兹和伦弗鲁赶来之前不要行动。清楚了吗？”

奎恩特点头表示明白。他疑惑不解，可是什么也没问。

“很好。行动吧。还有，叫女巫把那玩意儿放回袋子里。”乔纳斯用手捋了捋眉毛，一向稳健的手指突然颤了一下，“那玩意让人分神。”

奎恩特转身正要离开，乔纳斯又把他叫住。

“奎恩特，我觉得内世界来的那几个小子就在这一带，可能在我们前面。但如果他们跟在后面，你们就有可能受到攻击。”

奎恩特紧张地环顾四周的草原，却只见到高过头顶的草。他抿紧嘴唇，重新集中注意力听乔纳斯说话。

“如果他们攻击你们，他们会试图抢走玻璃球。”乔纳斯继续说，“先生，听好了：任何没有为保护玻璃球而死的人，都会后悔自己没有那么做。”他把头抬高，下巴冲着那些牧人，他们坐在马上，在黑拖车后排成一线，“去告诉他们。”

“遵命，头儿。”奎恩特说。

“和伦吉尔的队伍会合之后，你们就安全了。”

“如果你不过来，我们要等多久？”

“等到世界末日。快去。”奎恩特走开了，乔纳斯转身对雷诺兹和伦弗鲁说，“伙计们，我们绕道走。”

10

“罗兰。”阿兰的声音低沉而急切，“他们往回走了。”

“你确定?”

“是的。他们后面还有一支队伍赶过来，一支大得多的队伍。他们正在往回赶和大部队会合呢。”

“为了安全，增加人手，就这么简单。”库斯伯特不以为然地说。

“他们带玻璃球了吗?”罗兰问，“你能感应到吗?”

“是的，带了。这样反而更容易感应到他们，虽然他们离我们越来越远了。一旦感应到它之后，它就会像矿井里的灯那样光芒四射。”

“仍旧由蕤保管吗?”

“我想是的。感应她真可怕。”

“乔纳斯害怕我们，”罗兰说，“他希望有更多的人随行。就是这样，肯定是这样。”他没有意识到他的猜测说对了一半，却漏掉了重要的一方面。他没有意识到自从他们离开蓟犁以来，他已经犯了好几次年轻人常有的武断毛病，今天就是其中一次。

“我们该怎么做?”阿兰问。

“坐在这里。听动静。耐心等待。只要他们打算去悬岩，就一定会重新带着玻璃球沿着这条路过来。这是唯一的路。”

“苏珊呢?”库斯伯特问，“苏珊和锡弥怎么办?他们怎么样了?我们怎么才能知道他们的处境是否安全?”

“我想我们没法知道。”罗兰坐下，盘起腿，把拉什尔的缰绳放在腿上，“但乔纳斯和他的队伍很快就会回来。他们一来，我们就得行动。”

11

苏珊不想在小屋里睡觉——没有了罗兰，她觉得待在小屋里怪怪的。锡弥缩在屋子角落的旧毛皮里休息，而她则带着毯子来到屋外。她先在门口坐了一会儿，仰望星空，用自己的方式为罗兰祈祷。感觉心情平静一些后，她在地上铺了一条毯子躺下，把另一条毯子盖在身上。自从玛丽娅把她从熟睡中推醒到现在，仿佛已经过了很久，鼾声不断飘出小屋，但并没有烦到她。她枕着一只手臂睡觉。二十分钟后，锡弥走到门口，睡眼惺忪地看了她一眼，然后到草丛里去撒尿。苏珊睡着了，全然不知。只有卡布里裘斯注意到他。锡弥经过时，它伸出长鼻子，一下咬住那男孩的屁股。锡弥睡意蒙眬地向后伸出手去，一把把它的头推开了。他对卡布里裘斯的把戏了如指掌，是啊，他太了解卡布里裘斯了。

苏珊梦到了柳树林——鸟、熊、兔子和鱼——把她吵醒的不是解手回来的锡弥，而是压在她脖子上的一个冰冷的金属圈。一声响亮的喀哒让苏珊立刻想起在治安官办公室听到过同样的声音：一把手枪上了扳机。梦幻中柳树林的景象被这声音一扫而空。

“醒醒，阳光美人儿。”一个声音说。一时间，她脑袋昏昏沉沉的，还以为是在昨天，玛丽娅想把她叫醒，催她趁杀害托林市长和大臣莱默的凶手没回来杀她前赶紧离开海滨区。

但是不大对劲。她睁开眼睛看到的不是上午强烈的阳光，而是清晨五点灰蒙蒙的晨曦。是男人而不是女人的声音。是一支枪顶着她的脖子，而不是一只手在摇她的肩膀。

她抬眼看到一张长满皱纹的瘦脸嵌在白发里，嘴唇薄得像一道伤疤，眼睛是和罗兰一样的淡蓝色。是艾尔德雷德·乔纳斯。站在他身后的是哈什·伦弗鲁，在以前的美好时光中曾和她爸一起喝酒。另一个人钻进了小屋，那是乔纳斯卡-泰特的一员。恐惧凝结了她的身体——不仅为她自己的处境感到害怕，还担心锡弥。她不能肯定那个男孩是否能明白眼前发生的事。*当时在旅者之家想要杀死他的三个人中的两个都在这儿，她想，这点他肯定明白。*

“你好啊，美人儿，你醒啦，”乔纳斯用一种友善的口气说，看着她眨着眼，赶走睡意，“小可怜！像你这样漂亮的小姐可不该独自一人在这儿打盹呀。不过，不用担心，我会把你带回属于你的地方去。”

穿斗篷的红发人从小屋里出来，一个人。乔纳斯抬起眼睛问：“克莱，里面有什么吗？”

雷诺兹摇摇头：“我想他们把东西都带走了。”

锡弥，苏珊在心里召唤着。锡弥，你在哪里？

乔纳斯伸出手，摸了摸她的一个乳房。“感觉不错，”他说，“柔软可爱。

迪尔伯恩会喜欢你是理所当然的。”

“你这个狗杂种，把你肮脏带刺青的手从我身上挪开。”

乔纳斯微笑着把手移开了。他转过头，看到了骡子。“我认得这东西；它是我好朋友克拉尔的。撇开其他的不说，你居然还成了个偷牲畜的贼！堕落啊堕落，你们这年轻的一代。伦弗鲁先生，你同意吗？”

她父亲的旧交没有吱声。他的表情一片空白，苏珊觉得他可能还有那么点羞耻感，为自己在此出现感到惭愧。

乔纳斯转回头看着她，单薄的嘴唇弯曲成仁慈的微笑。“嗯，我想，杀过人以后，偷一头骡子也就无关痛痒了，是吧？”

她沉默不语，直直地看着乔纳斯拍打卡布里裘斯突出的鼻子。

“他们要拖运什么东西？那几个小子要用骡子运什么？”

“裹尸布，”她从冷漠的唇间挤出两个字，“为你和你的朋友准备的。东西可沉啦——差点把骡子的背压断。”

“我家乡有句俗话，”乔纳斯仍旧微笑着说，“聪明的女孩要进地狱。听说过吗？”他继续拍打卡布里裘斯的鼻子。看上去那骡子很喜欢这样，它把脖子伸得长长的，傻乎乎的眼睛半闭着，很受用的样子。“有些家伙卸下货物，带着分到的东西一走了之，就再也不会回来了。难道你没想到这一点吗？”

苏珊仍一言不发。

“美人儿，你被彻底抛弃了。很遗憾啊，爱得快往往也忘得快。你知道他们去哪了吗？”

“知道。”她答道。她的声音很低，像是在自言自语。

乔纳斯面露喜色。“如果你告诉我他们的行踪，你的处境就会好多了。伦弗鲁，你同意吗？”

“对，”伦弗鲁说，“苏珊，他们是一群叛徒——他们是法僧的走狗。如果你知道他们在哪儿，打算做什么，就赶快告诉我们。”

苏珊目不转睛地盯着乔纳斯说：“靠近些。”她的嘴唇麻得不想动，出来的声音都走了样，不过乔纳斯听明白了。他把身子凑向前，伸出脖子，样子荒谬得简直像卡布里裘斯。苏珊往他脸上吐了一口唾沫。

乔纳斯立刻缩了回去，嘴唇因诧异和愤怒而扭曲了。“呃！婊子！”他大吼一声，甩出满满一个大巴掌，把苏珊打倒在地。苏珊整个人侧身倒下，眼前金星直冒。她立刻感觉到右边脸颊像气球般肿起来，心想，如果他这一掌打低一二英寸，可能已经把我的脖子打断了。说不定那样反倒更好。她伸手把右边鼻孔里流出的血擦掉。

伦弗鲁往前走了一步就停下了，乔纳斯转身对他说："把她架上马，正面绑住她的手，绑紧了。"他低头看了一眼苏珊，脚向她的肩膀踹去，重得足以使她滚向小屋，"往我脸上吐唾沫，是不是？向艾尔德雷德吐唾沫，呃，你这个婊子？"

雷诺兹递过一条颈巾，乔纳斯接过来擦去了脸上的唾液，然后在她身旁蹲下。他抓起她的一缕头发，用那把头发仔细地擦着颈巾。随后，他一把把她从地上拽起来。痛苦的眼泪从她的眼角冒出来，可她还是保持缄默。

"我可能再也不会见到你的朋友，可是你在我手里，不是吗？可爱的苏珊，你的双乳真是娇小柔美。嗯，如果迪尔伯恩给我们制造麻烦，我会双倍在你身上奉还，并且一定会让迪尔伯恩知道。你就放心吧。"

他的微笑消散了。他突然用力一推，苏珊差点又摔倒在地。

"立刻上马，在我决定用刀改变一下你的面容之前，你最好赶快按我说的做。"

12

锡弥躲在草丛中观望，看到苏珊刚才往可恶的灵柩猎手脸上吐了口唾沫，就被一巴掌打倒在地，他害怕得憋着声音伤心地抽泣，那一击重得几乎可以要了她的命。那时他差点就冲了出来，但脑子里有个声音——可能是他伙伴阿瑟的声音——告诉他那么做只有一个后果，就是白白送死。

他看着苏珊骑上马。另一个男人——他不是灵柩猎手，而是个牧场主，锡弥经常在旅者之家看到他——想帮她上马，但苏珊一脚把他踢开。这人退后几步，涨红了脸站着。

苏珊，不要惹恼他们，锡弥心里暗自念叨。啊，神啊，别那样做，他们会加倍打你的！啊，你可怜的脸啊！你的鼻子流血了！啊，天哪，真的在流血！

"最后一次机会，"乔纳斯威胁道，"他们在哪儿？他们打算干什么？"

"下地狱吧。"她愤愤地说。

乔纳斯一笑——刻薄阴险的笑。"我下地狱后肯定会见到你的。"他说。然后对另一个灵柩猎手说："你仔仔细细检查过这个地方了？"

“他们的东西都带走了，”红发人回答道，“唯一留着的是迪尔伯恩的小玩物。”

这话让乔纳斯又爆发出一阵刻薄的狂笑，他骑上自己的马，吆喝道：“来吧，我们走。”

他们重新踏入恶草原。人刚过，草就在他们身后合拢了，仿佛他们从来没有到过那里……唯一的变化是苏珊不见了，卡布里裘斯也跟着失踪了。骑在苏珊旁边的牧场主赶着那头骡子。

确定他们不会再回来之后，锡弥慢慢从草丛里走出来，边走边把裤子上的扣了扣好。他看看罗兰和他的伙伴离去的方向，又瞧瞧苏珊被带走的方向。他该往哪里走呢？

思量片刻，他意识到自己别无选择。这里的草既硬又不乏弹性。罗兰、阿兰还有好心的阿瑟·希斯（锡弥仍旧这么称呼他，以后也不会改变）的行走路线已经辨认不出了；而苏珊和俘获她的家伙走的路还清晰可辨。如果跟着她，他或许还能为她做些什么，帮她脱离困境。

锡弥决定跟着苏珊。起先他慢步行走，突然心中涌起一阵恐惧，担心他们半路返回，把他抓个正着，于是两步并作一步，小跑前进。那一整天他都跟着苏珊。

13

库斯伯特——并不是什么时候都嬉皮笑脸的——眼看着晨曦的朦胧渐渐散去，天快大亮了，于是越来越浮躁不安。收割节来了，他心想。收割节终于来了，我们坐在这里，拿着磨得无比锋利的刀，却没有用武之地。

他两次问阿兰“听到”了什么。第一次阿兰只是咕哝了几句。第二次他反问库斯伯特，有人总在他耳边聒噪，还能指望他听到什么呢。

但库斯伯特并不认为间隔十五分钟的两次提问是“聒噪”，他讨了个没趣，踱步回到自己的马前，闷闷不乐地往地上一坐。过了一会儿，罗兰也走过来，在他身旁坐下。

“等待，”库斯伯特说，“我们在眉脊泗的大部分时间都是这么打发的，这也是我最不擅长的事。”

“不会等很久的。”罗兰说。

14

太阳越过地平线约一个小时后，弗朗·伦吉尔的军团搭起了临时帐篷。乔纳斯终于也抵达了他们临时驻扎的地方。奎恩特、蕤和伦弗鲁的牧人们已经都在那里了，正喝着咖啡，这让乔纳斯很满意。

伦吉尔上前迎接，看到苏珊手被绑着骑在马上，立刻往后退了一步，好像想找个角落藏起来。但这旷野里毫无藏身之处，于是他只能把脚牢牢地钉在原地。对此，他显然不太高兴。

苏珊用膝盖蹭着马往前走。雷诺兹想抓住她的肩膀，她把肩往旁边一斜，躲开了他的手。

"嗨，弗朗西斯·伦吉尔！没想到会在这儿遇到你！"

"苏珊，很遗憾看到你这样。"伦吉尔说。他脸涨得通红，红色一直涌到眉间，就像一股浪潮冲向海堤。"孩子，你交友不慎啊……最终，那些狐朋狗友还不是把你抛弃，让你四面楚歌。"

苏珊不屑地笑起来。"狐朋狗友！"她说，"呵，对这个你知道得比我更清楚，对吧，弗朗？"

他感到尴尬不堪，笨拙地转过身。苏珊趁他不备，抬起一只穿着靴子的脚，结结实实地踢在他的肩胛骨之间。他一下趴倒在地，突如其来的一击让他茫然不知所措。

"岂有此理，胆大包天的贱女人！"伦弗鲁愤怒地叫着，往她头的一侧抡了一拳——拳头落在左侧，至少这一拳加上先前那一巴掌算是左右平衡了；稍后脑子回过神来，恢复了思考能力之后，她这么想。她的身子往马鞍一侧狠狠一歪，但没摔下来。她没有正视过伦弗鲁一眼，只是盯着伦吉尔，伦吉尔总算用手和膝盖把身子撑起来了，神情仍然恍惚不定。

"你杀了我父亲！"她对着他尖叫，"你杀了我父亲，你这个懦夫，偷偷摸摸，枉你还是个男人！"她瞅了一眼牧场主和牧人组成的军团，看到他们都瞪大眼睛盯着自己。"这个人，弗朗·伦吉尔，马夫协会的头儿，像小偷一样卑贱！跟狗屎一样低劣！像——"

"够了。"乔纳斯说，有些幸灾乐祸地看着伦吉尔耸着肩膀，踉跄着跑回他的队伍——是的，苏珊看到他那副狼狈样，感到咬牙切齿的愉悦。蕤咯咯笑着，身子摇来摆去，还发出一种像是指甲敲打石板的声音，苏珊为之一震，不过她对蕤也在他们的队伍里并不感到诧异。

“永远都不够，”苏珊说，视线从乔纳斯扫到伦吉尔，蔑视的眼神深不见底，“对他来说，永远都不够。”

“好吧，就算是这样。不过，小姐，在有限的时间内你干得也不赖啊。没什么人能超过你了。再听听那女巫的笑声！就像在他伤口撒了一把盐……但我们会让她闭嘴的。”接着，他转过头叫道，“克莱！”

雷诺兹骑着马跑上前。

“我想你可以把这美人儿带回海滨区，如何？”

“行。”雷诺兹竭力掩饰住解脱的喜悦，还好他被派往东面而不是西面。他开始对悬岩、拉迪格，还有油罐车有种不祥的预感，甚至对整件事都是。天知道是怎么回事。“现在？”

“稍等片刻，”乔纳斯说，“也许这儿会出现一场杀斗。谁知道呢？不过正是因为有了这些悬而未决的问题，我们算是没白早起，即使是腿疼得像牙里蛀了一个洞那样。对吧？”

“我不清楚，艾尔德雷德。”

“伦弗鲁先生，看好我们漂亮的小姐。我要取回一样东西。”

他讲这话的声音很洪亮——那是故意的——蕤的笑声突然停住，仿佛镰刀沿她脖子把声音切断了似的。乔纳斯面带微笑，赶着马走向布满金色图样的黑色拖车前。雷诺兹骑马跟随在他左边，乔纳斯没有扭头看，仅凭感觉就知道德佩普来到了他右边。罗伊真的是个好小伙，虽然头脑有些迟钝，心性却恰到好处；有时你不用把所有事情都交代清楚。

乔纳斯的马每向前走一步，蕤就在推车里往后缩一截。她的眼睛在深陷的眼眶里不停地转来转去，想搜寻摆脱的办法，可是一无所获。

“别靠近我，你们这群讨厌的家伙！”她拼命大喊大叫，伸出一只手，做出阻挡他们的动作，另一只手更加紧紧地拽着装玻璃球的袋子，“闪开，否则我就召唤闪电，把你击死！你的猎手朋友也会遭到跟你一样的下场！”

乔纳斯觉得罗伊听了女巫的话迟疑了一下，但克莱和他自己却从头到尾都没有退缩过。他估计她确实会很多鬼伎俩……至少曾经是这样。但那都是贪婪的玻璃球控制她之前的事了。

“把东西交给我。”他说。他已经来到推车旁，伸出手向蕤要那个袋子。“它不是你的，永远都不是。你一直精心保管着玻璃球，将来有一天，‘好人’

会为此感谢你。但现在你必须把它交出来。”

蕤歇斯底里地尖叫起来——声音尖利刺耳，让人受不了，好几个牧人扔下咖啡杯，用手捂住耳朵。与此同时，她把袋口的绳子套到手腕上，把口袋高举过头。袋子底部呈现出玻璃球的弧形，那个弧形在空中前后不停地晃动，活像个钟摆。

“我不会交出来的！”她号叫道，“与其把东西交给像你们这样的家伙，我宁可把它砸了。”

乔纳斯不知道玻璃球会不会碎，但就凭她衰弱无力的手臂把球扔到松软的草地上，应该碎不了。不过不管怎么样，他都觉得没必要冒这个险。

“克莱，”他说，“拔枪。”

他不必转过头看克莱是否照做了；他看到蕤的眼睛发狂般地转向他左边，也就是克莱驾着马的地方。

“我开始数数，”乔纳斯说，“我数三下，数到三的时候，要是她还没有把袋子递过来，就把她那个丑陋不堪的头炸飞。”

“好。”

“一，”乔纳斯喊道，眼睛盯着那个像钟摆一样来回晃悠的袋子。球开始发光了；他透过袋布看到暗暗的粉红光。“二。享受地狱生活吧，蕤，再见了。三——”

“给你！”蕤丧心病狂地叫道，同时把袋子推到乔纳斯手里，另一只佝偻的手捂着脸庞，“给，拿去吧！希望它会像毁灭我那样毁灭你！”

“多谢了，夫人。”

他抓住袋口下面，猛地一拉。袋口的绳子勒过蕤的手指，折掉了她的一个指甲，她疼得又哇哇大叫起来。但乔纳斯根本没在意。他满脑子都是喜悦的火花。在悠长的职业生涯中，这是他第一次忘记了自己的任务、身处的环境，还有六千个任何一天都可能要了他命的东西。他得到了玻璃球；他得到了；托诸神的福，他得到了这该死的东西！

我的！他心想，那是他唯一的想法。他恨不得立刻打开袋子，把头埋进去，就像一匹马把头埋进燕麦袋子那样，但他还是克制住了强烈的冲动，把袋口的绳子在马鞍前绕了两圈。他尽可能地深吸了口气，然后一吐而尽。感觉好些了。至少平静了一点。

“罗伊。”

“嗯，在这儿呢，乔纳斯。”

真想离开这个鬼地方，乔纳斯已经不是第一次这样想了。摆脱这群乡下佬。他已经对当地诸如对啊，嗯，这样的口头禅感到恶心，厌烦到了骨子里了。

“罗伊，这次我们对这个婊子数十。如果她不及时在我眼前消失，我允许你把她的屁股打飞。现在开始，听你数数。我会仔仔细细地听，注意别漏数了！”

“一，”德佩普迫不及待地数起来，“二，三，四。”

蕤一边不停地骂爹骂娘，一边仓促地拽起手推车的缰绳，用力鞭打小马背。小马竖起耳朵，呼啦一下把车拉动起来，拉力把蕤掀了个底朝天，她的两条腿高高翘起，露出了过踝的黑鞋子后面一截皮包骨头的苍白小腿，还有一双颜色不一样的毛袜，引得牧人们哈哈大笑。乔纳斯也暗自觉得好笑。看着她脚朝天翻在推车里，着实很滑稽。

“五五五……”德佩普笑得很过火，讲话连连停顿，“六六六！”

蕤在车里爬起来，砰的一声在推车的斜斗里坐正，如同一条快死的鱼挣扎着挽回最后一丝尊严。她斜眼扫视了众人一圈，讥笑着离去了。

“我诅咒这里所有的人！”她厉声尖叫。这话刺进他们每个人的心里，笑声凝固了，一直到推车颠簸到高低不平的空地边缘，也没有人说话。“诅咒你们每一个！你……你……还有你！”她弯曲的手指最后指向了乔纳斯，“贼！可恶的贼！”

但这东西从来就不是你的，乔纳斯感到莫名其妙(虽然在他占有它的那一刻，“我的！”这两个字是最先冒到脑子里的东西)。如此玄妙的东西怎么能属于你这种贪婪的乡下巫婆呢。

推车晃晃荡荡地驶进恶草原去了，小马耳朵向后贴着，奋力拉车前进；老女人的尖声呵斥比任何鞭子都来得管用。黑色嵌入一片绿色中。他们看到黑推车像魔术师变戏法似的闪闪发光，过了一会儿就消失了踪迹。但他们还是能久久地听到她尖利的诅咒声，她在魔月下召唤死亡降临到他们身上。

15

“接着干你的活，”乔纳斯对克莱·雷诺兹说，“把我们的美人儿带回去。如果半路上你想和她亲热亲热，唔，随你的便。”他盯着苏珊说，想看看这话会在她身上产生什么效果，但是他很失望——她神情恍惚，好像伦弗鲁刚才的一拳把她的脑子打坏了，至少暂时看来是这样。“不管你怎么取乐，最后要确保把她送到克拉尔那里。”

“明白。有什么口信要带给托林小姐的吗？”

“告诉她，好好看着这小娘们，等我消息。还有……干脆你待在她身边吧，克莱。我是指克拉尔——明天过来，我想我们不用操心这小贱人了，但克拉尔……和她一起去利茨。做她的护卫。”

雷诺兹点点头。越来越美妙了。他们要去海滨区，那是个好地方。等把她押到目的地，他会玩她一把，但不是在途中，不能在白天高挂的可怕魔月下干这事。

“去吧。马上出发。”

雷诺兹押着苏珊穿过空地，他们走的方向和蔟狼狈离去的草间弯道相距甚远。苏珊静静地骑着马，低垂的眼睛牢牢盯着被绑住的手腕。

乔纳斯对着他的军团说：“三个内世界来的毛头小子越狱在逃，刚才那个自以为是的小婊子帮了他们大忙。”说着，他指向苏珊远去的背影。

队伍里冒起一阵愤愤不平的小声嘟哝。他们已经知道那个“威尔·迪尔伯恩”和他的同伙逃跑了，但德尔伽朵小姐帮助他们潜逃却是意料之外的……说不定这个时候雷诺兹带她进入恶草原、消失在人们视野中倒是件好事。

“别管她了！”乔纳斯大叫一声，把他们的注意力拉回来。他偷偷伸手抚弄袋子底下突出的圆弧。光是触摸玻璃球就使他的自我极度膨胀，觉得无所不能，他一只手反贴在背后，洋洋得意。

“别管她，别管他们！”他把手下人扫视了一遍，从伦吉尔到沃特纳，到克罗伊登到布赖恩·胡奇，再到罗伊·德佩普。“我们有近四十个人，还将和另一支一百五十人的队伍会合。他们只有三个人，而且没有一个超过十六岁。你们会招架不住三个小男孩吗？”

“当然不会！”他们齐声嚷道。

“如果我们碰到他们，伙伴们，你们说该怎么做？”

“杀了他们！”喊声震耳欲聋，惊得秃鼻乌鸦扑扇着翅膀往高空的阳光飞去，去寻找安静些的地方，不满的呀呀叫声回荡在空中。

乔纳斯对这样的反应很满意。他的手仍旧放在玻璃球美妙的弧度上，感觉到球正向他体内灌入源源的能量。粉红色的能量，他想，然后咧嘴笑了。

“走吧，小伙子们。在点燃收割节篝火前，我要看到那些油罐车转移到爱波特大峡谷西边的树林里。”

16

锡弥蜷伏在草丛里，偷偷窥视空地的状况，他差点被蕤的黑推车撞倒；一路诅咒的女巫经过时和他只有一步之遥，近得他都能闻到她的皮肤和脏头发酸溜溜的臭味。如果当时女巫低头往下看一眼，他肯定逃不出她的视线，紧接着，毫无疑问，女巫会把他变成一只小鸟，或者一只黄蜂，甚至可能把他变做一只蚊子。

他看到乔纳斯把苏珊交给一个穿着斗篷的人看管，然后向空地边缘走去。他听到乔纳斯对着一群人讲了一通话（其中很多人都是锡弥认识的；他为眉脊泗竟有那么多牧人成了可恶的灵柩猎手的爪牙而感到耻辱），但没注意听他具体说了些什么。看到他们骑上马，锡弥仿佛被冻住似的在原地停住，害怕他们会往他的方向过来，但他们朝另一个方向——西面——骑去。空地一下子像施了魔法似的空无一人……但并非空无一物。卡布里裘斯被队伍撇下了，它的牵绳垂在被践踏得破败不堪的草地上。它先朝离去的队伍张望，发出了一声嘶叫——好像在说，他们可以去见阎王了——然后转过身子，碰巧这时锡弥探出头向旷野张望，主仆二人目光相接。看到主人，骡子摇了摇耳朵，接着低下头，准备吃草。它舔了一口，又抬起头，对着锡弥干嚎，仿佛告诉他这都是他的错。

锡弥略有所思地盯着卡布里裘斯，想到骑着它会比步行舒服得多。神啊，是这样……但骡子的第二声嘶叫让他决定放弃刚才的想法。骡子会不懂事儿地发出那讨厌的叫声，惊动劫持苏珊的人。

“我相信你会找到回家的路，”锡弥自言自语，“再见，朋友。再见，亲爱的卡皮。以后再见了。”

他找到了苏珊和雷诺兹走的路线，又一路小跑跟随其后。

17

“他们又来了，”阿兰突然说，不一会儿，罗兰自己也感觉到了——有道粉红闪电在脑子里一闪而过，“所有人马。”

罗兰盘腿坐在库斯伯特面前。库斯伯特看着他，神情中往日愚蠢的幽默感荡然无存。

“成不成主要靠你了，”罗兰说，“还有它。”他拍了拍弹弓。

“我知道。”

“你有多少弹丸?”

“差不多四打钢珠。”库斯伯特说着拿出一只棉布袋；在和平时期，他父亲曾用这个袋子装过烟草。“外加各种爆竹，放在我的鞍囊里。”

“有多少大爆竹?”

“足够了，罗兰。”他一脸严肃。没有了欢笑，他无情的双眼就是另一对杀手的眼睛。“足够了。”

罗兰伸手摸了摸头上宽边帽的帽檐，让手掌再感受一下粗糙的织物。他看了一眼库斯伯特的帽子，又看看阿兰的，暗暗告诉自己他们能行，是的，只要他们鼓起勇气，把三个应战四十个或者五十个的事抛在脑后，他们就能成功。

“枪战一旦开始，驻守在悬岩上的人马上就会听到枪击声，对不对?”阿兰问。

罗兰点点头:“风从我们这边往悬岩方向吹，毫无疑问他们会听到。”

“那我们务必行动迅速。”

“我们一定要尽最大努力。”罗兰想起了从前，他站在大厅后相互缠绕的绿树篱间，胳膊上架着猎鹰大卫，恐惧的冷汗沿着背脊流淌而下。*我知道你今天会死去*，他对鹰说。他说得没错。但他自己活了下来，通过了考验，从考验回廊的东面走了出去。今天轮到库斯伯特和阿兰要接受考验了——不在蓟犁，不在大厅后那个传统的证明实力的地方，而是在这里，在眉脊泗，在恶草原的边缘地带，在沙漠，在大峡谷。爱波特大峡谷。

“证明或死亡，”阿兰说，好像猜透了枪侠的心思似的，“归根结底就是这样。”

“不错。问题最终总是归结为这一点。你觉得他们到这儿还需要多久?”

“至少一个小时，可能要两小时。”

“他们会一路边走边看，非常警惕。”

阿兰点点头:“是的，我同意。”

"那可不是什么好事。"库斯伯特说。

"乔纳斯害怕在草原里遭到伏击，"罗兰说，"可能害怕我们用火攻的方法把他围起来。但走到空地后他们就会放松警惕。"

"你希望如此。"库斯伯特接口说。

罗兰表情严肃地点头说："是的，希望如此。"

18

雷诺兹和苏珊走的方向和乔纳斯相反。起先雷诺兹心满意足地带着她骑马快步向前走着；但离开乔纳斯、伦吉尔和队伍大约三十分钟后，他驾着马慢跑起来。派龙很轻松地跟上了雷诺兹坐骑的步伐，就这么跑了十来分钟，他又让马提速，两匹马轻快地在路上奔驰。

苏珊用绑着的手紧紧抓住马鞍前桥，轻松自如地骑在雷诺兹右边，头发在身后飘扬。她觉得自己的脸肯定是五颜六色的；两颊的皮肤感觉比平时高了两寸，肿胀而敏感，微风掠过脸颊都会刺痛。

到了恶草原通往鲛坡的地方，雷诺兹停住马，让它们喘口气。他自己下了马，背对着苏珊，撒了一泡尿。苏珊这个时候抬着头，遥望眼前起伏的地形，她看到一大群马，无人看管，分散在边缘地区。看来他们暂时还无暇顾及马群。

"你要方便吗？"雷诺兹问，"需要的话，我可以扶你下来；现在说不，等会儿在路上也别嘀咕。"

"你害怕了。你不是伟大勇敢的治安协管员吗？你害怕了吧？唉，徒有个灵柩刺青，不过如此。"

雷诺兹强摆出一张轻蔑的笑脸，但这个表情在今天与他的脸不太相称。"小姐，算命的事你应该让精通的人来干。现在再问你最后一次，你到底要不要方便？"

"不必了。你确实是害怕了。怕什么？"

雷诺兹知道，离开乔纳斯时，自己的不祥预感还在隐隐作怪，而他本指望那预感会消失的。他向苏珊张开嘴巴，露出一口被烟草熏得乌黑的牙。"如果你不会说人话，就给我闭嘴。"

"你为什么不放我走？这样的话，我的朋友们逮住你后，也会这样对你的。”

这次雷诺兹从心底里发出一阵狂笑。他把脚一甩，跨上马，驾的一声挥起缰绳。头顶上，魔月像个苍白浮肿的球一般高高悬在空中。“你尽管做白日梦吧，小姐，”他说，“这是你的自由。但你永远都别想再见到那三个家伙了。他们就等着浑身生蛆吧。我们赶路吧。”

他们又出发了。

19

收割节前夜，科蒂利亚一直没有上床睡觉。她整个晚上坐在客厅的椅子上，没合过眼；虽然腿上放着针线活，但她并没有多织一针，也不曾拆去一线。现在，晨曦已渐渐变成十点的阳光，她仍旧坐在同一张椅子上，茫然若失地盯着外面。那里有什么可看的呢？一切都付之东流——托林会给苏珊和她孩子的一笔财富泡汤了，如果他还活着，肯定会在遗书里写上这一笔；想在这个小城提升身价的希望破灭了，所有为将来做的打算都砸了，居然被两个管不住裤腰带的年轻人付之一炬。

她坐在旧椅子上，针线活放在膝头，苏珊抹在她脸上的煤灰像烙印似的格外显眼，她心想：*总有一天，他们会发现我死在这张椅子上——又老，又穷，被忽略，被遗弃。那个忘恩负义的孩子！枉我做的一切都是为了她！*

窗子上细微的刮擦声把她从游离状态中惊醒。她不清楚这声音在侵入她的意识之前持续了多久，但声音一牵动她的神经，她立刻把针线活放到一边，起来看个究竟。可能是鸟在啄窗，或者是不懂事的小孩子在玩收割节的恶作剧。不管是什么，她都要把弄出声音的东西赶走。

一开始，科蒂利亚什么也没看见。当她正想转过脸时，她发现院子边有一匹小马和一辆手推车。那推车给人一种不安的感觉——黑色的，上面画着金色的图纹——小马低垂着头站着，并不在吃草，而是一副跑得半死的样子。

她正紧皱眉头看着，一只扭曲的脏兮兮的手突然出现在她面前，那手举到空中，又刮起窗玻璃来。科蒂利亚倒吸了一口冷气，双手抚在胸前，心怦怦怦地乱跳。她后退一步，小腿擦到火炉的围栏，不由尖叫了一声。

又长又脏的指甲在玻璃上又划了两次，然后消失了。

科蒂利亚在原地站了好一会儿,犹豫不决地走向门口,在木柴箱边停下,找了块不大不小的木头拿在手里。以防万一。然后,她拉开门,站在屋角,深深吸了口气,走到靠花园那一边,举起了木棍。

"快滚出来!趁我还没动手,快滚!"

眼前的东西让她顿时说不出话来:一个老得可怕的女人缓缓穿过屋边被霜冻死的花圃——向她爬过来。这干瘪丑老太的丝丝白发(仅剩的几根头发)垂在面前。面颊和眉毛上有好多脓疮,都已溃烂;嘴唇开裂,血顺着尖尖的长肉瘤的下巴滴下来;眼角膜变成了污浊的灰黄色。她边爬边大口大口喘着气,发出又粗又嘶哑的声音。

"善良的女人,帮帮我,"那妖精似的东西气喘吁吁地说,"来帮我一把吧,我累得快支撑不住了。"

握着木棍的手放了下来。科蒂利亚感到难以置信。"蕤?"她疑惑地低声问,"是蕤吗?"

"嗯,"蕤有气无力地说,吃力地用手抓着冰冷的地,继续在萎谢的花丛中往前爬,"帮帮我。"

科蒂利亚退了一步,临时找来的木头垂在膝盖旁。"不,我……我不能把你这样的人留在我家里……看到你这个样子,我很难过,但是……你知道,我名声很好……人们总是密切关注着我,他们真是这样……"

她说话的时候眼睛盯着高街,仿佛生怕看到她家门外挤了一堆市民,垂涎地注视着,蠢蠢欲动,交换着卑劣的谣言,但那里一个人都没有。罕布雷很安静,所有大小道路空荡荡一片,收割节向来能听到的欢呼喧闹声销声匿迹了。她回过神来看着残败的花丛中的东西。

"你的侄女……干的……"地上的东西无力地说,"一切……都是她的错……"

科蒂利亚一松手,木棍落下来,撞在脚踝上,但她却全然未觉。她的手在身前握成两个拳头。

"帮我一把,"蕤低语,"我知道……她现在在哪里……我们……我们一起想办法,我们俩……靠女人的智慧……想办法……"

科蒂利亚犹豫片刻,走到老婆子身边,蹲下来,用一只手臂挽住她,生拉硬拽地把老太婆拖了起来。蕤的身上散发出令人作呕的恶臭——肉体腐烂的臭气。

科蒂利亚扶着女巫走进房间,女巫瘦骨嶙峋的手指抚着她的面颊和脖子。科蒂利亚感到浑身难受，但她强忍着没有推开她的手，直至把她带到一张椅子前。蕣一屁股坐下去，口里喘着粗气，另一头放屁，两头出气。

“听我说。”老女人虚弱地说。

“我听着呢。”科蒂利亚拉过一张椅子，坐在她旁边。她可能快死了，但奇怪的是，她的眼睛一旦盯着你，再想把脸转开就很难。蕣把手指伸进满是污垢的上衣，取出一个银灿灿的符咒之类的东西，迅速地来回移动，好像在做祷告。一夜没睡的科蒂利亚不由得昏昏欲睡了。

“其他人我们管不了，”蕣说，“玻璃球从我的掌心被抢走了，但她——！她被带回到市长府邸，也许我们能处置她——是的，我们可以这么做。”

“你处置不了任何东西，”科蒂利亚漠然地说，“你快死了。”

蕣呼哧呼哧冷笑，嘴角流下一滴泛黄的口水。“死？你错了！我只是累坏了，需要恢复一下精力。听我说，科蒂利亚，海勒姆的女儿，帕特的妹妹，听我说！”

她用一只干瘦的手臂（却出奇地强壮）钩住科蒂利亚的脖子，把她的头凑近。与此同时，她举起另一只手，在科蒂利亚瞪大的眼前转动银符。丑老太婆小声念念有词，不一会儿，科蒂利亚理解地点点头。

“那就着手行动吧。”老婆子说着，松开了手。她疲惫之极地倒回靠椅。“现在，我支撑不了多久了。我要一点时间恢复体力。你先张罗。”

科蒂利亚穿过房间，到厨房去了。在手动水泵旁的桌子上，放着一块砧板，里面插了两把锋利的菜刀。她拿了一把走回房间。她的眼神迷离恍惚，苏珊也曾有过这样的眼神，当时她和蕣站在蕣小屋的门口，笼罩在吻月的光芒中。

“你会报复她吗？”蕣问，“我来找你就是为了这个。”

“年轻漂亮的小姐。”科蒂利亚喃喃低语，几乎听不出她在讲什么。空着的手轻飘飘举到脸上，捂着煤灰斑斑的脸。“会的。我要让她付出代价，说到做到。”

“以死亡为代价？”

“对。不是她死就是我亡。”

“死神召唤的是她，”蕣说，“你不用怕。科蒂利亚，快帮我恢复体力。把我要的给我！”

科蒂利亚从上往下解开连衣裙的扣子，拉开衣襟，露出扁平的胸部，大约从去年起，她的肚子开始向外凸起，有了点小肚子，但腰部的线条依旧隐约可见，刀就是用在这个部位。她把刀切入内衣，深入表皮。血渗透了白色的棉布。

“啊，”蕤轻声惊叹道，“像玫瑰。我一直梦想着玫瑰，盛开的玫瑰。走近些！”她伸手搂住科蒂利亚的腰背，把她拖近，抬眼瞧了瞧科蒂利亚的脸，然后笑着舔起嘴唇来，“很好，这样很好。”

科蒂利亚面无表情地看着前方，库斯的蕤把头埋到她内衣红色的切口上，吮吸起来。

20

罗兰三人盘坐在高高的草丛中，听到轻微的马具和带扣的叮当声渐渐放大，罗兰起初一阵高兴，但当声音越来越近——近得足以听到窃窃私语的人声和马蹄声时——他开始担心。骑马人从他们附近走过是一回事，但如果运气够差，那些人取道径直迎面而来，他们三个人的命运就很可能会像田间的一窝鼹鼠，被不长眼的犁刀活活砍死。

命运绝不会让他们走到那一步，遇到那样的结局，不是吗？在如此广袤的恶草原，骑兵队怎么会偏偏选罗兰三人盘踞的路线呢？但队伍依旧在逼近，带扣的声音和人群的话音愈加清晰了。

阿兰有些惶恐地看着罗兰，往左边指了指。罗兰摇摇头，两手拍拍地，示意原地不动。他们别无选择；这个时候转移阵地而不被发现是不太可能的了。

罗兰拔出枪。

库斯伯特和阿兰也不约而同地抽枪以待。

最终，犁在距鼠窝六十英尺的地方擦过，他们松了一口气。三个男孩看到马和骑手一个个闪过厚草丛；罗兰一下子就认出了领队的乔纳斯，德佩普和伦吉尔，三人并肩骑在最前面。他们身后跟着至少三十多个随从，草丛间闪过亮红和鲜绿的长披肩。他们的队伍拉得很长，罗兰觉得他和伙伴们完全有理由希望他们一旦走进空地，会把队伍拉得更长。

男孩们抱住马头等待队伍从眼前经过，以防它们听到近在咫尺的马声会嘶叫回应。他们过去后，罗兰把苍白而无表情的脸转向伙伴。

“上马，”他说，“收割节到了。”

21

他们骑马走到恶草原边缘，找到乔纳斯的人马刚刚走过的那条道，前面通向一片低矮的灌木丛，然后是沙漠。

狂风怒吼，掀起一大片沙尘，弥漫在无云的灰蓝色苍穹下，凄冷万分。魔月挂在高高的天空俯视众生，如同死尸混浊的眼睛。前面两百码的地方，帮乔纳斯队伍押后的三个骑手一字排开，宽边帽紧紧地压在头上，肩膀高耸，披肩在风中摇曳。

罗兰闪了一下，让库斯伯特骑到他们三人中间。库斯伯特手里拿着弹弓。他递给阿兰六个钢珠，罗兰也拿到六个。随后他扬起眉毛做出询问的神情，罗兰点头示意准备就绪，于是三人开始策马奔跑。

层层尘雾向他们迎面扑来，挡住了他们的视线。时而只能看到三个掩护手的影子如幽灵般飘忽不定；时而尘土完全把他们淹没了，不见一丝影子，但三个男孩始终紧跟其后。罗兰绷紧心弦，准备着万一其中某个掩护手转身发现他们，但一个都没回头——谁也不想让身后的沙尘擦伤自己的脸。另外，那些掩护手也没有听到什么需要警惕的声响。马蹄踩在沙土地上，基本没什么声音。

当他们距掩护手只有二十码的距离时，库斯伯特点了下头——在射程之内了。阿兰递给他一个钢珠。库斯伯特在马上坐直，把钢珠扔进弹弓的弹槽，拉紧弓弦，等一阵风减弱，立刻把钢弹发射出去。前面骑在左边的骑手像被针扎了似的抽搐着身子，刚稍稍抬起一只手，就从鞍上倒了下来。令人难以置信的是，他的两个同伴似乎根本没有察觉。右边那人动了一下，罗兰本以为他发现有状况，但还没等那人反应过来，库斯伯特就发了第二颗钢弹，中间的掩护手一头栽倒在马脖子上。受惊的马狂暴乱跳，那人像没了骨头似的重重地摔到地上，头上的宽边帽滚落到一边。风又平息下去，罗兰能清晰地听到脚放进马镫时膝盖发出的咔哒声。

第三个骑手终于转身了。罗兰瞥见一张长着络腮胡的脸——嘴里叼着根香烟，烟被大风吹灭了，还有一只惊骇的眼睛——紧接着，库斯伯特的弹弓又射出了第三颗子弹。那只诧异的眼睛变成了一只红眼窝，人从鞍上滑下来。他惊惶地摸索着找报警号角，可是怎么也找不到。

解决三个了，罗兰心想。

他踢着拉什尔飞奔起来。两个伙伴也加快了速度，冲入尘雾，他们三人之间只隔了一个马镫的宽度。刚刚被解决掉的掩护手的马向南跑去，这太好了。通常情况下，没有骑手的马在眉脊泗并不会引人注意，但有马鞍的马就——

前面有更多的骑手：一个人，再前面是两人并行，接着又是一个人。

罗兰取出匕首，骑到前面的那家伙身旁，他现在成了队尾，但全然不知。

"有什么消息吗？"他闲聊般地问。当那人转过身的一刹那，罗兰把刀捅进他胸口。这个牧人的嘴巴和鼻子用大围巾裹了起来，像蒙面歹徒似的，围巾上露出的那双眼睛瞪了出来，惊骇茫然，接着他从马上滚落下去。

库斯伯特和阿兰驱马从他身边骑过，库斯伯特放慢了速度，用弹弓击倒前面的两个骑手。再往前的一个家伙听出风声里夹杂着别的声音，于是转身想看个究竟。但阿兰已经拔出刀子，他手抓刀尖，抡圆了手臂把它甩出去，这是他们以前就训练过的动作。当然，现在的距离对这种投射来说远了一点——他们相距至少二十英尺，更何况有风——但他正中目标。刀刺中了大手帕包裹下的突出部位。那人的手胡乱摸着抓到刀把，刺入喉咙的刀身周围发出哽咽的声音，不一会儿，他也从马上掉到地上了。

七个。

真像鞋匠和苍蝇的故事，罗兰暗想。心脏在他胸膛里缓慢沉重地跳动，他跟上了阿兰和库斯伯特。风凄冷地悲鸣着。灰尘到处飞扬，在空中打着漩涡，然后跟随着风的一阵平息，尘埃重新落到地上。他们前面还有三个骑手，再往前就是主力队伍了。

罗兰指着前面三人，做出拉弹弓的手势。然后又对着那三人前面的队伍做出开枪的手势。库斯伯特和阿兰点头示意。他们骑上前，和那三人挨近。

22

库斯伯特干掉了其中的两个，动作干净利落，但第三个人身子往旁边一侧，库斯伯特本想打他的头，结果钢珠只擦到他耳垂。不过所幸罗兰已经拔出枪，在那人回头的当口，对着他的太阳穴猛的一枪。枪声响起，前面十个，也就是乔纳斯队伍四分之一的人这才意识到麻烦来了。罗兰不知道他们能不能占优势，但他清楚行动的第一步已经完成了。暗杀结束了；摆在面前的是赤裸裸的屠杀。

“冲啊！冲啊！”他尖声喊道，“枪侠，向我靠拢！向我靠拢！打败他们！不留活口！”

他们往主队冲去，就像狼攻进了羊群，前面的人还没弄明白身后何人，发生了什么事，就被击毙了。这是他们第一次参加战斗。三个男孩都接受了严格的枪侠训练，虽然欠缺经验，但敏锐的眼睛和年轻人迅捷的反应能力弥补了不足。在他们枪下，悬岩东面的沙漠成了一片屠杀场。

他们尖叫着不停地开火，其他什么都不想，像三刃刀似的深入措手不及的眉脊泗纵队。他们弹无虚发，枪枪毙命。马四处逃窜，有的人翻下马，被卡在马镫里的靴子拖住脚，倒挂在马上；有的人死了，有的只受了点轻伤，却被慌乱狂奔的坐骑活活踩死。

罗兰双手持枪，骑着马一路开火，嘴里咬着拉什尔的缰绳，以防绳子垂到地上把马绊倒。左边的两个倒下了，接着是右边的两个。前面的布赖恩·胡奇坐在马上转过身子，长着短粗络腮胡的脸惊讶地拉长了。他伸手去拔身边一个结实的铁匠肩膀上扛的鸟枪，脖子上挂的球形收割节符咒在胸前摇晃，叮当作响。但他还没来得及握到枪把，罗兰就把他脖子上的银球符咒打飞了，子弹穿透了心脏。胡奇痛苦地往前翻出马鞍。

库斯伯特赶到罗兰右侧，又把两人打下马。他对着罗兰狂放不羁地咧嘴一笑。“一切顺利！”他大声喊着，“这些大口径够结实！”

罗兰灵活的手指推开两把手枪的枪膛，迅速上满子弹——速度快得不可思议——立即又开火了。这时他们几乎已冲过了整个队伍，稳稳地骑马一路前进，把两边以及前面的人一一放倒。阿兰后退了几步，在罗兰和库斯伯特身后打掩护。

罗兰看到乔纳斯、德佩普和伦吉尔驾马转过头，正对着攻击者。伦吉尔抓着机关枪，但枪带缠在敞开的衣领里面，每次去抓枪托，枪托总是弹到他拿不到的地方，他厚厚的金灰色胡子下的嘴愤怒地抽搐着。

这时，哈什·伦弗鲁高举长着锈斑的五发式手枪，骑到罗兰、库斯伯特和那三人之间。

“神惩罚你们！”伦弗鲁叫喊着，“啊，你们这帮下流坯子！”他扔掉缰绳，把五发式手枪托在肘关节上，好缓解后冲力。狂风邪恶地呼啸着，棕色的沙砾漩涡把他团团包住。

罗兰没有丝毫退缩之意，也不准备躲闪。事实上，他什么也没想，只觉头脑一阵发热，好像火炬在玻璃罩子里燃烧。他吼叫着向哈什·伦弗鲁和他身后的三人飞奔而去，缰绳仍然咬在嘴里。

23

乔纳斯直到听见威尔·迪尔伯恩的叫声，才反应过来发生了什么事。

（冲啊！向我靠拢！不留活口！）

这是他熟知的古老冲锋语。接着枪声响起，他明白过来。他掉转马头，身边的罗伊也这么做了……但他最在意的是袋子里的球，它是个既强大又脆弱的玩意，此时正挂在马脖子上摇来晃去。

“是那几个孩子！”罗伊惊呼道。惊骇的神情使他看起来比任何时候都愚蠢。

“迪尔伯恩，你这个杂种！”哈什·伦弗鲁吐了口唾沫，手中的枪响了。

乔纳斯见迪尔伯恩的宽边帽掀了起来，帽檐被掀掉了。接着，男孩开火了，他是个好枪手——胜过乔纳斯一生中见过的任何人。伦弗鲁被子弹的冲击力推出马鞍，往后弹到空中，两条腿在空中胡踢乱蹬，手仍死握着那支手枪，朝灰尘弥漫的蓝天射了两发子弹，随后仰面摔到地上，滚了几下，侧身死了。

伦吉尔的手刚才还在抓滑落的金属枪托，这时突然停滞不动了，只是诧异地瞪着眼，不敢相信从尘雾中竟然幽灵似的冒出一人向他袭来。“退回去！”他大喊一声，“我以马夫协会的名义命令你——”接着他的前额多出一个大黑洞，就在他双眉相连的眉心正上方。他双手甩过肩膀，掌心向前，仿佛要宣布投降。他死后一直保持着这个姿势。

“小兔崽子，你们这群狗娘养的小子！”德佩普怒吼道。他准备拔枪，可是他的左轮手枪钩在披肩里了。他使劲想把枪拉出来，但已经来不及了，罗兰的枪炸花了他的嘴，他撕心裂肺地尖叫着喷出一股鲜血，子弹直打进他的喉结。

不可能，乔纳斯恍惚地想着。不可能，我们有那么多人。

但事实就是如此。内世界的男孩们每发必中；他们的表现可以被当做枪侠训练的教学范例，是如何在势力不均的情况下以少胜多的绝妙案例。乔纳斯组织起来的由牧场主、牧人和城里身强力壮的小伙子组成的纵队被彻底摧毁了。没死的人如丧家之犬，快马加鞭四处逃窜，仿佛身后有成百个从地狱里释放出来的魔鬼追赶他们。其实他们身后的杀手远远不到一百个，但却有相当于一百人的战斗力。尘土中，尸体到处都是，正当乔纳斯扫视着眼前的一片狼藉时，他看到了充当袭击者后卫的斯托克沃斯——他把一人从马上撞下来，等他摔到地上，在他脑门上加了一枪。神啊，他无助地想着，那人是克罗伊登，经营钢琴牧场的克罗伊登！但他再也没办法回到他的牧场了。

现在轮到迪尔伯恩举着枪向乔纳斯逼近。

乔纳斯一把抓住马鞍前桥上绕着的口袋细绳，随着手腕两声短促响亮的咔哒声，绳子从马鞍上松了出来。他把袋子高举在风中，咬牙切齿地掀着嘴唇，长长的白发在风中飘拂。

“再走近一步，我就把它摔烂！我说得出，做得到！你们几个年轻的傻瓜！站着别动！”

但罗兰仍然向前冲去，没有丝毫踌躇，根本没有停下来思考；现在他的手为他思考抉择。事后他回忆的时候，当时的情景显得遥远、寂静，奇怪地扭曲了，好像透过一块坏镜子或巫师的玻璃球看东西似的。

乔纳斯暗想：诸神哪，是他！是亚瑟·艾尔德本人来抓我了！

罗兰举枪瞄准，在乔纳斯的眼前，那枪筒大如矿井入口，乔纳斯突然记起，在烧毁的牧场抓这个毛头小子时，他在灰尘满地的庭院里说过的一句话：像你这种人的灵魂永远都别想离开西部。

我知道，乔纳斯心想。当时我就预感到我的卡走到尽头了。但毫无疑问的是，在玻璃球的问题上，那小子不会冒险……他冒不起这个险，他是那个卡-泰特的核心，他冒不起险……

“向我靠拢！”乔纳斯叫道，“伙计们，向我靠拢！看在诸神分上，他们只有三个人！向我靠拢，胆小鬼！”

但没人向他靠拢，他现在是孤家寡人——伦吉尔死了，那把愚蠢的枪还挂在身边；罗伊死不瞑目，呆呆地怒视着苦涩的天空；奎恩特撒手逃了；胡奇也死了，跟随他们的牧人都逃散了。只有克莱还活着，但他离这里好几英里。

“我要砸烂它！”看着眼神冷漠的男孩像死神最得力的干将一样向他逼

近时，乔纳斯歇斯底里地吼起来。“我对诸神发誓，我要——”

罗兰用拇指扣下左轮手枪的扳机，开了火。子弹击中抓着袋绳的刺青手，不偏不倚穿过正中，手掌被炸飞，只剩下五根手指在海绵似的血肉模糊的一团红色上不停抽搐。起先罗兰还能看到蓝色的灵柩刺青，但不一会儿，喷涌而出的血就把它完全覆盖了。

袋子从乔纳斯手中落下。拉什尔向乔纳斯的马撞去，把它挤到一边，罗兰敏捷地伸出胳膊，接住了袋子。乔纳斯眼看着宝贝被人夺走，绝望地尖叫着抓住罗兰的肩膀，差点把枪侠从马鞍上掀下来。乔纳斯一滴滴冒着热气的血溅得罗兰满脸都是。

“臭小子，把它还给我！”乔纳斯到披肩下胡乱摸索了一阵，又拔出一把枪，“还给我，它是我的！”

“不再是你的了。”罗兰说。尽管体形庞大，拉什尔还是敏捷轻盈地来回跳跃，罗兰放了两枪，子弹径直钻进乔纳斯的脸庞。乔纳斯身下的马仓皇乱跳，砰的一声，白发人像只死鹰似的朝天瘫倒在地。他的手脚缩了一下，抽搐了一阵，颤了几下，然后就不动了。

罗兰把袋子的拉带绕在肩膀上，骑回去与阿兰和库斯伯特会合，准备帮他们一把——但没有这个必要。他们俩并肩坐在马上，停在风沙弥漫、死尸遍布的道路尽头，惊愕地睁大眼睛——那是有生以来第一次成功地历经炮火洗礼的男孩才会有的眼神，他们几乎不敢相信竟然活着从战火中穿过来了。只有阿兰受了点轻伤，子弹在他的左侧面颊上划了一道口子，这伤很快就愈合了，但留下了一道永久的疤痕，他将带着这道疤痕直至死亡。事后他说记不清是谁向他开的枪，也忘了是什么时候被擦伤的。在枪战中，他完全忘记了自我，对开战后的细节只留下些模糊的记忆。库斯伯特的状况和他差不多。

“罗兰。”库斯伯特说。他伸出一只颤抖的手。“向你致敬，枪侠！”

“向你致敬！”

风沙把库斯伯特的眼睛弄得又红又肿，像是哭过似的。罗兰把没用完的钢弹递给库斯伯特，心不在焉的，好像连递过去的是什么东西都不知道，库斯伯特接过来把它们收好。“罗兰，我们还活着。”

“是的。”

阿兰茫然地四下张望。“其他的人到哪里去了？”

“我觉得那里至少有二十五个人，”罗兰边说边朝铺满死尸的道路做了个手势,“其他人——”他挥手在空中划了个大大的半圆形,左轮手枪仍旧握在手里,“他们逃了。他们已经知道中世界的战争是什么样的了。”

罗兰把袋子的拉绳从肩头滑到手里,把它挂在鞍桥上,然后打开了袋子。起先袋子里一片漆黑,过了一会儿,漂亮的粉色光开始在袋子里无序地跳动起来。

光像手指一样爬上枪侠光滑的脸颊,闪烁在他的眼睛里。

“罗兰,”库斯伯特突然紧张地叫道,“我觉得你不该玩那玩意。尤其是现在。悬岩上的人可能已经听到枪声了。如果我们要完成计划,我们没有时间——”

罗兰根本没理睬他。他把两只手塞进袋子,把巫师的玻璃球捧出袋子。他把它举到眼前,没有意识到乔纳斯染在他身上的血迹弄脏了球。玻璃球并不介意;它已经不是第一次沾到血了。里面的光先是杂乱地闪动旋转了一会儿,接着,粉红的光开始像幕布一样揭开了。罗兰看到了球里的东西,一瞬间忘了其他所有的事。

第十章

魔月之下（Ⅱ）

1

克拉尔紧紧抓着苏珊的手臂，但没弄疼她。她拉着苏珊穿过楼下的走道，动作并不凶狠，但其中透露出的冷漠还是让人颇感沮丧。苏珊没有反抗，因为就算反抗也是白费力气。她们俩身后跟着两个牧人（配着刀和流星锤，没有带枪，所有能用的枪都被乔纳斯带到西面去了）。牧人后面是已故大臣的哥哥、拉斯洛，他鬼鬼祟祟地跟在后面，就像个阳气不足、无法充分现身的鬼魂。雷诺兹原本打算在旅途结束时品尝一把强奸苏珊的滋味，但心中越来越强烈的不安早已把欲望的锋芒消磨得所剩无几，现在他不是在楼上就是去城里了。

“我打算把你暂时关在那个冷冰冰的储藏室里，等我想到该怎么处理你时再说，亲爱的，”克拉尔说，“你在那里会很安全……很暖和，你穿着披肩呢，这真是太幸运了。然后……等乔纳斯回来……”

“你再也见不到乔纳斯先生了，”苏珊说，“他不会再——”

话说到这儿，她那娇嫩的脸颊又感受到一阵猛烈的疼痛，有那么一瞬间，她似乎感觉整个世界都炸开了花。苏珊踉踉跄跄往后退，撞在走廊边剥落的石墙上，视线一阵模糊，过了一会儿才慢慢恢复。克拉尔扇她耳光时，戒指上的宝石在她的面颊上划了一道口子，她感觉到血在往外流。还有她的鼻子，那讨厌的东西又开始流血了。

克拉尔冷冰冰地盯着她，眼神好像在说：这是我的事，不用你管；但苏珊很确定，克拉尔眼睛里的内容不止这些，那里面似乎还有恐惧。

“小姐，不要在我面前谈论艾尔德雷德，他被派去追捕那几个杀害我哥哥的凶手了，是你把那几个杀了他的小子给放了。”

“真是厚颜无耻，”苏珊抹着鼻子说，她看着手掌上的血迹，难受地皱了皱眉头，接着把血擦到了裤腿上，“我和你一样清楚杀害哈特的凶手到底是谁，所以别这样对我，否则我将以其人之道还治其人之身。”她看着克拉尔的手举到半空中，做出要打人的架势，不屑地冷冷一笑，说，“来吧。只要你愿意，尽管在我另一边脸上也开个口子吧。这样做会改变你今晚将独守空房的凄惨命运吗?”

克拉尔的手一下子重重地甩了下来，但并没有打在苏珊脸上，而是又一次抓住了她的手臂，这次她抓得很用力，足以把苏珊的手臂弄疼，但苏珊几乎没感觉到。今天她已经被好几个精于此道的人折磨过了，接下来她可以痛快地接受更多折磨，只要她经受的伤痛能加快她和罗兰的团聚。

克拉尔拖着她走过剩余的那段走廊，穿过厨房(这是个很大的房间，在过去任何一个收割节，这里总是蒸气腾腾，一片忙碌的景象，而如今却凄冷得奇怪)，径直往一扇铁栅栏门走去。她把门打开，里面飘出一股土豆、葫芦和尖根的气味。

“进去。趁我还没把你迷人的屁股踢扁，快进去。”

苏珊微笑着盯着她的眼睛。

“托林小姐，我诅咒你，你这杀人犯床头的婊子，不过你已经在心里诅咒自己了。你自己清楚这一点——你心里的想法都写在脸上了。因此我现在只想向你鞠躬致意，”——苏珊仍然挂着笑容，行了个鞠躬礼——“并且祝你今天愉快。”

“快滚进去，闭上你的臭嘴!”克拉尔怒吼道，随即把苏珊一把推进阴冷的储藏室。她砰的一声把门关上，扣上插销，把依旧燃着怒火的目光转移到怯生生地站在一边的牧人身上。

“小子，好好看着她，注意着点。”

她没听他们的回应，就从两人之间擦身而过，去到楼上已故哥哥的套房里等着乔纳斯，或他的口信。她想，坐在萝卜土豆堆里那个面色苍白的婊子什么都不知道，但她的话(你再也见不到乔纳斯先生了)已经埋进克拉尔的脑子里，回荡着，挥之不去。

2

市集会厅顶上的矮钟塔的钟响了十二下，收割日已经过去一半了，如果说此时罕布雷其他地方那反常的寂静显得有点怪异，那么旅者之家的静默就绝对怪得让人觉得可怕。两百多个人挤在一起，被小顽皮木然的眼神盯着。他们喝个不停，但这里除了脚步声和吧台上玻璃杯不耐烦的敲击声(表示要再来一杯)以外,几乎没什么声响。

席伯正在钢琴上弹着一首断断续续的曲子——《烈酒摇摆舞》,大家都喜欢这曲子——这时,一个一边脸颊上有道伤疤的牛仔用一把刀抵着他的耳朵,威胁着说,如果他想保住自己的耳膜,那就最好马上停止这种噪音。席伯是个贪生怕死的人,只要上帝允许,他想再活上一千年。他立刻从琴椅上站起来,到吧台去帮斯坦利和快马佩蒂一起端酒了。

酒客们大都闷闷不乐,心烦意乱。收割节集市日被取消了,他们不知道该怎么做。今天,篝火仍然会燃起,也会有许多稻草人被扔进篝火里焚烧,但今天没有收割日亲吻,晚上也没有舞会;没有猜谜游戏,没有赛跑,没有猪摔跤表演,没有笑话……也没有尽兴的欢呼,真他妈的!人们将没有对过去一年的热烈真切的告别!取代这一切欢庆的,是黑暗中的谋杀,以及犯人的越狱,他们现在只能在心里希望凶手会得到应有的报应,而不能确定他们是否能做到这一点。这帮人喝得醉醺醺的,如同蓄满闪电的乌云一般,隐藏着巨大的危险。他们需要找到一个关注的焦点,找到一个能告诉他们该怎么做的人。

当然,还要有人作为篝火仪式的祭品,被扔到火上活活烧死,就像古时候一样。

这时,中午最后一声钟响刚刚在冰冷的空气中消散,蝙蝠门被推开了,进来两个女人。在座的很多人认识走在前面的干瘪老太婆,好几个人都用拇指遮着自己的眼睛,以免看见她那邪恶的模样。嗡嗡的议论声顿时弥漫了整个屋子,她是库斯的女巫,尽管她的脸上满是疤痕,眼窝深陷,让人几乎看不到她的眼睛,她仍然散发出一股特殊的活力。她的嘴唇鲜红,像是刚吃过浆果似的。

跟在她后面的女人走得很慢,步伐僵硬,一只手压着腹部。她的脸色惨白,与女巫那鲜红的嘴唇形成了鲜明的对比。

蕤往屋子中央走去,边走边将她那僵直的手划过一张张牌桌,连看都不看一眼。当她来到酒吧中心,也就是小顽皮目光的正下方时,她依次盯着那些沉默的牲口贩子和市民们。

"你们大多数人都认识我!"她大声喊道,嗓音嘶哑,又因缺乏力度而停了下来,"你们当中那些想要迷药、想让羊儿在自己的鞭子下服服帖帖、对岳母大人无休无止的唠叨感到厌烦的人,都认识我。我是蕤,库斯的智慧女神,在我身边的这位女士是昨晚放了三个杀人犯的那女孩的姑妈……同时,也正是这个女孩杀了你们市的治安官和一个好小伙——他已经结婚了，孩子也即将出世。他举着无助的手站在那女孩面前，祈求她看在他妻子和即将出世的孩子的分上，饶他一命，可是她还是开枪杀了他！她真是残忍！没有人性！”

人群里掀起一阵小声的议论，蕤举起她那苍老的骨节突出的手，房子里立即安静下来。她慢慢地转了一圈，把在座的人一个个看了一遍，手仍旧举着，就像是全世界最老最丑的职业拳击手。

“陌生人来了，还受到了你们的欢迎！”她用老乌鸦似的破嗓子高声喊道，“你们接待他们，还给他们面包吃，如今他们作为报答，用祸害来喂你们！你们所爱戴并仰仗的人死去了，丰收的美好时光被毁了，天知道过了年末，还会出什么祸患！”

这时又是一阵骚动，声音更大了。她说到了他们心灵最深处的恐惧：今年的不幸会不断蔓延，甚至波及那些新繁殖的家畜，要知道，新的家畜正在外弧沿线充满希望地慢慢繁衍。

“但他们已经走了，看样子不会再回来！”蕤继续说，“如果是这样，那就最好——为什么要让陌生人的血玷污我们的土地？但还有另外一个人……一个和我们一起生长在这片土地上的人……她背叛了自己的家乡，祸害自己的同类。”

最后一句话，她是用压低的嘶哑嗓音说出来的，她的听众们为了听清，不得不把身子往前凑，个个神情阴郁，双眼圆睁。科蒂利亚，蕤旁边那个苍白消瘦的女人，穿着褪了色的黑连衣裙，女巫把她拉到前面，让她像个木偶和口技表演用的假人似的站着，并且在她耳边窃窃私语了一番……但这番耳语还是传进了在座每个人的耳朵：

“来吧，亲爱的。把你跟我说的告诉他们。”

科蒂利亚用死沉沉的声音意味深长地说：“她说她不会做市长的小情人，她说他配不上自己。接着她勾引了威尔·迪尔伯恩。她把身体献给他，条件就是要回到蓟犁，当他的妻子……接着就是哈特·托林被谋杀。迪尔伯恩为她杀了人，他对她垂涎三尺，因此杀人也乐意。他的朋友们做了帮凶；据我所知，他们也玩了她。莱默长官一定是半路截住了他们，或者是正好被他们撞见，他们临时兴起就把他也干掉了。”

“畜生！”佩蒂叫道，“卑鄙的小杂种！”

“亲爱的，现在跟他们讲讲，需要做些什么防止下一个季节再遭不测。”

蕤柔声细语地说。

科蒂利亚·德尔伽朵抬起头，把四下的人们环顾了一遍。她吸了一口气，把混杂着伯爵酒、牛肉、烟味和威士忌的酸腐的气味一并深深吸入她那老处女的心肺。

“抓住她。你们一定要抓住她。我说这话，是带着爱和悲痛的。”

沉默。他们交换着眼神。

“把她的手涂上颜色。”

墙上那玩意用玻璃眼球盯着下面的人们，用眼神向他们传递着它那无言的审判。

“杀人树。”科蒂利亚小声说道。

没有人大声应和她，人们只是叹着气，像秋风扫过凋零的树枝。

3

锡弥一路小跑跟着可恶的灵柩猎手和苏珊小姐，直到他实在跑不动为止——他的肺都快烧起来了，身子一侧先是一阵剧痛，接着便开始不停地抽筋。他扑倒在鲛坡的草地上，左手使劲抓着右边的胳肢窝，疼得整张脸都皱了起来。

他把脸埋在芳香的草里，躺了一会儿，知道他们已经走得越来越远了，不过他也知道，这个时候如果爬起来再跑着往前追，对他没什么好处，他必须等身上的疼痛消退。他要是加快速度，剧痛只会重新冒上来，再一次把他放倒。所以他就那样一动不动地躺着，抬头望着苏珊小姐和灵柩猎手走过的足迹。他正打算试着站起来，却被卡布里裘斯咬了一口。要知道，那可不是轻轻一咬，而是很重的一下。卡皮度过了痛苦的二十四小时，它可不想看着那给它制造痛苦的人躺在草地上打盹。

“咦——嗷——该死的！”锡弥大叫一声，猛地跳了起来。没有什么比在屁股上被狠狠地咬上一口来得神奇了，爱好哲学的人此时可能会这么想。它能使得所有其他的顾虑，不管有多沉重，多悲痛，顷刻间烟消云散。

他转过身。“你为什么那么做，你这个可恶的偷偷摸摸的老卡皮？”锡弥用力揉着自己的屁股，眼眶里涌出大颗大颗的泪珠，“你咬疼我了……你这没用的畜生！”

卡布里裘斯把脖子伸到最长，露出牙齿，做出一个狰狞的笑脸，这种表情只有骡子和单峰骆驼做得出来。接着它叫唤了一声，在锡弥听来这声叫唤很像笑声。

拴骡子的皮带仍旧拖在它那尖尖的小蹄子之间。锡弥过去把带子拉了起来，正当卡皮低下头又想咬他时，男孩在它狭长的头顶上狠狠地拍了一巴掌。卡皮哼着鼻子眯起眼睛。

“都怪你，讨厌的老卡皮，”锡弥说，“我得一个星期蹲着拉屎了，连马桶都不敢坐。”他把带子在手里绕了两圈，骑上骡子。卡皮并没故意颠他，但锡弥被伤到的部位碰到骡子凸起的背脊骨上，痛得他差点跳了起来。不过，这也算是好运，他边想边踢着骡子出发了。虽然他感到屁股很疼，但至少他不必走路……或者带着肌肉的剧痛奋力奔跑了。

“蠢家伙，往前赶！”他说，“快点！畜生，以你最快的速度！”

接下来一小时里，锡弥一直用“你这老畜生”叫卡皮——如同许多其他人一样，他也发现只有第一句脏话是难以启齿的；一旦说出口了，没什么能比脏话更能发泄情绪的了。

4

苏珊走过的路径斜穿过鲛坡，向海岸边堆砌着的旧土砖伸延过去。锡弥到达海滨区，在拱门外下了骡子，站在那里思量着下一步该怎么办。苏珊他们已经到这儿了，这点他很确定——苏珊的马，派龙，以及卑鄙的灵柩猎手的马紧挨着拴在暗处，它们时不时垂下头，朝粉红色的石槽低哼几声，石槽里的水顺着庭院靠海的那边流淌着。

现在该做什么呢？来到这里，拱门下来来去去的骑手们（大部分是白发苍苍的牧人，他们因为太老，而没有能成为伦吉尔纵队的一员）都没有注意到这个客栈男孩和他的骡子，但米盖尔这家伙得另当别论。这个老仆人从来就没喜欢过他，他觉得，只要有一丝机会，锡弥就会变成一个贼；如果米盖尔看到克拉尔的搬运工在庭院里偷懒，就肯定会把他赶走的。

不行，不能让他这么做，他心惊胆战地想着，今天不行，今天我不能让他指使我。即使他发怒，我也不会听他的。

但那家伙如果真的发怒了，大声叫喊，该怎么对付呢？说不定那恶毒的灵柩猎手会出来把他杀了。锡弥已经豁出去了，他甘愿为朋友付出生命，但必须死得值得。

因此他站在冷冰冰的阳光里，不断转换着站姿，心中犹豫不决，真希望自己更聪明些，好想出一个行动计划。就这样，一个小时过去了，接着又是一个小时。时间仿佛过得很慢，每一刻都是一阵痛苦的煎熬。他感到，已经找不到任何机会帮助苏珊小姐了，他茫然若失，不知如何是好。这期间，他听到一阵类似雷鸣的声音从西面传来……虽然像这样一个阳光明媚的秋天不太可能打雷。

他刚决定无论如何要冒险闯一次庭院——庭院暂时荒无人烟，他也许能穿过院子进入房子的主体部分——这时候，一直都令他提心吊胆的那个家伙从马房里趔趔趄趄走了出来。

只见米盖尔·托里斯佩戴着收割节饰物，喝得酩酊大醉。他一步摇到东，一步晃到西，迷糊地打着圈往院子中央走，他的宽边帽系绳吊在皮包骨头的头颈里，白色的长发在风里飞舞。他裤裆前边是湿的，仿佛他撒尿的时候忘了把那玩意的拉链拉下来。他一只手里拿了个小陶罐，眼神凶狠而迷茫。

"这是谁干的？"米盖尔大声喊道。他抬起头，张望着午后的天空和飘浮其中的魔月。尽管锡弥不喜欢这老头，但他的心里还是不禁涌起一阵同情，因为，直视魔月会带来厄运，真是这样的。"这是谁干的？我在问你，你快告诉我，*小子！告诉我！*"他停顿了一会儿，随即发出一声响彻云霄的尖叫。米盖尔叫得太用力了，以至于脚底打滑，差点摔跤。他举起拳头，好像是要用拳头打得月亮上边那张咧着嘴的笑脸开口回答，接着他疲惫地放下了手。这时，又有一些米酒从罐口泼了出来，把他身上又弄湿了一块。"娘娘腔，"他咕哝道，接着他摇晃着走到墙脚（中途差点被灵柩猎手那匹马的后腿绊倒），靠着土墙坐下。他大口地喝着罐子里的酒，然后拉起宽边帽，盖在脸上，遮住眼睛。他的手臂抬起罐子，很快又收了回来，仿佛他终于抬不起它了。锡弥一直等待着，注视着，直到看见老头那钩着罐子把手的拇指松开，手也懒散地滑落到鹅卵石地上时，他才开始往前挪动，接着又决定再等一小会儿。米盖尔已经一大把年纪了，而且卑鄙自私，锡弥觉得他或许还会玩什么花招。很多人喜欢来这一手，特别是那些卑鄙自私的人。

他一直等到听见米盖尔干涩的鼾声，才小心翼翼地牵着卡皮走进院子，骡子每一次脚蹄声都把他的心提到喉咙口。不过，米盖尔没有受到惊扰。锡弥把卡皮拴在栅栏的一头（卡布里裘斯难听地叫着向拴在一边的马打招呼，锡弥为此又吓了一跳），接着他迅速走到了正门门口，他以前从来没想到过会踏入这扇门。他把手放在铁插销上，回头再看了一眼，老头正靠着墙熟睡，于是他打开门，踮着脚尖走进去。

阳光从敞开的门洞照进来，他在那块椭圆的光里站了一会儿，肩膀一直耸到耳根子下面，他觉得随时可能有一只手抓住他的后颈（无论你把肩耸得多高，品行不端的人总是能找到你的后颈，然后抓住它）；接着会传来愤怒的声音，质问他想在这儿做什么。

大厅空荡荡的，异常安静。对门的墙上挂着一条挂毯，上面是牧人在鲛坡上赶马的情景；另外还有一把断了一根弦的吉他。不管锡弥多么轻手轻脚，他的脚步声仍旧在房子里回荡。他不禁有些发抖，现在，这里成了凶宅，是个可怕的地方，这里很可能有鬼。

但不管怎样，苏珊在这里。在某个角落。

他穿过大厅那头的双重门，走进会客厅。在高耸的天花板下面，他的脚步声显得更加响亮。历届过世的市长从墙上俯视着他；仿佛无数双幽灵般的眼睛的视线追随着他，把他看成一个入侵者。他知道那些眼睛只不过是图画而已，但他仍旧……

其中的一个尤其让他感到心烦意乱：那是个一头红发的胖男人，长着沙皮狗般的嘴巴，眼里闪着恶意，仿佛在质问，一个傻乎乎的客栈下人到市长府邸的大厅来做什么。

“别用那种眼神看我，你这个老杂种。”锡弥咬着牙轻声说道，感觉好一些了。至少，那一瞬间是这样。

接着他走进餐厅，那里同样空无一人，只有几张长餐桌靠边放着，一张桌子上还放着一份吃剩的饭——只是一盘冷鸡和切片面包，以及半杯啤酒。看着这张曾在各种展会和节庆招待过许多人的桌子上放着零星的一点残羹冷炙——这桌子今天本该同样招待许多人的——锡弥一下子觉得发生的所有事一股脑儿向他冲来，还掺和着悲哀。罕布雷的情形已经不同往日了，很可能是永远也回不去了。

这么一长串思绪并没有妨碍他狼吞虎咽地把剩的鸡和面包吃了个精光，同时，他把杯子里剩下的啤酒也喝了个一干二净，因为，这漫长的一整天里，他什么东西也没吃。

他打了个饱嗝，用双手捧了捧嘴巴，同时含着羞愧朝四周迅速扫视了一圈，接着继续往前走。

最里面那间房的房门扣了插销，但没上锁。锡弥把它打开，把头钻出去，看到通往市长房间的走廊。只见那条走廊像大街一样宽阔，一路还有煤气吊灯照明。但走廊上同样没有一个人影——至少这时是这样——但他能听到其他房间传出轻微的说话声，也有可能是其他楼层上有人在说话。他觉得那声音可能是某个女仆或其他可能在这里的佣人们发出的，但是，乍听起来还是很可怕。那也可能是托林市长的声音，他可能就在锡弥面前，在走廊上游荡着（如果锡弥能看到他的话……他为自己没有这种能力而感到庆幸）。托林市长徘徊着，想知道自己身上到底发生了什么事情，渗入他睡袍的冷冰冰的胶状物又是什么，是谁——

这时，锡弥的肘部上方被一只手抓住了，他吓得差点尖叫起来。

"别出声！"一个女子小声说道，"看在你父亲的分上！"

锡弥好不容易才将已经窜到喉咙口的叫声吞了回去。他转过身，发现站在他眼前的是市长的寡妇，她穿着牛仔裤和一件普通的格子衬衣，头发往后扎起，苍白的脸阴沉严肃，深色的眼睛里怒火燃烧。

"托林太……太……太太……我……我……我……"

他想不出还能说什么。她肯定会把保卫叫来的，如果这里还留着看守的话，他暗自思忖。在某种程度上，这倒是一种解脱。

"你是来找那姑娘的？姓德尔伽朵的姑娘？"

悲痛对奥利芙来说是件好事，尽管过程有点糟糕——它驱走了她脸上的臃肿，让她看上去异乎寻常地年轻。她那双黑眼睛一刻都没有离开过他，容不得他说半句谎言，锡弥只得点头承认。

"很好。我可以利用你来帮助我。她就待在那下面，在储藏室，外面有人把守。"

锡弥瞠目结舌，难以相信听到的事实。

"你觉得我会相信她和哈特的死有关吗？"奥利芙问道，仿佛锡弥一直不同意她的看法，"也许我是胖了点，腿脚也不那么利索了，但别以为我是傻瓜。目前海滨区对德尔伽朵小姐来说可不是什么好地方——太多从城里来的人都知道她在哪里。"

5

“罗兰。”

他的余生将不断在令人不安的梦境中听到这个声音，但他永远记不清梦里的情景，只是在梦醒后感到心烦意乱——他总是会不停地四处走动，以便在冷清的房间里把画像一张张扶正，一边听着远处城市广场上的钟声。

“蓟犁的罗兰。”

他好像认得这个声音，和他自己的声音没什么两样，甚至埃蒂、苏珊娜，或杰克那边的精神科医生会告诉他这就是他自己的声音，他潜意识的声音，但罗兰比谁都清楚；他觉得盘旋在我们脑子里，听起来和我们自己的声音毫无二致的那个声音，往往来自最糟糕的局外人，最危险的入侵者。

“罗兰，史蒂文的儿子。”

玻璃球把他带到了罕布雷，到了市长的府邸，正当他想多看到一些那里正在发生的事时，玻璃球又把他带走了——它用那种奇怪的熟悉的声音召唤着他，使得他不得不离开。他别无选择，因为和蕤、乔纳斯不同的是，他并不是在外边旁观着玻璃球和球里的种种人物和情景，他是在球里，是那漫无边际的粉红风暴的一部分。

“罗兰，过来。罗兰，看吧。”

风暴把他卷起带走。他飞过鲛坡，不停地往上穿过层层空气，起先尚觉得温暖，越往上温度越低。强劲的风暴沿着时光通道把他往西送。而他并不是唯一在这场风暴中的人，只见席伯从他身边飞过，他正在放声唱着“嗨，裘德”，头上的帽子向上掀着，那几根被尼古丁熏黑的手指还在空中弹奏着——席伯已经完全陶醉在自己的旋律中，好像没有意识到风暴已经把他的钢琴卷走了。

“罗兰，过来。”

那声音召唤着——风暴的声音，玻璃球的声音——罗兰于是上前去。小顽皮从他身边飞过，晶亮的眼睛里闪着粉红的光芒。还有一个穿着农夫工作裤的精瘦男人从他身边飞过，他的红色长发飘在脑后。“给你生命，也给你的庄稼生命”，他说——总之是一句类似这样的话，然后就不见了。接着一把铁椅子像个怪异的风车似的旋转着，飞了过来（罗兰觉得这椅子是行刑用的)，那椅子下面还装有轮子，这时枪侠突然想起了影子女士，他不知道自己为什么会想起这个，也不知道这意味着什么。

当下，粉红色的风暴正带着他飞过光秃秃的山脉，飞过肥沃的绿草茵茵的三角洲，那儿，一条宽广的河流像人的静脉般蜿蜒流动着，水面反射着平静湛蓝的天空，风暴经过时，那片天空泛起一片野玫瑰般的粉红色。这时，罗兰看到前面有一条黑柱正在升起，不由得揪紧了心，但是，这就是粉色风暴要带他去的地方，是他不得不去的地方。

我想要出去，他心想，但他并不傻，他明白，事实上他可能永远出不去了，巫师的玻璃球已经把他整个儿吞噬了。也许他永远得待在这团猛烈狂乱的风暴中了。

万不得已的时候，我可以用子弹杀出一条路的，他心中默想，但这是不可能的——他没有枪。他一丝不挂地飞在风暴中，光着屁股往那团埋没了所有景色的蓝黑色邪恶气流冲去。

然而，他听到了歌声。

歌声很微弱，但不失美妙——这甜美悦耳的声音让他打了个哆嗦，他想起了苏珊：鸟、熊、兔子和鱼。

突然，锡弥的骡子(卡布里裘斯，罗兰心想，这名字很好听)飞了过去，它在风中飞奔着，眼睛像火光一样闪亮。跟在它后面的是一个带着宽边帽的女人——库斯的蕤——她骑着一把扫帚，上面挂着的收割节饰物在风中乱舞着。“漂亮的小家伙，我会逮住你的！”她朝那头飞奔的骡子尖声叫道，接着她发出一阵大笑，呼地不见了。

罗兰一头扎进那条黑柱之中，突然，他的呼吸停止了。周遭的世界一片可怕的漆黑；四周的空气像一群小虫子，粘在他身上。他先是被一个无形的拳头揍得东倒西歪，接着被一股力量拽着，急速向下掉落，速度快得让他担心自己会不会一下子撞到地上，粉身碎骨：珀斯老爷就是这么摔死的。

死气沉沉的田野和荒无人烟的村庄从黑暗中显露出来；他看见光秃秃的枯树，树下一点儿树阴也没有——哦，但是这里本身就是一片阴暗，一片死气沉沉，就像是世界末日一样，这个地方在一片死寂中等待着某一天他的到来。

“枪侠，这里是雷劈。”

“雷劈。”他重复道。

“这里的一切都停止了呼吸；到处都是苍白的脸。”

"停止呼吸,苍白的脸。"

是的。因为某种未知的原因,他知道这些。这里躺着被屠杀的士兵,躺着开裂的头盔、锈迹斑斑的战戟;这里生出一群苍白的武士。这里是雷劈,时间在这里倒流,坟墓里爬出尸体。

前面有一棵树,形状酷似一只弯曲着指头去抓东西的手;一只狗熊被戳在最高的一根树枝上。它应该是死了,但当粉色的狂风把罗兰带过那里时,它却抬起头看着他,眼里流露出难以言说的痛苦和疲乏。"嗷!"它大声叫着,接着也不见了,并在罗兰的记忆中消失了好几年。

"罗兰,往前看——看着你的命运。"

这时他突然明白了——这是海龟的声音。

他看见一道金光闪闪的蓝光穿透雷劈的污浊与黑暗。他还没来得及做什么,就脱离了黑暗,进入一片光明,如同一个生命破壳而出,终于在世间诞生。

"光! 让那里充满光明!"

海龟的声音大喊道,罗兰不得不用手挡住眼睛,透过指缝看东西,防止强烈的光线把眼睛刺瞎。他下面是一片血地——或者,他以为是这样,一个十四岁的男孩刚刚第一次真正杀人。这是从雷劈流出来的血,来势汹涌,像要淹没我们这片世界似的,他心想,不用过很多年,他便会重新想起自己在玻璃球里的情景,把这些记忆和埃蒂的梦境整理到一起;在夜晚将尽时,他将和他的朋友们坐在收费公路的紧急停车道上,告诉他们,他犯了个错,他曾被这光芒愚弄,那阵光芒紧接着雷劈的黑暗而来,是那样的耀眼。"那不是血,是玫瑰。"他告诉埃蒂、苏珊娜和杰克。

"枪侠,看——看那边。"

是的,就在那里,灰蒙蒙的黑柱子拔地而起:那是黑暗塔,所有的光束、所有的能量流都在那里聚合。透过螺旋形的窗户,他看到时隐时现的蓝色电光,听到所有被囚禁其中的人们的嘶叫。他感受了这个地方强大的力量,同时也觉察到它的邪恶;他感觉得出黑暗塔是如何将所有事物纠结于误区之中,把世界间的分界点隐去的;他知道即使疾病削弱了黑暗塔的确定性和连贯性,如同经受癌症折磨的身体,它行恶的潜能仍在不断增强。这根如巨臂般高举的灰黑石柱是这个世界最大的秘密和永远难解的谜。

前面就是这座塔,高耸入天的黑暗塔。当粉红风暴带着罗兰冲向黑暗塔时,罗兰想了很多:我要和我的朋友一起,攻入你的躯壳。如果这是卡的意愿，我们就要闯入你的心脏，征服你隐藏的邪恶。我们可能为此要耗去好几年，但我发誓，以鸟、熊、兔子和鱼的名义发誓，以我所有深爱的人的名义发誓——

但现在天空布满了瓦片云，它们从雷劈飘过来，世界渐渐变暗；黑暗塔旋转而上的窗户里，蓝光像疯子的眼睛似的闪烁不定，罗兰听到千百个哀号尖叫的声音。

"你将毁灭你所爱的一切。"

海龟的声音再次响起，这回语气残酷，残酷而严厉。

"黑暗塔的大门仍将对你紧闭。"

枪侠吸足一口气，他使足全身的力气，代表他们家族世世代代的成员，向海龟大声驳斥道："不！它神气不了多久了！当我亲自来到这里时，就注定它的末日到了！我以父亲的名义起誓，它即将倒下！"

"那么，来送死吧。"

话音刚落，罗兰就被甩到塔侧灰黑的石头上，眼看就要像一只小虫被砸在一块巨礁上一样，粉身碎骨。但还没等这一切变成现实——

6

库斯伯特和阿兰站在一旁注视罗兰，他们越来越焦急了。他把梅勒林的彩虹捧在手里，放在脸前，就像祝酒前双手端捧圣杯的人一样。袋口的绳子皱巴巴地落在罗兰布满灰尘的鞋尖上；他的面颊和额头浸在一片粉红的光华中，他们俩都不喜欢这颜色。他的脸看起来还有一丝活气，而且颇为饥饿。

他们不约而同地想着一个问题：我看不到他的眼睛。他的眼睛在哪里？

"罗兰？"库斯伯特反复喊他的名字，"如果我们想抢在他们围攻我们前去到悬岩上，你必须马上把那玩意放到一边。"

罗兰没有丝毫动静。他低声说了些什么，声音低得都被呼吸声盖住了，过了一会儿，库斯伯特和阿兰互相交流了一下看法，一致觉得这个字是雷劈。

"罗兰？"阿兰走上前，试探地叫道。阿兰把右手伸到玻璃球和罗兰前倾专注的脸庞之间，像医生将手术刀切入病人身体那样小心翼翼。但罗兰没有任何反应。阿兰收回手，转身回到库斯伯特身边。

“你能摸到他吗？”伯特说。

阿兰摇头说：“不行，他似乎在某个很远的地方。”

“我们必须叫醒他。”库斯伯特的声音干巴巴的，几乎颤抖。

“范内告诉过我们，一个人处于精神入定状态时，你突然把他叫醒，很容易把他弄疯，”阿兰说，“记得吗？我不知道自己是不是有这个胆量——”

罗兰抽搐了一下。嵌着眼睛的眼窝好像在涨大。他的嘴巴拉成一条线，他们知道，这是罗兰做出痛苦决定时的表情。

“不！它即将倒塌！”他的吼叫声使得他身边的两个男孩浑身起鸡皮疙瘩；那根本不是罗兰的声音，至少不是他现在的；他们听到的是一个成熟男子的嗓音。

“天，”很久以后，阿兰说，那时他和库斯伯特正陪着睡着的罗兰，坐在营火前，“那是国王般的声音。”

但眼下，他们俩被吓得呆若木鸡，只能呆呆地望着那位灵魂出窍的朋友，听着他的喊叫声。

“当我亲自来到这里时，就注定它的末日到了！我以父亲的名义发誓，它即将倒下！”

接着，罗兰怪异的粉红色脸庞开始扭曲，仿佛面对着某种难以想象的恐怖，库斯伯特和阿兰一个箭步冲上前。刚才他们担心救他可能反而会把他推向毁灭，但现在已经不是考虑这种问题的时候了。如果他们不采取行动，他们将眼睁睁地看着玻璃球夺走罗兰的生命。

库斯伯特曾在老K酒吧前院里揍了罗兰；这回是阿兰这么做了，这是为了帮助朋友。他抄起右拳，对着枪侠额头正中用力打了过去。罗兰向后倒了下去，玻璃球从他手中滑落，可怕的红光也从他脸上褪去。库斯伯特迅速扶住了罗兰，阿兰则接住了玻璃球。球上强烈的粉红光芒依旧怪异地闪耀着，光芒刺向阿兰的眼睛，吸取他的心智，但他看都没看它一眼，便坚决地把它塞进了袋子……当他把袋口绳子抽紧时，发现那红光熄灭了，仿佛消失了一般，至少，目前是这样。

他转过身，看到罗兰额头正中隆起的淤青块，不由得变了脸色：“他——”

“身子很冰。”库斯伯特说。

“最好赶快把他弄醒。”

库斯伯特冷峻地看着阿兰，一扫平时的好脾气。“是啊，”他说，“你说得对。”

7

锡弥等在通往厨房的楼梯脚下，不安地等待托林太太回来，或者说，等待着她的传唤。他已经说不清她在厨房里待了多久，似乎她永远都不会出来了。他希望她赶快回来，不仅如此——比一切都重要的是，他希望她把苏珊小姐带来。锡弥对这个地方，对这一天有一种十分糟糕的感觉，它就像此刻被西边的烟雾熏黑的天空一样，黑乎乎一片。那边发生了什么，是不是和他先前听到的雷鸣般的声音有什么牵连，锡弥并不明白，他只想在那雾蒙蒙的太阳下山前离开这里，太阳下山后，真正的恶魔月亮就会升起，而不是白天挂在空中的那个魅影。

走道和厨房间的一扇旋转门被推开，奥利芙匆忙地走出来。她只身一个人。

“她在储藏室，安然无事，”奥利芙说，她抬手捋着日渐灰白的头发，“我从那两个看守嘴里就套出这么点消息，没别的了。我看到他们开始用那种愚蠢的陋语讲话时，就知道会这样。”

没有一个确切的词能指代眉脊泗牧人的那种语言，但领地上层人士通常称之为“陋语”。奥利芙认识看守储藏室的那两个牧人，要知道，她以前也是在牧人中长大的，和牧人们一同骑马，一同闲谈；她心里明白，除了陋语，这两个家伙还会其他的语言。他们之所以用陋语，是为了装出不理解她的样子，免得彼此因直白的拒绝而感到尴尬。尽管她能很自如地用她的陋语做出回应——用他们母亲从未说过的脏话骂他们——只要她愿意，但出于同样的原因，她还是接受了他们的拒绝。

“我告诉他们楼上有人，”她说，“我还说，我认为他们可能想偷银器。我说我想把那群人赶出去，但他们还是不吱声。*屁都不放一个，真是狗屎，臭狗屎！*”

锡弥虽然在心里暗骂他们是狗娘养的一双活宝，但还是决定嘴上什么也不说。奥利芙在他面前踱来踱去，那双冒火的眼睛不时地瞟一眼紧闭的厨房门。最后她又在锡弥面前站住：

“把你口袋里的东西都翻出来，”她说，“看看我们能不能从中找到一丝希望。”

锡弥照她的话做了，他从一个口袋里掏出一把小刀（是斯坦利·鲁伊兹送给他的礼物）和半块吃剩下的甜饼；接着又从另一个口袋里掏出三支小指粗的爆竹，一个大爆竹和一些硫磺火柴。

看到锡弥拿出来的这些东西，奥利芙的眼睛亮了起来。“听着，锡弥。”她说。

8

库斯伯特轻轻拍打罗兰的脸，不见反应。阿兰把他推到一旁，跪下握住枪侠的手。他从来没用这种方式感应过，但他曾经听说这样可以触及一个人的心灵，至少在某些情况下可以。

罗兰！罗兰，醒醒！求你了！我们需要你！

起先罗兰没有丝毫动静。过了一会儿，他挪动了一下身子，嘴里咕哝着什么，并且把自己的手从阿兰手里抽了出来。在他睁开眼睛之前，他身边的两个同伴对将会看到的感到一丝恐惧：说不定他眼窝里根本就没有眼珠，而且闪着怪异的红光。

但他们看到的是罗兰的眼睛，安然无恙——还是那双射手冷静的蓝眼睛。

他挣扎着想站起来，可是第一次努力失败了。他伸出手，库斯伯特和阿兰分别握住其中的一只，把他拉了起来，这时库斯伯特发现了一件奇怪而可怕的事情：罗兰的头发里多了许多银丝。而早上，他还是一头乌黑的头发，对此他敢发誓，然而，早晨毕竟已经过去很久了。

“我昏睡多长时间了？”罗兰的指尖碰了碰额头中间的肿块，疼得龇牙咧嘴。

“不是很久，”阿兰说，“可能五分钟吧。罗兰，对不起，我打了你，但我不得不这么做。那东西……我觉得它想要你的命。”

“也许你想得没错。它现在安全吗？”

阿兰默不作声地指了指袋子。

“好。目前最好由你或库斯伯特保管玻璃球。我可能……”他在搜索一个恰当的表述，当他终于找到的时候，他的嘴角扬起一丝苦楚的冷笑——“被诱惑了，”他把剩下的半句话说完了，“现在赶往悬岩吧，我们还有任务要完成。”

“罗兰……”库斯伯特开口说。

罗兰一手撑着马鞍的前桥转过身。

库斯伯特舔了舔嘴唇，有那么一小会，阿兰觉得他不会问：*如果你不行，就由我来问*，阿兰暗自想着……但库斯伯特还是把话挤出来了，语速很急促。

“你看到什么了？”

“很多东西，”罗兰说，“我看到很多东西，但很多已经记不清了，和梦一样，你醒来后，梦中的事会变得模糊不清。我会在路上把记得的事告诉你们。我必须让你们知道，因为它改变了一切。我们要回一次蓟犁，但不会逗留很久。”

“然后去哪里？”阿兰一边问一边跨上马。

“去西边，去寻找黑暗塔，如果我们今天能活下来的话。来吧，先去解决油罐车。”

9

那两个牧人正在卷烟，突然听到楼上传来一声巨响。他们跳了起来，互相对视了一眼，手中正在卷的烟草像棕色的雪粒散落了一地。接着传来一个女人的尖叫声。这时门被踹开了，又是守寡的市长夫人，这次她身边陪着一个女仆。牧人们和这女仆很熟——她叫玛丽娅·汤姆斯，是钢琴牧场一个老牧师的女儿。

“那帮狗贼在这里放火了！”玛丽娅用陋语对他们喊道，“快来帮忙！”

“玛丽娅小姐，我们受命看守——”

“储藏室里关着的弱女子？”玛丽娅眼喷怒火，向他们喊道，“快点，你们这些笨蛋，趁着这整个房子还没烧起来，快来帮忙！否则，我看你们怎么向伦吉尔先生解释，当海滨区在你们眼皮底下烧成灰烬时，你们为什么站在这里用拇指堵屁眼。”

“赶快！”奥利芙咬着牙说，“你们都是胆小鬼吗？”

楼上的客厅里又传来好几声比第一次巨响稍弱的爆炸声，锡弥引爆了小爆竹，接着他又用同一根火柴点燃了窗帘。

那两个家伙交换了一下眼色。“小姐，”两人中年纪较大的那个说着把视线移到玛丽娅身上，这时他不想再费心用陋语说话了，“守着这扇门。”他说。

“我会像鹰一样守着。”她允诺道。

两个老家伙匆忙出去了，一个紧紧拉着流星锤的绳索，另一个从皮带的剑鞘中拔出一把长刀。

一听到他们的脚步声踏上大厅尽头的楼梯，奥利芙就对玛丽娅点头示意了一下，接着她们一起穿过房间。玛丽娅拉开门闩，奥利芙打开了门，苏珊立刻从储藏室里走了出来，依次看了她们俩一眼，迟疑着笑了。玛丽娅看到苏珊小姐肿起的脸颊和鼻子边的血痂，不由得倒吸了一口冷气。

不等玛丽娅的手摸到她的脸，苏珊便将它握住了，她轻轻地握了握玛丽亚的手指。“你觉得托林现在会来抓我吗？”她刚问完，就意识到另一个救她的人正是托林，“奥利芙……托林太太……对不起，我并不是想这样无情。但你必须知道罗兰，就是你所认识的那个威尔·迪尔伯恩，他永远都不会——”

“我心里明白，”奥利芙说，“现在没有时间说这些了。快走。”

她和玛丽娅一起把苏珊带出厨房，离开通往主房的楼梯，往最北端的地下储藏室走去。奥利芙让她们在那个存放干货的储藏室等着。她走开了大约五分钟的光景，但这五分钟的等待对苏珊和玛丽娅来说就像永远没有尽头似的。

奥利芙回来的时候，穿了一个颜色绚丽的大披肩，那披肩在她身上显得有些太大——这个披肩可能是她丈夫的，但苏珊觉得就是对死去的市长来说，这个披肩也太大了点。奥利芙把披肩的一角塞进牛仔裤，以免被它绊倒。那条披肩像毯子似的搭在她手臂上，她还带来了两条较小的轻便些的披肩。“穿上它，”她说，“外面会很冷。”

接着，她们离开干货储藏室，穿过窄小的仆人通道，往后院的方向离去。如果她们走运的话（还有，如果米盖尔还昏睡着的话），锡弥会在那里备好马等着他们。奥利芙真心希望他们能有幸逃过此劫，她希望苏珊能在太阳下山前安全离开罕布雷。

并且要赶在月亮升起前。

10

“苏珊被俘虏了，”在向西赶往悬岩的路上，罗兰把他看到的情况告诉同伴，“那是我在玻璃球里看到的第一件事情。”

他用如此轻描淡写的口吻讲了苏珊的情况，这让库斯伯特大为吃惊。眼前这个人已不是几星期前的那个爱火焚身的罗兰了。仿佛他找到了一个梦境，用来穿越玻璃球里的红光，而他现在还有一部分沉浸在那个梦境里。*抑或是那梦境驾驭着他？*库斯伯疑惑着。

“什么？”阿兰问，“苏珊被抓了？被谁抓了？她还好吗？”

“被乔纳斯抓了。他把她打伤了，但不太严重。她会恢复的……她会活着的。如果我认为她的生命陷于任何危险的状况，我会立即回去救她的。”

悬岩就在他们前面，它像海市蜃楼般在尘土中忽隐忽现。库斯伯特看到阳光在油罐车上反射出雾蒙蒙的光线，他还看到了人，很多人，还有很多匹马。他轻轻拍了拍自己坐骑的脖子，侧过头瞥了一眼阿兰，看他是否拿着伦吉尔的机关枪，那枪正在他手里。库斯伯特把手伸到腰背，检查弹弓是否还在，还有他的鹿皮弹药包，那里面装了许多锡弥偷来的大爆竹，还有一些钢弹。

*总之，他正竭力控制自己不走回头路，*库斯伯特心想。他觉得这种想法令他舒服了一些——有时罗兰让他觉得怪吓人的。他坚强不屈的性格以外还有某些东西，近似疯狂的东西。如果它在你的性格中，你会很高兴地接受它……但更多时候你希望它根本不存在，不存在于任何人的性格中。

“她在哪儿？”阿兰问。

“雷诺兹带她回海滨区去了。她被关在储藏室……或者曾经被关在那里。我说不清是哪种情况，因为……”罗兰停下想了想继续说，“玻璃球看得很远，有时它看到比现状更多的东西。有时，它所预见到的将来会发生的事其实已经发生了。”

“将来的事怎么可能已经发生了呢？”阿兰问。

“我不知道，再说，我觉得它并不总是这样的。我认为与其说它与梅勒林的彩虹有关，不如说是与这个世界关联的。现在时间变得很奇怪。我们都明白，不是吗？怎么有时一些事情仿佛……一溜而过，就好像到处都有无阻隔界，把事情弄得一团糟。但我知道苏珊是安全的，这对我来说已经足够了。锡弥会帮助她……或者正在帮助她。不管怎样，乔纳斯没有发现锡弥，锡弥一路跟着苏珊，回到海滨区了。”

“锡弥好样的！”阿兰说着把拳头举上天空，“乌拉！”接着又问，“那我们呢？你有没有看到我们的将来？”

“没有。这部分转眼就逝去了——我都没来得及瞥一眼，玻璃球就把我带走了，就像是卷着我飞走了。不过……我看到地平线上飘起浓烟。那个情景我记得，那可能是油罐车燃烧冒出的烟雾，或者是爱波特大峡谷前面的树丛燃烧时产生的烟气；也可能两者都有。我觉得等待着我们的是胜利。”

库斯伯特看着他的老朋友，神情怪异。库斯伯特曾经出于无奈在庭院里把那个深陷爱河的年轻人揍倒在地，为了唤醒他对自己肩上责任的认识……那个年轻人到哪里去了？是什么改变了他？是什么让他的头上多了缕缕白发？

“如果我们在接下来的战斗中能活下来，”库斯伯特仔细看着枪侠说，“她会在路上遇到我们。对不对，罗兰？”

他看出罗兰脸上痛苦的表情，总算明白了：那个痴情的爱人还在这儿，但玻璃球带走了他所有的欢乐，留给他的仅仅是悲痛忧伤。这一点，以及一些新的意图——是的，库斯伯特强烈地感觉到它们的存在——还有待明确。

“我不知道，”罗兰说，“但我几乎不希望遇到她，因为我们再也不能像过去那样了。”

“什么？”这次库斯伯特扯住了缰绳。

罗兰平静地看着他，不过这回他的眼睛里含着泪水。

“我们都是受卡愚弄的傻瓜，”枪侠说，“苏珊称它为像风一样的卡。”他先看了眼左边的库斯伯特，又转过头看着右边的阿兰，“黑暗塔是我们的卡，尤其是我的。但那不是她的，因此她也不是我的。约翰·法僧也不再是我们的卡，我们去进攻他的部队，不是为了打败他，而是因为他妨碍了我们的行动。”他举起手，然后放下，仿佛在说，*你还想让我告诉你什么？*

“罗兰，根本不存在什么塔，”库斯伯特耐心地说，“我不知道你在玻璃球里究竟看到了些什么，但黑暗塔根本不存在。嗯，我想，它也许是个象征吧——就像亚瑟的圣杯，或是耶稣的十字架一样——但它不是真实存在的，不是一幢真实的建筑——”

“不，”罗兰说，“它是真实的。”

他们半信半疑地看着他,看到他一脸的坚定。

"我们的父亲知道,它真的存在。在那片灰暗的土地那边——我现在记不清它的名字了,那是我丢失的东西之一——那里就是末世界,末世界中伫立着一座黑暗塔。我们的父亲一直把它当作绝对机密;在世界走向衰败的那几年里,是它把他们结合到一起组成了卡-泰特。我们回到蓟犁后——如果我们能回去的话,我觉得我们做得到——我会把看到的告诉他们,他们会证实我所说的。"

"这些都是你在玻璃球里看到的?"阿兰用惊异的语气问。

"我看到了很多东西。"

"但没有苏珊·德尔伽朵。"库斯伯特说。

"是的。当我们解决了那群人,她完成了在眉脊泗的任务,她在我们卡-泰特中的使命就结束了。在玻璃球里的时候,我面对着一个选择:一个是苏珊,成为她的丈夫,成为她所怀着的孩子的父亲……另一个是黑暗塔。"罗兰用颤抖的手抹了抹脸颊,"如果不是因为黑暗塔即将倒塌,我一定会不假思索地选择苏珊。但如果黑暗塔倒塌,我们知道的一切将一扫而空,世上将会出现我们意想不到的混乱。我们必须行动……我们必须行动。"在他青春光洁的面颊和额头之间,是一双老成的杀手的眼睛,是那双埃蒂·迪恩将在飞机盥洗室的镜子里首先瞥见的眼睛。但现在,这双眼睛溢满了稚气的眼泪。

然而,他的声音已经没有一丝孩子气了。

"我选择黑暗塔。我必须做这样的选择。让她找到另一个爱人,天长地久地过着美好的生活——她会找到的,不久就会找到。至于我,我选择黑暗塔。"

11

苏珊骑上派龙。刚才锡弥点燃大厅的窗帘后,已经把这匹马赶到了后院。奥利芙·托林骑着一匹领地的公马,锡弥坐在她后面,牵着卡皮的皮带。玛丽娅打开后门,祝愿他们好运,接着三人便疾驰而出。这时,太阳开始西下了,不过,风带走了先前扬起的大部分烟尘。不管荒地那里发生了什么事,现在都结束了……或者正在这一时刻的另一层面发生着。

罗兰，好好的，苏珊暗暗祈祷着，我很快就能见到你了，亲爱的……我会尽快赶到。

"我们为什么往北走？"她沉默了半小时后问道。

"因为沿岸的道路最好走。"

"但——"

"嘘！他们会发现你不见了，接着就会搜房子……如果火没有把房子烧为平地的话。在房子里找不到你，他们就会往西沿着伟大之路搜寻。"她向苏珊瞟了一眼，此时的她不太像罕布雷民众所了解的……或者是他们自认为了解的那个备受议论、犹豫不决的奥利芙·托林，"如果我知道你会选择那个方向，那些我们尽力要避开的人也会估计到。"

苏珊默然，她迷惑不解，说不出话来，但奥利芙好像看穿了她的心思，苏珊为此感到很庆幸。

"到他们发现房子里没人而准备西行搜捕的时候，太阳也下山了，今晚我们将在离这里约五英里外的海崖岩洞里过夜。我是渔民的女儿，对那些岩洞的熟悉程度无人能及。"这话勾起了她童年在岩洞玩耍的记忆，她开心起来，"明天，依你所愿，我们将掉头西行。恐怕你一路上要多一个胖乎乎的老寡妇做女伴了，你最好能赶快习惯这一点。"

"你真是太好了，"苏珊说，"夫人，你应该让我和锡弥自行赶路的。"

"然后我回到哪里去？嗬，我想让两个干厨房活的仆人听从我的吩咐都做不到。弗朗·伦吉尔成了整个事件的操纵者，我没有兴致等着看他怎么一步步往下干。我更不想等着他来处置我，说我是一个疯子，然后把我关进窗子安栅栏的囚房。或者，难道我应该待在那里看哈什·伦弗鲁如何把靴子高高跷在我的桌子上处理市长事务？"奥利芙大笑起来。

"夫人，对不起。"

"抱歉的话我们以后再说，"奥利芙说，语气听起来极为愉快，"目前最重要的事就是悄悄到达岩洞。这么做肯定能让人觉得我们就此人间蒸发了。抓好了。"

奥利芙突然停下马，站在马镫上，环顾四周弄清了他们所在的方位，接着点点头，坐回马鞍上，转身对锡弥说：

"年轻人，你该骑上自己那头忠实的骡子回海滨区了。如果有骑手跟在我们后面，你必须找些合理的借口把他们引开。能做到吗？"

锡弥一脸苦相。"托林夫人，我找不到合适的借口，所以，我做不到。我真不知该怎么说。”

“胡扯，”奥利芙说着亲了亲锡弥的额头，“小跑着往回走吧，如果到太阳下山时，还是没发现有人跟踪我们，就掉头重新往北跟上我们。我们会在路标旁等你。你知道我指的是哪个地方吗？”

锡弥觉得自己知道，尽管它位于他仅有的一些地理知识的最北边界。“是红色的牌子吗？上面盖着宽边帽，箭头指向城镇方向？”

“就是那里。可能要到天黑你才能走到那里，不过今晚月色将会很明亮。如果你不能马上返回，我们会在约定的地方等你。但你必须返回去，并且把任何可能跟踪我们的人引开。明白了吗？”

锡弥明白了。他跳下奥利芙的马，叫唤卡布里裘斯走上前，骑了上去，被骡子咬过的地方坐下去的时候身子不禁缩了一下。“奥利芙夫人，就这样吧。”

“好，锡弥。很好，出发吧。”

“锡弥？”苏珊说，“请过来一下。”

锡弥来到苏珊身边，帽子合在胸前，抬头景仰地看着她。苏珊弯下腰吻了他，吻的不是额头，而是嘴唇。锡弥陶醉得几乎要昏厥过去。

“谢谢你，先生，”苏珊说，“谢谢你所做的一切。”

锡弥点点头。他开口说话的时候，声音低得像在哼哼，“这不过是卡的安排。”他说，“我心里明白这一点……但是我爱你，苏珊小姐。你们一路小心，一会儿见。”

“我等着你回来。”

但他们之间不存在不久和后来。锡弥骑着骡子朝南走时，回头望了一眼，挥手和她们告别，苏珊也举起手，回应着他。这是锡弥最后一次看到苏珊，从许多角度来说，这是件幸福的事。

12

拉迪格在离悬岩外一英里的地方安插了警戒哨，但罗兰、库斯伯特和阿兰在逼近油罐车途中遇到的金发碧眼的男孩一脸困惑，好像不确定自己到底该怎么做，因此也没有对任何人构成威胁。他的嘴巴和鼻子周围有很多皮下出血点，这说明这位由法僧派来执行任务的人一路奔波劳顿，几乎没什么新鲜的食物供给。

库斯伯特做出“好人”的手势语——双手合在胸前，左手放在右手上，接着向他问候致意的人伸出双手——那位金发碧眼的哨兵面带微笑，以同样的手势示意。

“那头发生了什么稀奇事？”男子用浓重的内世界口音问罗兰，他听起来像是日耳曼人。

“三个小伙子杀了几个大人物，然后逃向山里去了。”库斯伯特答道。他的模仿能力很强，毫无破绽地学着哨兵的口音做了回答。“那里有过一场战斗。现在已经结束了，不过战斗的过程真是可怕。”

“什么——”

“没有时间了，”罗兰突然插话道，“我们有紧急任务，”他把手合在胸口，然后伸出手臂，“万岁！法僧！”

“‘好人’！”金发碧眼的哨兵机敏地回应道。他微笑着回应了罗兰；这微笑告诉他们，如果有充裕的时间，他会问库斯伯特从哪里来，与谁相熟等问题。接着，他们便过了哨兵口，进入了拉迪格的监视范围。这么轻而易举就混进来了。

“记住，干完就跑，”罗兰说，“不可有丝毫迟误。失手了就放弃——没有其他办法。”

“上帝啊，别提这事了。”库斯伯说道，不过他是微笑着说的。他从皮套里拔出弹弓，用拇指试了试弓弦的弹性，然后舔了舔拇指，把它举到空中。照他们现在的进度来看，问题应该不大；风吹得很猛，但好在他们是顺风前进。

阿兰把伦吉尔的机关枪吊带解开，神情疑惑地看了看它，随后猛地把击铁滑管往后一拉。“罗兰，我不太会玩这家伙。枪上好子弹了，我觉得我弄明白怎么用它了，可是——”

“那就用吧。”罗兰说。他们三人加快了步伐，马蹄嗒嗒地锤击着硬邦邦的地面。一阵狂风吹过，掀起他们胸前的披肩。“它就是用来执行这种任务的。如果它卡住了，马上扔了它改用你的左轮手枪。准备好了吗？”

“好了，罗兰。”

“库斯伯特，你呢？”

“当然，”库斯伯特用极度夸张的罕布雷口音回答道，“我准备好了，确实准备好了。”

他们前方，一群群骑手穿行于油罐车的前前后后，不时扬起一阵阵尘土，他们正在集合纵队，准备出发。步兵巡视时，好奇地看着这几个新来的人，但这却没有引起他们丝毫的警觉，这一点真是要命。

罗兰同时拔出两把手枪。“蓟犁！”他喊道，“冲啊！蓟犁！”

他鞭打着拉什尔飞奔前进，另外两个男孩也一起加快了速度。库斯伯特仍旧骑在中间，他扯紧缰绳，拿着弹弓，抿紧的嘴唇里叼着的荧光火柴闪闪发亮。

枪侠们像猛兽似的往悬岩疾冲而去。

13

派锡弥回南面后二十分钟，苏珊和奥利芙绕过一个急转弯，和路上三个骑马的男人撞了个正着。在已近黄昏的太阳余晖中，她看到中间那人的手上刺着一个蓝色灵柩刺青。这人是雷诺兹，苏珊的心倏地往下沉。

雷诺兹左边那人——他带着一个污迹斑驳的白色牧人帽，脸上横着一双无精打采的三角眼——苏珊不认识。右边那个人像是个铁石心肠的牧师，他是拉斯洛·莱默。雷诺兹朝苏珊笑了笑，然后瞥了一眼莱默。

“拉斯洛和我一直没能聚在一起喝上一杯，为他死去的哥哥，我们那行善积德的长官送行，”雷诺兹说，“我们被派到这儿来之前，连镇上都没去过。我本不打算走的，但……该死的！那老婆子真有两下子，都能让僵尸‘吹箫’了，请恕我粗俗。德尔伽朵小姐，依我看，你的姑妈已经受她控制了。她——”

“你的朋友都死了。”苏珊对他说。

雷诺兹停顿片刻，耸耸肩说：“唔，可能是，也可能不是。至于我嘛，我已经决定，即便他们还活着，我也将独自行动。但我可能在附近再留一个晚上。收割的事……我在郊外听说了很多民间庆祝的方式，尤其是篝火庆典那一节。”

三角眼的男人哈哈大笑，声音毛糙，好像喉咙口卡着一口痰似的。

“让我们过去，”奥利芙说，“这个姑娘什么都没做，她是无辜的，我也一样。”

“可她曾协助迪尔伯恩逃跑，”莱默说，“他杀了你的丈夫和我的哥哥。

我可不觉得这是无辜。”

“诸神自有公断，如果津巴·莱默为人正派，神会让他重生的，”奥利芙说，“但事实上，他贪污了一半的城镇财产，那些没有交给法僧的钱财，他都占为己有了。”

莱默像是被打了一巴掌似的退缩了。

“你不知道我对此一清二楚吧？拉斯洛，你们一直看轻我，这让我感到无比气愤……不过，我为何要在乎你们这等人的看法呢？我知道的事已经够让我恶心的了，我还是不要再自添烦恼了。我还知道你们的同谋是谁——”

“闭嘴。”莱默阴沉着脸说。

“——他很可能就是刺穿你哥哥那颗黑心的人；那天一早，有人看到雷诺兹先生在那个侧房里，有人这么告诉我——”

“闭嘴，你这贱人！”

“——我相信这是真的。”

“夫人。你最好按他说的做，保持安静。”雷诺兹说。他脸上那种懒洋洋的调侃表情消失得无影无踪。苏珊心想：他不想让别人知道他的所作所为。即使他已经高高在上，就算别人知道了事实也伤害不了他，他还是不愿自己的事被泄露出去。另外，没有乔纳斯，他的地位就会下降，下降很多，他自己也明白这一点。

“让我们过去。”奥利芙说。

“不行，夫人。我不能那么做。”

“那我来帮帮你，怎么样？”

在斗嘴的时候，奥利芙已经把手偷偷伸进那条大得过分的披肩，这时，她举起了一把巨大的老式手枪，枪把是发黄的象牙做的，枪筒上还嵌着已经褪去光泽的银丝，枪的顶端是黄铜火门。

枪对奥利芙来说绝对是个生疏的玩意。她连拔枪都煞费周折——枪钩住了披肩，她费了不少力气才把它扯开。她扣扳机的动作同样极为笨拙，她两个拇指并用，试了两次才上好子弹。但这三个男人已经被她手里的这把老式大口径短枪吓得不知所措。雷诺兹的惶恐并不亚于其他二人；他骑在马上，下巴松垮地掉了下来。乔纳斯要是在这里，保准已经吓得掉眼泪了。

“抓住她！”一个老态龙钟的嘶哑尖叫声从三个堵住路的男人身后传来，“你们怎么回事，一帮蠢货？抓住她！”

这时，雷诺兹最先行动了起来，他伸手去拔枪，动作迅捷，但之前他给了奥利芙太多时间，结果挨了一枪，一记空枪。他刚从皮带上取下左轮手枪的枪筒时，守寡的市长夫人已经双手举起老枪对准他，像小女孩被逼着吃些恶心难咽的东西时那样，紧紧闭着眼睛，扣动了扳机。

火星一闪而过，但是，因为火药过于潮湿，只听到枪口发出低沉无力的扑哧一声，接着冒出了一阵蓝烟，而子弹——如果它窜出枪膛，足以把克莱·雷诺兹鼻子以上的半个头打飞——仍旧躲在枪筒里。

紧接着，雷诺兹的枪砰的一声，只见奥利芙的马惊惶地扬起前腿，大声嘶叫着。奥利芙头朝下从马上摔了下去，她披肩上出现了一个黑洞，那黑洞正好落在披肩的一条橘红色条纹上——而那条纹底下，正是她的心脏。

苏珊听见了自己的尖叫声，那叫声仿佛来自远方，她可能叫了好一会儿了。接着她听到小马的马蹄声从几个男人身后传来，声音越来越近……她明白了。还没等那几个眼神倦怠的男人走到一边让出道来，她已经明白来者是谁，同时也停止了尖叫。

把女巫送回罕布雷的小马已经跑得精疲力竭，于是她换了一匹新马，但车仍旧是原来那辆黑色的推车，车上还是同样的金色神秘纹饰，也还是同样的驾车人。蕤坐在车里，那双爪子拉着缰绳，脑袋像生锈破旧的机器人似的摇来摆去，她朝苏珊冷冰冰地咧嘴笑着，就像一具张着嘴的僵尸。

“嗨，我的小心肝。”她说，几个月前的一个晚上，苏珊到她的小屋去证明自己的清白时，她也是这样叫苏珊的。那天晚上苏珊是兴高采烈地一路跑着到蕤的小屋去的。她走在吻月的月光下，跑步使她血流加快，使她的皮肤变得红彤彤的；她一边小跑，一边哼着那首《无忧之爱》。

“要知道，你的好朋友把我的玻璃球抢走了，”蕤说着，从三个男人身边经过，又往前走了几步，停下了马。见此情景，就连此刻俯视着她的雷诺兹也觉得浑身不舒服。“他们把我的可爱魔球抢走了，就是那群可恶的男孩干的。那几个小子简直坏透了。啊哈，不过球在我手里的时候，它让我看到将来的很多事情。在许多方面它看得很远，不过，许多情景我已经忘得差不多了……但是，我的小心肝，我不会忘记，你会沿这条路过来。我也不会忘记，死在这儿的这个老婊子会带你到这儿来。而现在，你必须到城里去。”她的嘴巴咧得更开了，样子古怪得难以形容，“你知道，集市日庆祝的时候到了。”

“放我走，”苏珊说，“放我走，否则看你怎么和蓟犁的罗兰交代。”

蕤根本不理会她，她对雷诺兹说：“正面绑紧她的手，让她站在车后面。

有人想看她，他们想好好看看她，这下他们马上就能实现心愿了。如果她姑妈安排妥当的话，城里将会有很多人等她呢。把她绑起来，现在就绑，利索点。”

14

阿兰趁机清理了一下思路：我们本可以绕过他们——如果罗兰所说都是真的，那么巫师的彩虹是唯一的关键所在，而且它就在我们手里。我们本可以绕过他们。

当然，事实上那是不可能的事。上百代枪侠用鲜血证明了这一点。不管有没有黑暗塔，小偷从来都没有获得战利品的权利，除非他们能停止偷盗行径。

阿兰凑上前在马耳朵边咕哝了几句：“我开枪时如果你乱蹦乱跳，我就把你该死的脑袋打烂。”

罗兰骑着骏马，跑在另两人前面，一路往前杀去。他们前面有一群人——其中五六个骑着马，大概十二个步兵正在看着那一对把油罐车拉上来的公牛——他们傻呆呆地盯着罗兰，一动不动，直到他开枪，他们才像一群受惊的鸟儿慌乱散开。罗兰射倒了所有骑手，那几匹马拖着缰绳绕着大圈，接着仓皇而逃（其中一匹马还拖着一个死兵）。这时，从某个方向传来一阵喊叫声：“紧急！紧急！赶紧上马，你们这帮蠢货！”

“阿兰！”罗兰见他们陆续集合，扯着嗓子喊道。这时，两批骑手和武装士兵纷纷聚集到油罐车前——他们混作一团——排成一条笨拙的防卫线。“现在行动！现在！”

阿兰举起机关枪，将锈蚀的金属枪托架在肩膀上，他温习着仅有的一点速射武器知识：放低瞄准，迅速挥臂，射击。

他扣下扳机，子弹嗖嗖地蹿入尘土飞扬的空气中，枪口火星直冒，枪托的反冲力推得他的肩膀猛烈颤动。阿兰从左往右扫射着，俯瞰着那些正四散逃逸、慌忙抵挡的敌人，接着，他的视线越过了油罐车那高高的防御钢墙。

第三辆油罐车事实上是自己爆炸的，那种爆炸声是阿兰从未听到过的：那是一阵刺耳剧烈的撕裂声，伴随着亮彻天空的橘红色火光。钢壳被撕成了两半，飞了起来。一块钢板被旋空抛出，坠落在三十码外的荒地上，烧成了一团火球。另一块哗地一下弹入了乌黑的烟柱。一个熊熊燃烧的木轮像个盘子似的在空中飞旋着,然后一路拖着火花和烧落的碎片砸向地面。

士兵们尖叫着慌乱逃窜——一些人单凭着两条腿狂奔不止,其他人驱马逃散,压低身子,紧靠着马脖子,个个吓得眼睛发直。

把油罐车前一排防御兵从头到尾扫了一遍后,阿兰调转枪口。这时他手中的机关枪已经发烫了,但阿兰仍旧紧紧地扣住扳机。在这个世界,你必须使出浑身解数,充分利用可用的资源。他驾的马直往前冲,仿佛听懂了阿兰刚才在它耳边说的每一个字。

再炸一辆!我要再炸一辆!

正当他想射击另一辆油罐车时,机关枪发出的那串快速的嘎嘎声突然停住了——可能它被什么东西卡住了,也可能没子弹了。阿兰把它扔到一边,拔出了左轮手枪。库斯伯特的爆竹从他身旁飞过,尽管众人的喊叫声、哒哒的马蹄声、油罐车燃烧的嘶嘶声混成一片嘈杂,爆竹划过空气时的摩擦声仍然清晰可辨。阿兰看着它在空中划出一道弧线,不偏不倚地落在库斯伯特瞄准的目标上:那是一个标注着“**桑诺柯**”的原油搅拌器,在一辆油罐车的木轮旁。顷刻间,阿兰能清楚地看到火光照亮的油罐车一侧一字排开九个窟窿,甚至可能有十二个——那是他用伦吉尔的机关枪创造的杰作——接着,随着一记爆裂声,又是一个火光四溢的大爆炸。过了一会儿,油罐车一侧的枪眼里闪出火光,里面的油已经着火了。

*“赶快撤离!”*一个戴着褪色军帽的男人凄厉地喊道,*“它要爆炸了!它们都要——”*

阿兰向他开了一枪,打花了他的一侧脸颊,他倒下时,脚上的一只旧靴子飞了出去。不一会儿,又一辆油罐车爆炸了。只见一块着火的钢板被弹到一旁,掉在另一辆油罐车的原油搅炼池下面,紧接着,那辆油罐车也爆炸了。阵阵黑烟冲入云霄,就像个火葬仪式,天空顿时变得一片灰暗,太阳被蒙上了油腻腻的一层雾。

15

罗兰曾听到过对法僧的六个主要副手的详细描述——接受训练的十四个枪侠都获得了这个信息——他立刻认出了那个跑向备用马群的身影:乔

治·拉迪格。罗兰本可以向他开枪，但如果打不准的话，说不定反而会帮他清扫出一条逃亡路线。

因此他把枪指向了跑去和拉迪格会合的人。

拉迪格突然抵着脚跟转过身，愤怒地盯着罗兰，眼睛里充满了仇恨。接着他又跑了起来，边跑边招呼另一个人，又对那些躲在火堆之外，缩成一团的骑手们怒吼。

这时又有两辆油罐车相继爆炸，罗兰的耳膜被这些沉闷的、铁拳头般的爆炸声撞得嗡嗡直响，这声音仿佛一股激流，要卷走他肺里的空气。他们的计划是由阿兰打漏油罐车，库斯伯特紧跟着把大爆竹点燃了射过去，使漏出的油起火。他投出的第一个爆竹似乎就证实了他们的计划是切实可行的，但那也是库斯伯特那天投出的最后一发爆竹。枪侠们不费吹灰之力就深入了敌人领地，由于士兵的混乱，他们又易如反掌地实现了计划，他们能够如此幸运是因为那里的士兵缺乏经验和足够的体能。而在油罐车的安置问题上，则是拉迪格犯了大错，这都是他一个人的错。他想也不想就把所有油罐车紧挨着排在一起，现在它们一个接着一个连环爆炸了。一旦火势出现，根本没有挽救的机会。还没等罗兰抬起左手在空中画圈比划，示意阿兰和库斯伯特出手，那排油罐车已经被引爆了。拉迪格的营地一下子成了火光四射的地狱，约翰·法僧的机动化袭击计划变成了一团巨大的黑烟，狂风把浓烟撕得粉碎。

“撤退！”罗兰大声喊道，“撤！撤！撤！”

他们赶着马往西面的爱波特大峡谷奔去。他们撤离的路上，罗兰感觉到一颗子弹嗖的一下从他左耳边擦过。就他所知，这是他们袭击油罐车期间受到的唯一一次攻击。

16

拉迪格愤怒得不能自已，怒气简直要炸裂他的脑袋，这对他来说还算是好的——他满心不安，不知“好人”一旦知道了这里的惨状会怎么处置他。目前，他唯一关心的就是抓住那几个伏击他的男人……如果在荒原里还能有伏击这一说的话。

男人？不。

这是几个男孩干的。

拉迪格知道他们的身份；尽管他不清楚他们是怎么在这儿冒出来的，但他知道他们是谁，而他们的逃路即将在树林东边，在山坡隆起的这个地方终止。

“亨德里克斯！”他厉声喊道。亨德里克斯总算把他的人手召集到了备用马群旁——那六个人都骑在马上——“亨德里克斯，过来！”

当亨德里克斯向他骑去时，拉迪格朝另一个方向转过身，看到一群人站在那里注视着熊熊燃烧的油罐车。他们目瞪口呆的表情和乳臭未干的脸庞让他差点上蹿下跳地大声叫起来，但他不愿意就此屈服。他拿起一个窄长瞄准器，朝那几个入侵者开了一枪，不管怎么样都不能放过那几个小子。

“你！”他对手下喊道。其中一人转过身来；其余人则一动也不动。拉迪格大步朝他们走去，边走边掏出手枪。他把枪啪的一声拍在转过身的人手里，随手指着一个没有转身的人说：“毙了那个蠢货！”

那个士兵惊得一脸茫然，仿佛觉得自己是在做梦，他举起手枪，朝拉迪格指着的人开了枪。那个不幸的家伙立刻扑倒在地上，四肢摊开，手指颤搐着。其他人纷纷转过身来。

“很好！”拉迪格说着把枪收回来。

“长官！”亨德里克斯喊道，“我看到他们了，长官！我清楚地看到敌人了！”

接着又是两辆油罐车爆炸。一些钢板碎片向他们飞来。有几个人急忙蹲下；拉迪格则表现得临危不惧。亨德里克斯也是如此。真是个勇猛的士兵。感谢诸神，在这场噩梦中，他至少还有那么一个有种的部下。

“我要不要跟踪他们，长官？”

“我会亲自带上你的人跟着他们，亨德里克斯。你们快骑上前面的马。”他的手臂从士兵眼前掠过，因为他们呆滞的目光已经从熊熊燃烧的油罐车转移到被击毙的战友身上了，“尽可能多召集些人手，你有没有军号手？”

“有，长官。他叫雷恩斯，长官！”亨德里克斯环顾了一下，招招手，只见一个脸上长满疙瘩、神情惶恐的男孩骑着马过来了。一个长着凹痕的军号斜挎在他胸前磨损的皮带上。

“雷恩斯，”拉迪格说，“你跟着亨德里克斯。”

“是，长官。”

“亨德里克斯，能找到几个人是几个，千万不要为此耽搁时间。他们往峡谷的方向去了，有人告诉我那是个哨所。如果真是这样，我们要把它变成一个射击场。”

亨德里克斯歪嘴笑着说：“是，长官。”

他们身后，油罐车的爆炸声还在继续响起。

17

罗兰回头张望，弥漫到空中的那团黑烟巨大得让他吃惊不已。他能清晰地看到前方的灌木丛堵住了峡谷出口的绝大部分。虽然此时风向不对，但他能听到无阻隔界狂躁的嗡嗡声。

他伸出双手在空中轻轻压了压，示意库斯伯特和罗兰放慢速度。他们俩看着他把大围巾解下，搓成一根绳子，把它扎在头上盖住耳朵。他们也仿效他，把耳朵遮住。这样总比没有任何遮掩来得强些。

枪侠们继续西行，他们身后的影子拖得很长，像沙漠里的铁架台。回过头，罗兰看到两群骑兵正向他们靠近。前面那群领头的就是拉迪格，罗兰心中猜测着，他会故意放慢自己队伍的行进速度，以便两支队伍能够会合，再联合进攻。

这样很好，他心想。

他们三人彼此紧跟着赶往爱波特，不断限住马速，让跟踪他们的队伍靠近他们。剩下的油罐车接连着爆炸，轰鸣声一阵接一阵地冲破空气，地面颤得厉害。摧毁油罐车如此轻而易举，罗兰觉得不可思议——即使在经过他们与乔纳斯和伦吉尔交战后，那些士兵的斗志和勇气被激发了，捣毁油罐车却依旧不是件难事。这让他想起很久以前的一个收割节。当时他和库斯伯特还不到七岁，手里拿着小木棍沿着一排稻草人奔跑嬉戏，一路上砰砰砰砰，把稻草人一个接一个推倒。

尽管罗兰用大围巾包住了耳朵，无阻隔界的鸣音依旧顽固地钻进他的脑子，刺激得他直冒眼泪。他听到身后传来追兵的呵斥声和喧叫声，这让他感到高兴。拉迪格的部队觉得胜券在握——二十四人对三人，另外还有人会加入他们的队伍——他们的斗志又振奋起来。

罗兰眼看前方，对拉什尔指着灌木丛中一条通往爱波特大峡谷的狭长开口。

18

亨德里克斯气喘吁吁地赶到拉迪格身旁，面红耳赤地说："长官！有情况禀报！"

"说吧。"

"我有二十个人手，另外可能还有三倍于这个数目的士兵正奋力赶来与我们会合。"

拉迪格并没有注意听他的话。他的眼睛如同闪闪发光的蓝色冰粒。他的小胡子下面露出一个贪婪的微笑。"罗德尼。"他叫着亨德里克斯的名字，语气温柔得像在召唤情人。

"长官？"

"罗德尼，我想他们是进去了。是的……看，我很确定。再过两分钟，他们要回头也来不及了。"他举起枪，将枪嘴架在前臂，精神振奋地向前面三个枪侠发了一枪。

"好，长官，好枪法，长官。"亨德里克斯转过身用力挥手，示意手下的人跟上，再跟上。

19

当他们到达树枝蓬乱纠结的灌木丛缺口时，罗兰喊道："下马！"此刻，他们闻到一股干燥油腻的气息，好像一场大火即将爆发。他不知道如果不能骑着马进入大峡谷，是否会使拉迪格占上风，他也不在乎这个。这几匹都是好马，蓟犁的精良品种，在这几个月里，拉什尔已经成了他的朋友。他不会带着它或另两匹马进入峡谷，因为一旦进去，它们就可能被困在火苗与无阻隔界之间。

几个男孩迅速下马，阿兰把装球的绳袋从马鞍上解下，搭在肩上。库斯伯特和阿兰的马立刻嘶叫着并排冲向灌木丛，但拉什尔却盯着罗兰徘徊不前。“走啊，”罗兰拍着它的腰说，“快跑。”

拉什尔往前奔去，尾巴在身后甩动着。库斯伯特和阿兰钻过灌木丛的空隙。罗兰跟在后面，时不时地朝地上看一眼，确认火药槽还在。火药槽完好如初，里面的火药仍旧是干燥的——自从他们布好这条槽，还没下过一滴雨。

“库斯伯特，”他说，“火柴。”

库斯伯特递给他几根火柴。他笑得嘴都咧开了，火柴没从他嘴里掉出来真是个奇迹。“我们帮这地方添温加热，是吧，罗兰？对吧！”

“确实如此，”罗兰也忍不住笑了起来，“继续行动，回到烟道切口处。”

“让我来干，”库斯伯特说，“好吗，罗兰？你和阿兰继续前进，我守在这里。我骨子里就是个纵火徒，从来没变过。”

“不行，”罗兰说，“这是我的任务，别和我争。你们走。提醒阿兰，不管发生什么，都要保管好玻璃球。”

库斯伯特盯着他看了一会儿，然后点头表示同意。“别让我们等太久了。”

“不会的。”

“祝你走运，罗兰。”

“祝你更走运。”

库斯伯特匆忙离去。峡谷的路面铺着松散的石子，他的靴子在地上嗒嗒作响。他赶到阿兰身边，阿兰向罗兰举起手臂，罗兰会意地点点头，然后突然一闪，躲开了一发子弹。那子弹擦到他的帽檐，差那么一点就打在太阳穴上了。

他蹲到灌木丛通道的左边，四处张望了一番。他的整张脸都被风猛吹着。拉迪格的部队正在以极快的速度逼近，比他预计的要快得多。如果风把火柴吹灭——

不要担心如果，坚持，罗兰……坚持……等他们过来……

他两手各拿着一根没点燃的火柴，盘坐地上耐心等待着，同时也透过缠结的枝桠缝隙，眯着眼睛向外观察着。牡豆树的气味很强烈，灌木丛后不远的地方是油料燃烧的烟雾。他整个脑子里都是无阻隔界的嗡鸣声，这让他感到地转天旋，都不知道自己是谁了。他回想在粉红风暴中的经历，他是如何在空中飞行……又是如何就被迅速带走，都来不及看苏珊一眼。*感谢诸神，有锡弥帮忙，他默默想着，他会确保苏珊全天都是安全的。*但无阻隔界的鸣声仿佛在嘲笑他，仿佛在反问他，玻璃球里发生的，是不是只有这些。

拉迪格和他的部队离峡谷口只剩下最后三百码的距离了，他们正以最快的速度前进，而他们的补充兵力也正在迅速跟上。前面的马一旦停下，就可能被后面赶上来的马踩死。

是时候了。罗兰用牙咬住一根火柴梗，把它点燃了，一滴又烫又酸的火星溅在他湿润的舌头上。火柴头还没烧光，罗兰就把它放到火药槽里。火药立刻被点着了，火苗在最北端灌木丛下朝左边蔓延，形成了一条火光闪闪的黄线。

他穿过灌木丛的开口——开口很宽，足够两匹马并排通过——齿间咬着另一根火柴。一发现风势转小，他就点燃了火柴，把它扔进火药里，听到火药劈里啪啦的声音，他立刻转身跑开了。

20

父亲母亲，这是罗兰脑子里冒出来的第一个奇怪念头——这回忆是如此深刻，出现得如此意外，仿佛突然扇来的一个耳光。*在萨罗尼湖*。

他们什么时候去过那里——蓟犁领地北部美丽的萨罗尼湖？罗兰已经记不清了。他只记得当时自己还很小，那儿有一个美丽的大沙滩，他在那里玩耍，那片沙滩对于他这个激情澎湃的小沙雕家来说，简直棒极了。这就是那天他到萨罗尼湖游玩时做的唯一的事情（*那天是假期？是假期吗？我的父母居然度过假？*）。这时，某个东西——可能只不过是盘旋着从湖面飞过的嬉叫的鸟儿——牵动了他的注意力，他抬起头，眼前是他的父亲和母亲，史蒂文和佳碧艾拉·德鄯，他们背对着他站在湖边，互相搂着腰，欣赏夏日湛蓝的天空下的一片碧蓝湖水。他的心中曾经充满了对他们多么强烈的爱！爱是多么的无穷无尽，在希望与记忆中相互缠绕，如同三股粗粗的头发编成的麻花辫，它像每个人生命和灵魂中的光明之塔一样无限崇高。

如今他感受到的不是爱，而是恐惧。当他跑回峡谷尽头的时候，站在他面前的两个人不是蓟犁的史蒂文和佳碧艾拉，而是他的同伴，库斯伯特和阿兰。他们也没有相互搂着腰，但他们紧握着彼此的手，如同童话故事里在可怕的神秘树林里迷了路的小孩。鸟儿在空中盘旋着，但那不是海鸥，而是一群秃鹰；两个男孩前的薄雾笼罩、闪着微光的东西也不是湖水。

那是无阻隔界，正当罗兰注视着他们时，库斯伯特和阿兰开始朝它走去。

“停下！”他喊道，“看在你们父亲的分上，停下！”

他们没有停住脚步。两人手拉手走向那片白边包围的朦胧绿光。无阻隔界欢乐地鸣响着，低声表达着喜爱之情，许诺着对他们的奖赏。它麻痹了他们的神经，控制了他们的大脑。

追上他们已经来不及了，罗兰唯一能想到的办法就是举起一支枪，朝他们上空开火。枪声在峡谷里回荡着，暂时压过了无阻隔界的声音。两个男孩终于停住了脚步，他们离那片恶毒的光芒只剩几步之遥。罗兰希望枪声能把他们的神经抓回来，如同他们曾在夏日的月夜来到这里，用枪声抓住了一只低飞的鸟儿一样。

他又朝空中开了两枪，枪声撞在峡谷的谷壁上，弹了回来。“枪侠们！”他嘶声喊道，“到我这儿来！到我这儿来！”

首先转过身来的是阿兰，他恍惚的眼睛仿佛在布满尘土的脸上漂浮着。库斯伯特继续往前迈了一步，他的脚尖已经消失在无阻隔界边缘银绿色的泡沫中（这东西的嗡嗡声顿时提高了半个音阶，仿佛充满了期待），阿兰猛地拽着他的披肩流苏把他拖了回来。库斯伯特被一块硕大的岩石绊倒，重重地摔了一跤。当他再抬起头时，眼神完全清醒了。

“神啊！”他自言自语道。当他挣扎着从地上爬起来时，罗兰发现他的靴子尖不见了，被齐刷刷地切去了，好像是被园艺大剪刀剪掉的一样，他的大脚趾露在外面。

“罗兰，”他气喘吁吁地说着，和阿兰一起蹒跚着走向罗兰，“罗兰，我们差点完了。它向我们施咒了！”

“是的，我听到了。来吧，我们没时间了。”

他带他们来到峡谷壁的缺口处，暗暗祈祷着，希望他们能及时爬过去，以免被子弹打得浑身窟窿……如果拉迪格赶到时他们还没爬过一半，他们就难逃厄运了。

一股酸苦的气味开始充溢到空气中——像是煮杜松子浆果的气味。这时一阵灰白的烟雾从他们面前飘过。

“库斯伯特，你先爬过去。阿兰，你跟在后面。我在最后。伙计们，动作快点，这可是为了逃命。”

21

拉迪格的队伍涌入灌木丛的缺口，如同水注入漏斗一般，那缺口渐渐被走过的人群撑大。其实最底下一层枯萎的枝叶已经着火了，但由于士兵兴奋不已，没有一个人看到那一小簇火，即使看到了也没人去留意。刺鼻的烟味也在悄悄地蔓延着，士兵的鼻子已经被燃油的恶臭熏麻了。拉迪格在队伍的最前面，亨德里克斯紧随其后。他脑子里只有一个想法，那几个字在他脑子里重重地锤击着：围住峡谷！围住峡谷！围住峡谷！

但当他驾马继续深入爱波特时，胜利的喜悦开始遭到侵袭。马儿敏捷地越过地上的碎岩石和

（骨头）

那是白花花的一片牛颅骨和胸腔骨。峡谷中传来一种低沉的嗡嗡声，这种类似昆虫叫声的声音连续不断，令人发疯发狂。声音弄得他流泪不止。但尽管那声音很强烈（如果它是一种声音的话；它仿佛发自他的内心），他努力把注意力转开，继续打自己的如意算盘。

（围住峡谷，围住峡谷，围住峡谷把他们一网打尽）

这场冲突结束后他得面对沃特，也可能是法僧本人。他不知道油罐车遭毁会给他带来怎么样的惩罚……但那都是以后的事。现在他唯一要做的就是杀了这几个坏事的杂种。

前面的峡谷高低起伏地向北面延伸着。他们可能在峡谷的那一头，也许就在不远处。他们逃到峡谷的尽头，没有了退路，只能躲到周围的岩石缝里。拉迪格将召集所有的枪支，用跳弹把他们一个个逼出来。他们也许会举起双手走出来，希望得到宽恕。但他们的期望都是徒然。他们已经闯下了这样的大祸——

拉迪格越过峡谷围壁的一个弯角后，瞄准了手枪，他的马开始大声嘶叫起来——像个女人似的尖声嘶叫——同时翘起前腿。拉迪格抓住马鞍角，把身子稳住，但马后腿的脚蹄在碎石路上往旁边一滑，倒了下去。拉迪格松开手，整个儿摔了下来。他已经意识到，钻进他耳朵的那声音突然放大了十倍，嗡嗡声振得眼球在眼窝里乱跳，把他下身刺激得难受，把他满脑子的如意算盘掩埋得严严实实。

无阻隔界那持续不断的微妙声音远远超出了约翰·拉迪格的承受

能力。

他四脚朝天摔倒在地，马匹纷纷在他身边闪过，它们无奈地被后面的马推挤着，被双双挤过树缝的骑士们赶着往前跑（接着，三个人并排穿过了灌木丛的空隙，那儿的火势正越烧越旺，正往四处蔓延），一穿过树丛的瓶颈缺口，他们又立刻散开，但没有一个人清醒地意识到，其实整个峡谷就是个瓶颈。

拉迪格昏昏沉沉地扫视了一番，眼前闪过黑色的马尾、灰色的马前蹄和斑驳的鬃毛。他看到了很多士兵和工装裤，还有塞在马镫里的靴子。他想爬起来，这时一块马蹄铁踏在他的后颅骨上，幸好他戴着帽子，才没有昏过去，但他艰难地站了起来，感觉头很沉，于是他耷拉着脑袋，仿佛一个正在祈祷的人；他眼睛里仍然冒着金星，飞奔而去的马蹄在他头皮上划出一道又长又深的口子，鲜血流满了他的颈背。

他听到比刚才更多的马嘶声，还有士兵的尖声喊叫。他重新站了起来，被马群越过时扬起的灰尘呛得不停地咳嗽（空气中混杂的刺鼻的烟尘哽住了他的喉咙）。他看到亨德里克斯正奋力要掉转马头，向东南方向飞驰而去，这与后边马队的前进方向正好相反，可是，他无法做到这一点。峡谷后面三分之一是一片类似沼泽地的地方，那里满是绿滢滢的水雾，水下面可能还有流沙，因为亨德里克斯的马好像陷进去了。马又嘶叫起来，想翘起前腿，可这时它的后腿歪到一边，没能站稳。亨德里克斯用靴子不停地踢着马，企图让它跑起来，但那马不听使唤——或许它已经动不了了。那个饥渴的嗡嗡声灌进了拉迪格的耳朵，仿佛要传遍整个世界。

“后退！回过头来！”

他用力喊叫，但发出的声音低哑得几乎听不见。骑兵们从他身边汹涌而过，扬起的灰尘浓重得已经不单单是灰尘了。拉迪格深深吸了口气，憋足了劲放大声音呼喊着——他们必须掉回头，爱波特大峡谷里出了可怕的问题——但他只是吐了吐气，一个字都没说出来。

马儿嘶叫着。

烟雾弥漫着。

世界的每个角落都像精神错乱似的充满了嗡嗡作响的微妙声音。

亨德里克斯的马继续往下沉，它的眼珠无助地转动着，被马嚼子分开的牙齿用力咬着灰蒙蒙的空气，嘴里冒出白色的唾沫。亨德里克斯摔进了那个冒着水汽的死水潭——其实那里面并不是水。不知怎么，他刚撞进去，那水就活了起来，还长出一双绿手和一张扭曲不定的绿嘴巴。那绿手抓到他的脸颊，融去了他的皮肤；它抓到他的鼻子，把它扯掉了；它抓到他的眼睛，从眼窝中掏出他的眼珠。它把亨德里克斯卷入漩涡，但在他消失之前，拉迪格看到那个没肉的颚骨，正尖叫着，那东西血淋淋的。

其他人看到了亨德里克斯的惨状，纷纷没命地想要掉头逃开绿潭的魔掌。那些及时反应过来的人一转身，就与下一拨人撞了个正着——一些紧跟而来的人不可思议地继续拉直了嗓子放声吼着助战的口号。越来越多马和骑兵被卷入那片绿色玄光之中，它正热切地迎接他们的到来。拉迪格惊愕地呆呆站着，血像仓皇逃窜的人（这也正是他目前的状态）似的流淌不止，他突然看到不久以前用过自己手枪的那个士兵。这个家伙听从了拉迪格的命令，为了唤醒其他人，开枪杀了他的一个战友。只见他从马上摔下，痛得大声哀号起来，他的马继续向前冲进那片绿水中，但他竭力从它的边缘爬了出来。正当他要站起身时，两个骑兵向他冲来，他下意识地用双手捂着脸。不一会儿，他就被活活踩死了。

受伤或垂死的士兵们不停地惨叫着，叫喊声回荡在硝烟弥漫的峡谷里，但拉迪格几乎充耳不闻。他满耳朵都是那个可恶的嗡嗡声，听上去像是模糊不清的说话声，绿水正在召唤他跳进去。在这里终结。为什么不呢？一切都完了，不是吗？一切都完了。

但他还是从中挣脱出来，慢慢向前走。这时，一群正在涌进峡谷的骑兵放慢了步伐，而一些距拐角五六十码的骑兵已经恢复了神志，他们掉转了马头。但是，这一切景象仍旧笼罩在浓重的烟雾中，模糊飘忽，犹如幽灵一般。

这些狡猾的狗杂种趁我们不备在灌木丛放了火。苍天啊，大地啊，我想我们是被困在这儿了。

他没有办法发出命令——每次当他吸足气想要尝试时，就不停地咳嗽，咳得话都说不出来——不过，他还有力气逮住一个正要从身边经过的骑兵，一把把他从马上拽下来。这个男孩看上去最多不超过十七岁，他一头栽到地上，撞在一块岩石上，把额头摔破了。男孩的脚还在抽搐着，拉迪格却已经骑上了他的马。

他牵着缰绳转过马头，往峡谷口奔去。但是当他骑了还不到二十码，烟雾就变得越来越浓，空气里弥漫着一片让人透不过气的白色浓烟。而眼下的风势又加强了这股浓烟的势头。拉迪格几乎已经看不见那头荒凉的灌木丛中熊熊燃烧的火焰了。

他转了一百八十度，原路返回。还有一些马匹纷纷从烟雾中跑出来。拉迪格和一匹马迎头撞上，五分钟后又撞了一匹，这次他被撞下马来，膝盖磕在地上。他挣扎着站起来，顺着风向摇摇晃晃往回走，一边走一边咳嗽不止，同时他还觉得恶心反胃，两眼通红，不停流着泪水。

峡谷北面转角的地方空气稍微好些，但也持续不了多久。在无阻隔界边缘，马群混作一团，很多断了腿折了肢，可怜的士兵们费劲地在地上爬行着，绝望地狂呼着。拉迪格看到好几顶帽子漂浮在绿滢滢的水面上，这玩意占满了整个峡谷后方。他还看到了靴子、腕套和颈巾，看到军号手那凹痕累累的乐器依旧拴在磨损的皮带上。

请进，绿光邀请着他，拉迪格发觉那嗡鸣声具有异常的吸引力……几乎到了亲密的程度。进来拜访一下，蹲下盘腿而坐，平静地安眠，平和宁静，和谐一致。

拉迪格举起手枪，准备向它开枪。他不相信子弹能毁灭它，但他回忆起父亲的面容，平静情绪，然后开枪。

但是他没这么做。枪从他松弛的指间滑落下来，他执著地往前走去——身边的其他人和他一样——走进无阻隔界去了。嗡嗡声响了又响，直到占满他的整个耳朵，把所有一切都排斥在外。

其他一切都不存在了。

22

罗兰和他的伙伴在距离顶部二十英尺的地方停住，从峡谷的缺口中目睹了那里发生的一切。他们看到一片混乱的嘶叫，看到了惊惶失措的逃窜和那些被蹂躏践踏的士兵，还看到被无阻隔界拖走的士兵和马匹……最后，他们看到一群人挣扎到最后，还是心甘情愿地走进了那怪物的魔掌。

库斯伯特最靠近峡谷壁顶端，下面是阿兰，再下面是罗兰，他站在一块六英寸宽的突出的岩石上，手抓着头顶上凸出的另一块岩石。从他们的优越位置能看到底下在浓烟的地狱中苦苦挣扎的人们所看不到的景象：无阻隔界在膨胀，伸出魔爪，像席卷而来的浪潮似的贪婪地向他们爬去。

罗兰的战斗欲望已经平息，他不想看下面发生的事，但是他无法转过头去。无阻隔界的鸣音——柔弱与宏阔共生，快乐与忧伤同存，迷失和归复并在——像美妙粘手的绳子一般把他牵住。他悬在峡谷壁上，精神恍惚，上面两个伙伴亦是如此。即使升起的浓烟呛得他们干咳不止，他们依旧恍惚如梦。

峡谷中的人们在哀号中命丧黄泉，消失在重重烟雾中。他们在浓烟中挣扎，若隐若现如同幽灵一般。他们三个人影也随着烟尘加重渐渐变得模糊，像流水似的向峡谷壁上攀爬。绝望的马嘶声从谷底白茫茫的地狱中飘来。风戏谑地卷着白烟，烟雾表面出现了一个个漩涡。无阻隔界的鸣声依旧，在它上方弥漫的浓烟被染上了神秘的淡绿色。

最终，约翰·法僧的战士们沉寂了，哀号平息了。

我们把他们杀了，罗兰暗自想道，一种烦人的惊骇感萦绕在他心头。接下来：不，不是我们。是我。我杀了他们。

罗兰不知道自己在那里停留了多久——可能直到袅袅升起的浓烟把他整个儿裹起来，但过了一会儿，库斯伯特又开始往上爬了，他对着下面喊了几个字，话音惊讶慌恐。

"罗兰！月亮！"

罗兰抬头，吃惊地发现天空已经暗下来，变成了暗紫色。天空衬出他伙伴们的身影，那几个身影向东看着，正在升起的月亮在他脸上笼上了一层浓烈的橘红色。

是的，橘红色，无阻隔界在他脑子里回响着，在他脑子里狂笑着。当它在你出来看我的晚上升起时，会显出橘红色。橘红如同火焰。橘红如同篝火。

怎么可能已经天黑了呢？他在心中问着，但他明白其中的缘由——是的，他很清楚是怎么回事。时间不知不觉聚合在了一起，就这么简单，如同一场地震过后，地层又融合在一起。

黄昏已经降临。

月亮已经升起。

恐惧像一只攥紧的拳头直指罗兰的心脏，他往回一缩，撞在一块凸出的岩脊上。他伸手去抓头顶上那块尖角岩石，但他这试图平衡的努力根本不起作用；他几乎又被整个儿卷入了粉红风暴。也许巫师的玻璃球只告诉了他遥远的将来，而把即将降临的事隐藏了。

如果我知道她的生命真的陷入危险，我会赶去救她，他曾经说过，立刻赶去救她。

玻璃球是否知道这事呢？就算它不会说谎，它会不会误导呢？它会不会没有带他去一块黑暗的土地，以及黑暗塔那里，而是让他看到了其他东西，一些他现在才记起来的东西呢？一个穿牧人工作服的清瘦男人曾说过……他说了些什么？那人所说的内容与他所认为的大相径庭，那是他有生以来从未听到过的话，他说的不是愿你长寿，祝你的庄稼丰收，而是……

"死亡，"他对着四周的石头低声说，"你迎接死亡，而我的庄稼迎来丰收。杀人树，这是他说的话，杀人树。来吧，庆祝丰收。"

橘红色，枪侠，一个沙哑的老太太的声音在他脑子里笑着说。这是库斯女巫的声音。篝火的颜色。杀人树，辞旧迎新，所有古老传统中只有红手的稻草人仍然保留着……直到今晚。今晚古老的传统将会被更新，我们必须经常更新它们。杀人树，你们这帮该死的孩子，杀人树：今晚你们要为我亲爱的爱莫特付出代价。今晚你们要为自己的所有罪孽付出代价。来吧，庆祝丰收。

"快爬！"他伸手拍着阿兰的屁股大声喊道，"快，快爬！看在你父亲的分上，快爬！"

"罗兰，你说什么——"阿兰的声音迷离恍惚，但他总算还是爬了起来，从一块岩石爬到另一块岩石，他脚下蹬落的零星小石子，洒在罗兰仰起的脸上。罗兰下意识地眯起眼睛，又伸手用力拍打阿兰的屁股，像赶马似的把他往上推。

"该死的，快爬！"他厉声喊道，"现在还不算太晚，我们还有希望！"

他最清楚当前的处境。恶魔月亮已经升起，橘红的月光发狂似的闪耀在库斯伯特的脸上，他比他们更清楚处境的可怕。无阻隔界癫狂的嗡鸣声在他脑袋里回旋着，它猛烈地腐蚀着现实的血肉，同时又掺杂着女巫的疯笑。他比他们更清楚现在的处境。

你将迎来死亡，庄稼等待丰收。杀人树。

啊，苏珊——

23

当苏珊看到一个红色长发的男人时，总算弄明白事情的原委了。这个男人的草帽没有遮住他那双嗜血的眼睛，他手里拿着玉米壳，他是一个农夫

（她在低地集市见过他，按照乡村人的习惯，她向他点头致意，他回了礼），只见他独自站在离丝绸场路和大道交叉口不远的地方，站在正在升起的月光中。当遇到他时，事情就变得明明白白了。苏珊的手被绑在身前，她的头低垂着，脖子里扎了一根绳子，当她站在推车里缓缓从农夫身边经过时，农夫把手中一束束玉米壳向她扔去。一切都明了了。

“杀人树。”他用近乎甜美的声音喊着古话，她从小到大还是第一次听到，那句话的意思是“来吧，庆祝丰收”……另外还有其他的意思，某种暗藏的神秘意味，某种寓意着死亡的魔咒。当干玉米壳飘落到她脚边时，她恍然明白了其中的神秘寓意，同时意识到她将失去一切：没有孩子；在遥远的蓟犁，也没有为她举行的婚礼；没有殿堂供她和罗兰在喜庆的灯光下牵手致意；没有丈夫；再也没有爱情滋润的甜蜜夜晚；一切都完了。世界上的事正在按自己的轨道前进，一切都结束了，在初露端倪的时候就走向了毁灭。

她知道自己被押在车尾，站在车尾，知道死里逃生的灵柩猎手在她脖子里套了一根绳子。“别想着坐下，”他说，话音中充满歉意，“姑娘，我可不想把你勒死。如果因为马车颠簸，你倒了下来，我可以把结放得松一些，但是如果你想坐下来，那我就不得不把绳子收紧了。这是她的命令。”他朝蕤甩甩头，老巫婆正笔直地坐在马车座上，弯曲变形的手里抓着缰绳，“这儿现在她说了算。”

确实如此，他们往城镇去的一路上，蕤一直做着统率。不管玻璃球的魔法对她身体造成了怎样的损害，不管失去玻璃球在她心里留下了多大的创伤，都并没有摧毁她的力量；与此相反，她的力量似乎增强了，仿佛她找到了其他补充能量的途径，至少她的体能暂时恢复了。那些男人本可以像折断一根火柴那样轻而易举地用一个膝盖拗断她的骨头，但此刻却像孩子似的对她唯命是从。

随着收割节从下午渐渐步入黄昏和夜晚，越来越多的人聚集到一起：马车前有六人，他们骑马跟着莱默和那个长着斜眼的男人，马车后则跟着以雷诺兹为首的十二人。套着她脖子的那根绳子绕在雷诺兹带着刺青的手里。苏珊不认识这些人，也不知道他们是如何聚到一起的。

蕤带着这支不断壮大的队伍往北走了一段，然后转向西南，沿着古老的丝绸场路，继续往城镇方向前进。那条路在罕布雷东面边界与大道汇合。尽管苏珊脑子眩晕，她还是能感觉到那恶毒的老婆子前进缓慢，一步步丈量着太阳下降的趋势，非但没有赶着马儿加快步伐，反而拉着缰绳让它放慢步子，他们一路悠闲地走着，直到下午的阳光完全退去。他们从农夫身边走过。农夫脸庞清瘦，独自一人站着，他生性善良，拥有一个农场，每天从黎明的第一缕阳光到黄昏的最后一抹晚霞，他都在自己的农场辛勤耕耘，他有一个家庭，有深爱自己的家人（但是在他那扁旧的帽檐下，有一双屠夫的眼睛）。这时，苏珊也明白了他们为何走得不紧不慢。薤在等待月亮的出现。

找不到能够信任的神灵，苏珊便向自己的父亲祈祷。

父亲？如果你在那儿，能听到我的祈祷，就请给我勇气吧！让我坚强，帮助我坚定意志，让他留在我的意识中，留在我的记忆里。给我力量，让我坚持到底。不祈求获得解救，不祈求获得超度，只为了不让他们满足得意地看到我的痛苦和恐惧。还有他，请助他一臂之力吧……

"请你保护他，"她低声自言自语，"请保证我爱人的安全。无论我的爱人走到哪里，请带给他安全；无论他看到什么，请带给他快乐；同时让他成为快乐的源泉，给别人带去快乐。"

"亲爱的，在祈祷？"老婆子头也不回地问道，嘶哑的声音中表露出虚假的怜悯，"啊，趁现在还来得及——趁你的魂还没被烧得蹿出喉咙，你最好把事情交代清楚。"她甩过头，不怀好意地咯咯冷笑着，头上稀疏地挂着几根稻草似的头发，在圆满的月亮照射下，闪耀着橘红的光。

24

拉什尔带着另两匹马循着罗兰绝望的叫喊声赶来。刚才它们站得不远，鬃毛在风中荡起涟漪，每当风从峡谷带来一阵浓重的白烟时，它们就使劲摇头，难受地嘶叫。

罗兰没有注意到马和烟雾。他的眼睛紧紧盯着挂在阿兰肩上的袋子。袋子里的球又活跃起来，随着天色渐暗，袋子像怪异的粉红色萤火虫似的一闪一闪。他伸手去抓袋子。

"把它给我！"

"罗兰，我不知道会——"

"该死的，把它给我！"

阿兰看着库斯伯特，只见他点点头……然后倦怠飘忽地把手抬到空中。

不等阿兰把袋子从肩上拿下来，罗兰已经把它扯走了。枪侠把手伸进袋子，捧出玻璃球。它正在闪闪放光，正如魔月一般，只不过它是粉红色，而不是橘红色的。

在他们身后，在下面的峡谷中，无阻隔界延绵不断的嗡鸣声时大时小，时起时落。

“别看那玩意，”库斯伯特对阿兰咕哝道，“看在你父亲的分上，别看它！”

罗兰对着闪烁的玻璃球垂下头，它的光芒像流水似的顺着他的脸颊散到额头，把他的眼睛淹没在炫目的光里。

他在梅勒林的彩虹里看到了她——苏珊，那个站在窗边的可爱女孩，牲畜养殖者的女儿。他看到她站在镶金饰的黑色拖车后，就是老女巫的那辆车。雷诺兹骑行在她后面，手里牵着套在苏珊脖子上的绳子。车正摇摇晃晃驶向翡翠之心，那一长队人缓慢前进着。希尔街一路上排满了人，长着屠夫眼睛的农夫站在最前面——罕布雷和眉脊泗的民众没能举行集市，但如今这个隐秘的古老习俗补偿了他们：杀人树，来吧，庆祝丰收。迎接你的死亡，欢庆庄稼的丰收。

一片无声的私语像波浪一样传过人群，他们开始用东西砸苏珊——先是用玉米壳，然后是腐烂的西红柿，接着是马铃薯和苹果。一个苹果砸在她脸上，她打了个趔趄，差点摔倒，接着她又站直身子，抬起被打肿但依旧可爱的脸，月光倾泻而下，她直视着前方。

“杀人树。”他们低声默念着。罗兰听不到他们的声音，但从他们的口形可以猜出他们说的话。斯坦利·鲁伊兹也在人群中，还有佩蒂、格特·莫金斯、弗兰克·克莱普尔、瘸脚的副手，以及杰米·麦肯，他是本年度的收割节主角。此刻，罗兰在看到眉脊泗上百张熟悉的面孔（他们多与他关系和睦）。这些人开始用玉米壳和蔬菜扔他的爱人。而苏珊的手被绑在身前，站在蘩的拖车后部当他们的靶子。

缓缓滚动的拖车终于到达了翡翠之心，那儿装点着各色纸灯笼，游乐园的旋转木马冷清孤寂地停放着，没有前来嬉戏玩耍的孩子……不，今年不该这样。人群仍旧在念叨着那几句话——现在就用他们祭神——从口形判断，说的就是这个。罗兰看到堆成金字塔形的柴堆，篝火将在这里点燃。柴堆四周围着一圈红手稻草人。它们背靠着中心的一根圆柱，粗笨的腿纷纷伸在外面。一圈稻草人中留了一个空位，那是唯一等待填补的空缺。

一个女人出现在人群中。她穿着一件褴褛的黑色长袍，手里提着一个水桶。她脸颊一侧有一道明显的煤灰污迹。她——

罗兰尖叫起来。他不断重复着一个字，一遍又一遍：不，不，不，不，不，不！每重复一次，玻璃球的红光就比刚才愈加强烈，仿佛他的惊骇给它补充了能量。光芒实在太强烈了，库斯伯特和阿兰居然能透过枪侠的皮肤看到颅骨。

“我们必须把那玩意从他手里拿走，”阿兰说，“我们必须阻止他，它快把他吸干了，它会要了他的命的！”

库斯伯特点点头走上前。他抓住球，但是没法从罗兰手中把它夺走，枪侠的手指似乎被粘在玻璃球上了。

“打他！”他吩咐阿兰道，“再揍他一次，没有别的办法！”

但阿兰像是在打一根柱子似的，罗兰脚跟站得牢牢的，纹丝不动。他继续大声喊着同一个字——“不！不！不！不”——玻璃球的光芒闪得越来越频繁，它在罗兰脸上撕开一道口子，贪婪地钻进去，像吸血似的吸取着他的悲痛。

25

“杀人树！”科蒂利亚·德尔伽朵放声喊道，大步走到等待她的人群中。人们为她的到来欢呼鼓掌，在她左侧的天空，恶魔月亮眨着眼睛，仿佛它和他们是一伙的，“杀人树，你这个不忠不孝的婊子！杀人树！”

她把水桶里的颜料向侄女洒去，颜料溅湿了苏珊的裤子，颜色染满了她被绑住的手，使得她看起来好像带了一副湿淋淋的猩红色手套。当拖车驶过时，科蒂利亚抬头朝苏珊狰狞地笑着，脸颊上的煤灰迹格外显眼；在她苍白的额头中心，一根血管像蠕虫似的搏动着。

“婊子！”科蒂利亚歇斯底里地尖叫道。她紧紧攥着拳头，踩着狂欢舞步，两条腿在裙子下不停地跳动着，“庆祝庄稼的丰收！迎接贱人的死亡！杀人树！来吧，庆祝丰收！”

拖车从她身边驶过；科蒂利亚从苏珊的视线中消失，如同快要结束的噩梦中那凶残的幽灵般，消失了。鸟、熊、兔子和鱼，她心想。保重，罗兰，带着我的爱继续前行，这就是我最美好的梦。

“拿下她！”蕤尖声叫道，“拿下这个小淫妇，让她带着那双红手，被我们煮熟！杀人树！”

"杀人树!"众人应和道。顿时月光笼罩的空中掀起一片手的海洋。某个角落还传来劈里啪啦的爆竹声和孩子的嬉戏欢笑声。

苏珊被抬出了拖车,被一双双高举的手传递到高耸过头的柴堆上,仿佛迎接从战场凯旋的女英雄似的。她的手流着猩红的眼泪,一滴一滴落在众人兴奋得扭曲变形的脸上。俯瞰的月亮目睹了一切,纸灯笼里的火光渐渐变弱了。

她先被放下,接着又被扔到干柴堆上,安放在那个特地为她空出的位置上。"鸟、熊、兔子和鱼。"她一直反复默念着。现在众人开始齐声颂唱:"杀人树! 杀人树! 杀人树!"

"鸟、熊、兔子和鱼。"

她试着回忆,回忆那天晚上,他和她一起跳的舞,回忆他们在柳树林里的缠绵爱情,回忆他们在昏暗道路上的初次邂逅,谢谢您女士,我们相逢愉快,他当时这样说,是的,尽管发生了那么多事,尽管她的邻人们在邪恶的月光中变成了欢腾的妖怪,为她痛苦的遭遇欢呼雀跃,尽管她经受了痛苦、背叛,以及这正在发生的悲剧,但他的那句话是永远都不会改变的:他们相逢愉快。他们相逢愉快。

"杀人树! 杀人树! 杀人树!"

女人们聚集过来,在她脚边堆起干玉米壳。好几个人甩了她耳光(她已经觉得无所谓了;青肿的脸似乎已经麻木了),其中一个女人——她叫米莎·阿尔瓦雷斯,苏珊教过她女儿骑马——对着她的眼睛吐唾沫,然后一边疯笑,一边在空中摇晃着双手,像小丑似的跳着离去。突然她看到克拉尔·托林,她带着收割节饰物,怀里捧着一堆枯树叶。她走过来,把树叶泼到苏珊身上。伴随着细碎的脆裂声,它们翩然飘落到她脚下。

现在她的姑妈又来了,旁边跟着蕤。她们各自拿着一个火把站在苏珊面前,沥青燃烧的气味钻进她的鼻子。

蕤对着月亮举起火把。"杀人树!"她用粗钝沙哑的声音尖叫道,众人纷纷响应:"杀人树!"

科蒂利亚也举起火把叫道:"来吧,庆祝丰收!"

"来吧,庆祝丰收!"他们跟着她喊道。

"小贱人,"蕤压低声音诡异地说,"你将感受到任何爱人都没法给你的深情热吻。"

"不忠不孝的孩子,"科蒂利亚轻声说着,"庆祝庄稼丰收,迎接你的死亡。”

玉米壳高高堆到了苏珊的膝盖，科蒂利亚首先将手里的火把扔进了玉米壳堆，过了一会儿，蕤也把自己手里的扔了过去。火一下子从壳堆里冒起来，黄色的火光照得苏珊睁不开眼。

她吸进最后一口冷气，用心温暖它，然后反叛执著地喊道：“罗兰，我爱你！”

她的叫声震动了众人的心，他们出现了一丝退却，嘴里嘀咕着，好像为自己做的事感到不安，但是现在已经没有退路了。他们面前站着的不是稻草人，而是一个他们都熟识的、开朗的小女孩，是他们的一员。出于某种疯狂的原因，他们把她的手染红，将她毁于收割夜的篝火中。如果再早一秒钟的话，他们本可以救她——不管怎样，一些有良知的人会这么做的——但已经太晚了。干木头烧起来了，她的裤子烧起来了，她的衬衣烧起来了，她金黄的长发像皇冠一样在她头顶燃烧。

“罗兰，我爱你！”

在她生命的终点，她感受到的是激情，没有一丝痛苦。她抓住最后的时间回忆他的眼睛，它们湛蓝得如同清晨第一抹阳光照亮的天空。她想到他在鲛坡上骑着拉什尔飞奔的情景，鬓角的黑发在脑后飞扬，围巾在风中掀起涟漪；她看到了他率直豁达的笑容——失去了苏珊，在今后的生命中，他再也无法找回这种感觉了，她带着对这笑容的回忆离开了人间，她的灵魂从光和热中逃脱出来，飘向能够获得慰藉的黑暗中，一路反复呼唤着罗兰，呼唤着鸟、熊、兔子和鱼。

26

罗兰尖叫得越来越疯狂，到后来几乎分辨不出他在说什么了，连不字也听不到了：他像被挖去内脏的动物似的号啕大叫，双手紧紧粘着球，它如同被挖出来的心脏那样搏动着。他死死地盯着玻璃球，眼睁睁看她被淹没在火海中。

库斯伯特又试了一次，还是不能把这邪恶的玩意拿走。他想到了剩下的唯一的办法——他拔出左轮手枪，瞄准玻璃球，用拇指扳下了击锤。这样可能会伤到罗兰，飞溅的玻璃可能会把他的眼睛弄瞎，但他别无选择，如果他们不及时采取一些措施的话，那魔球会让他丧命的。

但是没有必要了。玻璃球这时仿佛看到了库斯伯特的枪，它明白过来，立刻在罗兰的手里熄灭了。这时，罗兰僵直的身子一下子变得虚弱无力，每一条神经和肌肉都在惊骇愤怒地抽搐着。他像一块石头似的倒下，手指终于松开了玻璃球。他摔到地上的时候，玻璃球掉在了他的肚子上，接着从他身上滚落，又被他伸出的松垮的手拦住了去路。玻璃球现在一片漆黑，除了一点点邪恶的橘红色闪光——那是渐渐升起的魔月的微弱反射。

阿兰用厌恶而惊恐的表情看着玻璃球，如同看着一个昏昏入睡的凶残可恶的动物……因为当它醒来时，又会开始咬人。

他走上前，打算用脚把它踩得粉碎。

"你敢！"库斯伯特扯着沙哑的嗓门说。他跪在罗兰虚弱的身子边，眼睛盯着阿兰。正在升起的月亮步入他的眼帘，在他的眼球上形成两个小而明亮的宝石般的亮点。"你敢！我们经受了那么多痛苦磨难，甚至冒着死亡的危险才把玻璃球弄到手。难道你没有好好想过吗？"

阿兰迟疑地看了他一眼，觉得无论如何，他都应该把这邪恶的东西毁掉——遭受过痛苦并不能免除将来的不幸；只要地上的这玩意还完好无损，它所能带来的只有不幸。它是个十足的灾难机器，除此以外什么也不是。再说，它已经把苏珊·德尔伽朵杀害了。虽然他不曾看到罗兰在玻璃球里目睹的情景，但他看到了伙伴的表情，这就足够了。它杀了苏珊，如果让它完整地留在世上，它还会谋害更多人。

但他马上想到了卡，立刻退了回去。以后他会为此而深深感到后悔的。

"把它放回袋子里，"库斯伯特说，"然后来帮我把罗兰扶起来。我们必须尽快离开这里。"

索绳袋皱巴巴地躺在旁边的地上，随风翻动着。阿兰拾起玻璃球，他一碰到光滑的弧形球面就感到厌恶，但又希望它能在他手中活过来。但是它并没有应阿兰所愿。他把它放回袋子，重新挂在肩上。然后他跪到罗兰身旁。

他弄不清具体花了多少时间和周折试图把罗兰唤醒——他只知道，当库斯伯特叫停的时候，月亮已经高挂在夜空，从橘红色变回了银白色，峡谷里混浊的烟雾已经开始消散。照罗兰目前的样子，他们只能把他丢在拉什尔的马鞍上，让马驮着他走。库斯伯特说，他们如果能在黎明前赶到领地西面树木丛生的地方，就会比较安全了。他们不费吹灰之力就彻底摧毁了法僧的部队，但残余的势力很可能在第二天汇集起来。因此他们最好趁早离开。

他们就这样离开了爱波特大峡谷和眉脊泗海岸，在恶魔月亮的笼罩下往西行进，罗兰始终像一具尸体似的横躺在马鞍上。

27

第二天他们待在博斯克——眉脊泗西面的树林，等待罗兰苏醒。一直到下午他还是不省人事，库斯伯特说："看看你能不能触摸到他。"

阿兰握住罗兰的手，集中所有的注意力，弯下腰看着他朋友苍白沉睡的脸庞。这个姿势他保持了足足半个小时。最后他失望地摇摇头，放开了罗兰的手，站起身来。

"不行？"库斯伯特急切地问。

阿兰叹着气无奈地摇头。

他们用松树枝做了一个雪橇，这样罗兰就不用继续在马鞍上再奔波一个晚上了（以这种方式带着自己的主人似乎让拉什尔感到紧张不安）。接着他们要继续赶路，但不从大道走——因为那条路太危险——而是沿着一条与之平行的小路走。又过了一天，罗兰仍旧没有知觉（现在眉脊泗已经落在他们身后，两个男孩同时感到一阵强烈的思乡之苦，那感觉难以言喻，但是如同潮汐般真实），他们俩分别坐在罗兰身体两侧，相互对视，他们的视线下面，罗兰的胸口缓慢地上下起伏着。

"昏迷中的人会饿死或者渴死吗？"库斯伯特问，"不会的，对吗？"

"会的，"阿兰说，"我觉得他们会饿死渴死的。"

整晚的旅途漫长劳神。前一天晚上他们俩谁都没睡好，现在，他们用毯子蒙着头挡住阳光，睡得像死人一般。当太阳下山的时候，两人相继醒来。两个满月之夜后，恶魔月亮又一次拨开层层云雾露出脸来，那些云雾预示着第一场秋季大风暴的到来。

罗兰坐起来了。他从袋子里取出玻璃球。他端坐着，把球抱在怀里，它黑乎乎的，像伦伯的玻璃眼珠似的死气沉沉。罗兰自己的眼睛同样是死气沉沉的，他冷漠地望着月光照耀下的林间通道。他会吃东西，但不睡觉。他会喝林中溪涧的流水，但不会说话。如今他已经离不开梅勒林的彩虹了——为了把它带出眉脊泗，他们付出了巨大的代价。可是，它并没有在他怀里发光。

不，一个念头闪过库斯伯特的脑子，当我和阿兰醒着的时候，无论如何都不想看到它活起来。

阿兰没法把球从罗兰手中拿开，于是他把手放到罗兰的脸颊上，就那样触摸着他。不过，他什么东西都摸不到，那里什么都没有。和他们一起朝着西面赶往蓟犁的根本不是罗兰，甚至都不是罗兰的鬼魂。正如月亮结束了一个夜晚的驻留而从天空消失一样，罗兰消失了。

第四卷

上帝的儿女都有鞋子

第一章

堪萨斯的早晨

1

（几个小时？几天？）以来枪侠第一次沉默了。他把手臂耷拉在膝盖上坐了一会儿，注视着东面的建筑物（在太阳的掩映下，这座玻璃宫殿像一个金环包裹的黑匣子）。接着他拿起放在身旁地上的皮水袋，将它高举过头，张开嘴，把袋里的水倾倒在脸上。

有些水灌进嘴里，他喝了下去——他的头向后仰着，其他两人都可以看见他的喉结在上下滚动，他继续往自己脸上浇着水——但喝水似乎并不是他的主要用意。只见那些水沿着他沟壑深刻的额头流下，从他紧闭的眼皮上溅落，纷纷积聚到喉咙下方那个凹陷下去的三角沟里，接着又顺着鬓角流到头发上，使得他那头黑发看起来颜色更深了。

最后，他把皮水囊丢到一边，闭着眼睛躺倒在地上，手臂伸直了摊在头两侧，像一个在睡梦中投降的人。只见他那湿漉漉的脸上悠悠地升起一股股水汽。

“啊……”他喊了一声。

“感觉好些了？”埃蒂问。

枪侠掀开眼皮，露出那双有些失神却又警觉的蓝眼睛。“嗯。好多了，真难以置信。我是那么害怕回忆这段往事……但我确实好多了。”

“也许精神专家可以给你解释清楚其中的玄机，”苏珊娜说，“但我觉得，你不会有心思听那些解释的。”她把手撑到腰背上，伸展了一下身子，又缩了回来……不过这缩回来的动作只是不自觉的反应。她原以为会出现的疼痛和僵直已经踪迹全无，不过她也并没能心满意足地听到骨节发出一连串惬意的咔嗒、劈啪的响声，只有她脊椎最下面的骨盘轻轻地咯吱了一声。

“告诉你一件事，”埃蒂说，“你的解释让我们对‘一吐为快’有了新的理解。罗兰，我们在这里待了多久了？”

“一个晚上而已。”

“‘灵魂在一夜间完成一切。’”杰克说，声音像是还在梦中似的。他的脚踝交叉放着，中间形成了一个大菱形，奥伊就站在这菱形当中，用它那明亮的黑眼睛盯着杰克。

罗兰坐起来，用领巾擦拭脸颊上的水，眼神犀利地盯着杰克问道："你说什么？"

"不是我说的。一个名叫查尔斯·狄更斯的人在一个题为《圣诞颂歌》的故事里写的。一切都发生在一夜之间，呃？"

"你有没有觉得时间还要长些？"

杰克摇摇头。不，他感觉和过去任何一个早晨没任何不同——甚至比某些早晨还要好些。他得去撒泡尿，虽然他并没有任何尿急之类的感觉。

"埃蒂？苏珊娜？"

"我感觉正常，"苏珊娜说，"当然，与我通宵熬夜的感觉还是不同的，更不像是那种熬上好几晚的感觉。"

埃蒂说："这让我想起以前吸毒的时候，稍稍有点像——"

"难道不是所有的事都让你想到吸毒的日子吗？"罗兰冷冰冰地问。

"哦，这问题太滑稽了，"埃蒂说，"实在可笑之极。下趟火车发疯似的向我们冲来的时候，你倒可以拿这愚蠢的问题来问问它。我的意思是，你亢奋地一连度过了那么多个夜晚，以至于你都已经习惯在每天早晨起来的时候，觉得自己像是十斤大便装在容量只有九斤的大肠里——感到阵阵的头痛，鼻塞，心慌，脊椎刺痛。跟你的朋友埃蒂学学吧，光是从早晨起来的感觉上，你就能体会得到，兴奋剂对你来说有多棒。总之，你将会十分习惯于那种感觉——不管怎样，*我已经对它习以为常了*——如果你一个晚上不用这药，第二天早晨醒来，你会坐在床沿上想：'我他妈的出什么问题了？难道我病了？感觉特别奇怪。难道我在半夜中风了？'"

杰克听了哈哈大笑，接着他猛地用手捂住嘴巴，似乎不光是想要压住笑声，而且想把它塞回嘴里似的。"不好意思，"他说，"你的话让我想起我的父亲。"

"和我一路的，是吧？"埃蒂说，"总之，我想经受痛苦，我想经受疲劳，我希望走路的时候，骨头会咯吱作响……但目前我想做的就是赶紧去灌木丛里撒一泡尿。"

"然后吃点东西？"罗兰问。

这时，之前一直挂在埃蒂脸上的浅笑退去了。"不，"他说，"讲完刚才那段经历以后，我不觉得饿。事实上，我根本就不饿。"

2

埃蒂将苏珊娜带到一片月桂树丛，让她在那里方便。杰克在东面六七十码开外的白桦树丛里。罗兰说过他要在安全岛上方便，见他来自纽约的朋友们因为这话大笑不止，他挑了挑眉毛。

但苏珊娜不是笑着走出树丛的。她的脸上闪着泪痕。埃蒂没有发问，因为他了解她，并且他自己也一直在跟那种感觉作斗争。他温柔地把她搂在怀里，她的脸靠着埃蒂的脖子。他们就这样站了一会儿。

“杀人树。”她终于开口说道。像罗兰那样，她把最后一个字念成了升调。

“是啊。”埃蒂说着心想，不管查理换了别的什么名字，他还是查理；玫瑰也终究是玫瑰。“来吧，收割。”

苏珊娜抬起头，抹着泪汪汪的眼睛说：“经历了那么多事，”她压低声音说着……接着她朝收费公路口看了一眼，确定罗兰不在那里之后，便继续说道，“而且是在十四岁的时候。”

“是啊。与此相比，我在汤普金斯广场搜寻毒品袋的历险就变得小儿科了。从某种程度上说，我感到释怀。”

“释怀？为什么？”

“因为我本以为他会告诉我们是他杀了苏珊的，为了他那座该死的黑暗塔。”

苏珊娜直勾勾地盯着他的眼睛看。“但他就是那么认为的啊。难道你不明白吗？”

3

他们重新聚到一起的时候，食物就摆在眼前，于是大家还是决定吃点东西。罗兰把剩下的玉米煎饼拿了出来（今天晚些时候，说不定我们能到附近的波音波音汉堡看看那儿还剩了什么吃的，埃蒂心里盘算着），大家围在一起吃了起来，除了罗兰。他拿起自己那份煎饼，看了一眼，就把脸转开了。

埃蒂发现枪侠脸上流露出忧伤的神情，使他看起来既苍老又迷茫。这让埃蒂感到伤心，但又无能为力。

比他足足小十岁的杰克倒有办法。他站起来，走到罗兰身旁跪了下来，接着用手臂搂着枪侠的脖子，抱住了他。“你失去了朋友，我感到很难过。”他说。

罗兰的表情有了变化，有那么一阵，埃蒂觉得他都要绷不住了。也许，罗兰很久都没有被人拥抱过了。太久了。埃蒂不忍再看，他移开目光，盯着别处。*这可是堪萨斯的早晨，他告诉自己，你以前可没料到自己能看见这样的美景，那就多看一会儿吧，不要打扰他。*

他再看罗兰时，发现他已经控制住了情绪。杰克坐在他身边，奥伊的长鼻子贴着枪侠的一只靴子。罗兰开始吃起玉米煎饼来，他慢慢地嚼着，似乎没什么胃口……但至少他在吃。

一只冰冷的手——苏珊娜的手——悄悄伸到埃蒂手里。他抓着它，把它合在自己手里。

“一个夜晚。”她惊叹道。

“至少，根据我们的生物钟是这样，”埃蒂说，“在我们的脑子里……”

“谁知道呢？”罗兰表示同意，“但讲故事总会改变时间。至少在我的世界里是这样的。”他微笑了一下。这个微笑还是一如既往地出其不意；也正如以前一样，在这微笑的映衬下，他的脸几乎可以用美丽二字来形容。埃蒂暗自想着，看看罗兰这时的面容，你就能够理解曾经会有女孩子爱上罗兰了。那时的罗兰还在长个儿，但也许没现在这么丑；那时候，黑暗塔也没有像现在这样，完全地攫获他的心。

“我认为这是所有世界的规则，亲爱的，”苏珊娜说，“在我们动身之前，我能问你几个问题吗？”

“问吧。”

“后来，你发生了什么事？你……迷失了多久？”

“你说得没错，我的确迷失了。我在游走。*徘徊*。确切地说，并不是在梅勒林的彩虹里……如果去了那里，我想现在不可能回得来……因为我当时还……病着……但很显然，每个人都有一个巫师的水晶球，就在这儿。”他庄重地拍了拍自己的前额，也就是两道眉毛中间偏上的那个地方，“这就是我去的地方。我的伙伴和我一起往东行进的时候，我就是去了这里。在这个地方，我一点点地缓过气来。我依靠这个玻璃球，在自己的脑子里游走，于是我渐渐好转。但巫师的玻璃球却一直沉寂着，始终没有再在我眼前闪耀过……直到城堡的防卫墙和城市的塔楼都历历在目了，它才活过来。要是它复苏得早些……”

他无奈地耸耸肩。

“如果它在我缓过气、回过神之前复苏，我现在不可能站在这里。因为任何世界——甚至是玻璃苍穹的粉红世界——都会比这个没有了苏珊的世界更受欢迎。我想赋予玻璃球生命的力量明白此事……因此一直在等待。”

“但是，当它重新苏醒的时候，它把其余的事都告诉你了。”杰克说，“我敢肯定，它把你没能亲眼见到的事情一一向你呈现了。”

“是的。我之所以能像现在这样，知道这故事的大部分情景，是因为我在玻璃球里都看到了。”

“你曾告诉我们，约翰·法僧想要把你的人头挂在柱子上，”埃蒂说，“因为你偷了他的东西，他珍爱的东西，那就是玻璃球，对不对？”

“对。他发现后，暴跳如雷，几乎都要气得发疯了。用你的话说就是，埃蒂，他气爆了。”

“后来它在你面前又亮了几次？”苏珊娜问。

“还发生了什么？”杰克追问道。

“我们离开眉脊泗领地后，我又看到了三次。”罗兰答道，“第一次是在我们回到蓟犁前的一个晚上。那是我在球里面游走时间最长的一次，我告诉你们的事情就是那次在里面看到的。我说的那些，有的是我的猜测，但大部分都是从球里看到的。它给我看这些东西不是为了教化启蒙，而是为了让我受伤痛苦。残余的巫师彩虹中的几个球都寄寓着邪恶与不幸，伤痛赋予它们生气。它等待着，等我的意志坚强到足以理解和抵挡这些事情之后……便把事情统统摆在我面前，那些由于我的年少轻狂而失去的东西：那些令我目眩恍惚的相思忧愁，以及那几乎夺去我性命的傲慢自得。”

“罗兰，别这样，”苏珊娜安慰道，“别再为此难过了。”

“但我仍在痛苦，这种伤痛还将一直纠缠着我。不过，不用担心，现在我没事了。故事讲出来了，我就没事了。”

“我第二次看玻璃球——准确地说，是走进玻璃球——是在回家后第三天。我母亲不在家，尽管那天晚上她本该回来。她去了德巴利亚——那是一个女性的静修地——以等待祈祷我的归来。马藤也不在。他和法僧一起在克莱西亚。”

“那玻璃球呢？”埃蒂问，“那时候是由你父亲保管着吗？”

“不，”罗兰低下头盯着手看，埃蒂发现他脸上泛起一阵红晕，“起先我没有把球给他。当时我觉得……难以放弃。”

“我相信，”苏珊娜说，“无论你还是任何其他人，只要被这该死的东西迷住，都躲不过。”

“第三天下午，在人们设盛宴庆祝我们安全归来之前——”

“我可不敢肯定你有心思参加宴会。”埃蒂说。

罗兰浅浅一笑，仍旧盯着自己的手：“四点左右，库斯伯特和阿兰来到我房间。我觉得，我们像是艺术家们画出的三人组——历尽风雨，眼神空洞，如稻草人一般瘦削，手上满是爬峡谷留下的割伤和擦伤，伤口尚未愈合。阿兰在我们三人中还算比较结实的，但他如果侧过身子几乎就扁得看不见人了。我和他们面面相觑。他们将保守玻璃球的秘密——他们对我说，这么做是出于对我的尊重和对我失去苏珊后伤痛的理解，我相信他们——但他们也只能把秘密保守到晚餐之前。如果我不主动把它交出来，事情会怎么处理就由我们的父亲决定了。虽然他们感到万分为难，库斯伯特尤其如此，他们还是下定决心要这么做。”

“我告诉他们，我会在宴会前把玻璃球交给我父亲——甚至会赶在我母亲坐车从德巴利亚回来之前。他们应该提前过来，看看我将如何兑现自己的承诺。库斯伯特哼哼哈哈了一阵，说没有必要，但事实上，这很有必要——”

“是啊，”埃蒂说，一副了然于胸的样子，“你可以独自承受这一切，但如果你有朋友在身边，那么收拾这么一个狗屎烂摊子将会变得容易得多。”

“至少阿兰知道，如果我不必独自把球交出来，那会对我更好——那样不会太费劲。于是他让库斯伯特打住，告诉我他们到时候会在场。事实上，他们确实到了，于是我尽管满肚子不情愿，还是把玻璃球交了出去。当我父亲打开袋子，看到里面装的东西时，脸色顿时苍白得像纸一样，随后他离开了一会，去把它放好。他回来后，又端起葡萄酒杯，继续和我们谈论眉脊泗的冒险经历，仿佛什么事都没发生过。”

“但从你朋友和你谈玻璃球的事到你把它交出来之间的这段时间，你又看了玻璃球，”杰克说，“你走进了玻璃球，在里面游荡，那时你看到了什么？”

“首先又是黑暗塔，”罗兰说，“还有通向那里的道路。我看到蓟犁的毁灭和‘好人’的胜利。我们摧毁了油罐车和油田，但这只是把事情推后了二十个月左右而已，该发生的还是发生了。我无能为力，但它让我看到一些我能够应对的事。我看到一把刀，刀刃被涂上了一种特制的强力毒药，这毒药来自遥远的中世界一个叫伽兰的王国，药力极强，很小的一道伤口就会导致猝死。一个流浪歌手——事实上是法僧的大侄子——把这把刀带进了宫廷。接受这把刀的人是城堡的内务首领，这个人将把刀递送给真正的刺客。他们本不打算让我父亲看见宴会第二天早上的太阳。"他阴沉地对他们冷笑着说，"因为我从玻璃球里看到了这件事，所以那把刀最终没能到达刺客的手里。并且在那个周末，新的内务首领上任了。我给你们讲的这个故事很离奇，不是吗？啊，这实在是离奇得很。"

"你看到刀是为谁准备的吗？"苏珊娜问，"看到真正的凶手了吗？"

"看到了。"

"还有什么？你还看到什么？"杰克又追问道。他似乎对谋杀罗兰父亲的计划不太感兴趣。

"还有其他东西。"罗兰看上去有些困惑，"鞋子。就那么一瞬，我看到鞋子在空中翻腾而去。起先我还以为它们是秋叶呢，而当我看清是什么东西时，它们就不见了，而我正躺在床上，手里抱着玻璃球……我就是那样抱着它把它从眉脊泗带回来的。我父亲……我刚才已经提到过，他看到袋子里的东西时，实在是诧异到了极点。"

*你告诉他谁拿着那把上了毒的刀，苏珊娜心想，可能是某个男仆，或者其他什么人，但你却没有告诉他谁会真正使用这把刀，对吗，亲爱的？为什么瞒着呢？是因为你想自己解决此事？*她正想问，却被埃蒂抢先了一步，他问道：

"鞋子？在空中飞过？你现在能看得出来它们有什么寓意吗？"

罗兰摇摇头。

"告诉我们你还看到些什么。"苏珊娜说。

罗兰看了她一眼，眼睛里流露出的极度痛苦使得苏珊娜立即确认了自己刚才的猜测。她转开眼神，伸手去摸埃蒂的手。

"请原谅，苏珊娜，我不能再说了。现在不行。到目前为止，我把能说的都告诉你们了。"

"好吧，"埃蒂说，"罗兰，这样就行了。"

"行了。"奥伊赞同地叫道。

"你后来见到过那女巫吗？"杰克问。

很长时间罗兰都没有说话，似乎他也不想回答这个问题，但最后他还是开口了。

“见过，那时我们之间的纠缠还没结束。就像关于苏珊的梦那样，她一直跟着我，从眉脊泗开始，就一路追着我不放。”

“你什么意思?”杰克惊讶地低声问道，“天哪，罗兰，什么意思?”

“现在不是解释这事的时候。”他起身说，“我们该继续前进了。”他对着那座漂浮在面前的建筑物点了点头，只见太阳正在越过那里的防卫墙，“那座耀眼的圆顶房子离我们有相当远的距离，但如果我们动作迅速的话，估计能在下午抵达那里。那样的话最好了，我可不希望在夜里才到那种地方，能避免就尽量避免吧。”

“你弄清楚那是什么了吗?”苏珊娜问。

“麻烦，”他自言自语地说，“而且在我们的路上。”

4

那天早晨有一会儿，无阻隔界的颤音非常大，他们耳朵里只觉得嗡嗡直响，即使塞了子弹也无法完全挡住声音。最糟糕的是，苏珊娜觉得她的鼻梁都快震裂了，她看了一眼杰克，发现他在不停地流泪——不是悲伤地哭泣，而是一个人鼻窦震颤时的反应。同时，她也无法把这孩子提到的那个拉锯人抛到脑后。*听起来有些夏威夷风情*，埃蒂默默地推着她穿行在停泊的车辆之间时，她坐在轮椅里想了一遍又一遍，*听起来像夏威夷，不是吗？该死的，真像是夏威夷人，不是吗？黑美人？*

无阻隔界拍打着收费公路两边的石堤，投下颤抖着的、扭曲变形的树影和谷仓倒影，它似乎正虎视眈眈地盯着路过的朝圣者，如同动物园里饥饿的野兽盯着胖乎乎的孩童一样。苏珊娜不知不觉想到了爱波特大峡谷里的无阻隔界，那声音饿慌了似的穿透烟雾抓住了拉迪格的部下，把他们统统拉了进去(有些是自觉地走进去的，那走路的样子就像恐怖电影里的僵尸一样)，接着她又禁不住想起了中央公园那个拿锯子的疯人。*听起来像夏威夷，不是吗？一个无阻隔界，听起来像是在夏威夷，不是吗？*

正当她觉得再也无法忍受下去的时候，无阻隔界开始从 I-70 州际公路上收回去，嗡嗡的颤音终于渐渐消退。苏珊娜总算能把耳朵里塞的子弹取出来了。她微微颤抖着双手，把它们塞进了轮椅旁边的口袋里。

"刚才那阵真是糟糕。"埃蒂说，他的声音听起来像是在哽咽。苏珊娜回头看他，发现他的脸颊是湿的，眼睛也红着。"不用担心，苏希甜心，"他说，"这是鼻窦的问题，仅此而已。那声音几乎要把我的鼻窦给毁了。"

"我也一样。"苏珊娜说。

"我的鼻窦倒没问题，但我的头疼得很，"杰克说，"罗兰，你还有阿司匹林吗？"

罗兰停下步子，在身上搜了搜，找出了药瓶。

杰克从随身带着的皮囊里喝了口水，把药送进嘴里，随后问道："你后来又见过克莱·雷诺兹吗？"

"没有，但我知道他的情况。他组建了一队人马，其中一些是法僧的军队里的逃兵，他们抢劫银行……钻进我们的世界来捣乱。那个时候，盗窃银行或抢银行的人并不怎么害怕枪侠。"

"因为那个时候枪侠们正忙着对付法僧。"埃蒂说。

"不错。但是在一个名叫奥克利的城镇的某条大街上，雷诺兹和他的手下被一个机敏的治安官逮住了，那位警官把那条街道变成了杀戮场。那伙人十个中有六个当场被击毙，其余人则被绞死了，雷诺兹就是其中的一个。这是不到一年后的事，当时正值满土。"他停顿了一下继续说道，"克拉尔·托林是其中一个被当场击毙的。她已经变成了雷诺兹的情人，一直跟着他们行动，也和其他人一样送了命。"

他们沉默了片刻。远处，无阻隔界依旧在没完没了地哼唱着。突然，杰克朝停靠在前面的一辆野营车冲去。有一张小纸条夹在了这辆车对着司机座位的刮水片下面，杰克踮起脚尖正好够到。他扫了一眼纸条，皱起了眉头。

"上面写了些什么？"埃蒂问。

杰克把纸条递给他。埃蒂扫了一眼，传给苏珊娜。她读完接着传给罗兰。他看罢，摇着头说："我只认得出几个字——*老女人*，*阴沉的男人*。其余写的是什么？念给我听听。"

杰克拿回纸条，念道："'梦中走来的老女人在内布拉斯加。她的名字叫阿巴加尔。'"他停了一下，继续念，"然后，下面这里写的是：'阴沉的男人在西部，也许在维加斯。'"

杰克抬头看着枪侠，一脸的疑惑和不安，纸片在他手中颤抖着。而罗兰则眺望着公路那一头闪闪发光的宫殿——宫殿在东面，而不是西面；而且颇为明亮，并不黑暗。

“在西部，”罗兰说，“阴沉的男人，黑暗塔，他们一直在西面。”

“内布拉斯加也在这儿的西面，”苏珊娜迟疑地说，“我不清楚这个叫阿巴加尔的人和这事有什么关系，但是……”

“我认为她是另一个故事里的人。”罗兰说。

“但那个故事与我们的很相似，”埃蒂插了进来，“就好像是邻门的。近得能够交换柴米油盐……或者产生摩擦和争论。”

“我相信你是正确的，”罗兰说，“也许我们和这‘老女人’以及‘阴沉的男人’之间，还会有故事发生……但我们今天的目标在东面，走吧。”

他们又继续赶路。

5

“锡弥怎么样了？”过了一会儿，杰克问道。

罗兰笑了起来，一半是出于对这个问题的惊讶，另一半是因为这个问题牵起了他愉快的回忆。“他跟着我们。这对他来说可不是什么轻松的事，有些地方肯定令他胆战心惊——眉脊泗和蓟犁之间，荒野之地一个接着一个，另外还有许多野人，也许还有一些比野人更糟糕可怕的东西。但是，卡跟随着他，他还赶上了年末集市。他和他那头该死的骡子。”

“卡皮。”杰克说。

“阿皮。”奥伊跟在杰克脚边，重复着他刚才的话。

“我们——我和我的伙伴——去寻找黑暗塔的时候，他一直跟我们在一起。我想，你们会说他像个侍从似的。他……”罗兰声音突然轻了下去，他咬着嘴唇，就此打住了这一话题。

“科蒂利亚呢？”苏珊娜问，“那个疯狂的姑妈怎么样？”

“没等篝火烧尽，她就死了。可能死于心脏病，或脑部问题——就是埃蒂所说的中风。”

“也许是因为她对自己的所作所为感到羞耻，”苏珊娜说，“或者是痛恨自己做过的事。”

“可能是这样，”罗兰说，“当一切都无法逆转时，才发现事情的真相，这是一件痛苦的事情，我对此有深切的体会。”

“快看，”杰克指向一条长长的道路，那路上的车辆已经被清除了，“你看到了吗？”

罗兰看到了——他的眼睛似乎看到了一切——不过，过了整整十五分钟左右，苏珊娜才看出前面路上的黑色小颗粒状的东西。尽管她的判断基于直觉多于视觉，她还是颇为确定，自己知道那是些什么东西。过了十分钟后，她便确定无疑了。

是鞋子。六双鞋子整齐地一字排开在往东的I-70州际公路上。

第二章

路上的鞋子

1

他们上午十点左右到达鞋子所在地。此时，玻璃宫殿已经清晰可见，它幽幽地闪烁着隐晦的绿光，如同平静水面上荷叶的倒影。宫殿前面的大门闪耀着，红色燕尾旗在塔楼上随轻风飘扬着。

鞋子也是红色的。

苏珊娜认为那里有六双鞋子，她的判断是可以理解的，但她的感觉是错误的——那其实是四双鞋子和一套四只脚的鞋子——后者是四只皮质的暗红色短靴，这毫无疑问是为他们卡-泰特中那位四只脚的成员准备的。罗兰捡起一只鞋子，伸手进去摸了一下。虽说他不知道这世上有多少貉獭穿过鞋子，但他觉得肯定没有一只貉獭穿过丝绸镶边的皮靴。

“巴利，古奇，好家伙，妒忌死你，”埃蒂说，“这可都是些名贵牌子。”

苏珊娜的鞋子一眼就能辨认出，不仅仅因为那女鞋特有的线条设计。事实上，它们根本不是鞋子——它们是为她膝盖下面的那截假肢度身定制的。

“快看这个，”她惊叹着拿起一只鞋子，在阳光的照射下，那些点缀在鞋上的水晶石熠熠生辉（如果那真是些水晶石的话），她甚至疯狂地认为它们可能是碎钻石，“小酒杯。我在朋友辛西娅所谓的‘腿部活动空间减少的状况’下度过了四年，如今终于有了一双小酒杯。真没想到。”

“小酒杯，”埃蒂沉思着，“他们是这么叫的？”

“对，他们就是这么叫的，亲爱的。”

杰克的是一双亮红色的牛津鞋——要不是因为颜色，它们看起来就像派珀学校大教室里常见的那种鞋子。他把鞋子折了折，然后把它翻过身，只见鞋底光洁崭新。鞋子上没有制造商的标签，他也没真觉得会有。他父亲大概有一打手工精制的鞋子，如果这双鞋也同样出自名匠，杰克一眼就能认出来。

埃蒂的是一双短靴，古巴跟儿（他想，也许在这个世界里你可以叫它们眉脊泗跟儿)，尖头……这种鞋在他那个年代是“街头爵士乐手”的专利。出生在六十年代中期的孩子们——那是一个奥黛塔/黛塔/苏珊娜没有经历过的时代——将它们称之为“甲壳虫靴”。

不用问，罗兰那双是牛仔靴，一双非常精美的鞋子——你可能会想要穿着它们去跳舞，而不是去赶路。鞋上的线脚很细密，鞋侧还有饰纹，鞋面的弧线别致中显出高贵。罗兰打量着这双靴子，并没有把它们拿起来，接着他看着同行的伙伴们，皱起了眉头。他们互相对视着，你也许会说，三人没法对视，只有两个人才行……但是，假如你曾经是卡-泰特的一分子，你就不会这么认为了。

罗兰仍旧和他们一起共享着楷覆，他能感觉到他们彼此系结的思想所形成的强大波流，但是他并不能理解，因为那是他们的世界，他们来自那个世界的不同时间，但在这里，他们都能看到三人所共有的一些东西。

“这算什么?”他问，“这些鞋子是什么意思?”

“我敢肯定，我们谁也不明白。”苏珊娜说。

“嗯，”杰克接口道，“又是一个谜语。”他厌恶地看着手中那双样子古怪的血红色牛津鞋，“又是一个该死的谜。”

“说说你都知道些什么。”他又把眼光转向玻璃宫殿，现在宫殿离他们还有约十五公里，它在晴空下熠熠生辉，虚幻而精致得犹如海市蜃楼一般，但同时又和……和眼前的鞋子一样真实，“告诉我吧，关于这些鞋子，你知道什么。”

“我有鞋子，你有鞋子，上帝的儿女都有鞋子，”奥黛塔说，“这是普遍观点。”

“不管怎样，”埃蒂说，“我们有了这些鞋子。你我的想法是一样的，对吗?”

“我想是的。”

“你呢，杰克?”

杰克并没有回答，而是弯腰捡起了另一只牛津鞋(罗兰觉得这里的鞋子，包括奥伊的，肯定都十分合脚，毫厘不差)，把两只鞋子互相拍打了三下。对于这个动作，罗兰不觉得有什么，但埃蒂和苏珊娜的反应很激烈，他们四下环顾着，特别对天空审视了一番，仿佛在期待暴风雨从明媚的秋阳里乍现。最后他们的视线重新回到了玻璃宫殿上……接着又睁圆了眼睛对视着，似乎明白了什么。这副模样使得罗兰不禁想要猛烈地摇一摇他们，直到把他们的牙齿也震得咯咯作响为止。但他只是静静地等待。有的时候，除了等待，人们没有别的选择。

“你杀了乔纳斯后看了玻璃球。”埃蒂转身对他说。

“没错。”

“你在球里游走。”

“对，但我现在不想再谈这个话题了，它和这些东西无关——”

“我认为有关联，”埃蒂说，“你卷进了一场粉红色风暴里，你也可以说，那是一阵大风。你也许会用大风这个词来指风暴，对吗？特别是当你想编谜语的时候。”

“的确如此，”杰克迷迷糊糊地说，宛如一个梦呓的男孩，“多萝西是什么时候飞过巫师的彩虹的？当她是一阵大风时①。”

“我们已经走出堪萨斯了，亲爱的，”苏珊娜说，接着她发出一阵怪异而冷漠的声音，在罗兰听来，这是一种笑声，“这地方看上去有点像堪萨斯，但你们知道，堪萨斯绝对不会……如此薄。”

“我不明白你的话。”罗兰说。但他觉得很冷，心脏怦怦乱跳。现在无阻隔界到处都有，难道他没告诉过他们吗？各个世界正在相互融合，这融合是伴随着黑暗塔力量的逐渐减弱，还是随着玫瑰将被铲走的那一天渐渐临近？

“你一边飞，一边看到各种东西，”埃蒂说，“你到达黑暗地带——也就是你称之为雷劈的地方——之前，你看到了一些东西。你看到了钢琴乐手席伯，他后来又在你的生命中出现了，是不是？”

“是的，在特岙。”

“那个红发居民呢？”

“我也见到他了。他养了一只名叫佐坦的鸟。但我们见面的时候，他和我，我们只说了几句客套话，诸如‘给你一些生命，也给你的庄稼生命’之类的话。当他在粉红风暴中从我身边飞过时，我以为我听见他说了同样的话，但他其实说了些别的。”他瞥了一眼苏珊娜说，“我也看到你的轮椅了，以前那把轮椅。”

“你也看到了女巫。”

“是的。我——”

杰克·钱伯斯突然叫了起来，不知为什么这声音让罗兰想起了蕤的笑

---

① 这个谜语利用了近音异义词。英文中“女孩”(girl)和“大风”(gale)发音相近。

声，杰克一边这样笑着，一边嚷嚷着："我要抓住你，我的可人儿！还有你的小狗！"

罗兰盯着他，竭力不让自己露出惊讶的表情。

"只有在电影里，女巫才不骑扫帚呢，"杰克说，"她骑的是自行车，后座装着篮子的那种。"

"对，她也不戴收割节符咒，"埃蒂说，"虽然戴上肯定能为她增色不少。告诉你，杰克，我小的时候，常常在噩梦中听见她那种笑声。"

"让我感到害怕的是那些猴子，"苏珊娜说，"那些飞在空中的猴子。我老是想起它们，然后害怕得只好钻到我父母的床上去，和他们睡在一起。我躺在他们中间，都快睡着了，他们还在争功，都说带我去那破地方看展览是自己出的好主意。"

"我可不怕拍打鞋跟，"杰克说，"一点也不。"他这是在跟苏珊娜与埃蒂说话，罗兰仿佛暂时在他们面前消失了似的，"毕竟，我当时没有穿着它。"

"这话是没错，"苏珊娜说，语气听起来很严肃，"但你知道我父亲过去常常怎么说吗？"

"不知道，但我有一种预感，我们很快就会知道答案。"埃蒂说。

苏珊娜严厉地瞪了埃蒂一眼，注意力又回到杰克那里："'除非你真的想让风刮起来，否则绝对不要用口哨召风。'"她说，"不管我身边这个年轻的愚蠢先生怎么想，这都是个善意的忠告。"

"你又来了。"埃蒂咧嘴笑着说。

"又来了！"奥伊严肃地盯着埃蒂，鹦鹉学舌。

"向我解释一下，"罗兰用极度柔和的声音说，"我会用心倾听的，我要分享你们的楷覆，现在就要。"

2

于是，他们给他讲了一个故事，这是一个所有出生在二十世纪的美国孩子都听过的故事。它讲的是堪萨斯州一个名叫多萝西·盖尔的农场少女和她的小狗一起，被飓风卷到了奥兹的土地上。奥兹没有I-70州际公路，但是有一条用途相当的黄色砖瓦路。那里也有很多女巫，有善良的，也有恶毒的。那儿也有一个卡-泰特，是由多萝西、托托以及她在途中遇到的三个伙

伴组成的，这三个伙伴分别是：胆小的狮子，锡人和稻草人。他们各自有

（鸟、熊、兔子和鱼）

一个最想实现的愿望。罗兰的同伴们（以及罗兰本人）最能够理解的是多萝西的愿望：她想找到回家的路。

“小矮人告诉她，她必须沿着通向奥兹的黄色砖瓦路走，”杰克说，“于是她就沿着那条路走了。她在路上遇到了其余几个伙伴，就有点像你遇到我们的经过，罗兰——”

“尽管你长得不太像朱迪·嘉兰①。”埃蒂插进来说。

“——最后他们到了，到了奥兹，到了翡翠宫殿，还见到了住在宫殿里的那个人。”他朝前面的玻璃宫殿看了一眼，在逐渐强烈的光线照射下，宫殿显得越来越绿了，接着，他又转头看着罗兰。

“嗯，我明白了。奥兹这家伙是个势力庞大的权贵？还是个男爵？或者是个国王？”

他们三人又互相交换了一下眼神，罗兰又被撇在了一边。“这个挺复杂，”杰克说，“他有点纸老虎的味道——”

“纸老虎？什么意思？”

“就是骗子，”杰克笑着说，“一个冒名顶替的骗子，光说不做。但关键是，巫师是来自——”

“巫师？”罗兰突然问。他用缺指的右手抓住杰克的肩膀，问道：“你为什么这么叫他？”

“亲爱的，因为那是他的称号，”苏珊娜解释道，“奥兹的巫师。”她温柔而坚决地将罗兰的手从杰克肩头推开，“现在让他继续说吧，他不需要你帮他把话挤出来。”

“弄疼你了吗？杰克，真抱歉。”

“没关系，我没事，”杰克说，“别担心。总之，多萝西和她的伙伴们在发现巫师是个纸老虎之前，有过很多冒险的经历。”说到这里，杰克一边咯咯直笑，一边手贴着前额把头发往后捋，像个五岁的孩子似的，“他没能赋予狮子勇气，没能给稻草人一个脑袋，或是为锡人添一颗心。最糟糕的是，他没有办法把多萝西送回堪萨斯。巫师有个热气球，但他却弃她而去了。我想他这么做并不是故意的，可是他毕竟这么做了。”

---

① 朱迪·嘉兰（Judy Garland），电影《绿野仙踪》中多萝西的扮演者。

“从你的叙述来看，我觉得，”罗兰慢吞吞地说，“多萝西的朋友们其实从一开始就拥有了他们想要的东西。”

“这就是故事的寓意，”埃蒂说，“也许，它的伟大之处也正在于此。但是你看，多萝西当时被困在奥兹，接着格琳达出现了，善良的格琳达。多萝西帮她铲除了房子下的一个坏女巫，并且感化了另一个，为了感谢她，格琳达给了多萝西一双红宝石拖鞋，并教给了她使用方法。”

埃蒂拿起那双有着古巴鞋跟的红色街头波普鞋，那双放在 I-70 州际公路的白色虚线上，那双专门为他准备的鞋子。

“格琳达告诉多萝西，只要把红宝石拖鞋的鞋跟相互碰击三下，她就能回到堪萨斯。这方法确实灵验，鞋子把多萝西带回家了。”

“故事到此结束了？”

“唔，”杰克说，“因为这故事流行甚广，于是其作者又继续写了一千来个关于奥兹的故事——”

“没错，”埃蒂说，“除了《格琳达美腿秘籍》，他什么都写了。”

“——还有一个名为《奇才》的翻版故事，里面的主角是黑人——”

“真的吗？”苏珊娜一脸困惑地问，“多么奇特的想法！”

“——但是我觉得，其中最关键的，还是第一个故事。”杰克总结道。

罗兰盘腿坐下，把手塞进为他准备的靴子里，把它们举到眼前，端详了一会儿，又把它们放下：“你们觉得我们要穿上它们吗？此时此地？”

他的三个纽约朋友犹豫不定地互相看着，最后苏珊娜把他们的想法说了出来——算是作为对罗兰的提示，因为他虽然能够感觉到那三人中的楷覆，但却没有融入进去。

“现在最好别穿，这里邪气太重。”

“塔库罗精灵。”埃蒂几乎像是自言自语般地咕哝着。接着他说：“带着它们。我想，我们会知道什么时候该穿上的。与此同时，我想我们还要提防那些略有两下子的纸老虎。”

埃蒂的话让杰克大笑起来，这是埃蒂意料之中的。有时候某个词或某个印象就是会像病毒一样触动你的幽默神经，而且会停留一段时间。也许到了明天，“纸老虎”这个词对这孩子来说就没有任何意义了，但在今天之内，只要这个词被提到，杰克就肯定会忍不住大笑一通。埃蒂打算时不时地提它一下，特别是当杰克没有做好心理准备的时候。

他们拾起那些摆在东向延伸的公路上、为他们准备的红鞋子（杰克帮奥伊拿着鞋子），继续向那座闪烁不定的玻璃宫殿行进。

奥兹，罗兰思忖着。他在记忆中搜索了一番，还是认为自己从未听到过这个名字；就算是在高等语中，也找不到这样一个词，它不像是高等语的那些代替词（比如用来代替查理的字），但这个词的发音倒很像高等语，尽管这个故事出自杰克、苏珊娜和埃蒂的世界，但这个词听起来更接近罗兰的世界。

3

杰克一直希望，随着他们和那绿色宫殿间的距离不断拉近，宫殿的样子能变得正常起来；就如同你一旦走近迪斯尼乐园，就会发现它的样子其实很正常一样——不是寻常，而是正常，也就是说，是世界的一部分，就像街角汽车站、邮箱或公园长凳这些能够触摸到的东西，如果突发奇想，你还能对它们涂鸦一番，写上**派珀见鬼去**之类的话。

但他所希望的并没有发生，也不会发生。当他们渐渐走近绿色宫殿时，杰克意识到，这是他一生中看到过的最美丽、最光彩夺目的东西。不相信它——他的确是不相信的——并不能改变事实。它就像是童话书里的插图一样，美轮美奂，这种美反而赋予了它真实感。此外，和无阻隔界一样，这座宫殿也在嗡嗡鸣叫着……有所不同的是，它的鸣音轻微柔和得多，也不让人觉得讨厌。

淡绿色的宫墙上顶着护栏，上面有一座高耸的塔楼，这座墙高得仿佛都能触碰到飘浮在堪萨斯平原上的云朵。每座塔楼尖顶都竖着一根深翡翠色的针柱，每根针柱上都系着一面迎风飘扬的红色燕尾旗，而每一面红旗上，都用黄色颜料画着一个睁开的眼睛：

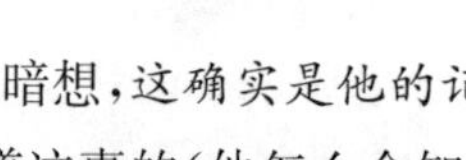

这是血王的标志，杰克暗想，*这确实是他的记号，而不是约翰·法僧的*。他也不明白自己是怎么知道这事的（他怎么会知道呢？关于血腥，阿拉巴马的血腥狂潮是他唯一了解的事），但他就是知道。

“太漂亮了。”苏珊娜轻声感叹。杰克看了她一眼，觉得她几乎要哭出来了。“但它并不美好，总让人觉得不对劲。尽管它和无阻隔界不一样，还没到彻头彻尾糟糕的地步，可是……”

“让人觉得不对劲，”埃蒂接口说，“是啊。它在释放能量。起作用的或许不是红光，而是鲜黄色。”他揉搓着自己的脸颊两边（这个动作是他不知不觉从罗兰那儿学来的），神情迷惑，“这东西给人的感觉不那么正经——几乎像个笑话。”

“我可不觉得这是个笑话，”罗兰说，“你不觉得这里很像多萝西与她的卡-泰特遇到假巫师的地方吗？”

又一次，这三个从前的纽约客互相交换眼神商量起来。商量完毕后，埃蒂告诉了罗兰他们的意见：“对，对，也许你说得没错。尽管眼前的这东西和电影里的并不一样，但如果它是从我们脑子里冒出来的，那它确实会不一样，因为，我们看过吕曼·弗兰克·鲍姆的书，从那书上的插图来看……”

“以及，从我们自己想象出来的形象来看。”杰克补充道。

“就此打住吧，”苏珊娜说，“我敢说，我们就快要见到巫师了。”

“当然，”埃蒂说，“因为——因为——因为——因为——因为——”

“因为他的那些奇妙把戏！”杰克和苏珊娜异口同声地接着埃蒂把这句话说完，接着开心地相视而笑，罗兰却在一旁皱起眉头，疑惑不解地看着他们，似乎成了多余的人。

“但我必须告诉你们，”埃蒂说，“只需要再有一样奇妙的事情发生，我就会被送到疯月的阴暗面，很可能是永远。”

4

他们又走近了一些，能够看到I-70州际公路一直延伸到城堡那略微呈现出弧形的外墙，钻进灰绿深处，如同光幻影一般漂浮在那里。再走近些，他们便能听到摇曳的燕尾旗在风中发出的啪啪声，也能看到自己那荡漾着波光的倒影，就像溺水身亡的人行走在水波荡漾的热带墓穴底下。

那里面有一个深蓝色玻璃制成的防御堡垒——这个颜色让杰克联想到钢笔墨水——防御堡垒和外墙之间有一条铁锈色的通道，这颜色让苏珊娜想起小时候见过的海尔斯根汁汽水。

进去的路被栅栏门挡住了，那扇门十分巨大，给人一种虚无的感觉，它看起来像是用锻铁做成的，却又有玻璃一样的外观。那一根根精心制作的栅栏颜色各不相同，并且，那些颜色像是从栏杆里面透出来的，好像每根栏杆里都充满了某种色彩鲜亮的气体或液体一样。

几位拜访者在这扇门前停了下来，在这之后，公路没有再往里延伸的迹象；展现在他们面前的是一个银白色的玻璃庭院——事实上，那是一块硕大的平面镜子。镜子里时而映出几片静静的云彩，时而倒映出现那些在天空疾驰俯冲的鸟儿。阳光从镜子庭院反射出来，形成一阵阵涟漪，穿透了绿色城堡的城墙。远处那头，宫殿的内墙形成了一个隐隐闪着绿光的悬壁，上面点缀着一个个窄小的窥视窗洞，里面嵌着墨黑色的玻璃。这堵墙上还有一个拱形门，这让杰克不禁想起圣帕特里克大教堂。

主要通道的左边是一个奶油色玻璃制成的岗亭，玻璃上掺杂着许多淡橙色线条。岗亭的门上刷着红色条纹，门敞开着。这个和电话亭差不多大小的亭子里空荡荡的，只有地上有点东西，杰克觉得那是张报纸。

入口上方蜷卧着两头深紫罗兰色玻璃制成的怪兽，它们眼神狰狞地伏在黑暗中，尖尖的舌头伸在外面，像两道淤青。

塔楼顶端的燕尾旗像校园里的旗帜一样，迎风拍打着。

乌鸦哑哑叫着飞过空旷的玉米田，收割节已经过去一个星期了。

远处，无阻隔界在哀鸣震颤着。

“快看这扇大门的栅栏，”苏珊娜说，她紧张得几乎喘不上气来，“凑近点看。”

杰克弯腰凑近黄色栅栏，近得鼻子都快贴上去了，他脸庞正中反射出一道淡淡的黄光。起先，他什么也没看到，接着，他不由得深深喘了口气。原来，栅栏里那些他原以为是灰尘之类的东西竟然是活的——是活生生的动物——它们被关在了栏管里，一小群一小群地在里面漂浮游荡着，看起来就像水族馆里的鱼儿一样，但它们（是它们的头，杰克对自己说，我觉得主要是它们的头）长得也确有些奇怪，很像是人类的头，让人看了害怕。杰克感觉自己仿佛在观赏一片竖直的金黄色海洋，整个海洋被包裹在一根玻璃棒里——而在其中游动的神秘生命体仅有一粒粒灰尘那么大。栅栏里，一个微小的女子——她拖着鱼尾，身后飘荡着一头金黄色的长发——游到玻璃管壁侧，似乎正透过玻璃窥视着这个巨大的男孩（她那双圆圆的眼睛透露出惊恐，却又美丽异常），接着，她一转身不见了。

杰克突然感到一阵晕眩无力，他闭上眼睛，直到晕头转向的感觉散去之后，才睁开眼睛看了看其他人：“天哪！难道它们全都一模一样？”

“我认为，它们各不相同。”埃蒂说，他已经看过两三根栅栏了。这会儿，他正弯着腰，贴近一根紫色的栏杆，他的脸颊像是被老式的荧光灯照耀着，折射着紫色的光芒。“这里边的东西看上去像小鸟——微型小鸟。”

杰克看了看，发现埃蒂说得没错：在大门竖直的紫色栅栏里，有一群群像夏天的小虫一样小的小鸟。它们在那永恒弥漫的光亮中横冲直撞，上下交织着，看了让人觉得头晕。它们的翅膀划过之处，留下了一串串微小的银白色气泡。

“这里面真的有东西吗？”杰克屏着呼吸问，“罗兰，它们真的存在吗？还是我们的想象？”

“我不清楚。但我知道这扇门是被做成了什么的样子。”

“这个我也知道。”埃蒂说。他观察着那些发光的栅栏，它们每一根里都包裹着各自独有的光芒和生命。大门的每个门翼均由六条栅栏杆组成。中间的那根栏杆——这根并不是圆柱形，而是扁平状的，当大门打开的时候，它便会被从中间分割开——是第十三根，它是深黑色的，里面什么东西也没有。

也许那里面也有东西在移动，只不过你看不见罢了，杰克心想。那里面存在生命，可怕的生命。说不定还有玫瑰，浸湿的玫瑰。

“这是巫师的大门，”埃蒂说，“每个栅栏都做得像梅勒林的彩虹里的一个球。看，这里还有一根粉红的。”

杰克双手撑着大腿，把身子凑向那根粉红的栅栏。还没看，他就已经估计到里面会有什么：毫无疑问，是马匹。小小的马群奔驰在栏杆里的粉红色物质中，那种物质既不像是光，也不像是液体。马儿们奔跑着，寻找着它们永远也找不到的鲛坡。

埃蒂伸出手，想要抓住门中间的那根黑色栅栏。

“不要！”苏珊娜尖叫起来。

埃蒂没理会她的话，当他伸手握住栏杆时，杰克看到他的胸膛有一会儿停止了跳动，双唇也紧闭着，他在等待着某种东西——某种来自黑暗塔的力量——来改变他，甚至将他击垮。但是，什么也没发生，这时他终于深深地换了口气，壮着胆子笑了笑。“这上边没有电，但……”他拉了一下栅栏，门巍巍然丝毫不动，“这门打不开，我可以看到中间有道门缝，但我打不开它。罗兰，你想试试吗？”

罗兰伸出手，刚把门轻轻地摇了一下，杰克便捉住了他的手臂，“别白费力气了，这样没用。”

“那应该怎样？”

杰克并没有回答他，而是在大门前坐了下来，紧挨着他的，便是那条奇异的I-70号州际公路的尽头，他开始往脚上套那双专门为他准备的鞋子。埃蒂盯着他看了一会儿，接着便在他身旁坐了下来。“我想我们应该试试这个办法，”他对杰克说，“尽管试验的结果可能又是一个骗局。”

杰克笑了起来，他摇摇头，系好血红色牛津鞋的鞋带。他和埃蒂都清楚，这回不会是骗局，绝对不会。

5

“好，”见大家都已经穿好红鞋子，杰克（他觉得这些鞋子看上去愚蠢之极，特别是埃蒂那双）说道，“我数到三，然后我们一起碰撞鞋跟，就像这样。”他用力把两只牛津鞋跟碰了一下……这时，大门颤动了，如同被风吹动的没有拴紧的百叶窗。苏珊娜惊讶得叫出了声。紧接着，从绿色宫殿传出一阵甜美低沉的钟鸣声，就好像宫墙也被震动了似的。

“我觉得这个办法能行，”埃蒂说，“不过，我还是要警告你们，我可不要唱那首《在彩虹上面》，这个可不是我的义务。”

“彩虹在这儿。”枪侠将有残指的那只手伸向大门，轻柔地说。

听到这话，埃蒂脸上的笑容不见了：“对，我知道。罗兰，我有点害怕。”

“我也是。”枪侠说，事实也的确是这样，杰克觉得他脸色苍白，像生病了似的。

“亲爱的，继续，”苏珊娜说，“趁我们还没有被吓傻掉，赶紧数数吧。”

“一……二……三。”

他们郑重其事地，齐刷刷地碰撞起鞋跟来：咚、咚、咚。这回，门颤得更猛烈了，竖栅栏里的颜色也明显地变得更明亮，伴随而来的钟鸣声也更加响亮，愈加甜美了——就像是那种用刀柄轻轻敲打优质水晶石时所发出的声音。这声音如梦似幻回响共鸣着，杰克不禁颤抖起来，一半是因为喜悦，一半是因为痛苦。

但大门没有打开。

“怎么——”埃蒂开了口。

“我明白了，”杰克说，“我们忘记奥伊了。”

“噢，上帝，”埃蒂说，“我离开那个自己所熟悉的世界，就是为了到这里来看一个黄毛小孩为他该死的貉獭穿鞋子？罗兰，快趁我还没有后代，开枪杀了我吧。”

罗兰没理他，他专注地看着杰克在公路上坐下，召唤道：“奥伊！过来！”

小家伙走了过来，很是顺从——而他们在光束的路径上遇见它的时候，它完全是一副狂野不驯的样子——并且乖乖地任凭杰克把红色小皮靴套到它的脚爪上。事实上，它一看就明白鞋子的穿法，自己把其余的两只脚塞进了鞋子里。四只小红鞋都穿上之后（事实上，这几只鞋子才最像多萝西的红宝石拖鞋），奥伊朝一只鞋子嗅了嗅，接着便抬起头，殷切地看着杰克。

杰克看着奥伊，把自己的鞋跟碰撞了三下，也顾不得大门发出的嘎嘎响声和绿色宫殿围墙里传来的轻声钟鸣。

“轮到你了，奥伊！”

“奥伊！”

奥伊打了个滚，像小狗装死似的四脚朝天躺着，接着它盯着自己脚上的鞋子，显出厌恶而困惑的表情。杰克看着它，一段记忆很快地浮现在他脑海里：他曾经想一边拍肚皮一边挠头，但是一下子做不来，因此还被父亲嘲笑了一阵。

“罗兰，帮我个忙。它其实知道该做什么，只是不知道该怎么做。”杰克抬头瞟了埃蒂一眼，“不要再说那种自以为聪明的话，行吗？”

“不会的，”埃蒂说，“杰克，你放心，我不说那些话了。你觉得这次是只要奥伊做就行了，还是需要我们大家一起做？”

“就它做就行了。”

“但是就算我们和米切一起碰击鞋跟，也不会有什么损失的。”苏珊娜说。

“米切是谁？”埃蒂茫然地问。

“这个无关紧要。杰克，罗兰，你们继续，再数一次数。”

于是埃蒂抓着奥伊的前爪，罗兰轻轻抓住后爪。奥伊对此显得紧张不安——似乎它觉得自己就要被他们甩到天上去了——但它并没有挣扎。

“一，二，三。”

杰克和罗兰步调一致地将奥伊的前后四个脚爪叩击了三下。与此同时，他们碰击着自己的鞋跟，埃蒂和苏珊娜也做着同样的动作。

这次的共鸣声是一阵洪亮的铛铛声，就像教堂的玻璃钟所发出的声音。大门中间的那根黑色玻璃栅栏并没有分开，而是裂成了碎片，只见黑色的玻璃片四处飞溅着，还有一些溅在了奥伊的皮毛上，它仓皇跳起来，挣脱了杰克和罗兰的手，逃到了远一些的地方。接着，它坐在公路上那条隔开人行道和车辆通道的白色虚线上，耳朵耷拉在身后，大口大口地喘着气，注视着大门。

“走啊。”罗兰说，他走到大门的左翼，慢慢地把门推开了。只见这个瘦高的男子，穿着牛仔裤，以及一件颜色模糊不清的旧衬衫，脚下蹬着一双红色牧人靴，站在了镜子庭院的边缘处，“我们进去吧，去看看奥兹的巫师还有什么可说的。”

“如果他还在这儿的话。”埃蒂说。

“噢，我想他还在这儿，”罗兰小声说着，“没错，我觉得他在。”

他缓缓走向那扇旁边有个空岗亭的正门。其他几个则跟在他后面，那些红鞋子把他们和脚下的倒影连接在了一起，就像一对对暹罗连体人。

奥伊在队伍的最后，穿着他的红宝石拖鞋敏捷地一蹦一跳往前走，半路还停下来，在自己鼻子的倒影上嗅了一下。

“奥伊！”它对自己脚下的小家伙叫了一声，接着便又匆匆地跟着杰克向前走。

第三章

巫师

1

罗兰在岗亭前停住脚步，朝里面看了看，捡起那张扔在地上的东西。其他几个人也赶了上来，围在他身边。刚才在门外，他们就觉得它像是一张报纸，现在他们发现，这果然是一张报纸……虽然看起来极其古怪。这报纸不像是托皮卡《首府日报》，上面也没有关于毁灭人类的瘟疫之类的报道。

奥兹每日电讯

卷号：MDLXVIII No.96“每日电讯，每日电讯，精彩的报道就在出色的每日电讯报道”

天气：今日在此，明日离去。幸运数字：没有 预兆：凶

废话 废话 废话 废话 废话 废话
废话 废话 废话 废话 废话 废话
废话 废话 废话 废话 废话 废话
废话 废话 废话 废话 废话 废话
废话 废话 废话 废话 废话 废话
废话 废话 废话 废话 废话 废话
废话 废话 废话 废话 废话 废话
唠叨 唠叨 唠叨 唠叨 唠叨 唠叨
唠叨 唠叨 唠叨 唠叨 唠叨 唠叨
唠叨 唠叨 唠叨 唠叨 唠叨 唠叨
废话 废话 废话 好就是坏
坏就是好 所有的概念都是一样
好就是坏 坏就是好 所有情况
都一样 慢慢走过抽屉 所有的
东西都一样 废话 废话 废话
废话 废话 废话 废话 废话
废话 废话 布莱因是一种痛苦
所有的东西都一样 唠叨 唠叨
唠叨 唠叨 唠叨 唠叨 唠叨 唠叨
唠叨 唠叨 杀人树 所有的
东西都一样 废话 唠叨
废话 废话 唠叨 唠叨 废话 废话
废话 唠叨 唠叨 唠叨
烘烤的火鸡 烧鹅 所有的东西
都是一样 废话 废话
唠叨 唠叨 乘着一辆火车死在
痛苦之中 所有的事情都是一样
废话 废话 废话 废话 废话
废话 废话 废话 废话 废话
废话 废话 废话 谴责 谴责
谴责 谴责 谴责 谴责
废话 废话 废话 废话 废话
废话 废话 唠叨 唠叨 废话
废话 废话 废话 废话 废话
废话 废话 废话 废话 废话
(相关故事 p.6)

在这段文字下方有张照片，上面是正在穿过镜子庭院的罗兰、埃蒂、苏珊娜和杰克，仿佛这事发生在昨天，而不是几分钟前。照片下面有一行说明文字：**发生在奥兹的悲剧：访客为求名利来到这里，迎接他们的却是死亡**。

"这个我喜欢，"埃蒂一边说着，一边扶了扶他放在后腰枪套里的罗兰的那把左轮手枪，"我们糊里糊涂地过了这么多天，现在总算能爽一爽，刺激一把了，这感觉就好像是在他妈的晚上冻得要死的时候喝上一杯热乎乎的饮料。"

"别害怕，"罗兰说，"这只是个玩笑。"

"恐怕不是吧，"埃蒂说，"这不仅仅是个玩笑。我和亨利·迪恩在一起住了很多年，每当他有什么吓得我灵魂出窍的把戏时我都会知道的。我很明白这种事。"他若有所思地看着罗兰，"我说这话希望你不会介意，罗兰，我看你才是我们几个当中感到害怕的那个人。"

"我极度害怕。"罗兰简短地回答道。

2

拱形的入口让苏珊娜想起大约十年前的一首颇为流行的歌，那时她还没有被拉出自己的世界，来到罗兰的世界里。那首歌的歌词是这么写的：*绿色的门后，一双眼睛透过烟雾朝里面窥视着。当我说"是乔派我来的"时，有人在绿门背后大声地笑起来。*不过，这儿是两扇门，而不是一扇门，门上也没有可以让人往里窥视的小洞，苏珊娜也没打算像歌里唱的那样，简简单单地说上一句：是乔派我来的。她弯下身子，看了看一个圆形玻璃门拉手上挂着的牌子，上面写着：*铃有故障，请敲门*。

"别白费力气了，"她见罗兰握起拳头正要按牌子上写的做，便说道，"这只是故事里的情节，仅此而已。"

埃蒂把她的轮椅稍稍往后拉了一些，然后走上前，抓住门上的圆形拉手，随着门铰链悄无声息地转开，门轻而易举地被打开了。接着他又向前迈了一步，走进了那个如同绿色洞穴般阴暗的地方。他把手放在嘴边合成喇叭状，喊道："*嘿！*"

他的声音渐行渐远，绕转回来的时候，它已经变调了……轻微，回荡，消逝，沉寂，整个变化过程似乎就是这样。

“上帝，”埃蒂说，“难道我们必须干下去吗？”

“我想，如果我们想要回到光束的路径，就只能这么做。”罗兰的脸色从未像现在这样苍白，但他还是领着他们走了进去。杰克帮着埃蒂把苏珊娜的轮椅抬过那条高起的门槛（那是一块混浊的翡翠色玻璃），进入了宫殿。绿色的玻璃地板上，奥伊的小鞋子闪着暗红的光。他们刚刚往里走了十步，身后的门就砰的一声、不容置疑地关上了。关门声轰轰地从他们身边辗转而过，回响着消失在绿色宫殿深处。

3

里头并没有接待室，只有一条似乎没有尽头的拱顶通道。幽暗的绿光照在通道两边的墙上。*这就像是电影里的那条走廊*，杰克心想，*在这条走廊上，那头懦弱的狮子踩到了自己的尾巴，被吓了个半死。*

这时，埃蒂愈发增强了杰克那仿佛亲临电影的感觉（虽然杰克不一定想要这么逼真的场景），他颤抖着声音，模仿着伯特·拉尔[①]（简直惟妙惟肖）：“伙计们，等一下，我在想——我真的不怎么想见到巫师，我还是在外面等你们吧！”

“别说了。”杰克尖声说道。

“说了！”奥伊附和着，它一直跟在杰克脚后，一边走，一边左右张望着。除了他们自己的走动声之外，杰克听不到任何声音……但是，他还是感觉到某种东西的存在：某种尚未发出声响的声音。他觉得，这就像是看着一串风铃，一串哪怕只是最轻微的一丝风吹过也能叮当作响的风铃。

“很抱歉，”埃蒂说，“真的。”接着他指着前面说，“你们看。”

在他们前面四十码开外，这条幽绿通道的尽头终于出现了，那里出现了一个狭窄的绿色门洞，门洞高得出奇——从地面到它尖顶的距离可能有三十英尺左右。杰克听到门洞里传来持续不断的敲击声。他们走得越近，这声音就变得越响亮，他心中的恐惧感也就愈强烈，以至于他不得不下意识地给自己打气，才走完了到门口的最后十几步。他认得这个声音；他和盖什逃跑的时候听到过这个声音，他和他的朋友在布莱因的单轨铁路上逃跑时，也

---

① 伯特·拉尔（Bert Lahr），电影《绿野仙踪》中狮子的扮演者。

听到过这个声音。它是慢速火车发出的那种突突突的引擎声。

"这简直像一场恶梦,"他轻声说,几乎都要哭出来了,"我们居然回到了起点。"

"不,杰克,"枪侠摸摸他的头发说道,"千万不要这么想。你感觉到的仅仅是幻觉。坚持住,保持清醒。"

门上的标牌电影里没有,只有苏珊娜知道,这个标牌来自丹特。牌子上写着:**所有进来的人,请放弃希望**。

罗兰伸出只剩两根手指的右手,拉开了那扇三十英尺高的门。

4

出现在他们面前的,在杰克、苏珊娜和埃蒂看来,是一个由奥兹巫师和布莱因混合而成的怪物。地上铺着的,是一块厚实的地毯(地毯是灰蓝色的,就像贵族车厢的颜色)。这个房间如同一座大教堂的中殿一般,屋顶蔚然高耸在一片墨绿中。它那光芒四射的墙壁由一根根巨大的玻璃圆柱支撑着,圆柱中交替闪烁着绿色和粉红的光,那种粉红色和布莱因引擎外壳的颜色一模一样。此外,杰克还发现这些圆柱上雕刻着成千上万个各不相同的图像,个个都让人看了不舒服;它们不仅扎眼,而且让人觉得心神不宁。这儿似乎到处都充斥着嘶叫着的狰狞面孔。

他们前面摆着房间里唯一的陈设:一个巨大的绿玻璃宝座。在宝座面前,他们显得无比矮小,似乎比蚂蚁大不了多少。杰克想估算出它的尺寸,但发现自己做不到——他找不到合适的参照物来帮他测量。他估计宝座的靠背大概有五十英尺高,但那其实也很可能是七十五英尺,甚至一百英尺高。靠背上也画了一只睁开的眼睛,不过这回用的颜料是红色,而不是黄色。在宫殿里那律动变化着的光线照耀下,这只眼睛仿佛活了起来,似乎在像心脏的跳动一般,一下接一下,不停地眨着。

宝座上方,竖着十三根巨大的管子,它们排列在那里,就像硕大的中世纪风琴管似的;每一根管子里,都闪动着不同的颜色。不过,宝座正中背后的那根管子是个例外,它就像子夜一般漆黑,如同死亡般沉寂。

"嗨!"苏珊娜坐在轮椅里喊道,"这儿有人吗?"

她的话音刚落,那些管子里的光芒刷的一下变得明亮刺眼,杰克不得不用手挡住了眼睛。顷刻间，整个宝座宫殿变得像炫目的彩虹一样光芒四溢。随后，那些管子里的光芒便熄灭了，只留下一片死亡般的漆黑，就像罗兰的故事里，巫师的玻璃球（抑或是玻璃球里聚集的能量）决定歇上一阵时那样。现在，宫殿里只剩下那根宝座正后方的黑色管子，以及那空荡荡的宝座上不停闪烁的绿光。

接着，一阵苟延残喘般的嗡嗡声——就像是那种即将报废的自动驾驶装置最后一次运转时发出的声音——渐渐钻进他们的耳朵。只见两块至少六英尺长、两英尺宽的嵌板在宝座扶手处滑开，一股玫瑰色的烟雾从嵌板下方的洞槽里涌了出来，这烟雾一边缓缓升起，一边渐渐转变成鲜红色，其中还显现出了一条极为眼熟的锯齿形曲线。还没等这些文字（刺德·坎得尔顿·莱利亚·猎犬瀑布·戴什韦尔·托皮卡）出现在烟雾中，杰克已经明白这条曲线究竟是什么了。

那是布莱因的路线图。

罗兰本可以就事态的变化畅所欲言，他本可以说，杰克之所以会觉得自己正被困在一场噩梦中（说实话，这是我一生中经历的最可怕的噩梦），只不过是因为他被吓昏了头，神志变得不大清楚而已。但是，杰克比他更了解情况：这个地方也许看起来和奥兹的宫殿有几分相似，但事实上，他们是在单轨列车布莱因上面。他们又一次登上了布莱因列车，很快，那些谜团又将一个个重新出现在他们面前。

想到这儿，杰克几乎要尖叫起来。

5

这时，浮现在烟雾中的路线图飘浮在那把暗绿色宝座上方，烟雾中传出一个低沉的声音：

“你们好，我们又见面了！”

埃蒂认得这声音，但是，他不能肯定这到底是奥兹巫师还是布莱因单轨列车在说话。也许，是某个巫师在说话。总之，这里不是翡翠城，而且，布莱因现在也应该僵死成狗屎一般了，埃蒂用那场爆破把他送上了西天。

随着这声音的传出，烟雾中的路线图不停闪烁着，埃蒂这时已经不再将烟雾的变化与那声音联系在一起，尽管他认为这两者之间应该有某种联系。

不，那声音其实是从管子里传出来的。

他低头看了一眼，发现杰克的脸苍白得像张纸，于是，他在那孩子身边单膝跪下，说道："这都是些垃圾，孩子。"

"不——不……是布莱因……他没有死……"

"他已经死了。你听到的，就像是放学的时候，学生们听到的通知，只不过是声音被放大了些……就好比你听到，哪个学生被处罚放学后留校，哪个学生要到六号房间报到进行语言障碍矫正，诸如此类。明白我的意思了吗？"

"什么？"杰克抬头看着他，湿润的嘴唇颤抖着，眼中一片茫然，"你的意思是——"

"那些管子是扬声器。通过这个带有十二个扬声器的道尔贝声效系统，再娇小的人讲话也会变得很大声，难道你不记得那部电影了吗？它之所以这么大声说话，是因为它是只纸老虎，杰克——一只纸老虎而已。"

"纽约来的埃蒂，你在跟他说什么？说你那些愚蠢、污秽卑劣的笑话？说你那些糊弄人的谜语吗？"

"没错，"埃蒂说，"我刚才是在说这么个谜语：'装好一个螺口灯泡需要多少偶极计算机？'伙计，你是谁？我他妈的知道你不是布莱因，你到底是谁？"

"我……是……奥兹！"声音像雷鸣一般轰响着，宫殿里的玻璃柱子以及宝座后的那些管子顿时变得光芒耀眼，**"我是伟大的奥兹！法力无边的奥兹！你是谁？"**

苏珊娜摇着轮椅，径直来到宝座下方的灰绿色台阶下——这个宝座甚至会让珀斯老爷显得微不足道。

"我是苏珊娜·迪恩，一个微不足道的瘸子，"她说，"从小，大人就教导我要礼貌待人，但无需忍受放肆的胡言乱语。我们在这里是由于命运使然——不然，为什么会有为我们准备好的鞋子？"

"你想从我这里得到什么，苏珊娜？你想要什么？女牛仔？"

"你心里明白，"她说，"就我所知，我们想要的东西是每个人都想得到的——重返家园，因为没有什么地方能比得上家。我们——"

"你回不去的，"杰克仓促惶恐地嘀咕道，"托马斯·沃尔夫[①]说过，你再

① 托马斯·沃尔夫（Thomas Wolfe，1900—1938），美国作家，代表作有《天使望家乡》和《难返家园》。

也不能回家了，这是事实。”

“那是谎言，亲爱的，”苏珊娜说，“彻头彻尾的谎言。你能够回家，唯一要做的就是找到那条正确的彩虹，从它下面走过。我们已经找到彩虹了；剩下的，你知道，就只有走了。”

“你们要回纽约？苏珊娜·迪恩？埃蒂·迪恩？杰克·钱伯斯？你们想要从强大威猛的奥兹这儿得到的，就是这个吗？”

“纽约已不再是我们的家园了。”苏珊娜说。尽管她看起来是那么渺小，但坐在新轮椅里的她面对着那庞大闪烁的宝座，却没有显出丝毫的畏惧感。“正如蓟犁已不再是罗兰的家一样。把我们带回光束的路径上去，那才是我们想去的地方，因为它是我们回家的道路，唯一的道路。”

“你们走吧！”圆柱里的声音大声喊道，**“明天再到这里来！到时候我们再讨论光束的事！我们明天再谈光束的事，正如斯嘉丽说的那样，因为明天又是新的一天！”**

“不行，”埃蒂说，“我们现在就要谈。”

“不要把威猛强大的奥兹给惹恼了！”那声音厉声呵斥道，随着每个字的吐出，宝座后的管子猛烈地闪耀着。苏珊娜相信这句话本是为了要吓住他们的，但她听了却觉得很有趣，就像在看着一个销售员向他们展示儿童玩具一样。*嘿，孩子们！当你说话的时候，这些管子会闪闪发光哦！来试试吧！*

“亲爱的，你最好给我听着，”苏珊娜说，“你应该不会想要激怒手里有枪的人吧？更何况，你现在还在一个玻璃房子里。”

“我已经说了，明天再来！”

宝座扶手的黑槽里再次冒出了红色的烟雾，比上次的更加浓重。那幅由烟雾形成的布莱因路线图消散开来，融进了这股红烟之中。接着，这团烟雾幻化成一张脸，一张窄长、冷酷、警觉的脸，两旁垂着长发。

这是罗兰在沙漠里杀死的那个人，苏珊娜心生惊诧，这就是他，乔纳斯。我认得这张面孔。

奥兹用微微颤抖的声音说道：**“你们竟敢威胁伟大的奥兹？”**只见那张烟雾形成的巨大脸庞悬浮在宝座上方，张开嘴，发出充满恐吓与轻蔑的咆哮声，**“你们这帮不知好歹的家伙！噢！你们这帮不知好歹的家伙！”**

埃蒂从一开始就看穿了这些烟雾和镜子的把戏，于是他朝另一个方向看了一眼，顿时瞪大了眼睛。他抓住苏珊娜的上臂，低声说道：**“上帝啊，快看，苏，快看奥伊！”**

不管是单轨列车路线图，还是死去的灵柩捕手，那只貉獭对这些烟雾幻象统统不感兴趣；就算这会儿烟雾展现出的是二战前的好莱坞特技效果，他也会视而不见，因为，他已经看到了（或是觉察到）一些更有意思的东西。

苏珊娜扳转杰克的身体，指了指貉獭。当他见到奥伊快要跑到左边墙上的小壁龛前面时，杰克像是明白了什么似的，睁大了眼睛。那个壁龛本是用一道和墙面颜色接近的绿色布帘子遮着的，可是奥伊往前伸出长长的脖子，咬住帘布，用力把它掀了起来。

6

帘子后面，红色和绿色的灯光闪烁着；一个个圆柱在玻璃盒子里转动着；一排排的刻度盘上，指针不停地前后摆动着；不过杰克没怎么注意到这些东西。他的注意力全部聚集在一个男人身上，一个坐在控制台前、背对着他们的男人。那人的头发污秽不堪，粘着尘土和血迹，蓬乱地散落在肩头。他还戴着一个类似于耳麦的东西，此时正对着嘴前的小麦克风讲话。由于他是背对着他们的，所以这时他还没有觉察到奥伊已经发现了他，并把他的老窝找了出来。

“离开这里！”管柱里又一次传来雷鸣般的吼叫声……只不过，现在杰克已经明白了这声音的真正源头。**“如果你们想来的话，明天再过来。但是，现在你们得离开！我可警告你们了！”**

“这人是乔纳斯，罗兰准是没把他彻底杀死。”埃蒂低声说，但杰克比他更清楚此时的状况。他认出了这个声音，虽然通过彩色管柱的扩音，声音已被扭曲，但他还是能够辨认出来。他起先怎么会认为这是布莱因的声音呢？

“我警告你们，如果你们拒绝——”

这时奥伊叫了一声，声音颇为尖利恐怖，坐在控制台上的男人开始转过身来。

杰克记得，在这个声音的主人发现扩音器那迷离变幻的魅力之前，曾经这么说过：*首先，小鬼，你得告诉我什么是双极电脑和传递电路。*

那人并不是乔纳斯，也不是什么巫师，而是大卫·奎克的孙子，那个滴答老人。

7

杰克惊骇地看着他。那个曾和他的朋友——盖舍，胡茨，布兰登和蒂丽——一起住在刺德城的危险人物已经死去了。眼前这个人看上去就像那个怪物的父亲……或者祖父。他的左眼——奥伊用爪子刺破的那个——眼白已经变了形，向外面突出着，一部分陷在眼窝里，还有一部分耷拉在他那胡子拉碴的脸颊上。他的右半边脑袋似乎被剥去了一半头皮，颅骨从扒开的长长的三角形头皮中露了出来。杰克想起了很久以前，滴答脸上吊着一块人皮的那一幕，现在想起这段记忆，他已经不那么害怕了，但当时，他亲眼见到那一幕时，恐惧得几乎崩溃……现在，那种恐惧感又回来了。

奥伊也认出，这就是当初想要杀它的那个男人，它低下头，露出牙齿，弓起背，疯狂地叫着。滴答睁大了眼睛，惊讶地盯着它。

"别去管帘子后面的那个人，"他们身后传来一个声音，接着是一阵窃笑，"我的朋友安德鲁这段时间一直过得很糟糕。可怜的孩子，我觉得我不该把他带出刺德，可是他当时看上去实在是太茫然无助了……"说话的人又偷偷笑起来。

杰克猛地转过身，看见一个人正坐在巨型宝座中央，两条腿随意地交叉在面前。他穿着牛仔裤，一件腰间系带的深色夹克，以及一双破旧不堪的牧人靴。夹克上有一颗带有猪头图案的纽扣，猪的两眼中央有一个子弹孔。此外，这位后来者膝盖上还放着一个索绳袋。他站起身，像一个站在父亲椅子上的孩子一样，站在了宝座上，脸上的笑意也像松弛的皮肤似的，从脸上掉了下去。此时，他眼冒怒火，双唇大张，露出巨大的牙齿，仿佛一头饥饿的野兽。

"抓住他们，安德鲁！抓住他们！杀了他们！杀得他妈的一个不留！"

"愿为您赴汤蹈火！"控制台上的人尖叫道，这时杰克才发现，角落里架着一把机关枪。滴答腾空而起，迅速抓起了那把枪："一生为您效劳！"

他刚转过身，奥伊便又爬到了他身上，只见奥伊拉长了身子，往前倾着，狠狠地咬住滴答的左大腿紧挨胯部的地方。

埃蒂和苏珊娜也加入了进来，他们各自举起一把罗兰的大手枪，同时开了火，两声枪响步调完全一致，就像是一声枪响一样。两发中的一颗子弹打爆了滴答那惨不忍睹的脑袋，接着便钻进了那些扩音设备里，引发出一记响亮但又温和的短暂响声。另一颗子弹则打中了他的喉咙。

滴答踉跄着往前走了一步，接着又是一步。奥伊跳回地上，从他身边退开，仍旧不住地对着他吼叫。滴答迈出的第三步终于把他从壁龛带进了宫殿。他朝杰克抬起手臂，从他那只仅存的绿眼睛里，男孩看到了仇恨；他觉得他能够听到这个男人临终时那满腔的恨意：*哦，你们这帮该死的小东西——*

接着，滴答人往前瘫倒下去，就像他曾经瘫倒在格雷斯的发源地一样……只是这一次，他再也站不起来了。

"珀斯老爷就这么倒下了，大地也会随着这轰鸣声震颤的。"宝座上的人说道。

只不过，他并不是人，杰克想着，他根本不是人。我想，我们总算找到巫师了。我非常肯定，我知道他那个袋子里装的是什么。

"马藤，"罗兰说着伸出左手，那只还完整的手，"马藤·布罗德克洛克，都过去这么多年，这么多个世纪了。"

"要用这个吗，罗兰？"

埃蒂把刚才用来击毙滴答的枪放到罗兰手中，枪口还冒着一缕缕蓝烟。罗兰盯着这把老式左轮手枪看了一会儿，就像从来没见过它似的，然后他慢慢举起枪，对准那个脸颊绯红，咧嘴笑着叉腿坐在绿色宫殿宝座上的人。

"终于，"罗兰吸了一口气，用拇指拨上扳机，"终于见到你了。"

8

"我想你应该知道，那把六发式左轮手枪帮不了你什么忙。"坐在宝座上的人说，"它杀不了我，罗兰，老朋友，它对着我是发不出子弹的。对了，家里怎么样了？好像我和他们失去联系有好几年了，我实在是不擅长和别人保持联络，看来，得有个人拿着马鞭监督我才行，哎，真是这样。"

他把头往后一甩，发出一阵大笑。罗兰扣动了扳机，可是当击锤扣下的时候，那把枪只发出一记沉闷的咔哒声。

"告诉你，"宝座上的人说道，"我想你准是凑巧放了几颗受潮的子弹进去，对吗？或者，是你的子弹火力不够？这玩意用来阻隔无阻隔界的轰鸣声倒是挺有效的，但用来袭击我这个老巫师，却似乎不太管用啊，不是吗？太糟糕了。还有你的手，罗兰，快看看你的手！看起来它像是缺了几根手指，天，你肯定很不好受吧？本来，事情可以很简单，你和你的朋友本该可以过上更美好，更有意义的生活——用杰克的话来说就是，这是事实，千真万确。你们的生活中可以不再有大螯虾，不再有疯狂的火车，你们也不必再跋涉于不属于自己的世界里，这种旅行真是令人恐惧不安，它的危险性就更不用说了。只要你们不再徒劳愚蠢地去寻找黑暗塔，这一切就都能实现。"

"不行。"埃蒂说。

"不行。"苏珊娜说。

"不行。"杰克也说。

"不行！"奥伊跟着说道，末了还叫了一声。

绿色宝座上那个黑色的人影继续微笑着，一副泰然自若的神情。"罗兰？"他问，"你意见如何？"他慢慢举起那个索绳袋，那袋子上面布满了尘土，看起来又脏又旧，它在巫师的手中垂下，就像一滴泪水。这时，袋子里的东西开始发出阵阵粉红色的光。"只要你肯放弃，他们就不用见到袋子里的东西——他们也就不会看到很久以前那场悲剧结尾的那一幕了。放弃吧，放弃寻找黑暗塔的念头，去走属于你们自己的道路。"

"不。"罗兰说。他脸上开始浮现出笑容，随着这笑容蔓延开，坐在宝座上那人的笑脸渐渐有些挂不住了。"我想，你不仅可以对我的枪施魔法，也可以对世上所有的枪施魔法。"罗兰说。

"罗兰，我不明白你在想什么。不过，小子，我可警告你，不要——"

"不要惹恼伟大的奥兹？法力无边的奥兹？但我就是想要惹恼他，马藤……或者，梅勒林……或者任何其他的你给自己取的名字……"

"准确地说，是弗莱格，"宝座上的人说，"我们以前见过。"他依然微笑着，虽说微笑通常会把脸拉得宽宽的，他的脸却被笑容挤成了一副狭长卑鄙的怪模样，"当时是在蓟犁的废墟中，你和你那几个幸存下来的朋友——我还记得，那头笑个不停的傻驴库斯伯特也是其中之一，还有德卡力，那个长着胎记的家伙——你们正往西走，要去寻找黑暗塔。或者，用杰克他们世界的话来说就是，你们要去见巫师。我知道你当时看见我了，不过，我想在我告诉你之前，你大概不知道，我当时也同样看到你了。"

"我想，你还会再见到我的，"罗兰说，"除非，我现在就把你杀了，这样你就再也不会来烦我们了。"

罗兰的左手依旧举着枪，右手则去取那把系在牛仔裤腰带上的枪——那是杰克的鲁格枪，它来自另一个世界，或许能抵御住这魔头的鬼把戏。他的动作一如既往地迅速，让人看得眼花缭乱。

宝座上的人尖叫起来，连忙向后退缩。那个袋子从他腿上掉了下来，只见那个玻璃球——那个曾经落到蕤的手里，接着落到乔纳斯手里，最后又流落到罗兰那里的水晶球——从袋子里滚了出来。这时，从宝座扶手的槽洞里涌出了滚滚的绿色（而不是红色）浓烟，尽管如此，如果罗兰动作足够利落的话，他还是能够击中那个在烟雾中仓皇逃窜的巫师。可是，他没能做到。那把鲁格枪从他那只缺指的手中滑脱，接着一转，前准星勾住了他的皮带扣，尽管他只花了四分之一秒就把枪从皮带扣上解开了，但就是这四分之一秒的延迟，使得他没能击中目标。他对着滚滚涌出的浓烟开了三枪，然后不顾其他伙伴的喊叫声，冲了上去。

他伸手扇开烟雾，发现宝座的后背已经被炸成了一块块厚厚的绿色碎玻璃，但那个自称弗莱格的人形却不见踪影。罗兰不禁开始怀疑那个人——或者东西——刚才是不是真的在这里。

不过，玻璃球还在，完好无损，依旧闪耀着和他多年前的记忆中完全一样的、诱人的粉红色光芒——那时他还在眉脊泗，还是个沉浸在爱情之中的小伙子。梅勒林的彩虹中幸存下来的这个玩意儿几乎滚到了宝座的边缘上，再滚出两英寸的话，它就会砸在地上摔个粉碎。不过，它并没有继续往外滚，而是在那里停住了。这个带着魔咒的东西是苏珊·德尔伽朵首先在月光下、透过蕤小屋的窗户看到的。

罗兰把它拿起来——它是那么贴合他的手掌，这么多年之后，把它握在手里的感觉依旧那么自然——他盯着里面涌动的暗潮，低声对它说道："你总是这样充满魔力。"他想到了蕤，他曾经在球里看到过她——想起了她那双老朽不堪的笑着的眼睛。他想到了收割节夜晚，在苏珊身边燃起的丛丛篝火，苏珊那美丽的脸庞在火焰的热浪中闪闪发光，如同海市蜃楼般颤动着。

邪恶的东西！他想着，如果我把你砸到地上，你那破裂的身躯里流出的泪水都能把我们淹死……那都是被你所毁灭的人流出的眼泪。

对，为什么不砸了它呢？如果把它留着，这个邪恶的东西也许能把他们送回光束的路径，但罗兰觉得他们已经不再需要它。他认为滴答和那个自称弗莱格的东西是他们路上最后的障碍，这座绿色宫殿就是他们重回中世界的大门……如今这宫殿已经是他们的了，他们用武力征服了它。

但是，枪侠，你还不能走。你还没说完你的故事，还没有讲述最后一幕的情景。

是谁的声音？范内的声音？不对；柯特的？也不对；这也不是他父亲的声音，当他父亲把他赤裸裸地从一个妓女的床上拖出来时，他听见了一生中所听到的最严厉的声音，此后他常常会在恶梦中听到它，那是他一直想要取悦却很少能够取悦的声音。不，这次不是那个声音，这次不是。

这次他听到的是卡的声音——如风一般的卡。关于那可怕的十四年，他已经说得够多了……但他还没有讲完。关于黛塔·沃克和蓝妇人那个特别的盘子，还有一件事情，一件被隐瞒了的事情。他发现，现在的问题不在于他们五人是否能找到走出绿色宫殿的路，回到光束的路径，而是他们是否能继续作为一个卡-泰特，一齐行动。如果答案是肯定的，那就什么也不能隐瞒，他得告诉他们好几年前他最后一次在巫师的玻璃球中看到的东西，这件事发生在洗尘宴之后的第三个晚上。他必须告诉他们——

不，罗兰，那个声音轻声说道，你比我更清楚，这一次，你不仅仅是要告诉他们。

是的，他更清楚这一点。

“过来。”他转过身对伙伴们说道。

他们慢慢走到他身边，一个个都瞪大了眼睛，满眼都是玻璃球闪烁出的粉红光芒。他们已经有点着魔了，连奥伊也不例外。

“我们是卡-泰特，”罗兰说着，把玻璃球捧到他们面前，“我们从茫茫人海中走到了一起，组成了这样一个团队。刚开始寻找黑暗塔时，我失去了唯一挚爱的人。现在，如果你们愿意的话，请仔细看看这个罪恶的东西，看看我不久后又失去了什么。这将是你们唯一一次看它的机会，好好看看吧。”

他们看着玻璃球。只见它在罗兰举起的手中闪烁得更快了。接着，他们全都被吸进了球里，嗖地一下被卷走了。他们随着粉红色的风暴飞旋着，越过巫师的彩虹，来到了曾经的蓟犁。

第四章

玻璃球

纽约来的杰克站在蓟犁大厅高处的走廊上——这块绿色的土地上的建筑比市长府邸更加华丽。他回过头，看到苏珊娜和埃蒂站在一块挂毯边，两人都睁大了眼睛，手紧紧地握在一起。苏珊娜居然站起来了，她的腿又回来了，至少现在是这样。她所谓的“小酒杯”被一双红宝石拖鞋替代了，这双鞋和多萝西踏上她的伟大之路、去寻找她的奥兹巫师——那只纸老虎——时穿的鞋子一模一样。

她的双腿回来了，因为我们正在一个梦里，杰克心想，但其实他清楚这并非梦境。他低下头，发现奥伊正仰着头，用那双镶着金边的充满紧张和机敏的眼睛看着他。它的小脚上仍旧穿着那几只红靴子。杰克弯下腰，摸了摸奥伊的头，貉獭的皮毛摸在手中的感觉清晰真实。不，这不是梦境。

但是他发现，罗兰并不在这里；这里只有四个成员，而不是五个。他还注意到其他一些事情：这条走廊的空气中泛着淡淡的粉红色；走廊上亮着一些形状可笑的老式灯泡，它们都包裹在粉红色的光晕里。很快就会有事情发生，一些故事即将在他们眼前上演。就在这个时候，这一想法似乎真的把故事给召来了。这孩子听见了一串不断逼近的脚步声。

我知道这个故事，杰克想着，有人曾经给我讲过这个故事。

当罗兰出现在拐角处时，他就明白了故事的内容：罗兰往屋顶走去，想要凉快一下时，半路上遇到了马藤·布罗德克洛克，他把罗兰拦了下来。“进来，”马藤说，“进来！不要站在走廊里！你母亲想跟你说话。”当然，他这话根本不是真的，过去不是，将来也不可能是，无论经过多少时光的洗礼也都不可能变成事实。马藤的真实目的是想让这个男孩见到他的母亲，他想让他知道，佳碧艾拉·德鄯已经沦为他父亲的巫师的情妇。他想借此激这孩子提前接受成人考验，反正这会儿罗兰的父亲出门在外，没法阻止这孩子的冲动举止，这样，他便可以趁着男孩羽翼未丰，把他铲除掉。

现在他们将会看到整个故事；这场悲惨的闹剧将顺着它早已注定的悲剧情节，在他们眼前上演。我太年轻了，杰克心想，但事实上，他并不算太年轻；罗兰和他的伙伴们来到眉脊泗，在伟大之路上邂逅苏珊时，只比现在的他大三岁。当罗兰只比现在的杰克大三岁时，他爱上了苏珊，也永远失去了苏珊。

我不在乎这故事到底是怎样的,我不想看——

当罗兰慢慢走近时,他意识到,自己将要看到的,并不是刚才那个已经发生过的故事。因为,现在并不是盛夏的八月,而是秋末冬初的时节了。从罗兰穿着的瑟拉佩长披肩——那是他去外弧游历的纪念——以及呼吸时口鼻里冒出的水汽,他可以判断出:这里比较寒冷,而蓟犁也没有暖气。

除此,还有些其他的不同之处:罗兰现在佩带着枪——几把檀香木手柄的大枪,这是他与生俱来的权利。枪是他父亲在宴会上传给他的,杰克心想,他不明白自己怎么会知道这事的,但他就是知道。罗兰的脸虽然稚气未脱,但他已不是五个月前在同一条走廊上玩耍的那个孩子,他的脸也不再是那张坦率的未经世事的脸庞了;这五个月里,在马藤的诱使挑拨下,罗兰经历了很多事情,而他和柯特的斗争只是其中微不足道的一部分。

杰克还看见,年轻的枪侠穿着那双红色牛仔靴。不过他并没有觉察到这一点异样,因为这并不是真实发生的事情。

但从某种意义上来说,这件事情也的确是在真实地发生着。他们正在巫师的玻璃球里,他们正在粉红色的风暴里(那些灯泡周围环绕的粉红光晕让杰克想起猎犬瀑布和旋转在雾气中的月虹),这些事情都在重新上演。

"罗兰!"站在挂毯旁的埃蒂叫道。一旁的苏珊娜倒吸了一口冷气,用力捏着他的肩膀,想让他安静,但埃蒂完全不理会她,"不,罗兰!不要过去!这么做不对!"

"不!罗兰!"奥伊跟着嚷起来。

罗兰没有理睬他们,他从杰克身边经过时,离他只有一个拳头的距离,但却没有看到他。对于罗兰来说,他们根本不存在;不管他现在是不是穿着红靴子,这个卡-泰特目前还只是他在遥远的将来才会遇到的事。

他在靠近走廊尽头的门前停下,迟疑了片刻,接着便举起拳头敲了敲门。埃蒂拉着苏珊娜的手,沿着走廊朝罗兰走去……他看起来像是在拽着苏珊娜向前走。

"快过来,杰克。"埃蒂说。

"不,我不想过去。"

"你应该知道,这不是你想不想的问题。我们应该过去看看,就算我们不能阻止他,也至少要完成我们来这里的使命。快过来啊!"

杰克满怀着恐惧走了过去,甚至连胃都痉挛成了一团。他们走近罗兰时——那几把枪挂在他瘦削的臀部，显得异常巨大，他的脸上尽管没有一丝皱纹，但已露出几许沧桑，这让杰克难过得想流泪——枪侠又敲了几下门。

“亲爱的，她不在里面！”苏珊娜朝他大声喊道，“她要么是不在，要么就是不想开门，不管怎样，这些对你都不重要！离开那里！离开她！她不值得你这么做！虽然她是你的母亲，但她不值得！快离开！”

同样，罗兰也没有听到她说的话，他并没有离开。杰克、埃蒂、苏珊娜和奥伊已经走到了罗兰身后，但他什么也没看见。他试着去开母亲的房门，发现门并没有上锁。他推开门，眼前出现了一个幽暗的、挂满了丝绸帘幔的房间。地上铺着的，是杰克母亲钟情的那种波斯地毯……杰克知道，这块毯子是唯一一件来自卡沙明省的东西。

房间的那一头，一扇窗户紧闭着，抵御着冬天凛冽的寒风，杰克看到那窗户旁边摆着一把低背靠椅，他知道，罗兰被马藤故意激怒的那天，罗兰的母亲就坐在这张椅子里；也正是当她坐在这张椅子里的时候，她的儿子发现了她脖子上的吻痕。

而现在，椅子是空的。枪侠又往里走了一步，转头朝卧室的方向张望着。这时，杰克发现，窗户前垂着的窗帘下面，有一双鞋子——一双黑色，而不是红色的鞋子。

“罗兰！”他叫了起来，“罗兰，窗帘后面！窗帘后面有人！小心！”

但罗兰没有听到。

“母亲？”他叫道，甚至连嗓音也和现在一样，无论走到哪里，杰克都能认出这个声音……但这时罗兰的声音要年轻许多，就像被施了魔法一样！那时他的声音还没有经历那么多年风雨的磨砺和烟草的侵蚀，还十分的年轻清脆。“母亲，是我，罗兰！我想跟你谈谈！”

仍然没有人回答。于是，他走过那个小小的客厅，朝卧室走去。杰克有点想待在会客厅里，他想到窗帘边去，一把把它掀开，但他知道，事情不是这样发展的。即使他真的这样做了，也不一定会有什么好结果；他的手很可能像鬼魂的手那样，从窗帘里穿过。

“快跟上，”埃蒂说，“跟着他。”

他们簇拥着走过去，要是在其他情况下，这一幕会显得滑稽可笑。但现在的情形则不然，现在是三人正竭力要帮助他们的朋友。

罗兰停住脚步，盯着靠在房间左面墙边的床。他的眼神恍惚，也许他正想象马藤和他母亲躺在这张床上的情形；也许他想起了苏珊，他们俩从来没有睡过一张像样的床,更不用说这样一张华美奢侈的床了。杰克从房间那头壁龛里的三折镜中看到了枪侠阴郁的神情。这面三折镜摆在一张小桌子前,他认出这面镜子原本是他父母卧室里的东西,一直放在母亲床头的梳妆台上。

枪侠振作了一下精神,从冥想中回过神来。他脚上的那双可怕的鞋在这里的昏暗光线下,看上去就像一双刚从血泊里走出来的靴子。

“母亲!”

他又朝床走近了一步,甚至弯下了身子,仿佛觉得她就躲在床下似的。不管她是不是正躲在某个地方,总之她现在不在床下。而窗帘下那双被杰克发现的鞋子是双女鞋,现在卧室门外不远处走道口出现了一个人影,穿着一条裙子。杰克看到了裙褶边。

他看到的不仅于此。杰克比埃蒂和苏珊娜更清楚罗兰和他父母的尴尬关系,因为杰克的父母和罗兰父母有惊人的相似之处:艾尔默·钱伯斯是个生意场上的枪侠,而梅吉恩·钱伯斯动不动就和狐朋狗友上床的轻浮行为由来已久。从来没有人告诉过杰克这些事,但是不知为何,他却都知道;他和他父母的心灵是相通的,因此他知道这些事情。

他还知道一些关于罗兰的事:罗兰在巫师的玻璃球里看到了他母亲——佳碧艾拉·德鄯。她刚从德巴利亚静修回来,并要在宴会后向她丈夫忏悔自己的错误行为和想法,她会哭着求他原谅,恳求重新和他同床共枕……然后,当他们做完爱,史蒂文陷入沉睡后,她会将一把刀刺入他的胸口……或者也可能只是轻轻地划破他的手臂,轻得甚至都不足以把他从睡梦中惊醒。只要用的是那把刀,无论轻重,效果都是一样的。

在将玻璃球交给父亲之前,罗兰已经在玻璃球里看到了这一幕,于是他要阻止这场悲剧的发生。如果埃蒂和苏珊娜知道这件事的话,他们会觉得罗兰这么做是为了救史蒂文·德鄯。但不幸的孩子自有他悲剧性的智慧,杰克对这件事看得更深更透彻一些。罗兰这么做也是为了救他母亲,希望给她最后一次机会,最后一次恢复理智、悔过自新的机会;最后一次忠诚地和丈夫携手生活的机会;最后一次忏悔自己错误地沦为马藤·布罗德克洛克情妇的机会。

想必她会的,当然,她必须悔改!那天,罗兰看到了她的表情,她是那么的悲伤,她一定会悔改的!她不可能选择巫师,这是毫无疑问的!只要他能够让她明白……

不知不觉，他又一次陷入了年轻人的轻率愚蠢——罗兰无法理解，在欲望的驱使下，人是感觉不到伤心和羞耻的——他来这里是想跟他母亲谈谈，求她趁这一切还来得及，尽快回到她丈夫身边。他会如实地告诉她，是他把她从她自己酿下的祸灾中救了出来，但他不可能再帮她第二次。

如果她仍不知悔改，杰克心想，或者企图挑衅，装作不知道他在说什么，那么，他会给她一个选择：要么在他的帮助下离开蓟犁——现在，今晚就离开——要么就等着明天一早被铐上锁链，像她这样一个无耻的叛徒，几乎是毫无疑问地会像厨子哈可斯那样被绞死。

"妈妈?"他叫道，仍然没有注意到站在他身后阴暗处的人影。他又往房间里走了一步，这时那人影也开始移动。那个影子举起手，手里拿着什么东西。杰克只能肯定地判断出那玩意不是枪，但它看上去极为恐怖，像一条蛇的样子——

"罗兰，小心!"苏珊娜尖叫起来，她的声音仿佛一道魔咒。梳妆台上原本放了一件东西——当然，那就是玻璃球；佳碧艾拉把它偷了出来，送给她的情人，作为慰藉，补偿因她儿子阻止而告失败的谋杀计划——它开始熠熠放光，仿佛在响应苏珊娜的叫声。它散出耀眼的粉红光辉，洒在三折镜上，镜子又把光芒反射到房间里。透过光照，透过那面三折镜，罗兰终于看到了身后的人影。

"上帝啊!"埃蒂·迪恩惊恐地嘶声叫道，"哦，上帝，罗兰！那不是你的母亲！那是——"

事实上，那根本不是个女人；它俨然就是一个套着污浊褴褛的黑裙子的行尸。她的头上可怜巴巴地散着几撮头发，应该长鼻子的位置现在是一个洞，但她的眼睛依然炯炯放光，她手中的蛇不停地扭动，非常活跃。杰克尽管惊骇不已，他还是有时间想，这条蛇和被罗兰杀掉的那条是不是她在同一块岩石下弄到的。

在枪侠母亲的房间等罗兰的是蕤，是库斯的女巫；她来这里不仅要找回宝物，还要与这个给她制造了无数麻烦的男孩做个了断。

"如今，你的小贱妇已经得到报应了!"她用嘶哑的声音厉声喊道，"现在轮到你了!"

罗兰在此之前已经看到她了，他在玻璃球里看到了她，蕤被她正要夺回的那个东西给出卖了。他猛地转过身，以迅雷之速拔出他的新枪。此时他十四岁，正是反应最迅速敏锐的时候，他像火药爆炸一般完成了开枪的整个动作。

“不，罗兰，不要！”苏珊娜叫道，“这是骗局，是巫术！”

这时杰克正好把视线从镜子转移到真正站在门口的那个女人；那一刻，他也猛地意识到，这纯粹是个骗局。

也许，在最后不到一秒的时间里，罗兰也明白了事实真相——站在门口的女人正是他的母亲，她手里拿着的不是蛇，而是一条专门为他做的皮带，或许是作为和解的礼物。玻璃球以唯一能做到的方式欺骗了他……以镜子反射的方式。

不管怎么样，一切都太晚了。子弹已经飞出去了，枪声隆隆，耀眼的黄色火星照亮了房间。他来不及住手就已经把两支枪的扳机各扳下了两次，四颗子弹把佳碧艾拉·德鄯击回到走廊上，而她的脸上还带着憧憬和解的微笑。

她就这样死了，面带微笑死了。

罗兰站在原地，手中的枪还在冒烟，惊诧和恐惧把他的脸扭作一团。他开始明白，他的余生都将在这件事的阴影之下度过：他用他父亲的枪杀了他的母亲。

这时，嘶哑的笑声飘满了整个房间。罗兰没有动弹；眼前这个穿着蓝裙子、黑皮鞋的女人，这个倒在自己房间的走道上的女人，这个躺在一片血泊之中的女人已经让他难过得动弹不得了。他好心来拯救这个女人，结果却把她杀了。她静静地躺着，手编的皮带落在她正淌着鲜血的肚子上。

杰克把眼睛转到罗兰站的方向，一点也不惊讶地看到一个带黑尖帽的青脸女人在玻璃球里游荡着。她就是东方邪恶的女巫；他还知道，她就是库斯的蕤。她盯着手中握枪的男孩，露出牙齿，对着杰克做出他有生以来见过的最狰狞可怕的笑脸。

“我烧死了你心爱的傻姑娘——是啊，把她活活烧死，我就是这么干的——现在，我让你背负了杀母的罪恶。枪侠，你是否开始对杀死我的爱蛇感到后悔了？我可怜的，亲爱的爱莫特！”

从罗兰的神情来看，他没有听到女巫的话，只是死死地盯着母亲。很快，他将走上前，在她身边跪下。但是现在还没有，还没有。

这时，玻璃球里的脸转向罗兰的三个跟随者，这时，它起了变化，一下子变得又老又秃又衰颓——事实上，它变成了罗兰刚才在那骗人的镜子里所看到的那个影子。枪侠这时还无法看到他未来的朋友，但是蕤看见了他们；

是啊，她看得一清二楚。

“说吧！”玻璃球里传出她低哑的声音——像是冬天阴沉的天空下，停在一棵光秃秃的枝桠上的一只大乌鸦的叫声，“说吧！说你们放弃黑暗塔！”

“你休想！臭婆娘！”埃蒂愤愤地说。

“你们都看到了他是什么人！他简直是个十恶不赦的魔鬼！你们要明白，这还只是个开始！你们问问他对库斯伯特做了些什么！还有阿兰——阿兰的感应尽管很灵验，但最终却没能救自己，事实就是这样！问问他对杰米·德卡力做了什么！他的朋友一个个都会被他害死，他的爱人也都会化做尘埃，随风飘逝！”

“去你的，”苏珊娜不屑地说，“我们的事不用你多管！”

蕤发出令人厌恶的讥笑，龟裂的绿色嘴唇扭做一团。“他连自己的母亲都杀了！天知道他会对你下什么毒手，你这不要脸的黑皮婊子！”

“他没有杀她，”杰克说，“你才是真正的凶手，还不快滚！”

杰克朝玻璃球走近了一步，想一把把它抓起来，摔到地上……他知道，他能办到，因为玻璃球是真实的。在所有幻象中这是一个真实的存在。但他的手还没碰到玻璃球，它就悄无声息地绽放出一阵粉红的光芒。杰克赶忙把手举到眼前，以免耀眼的光刺伤眼睛，接着他

(融化了，我融化了，这是怎样一个世界啊，哦，这是怎样一个世界啊)

倒下了，他又被卷入粉红风暴中，离开了奥兹，回到堪萨斯，离开了奥兹，回到堪萨斯，离开了奥兹，回到——

第五章

光束的路径

1

“——家。”埃蒂咕哝着。他觉得自己的嗓音听起来很沉很重。“回家，因为实在没有一个地方比家更好了。”

他努力睁开眼睛，但一开始却怎么也办不到，双眼仿佛被胶水粘住了似的。他用手掌根部按住前额往上推，拉紧脸上的皮肤。这么做倒是起了效果，他的眼皮突然掀开了。他发现自己眼前既没有绿色宫殿，也不是他刚才所在的那个装饰华丽却又有几分幽闭恐怖的卧室（而他原以为自己还在那里）。

他现在正躺在室外一小块空旷泛白的草地上。旁边是一个小树丛，有些树枝上还稀稀拉拉挂着最后几片枯黄的叶子。一根树枝上还垂着一片奇异的白色叶子，那是一种生白化病的叶子。只见一条涓涓细流延伸到树丛深处，而苏珊娜那辆新改进的轮椅则被遗弃在高高的草丛里。埃蒂发现，轮椅的车轮上沾着污泥，轮轴里还夹着几片枯黄发脆的树叶，还有一些草叶。埃蒂头顶上的天空布满了静静的白云，每一片云的样子各有其趣，就像一个个装满床单的洗衣篮。

我们进入宫殿的时候天空晴朗无云，他回想着，意识到时间又神不知鬼不觉地过去了。至于到底过了多久，他觉得自己并不在乎——罗兰的世界像一个几乎所有轮齿都脱离的动力传送器；你从来就不知道时间什么时候会突然脱节，什么时候又会突然超速把你载走。

这里是罗兰的世界吗？如果是，他们又是怎么过来的呢？

“我怎么知道？”埃蒂一边不耐烦地咕哝着，一边踉踉跄跄地慢慢站了起来。他不觉得自己是因为醉酒而昏沉，但他感到腿部酸痛，仿佛他刚从周末午后的沉睡中醒来。

罗兰和苏珊娜躺在树下的空地上。枪侠不停地翻着身，而苏珊娜则仰面躺着，四肢大张着，鼾声隆隆，没有一点淑女仪态，这样子让埃蒂忍俊不禁。杰克睡在他们旁边，奥伊则睡在男孩的膝边。正当埃蒂看着他们的时候，杰克睁开眼，坐了起来。他的眼睛瞪得大大的，但是眼神空洞。他刚才睡得太死，自己都不知道自己已经醒了。

“啊唷。”杰克说着，打了个呵欠。

“对，”埃蒂说，“这方法对我奏效。”他慢慢地兜了一个圈子，朝他在地平线上看到绿色宫殿时的出发点走了四分之三的路。从这里看，绿色宫殿显得非常渺小，它的光辉被阴暗的天空掩埋了。埃蒂估计这里离绿色宫殿有三十英里的距离，从那里到他们所在地的一路上都是苏珊娜轮椅的车辙。

他能听到无阻隔界的声音，但已经很微弱。他觉得自己还可以看到它——它如同一片沼泽般光灿灿地流动着，延伸到开阔的平地……最后在五英里开外截止。从这里向西五英里？他知道了绿色宫殿的方位，还明白了他们原来是在I-70州际公路上往东行进，这是自然而然的推测，可是谁知道这是不是真实的情况呢？尤其是现在没有太阳可以作为参照系确认方向。

“公路在哪里？”杰克问。他的声音听起来含混不清。奥伊跟着他醒来了。它先伸了伸一条后腿，接着伸了伸另一条腿。埃蒂发现它不知什么时候掉了一只小靴子。

“也许是因为它对鞋子不怎么感兴趣，把它给脱了。”

“我认为我们已经不在堪萨斯了。”杰克说。埃蒂眼神犀利地看着他，他不相信这孩子是有意再次提到奥兹的巫师。“不是那个王公贵族们到处玩乐的堪萨斯，也不是那个君主到处玩乐的堪萨斯。”

“你为什么会这么想？”

杰克向天空举起大拇指，埃蒂抬起头，发现自己刚才犯了个错误：天空并没有像一个毫无创意的洗衣篮一样，布满静静的白色云朵。只见他们头顶正上方，一条云带像传送带似的，不休不止地向地平线移去。

他们回到了光束的路径。

2

“埃蒂，亲爱的，你在哪里？”

埃蒂低下头，将眼光从空中的云带移到树丛里，他看到苏珊娜坐了起来，正在揉捏颈背。她有些摸不着头脑，茫然不知自己身处何地，甚至可能连她自己是谁都弄不清了。她脚上那双红色“小酒杯”在此刻的光线下出奇地暗淡，但它们仍旧是埃蒂此刻眼中最抢眼的东西……直到他低头看自己脚上的古巴跟街头爵士鞋，才发现自己的鞋子要鲜亮一些。不过，它们看起来还是颇为灰暗，埃蒂否定了自己刚才的看法，似乎并不是阴暗的天气导致了靴子颜色的变化。他观察了一下杰克的靴子，奥伊剩下的三只小拖鞋，以及罗兰的牛仔靴(这个时候，枪侠已经坐起来了，手臂抱着膝盖，茫然地望着远方)，这些鞋子还保留着以前的宝石红色，但这颜色已经变得毫无生气，仿佛它们的魔力都已耗尽。

埃蒂突然要他们都坐下。

他在苏珊娜旁边坐下，吻了吻她，说道："早上好，睡美人。如果现在是下午了，那就下午好。"接着，埃蒂猛地把靴子从脚上扯了下来，他似乎连碰都不想碰它们(那就像触碰到死人的皮肤似的)。他在脱鞋子的时候，发现鞋尖磨损了，鞋跟上沾了不少淤泥，已经不是新鞋了。他刚才一直在纳闷，弄不明白他们是怎么来到这里的；但现在他感到腿上的肌肉疼痛，再把一路上轮椅的车辙联系起来，他就明白了。上帝啊，他们是徒步走过来的。在睡梦中走过来的。

"这个呀，"苏珊娜说，"是你……嗯，是那么长时间以来你最好的主意。"她说着脱下了"小酒杯"。一旁，埃蒂看着杰克帮奥伊脱去小靴子。"我们当时在场吗?"苏珊娜问他，"埃蒂，我们真的在场吗？当他……"

"当我杀死我母亲的时候，"罗兰说，"是的，你们在场，和我一起在现场。诸神救救我吧，我当时在场，我亲手杀了她。"他用手捂住脸，发出一阵阵嘶哑的抽泣声。

苏珊娜爬到他身边，动作敏捷得和走路没多大区别。她一手搂着他，一手把他的手从脸上挪开。起先，罗兰并不想让她这么做，但在她的一再坚持下，终于，他的手——杀人犯的手——放了下来，露出那双泪流不止的痛苦的眼睛。

苏珊娜让他的脸靠在自己肩上。"别难过了，罗兰，"她说，"放宽心情，过去的就让它过去吧。事情已经过去了，你已经挺过来了。"

"一个人是没法忘记这样的事的，"罗兰说，"不，我忘不了，永远都忘不了。"

"你没有杀她。"埃蒂说。

"这么说太不负责任了，"枪侠的脸仍旧靠在苏珊娜的肩头，但他说的每个字都清晰可辨，“有些责任是无法推卸的，有些罪名是无法逃避的。没错，蕤在那里——至少，在某种程度上是这样——但我不能把所有责任都推到库斯女巫的头上，尽管我也很想这么做。”

“那也不是她的责任，”埃蒂说，“我不是这个意思。”

罗兰抬起头：“那你他妈的到底在说什么？”

“我指的是卡，”埃蒂说，“像风一样的卡。”

3

他们的背包里有食物，可是他们谁也没在包里放过吃的东西——包里有些包装袋上画着奇宝小精灵的饼干；还有一些用保鲜膜包着的三明治，就是那种你（特别是在你饥饿难忍的时候）能在收费公路旁的自动售货机里买到的三明治的模样；还有一种可乐饮料，根据味道判断是可乐，装可乐的罐子也是红白相间的颜色，但牌子的名称是诺茨阿拉，埃蒂、苏珊娜和杰克都没听说过这个牌子。

他们背对着树丛坐着吃饭，面朝远处放射着魔幻般光芒的绿色宫殿。他们把这顿饭叫做午餐。*如果一个小时以后，太阳就下山了的话，我们就可以通过口头表决把这顿饭改称晚餐了*，埃蒂心想，但他觉得没有这个必要。他体内的生物钟又开始运作了，这个神秘而又总是非常精准的仪器告诉他，现在是中午刚过不久。

突然，他站起来，举着他的饮料罐，似乎正对着一个无形的摄像机，微笑着说道：“当我带着新的塔库罗精神，走过奥兹的领土的时候，我喝了诺茨阿拉！”他煞有介事地说着，“它把我的肚子填满，但是永远不会让我满足现状！它让我感到快乐，它让我知道上帝的存在！它让我拥有天使的眼光，给我老虎般的勇气。每当我品尝到诺茨阿拉可乐，我都会情不自禁地说：‘上帝啊，我多么高兴我能活着！我说——’”

“快坐下，你这个纸老虎。”杰克大笑着说。

“虎。”奥伊表示赞同。他把嘴巴靠在杰克的脚踝上，饶有兴致地盯着男孩的三明治。

埃蒂正打算坐下来，这时那片奇怪的患白化病的树叶又跃入了他的眼帘。那不是树叶，他揣测着，于是走上前去。那的确不是树叶，是一张小纸片。他把纸片翻过来，看到一排排“废话　废话”、“唠叨　唠叨”以及“所有的东西都一样”的字样。通常报纸的另一面不会是空白的，但埃蒂却惊奇地发现这张纸片的背面是空荡荡的——原来，奥兹每日电讯只不过是个掩人耳目的道具。

其实，空白的那面上还是有几个字的，只见上面工整清晰地印着这样几句话：

下一次我不会离开。放弃黑暗塔。

这是对你们的最后一次警告。

祝你们愉快！——R.F.

这段话下面是一个小插图：

埃蒂把纸片带到其他几个人坐着吃饭的地方。他们轮流传阅了一遍，最后纸片落到了罗兰手里，他若有所思地用拇指在纸上从头到尾摸了一遍，感觉了一下纸质，然后把它还给了埃蒂。

“R.F.，”埃蒂念道，“就是那个控制滴答的人。这张纸片是从他那里来的，对吗？”

“同意你的看法，肯定是他把滴答带出了刺德。”

“毫无疑问，”杰克声音低沉地说，“看起来，那个叫弗莱格的似乎可以发掘任何一只纸老虎。问题是，他们怎么会比我们先到这里呢？天哪，有什么会比布莱因的火车还快呢？”

“一种无阻隔界，”埃蒂说，“也许他们是通过某一扇特殊的门过来的。”

“答对了。”苏珊娜说着伸出手，掌心向上，埃蒂的手拍了上去。

“不管怎么说，纸上的建议也不无道理，”罗兰说，“我希望你们能认真地考虑一下。如果你们想回到自己的世界去，我会让你们走的。”

“罗兰，我简直不能相信你，”埃蒂说，“你当时不顾我们的反抗挣扎，把我和苏拖到这儿来，现在，你怎么能对我们说出这样的话？你知道我哥哥会怎么评价你吗？他会说你矛盾得像一只在冰上滑来滑去的猪。”

“可我那么做是在我把你们当作朋友之前，”罗兰说，“是在我像爱阿兰和库斯伯特那样爱你们之前，在我被迫……被迫重新经历某些事情之前。那么做是……”他说到这里打住了，低头看着自己的脚（他已经换上原来那双旧靴子），陷入了沉思。过了好一会儿，他重新抬起头。“我心里的某个部分已经沉寂多年了，我以为它死了，但事实上没有。我已经重新学会去爱，我知道，这可能是最后一次让我去爱别人的机会。我有点迟钝——范内和柯特知道这一点，我父亲也知道——但我并不愚蠢。”

“那就别说蠢话了，”埃蒂说，“也别把我们当作蠢货。”

“埃蒂，你所说的‘底线’是现在这个状况：我杀了我的朋友。我没有把握，我不敢再冒这样的风险。特别是杰克……我……算了。我不知道该怎么说。自从我走进那个阴暗的房间，转身杀了我的母亲后，我第一次发现有些比黑暗塔更重要的东西。权且这么说吧。”

“好吧，我想我能够接受你的看法。”

“我也是，”苏珊娜说，“但关于卡，埃蒂是正确的。”她拿起那张纸条，用一根手指摩挲着它，沉思着，“罗兰，你不能先是对它谈论一番——我是指卡——然后仅仅因为你的献身精神和意志力的消沉，又把所有的话全盘收回。”

“你用的意志力和献身精神都是褒扬之词，”罗兰对她的话评论道，“但还有一个词，说的是一个意思，叫做执迷不悟。”

对罗兰的这番评论，苏珊娜有些不耐烦地耸了耸肩：“亲爱的，要么这整件事全都是卡，要么就一点都不是。尽管卡让人感到颇为惊恐——特别是当你想到，命运有着鹰的眼睛和猎犬的鼻子的时候——但我发觉，没有卡的存在会更加可怕。”说完，她把 R.F.留下的纸条扔到旁边的草坪上。

“不管你对它的看法如何，当它占据你的时候，你只有死路一条，”罗兰说，“莱默……托林……乔纳斯……我的母亲……库斯伯特……苏珊。如果可能的话，你可以去问问他们，问他们中的任何一个都行。”

“你忽略了最重要的一点，”埃蒂说，“你没法把我们送回去。难道你没有想到吗，你这个呆小子？即使有无阻隔界，我们也不会过去。我说得没错吧？”

他看着杰克和苏珊娜，等待他们的回应，他们摇摇头。连奥伊都摇起头来。是的，埃蒂说得没错。

“我们已经变了，”埃蒂说，“我们……”现在轮到他不知该怎么说下去了。他一下子找不到合适的词来表达自己想见到黑暗塔的强烈愿望……以及另一个同样强烈的愿望，就是继续佩带着那把檀香木手柄的枪。他总是把它想作是个大铁砣，像马蒂·罗宾斯那首老歌，那首关于腰际别着把大枪的男人的歌里所唱的那样，他说：“这是卡的安排。”这是他唯一能想到的足以囊括他所有想法的表述。

“卡卡。”罗兰思索片刻之后，回答道。其他三人目瞪口呆地盯着他。

蓟犁的罗兰居然说了一个笑话。

4

“关于我们看到的事，有一点我不太明白，”苏珊娜犹豫着说道，“罗兰，为什么当你走进房间的时候，你母亲要躲在窗帘后面呢？难道她想……”她咬了咬嘴唇，接着把后面半句话说了出来，“难道她想要杀你？”

“如果她打算杀我，她不会选一条皮带作为武器。事实上，她是为我准备了一份礼物——也就是那条皮带，上面织着我姓名的首字母——这就证明她是打算来祈求我的宽恕的。她已经良心发现了。”

到底是事实果真如此，还是你希望事实是这样的呢？埃蒂心中打着个问号，但他永远都不会问罗兰这个问题。罗兰已经历了足够的考验，为了能帮他们回到光束的路径，他忍着伤痛重新经历了最后一次到母亲房间的情景，那已经足够了。

“我觉得她之所以躲起来，是因为她为自己所做的事感到羞耻，”枪侠说，“或者是因为她需要一些时间考虑该跟我说什么，该怎么跟我解释。”

“那玻璃球呢？”苏珊娜温和地问，“我们看到它在梳妆台上，是在那儿吗？是她从你父亲手里偷来的吗？”

“是的，”罗兰答道，“虽然……她偷了吗？”他似乎自己都想问这个问题，“我父亲知道很多事情，但有时候他总是把事情都藏在心里。”

“比如，他知道你母亲和马藤经常在私底下约会。”苏珊娜说道。

“没错。”

“但是，罗兰……你肯定不会认为你父亲会在明知结果的情况下还让你……让你……”

罗兰睁大茫然的眼睛看着她。他的眼泪已经止住了，但是当他想微笑着面对她的这个问题时，却怎么也笑不出来。“故意允许他的儿子杀死他的妻子？”他问，“不，我不能这么说。尽管我很想这么说，但我不能。是他一手制造了这样的事情？是他蓄意安排的？就像是他棋局中的一步棋一样？不……我无法相信这一切。但他会不会任凭卡按它的轨迹发展下去呢？嗯，这倒极有可能。”

“玻璃球后来怎么了？”杰克追问道。

“我不知道。后来我就昏过去了。等我醒来的时候，房间里仍旧是我和我母亲两个人，一个死了，一个还活着。枪声没有惊动任何人——那个地方的墙壁是厚石块砌成的，再说，那一侧的房间基本都是空的。她的血已经干了，她为我做的皮带上染满了血迹，但是，我还是把它拿起来带上了。好多年来我一直带着那件沾满了血迹的礼物，至于皮带是怎么弄丢的，我以后会告诉你们——在我们的计划完成之前，我会告诉你们的，因为它和我寻求黑暗塔的事情有关。

“但是，尽管没人循着枪声过来查探情况，还是有人因为别的原因来过那个房间。当我昏迷过去躺在母亲尸体身边的时候，有人进来把巫师的玻璃球拿走了。”

“是蕤吗？”埃蒂问。

“我不信她有那么大的能耐……但是，她自有招揽朋友的方法。没错，一种交友之道。你们知道，我又见了她。”罗兰没有解释下去，他的眼中闪过一丝冷漠。埃蒂曾经见过罗兰这样冷峻的眼神，他知道，那里面饱含着杀气。

杰克从一旁捡起 R.F.留下的纸条，指着几行字下面的小图问：“你知道这是什么意思吗？”

“我觉得，这是一个地方的记号。我第一次在巫师的玻璃球中飘游的时候看到过那个地方，名叫雷劈。”他的目光依次扫过同伴们，“我认为，我们会在那里和那个叫做弗莱格的人——那个巫师——再次碰面。”

罗兰回头看了一眼他们穿着红靴子在沉睡中走来的路，说：“我们走过的堪萨斯是他的堪萨斯，扫空那块土地的瘟疫是他的瘟疫。至少，我是这么认为的。”

“但它不一定会待在那儿。”苏珊娜说。

“它可能会到处走动。”埃蒂说。

“可能会来到我们的世界。”杰克接口道。

罗兰依旧回头看着绿色宫殿，说：“来到你们的世界，或者其他任何地方。”

“血腥王国的国王是谁？”苏珊娜突然问。

“苏珊娜，我不知道。”

接着，他们都沉默了，注视着远眺宫殿的罗兰。在那个宫殿里，罗兰遇到了一个假巫师，回顾了一段真实的记忆，并由此打开了回到他自己世界的无阻隔界。

我们的世界，埃蒂一边想着，一边伸手搂住苏珊娜。现在这里是我们的世界。如果我们回到美国——也许在这事结束之前，我们就必须回去——无论那个时候美国是什么样子的，我们都会像来到一块陌生的土地上的异乡人似的。现在这儿是我们的世界了，这个光束的世界、守护者的世界、黑暗塔的世界。

“现在离天黑还有一段时间。”他对罗兰说道，并犹豫着把手搭在了枪侠肩上。罗兰很快用自己的手盖在了埃蒂的手上面。埃蒂微笑着，问道：“你是想好好利用这段时间，还是怎样？”

“对，”罗兰说，“我们得利用这段时间。”他弯下腰，背起行囊。

“鞋子怎么办？”苏珊娜疑惑地看着那堆红色问。

“就把它们留在这儿，”埃蒂说，“它们的使命已经完成了。姑娘，坐上你的轮椅吧。”他抱起苏珊娜，帮助她坐到轮椅上。

“上帝的儿女都有鞋子，”罗兰若有所思地说，“你是这么说的吗，苏珊娜？”

“嗯，”她在轮椅上坐好，回答道，“正确的发音还要加上一些特别的语调，不过，亲爱的，你已经抓住精髓了，是的。”

“那么，根据上帝的意愿，我们肯定会找到更多鞋子的。”罗兰说。

杰克正在查看自己的背包，清点不明来历的食物。他提起一个装在小袋子里的鸡腿，将它打量了一番，然后看着埃蒂说：“你觉得这玩意是谁放进来的？”

埃蒂扬起眉毛，仿佛在责问杰克怎么就这么愚蠢。“奇宝小精灵啊，”他说，“还会有谁？快点，我们走吧。”

5

空旷土地上站着的五个流浪者聚在小树丛边。他们前面，有一条线穿过了平原上的草地，与空中的那条长长的云带极为相称。这条线不像草间小径那样明显……但是在明眼人看来，这条线上的东西都朝向同一个方向，使得这线条和画上去的没什么两样。

这是光束的路径。前方某处，在这条光束和所有其他光束相交的地方，就耸立着黑暗塔。埃蒂心想，如果风向对的话，他也许都能闻到黑暗塔上的石头阴郁的味道了。

还有玫瑰的味道——忧郁的玫瑰花香。

苏珊娜坐在轮椅里，埃蒂抓着她的手；苏珊娜握着罗兰的手；罗兰握着杰克的手。奥伊站在比他们靠前两步的地方，高昂着头，呼吸着秋天的空气，秋风像一只无形的手梳理着它的皮毛，它那带金边的眼睛睁得大大的。

"我们是卡-泰特。"埃蒂说。他脑海里闪过一阵惊讶，他惊讶于自己发生了那么多变化，变得连他自己都觉得陌生。"众多卡-泰特中的一个。"

"卡-泰特，"苏珊娜应声说道，"我们是百里挑一的。"

"百里挑一，"杰克重复道，"来吧，我们出发吧。"

鸟，熊，兔子和鱼，埃蒂心想。

他们几人由奥伊带队，再次踏上了光束的路径，继续探寻黑暗塔。

后　记

罗兰战胜他的老师柯特，接着前往蓟犁的一个不大太平的小城，在那里施展拳脚的那段故事，是在一九七〇年春天写的。罗兰的父亲第二天早晨出现的情节则写于一九九六年夏天。虽然在故事的世界里，这两件事之间只隔了十六个小时，但在现实生活中，讲故事的人在这期间已经度过了他生命的二十六个春秋了。但是，那一刻终于还是来临了，我发现自己正隔着一张妓女的床，面对着另一个自己——床的一边是一个留着一头黑长发、长着络腮胡的游手好闲的男生，另一边是一个成功的通俗小说家（在那些赞赏我的评论家的圈子里，我被冠以一个亲切的称号——“美国劣等作家”）。

我提这个只是因为它从本质上概括了我所体验到的，“黑暗塔全系列”创作过程中的怪异之处。我写了大量的小说和短篇故事，足以填满一个像太阳系一样庞大的想象空间，但罗兰的故事是这个星系里的木星——它的风头能够盖过所有其他行星（至少从我个人的角度来看是这样的），那个地方有奇异的气候、惊艳的风景，以及狂野的引力作用，这使得其他行星都变得异常渺小，我说了吗？事实上，我觉得还不仅于此，我渐渐明白，罗兰的世界囊括了我所创作的其他所有世界；中世界里有兰德尔·弗莱格，有拉尔夫·罗伯茨，有来自《龙之眼》的流浪儿，甚至还有卡拉汉神父——《萨勒姆之地》中，那个驾着灰狗汽车离开新英格兰、最终在中世界中一个叫做雷劈的可怕小镇边境落脚的混球牧师。似乎他们都是在这儿结束行程的，为什么不呢？中世界先于所有这些人物而存在，它在罗兰那双蓝眼睛的注视下，沉浸在美梦之中。

这本书的问世拖了太长时间——许多喜爱罗兰历险故事的读者都已经等得不耐烦了——对此我表示歉意。这本小说拖延的原因，可以用和布莱因比赛时苏珊娜说出第一个谜语时的想法来概括：**万事开头难**。

我知道，写《巫师和玻璃球》的故事就意味着我们要回到罗兰的青年时代，回到他的初恋故事上去，这个故事把我吓得不轻。写悬疑故事相对容易一些，至少对于我来说是这样的，而描写爱情则是一件艰辛的事。因此，我一拖再拖，这本书一直没有写。

后来我终于开篇了。当时我刚完成《闪灵》的电视连续剧剧本，正开着越野车横穿美国，从科罗拉多赶往缅因；在旅途上的汽车旅馆里，我用我的苹果笔记本电脑进行写作。当我穿越西内布拉斯加数英里的荒地（后来我从科罗拉多回来的时候，也碰巧经过这里，也正是在那时，我获得了写“玉米田的孩子”那一段故事的灵感），向北边行进时，我突然想到，如果我不尽快开始这部小说的话，我永远都不会再写这本书了。

但我已经不知道什么浪漫爱情的真谛了，我这样告诉自己。**我了解婚姻，以及成熟的爱情，但是四十八岁的我早已忘却了十七岁时的火热与激情。**

我会帮你完成那个部分的，这时一个声音回答道。当时我站在内布拉斯加州的塞特福特陶器店外，并不知道那是谁的声音；但现在我知道了，因为我看清了妓女的床铺对面那个少年的眼神，那个少年清晰地显现在我的想象中。罗兰对苏珊·德尔伽朵的爱（以及她对他的爱）是由开始这个故事的那位少年讲述给我听的。如果他们的爱真像我所写的那样，那么这一切都是他的功劳；倘若我描述错了，那也只能怪我没能准确地转述出他的意思。

我还要感谢我的朋友切克·维里尔，也就是这本书的编辑，他陪伴我走过了创作过程的每一步，还给予了我非常宝贵的鼓励和帮助，同样宝贵的还有来自伊莱恩·科斯特的鼓励，她为我出版了这一牛仔传奇的全套平装本。

我要对我的妻子表示最深的谢意，她尽最大的努力在我疯狂的创作过程中支持我，她自己甚至都不知道，她对我的支持是多么重要。有一次，我灵感枯竭，感到苦闷不已，这时她送给了我一个有趣的小橡皮玩偶，把我逗乐了。那个橡皮玩偶是飞鼠洛基，它带着蓝色飞行帽，勇敢地张着双臂。我把这个玩偶放在我那不断延长的稿子上，于是稿子就一直往下延伸……再延伸……我希望，它身上寄存的爱能够灌溉滋润我的作品。看来它没有辜负我，至少在一定程度上是这样，毕竟，书已经写出来了。虽然我不知道这本书写得是好是坏——写到四百页左右的时候，我几乎对它丧失了所有的感觉——但是它毕竟完成了，单单是这一点就似乎是一个奇迹。此外，我还开始相信，我活着的意义，就是要完成这整套故事的写作（只能祈求好运了）。

我想，接下来还有三个故事要讲，其中两个故事的场景主要设在中世界，另一个则几乎完全在我们的世界中展开——正是这个故事，会讲到第二大街和第五十六街拐角处的那块空地，以及长在那里的玫瑰花。我得告诉

你，那朵玫瑰正处于可怕的危险境地。

最后，罗兰的卡-泰特将步入夜色中的雷劈镇……并且揭露出隐藏在其后的种种。并非所有人都能活着抵达黑暗塔，但我相信，那些最终找到它的人将永远留存在时空中。

斯蒂芬·金

一九九六年十月二十七日于缅因州洛威尔市